KB150685

타임 트래블러 2

FEEL PREMIUM EDITION

타임 트래블러²

위대한 유산 · 윤소리 장편 소설

Contents

9.
One Night —신데렐라의 시간

좁은 들길을 지나자 가을걷이가 끝나 얼어 버린 논길이 한참 이어졌고, 드문드문 초옥이 모인 곳에서 연기가 모락모락 오르는 모습이 보였다. 해가 지기 전에 마을을 만나서 다행이었다. 자칫했으면 꼼짝없이 노숙을 할 뻔했다. 두 사람 모두 제대로 자지 못해 지독하게 피곤했고, 어차피 오늘 남양주의 집까지 가기는 글러 먹은 노릇이니 제대로 쉴 수 있는 곳을 찾아 하루 재워 달라고 부탁하는 것이 좋을 것 같았다.

기와집이 없는 동네였다. 동네라기보다 서너 채의 초가가 웅기중기 모여 앉은 곳이었다. 연기가 나는 집은 두 집이었다. 나머지 집은 불빛은 까물대지만 연기가 오르지 않는다. 저녁을 거르고 일찍 잠자리에 드는 집일 가능성이 높다.

연기가 나는 집도 가까이 가 보니 사정이 썩 나아 보이진 않는다. 삽짝을 밀고 들어가니 처마에 매달린 시래기 몇 두름만 처량하게 흔들렸고, 뒤뜰의 장작더미도 달랑달랑해 보인다. 밥 짓는 연기가 올라오던 집이 이 모양이니 다른 집은 보지 않아도 알 만했다. 가을걷이가 끝난 지 얼마 되지도 않았을 텐데.

허리가 기역 자로 꼬부라진 노파가 지팡이를 짚고 나와서 손을 저었다. 먹을 것은 고사하고 잘 곳도 없다며 난색이다. 민호가 고쟁이 주머니 안에 든 일 원짜리 지폐들을 슬그머니 들어 보이며, 먹을 것은 됐고, 아무 데서나 하루 재워 주기만 하면 이것을 드리겠다 운을 뗐다. 노파의 주름진 얼굴이 벌쭉 벌어지더니 손짓의 방향이 반대로 바뀌었다.

꼬부랑 노파와 이태 전 풍을 맞아 자리보전하게 된 백발 영감이 초막의 주인이었다. 방 안은 병자의 몸에서 나는 냄새와 뚜껑을 닫지 않은 요강에서 풍기는 냄새, 정체를 알 수 없는 퀴퀴하고 습한 냄새가 섞여 무겁고 탁했다.

노파는 두 사람을 앞에 앉혀 놓고, 호물호물 꼬치꼬치 캐묻기 시작했다. 이름은 뭐냐, 나이가 어찌 되느냐, 어디서 왔느냐, 어디로 가느냐, 무슨 일로 가느냐. 조용조용 나오던 이완의 대답이 점점 짧아지며 날이 서기 시작했다. 오지랖 넓기로 소문난 민호도 노파의 무례한 행태를 이해할 수 없다.

하지만 학생운동에 참가했느냐, 독립운동이나 공산운동을 하느냐, 순사들에게 쫓기는 사람은 아니냐, 정말이냐, 하는 겁에 질린 질문이 이어지자, 이완의 목소리에 얹힌 한기가 그제야 사라졌다. 노파가 코를 씰룩이며 설명했다.

"자꾸 꼬장꼬장 물어 싸서 미안허네. 아들놈 한 마리 있는 거 때미 순사들이 시두 때두 읍씨 감찰인지 관리인지 지랄을 해 쌓고."

"……."

"가랑이 째지게 고등보통꺼정 넣었으니, 얌잔히 졸업혀서 면서기나 해 주면 좀 좋아. 몇 해 전에 먼 잘난 운동을 한다구설랑 학교서 짤리구선, 그

후루다가는 순사들이 워찌나 쫓아다니는지, 아주 쟁그러워 죽것어."

"아, 예."

"밖에서 말발굽 소리나 때랑때랑 왜놈 목소리가 들리면 아주 속이 졸밋혀. 손님이나 친척이 와 있어두 재수 읍게 걸리면 그냥 끌려가서 한 메칠 경을 치구 나오드라구. 그러니 아들놈 친구라두 들르면 아예 집에 안 들이구, 뒷산 움막에 가서 자라 하거든. 잉, 움막. 저 뒷산에 길 따라 중턱쯤까지 한 식경쯤 올라가면 소나무 큰 바위 뒤쪽으루다 움막 하나 있어. 아들놈이 한 이태 전에 숨어 있던 데여. 사정이 그러니 내가 조조이 캐묻는 거 이해 좀 하소."

이완은 고개를 끄덕였다. 일본 경찰들이 눈에 불을 켜고 잡으러 다니는 이들은 독립운동을 하는 사람들이나, 광주 학생운동의 참가자 혹은 공산주의 모임의 멤버들일 것이다. 젊은 학생들은 대부분 이 세 가지 세력에 우호적인 시선을 보내고 있기도 했다.

"순사들이 자주 옵니까?"

"오잖구, 하루가 멀다 하고 와서 캥캥 쑤석이는디, 밤이구 낮이구두 읍서. 누구 수상헌 사람 안 왔나, 아들놈 친구라는 놈들 안 왔나. 얼마 전에두 그 쥐새끼같이 생긴 놈이 사찰단 꼬랑지에까지 붙어 따라온 거여. 왜 봄가을루다가 집이 깨끗헌가 아닌가 위생 검사허러 사찰단 돌 때 있잖여. 그래 꽁지에 붙어 왔으믄 점잖게 살펴나 보지, 지붕꺼지 몽조리 칼루다가 쑤석여 보는 거여. 해필이면 올해 지붕두 못 갈었는디. 거둔 게 읍스니 볏짚두 읍고, 이엉 갈 사람두 읍썼거든."

민호는 지붕을 올려다보았다. 시커멓게 물들어 가는 지푸라기들이 보인다. 어느 농가에서 이엉 이는 일을 도왔던 적이 있는 민호는 열심히 고개를 끄덕였다.

"맞아요. 지붕 새로 이려면 아무래도 젊은 사람 몇 명이 붙어야 하는 건데. 해 보니까 힘들더라고요."

"아, 이 집은 남정네 허우대 멀쩡헌디 왜 못나게스리 샥시까지 지붕에 올라가게 혀. 허긴, 생기기두 기생오라비처럼 생겨선 기운이나 쓰겄나."

노파는 이완을 흘겨보며 쯧쯧 혀를 찼다. 민호는 입을 턱 벌렸다. 아니 왜 갑자기 샥시가 튀어나오나? 하지만 반박하려던 민호는 일단 말을 삼켰다. 생각해 보니 두 사람 사이를 무어라 둘러대야 할지 알 수 없었다. 남매도 아니고 친척도 아니고, 이 시대에 직장 상사와 직원이 나란히 여행 중이라고 할 수도 없겠다.

한 번 보고 안 볼 할머니니까 무슨 오해를 하든 상관은 없는데, 그래도 남정네랑 뽀뽀 한 번 못 해본 처자가 색시 소리를 듣고 보니 뭔가 살짝 억울하기도 하고, 가슴이 궁당궁당 미친놈 드럼 치듯 울리기도 한다. 옆에 앉은 인간도 눈만 큼직하게 뜬 채 꿀 먹은 벙어리처럼 앉아 있다.

"아, 글쎄 생각해 봐. 뭐 천장에 숨은 사람 있나 싶어 그렸것지만, 속이 홀홀 썩고 있는 지붕을 칼로 푹푹 찔러 놓는데, 썩은 짚단밖에 더 떨어지나? 그 시커먼 덩어리가 푹 떨어지면서 굼벵이가 오구르르 같이 굴러떨어졌지."

"아이고 맙소사. 그래서 어떻게 되셨어요?"

"녠장, 어떻게 되긴, 사찰단에 있는 말대가리처럼 생긴 주임 놈이 승질이 드러워서, 깨끗이 청소 안 혔다고, 조선인들이 워낙 더러워서 어디 손을 대야 하는지 모르것다고 한바탕 욕을 해 쌓더니, 굼벵이를 나하고 누워 있는 영감 입으로 쑤셔 넣지 않것어? 이래야 안 잊어먹고 정신을 채린다구 재랄이여. 거 날굼벵이 먹어 봤나?"

"지렁이, 달팽이, 메뚜기는 먹어 봤는데 날굼벵이는 아직."

"날굼벵이는 그보다 더 혀. 탕루나 먹을까 생루다는 원. 아마 평생 못 잊을 맛이여, 지기랄."

10

옆에 앉아 있던 이완이 고개를 옆으로 돌리고 입을 손으로 가렸다. 욱, 짧게 치받는 소리와 함께 어깨가 두어 번 크게 들썩거렸다. 민호는 괜히 말했다 싶어 손으로 입을 쥐어뜯었다. 말마다 지뢰를 터뜨리니 남자들이 오기도 전에 떨어져 나가는 거다! 왜 자랑 될 말도 아닌 걸 씨불여서 발등을 찍는지 모르겠다. 노파는 호물호물 입을 옴죽대며 짓궂게 말을 돌렸다.

"뭐, 방이 하나니까, 둘이는 저 윗목에서 자면 돼야. 나나 영감은 상관읍는디, 그 짝에서 불편하진 않을라나 모르것네. 그려두 헛간이나 부엌 바닥보단 윗목이 그래도 낫지. 요는 읍구, 이불도 남는 건 여름 이불 하나밖에 읍구, 군불두 밤에 못 넣을 거니께, 둘이서 꼭 붙어 자야 할 겨. 뭐, 한창때니 고것도 따숩고 괜찮을 거구만."

순간 민호의 등이 뻣뻣하게 굳었다.

뭐? 이, 이불이 하나밖에 없으니까 뭐? 둘이서 꼭 붙어……서 뭐?

눈 한 번 깜박하기도 전에 머릿속으로 백만 가지 생각이 폭죽처럼 튀었다. 아. 이보세요, 할머니? 그건 좀 곤란한데? 나, 나는 저 사람하고는 손 한 번 안 잡은……은 아니고, 손 한 번 잡은 사이밖에 안 되는데?

순간 민호는 식겁한 얼굴로 입을 떡 벌렸다. 속에서 갑자기 '기회는 이때다. 올레!' 라는 우렁찬 외침이 울려 퍼졌던 것이다. 아냐! 아냐! 올레가 아니라고! 얼굴에서 폭약이 펑펑 터지는 것 같다. 여자 있어, 있다니까! 며칠 전에 본 걸 고새 까잡수셨냐! 엉! 지금 올레를 외치는 년은 어떤 미친 윤민호냐.

그녀는 고개를 수그리고 얼굴을 팽팽 흔들었다. 한 이불, 한 이불에서 꼬, 꼭 붙어 자야 한다고. 따숩고 괜찮다고. 괜찮기는 이런 우라질. 이게 말이냐 돼지냐.

옆에 앉은 사람의 얼굴도 딱딱하게 굳었다. 댁이 무슨 말을 하고 싶은지 안 들어도 다 들린다. 내 손만 닿아도 팡팡 털어 젖히던 사람 아니냐. 내 손에서 엿 한 조각 받아먹는데도 세상의 고뇌를 다 짊어진 얼굴을 하던 사람 아니냐. 우는 여자를 보고도 콧물이 옷에 묻을까 봐 몸이 굳는 사람이 아니냐.

이해한다. 저 입이 벌어졌다 하면 '차라리 제가 부엌에서 자고 말겠습니다. 헛간에서 자겠습니다. 아니, 차라리 길바닥에서 자고 말겠습니다.' 따위의 말이 튀어나올 테지만, 내가, 너그러운 무수리가 이해한다. 응.

다행인지 불행인지, 민호는 예상했던 야멸찬 말까지는 듣지 못했다. 다 각다각, 경쾌한 소리가 들리더니 히히힝, 푸르륵, 말 울음소리가 지척에서 들린 것이다. 까라따라빠라, 뜻을 알 수 없는 말이 뒤섞였다. 일본어다. 이완이 얼굴이 퍼렇게 되어 벌떡 일어났다.

"민호 씨."

민호도 퍼뜩 정신을 차리고 일어섰다. 머릿속이 새하얗게 변했다. 두 사람은 국민증이 없고, 이 집은 학생운동을 하던 사람의 집이었다. 보호감찰 대상의 집에 방문한 사람에게 당연히 신원취재가 있을 것이다.

시간 여행자가 기록을 남긴다는 것은 이 시대에 묶여 버린다는 말과 동일하거니와, 일단 잡혀가서 신원을 대지 못할 경우, 여하한 형태의 고문을 피하지는 못할 것이다. 설상가상으로, 며칠 전 서대문 형무소의 간수부장과 고등계 형사부장에게 얼굴도장까지 찍힌 상태였다.

노파가 입을 멍청하게 벌리고 두 사람을 올려다보았다. 니들도 도망 다니는 연놈들이었냐, 하는 원망의 기색이 역력했다.

"죄송합니다. 저희는 그런 사람은 아닙니다만, 국민증이 없어서요. 일단 뒤로 빠져나가겠습니다. 조금만 시간을 벌어 주세요."

이완은 뒤로 난 좁은 창을 급하게 열고 민호를 밖으로 밀어냈다. 민호는 버둥버둥하다가 아래로 뛰어내렸다. 얼른 뒷문으로 뛰어나가요, 움막 쪽으로 가요! 이완이 입 모양으로 시퍼렇게 고함이다. 민호는 그가 창문으로 몸을 빼려 애쓰는 것을 확인하고 그대로 몸을 돌이켰다. 노파가 순사를 붙잡고 있는지 시끄럽게 떠드는 소리가 이어졌다.

민호는 장독을 타고 낮은 싸리울을 넘었다. 정말 이렇게 시도 때도 없이 순사들이 들이닥치는구나. 하긴 덕희네처럼 번듯한 집안도 순사들이 거리낌 없이 드나들며 온통 쑥대밭으로 만들었으니, 이런 힘없는 집이야 오죽하겠나. 아까 노파에게 뒷산 움막 이야기를 들어 둔 것이 천행이었다.

얼마만큼 달렸을까? 날은 벌써 어둑어둑해지는데, 차가운 눈송이가 얼굴로 끝없이 내리박힌다. 입에서 훅훅 단내가 났다. 앞이 제대로 보이지 않는다. 문득 민호는 뒤에서 아무 소리가 들리지 않는다는 사실을 깨달았다. 이런. 이런? 돌아보니 하얗게 쏟아지는 눈발만 보일 뿐, 이완의 모습은 조그맣게라도 보이지 않는다. 순간 머릿속이 노랗게 변했다.

"바, 박 실장님? 실장님?"

잡혔나? 왜 못 빠져나왔지? 머리가 빙글빙글 돌았다. 바로 뒤이어 나왔으면 진작 쫓아올 수 있을 텐데 어떻게 된 거지?

식은땀이 쭉 솟았다. 내가 미쳤어. 나 혼자 살자고 뒤도 안 돌아보고 이렇게 뛰어오다니. 잡히면 저 사람은 어쩌라고. 혼자서는 돌아가지도 못하고, 시간 여행이라곤 처음 해 보는 사람을 팽개치고 오다니! 차라리 잡혀가도 시간 여행 경험이 있는 내가 낫지, 그 인간은 서바이벌 재능이라곤 쥐뿔만큼도 없는 사람이잖아! 민호는 황급히 뒤를 돌아 왔던 방향으로 뛰기 시작했다.

눈송이가 무섭게 날려 시야가 흐릿하다. 한참을 뛰어 돌아가도 보이지 않는다. 눈이 욱신거리면서 앞이 일렁일렁한다. 어떡하면 좋아. 나 때문에. 내가 비상구로 가 보자고 해서. 다른 방법을 더 많이 생각해 볼 수도 있었는데. 물론 지금 생각해 봐도 이 방법이 최선이라는 건 알지만, 이렇게 될 줄 알았으면 절대로. 절대로.

정신없이 달리던 민호는 쌓인 눈에 미끄러져 호되게 바닥에 넘어졌다. 일어나서 눈을 털지도 않고 다시 뛰다가 눈에 덮인 돌에 걸려 또다시 넘어졌을 때는 앞에서 별이 번쩍이는 것 같았다. 눈물이 왈칵 쏟아졌다.

"박 실장님. 이완 씨. 박, 박 실장님! 어떡해! 허, 으어, 허으어."

순간, 어스름하게, 희미하게 무엇인가 움직이는 것이 눈에 잡혔다. 주먹만 한 눈송이가 하염없이 쏟아지는데, 날은 어둑해져 아무리 눈에 힘을 주어도 무엇인지 뵈지 않는데, 그래도 누군가 열심히 뛰어오고 있다는 것은 알겠다.

무어라 말을 하는 것 같은데 소리가 눈에 스며들어 잘 들리지 않는다. 사방을 희게 뒤덮은 눈이 어둠에 물들어 가는 중에, 모든 것이 정지한 듯한 설경 속에 유일하게 그것만이 생명을 가지고 움직이는 것 같았다. 희미하게 목소리가 들린다.

"민호 씨! 안 가고 뭐 합니까!"

헐떡임이 섞인 고함 소리마저 눈에 흡수되어 푸근하게 들렸다. 짙은 회색 코트를 입은 사내의 윤곽이 점차 선명해졌다. 눈을 헤치고, 허덕허덕 오면서도 그는 화가 난 듯 고함을 친다.

"가라고! 왜 돌아오는 겁니까? 하나라도 제대로 도망가야지, 정신 나갔어요?"

뒤에 따라오는 사람 따윈 없었다. 그저 가까이 다가오는 그 사람을 보니, 알 수 없이 눈물이 쏟아졌다. 머리 위로, 어깨 위로 눈이 쌓였고, 뛰어내리다 구르기라도 했는지 코트 자락과 바지의 무릎께가 흠뻑 젖어 있었다. 그래도, 그의 손에는 검은 보따리가 여전히 들려 있었다. 미친놈, 덜떨어진놈. 그 와중에 그걸 챙겨 나올 정신머리가 있어? 그 꼴을 보고 있노라니 이젠 걷잡을 수 없이 눈물이 쏟아졌다. 이완은 눈물범벅이 되어 울고 있는 민호를 보고 걸음을 멈췄다.

"왜, 왜 울어요. 뭡니까? 넘어졌어요? 나이가 몇인데 칠칠치 못하게 넘어집니까? 왜 이렇게 사람이 두서가 없어!"

"어, 흐어, 어어, 어어어어! 왜, 왜 이제, 이제 와?"

"뒤꼍에 있는 당신 발자국을 대충 덮어 놓고 숨어 있다가 옆으로 빙 돌아서 오느라 그랬습니다. 안 들켰어. 아무 일 없었어요. 왜 울어요!"

"어으, 어어. 위험하게 왜 그랬어! 누가 나 엄호해 달래? 목숨을 열 개쯤 저장해 놨어? 허으어어. 왜 이제……."

"왜 우냐고! 울지 마, 울지 좀 마세요! 제발!"

"다, 당신 붙잡혀 간 줄 알았단 말이야! 당신 끌려가서 그, 그 사람처럼 될까 봐, 허, 허어. 댁 같은 허당보단 차라리 내, 내가 끌려가는 게 낫지!"

"대체 누가 누굴 보고 허당이라는 겁니까? 댁이 끌려가는 게 낫다고? 지금 제정신입니까? 누구 피를 말려 죽이려고!"

"누구는 피 안 말라 죽나? 다음엔 개처럼 뒈지고 싶지 않으면, 남 챙길 생각 집어치우고 뒤도 돌아보지 말고 튀란 말야! 보따리는 대체 왜 갖고 오냐고! 어어어, 허어, 어으어어!"

"아 제발, 알았어요. 알았으니까 그만 좀 울란 말입니다!"

화가 잔뜩 오른 그의 목소리에도 눈물이 그치지 않는다. 민호는 눈을 퍼질러 맞으며 하염없이 울었다. 그저 저 사람의 얼굴을 다시 보고 있다는 것 하나만으로도 안심이 되어 눈물이 멈추지 않는다. 욕을 해도, 독설을 퍼부어도 좋다. 짧은 순간이었지만 끔찍한 지옥을 빠져나온 기분이었다.

포스락, 포삭, 포스락. 눈 밟히는 소리가 가까워졌다. 긴 한숨 자락이 얼굴에 와 닿았다. 회색 코트 자락이 천천히 눈앞으로 다가오나 싶더니 눈앞을 꽉 채워 버린다. 갑자기 숨이 턱 막혔다.

"민호 씨."

몸을 꾸욱 감싸는 힘이 느껴졌다.

"……윤민호…… 민호 씨."

깊은 호흡 소리, 눌린 듯한 신음, 뜨끈한 날숨이 머리 위로 한꺼번에 쏟아졌다. 손바닥이 민호의 등을 머뭇머뭇 기어올랐다.

"미안해요."

그는 더 이상 울지 말라는 말을 그만두었다. 걱정시켜서 미안합니다. 낮고 울림이 깊은 목소리가 귓속으로 일렁일렁 들이찼다. 긴 손가락이 민호의 머리카락을 가만히 쓰다듬었다. 꽉 끌어안는 중에 얼굴이 다시 맞닿았다. 차가운 눈송이가 이마와 **뺨**에 와 닿는 중에 따끈하고 습한 무엇인가가 이마를 지그시 누르는 것이 느껴졌다.

민호는 눈을 감았다. 또 이래.

누르고 있는 시간이 길어진다. 이번에는 착각이라고 지나갈 수도 없을 만큼 선명한 감각이다. 아냐. 그래도, 그건 아니야. 내가 생각하는 그것일 리가 없다. 이 사람이 그럴 이유가 없다. 자신을 감싸 안은 팔이 가늘게 흔들렸다.

사그락, 사락, 사그락, 사락, 눈이 발에 밟히는 소리만 두 사람 사이를 가득 채웠다. 두 사람은 손을 꽉 붙잡은 채 거의 한 시간 가까이 산길을 올랐다. 높지 않은 산이고, 길도 얼추 보이는 편이었지만 눈으로 덮인 산길은 몹시 미끄러웠고 발끝을 잡아채는 것들이 많았다.

두 사람 모두 몇 번씩 미끄러지고 넘어졌다. 체력이 좋은 편이라 자신했던 민호의 입에서도 단내가 났고, 제대로 잠도 자지 못하고 먹은 것도 부실했던 이완의 얼굴은 아예 하얗게 질려 있었다. 하지만 그는 이를 악물고 앞장을 서며 길이 위험한지 살핀 후 여자를 이끌었다.

"아, 제……대로 온 모양입니다."

거칠게 몰아쉬는 숨 사이로, 낮고 갈라진 목소리가 띄엄띄엄 박혔다. 후우, 후우, 후. 한 번도 들어 보지 못한 거친 숨소리가 한참 이어졌다. 민호가 후들후들하는 다리로 휘청거리자 이완은 그녀의 한 손을 꽉 붙잡고, 힘을 주어 끌어당겼다. 찰나간에 그의 뜨끈한 한숨이 뺨에 와 닿았다.

꼬부랑 노파의 말 그대로, 초가 따위도 아닌 움집이었다. 앙상한 나뭇가지들 사이로, 약간 높직한 짚 뭉치만 살짝 솟아 있는 형태였다. 박물관에서 모형으로 보았던 신석기 시대의 움집보다도 훨씬 작고 허술해 보였다. 긴 나무로 기둥을 세우고 얼기설기 뼈대를 만들고 위를 이엉 엮은 것으로 겹겹이 덮어 두었는데, 그것 역시 꼬부랑 노파의 초옥처럼 제때에 갈지 못했는지 눈을 한 겹 걷어 내자 시커먼 색으로 물든 짚단이 고대로 드러났다.

다행인 것은, 그래도 눈이나 찬바람은 들지 않는다는 것, 그리고 맨흙바닥은 아니라는 점 정도였다. 바닥을 진흙으로 반반하게 고르고 거적을 몇 겹으로 깔아 두었다. 한낮에 본다면 풀풀대는 흙먼지가 볼만하겠지만 지금은 어두컴컴해서 외려 다행이었다. 아마 저 거적의 실체를 알게 된다면 저 사람이 저렇게 털퍼덕 앉아 늘어지지는 못할 것이다.

가운데는 화덕으로 쓰이던 구멍이 뚫려 있었고, 움집을 만들 때 쓰고 남았을 성싶은 크고 작은 나뭇가지와 삭정이도 한 켠에서 굴러다녔다. 이완이 몸을 돌리고 기운 없는 목소리로 물었다.

"라이터나…… 성냥 있습니까?"

"없는데. 서바이벌 키트는 사 놓긴 했는데 집에 있어서."

"집에 모셔 놓을 거면 뭐 하러 샀습니까? ……아닙니다. 어찌 됐든 불을 피워야 할 것 같습니다. 이대로 자다간 얼어 죽을 거예요."

이완은 힘겹게 주변을 돌아다니며 도구를 모았다. 바닥에 깔린 마른 나뭇잎을 몇 장 모아 가루를 내고, 한쪽 구석에 치워 놓은 돌멩이 중 단단하고 매끄럽고, 투명한 듯 흰 빛이 도는 돌을 골라 왔다.

"뭐 하게?"

"불 피웁니다."

"헤? 그런 것도 할 줄 알아?"

"웃는 소리가 헤, 가 뭡니까? 좀 예쁘게 웃어 보세요. 모자라 보입니다."

"그래. 그런 말 안 해도 나 모자라는 거 알거든? 그런데 댁이 보태 준 거 있어?"

"……누가 당신 모자란다고 그랬습니까? 그런 거 아닙니다."

"모자라 보인다며."

"제 말은, 당신이 조금만 더 신경 쓰면 얼마나……."

"됐으니까 불이나 피우시죠?"

민호는 코를 찡그리며 투덜거렸다. 이제 와 시치미 떼 봐야 소용없다고. 다 안다고. 댁이 나 만난 첫날부터 날 덜떨어진 무식한 년 취급한 거. 그래도 저렇게 못된 말을 대놓고 찍찍 뱉을 때마다 속이 상한다. 그럴 거면 시시때때로 자상한 척해서, 사람 속을 덜컹덜컹 흔들어 놓지나 말 것이지.

"미안합니다. 기분 상하게 할 생각은 아니었습니다."

덜컹. 다시 바윗돌이 심장에 세게 들이박힌다. 정말이지 심장에 더럽게 좋지 않은 남자다. 겨우 그따위 일로 정색하고 사과하지 말란 말이야. 민호는 그를 가자미눈으로 흘겼다. 기분이 째지는 건 째지는 거고, 수상한 건 수상한 거다.

이완은 주머니를 한참 뒤져 500원짜리 동전을 꺼냈다. 차돌 위에 마른 낙엽가루를 쌓아 놓은 후, 동전을 꽉 쥐고 돌멩이 위를 내리치기 시작했다. 서너 번 쳤을 때, 번쩍 불꽃이 튀었다. 하지만 그 불꽃이 부싯깃에 옮겨붙지는 않았다. 답답해진 민호가 끼어들었다.

"그거 불꽃 제대로 내려면 동전보다는 쇠로 만든 숟가락이 더 나을걸?"

민호는 보따리 속을 뒤적거려 숟가락 젓가락 한 벌을 꺼냈다. 대체 이건 어디서 빼 온 거냐, 하는 시선에 민호가 멋쩍게 웃었다.

"박 실장님은 죽어도 손으로는 음식 안 먹을 거 같아서."

하지만 부시가 숟가락으로 바뀌고, 여러 차례 불꽃이 일어도 부싯깃에 옮겨붙지 않았다. 이완이 숟가락을 내려놓고 길게 한숨을 쉬었다. 민호는 옆에 쪼그리고 앉아 마른 나뭇잎 가루를 만져 보았다. 똑같이 한숨이 나왔다. 이 사나이는 빼도 박도 못할 이론가다. 아는 건 빠삭한데 경험에서 나오는 미묘한 플러스알파가 없다. 하긴 그것까지 있으면 나 같은 사람은 세상 살기 싫을 것 같다.

"음. 부싯깃이 좀 더 복슬복슬해야 할 거 같아. 솜처럼. 마른 쑥이나 억새나 부들처럼 포슬거리는 부분이 필요한데. 이 나뭇잎가루엔 안 붙겠는데."

"지금 쑥이나 억새를 어디서 구합니까?"

이완이 지친 얼굴로 바닥에 주저앉았다. 민호는 두리번거리더니 눈을 껌벅껌벅한다.

"있긴 있는데. 어, 그게 좀 거시기한 게."

"예?"

"저기, 잠깐 뒤 좀 돌아보면 안 될까?"

"왜요? 소환 마법이라도 쓸 겁니까? 보면 안 되는 건가 보죠?"

"그건 아닌데, 거, 좀 얌전하게 뒤돌아보면 안 돼? 꼭 따따부따 따지고 설명을 들어야 해?"

화를 팍 내고서야 이완은 미간에 주름을 잔뜩 잡은 채 뒤로 돌아섰다. 사람 눈치하고는. 민호는 얼른 뒤를 돌아 저고리를 벗었다. 자수비단뽕은 없지만 속에 솜을 넣어 누빈 저고리를 입었다. 차분한 햇솜을 꼭꼭 눌러 놓으면 그럭저럭 부싯깃 역할은 해 줄 것이다.

민호는 솜이 들었을 성싶은 동정 부근을 이빨로 뜯어 솜을 작은 뭉치로 끄집어냈다. 좋다. 눅진하지 않고 폭신한 게 햇솜 같다. 민호는 그것을 손가락 마디 하나 정도 크기로 뭉쳐 꾹꾹 납작하게 눌렀다. 그리고 얼른 저고리를 걸치고 몸을 돌이켰다.

"자, 여기 솜, 부싯깃으로 쓰면…… 뭐! 뭐야!"

이완이 자신을 말끄러미 보고 있었다. 어두컴컴한 움막 안에서 얼굴은 제대로 보이지 않고 눈빛만 번들번들한다. 얼굴로 열이 확 솟아올랐다. 얼른 저고리 앞섶을 모아 쥐고 고함을 질렀다.

"뭘 봐! 보지 말라니까! 이 치한, 변태 바바리맨 같으니!"

"아니, 하도 소리가 없기에 돌아본 것뿐인데, 제가 무슨 짓을 했다고 치한입니까? 바바리맨이라니! 사람을 뭘로 보고!"

"아, 여자가 저고리를 벗고 있는데! 내 몸매가 아무리 색기 제로, 자체 보안 1등급이라도 사람이 그러면 안 되는 거야!"

"안에 후드 티셔츠를 입고 있으면서 뭔 소릴 하는 겁니까?"

오 마이 갓? 잊고 있었다. 민호는 어쩐지 바보가 된 기분으로 동정 깃 사이로 삐져나온 후드 티셔츠의 끈을 내려다보았다. 그러네. 정말 그러네. 앞섶을 모아 쥔 손을 풀고 중얼거렸다.

"그, 그래도 여자가 저고리를 벗었다는 사실 자체가 중요한 거지. 벗었다는 거."

"몸매가 보안 1등급이라면서요."

"그러면 왜 얼굴이 빨개지고 그래? 엉?"

"그야 불 피우느라 얼굴로 열이 몰리니까 그렇지요."

이완은 한 손으로는 솜을 받아 들고 한 손으로는 뺨을 문지르며 짜증스럽게 덧붙였다.

"그리고 댁이 색기가 제로라고 누가 그럽니까? 김준일 교수가 그럽니까? 아님 룸메이트 친구가 그래요? 자기가 어떤지 자각도 없이, 멍청하게 그런 말 다 믿고 다닙니까?"

민호는 입을 횅하니 벌렸다. 멍청하다는 말을 들었는데도 기분이 좋은 건 머리털 나고 처음이다. 민호는 콩알만 한 소리로 홍알거렸다.

"이봐요. 그런 말을 하면 나 존나 뻘쭘해. 내가 꼭 섹시하다는 것처럼 들리잖아. 그런 말은 애인한테나 가서 해 주라고. 사람 벌렁벌렁 띄우지 말고."

대답이 없다. 피시시, 김빠진 듯한 한숨 소리만 짧게 흩어졌다.

그래도 난생처음 그런 말을 들으니 좋기는 좋구나. 더욱이 자수비단뽕도 없는 상태에서 그런 말을 듣게 될 줄이야. 집에 가면 기름종이에 적어 놓아야지. 크게 적어서 벽에 붙여 놓아야지. '댁이 색기가 제로라고 누가 그럽니까. 누가 그럽니까.'

그렇고말고, 아니고말고. 민호는 흥분해서 고름을 두 번이나 다시 매야 했다. 심장이 따끈따끈한 피를 열심히 펌프질하는 것이 느껴졌다. 풍, 풍, 풍, 풍, 온몸을 도는 피들이 훌랄라 밸리댄스를 춘다. 뺨으로는 솔솔 열꽃이 피고 손가락 발가락이 저절로 꼼질꼼질한다. 민호는 거적 위에 발을 모으고 쪼그리고 앉아 신출내기 이론가가 불을 피우는 광경을 지켜보았다.

이완이 화덕 구멍 앞에 쭈그리고 앉아 솜뭉치를 돌 위에 얹고 쇠를 내리친다. 따각, 따락, 따그락, 딱, 불꽃이 번쩍번쩍 튀는 사이로, 제기랄, 하는 짤막한 쇳소리가 엉켰다. 손짓이 몹시 설기 하지만 저 사람, 생각보다 무척 끈질기다. 아마 불을 피울 때까지 밤새 저러고 있을 것 같다.

춥고 배고프고 하품까지 쏟아지는데 이 상황에 보따리 풀어 놓고 먼저 먹고 자겠다는 말이 나오지 않는다. 민호는 옆에서 할끔할끔 눈치를 보았다. 저렇게 세게 내리쳐야 힘만 빠지는데. 밥도 쫄쫄이 굶어서 기운도 없을 텐데. 가볍게 톡, 톡 쳐서 옆으로 붙이기만 하면 되는데. 민호는 속으로 폭폭 한숨을 쉬었다.

그동안 민호는 환경이 열악한 곳으로 여행을 지나치게 많이 다녔고, 그 덕분에 야생에서 살아남는 기술에 대해서는 SAS 서바이벌 훈련대장급으로 잡다하게 아는 지식이 많았다. 불 만들고 물 모으는 일부터 시작해서 주변의 물건을 끌어모아 잠자리 만드는 법, 주워 먹어도 되는 것, 먹지 말아야 할 것, 그리고 약초 따위를 분별하는 데만큼은 거의 천재적인 기억력을 발휘했다.

불씨 만드는 법은 기본 중의 기본이어서, 저놈의 부싯깃과 부싯돌을 빼앗아 후딱 해치우고 싶은 마음이 간절했다. 하지만 저 초보 불쟁이가 너무 열심을 내고 있어 자존심 상할까 봐 섣불리 끼어들 수도 없었다.

따각! 다시 서너 개의 불똥이 튀었고, 드디어 그중 한 개가 옆의 솜으로 떨어졌다. 먼지만 한 불티가 솜 위에서 꼬물대며 움직이기 시작했다.

"됐다!"

그는 바짝 엎드려 후우, 조심스럽게 숨을 불어 넣었다. 포르르, 솜 위로 발갛게 불똥이 번지기 시작했다. 오오! 사나이, 한다면 하는구나! 민호는 활짝 웃으면서 요란하게 손뼉을 쳤다. 엄지손가락을 척 올려 보이기도 했다. 그가 코끝을 찡그리며 피시시 웃었다. 오호, 저 사람, 으쓱대고 자랑하고 싶은 것을 억지로 참으면 저런 표정이 되는구나. 찡그리며 웃는 모습이 어쩐지 유치원 일곱 살 소년처럼 퍽 귀여웠다.

따닥, 따닥 타다닥. 움막 한가운데 작은 모닥불이 올랐다. 지붕에서 조금 뜯어낸 지푸라기와 검불, 그리고 바닥에 굴러다니던 나뭇가지와 구석에 박혀 있던, 다리가 한 짝 부서진 밥상이 장작이 됐다. 민호는 이완이 무시무시한 발길질(?)로 밥상을 장작으로 만드는 모습을 보고 몸을 떨었다. 전차에서 있었던 일을 깜박 잊었다. 저 사람, 함부로 건드리면 안 되는 거였다.

"이런 거 어디서 배웠어?"

"이모한테 배웠습니다. 어떤 돌에서 불이 잘 튀는지, 식수와 식량 확보

방법, 잠자리 설치 방법, 뭐 그런 것들이요."

"우와, 똑똑하네."

"예. 정말 똑똑하고 대단한 분이셨어요."

"그 정도는 나도 알거든? 내가 시간 여행 야생 서바이벌 경력이 자그마치 20년이거든?"

"그래요. 민호 씨도 대단합니다."

또 이상한 대답이 나왔다. 민호는 눈을 들고 이완의 얼굴을 노려보았다. 사람 놀리는 건가? 하지만 노란 불빛에 일렁이는 이완의 얼굴에는 은근한 미소가 배 있었지만 장난기는 보이지 않았다.

"박 실장님 뭐 잘못 먹은 거 아냐?"

"먹은 거라곤, 민호 씨가 먹던 국밥하고, 민호 씨가 만든 주먹밥 말고는 없습니다. 그게 잘못된 모양입니다."

웃음이 좀 더 진해졌다. 민호는 멍청한 얼굴로 그의 볼에 팬 보조개를 들여다보았다. 부티 나는 사무실에 있으나, 거지같은 움집에 있으나, 저 보조개의 찬란함은 빛이 바래지 않는다. 이봐요, 당신! 그런 웃음을 아무 여자한테 헤프게 흘리고 다니지 마셔. 그건 범죄예요. 범죄. 경범죄도 아니고 중범죄.

두 사람은 검은 보따리를 펴고 마주 앉았다. 모닥불이 워낙 작아 훈훈할 정도는 아니었지만 얼어 죽을 정도는 면한 것 같았고, 조금이나마 밝아지니 살 것 같았다.

두 사람은 보따리에 남아 있던 주먹밥과 떡, 말린 생선을 하나씩 들고 먹었다. 민호는 드디어 저 깔끔쟁이 사내가 손으로 정신없이 주먹밥을 떼 먹는 모습을 볼 수 있었다. 나뭇가지에 떡과 말린 생선을 끼워 모닥불에 구워 먹기도 했다. 작은 움집 안으로 고소한 냄새가 은은하게 퍼졌다. 이완은 거무스름해진 절편을 손으로 털어 민호에게 건네주었다. 말린 생선도 다시 모닥불에 얹고, 물 대신 밖에 쌓인 눈을 둥글게 뭉쳐 들고 들어왔다.

"물 끓일 그릇이 없네요. 불이 있으니 저체온증 걱정은 마시고, 눈을 먹으면 될 것 같습니다."

그리고 다시 맞은편에 앉아, 지저분한 바닥에 놓아둔 주먹밥을 들어 흙을 털고, 재투성이가 된 생선을 집어 들고 먹기 시작했다.

민호는 그가 고개를 약간 수그리고 시근대며 먹는 모습을 물끄러미 지켜보았다. 정말 배가 고팠던 모양이다. 그렇게 깔끔하고 단정하던 사람이 거지꼴이 다 되어서는, 손과 얼굴을 시커멓게 해 가며 먹는 일에만 정신을 집중하고 있다. 마음이 폭폭 쑤신다. 이완은 손가락에 남은 밥풀 하나까지 깨끗이 핥아 먹고 남은 것들을 민호 앞으로 밀어 놓았다.

"이 부침개하고 주먹밥하고 안 먹어? 나 먹는다!"

말이 떨어지기가 무섭게 앞에 놓인 것이 저절로 입으로 들어간다. 민호의 손은 뇌의 명령을 거치지 않고 행동하는 경향이 있다.

"배불러요. 많이 드세요."

그러면서 아쉬운 듯, 손으로 입가를 문질렀다. 손가락에 묻은 재가 묻어 얼굴이 온통 시커멓게 변했다. 첫눈에 심장이 튀어나오게 놀랐던 후광 10미터의 얼굴이 폭삭 망가지는 중이다. 하지만 우습지는 않았다. 아니, 볼수록 자꾸 속이 쑤시고 눈 속이 욱신거렸다.

그는 민호가 먹는 것에서 눈을 떼지 못하다가 민호와 시선이 마주치자 얼른 눈을 다른 곳으로 돌렸다. 워낙 입이 짧고 까다로운 사람인데 어쩌다 저 지경까지 되었나. 나 때문이 아니면 이렇게 고생할 일이 없는데. 미안해진 민호는 보따리 속에 남은 것을 그의 앞으로 슬쩍 내놓았다.

"이건 뭡니까?"

"재강. 먹어 본 적 있어?"

"재강이 뭡니까? 뭔데 이렇게 내내 물이 스며 나옵니까?"

"막걸리 걸러서 만들고 남은 거."

"술 찌꺼기를 얻어 온 겁니까? 막걸리 한 잔 못 먹게 했다고, 그걸 얻어 온 거예요?"

"이것도 배고플 때 먹다 보면 괜찮아. 죽 끓여서 먹으면 또 달달시큼하고 맛있고."

그는 누르스름한 덩어리를 손에 쥐고 한참 냄새를 맡았다. 냄새가 좋을 턱이 없다. 민호가 먹어 봐서 잘 알지만 맛이 좋을 리도 없다. 저건 그러니까, 돼지죽보다 딱 한 등급 위에 있는 먹거리다.

하지만 그는 싫은 내색을 하지 않고, 묵묵히 입에 넣었다. 시큼하고 털털한 맛이 입안으로 퍼지는지, 잠깐 이마를 찌푸렸다. 하지만 이내 표정을 되돌리고 고개를 끄덕였다.

"맛이 괜찮네요. 민호 씨가 떡하고 생선 남은 거 다 드세요. 제가 이걸 먹도록 하죠."

거짓말도 어지간히 못 해. 민호는 푸슬푸슬 떨어지는 시큼한 덩어리를 꾸역꾸역 먹는 사내를 보고 불현듯 그런 생각을 했다.

모닥불이 타닥타닥 타올랐다. 움막 안에 고인 습기가 천천히 사라지고, 따뜻한 기운과, 푸근한 짚단 냄새가 공중에 퍼졌다. 두 사람은 거적 위에 나란히 앉았다. 민호는 옆에 앉은 이완의 얼굴이 점차 붉게 달아오르는 것을 알았다. 술을 좋아하지 않는다더니 술에 어지간히도 약한 모양이다. 하긴, 저거 너덧 덩어리만 먹으면, 나 같은 주당도 좀 해롱해롱하긴 하지.

"박 실장님 취했어?"

"취하긴요. 겨우 이 정도 가지고. 저를 어떻게 보고."

하지만 긴 나뭇가지로 불을 뒤적이는 손길이 아까완 달리 두서가 없고 흐느적거린다. 힘 조절이 안 되는지 불티가 이리저리 풀풀 날았다. 그래 놓고, 자신과 시선이 부딪치면 실없이 자꾸 웃는다. 말 한 마디 없이 그냥 웃기만 한다. 자기 얼굴이 저렇게 시키면 것을 알고나 있을까? 닦아 주고 싶어 죽을 지경이다. 하지만 내버려 두었다. 이런 기회가 아니면 저렇게 풀어진 모습을 보기도 어려울 것 같다.

귀여워.

민호는 이제 그런 마음이 들어도 놀라지 않는다. 저 사람, 쌀쌀맞고 똑똑하고 냉정하기 이를 데 없는 사람인 줄만 알았는데 생각보다 훨씬 푸근하고 귀여운 구석이 있다. 사람마다 술버릇은 천차만별인데, 저 사람은 그래도 점잖은 축인가 보았다. 울지도 않고 개차반이 되지도 않고 옷을 벗고 춤을 출 것 같지도 않았다.

"박 실장님, 처음 시간 여행 와 본 소감이 어때?"

"잘, 모르겠습니다. 음, 처음엔 정말 무서웠는데. 다 지나고 하는 말이지만 앞이 깜깜했어요. 지금은 괜찮아요."

"다 지난 건 아니지. 현재로 돌아가서 집에 도착해야 다 지난 거지."

"민호 씨 덕분에 지금은 괜찮습니다. 왜 그런지 별로 겁도 안 나요. 익숙해진 건가?"

"응. 익숙해진 거 같아. 내 덕분인 줄 알아."

"그러게요. 민호 씨 덕분입니다."

"에이, 그렇다고 딜렁 그렇게 말하면 안 되지. 헤헤."

이거 참. 저렇게 수굿수굿 대답해 주니 외려 맥이 빠진다. 원래 이 사람 성격이 이랬나? 독설이 빠진 박이완은 식초 빠진 초고추장처럼 심심하고 이상했다.

"그럼 뭐라고 말해야 합니까?"

"그래, '니 똥 굵다!' 라고 하면 돼."

푸후우, 낮고 굵은 웃음소리가 부드럽게 퍼졌다.

"네, 민호 씨…… 거 굵어요. 왕비로 간택될 만큼 굵다고 믿을게요. 하, 아하, 하하하."

"그런 것까지 상상하지 말란 말이야!"

민호는 빨개진 얼굴로 풍풍 콧김을 뿜었다.

"그런데 똥으로 왕비를 간택하는 나라도 있었어? 대체 언 놈의 나라야?"

"남의 나라 이야긴 줄 아셨어요? 시간 여행 다니기 전에 제발 역사 공부 좀 하세요! 하다못해 삼국유사 정도는 좀."

여전히 웃음기가 달린 얼굴로 이완이 민호의 이마를 퉁, 쳤다.

"지철로왕이라고 있어요. 지증왕으로 알려진 신라왕이죠. 그 사람 음, 그, 길이가 1척 5촌, 그러니까 45센티 정도가 되었는데."

"무슨 길이?"

"그, 남자들…… 화장실에서 사용하는."

웃고 있던 이완의 이마가 살짝 찌푸려졌다. 민호는 눈을 껌벅거렸다.

"남자들은 똥 눌 때 화장지를 45센티밖에 안 써?"

"……아니, 그게 아니고, 민호 씨. 음. 남자 성기 말이에요."

아아. 민호는 머리를 사정없이 쥐어뜯었다. 청춘의 목표를 홀랄라 남녀 상열지사로 잡고 총력전을 펼치고 있는 주제에 이 무슨 망신이냐. 민호의 얼굴로 풍풍 열이 몰렸다. 연애 한 번 못 해 본 처자라 주둥이만 까졌기에 이렇게 결정적인 데서 허당 인증을 하고야 만다. 하지만 궁금한 것은 궁금한 것이다.

"어, 저기, 박 실장님, 저기, 남자들, 그거, 커질 때, 45센티면 큰 거야?"

갑자기 사방이 조용해졌다. 불티만 탁, 타닥, 탁 튀어 날린다.

"민호 씨, 45센티, 대충이라도 가늠을 좀 하고서 얘기하세요."

대답하는 사내의 얼굴도 수박 속처럼 달아오르고 있었다. 민호는 손을 들어 보았다. 한 뼘이 몇 센티지? 삼십 센티 자가 요것보다 조금 크던가 했는데? 도무지 가늠이 되지 않았다. 유치원생 꼬추 말고는 본 적이 없으니 성인 남자 사람의 것이 어느 정도인지, 어떤 모양인지, 게다가 그것이 맥시멈 사이즈로 커질 때 어느 정도까지가 보통 사이즈로 여겨지는지 뜬구름 잡는 이야기인 것이다. 이럴 줄 알았으면 이불 덮고 아침 참새 짹짹 하는 로맨스 영화 말고 야동이라도 제대로 된 거 구해서 좀 봐 둘걸.

"그럼, 보통 남자들은, 45센티까지는 안 되는 건가? 왜, 그, 그, 좀 커진다며? 아, 아니 커지잖아. 그래도 45가 안 되는 건가?"

"……."

"그럼 보통 사람은 한 35에서 40센티 정도 되나?"

얼굴이 빨개진 채 더듬던 민호는 이완의 아랫배를 슬쩍 훔쳐보고 열심히 눈알을 굴린다. 이완은 잠깐 몸을 부스럭거려 코트 자락으로 허벅지를 덮었다. 이완의 얼굴은 이젠 불타는 토마토가 되어 간다. 애인도 있는 사람이 이런 말에 어지간히도 쑥스러워한다. 민호는 얼른 고개를 흔들고 물었다.

"박 실장님은, 그, 그 정도…… 안 되나?"

"……민호 씨는 남자들한테 그런 거 함부로 막 물어보고 다닙니까?"

대답하는 목소리가 사정없이 날카롭다. 그제야 민호는, 자신이 뭔가 큰 결례를 저질렀다는 것을 알았다. 당황한 민호는 허둥지둥 위로인지 설명인지를 덧붙였다.

"크, 크기가 작아서 그러는 거라면, 그, 그러면 창피해할 거 없어! 왜 속담에 작은 고추가 맵다는 말이 있다잖아. 그게 정말 남자 고추를 말하는 거래. 게다가 전에 찾아보니까, 우리나라 남자들은, 다른 나라 남자들보다 길이도 좀 짧은 편이래. 그게 몇 센티인지는 정확히 모르겠는데……."

"미치겠……. 그런 건 대체 왜 찾아봅니까?"

"아, 그야, 내 로망이……."

민호는 얼른 주둥이를 쥐어 잡았다. 당황하다 보니 말이 나올수록 지뢰다. 이완의 목소리가 무겁게 바닥으로 깔리기 시작했다.

"로망이라? 길이 정보 수집하는 게?"

"그게 아니고, 그, 그 과정에서 좀 필요한 것이."

"과정? 대체 무슨 대단한 과정이기에 그따위 변태 같은 정보가 필요한데요?"

"변태라니, 좀 심한 거 아냐?"

"그럼, 그런 거 일삼아 찾아보는 여자가 정상입니까? 어떤 대단한 로망인지 한번 들어나 봅시다."

어지간히도 화가 난 것 같다. 뭐, 남자는 여자들 그런 거 안 찾아보나? 웃기고 있어. 하지만 민호는 반박을 꼴깍 삼켰다. 아무래도 그놈의 길이 논쟁이 그의 자존심을 크게 건드린 것 같으니 이럴 때는 찍소리 않는 것이 수다.

그래, 선정이 말이, 다른 건 다 괜찮아도 남자들 자존심만큼은 건드리면 안 된다고 했지 않나. 내 실수지. 하지만 내 가슴이 A컵도 아닌 A/4컵이라는 것이 죄는 아니듯, 길이가 45센티가 안 된다는 것 역시 이렇게 방어적으로 굴 만큼 큰 죄는 아니지 않냐 말이다.

나의 청춘을 빛내 줄 로망은, 내 뇌의 주름만큼이나 단순하지. 나는 인생에서 뭐 그리 큰 걸 바라는 여자가 아니니까. 민호는 처량하게 눈을 껌벅였다.

그저 돈 좀 모아서, 이 눈이 동그란 살구씨 모양이 되도록 눈꺼풀을 쬐금 집어 올리고, F컵 수술도 하고, 비요르나 레오나 도널드 오라버니 같은 사람이 눈앞에 나타났을 때 자신 있게 팔딱팔딱 뛰어 보는 것이다. 그래서 하늘이 나를 불쌍히 여기면 살랑살랑 봄바람 썸도 타 보고, 간질간질 밀당 연애도 해 보고, 뽀뽀 같은 것도 좀 해 보고, 최종 로망인 에브리데이 남녀상열지사까지 찍어 보는 것이다.

아니 솔직히 말하자면, 아까 나온 오라버니들은 그냥 하늘에 떠다니는 구름이고, 골룸이나 내시만 아니면, 좌청뇌 우백수만 아니면 아무래도 괜찮다. 뽀뽀든 남녀상열지사든 에브리데이까진 바라지도 않고, 한 번만이라도 찍어 봤으면 좋겠다. 그러면 구질구질 인생사, 눈물 젖은 재강 떡을 먹을 때마다 위안이나마 삼을 수 있을 거 아닌가. 나도 왕년에는 로맨틱 에로틱 좀 아는 여자였다고.

그러고도 운이 좀 더 남는다면 돈 조금 더 모아서 캠핑 트럭을 하나 사고, 천지신명의 가호를 싹싹 몰아 받아 돈을 좀 더 모을 수 있다면, 엄마랑 살던 시골집, 깔끔하게 리노베이션 좀 하고.

민호가 중언부언하는 소릴 듣고 있던 이완은 기가 막힌 얼굴로 머리를 짚었다. 눈썹 머리가 크게 꿈틀거린다. 후우. 미치겠어, 정말. 그는 머리를 흔들면서 중얼거렸다.

민호는 고개를 푹 수그렸다. 술은, 아니 술 찌꺼기는 저 사람이 먹었는데 취하기는 내가 취한 것 같다. 이런 개망신이 있나. 30년 울트라 퓨어 모태 솔로의 운명은 창피한 것도 죄도 아니지만, 이런 멍청한 로망 인증은 창피한 것이 맞다. 그리고 45센티가 안 되는 게 죄는 아니지만, 멀끔하고 멀쩡한 사나이를 창피하게 만든 것은 아무래도 죄받을 일이 맞다. 한참이 지난 후에, 민호는 겨우 말을 붙였다.

"미, 미안해. 자존심 상하게 할 생각은 아니……."

"……그만하시죠."

"그래. 그, 그냥 아까 하던 이야기나 하자. 삼국유사에 그 거시기 굵던 왕비? 왕? 철로? 철도? 왕이 왕비를 어떻게 만났대?"

신음 같은 한숨이 흘러나왔다.

22대 지철로왕의 성은 김 씨이며 이름은 지대로 또는 지도로라 하였다. 시호는 지증이라고 하였는데 이때부터 시호를 사용하였다. ……왕은 음경의 길이가 1척 5촌(45센티)이나 되어 훌륭한 배필을 구하기가 어려워 사신을 삼도에 보내 배필을 구하였다.

사신이 모량부에 이르렀는데, 동로수 아래에서 개 두 마리가 크기가 북만 한 커다란 똥 한 덩어리를 양쪽에서 물고 다투는 것을 보았다. 그 마을 사람들에게 물으니 어떤 소녀가 고하여 말하기를 "이것은 모량부 상공의 딸이 이곳에서 빨래를 하다가 은밀히 숲 속에 눈 것입니다."라고 하였다. 그 집을 찾아 그녀를 보니 신장이 7척 5촌(227센티)이나 되었다. 이 사실을 왕께 갖추어 아뢰자 왕은 수레를 보내 그 여자를 궁중으로 맞아들여 황후로 삼았고, 군신들은 모두 경하했다.

智哲老王 姓 金氏 名 智大路 又 智度路 諡曰 智證諡號始……
王陰長 一尺五寸 難於嘉耦 發使三道求之使至
牟梁部 冬老樹下見二狗嚙一屎塊如鼓大爭嚙其兩端
訪於里人有一小女告云此部相公之女子洗幹于此隱林而所遺也
尋其家檢之身長七尺五寸具事奏聞王遣車邀入宮中封爲皇后群臣皆賀
三國遺事 卷第一 智哲老王篇

—삼국유사 권제일 지철로왕 편

다 듣고서는 또 새로운 의문이 솟아올랐다.
"그거 45센티하고 여자 덩 누는 거하고, 대체 무슨 상관인데?"
"……."
"그…… 임금님 취향 좀 이상한 거 아냐?"
"지금 민호 씨, 저한테 성희롱이라도 하려고 작정했습니까?"

"무슨 말이야. 그게 성희롱하고 무슨 상관인데."

"됐습니다. 됐어요. 그 임금님하고 왕비마마 침실 사정까지야 알 게 뭡니까. 우리 그 얘기는 그만합시다."

그가 자포자기한 듯 내뱉고는 나뭇가지를 집어 던졌다. 민호는 두 사람의 건전한 관계를 위하여 눈물을 머금고 심층 취재를 포기했다.

이완은 말도 없이 물끄러미 불만 들여다보았다. 민호도 더 이상 대화할 생각을 접고 그의 눈치만 살금살금 보았다. 처음 볼 때부터 느꼈지만, 수위 있는 발언을 쉽게 하는 성격은 아닌 모양이다. 남자들이라면 죄다 예비 발정 상태로, 꼴리는 상황만 되면 모두 유들유들 재수 없어지는 줄로만 알았다. 점잖고 차가운 성격이라 생각했는데, 어쩌면 수줍음이 좀 많은 사람인지도 모르겠다. 하여간 이 사람 밑에서 일하는 동안은 성희롱 걱정 따윈 안 해도 되겠으니 그건 좋다. 민호의 종횡하는 생각이 멋었다. 차분해진 사내의 목소리가 흘러나왔다.

"민호 씨는 좋아하는 남자 없어요?"

"있어."

"……그럼, 그 사람하고 키스를 하든, 상열지사를 찍든 하고, 그런 이야기도 애인하고만 하세요."

그가 느릿느릿, 꺼져 가는 목소리로 말했다. 일렁이는 불빛으로 그의 얼굴의 옆 윤곽이 그림처럼 드러났는데, 기분이 퍽 가라앉은 것처럼 보였다. 민호는 애잔하게 한숨을 뿜으며 대답했다.

"그 사람 애인 있어."

"애인 있는 사람 좋아했어요? 그 사람은 알아요?"

"아냐, 나 혼자 좋아한 거야. 들킬 만한 짓은 절대, 절대 안 했어."

"김준일 교순가요?"

으잉? 심장이 덜렁 떨어졌다. 울트라 일급 기밀인데 저 인간이 어떻게 알았을까. 말 한 번 한 적도 없는데. 하긴 머리 돌아가는 것도 비상하고 눈치도 좋은 인간이니 뭘들 모르겠나. 민호는 눈을 끔벅끔벅하며 고개를 끄덕였다. 하지만 멋지게 정답을 맞힌 사나이는 기분이 썩 좋아 보이진 않았다.

"좋아한 지 얼마나 됐는데요?"

"……7년쯤?"

"7년. 7년이나."

다시 목구멍에서 낮게 그르릉대는 신음이 흘러나왔다.

"뭐가 그렇게 좋았는데요? 어디에 그렇게 반했어요?"

"잘생기고, 똑똑하고, 나한테 친절하게 잘해 주고."

"대체 그게 잘생긴 겁니…… 네. 그렇다 칩시다. 그런데, 가끔 한 번씩 만나서 돈도 안 되는 일 던져 주고 밥 사 주는 게 친절한 겁니까? 그래서 반한 거라고요?"

"그 정도 되는 남자가 나 같은 여자를 그렇게 챙겨 주는데, 그럼 당연히 반하지."

민호는 시무룩하게 대답했다. 이완은 고개를 돌려 민호의 눈을 지그시 노려보았다. 틱틱, 탁, 탁, 불티 날리는 소리가 두 사람 사이에서 한참 이어진 후에야, 이완이 입을 뗐다.

"민호 씨는 김준일 교수 말고도 다른 남자가 나타나서 일 의뢰하고, 밥 사 주고, 옷 사 주고, 가끔 전화해서 잘 지냈냐고 챙겨 주면 또 홀랑 빠질 겁니까?"

"그런 사람이 나와 봤어야 말이지."

"포기를 안 하니 주변도 안 보이고, 그러니 다른 사람이 안 나오죠."

"안 나오니까 포기가 안 되지."

민호의 대답에 점점 풀기가 빠진다. 닭이 먼저인지 달걀이 먼저인지 모르겠지만, 이놈의 이야기만 나오면 그저 한없이 작아질 뿐이다. 이완의 목소리에 날이 선다.

"결혼할 사람도 있는 남자인 거 알면서, 지붕 쳐다보는 개 꼴이 될 거 뻔히 알면서, 그래도 포기가 안 됩니까?"

"그, 그냥, 난 사람 한번 좋아하면, 마음이 잘 안 떼어지는 것뿐이야. 노력해도 잘 안 된단 말이야. 그래도, 나도 경우는 있다고. 나, 아무 짓도 안 했어. 말 한 마디 안 했어. 교수님은 아무것도 몰라. 애인 있는 사람한테 들이대서 이간질 따위는 하지 않는다고!"

"그게 자랑입니까? 차라리 억울하지나 않게 제대로 들이대고 정식으로 차였으면 훨씬 좋았을 겁니다."

"당신 지금 나하고 싸우자는 거야?"

문득 민호는 말을 멈췄다. 이상했다. 화를 돋우고 있는 저 몹쓸 인간이, 자신보다 훨씬 더 많이 화가 난 것 같았기 때문이다. 눈썹이 꿈틀거리고, 주먹을 움켜쥘 때마다 손등에 핏줄이 돋는 것이 보였다.

"남자 보는 눈이 어째 그 모양입니까? 고르고 골라 하필 그런 인간입니까? 그리고, 자신을 보는 눈은 또 왜 이렇게 형편없어요? 잘라 낼 걸 못 잘라 내고 그 좋은 시절을 질질 끌려다니니까 자존감이 바닥에 처박히는 거 아닙니까!"

"어, 박 실장님 왜 이래?"

"말 난 김에 좀 따져 보죠. 무슨 꿈이 그렇게 싸구려예요? 연애하고, 키스하고, 섹스해 보는 게 로망이에요? 네, 간단해서 좋네요. 그렇다면 애인 있는 사람 보면서 궁상스럽게 7년 동안 눈물 쥐어짜는 대신 아무라도 붙잡고 원나잇이든 뭐든 해치워 버리지 그랬습니까?"

"아 진짜, 말하는 거 짜증 나네? 댁이 무슨 상관인데? 나 그러잖아도, 내년엔 아무라도 붙잡아서 천년의 모태 솔로 딱지 떼 버릴 거거든? 뽀뽀든 그보다 더한 거든, 다 해 버릴 거라고. 남자랑 연애하고 자는 게 별거야? 내가 못할 줄 알고?"

갑자기 조용해졌다. 으릉대던 사내가 문득 움직임을 멈추고 자신을 노려보고 있다.

"진짜 아무라도 좋다고 들이대면 같이 자고, 그냥 사귈 겁니까? 누가 괜찮은지 골라 보고 따질 생각도 안 하고?"

"지금 실장님이 내 사정을 모르는데 말이야, 이런 말 하는 거 쪽팔리는 거 나도 잘 아는데 말이야. 쉰밥 찬밥 가릴 계제가 아니야. 솔직히 말하면, 유치원 때부터 지금까지, 나 좋다고 들이대는 남자 사람이 한 명도, 단 한 명도 없었어. 괜찮은 놈 고르기는 개뿔. 남자 여자 사이는 사실 먼저 들이대서 낚아채…… 사귀는 놈이 임자 아니냐고."

"그걸 지금 말이라고……. 지금 선착순 남자 모집합니까? 고작 모태 솔로 딱지 떼려고?"

"선착순이면 또 무슨 상관이야. 어차피 남자들 속에 든 거 다 비슷비슷하다며. 그리고 내가 선착으로 찍든 다트를 던지든 주사위를 굴리든, 댁이 무슨 상관인데?"

"그럼 저는 어떻습니까? 선착순이면, 제가 지금 1번 아닙니까?"

갑자기 머리가 띵 울렸다. 민호는 입을 떡 벌리고 이완을 바라보았다. 그도 말을 해 놓고 놀랐는지 눈을 크게 뜨고 입을 다물었다.

"뭐? 지금 뭐라고 했……."

"아, 아니, 민호 씨. 미안합니다. 이런 식으로 말하려는 게 아닙니다. 미안해요. 못 들은 걸로 해 주세요."

이완은 허둥지둥 한 손으로 입을 가리고 고개를 돌렸다. 술이 올라서 실언을 했나 봅니다. 중얼대는 사내의 눈에도 당황한 빛이 역력했다.

말도 안 돼. 지금 뭐 하자는 거야. 민호는 얼없이 중얼거렸다.

물론, 저 사람이 정식으로 사귀자는 거라면, 그건 만년의 로또를 몰아 받은 것보다 기가 막히게 좋은 일이다. 첫눈에 봤을 때부터 자체발광 10미터의 광선으로 주변을 환히 밝히던 사나이 아니던가.

하지만 당신, 애인 있는 거 아니었어? 당신이 뉴욕에서 모셔 온 그 변호사, 칼리인지 스칼렛인지 하는 여자. 목소리가 때랑때랑하고, 화려하고 똑똑하고 몸매까지 섹시하던 그 변호사님은 어쩌고?

아니면…… 나하고 그냥 하룻밤 원나잇이라도 하자는 거야?

민호의 가슴속으로 써늘한 물길이 지나갔다. 아무리 살랑살랑 썸이니 남녀상열지사니 떠들고 다녔어도, 그래도 깊은 관계는 정말 사랑하는 사람하고 갖는 거라 막연하게 믿었다. 자신이 특별히 보수적이나 촌스러워서가 아니라, 스스로를 쿨하다고 생각하는 사람들을 제하면 대부분의 여자가 그러리라 생각했다.

선정이는 '남자들이란 전혀 좋아하는 감정이 없어도 치마만 둘렀으면 발정이 되는 동물족'이라 했다. 발정 자체는 죄가 아니라고도 했다. 다만 제어를 잘하느냐 못하느냐로 개냐 사람이냐가 가려진다고 했다.

그래, 사람마다 성별마다 생각과 본능은 다른 것이고, 서로 동의하는 원나잇까지는 비난할 생각이 없다. 그래도 이 정도로 선이 없는 사람으론 안 봤었다. 왜 하필 지금. 왜 하필 나한테. 나 같은 맹탕이 어떻게 버티라고. 머리가 어찔어찔하다.

"바, 박 실장님, 애, 애인 있는 거 아냐? 그런 말 막 해도 괜찮아?"

"없……는데요."

머리가 다시 띵, 울렸다. 그때 분명 병원 침대에서 들었는데? 민호는 벌벌 떨면서 재차 확인했다.

"진짜 사귀는 사람 없어?"

"없습니다."

그의 표정 역시 일렁대며 흔들리고 있었지만 대답은 빠르고 단호했다.

"그걸 믿으라고? 저번에 여자랑 뽀뽀하는 거 뻔히 봤는데!"

민호가 소리를 빽 질렀다. 아하, 이완이 이마를 짚으며 웃었다.

"그건 인사예요. 가까운 사람끼리 가끔 그런 인사를 하기는 합니다. 애인 같은 거 없어요."

민호는 미심쩍은 눈으로 이완을 쳐다보았다. 설마, 설마? 하지만 세 번이나 없다고 못 박아 말하는 걸 보니 더 이상 캐물을 생각이 들지 않았다. 심장은 '나는 어떠냐.' 하는 한마디에, 그야말로 단번에 폭발하듯이 들뛰는데, 그런 걸 꽉 눌러 확인하고 싶지 않았다.

내가 잘못 알았나? 병원에서 뭔가 잘못 들었나? 그래. 꿈결에 들어서 잘못 들은 건지도 몰라. 민호는 좀 이상하다 생각하면서도 생각을 덮으려 애썼다. 머릿속에서 순식간에 전쟁이 벌어졌다.

'그래도 확실히 물어봐야 하지 않아?'

'아냐, 괜히 짜증 나게 물어봐서 산통 깰 게 뭐가 있어?'

'물어봐야 하잖아. 아무리 내가 남녀상열지사가 궁금하고 환장했어도, 애인 있는 사람하고 사고 치는 건 안 돼. 절대 안 돼.'

'야, 한 번도 아니고 세 번이나 없다는데 뭘 구태여 캐물어! 저렇게 단호하게 아니라잖아.'

뒤죽박죽이 된 머리를 정리하려 애쓰며 민호가 더듬더듬 말했다.

"왜, 왜 하필 나야? 안 어울리는 거 뻔히 알면서!"

"민호 씨."

"돈 없고, 집안도 별로고, 직장도 노상 잘리고, 외모도 형편없는데. 내가 그거 커버하려고 얼마나 신경을 썼는데. 솔직히 머리도 썩 좋은 편은 아닌 것 같고 성격도…… 이런 성격 좋아하는 남자는 없다고 하더라고. 그래서 남자들 앞에선 아무 말도 하지 않고 있어야 한다고 들었어."

"그것도 김 교수가 그러던가요?"

"어? 어떻게 알았지? 교수님이 실장님한테도 그랬어?"

허, 짧은 웃음이 터졌다. 아, 정말 뭐라 말해야 할지 모르겠어. 어떻게 시간 여행까지 하는 사람을……. 그는 모닥불을 들여다보면서 언짢은 기색으로 중얼거렸다. 나뭇가지를 쥐고 있는 손등으로 핏줄이 불거졌다.

"김준일 교수가 그동안 당신에게 정말 몹쓸 짓을 했군요. 당신은 그런 사람 아닙니다."

잠시 고개를 돌린 그의 미간이 깊이 찡그려져 있다. 말하기 쉽지 않은지 입술이 꿈지럭거린다. 고개를 수그리고, 손으로 코와 입을 매만지고, 머리카락을 쓸어 올리고 한숨을 쉰다. 한참 만에야 그가 입술을 뗐다.

"당신은, 자신이 어떤 사람인지 제대로 알 필요가 있어요."

"응?"

"민호 씨, 당신 예뻐요."

담담하고 차분한 목소리였다. 당신 멋진 사람이에요. 그는 고개를 숙인 채, 얕은 한숨과 함께 되풀이했다.

민호는 멍청하게 그를 바라보았다. 뭔가 이상한 소리가 나온 것 같다. 저 입에서는 나와선 안 되는 소리가.

이완의 길고 가는 손가락이 뺨에 닿았다. 부드럽게 뺨을 쓰다듬던 손가락이 가늘고 긴 눈꺼풀의 윤곽을 더듬더니, 천천히 내려가 인중과 입술을 매만졌다. 왜 사람들은 지금까지 못 알아봤을까? 혼잣말로 중얼거리는 소리와 함께, 열감이 느껴지는 날숨이 뺨에 닿았다.

"볼수록 예쁩니다. 한 번 볼 때보다 두 번 볼 때가, 두 번 볼 때보다 열 번 볼 때가 더 예쁩니다."

새까만 눈동자가, 길고 짙은 속눈썹이, 반듯하게 그림처럼 내려온 콧대가, 붉고 매끄러운 입술이 지척으로 가까워졌다. 눈을 보니, 저 진심을 담은 듯한 눈을 보니, 그 입술에서 나온 말을 믿고 싶었다. 그러잖아도 이 사람, 예전에 눈도 예쁘다 했었다. 엄마가 돌아가신 후 처음 들은 말이었다. 예뻐요, 볼수록 예쁩니다. 당신은 멋진 사람이에요. 믿고 싶은 말. 신빙성이 없지만 정말 믿고 싶은 그 말.

애타게, 간절하게, 눈물이 날 정도로 믿고 싶다.

입술 위로 젖은 피부가 누르는 감촉이 느껴졌다. 뭉클, 따뜻하고 습한 것이 입술 위를 조심스럽게 더듬다가 입안으로 살짝 미끄러졌다.

민호는 꽁꽁 얼어붙었다가 화들짝 소스라쳤다. 하지만 몸은 자유롭게 뒤로 물려지지 않는다. 단단한 아귀힘이 한쪽 어깨와 목을 꽉 끌어당기고 있었다. 입술이 떨어지는 순간, 그가 살짝 갈라진 목소리로 신음했다. 후우, 후. 후우. 숨결 속에 펄펄 뜨거운 열이 묻었다. 머리가 핑 돈다. 저, 저 입술이, 저 미치게 가늘고 자르르 꿀을 발라 놓은 것 같은 입술이, 저게! 나한테 닿았어!

나 처음으로 키, 키스를 해 본 건가?

입이 점점 벌어진다. 감격은 개뿔이고, 대체 이 움막 안에서 지금 뭔 일이 벌어지고 있는지 접수가 되지 않는다.

"당신, 정말 눈을 뗄 수 없어요."

낮고 부드러운 목소리가 귓속으로 엉겼다. 이번에는 입술이 강하게 짓눌렸다. 잇새로 혀가 파고들어 왔다. 눈앞이 하얗게 변했다. 민호는 눈을 꽉 감았다. 뱃속에서 일어난 후끈한 파도가 온몸을 휩쓸더니 머리가 금세 뜨끈뜨끈 익었다. 이제 한 발만 넘어가면, 그대로 풍랑에 휩쓸릴 판이다. 민호는 뱃속에 남은 힘을 모조리 끌어모아 이완의 어깨를 밀었다.

"아까, 내가 선착순이라고 해서…… 바로 한번 해 보자는 거야? 내가 불쌍해 보였어?"

"미안합니다. 선착순 그거 실언이라고 했잖아요. 그런 거 아닙니다."

"어, 괜찮아. 나 화난 거 아냐. 이해해. 나 꽤 쿨한 여자야. 원나잇 하는 사람, 이상하게 안 봐. 정말이야! 어, 다, 다만, 내가 아직 그런 거 해 본 적이 없어서. 나 같은 여자가 어디……."

"아니라니까요! 그런 뜻으로 한 말 아닙니다. 그리고 나 같은 여자라는 말 자꾸 하지 마세요. 민호 씨가 어디가 어때서요."

목소리가 절절하고 진실하게 들렸다. 저렇게 당황한 얼굴로 말하고 있는데, 저런 얼굴로 하는 말이 거짓말이라면 세상 사는 게 정말 슬플 것 같다. 하지만 불쌍해 보인다는 말을 부인하지 않는 것이 조금 속이 쓰렸다. 민호는 그의 품에 엉거주춤 안긴 채 머릿속을 수습하려 기를 썼다.

'그래, 어차피 하룻밤. 별것도 아닐 거야. 내가 애면글면했던 남녀상열지사 따위, 그렇게 낭만적이고 대단한 게 아닐지도 몰라. 그냥 성인식 치르듯 해 버리면 되는 거라고. 혹시 알아? 그러고 나면 지겨운 7년 짝사랑 콩깍지가 훌러덩 벗겨질지.'

'왜 이래! 너 미쳤니, 정신 차려! 이게 토마스한테 개 껌 던져 주는 것처럼 휙 던져 주면 되는 건 줄 알아?'

'윤민호, 솔직하게 말해 봐. 너도 살면서 한 번쯤은, 하룻밤쯤은 신데렐라의 추억 같은 거 만들고 싶지 않았어? 횡재를 바라는 것도 아니고, 애인도 없다는 놈이 해 보자고 들이대고 있잖아.'

'너, 나중에 후회할 거라고! 미친 듯이 후회할 거라고!'

'후회할 일이 뭐가 있어? 게다가 한눈에 반해서 마음속에 몰래 담아 놓고 있던 사람인데. 오늘 일을 계기로 정말 애인이 될 수도 있는 거잖아. 이 기회를 놓치면, 오히려 오래오래 후회할걸.'

다시 그의 혀가 살아 있는 생물처럼 입속 깊숙이 침략했다. 입천장이 근지러워 등골이 오싹했다. 바로 눈앞으로 검게 이글대는 눈동자가 자신을 쏘아보고 있는 것을 보고 민호는 눈을 꽉 감았다. 그의 손이 허리를 더듬기 시작했을 때, 민호는 생각을 정리했다.

'애인 따위 없을 거야. 없어야 해. 난 적어도 임자 있는 사람 사이에 끼어드는 짓은 죽어도 안 해.'

'미친년. 윤민호 이 바보 같은 년.'

독한 술독에 빠진 것처럼 머릿속이 출렁거렸다. 반대하는 부르짖음은 점점 쭈그러든다. 대신 애처로이 구석에서 중얼대던 목소리가 전면에 나서 목에 핏대를 세우고 소리를 지른다.

'시끄러워! 시끄럽다고! 애인 없다잖아! 맘에 드는 사람이 들이댈 때 나도 팔딱 뛰어 보겠다는데 왜 재랄이야! 나도 나이 서른이 넘어간다고! 맘에 드는 사람하고 한 번 할 수도 있지! 그러니까 이제 그만하란 말이야!'

그것이 열두 시에 끝나는 마법이라 해도, 그 시간이 지나면 옷은 다시 누더기가 되고 마차와 마부는 싸구려 호박에 쥐새끼로 돌아간다 해도, 멍청하니 아궁이만 들여다보고 있는 건 이제 싫다.

이 지저분한 움막 안은 지금 열두 시 전, 마법의 공간이다. 대모의 마법에 걸린 나는 알면서도 춤을 출 것이다. 내 이름에 숨어 있는 여우에게 홀린 그가 내일 해가 떠올랐을 때 어리둥절한 얼굴을 하고 기겁을 할지라도, 혹은 태연한 얼굴로 먼지를 털고 일어설지라도.

그가 유리 신발을 들고 전국 방방곡곡을 뒤지리라는 섣부른 기대는 하면 안 된다. 원래 상처라는 건 뭔가를 기대한 놈들이 기대한 만큼, 딱 그만큼 받는 거니까.

하지만 민호는 잘 알고 있었다. 그 기대라는 감정은 한여름의 잡초보다 끈질기고, 파도 파도 끝없는 아카시아 뿌리만큼이나 깊고 촘촘하다는 것을. 그 끈덕진 뿌리가 다시 묻는다.

박 실장님. 이봐요. 내가 정말 예뻐 보여? 진짜로?

민호는 그것을 입밖으로 내는 대신, 자신을 덮듯이 누르고 있는 사내의 목을 끌어안았다. 팔이 들들들 떨린다. 입속을 점령한 그의 혀에서 시큼하고 달큼한 탁주의 맛이 났다.

이완은 긴 코트를 벗어 겹으로 놓인 거적 위, 모닥불 가까운 곳에 깔고 목도리를 조심스럽게 말아 베개처럼 만들었다. 그리고 민호를 조심스럽게 그 위에 눕혔다. 까만 눈동자에서 한 번도 보지 못했던 열기가 일렁거렸다.

말 한 마디 없이 그녀를 끌어안고 한 손으로 고름을 풀고, 겹겹이 껴입은 이상한 옷들을 벗겼다. 배자, 저고리, 치마, 속바지, 청바지와 후드티를 하나씩 옆으로 쌓아 올리는 동안, 그의 시근대는 숨소리는 점점 거칠어졌다. 민호는 속옷 두 장만 걸친 채 몸을 잔뜩 오그렸다.

"춥지 않습니까?"

이완은 허리를 구부리고 치마를 넓게 펼쳐 민호의 몸을 덮어 주었다. 추운지 더운지도 알지 못했는데, 치맛자락이 흔들리고 있는 것을 보고야 자신이 덜덜 떨고 있다는 것을 알게 되었다. 주변으로 보이는 것은, 썩어서 시커멓게 된 이엉 지붕과 흙바닥, 군데군데 곰팡이가 난 흙투성이 거적, 그 위에 깔린 얼룩진 회색 코트, 움집을 받치고 있는 나무기둥, 그리고 바로 옆에서 몸을 돌리고 옷을 벗고 있는 낯선 사내였다.

양복과 와이셔츠를 벗어서 겹으로 덮어 주고 여며 주는 손길은 애틋했지만, 표정에는 여러 가지 감정이 뒤섞여 있었다. 후회할 거라 생각하는 걸까? 내키지 않는 짓을 하는 걸까? 그러면 안 하면 되지 않나? 지금이라도 엎어 버릴까? 찰나의 순간에도 수천 가지의 생각이 오갔다. 입술은 그 생각들 사이에 묶여 움직이지 못했다.

"불을…… 끄면 좋겠지만 그러면 다시 피우기 힘들 것 같죠."

옷을 완전히 벗은 사내는 고개를 돌리고 민망한 듯 낮게 말했다. 민호는 그의 등을 바라보며 눈을 깜박였다. 옷을 벗은 사내는 자신이 알던 박이완과 좀 다른 사람처럼 보였다. 생각보다 마른 편이었고, 깨끗하고 말끔한 얼굴과 달리 등과 엉덩이, 허벅지 쪽에 오래된 흉터들이 숨어 있었다. 집에 있는 벨트들을 모두 숨긴 적도 있다더니. 내가 세상에 왜 태어났나 싶을 정도로 아프다고 했었던가.

민호는 팔을 가만히 내밀어 불그스름하게 자국이 남은 흉터를 만졌다. 양말을 벗고 있던 그가 흠칫, 크게 소스라쳤다. 민호가 무엇을 만지고 있는지 알아차린 그가 가만히 웃으며 몸을 돌렸다.

"이젠 아프지 않습니다."

민호의 위를 겹으로 덮어 준 옷가지를 살그머니 들치며 그가 바짝 붙어 누웠다. 다시 입술 속으로 들큼한 맛이 스며들었다. 입맞춤은 오래 지속되었다. 속옷을 벗기는 손가락이 하도 조심스러워, 민호는 그 시간이 몹시 길고 지루하게 느껴졌다. 하지만 그의 손가락 끝이 가만히 떨리는 것이, 그 작은 진동이 너무 좋아 그대로 몸을 맡기고 눈을 감았다. 아까보다 훨씬 거칠어진 숨소리와 함께 가슴과 아랫배로 찬 기운이 훅, 밀려들었다.

"수술 같은 거 하지 마세요."

"……?"

"눈도 예쁘고, 가슴도 예뻐요. 손대지 마세요."

가슴을 가만히 감싸 안은 손에 지그시 힘이 들어갔다. 그가 고개를 내려 입술로 그곳을 눌렀다. 이제는 몸이 주체할 수 없을 지경으로 떨렸다. 예전에 시간 여행 중 학질에 걸렸을 때가 있었는데, 지금도 그때처럼 몸이 떨리고, 그때처럼 열이 치솟았다.

사내의 움직임은 성급하고 거칠었다. 짧은 애무가 끝난 후, 그가 다리 사이를 벌리고 무릎을 꿇고 앉았다. 반쯤 몸을 일으킨 민호는 난생처음 보는 풍광에 입을 떡 벌리고 얼른 다시 누워 눈을 꽉 감아 버렸다.

아니지, 아닐 거야. 내가 뭘 잘못 봤다. 어두워서 헛것을 본 거야. 남자들이 저런 걸 죄다 다리 사이에 붙이고 다닌다면, 바지통이 두 개가 아니가 세 개가 되어야 할 테니까. 저런 흉기가 속옷 한 장으로 커버가 될 리가 없어. 잘못해서 직장에서 꼴리는 일이라도 생기면 바로 팬티와 바지가 터져 버릴 테니까. 응, 내가 뭘 잘못 봤지. 아무렴. 하지만 눈을 떠서 다시 볼 용기는 나지 않았다. 민호의 쇼크를 눈치챈 이완은 잔뜩 달아오른 뺨을 문지르며 억지로 웃어 보였다.

"지증왕만큼은 안 될 것 같아 유감입니다만, 다른 사람하고 비교 따윈 하지 않았으면 좋겠습니다."

훅, 깊은 숨소리와 함께 그가 들어왔다.

○ ● ○

따닥, 틱, 딱. 얕게 잠이 들었던 민호는 부스럭거리며 눈을 떴다. 옆에서 꽉 껴안고 있던 사람이 없어졌다. 등 뒤가 서늘했다.

"아, 불이 꺼질 것 같아서. 더 주무세요."

그가 고개를 돌려 조용히 웃었다. 일을 치르기 전과는 달리 얼굴은 편안하고 맑아 보였다. 그는 잠시 팔을 뻗어 민호를 겹겹으로 덮은 옷가지를 꼭꼭 여며 주었다. 아까 백화점에서 산 목도리도 넓게 펼쳐져서 목과 가슴께를 꼭꼭 감싸고 있었다. 속옷밖에 안 입고 있는 그가 훨씬 추울 것 같았지만 그는 아무런 내색도 하지 않았다.

"아직, 많이 아파요?"

"……뭐. 지금은 좀 괜찮아."

"미안해요. 그렇게 많이 아파할 줄은 몰랐어요."

누군들 알았겠나. 무식해서 용감했던 거지. 민호는 속으로 두덜거렸다. 이럴 줄 알았으면 남녀화끈지사 로망을 그리 애절하게 꿈꾸지도 않았을 텐데.

처음 들어올 때 어찌나 아팠는지, 기절하는 줄 알았다. 아프다고 몸부림을 쳐 봐야, 뭔가를 멈출 수 있는 상황도 아니었고, 처음만 아프면 될 줄 알았는데, 끝까지 꾸역꾸역 존나게 아프기만 했다.

남자들은 이런 게 얼마나 좋은지 모르겠지만, 민호에게는 아주 고문의 시간이었다. 게다가 창피하기까지. 이렇게 작은 가슴을 예쁘다 해 준 것은 고맙지만 그래도 그가 가슴을 더듬을 때마다 붙잡을 게 없어서 손이 더듬더듬 헤매는 것 같아 미치게 창피했다. 안 보고 손을 휘둘러도 턱, 손에 걸리는 사이즈였으면 얼마나 좋았을까.

아래는 그 인간이 들어올 때마다 아프고, 다리는 눌려서 아프고, 가슴은 깨물려서 아프고, 대가리는 무슨 일이 일어났는지 아직도 파악이 안 되어서 골 터지게 아프고.

"……이런 게 뭐가 좋다고 청춘의 로망이야. 바보 윤민호."

중얼대는 말에 그가 언짢은 얼굴로 대답했다.

"다음에 할 땐 조심해서 살살 할게요. 처음에만 아플 거라니까……. 진짜 미안해요."

다음에? 다음에도 할 생각이 있는 거야? 정말? 민호는 시큰시큰한 코를 문지르며 옷을 얼굴까지 끌어 올렸다. 큼직한 손이 머리를 쓰다듬는다. 손은 큰데, 손가락은 길고 가늘다. 차고, 희고, 매끈하고, 부드럽다. 이완은 다시 옆으로 돌아와 팔베개를 해 주고 다른 한 손으로는 민호의 몸을 가만히 끌어당겼다. 소름이 자르르 솟아 있는 그의 맨살은 차갑고 오돌오돌했다. 민호는 그의 팔 사이로 손가락을 집어넣어 꿈지럭거렸다.

"아, 아아, 미, 민호 씨. 이러지 마세요. 나 간지럼 많이 탑니다."

그가 허리를 구부리고 몸을 비틀었다. 민호는 손에 잡히는 것을 확 잡아당겨 빼냈다. 새까만 터럭 예닐곱 가닥이 손가락에 잡혀 있었다.

"악! 왜, 왜 이래요."

이완은 벌떡 일어나 한 손으로 겨드랑이를 꽉 눌렀다. 눈썹이 꽤 찡그려져 있는 걸 보니 상당히 아픈 모양이었다.

"나만 아프니까 억울해. 댁도 좀 아파 봐야 덜 억울하겠어."

"아 정말! 뭐가 그렇게 억울해서!"

"내가 아픈 걸로 치면 위아래에 있는 풀밭을 모조리 뽑아 놔야 직성이 풀리겠어. 봐주는 거야."

"뽑아요. 그렇게 억울하면, 그래서 분이 풀리면 내키는 대로 뽑으세요. 자요."

킬킬대며 웃는 소리가 가까워졌다. 다중인격 모드, 박이완이 아닌 다른 인격이 출몰했다. 민호는 다시 그의 품속으로 푹 안겼다. 따뜻해. 좋다. 너무 좋아서 어떻게 좋다고 해야 할지도 모르겠다.

묵직한 그의 체취가 콧속으로 파고들었다. 땀구멍에서 증류수만 나올 것 같은 사내도 하루 종일 걷고 씻지 못하니 똑같이 몸 냄새가 난다는 것에 어쩐지 안심이 되었다. 나한테도 비슷한 냄새가 날 텐데. 저 결벽증 환자가 어떻게 버티는지 모르겠다. 하긴. 지금 문제가 고작 땀 냄새뿐이겠는가. 썩어 가는 움막에 흙과 오물에 쩌든 거적을 보며 민호는 눈을 가만히 깜박거렸다. 이 상황을 담담하게 받아들이고 있는 사내를 보니 그냥 모든 것이 이상하고 꿈만 같았다.

민호는 그의 가슴에 뺨을 바짝 대 보았다. 청진기 따위 없어도 심장 소리는 들렸다. 두둥, 두둥, 두둥, 그의 심장 소리는 무겁지만 푸근한 노랫가락처럼 들렸다. 냉랭하고 쌀쌀맞은 사내는 갈비뼈 속에 어울리지 않는 것을 감추고 살았다. 그는 민호를 안은 채 부드러운 목소리로 소곤거렸다.

"뭐 해요?"

"음악 들어. 심장에서 음악 소리가 들려."

"아하."

이완은 몸이 웅웅 울리는 소리를 내며 웃었다. 그는 민호의 머리 위로 깊이 입을 맞춘 후 말했다.

"음악 좋아해요?"

"아니, 전혀. 하지만 박 실장님이 저번에 밤에 연주하던 첼로 곡은 정말 좋더라. 그건 또 듣고 싶어."

"바흐요? 좋았어요?"

"응. 완전 좋았어. 매일 듣고 싶어."

"썩 잘하는 건 아닌데. 그럼 열심히 연습해야겠네요."

"어? 에이, 힘들게 그럴 것까지야."

"아니, 아니에요. 민호 씨가 원하면 녹음해서…… 아니다, 제가 밤마다 연주해 드릴게요. 정말이요. 약속해요."

민호의 새끼손가락에 이완의 손가락이 동그랗게 걸렸다. 가만가만 이어지는 달뜬 목소리와 작은 손짓만으로도 사람을 이렇게 녹일 수 있다니. 맨 정신으로 믿을 수가 없었다. 사람들이 이래서 연애를 하고, 이래서 사랑을 하는 건가. 민호는 귀를 댄 채 소곤소곤했다.

"실장님, 언제 시간 여행 해 보고 싶은 때 있어?"

"왜요. 데려다주게요?"

"뭐, 길이야 랜덤으로 열리는 거지만, 혹시 알아? 만나고 싶은 사람 다시 볼 수 있을지?"

"음. 내가 시간 여행자라면, 그 시간으로 한 번쯤은 꼭 돌아가 보고 싶어요."

"언제?"

"엄마하고 계부가 돌아가시기 직전. 이모 만났을 때요."

"아하."

"일이 잘못되기 전에 막고 싶어서요."

"뭐야. 덕희 씨한테는 정해진 미래를 뜯어고치면 안 된다고 길길이 뛰어 놓고."

"아, 그랬었나. 그랬군요."

이완은 머리를 긁으며 웃었다.

"이모는 돌아가시기 직전에 공수표를 많이 날렸어요. 착하게 잘 기다리고 있으면 이모가 꼭 데리러 오겠다거나, 훌륭한 사람이 되면 나중에 엄마아버지를 만나게 해 주겠다거나."

"아직까지 훌륭한 어른이 안 되었나 보지."

"훌륭한 사람이 되는 게 뭔데요? 엄마는 훌륭한 사람이 되기 위한 잔소리를 하루에 백 가지씩 읊어 댔습니다. 청소해라, 어지르지 마라, 양말 뒤집어 벗지 마라, 밥풀 흘리지 마라. 빵 뭉쳐서 지렁이 만들지 마라, 입 벌리고 먹지 마라 같은 리스트가 책 한 권 분량일걸요. 훌륭한 사람 되는 거 어려워요."

민호는 킁킁, 콧소리를 내며 웃었다.

"아마 엄마 아빠 돌아가신 걸 못 받아들였다고 생각해서 만나게 해 주겠다고 했을 거야. 나도 엄마가 돌아가신 걸 이해하지 못했거든. 엄마가 죽은 곳에 아이스크림이 녹은 웅덩이가 여러 개 있었는데 거기서 백치처럼 한참을 서 있었대. 집은 발칵 뒤집혀서 내가 없어진지도 모르고, 지나가던 아줌마하고 아저씨가 나를 업고 집에 데려다주었다고 하더라고. 그분들도 나를 비슷하게 달래 줬어. 내가 그때 여덟 살이었는데, 확실히 좀 덜떨어진 애였던 거 같아."

"……"

"뭐, 지금도 그 머리는 여전한 거 같지만."

"머리 나쁜 건 맞습니다. 시간 여행이라는 독보적인 능력을 갖고 있으면서 그런 자기비하 발언을 일삼고 있으니."

"그거 돈 안 돼. 어디 밝히고 써먹을 만한 능력도 아니고, 남들이 아는 것도 싫어. 그런 거 알려지면 괴물 취급당할 거라 하더라고. 그렇겠지 뭐."

"괴물 취급은 무슨! 누가 그따위 소릴 합니까!"

"잘못 들어간 사람 찾아와 봐야, 그런 일로 돈을 받을 수도 없는 거고, 돈 주는 사람도 없었고. 시간 여행으로 백만 원 단위 보수 받게 된 건 이번 일이 처음이야. 보너스까지 합쳐서."

"돈이 안 된다라……. 이건 뭐 정말. 그 인간을 때려잡을 수도 없고."

이완은 짧게 헛웃음을 짓다가 말을 끊었다. 다시 민호의 입술에 입을 맞추고 보조개가 쏙 패도록 웃어 보였다.

"뭐, 그래요. 돈 이야기 같은 거야 나중에 다시 하죠. 그보다 민호 씨 얘기나 좀 해 주세요."

"내 얘기 뭐?"

"음…… 가령 이름이 왜 민호일까?"

푸하? 민호가 어이없는 눈으로 이완을 쳐다보자 그가 손을 저으며 웃었다.

"왜요. 로미오와 줄리엣에서도 왜 당신 이름은 로미오냐, 그런 말 나오지 않습니까?"

"그 여자 할 일도 없네. 별걸 다 묻고 앉았어. 나 레오 오라버니가 옛날에 찍은 로미오와 줄리엣 영화 봤는데, 그런 말 없었다고!"

"나왔어요. 민호 씨가 잊어버린 거지."

"아, 진짜. 별걸 다 기억하고 있어. 하여간 요새 사람들은 이름 갖고 그렇게 트집 잡지 않아."

아하하하. 이완은 웃음을 터뜨렸다.

"누가 트집 잡는대요? 그냥 궁금할 수도 있죠. 민호 씨는 이름이 남자 같잖아요. 딸부잣집에서 아들 낳으려고 남자처럼 지은 것도 아닌데. 누가 그렇게 이름을 지어 주신 겁니까?"

"엄마가 지어 주셨어. 이거 남자 이름 아냐."

"이름 뜻이 뭔데요?"

"영리하고 재빠른 여우래. 민호(敏狐). 마이 네임 이즈 스마트 폭스!"

아, 아하, 하하하. 이완의 입에서 다시 시원하게 웃음이 터졌다.

"호가 여우 호 자였습니까? 어쩌면 이렇게 안 어울리는 이름을 지어 주었을까요?"

"웃지 마! 엄마가 어느 유명한 도사님한테 받은 이름이랬단 말이야!"

민호는 팩 토라진 소리를 냈다.

어마마마께서는, 여자란 자고로 여우처럼 남자를 잘 휘어잡고 구워삶고 홀릴 줄 알아야 사랑받는 법이라 하셨고, 그래서 하나밖에 없는 고운 딸의 이름에도 여우 호 자를 넣게 되었노라 했다. 머리를 쓰다듬는 사이사이 흘러나오는 목소리는 매번 꿀처럼 달착지근하게 늘어졌다.

우리 민호, 예쁜 민호. 순하고 착하기만 한 여자 말고, 영리한 여우처럼 사랑 많이 받는 아가씨가 되었으면 좋겠어.

우리 민호, 사랑하는 사람 만나서 여우 같은 마누라가 돼서 천년만년 재미나게 살면 되고말고.

에이, 엄마. 여우가 뭐가 좋아? 이솝우화나 여우 이야기에선 여우 나쁜데.

좋고말고, 마누라는 자고로 여우 같은 여자가 최고란다. 남자는 다 똑같은 거야.

흐응.

그래서 엄마하고 다르게 하늘 끝만치 땅끝만치 사랑받고말고.

민호는 다 늙어서 쭈그렁 할머니가 되어 가는 엄마를 물끄러미 올려다보았다. 엄마는 종가의 큰며느리였고, 일찍 시집와서 하도 고생을 해서인지 아빠보다 20년은 더 늙어 보였다. 아빠가 엄마한테 다정한 말을 해 주는 것을, 민호는 한 번도 듣지 못했다.

엄마는 집에서 들에서 항상 소처럼 일했다. 오빠나 새언니들이 선물해 준 화장품이나 로션을 찍어 바를 새도 없는데, 아빠는 항상 여자가 게을러서 얼굴에 뭐 찍어 바르지도 않는다고 불평했다. 소처럼 끙끙 소리를 내며 앓아누우면 아빠는 여자가 할 일도 많은데 누워 있기만 한다고 투덜거렸다.

엄마, 나 결혼 안 하고 혼자 살 건데?

무슨 말이야. 우리 민호는 세상에서 가장 멋진 남자를 만날 건데. 착하고, 다정하고, 능력도 좋고, 민호만 많이 많이 사랑하는 남자를 만날 건데. 이 엄마가 열심히 빌고 있으니 틀림없어.

그런 사람이 어디 있어? 엄마가 어떻게 알아? 내가 누구 만날지?

알지. 알고말고.

어떻게?

엄마들은 그냥 알아, 다 알아.

어머니가 쓰다듬어 주는 손이 따뜻했다. 엄마는 손이 따뜻한 사람이었다. 손은 항상 거칠고 주름이 많았다. 나이 오십, 단산할 때가 다 되어서 간신히 얻은 막내딸이었고, 일곱째 달부터 임신중독으로 거의 죽을 뻔하기도 했다 들었다. 민호를 낳고는 몸이 눈에 띄게 쇠하여졌다고도 했다. 하지만 시커먼 사내놈들 사이의 유일한 딸이라, 어머니는 그렇게 공을 들이고 예뻐했었다.

이완이 등 뒤에서 그녀를 끌어안는다. 한기가 사라진다. 맞닿은 가슴과 등으로 새로 온기가 생겨 퍼지기 시작했다.

"어머니가 보고 싶은가 봐요?"

"응, 제일 보고 싶어. 다시 보고 싶어서 폐가에 가서 시간 여행도 정말 많이 했어. 그래서 그놈의 집구석을 좀 리노베이션을 하고 싶은데, 돈이 있어야지."

"어머니를 다시 만나 본 적이 있나요?"

"돌아가신 지 2년 후 기일에, 처음 시간 여행을 하면서 뵈었지. 그다음부터 그렇게 많이 시간 여행을 했는데 엄마는 한 번도 못 만났어. 이상하지."

"……."

"엄마를 다시 만나서 사고 나는 날 밖으로 나가지 못하게 막으려고 그렇게 애를 태웠는데 한 번도 같은 시간으로 돌아가지 못했어."

"지금은 그 시간으로 가 봐야 어머니가 민호 씨인지도 모를 텐데요?"

"응. 요새 생각은 그래. 엄마를 만나면, 만나기만 한다면."

민호의 웃음이 서글퍼졌다.

"그곳에 머무르면서 엄마 옆에서 집 하나 얻어서 그냥 살지 싶어. 딸이 아니라 이웃이나 나이 어린 친구라도 괜찮아. 가까운 이웃으로, 얼굴 자주 보고, 농사일도 도와 드리고, 주말에 같이 천마산으로 나물도 캐러 다니고. 내가 엄마한테 해 주고 싶었던 일을 많이 해 드리고 싶어."

"어머니를 만나면 되돌아오지 않겠다는 겁니까?"

"응. 그 시간에 주저앉아 살 생각이야. 다른 시간에서 적응해서 사는 거, 그거 생각보다 큰일 아니거든. 덜떨어진 꼬맹이 윤민호가 자라는 꼴을 보는 것도 재미있겠지."

민호는 스스럼없이 웃었다. 가슴을 끌어안은 손길이 좀 더 우악스러워졌다.

"어떻게 그렇게 쉽게 현재의 삶을 포기합니까?"

"포기는 무슨. 이사라고 생각해 봐. 사랑하는 사람이 있으면 미국이든 아프리카든 남미든 어디든 가잖아. 이상할 것도 없어."

"현재에는 당신을 사랑해 주는 사람이 없어서 이러는 겁니까?"

"뭐, 나 좋아하는 친구들은 많아. 때마다 전화해서 잔소리해 대는 오빠들도 있고."

"……민호 씨."

"그래도 엄마는 없지. 아, 그렇다! 토마스 폰 에디슨은 꼭 데려가고 싶네."

민호는 몸을 돌려 그의 가슴에 얼굴을 묻고 흐흐 웃었다. 맑고 유쾌하게 웃으려 했는데 웃음소리가 우스꽝스럽게 나와 창피했다. 이완은 아무 말도 하지 않았다. 울대뼈가 아래위로 무겁게 오르내렸다.

산속의 밤 시간은 고적하게 흘러갔다. 입구 쪽으로 쳐 놓은 거적 틈으로 눈이 펄펄 날리는 것이 보인다. 내일 아침이면 눈이 꽤 많이 쌓여 있을 것이다. 바닥에는 이완의 옷이 깔려 있다. 맨가슴이 바짝 맞닿아 있었고, 그가 하도 힘을 주어 끌어안는 바람에 춥다기보다 답답하다는 생각이 들었다.

하지만 소중한 듯이 꽉 끌어안고 있는 느낌이 몹시 좋아서, 민호는 가만히 있었다. 그의 심장이 두근대는 소리가 들리는 것 같다. 맞닿은 가슴으로 쿵, 쿵, 쿵 하는 진동이 전해져 손가락 발가락 끝까지 퍼져 나갔다.

손가락이 머리카락을 쓰다듬는 것이 느껴진다. 손가락이 수줍은 듯이 그녀의 등을 타고 미끄러진다. 눈을 가만히 감았다. 눈에, 뺨에, 귓불에, 어깨에, 가슴에 조심스럽고 애틋한 입맞춤이 이어졌다. 가볍고 부드러운 입맞춤은 질척이는 흡착음이 아닌 똑, 똑, 똑, 어디를 톡톡 두드리는 듯한 소리가 났다.

손길에서, 조심스러운 입맞춤에서 말할 수 없이 깊은 감정이 전해졌다. 가슴속으로 실낱같은 불이 깜박 들어왔다.

혹시, 혹시 이 사람도 나에게 진짜 호감을 갖고 있던 건 아닐까?

지금까지 지켜본 박이완이라는 사람은, 성질이 까다롭긴 해도 깍듯하고 경우 바른 사람이었다. 남의 일에 관여하기를 싫어하지만 성품이 개차반이라거나 무책임한 사람은 아닌 것 같았다. 마음에도 없는 사람하고 그렇게 선뜻 몸을 섞을 사람도 아닌 것 같다. 물론, 남자들이란 치마만 둘러 놓으면 덤벼드는 슬픈 족속이라지만 저 사람만큼은 함부로 원나잇 같은 거 할 사람으로 보이지 않았다. 그래서 이 상황이 더 이상했다.

내가 진짜 좋으냐고 확인해 볼까?

민호는 얼른 고개를 박았다. 용감무쌍한 정의의 용사는 어디 가고 겁쟁이 꿩 한 마리가 숨어 보겠다고 땅바닥에 고개를 처박고 앉았다. 민호는 자신이 찌질하게 보이는 것이 가장 두려웠다.

조금이라도 창피스러운 짓을 하면, 자신의 모솔 30년 역사를 알고 있는 저 사람이 틀림없이 '나이도 서른 넘었고, 급하기도 하니 기회만 되면 들러붙는다'고 생각할 것 같았다. 다른 건 다 참아도 저 사람이 그렇게 생각하는 것만큼은 견딜 수 없을 것 같다.

그래도 이렇게 애틋하게 머리를 쓰다듬고 부드럽게 웃어 주는데. 나는 마음에 없는 사람한테는 이렇게 못 해 줄 것 같은데.

이렇게 다정하고 살가운 모습이 영원히 이어진다면.

심장이 갑자기 미친 듯 두근거렸다. 물어볼까. 정말 애인이 없는 거라면, 스칼렛인지 칼리인지 그 여자하고 아무 관계도 아니라면.

……나랑 한번 사귀어 보자고 물어볼까?

구체적으로 생각하자 슬슬 겁이 나기 시작했다. 못 먹는 감 찔러나 본다고 하는 말이 고약하다. 남의 감 찔러서 터지면 돈 물어내야 한다고 누가 그랬더라. 임자가 없는 감이라도 언감생심의 높은 곳의 감이라면 길이길이 회자되는 흑역사가 될 것이다.

민호는 갑자기 느껴지는 추위에 몸을 후르르 떨었다. 몸을 돌려 미끄러진 옷가지를 주섬주섬 겹쳐 덮었다. 등 뒤에서 그의 팔이 둥글게 몸을 감싸 안았다. 격려라도 하는 듯, 토닥토닥 두드려 주기도 한다.

조금, 아주 조금 용기가 났다. 이번에도 애인이 없다고 못 박아 말해 준다면, 그러면 한 번쯤 용감무쌍한 윤민호답게 눈 딱 감고 들이댈 수도 있을 것 같다. 민호는 더듬더듬 입술을 뗐다.

"박 실장님. 어, 저기 물어볼 게 있는데."

"……."

"박 실장……."

"이름 불러 보세요. 언제까지 박 실장님, 박 실장님 할 겁니까."

나른하고 부드럽게 풀린 목소리가 귓속으로 스며들었다. 그의 날숨이 간질간질 한 자락 들어가자 배 속까지 뜨끔했다.

"에이, 어떻게 그래. 내 지금 말은 까고 있지만 사실 박 실장님이 월급 주는 사람인데."

"그래요. 그럼 월급 주는 사람의 특권 좀 사용해 보죠. 이름 불러 보세요."

나직나직 웃는 소리가 주변을 웅웅 감쌌다. 가슴이 두근거렸다. 민호는 입속으로 조그맣게 뇌어 보았다. 이완. 이완. 박이완.

"무슨 뜻이야? 이완. 박이완이라는 이름은? 영어 이름이야?"

"옮길 이(移), 완전할 완(完). Iwan, 영어도 한문도 다 같은 이름으로 씁니다. 아버지가 지어 준 이름이라는데, 알코올 중독자가 무슨 생각으로 지은 건진 잘 모르겠어요. 별로 알고 싶지도 않고요."

얼굴 한 번 본 적이 없는 제임스. 이완의 친아버지. 인생을 열쇠 찾는 일로 모조리 낭비했다는 그 영감님이 지어 준 이름. 이완. 박이완.

민호는 그의 눈을 바라보며 눈을 깜박였다. 움직임이 없는 검은 눈동자인데도 어쩐지 다정한 웃음이 담긴 것처럼 보인다. 이름 한번 불러 보라니까요, 채근이 이어졌다. 머리카락을 쓰다듬는 그의 손이, 눈앞에 보이는 팔뚝이 축축하게 젖어 있는 것을 보고, 민호는 용기를 냈다. 그녀는 자신을 감싸고 있는 가슴에 조심스럽게 얼굴을 비비며 가만히 불러 보았다.

"야. 이완아⋯⋯."

"흐⋯⋯."

웃는지 우는지 신음인지 알 수 없는 소리가 터졌다.

"아, 정말, 천하무적이야."

그는 한 손으로 얼굴을 가리고 고개를 흔들었다. 또 뭔가 아닌 모양이다. 그러면서 또 허파가 비뚤어진 사람처럼 자꾸 웃기만 한다.

"그럼 뭐라 해? ⋯⋯이완 씨⋯⋯ 라고 해?"

"예. 그게 낫겠습니다."

이완 씨. 이완 씨. 박이완 씨. 조그맣게 되풀이할 때마다 끌어안은 팔뚝에 힘이 훅훅 들어가는 것이 느껴졌다. 속눈썹이 긴 그의 눈이 움직인다. 눈꺼풀이 깜박, 위로 올라가더니 동그란 굴곡을 그리며 휘어진다. 매끄럽고 가는 입술이 싱그럽게 만곡을 그린다. 세상에, 이렇게 달콤하게 웃어 줄 수 있다니. 눈부시다 못해 녹아 버릴 지경이다. 땀에 젖은 얼굴과 목덜미, 어깨와 팔뚝에 소름이 살짝 올라와 있는 게 보였다.

"그래요. 궁금한 게 뭔데요? 아는 대로 대답해 드릴게요."

다시 이마에 뽁, 하는 가볍고 부드러운 소리가 났다. 민호는 침을 꼴깍 삼켰다. 그렇지, 무대포 정신으로 무장한 용감무쌍 윤민호, 딱 부러지게 물어보자.

"이완 씨, 혹시 스칼렛……에 대해 할 말 없어?"

순간 그의 움직임이 멎었다. 둥그렇게 커진 눈이 민호의 얼굴을 탐색하듯 주르르 훑었다. 아까처럼 단호하게 아니라는 대답이 나오지 않는다. 목소리가 조심스러워졌다.

"스칼렛…… 과르네리 델 제수 말인가요? 민호 씨가 스칼렛을 아신다고요?"

과르네리 델 제수는 성인가? 민호는 눈썹을 찌푸리며 어물어물 대답했다.

"응? 어, 그야…… 그때 덕희 데려간 날 한번 봤으니까."

"아, 그렇군요. 한번 보셨군요. 그나저나 신기하네요. 과르네리 패밀리야 워낙 유명하지만 스칼렛이라는 이름은 아는 사람이 거의 없을 텐데요. 아, 그게 제가 민호 씨를 무시하거나 그런 건 절대 아닙니다만……."

여전히 방어적인 태도로 이완이 황급히 덧붙였다. 야, 이 인간아, 물어본 건 나라고. 민호는 멍청한 소리를 내며 웃었다. 그 이름을 사용하는 사람은 단 한 명의 남자. 내 눈앞에 맨살을 드러내고 앉아 있는 저 남자. 그가 대답을 뒤로 미룬다. 그게 무엇을 의미하는지 짐작이 된다. 가슴에 큰 구멍이 뚫리는 것같다.

"앤드류가 병원에서 얘기하는 걸 들었어."

아하? 그가 몹시 괴이한 얼굴로 입술을 달싹거린다. 민호는 속에서 점점 분노가 울을 치솟는 것을 느꼈다.

"얘기 들어 보니 이완 씨, 스칼렛 꽤 좋아하나 봐?"

"그런데 민호 씨, 왜 하필 지금 그 이야기를……?"

"하면 안 돼? 왜? 궁금한 거 다 물어보라며. 그냥 기다 아니다 대답만 하면 되는 건데."

갑자기 날이 선 민호의 말에 이완이 천천히 몸을 일으켰다.

"안 될 것까진 없어요. ······예. 좋아해요."

씨발, 빌어먹을, 이럴 줄 알았어. 이럴 줄. 그 말을 듣고도 놀랍지 않은 것이 더 놀라웠다. 외려 이완이 더 당황한 것처럼 보였다.

그래. 나한테 얻어걸리는 게 다 그렇지 뭐.

눈앞으로 안개가 조금씩 차오르는 것 같다. 어차피 지저분하게 들러붙을 생각으로 같이 잔 건 아니었다. 아까도 생각했었지. 기대하는 쪽이 딱 기대하는 만큼 상처를 받는 거라고. 다 각오하고 기대한 거고, 각오하고 저지른 짓이야.

하지만 잘난 척해 봐야, 임자 있는 놈한테 들러붙은 꼴이다. 속이 쥐어짜이는 것 같다. 씨발, 이게 뭐야. 속인 건 저 인간이니 내 잘못은 없는 거지만, 앞으로 첫날밤을 떠올릴 때마다 양심의 가책까지 덤으로 딸려오게 생겼다.

'그냥 멋진 남자 사람한테 들이대서 딱지 한 번 뗐다고 생각하면 되잖아. 그게 어디야.'

······그렇게 생각하기에는 또 너무 비참했다.

민호는 이를 꽉 물었다. 고개를 들어 그의 얼굴을 똑바로 쳐다보았다. 매끄럽고 반듯한 이마에 세로로 깊은 주름이 잡혀 있었다. 두 여자한테 떳떳하지 못한 짓을 했다는 자각이 이제야 드시나? 아니면, 지금이라도 내가 그 빨간 폭포한테 가서 꼰지를까 봐 겁이 나시나? 뭔가 따지고 싶은데, 말도 시원하게 나오지 않는다. 미친년. 주제도 모르고 붕붕 떠 있더니, 아주 꼴 좋다.

······그래도 부러워.

문득 치솟은 생각에 기가 막혀 주먹이 꽉 쥐어졌다. 이 와중에 그따위 생각이 들다니. 부럽지 않아! 사랑하는 사람에게 비밀스러운 애칭으로 불리면서, 남 앞에서 대놓고 뽀뽀를 받던 그 잘난 여자도 실은 나처럼 멋지게 빅엿을 먹은 거라고. 민호는 불퉁한 목소리로 여자에 대해 캐묻기 시작했다.

"델 제수는 뭐야? 무슨 귀족 가문이란 뜻이야?"

"음, 과르네리는 귀족 가문은 아니에요. 델 제수는 과르네리 중에서도 주세페 라인에만 붙이는 이름이고요."

"주세페는 또 뭐야? 이탈리아 사람이야? 유명해?"

"뭡니까……. 잘 알고 묻는 줄 알았더니."

이완은 짧게 웃더니 고개를 끄덕였다.

"예. 말씀대로 주세페 과르네리는 이탈리아 크레모나의 유명한 장인이에요. 하지만 사실 폭력배이고 성질도 보통이 아니라 감옥을 제집처럼 드나들었다는 소문도 있었죠. 그 성격을 닮아서 그런가, 델 제수 패밀리도 성질이 만만찮기로 유명해요."

맙소사. 자그마치 '이탈리아 패밀리' 씩이나. 민호는 돌아누운 채 입술을 비틀며 중얼거렸다.

"하긴, 처음 딱 봤는데 보통이 아닌 것 같더라."

"그렇죠. 그게 또 매력이니까요. 결코 휘어잡히지 않는 강하고 도도한 매력이 있어요."

이 뻔뻔한 새끼. 지금 터진 주둥이라고 내 앞에서 그따위 말을 씨불이는 거지? 민호는 푸들푸들 떨리는 입술을 꼭 다물고 마음을 다잡았다.

"혹시 헤어지고 싶다거나 그런 생각 해 본 적 있어?"

"제가 왜요……? 전혀 없어요. 앞으로도 없을 거고요."

이 대화가 썩 내키지는 않는 듯한 얼굴로, 하지만 단단하고 확실한 어조로 그가 못을 박았다. 쿡, 가슴으로 죽창이 들이박히는 것 같다.

그래, 차라리 이게 속이 편하다. 이 맹추 호구 윤민호가 헷갈리지 않게 해 주니 고맙다고 해야 하나.

박이완. 이 나쁜 새끼. 개새끼. 뭐? 결코 휘어잡히지 않는 강하고 도도한 매력? 시발, 그래, 잘났다. 그럼 평생 그 여자한테 휘어잡혀서 절절매고 바닥이나 기면서 살아 봐라.

결론이 났다. 결론 1번. 뻘건 폭포를 몰아내고 유리 구두를 대신 받기는 커녕, 여자를 볼 때마다 양심에 사정없이 바늘이 박힐 거라는 거. 결론 2번. 오늘 일이 그 이탈리아 패밀리에게 알려졌다가는 내 대가리에 쥐도 새도 모르게 바람구멍이 날 거라는 거. 결론 3번, 박이완이라는 인간이 생각보다 나쁜 놈이라는 거. 결론 4번. 저 새끼가 지금 아무리 다정한 척해 봐야 이건 원나잇, 하룻밤의 꿈이라는 것뿐이다. 열두 시면 깨어 버리는 꿈으로 못 박아 확정. 땅땅땅. 아주 찰나간이라도 무언가 기대한 것이 한심해서 죽을 것 같았다.

저 인간에게 왜 거짓말을 했냐고 따지고 싶지도 않다. 그러잖아도 비참한데 그랬다간 저 인간 앞에서 펑펑 울거나 오크처럼 변해서 길길이 들뛰며 추하게 들러붙을 것 같았다. 애초에 화를 낼 것도 없다.

선정이가 늘 말했다. 남자들은 기본이 양심 없는 들개들이라고. 사시사철 칼을 들고 휘두르고 있지 않으면 엉뚱한 개새끼들이 널름거린다고. 내가 시작할 때부터 선착순이니 원나잇이니 개똥같은 소리를 지껄였으니 사실은 내가 병신이다. 속은 그렇지도 않은 주제에 잘난 척 나불대니 이 지랄이 난 것이다.

쿨하게, 그래, 쿨하고 멋진 다른 여자들처럼 좋은 밤이라고 말할 수 있으면 좋을 텐데.

눈물과 콧물이 뺨을 타고 거적 위로 방울방울 흘러내려갔다. 그것을 눈치채지 못했는지, 이완이 등 뒤에서 진중한 목소리로 물었다.

"민호 씨, 제가 앞으로 민호 씨에게, 음, 가끔 일도 없이 전화해서 안부를 물어도 괜찮습니까?"

"어? 일 끝나고? 어, 괘, 괜찮아. 전화는 하라고 있는 거니까."

"종종 만나서 식사라도 하고, 일, 맡길 것도 있으면 부탁도 하고, 재미있는 책이나 잘 어울릴 것 같은 옷이나, 음, 맛있는 케이크 같은 거 보면, 가끔 사다 드려도 될까…… 이, 이게 아니고, 하여간 민호 씨. 가끔 사적으로 만날 수 있느냐고…… 이것도 아니고. 그게요. 제길."

이완은 손가락으로 머리를 헤집었다. 민호는 얼른 눈물을 씻어 내고 고개를 돌려 그를 바라보았다.

……무슨 말을 하려는지 알 것 같다. 너무 잘 알겠다.

똑같거든. 어떤 빌어먹을 남자가 나한테 7년 동안 했던 짓하고 아주아주 똑같거든.

당신 말이야, 지금 나한테 좋아하는 여자가 있다고 대놓고 말해 놓고도, 나하고 가끔 만나서 이런 짓을 할 수 있는 거냐고 묻고 있는 거지? 심심풀이 파트너로 어장 관리를 하려고? 내가 김준일 교수님한테 매여 질질 끌려다니고 있는 거 보니까, 댁도 그래도 되는 것처럼 보이는 거지?

기가 막혀서 말도 나오지 않는다. 이건 정말 생각보다 훨씬 나쁜 놈이다. 원나잇 따위는 그냥 생각의 차이라고 애써 이해해 주려고 했다. 내가 스칼렛 이야기를 끄집어냈으면 적어도 미안해하는 시늉이라도 하면서 무슨 말이라도 할 줄 알았다. 아주 뻔뻔하게 나 낚시질 중이에요, 공표할 줄은 몰랐다.

존나존나 개새끼.

갑자기 눈 속이 콱콱 쑤시면서 새로운 짠물이 고이기 시작했다. 괜히 물어봤나 봐. 차라리 안 물어본 상태에서 저런 말을 들었으면 지금 무지하게 행복했을 텐데. 열두 시에 마법이 풀린다는 사실을 모르는 신데렐라처럼 행복에 겨워 춤을 추었을 텐데.

민호는 눈물이 흘러나오지 않게 눈동자에 힘을 빡빡 주며 버텼다. 맨날 임자 있는 것들한테만 반해 버리는 빌어먹을 팔자. 시행착오로 날려 먹은 시간은 7년으로 충분해. 더 이상 비참해지지 않기 위해서는 독해져야 했다.

민호는 벌떡 일어나서 저 인간에게 욕을 퍼부을까, 꾹 참을까 한참 동안 생각해야 했다. 성질대로라면 30년간 축적했던 모든 쌍욕들을 모조리 퍼부은 다음 사타구니를 걷어차서 한 달 동안 아무 짓도 못 하게 만들어 놓고 싶었다.

하지만, 어깨를 애틋하게 쓸어 주며, 그렇게 조심스럽게, 붉어진 얼굴로 입술을 맞대던 것이 생각났다. 맞닿던 피부 사이로 느껴지던 감촉이 생각났다. 차마, 차마 지금, 마법의 여운이 남아 있는 지금 욕설을 퍼붓고 싶지는 않았다.

이 빌어먹을 기억은 어차피 평생을 갈 것인데, 그 끝자락마저 더러운 욕설과 몸싸움으로 장식하기엔 윤민호 30년 솔로 인생이 너무 서러웠다. 콧대 높고 도도하고 멋진 여자들처럼, 쿨하게, 멋지게 보이고 싶었다. 민호는 태연한 목소리를 억지로 쥐어짜야 했다.

"이런 식으로 만나는 건 오늘로 끝이야. 나도 진짜 남친을 좀 사귈 생각이라서."

"민……호 씨. 왜 갑자기 그러십니까? 저, 저는……."

"우리, 좀 안 맞는 거 같지 않아?"

"아까 많이 아파서 그렇습니까? 미안해요. 다음엔 조심해서 살살 할게요."

"……."

"이렇게 지저분하고 엉망인 곳에서 밤을 보내서 기분이 안 좋으셨습니까? 그건, 저도 정말 속상합니다. 제가 다음엔……."

목소리가 다급해졌다. 민호는 등을 돌린 채 손을 저었다.

"이완 씨 같은 사람, 내 스타일이 아니라서. 말끝마다 자근자근 씹고, 독설이나 퍼붓고, 비꼬기나 하고, 나도 뭐 말본새가 거지깽깽이니 이런 말 하는 것도 같잖지만, 그래도 싫은 건 싫다고 할 수 있는 거지. 그렇잖아?"

"아."

갑자기 뒤쪽이 조용해졌다. 한참 만에 더듬대는 목소리가 들렸다.

"그, 제, 제가 당신한테 짜증을 많이 내긴 했어요. 맞습니다. 그동안 독설 퍼부었던 것 때문에 마음 상하신 거 알아요. 미안해요. 제가 잘못한 거 맞습니다. 이제 안 그러려고 노력하고 있어요. 다시는 그런 말 안 하겠습니다."

"성격도 별로야. 안 맞아. 내가 아마 감당이 안 될 거야. 난 남자가 그렇게 깔끔 떨고 깐깐하고 남 피곤하게 하는 거 싫어하거든."

"민호 씨. 저도 제가 과한 것은 알아요. 하지만 다른 사람에게 그런 피곤한 요구는 하지 않았습니다. 지금까지 잘 참고 살았고, 앞으로도 그럴 겁니다. 그런 점이 걸리면 제가 까탈을 부릴 때마다 얼마든지 얘기하세요."

민호는 자리에서 일어나 눈썹을 찌푸렸다. 그런 말 하지 마. 자꾸 흔들린단 말이야. 목구멍까지 말이 치받았다. 댁이 아무리 눈 돌아가게 잘생기고, 능력 있고, 멋있어도, 내가 아무리 첫눈부터 홀라당 발라당 반했어도, 애인 있는 사람, 어장 관리하는 낚시꾼 쳐다보는 비참한 짓은 이제 안 해. 그런 짓은 7년이면 충분하잖아. 내가 아무리 가진 게 없고 내놓을 게 없어도, 대기 타고 있다가 호출하면 나가는 5분 대기조 여자가 될 생각은 없단 말이야.

어떻게 걸리는 새끼들마다 다 이 모양인지 모르겠다. 댁보다 한참 모자라고 덜떨어져도, 그래도 이젠 나만 봐 주는 남자하고 사귀고 싶다고. 이 당연하고 소박한 소원 이루는 게 왜 이렇게 힘들어.

민호는 이를 꾹 깨물고 숨을 가다듬었다. 태연하게 양다리 원나잇을 꿈꾸는 새끼한테, 찌질하고 궁상스럽게 보이느니 죽고 말 거다.

"에이, 선착순이라고 내가 정말 선착순으로 원하지도 않는 사람 찍어 사귀는 줄 알았나?"

"민호 씨."

"내 스타일 아니라고 했잖아. 싫어. 길게 만나는 거 별로야. 그냥 쿨하게 오늘 즐거웠어, 그러고 지나가면 안 돼?"

"민호 씨는, 그렇게 쿨한…… 게 가능합니까? 저는, 처음 관계면 뭔가 특별하다고 생각하실 줄 알았……."

머리의 뚜껑이 펑 터지는 소리가 들렸다. 참아 보려 했는데 처음 관계니, 특별이니 하는 말에 아주 빡이 친다. 네놈 새끼는 찌를 몇 개씩 던져 놓고 되는대로 찔러 보는데, 그것만 생각해도 열 받아 죽겠는데, 내가 왜 특별하게 생각해 줘야 해?

"아오 씨발, 내가 왜? 내가 오늘 밤을 존나 특별하게 생각해 주길 바란 거였어? 아아. 처음 해 보는 여자 따먹어서 특별히 자랑스러운가? 하긴, 인터넷에 그런 거 자랑질하는 남자들 많더만. 댁도 그래? 댁도 서른 넘어가는 노처녀 구제해 줬다 그런 글 올리고 그럴 거야?"

듣고 있던 사내의 얼굴이 시퍼렇게 변했다. 그는 대답할 생각도 접고 아예 입만 벌린 채 손을 부들부들 떨었다.

"처음이면 여자가 무조건 평생 애틋하게 기억해 줄 줄 알았어? 이런 더럽고 지저분한 움막이 뭐가 멋지다고. 저 혼자 좋고 나는 아파 죽는데 그걸 뭐라고 평생 특별하게 기억하고 있냐? 짜증 나. 난 오늘 기억은 레드 썬 걸어서 모조리 까먹어 버릴 거라고. 어차피 기억력도 고자니까 어렵지도 않을 거야."

그의 얼굴이 허물어지는 꼴을 보는 건 유쾌하지 않았다. 그의 이마와 미간이 먼저 구겨졌고, 눈가가, 콧등이, 입술이 여러 형태를 그리며 일그러졌다. 하지만 그는 잠자코 고개를 끄덕였다. 비록 시간이 한참 걸리기는 했지만, 얼굴은 다시 평정을 되찾았다.

"……알겠습니다. 그렇게 하겠습니다. 싫다는 사람 붙잡지는 않습니다. ……오늘 즐거웠습니다."

이완은 주변에서 굴러다니던 흙 묻은 속옷과 바지, 셔츠를 꼼꼼하게 털어 입고 양말을 신었다. 그리고 누워 있는 민호에게 옷을 하나씩 입히고, 치마와 목도리들을 남겨 그녀의 위로 덮어 주었다. 그리고 등을 돌리고 누웠다. 숨소리가 거칠었다 잦아들었다를 반복했다. 가끔 어깨가 꿈틀거렸지만, 그 후로 단 한 마디도 나오지 않았다.

민호의 눈꼬리로 밀린 눈물이 툭 터졌다. 개새끼, 나쁜 새끼, 멀쩡한 여자 원나잇 대기조를 만들려던 새끼가 왜 상처받은 척을 하고 지랄이야. 하지만 그럴수록 방금 전까지 다정하게 안아 주고 따뜻하고 부드럽게 웃어 주던 그가 환영처럼 떠올랐다. 그의 허리와 엉덩이와 허벅지에 남아 있던 흉터가 생각났다. 그가 끌어안고 완강하게 힘을 주던 그 악력이 팔과 허리에 지근지근 남았다.

아니, 아니, 아니. 민호는 세차게 고개를 흔들었다. 첫날밤이 즐겁지 않아서 다행이다. 이렇게 더럽고 좆같은 데서 치러서 다행이다. 더럽게 아프기만 해서 다행이다. 아무런 좋은 추억도 안 남으니까. 아주 먼 훗날이라도 이 인간을 그리워할 만한 기억이 없으니까 새로이 7년을 낭비할 일이 없는 것이다.

민호는 이를 악물고 속으로 외쳤다. 쿨하게, 그래, 쿨하게 말하는 거야. 오늘 밤 즐거웠어 이완 씨, 레드 썬! 좋은 추억이었어, 좋은 경험이었어. 레드 썬. 레드 썬.

최면은 걸리지 않았다. 그저 눈물만 줄줄줄 관자놀이를 타고 흘러 머리카락 속으로 흠뻑 스며들어 갔다.

10.
Trust

눈은 그쳤다. 햇살이 움막 안으로 노랗게 들어찼다. 눈이 종아리 높이까지 쌓인 것이 보였다. 꺼진 줄 알았던 모닥불이 그래도 여전히 살아 있었다. 밤새 불을 지키기라도 했나? 옆에 등을 돌리고 누워 있던 사내가 보이지 않는다.

"이완…… 박 실장님?"

춥게 자기는 했는지 갈라진 목소리가 나왔다. 목소리가 나오자마자 거적이 움직였다. 움막 앞에서 눈으로 세수를 하던 사내가 거적문을 들추고 민호를 확인했다. 차가운 눈으로 세수를 한 사내의 얼굴은 산뜻해 보였으나 한편으론 몹시 한랭해 보이기도 했다.

"일어났으면 갑시다."

그는 민호가 일어나는 것을 기다려, 바닥에 깔려 있던 회색 코트를 한참 털었다. 코트에는 진흙 자국 같은 적갈색 얼룩이 흉하게 엉겨 있었다. 민호는 그것이 짜증스러웠다. 이완은 그것에 한참 시선을 주었으나 입술만 실룩거릴 뿐 한 마디도 하지 않고, 민호에게 억지로 코트를 입혔다.

"안 입어. 박 실장님보단 내가 덜 추워."

"가다 얼어서 내 짐 덩어리 되기 전에 시키는 대로 하세요."

그는 무시무시한 눈으로 노려보았다. 민호는 한숨을 쉬며 고개를 끄덕였다. 어제 전차에서 만난 쩍벌 사내가 되어 깨갱깨갱하는 기분이었다. 하지만 싸울 마음은 들지 않았다. 아무런 표정도 없이, 자신이 준 목도리를 친친 감고 있는 그를 보니, 그냥 속이 쓰렸다.

한 걸음 한 걸음 디디는 것이 고역이다. 앞서 가는 사내의 웅숭그린 어깨가 보기 싫다. 그의 어깨에 둘린 검은 목도리도 보기 싫다. 자신의 몸에 얹힌 회색 코트는 더 싫다.

어제 손을 꼭 잡고 함께 산길을 오르던 사내는 이제 멀찍이 떨어져서 걸음만 재촉했다. 어젯밤 그렇게 궁금한 것이 많고 자자분한 이야기를 털어놓던 사내는 이제 필요하지 않은 말은 하지도 묻지도 않았다. 나 같은 여자한테 거절을 당했으니 기분이 더럽기도 할 거야. 근데 사실 기분은 내가 더 더러워야 하는데 왜 미안한 기분이 들까. 민호는 쓸쓸하게 웃었다.

이게 문제야. 무수리 본능 따위 토마스한테나 먹이란 말이야. 못된 제안을 당연히 거절한 건데. 저 인간 한마디에 혹하고 솔깃하지만 않았으면 얼결에 딱지를 떼는 개같은 경험도 안 했을 텐데. 물론 내가 결정한 짓이고, 내가 저지른 짓이니 화를 낼 일도 아니지만, 기분은 더럽고, 하늘은 노랗고, 모든 게 좆같다.

그저 다행인 건, 열쇠를 찾았으니 알바비와 보너스를 제대로 받을 수 있을 거라는 거.

……무사히 돌아가기만 하면.

퍼뜩 고개를 들어 보니 앞서 가던 사내가 몸을 어슷하게 틀어 자신을 기다리고 있다. 싸늘해 보이는 눈에 담긴 감정이 무언지 정확히 모르겠다. 짜증인지, 분노인지, 혐오인지.

두 사람은 눈을 헤치며 해 뜨는 방향을 가늠하며 걸었고, 길 가는 사람이 있으면 천마산으로 가는 방향을 물었다. 이완은 가끔 뒤를 돌아 민호가 제대로 따라오는지 확인했고, 중간에 마을이 나타나면 밥을 얻어먹거나, 사 먹었다.

겨울 양복 한 벌만 입고 구두만 신은 채 눈길을 걸어온 사내의 바지는 무릎 위까지 흠뻑 젖어 있었다. 얼굴은 푸르게 얼었고, 가끔 몸을 우그리고 신음하는 것처럼 길게 몸을 떨기도 했으나, 민호가 돌려주는 코트는 한사코 거절했다. 생각보다 고집이 단단한 사내였다. 그는 더 이상 아무것도 타박하지 않았다. 아무 집에나 들렀고, 나오는 대로 먹었고, 주는 대로 마셨다.

다만, 민호와 달리 그는 '미래의 거름'들이 구멍 밖으로까지 첩첩 쌓여 얼어붙은 민가의 뒷간만큼은 사용하지 못했다. 물론 인적이 드문 곳에 가서 민호만 뒤를 돌면 되는 일이지만 저 인간이 그럴 리는 없다고 생각했다. 그래서 민호는 '바위 뒤에서 코트로 자신을 잠시 가려 달라'는 부탁을 들었을 때 박이완이 아닌 다른 사람을 보는 것처럼 뜯어볼 수밖에 없었다.

"잠시만 저쪽을 보고 계…… 무슨 불난 집 구경났습니까?"

민호는 큰 바위 뒤에서 코트를 펴 들고 서서 망을 봐 주었다. 그래, 너도 사람이지. 배고프면 먹고, 먹으면 싸고, 꼴리면 아무 여자하고나 붙어먹고 싶어 하는 보통 남자 사람.

뭐 눈이 많이 쌓여서 댁으로선 천만다행이네. 손으로 살짝 덮으면 민망치 않게 은폐가 되고, 좀 차갑긴 하지만 잘만 뭉치면 물티슈 대용으로도 손색이 없으니까.

거시기를 치다꺼리하는 아이템들이라는 게, 화장지가 나오기 전까지는 꽤 아스트랄하긴 했다. 민호는 이 방면에서도 꽤 다채로운 경험을 갖고 있었다. 호박잎이든 나뭇잎이든 공용 새끼줄이든 공용 나무 막대기든 깔끄럽고 따갑기만 하지 뒤가 깨끗하게 닦이는 법은 없었다.

씽크빅하게 주머니에 든 카드나 **빳빳한** 명함으로 치다꺼리하는 방법도 있긴 하다. 하지만 딱히 권장할 만한 방법은 아니었다. 그 명함인지 카드인지까지 함께 파묻고 갔다가 그 시대에 갇혀 버린 멍청한 사람이 실제로 있었으니까. 그렇게 갇혀 있는 사람을 데리고 나오기 위해서 물을 한 항아리 이고 산길을 삼십 분이나 올라가야 했던 일을 생각하면 아직도 이가 갈린다. 눈이란, 그렇지, 참으로 좋은 것이다. 온 세상을 깨끗하고 아름답게 하는 하늘의 선물인 것이다.

부스럭부스럭, 철컥철컥, 허리띠 채우는 소리가 들렸다. 손과 얼굴이 빨갛게 얼어붙은 사내가 매무시를 다듬고 바위 뒤에서 걸어 나왔다. 괜히 민망해진 민호가 눈을 돌렸다. 퉁명스러운 목소리가 툭 굴러 나왔다.

"어제 서로 볼 거 다 보고, 왜 새삼 이런 걸로 민망한 척합니까?"

"……어제 레드 썬 걸어서, 뭘 봤는지 싸그리 잊어버렸거든."

"딜리트 버튼이 아주 특화된 뇌를 갖고 있군요. 그렇게 편리할 데가. 신의 축복입니다."

개싸가지 주둥이의 귀환이었다.

두어 번 길을 잘못 들어 헤맨 그들은, 달이 중천에 떠 있을 때에야 간신히 천마산 인근에 자리한 윤 진사의 집에 도착했다. 말마따나 몇 대째 윤 진사 하나로 우려먹는 집이라 그냥 윤 진사 집이라 하니 장에서 마을로 들어간다던 장사꾼 하나가 어름어름 가르쳐 준다.

덕희네처럼 아주 큰 집은 아니었고, 동네에서 한참 더 들어가 외따로 떨어진 집이었지만, 마을에서 한 집밖에 안 되는 기와집이라 하였다.

덕희의 집이 있던 남산 어귀나 서대문 형무소가 있던 곳, 광화문 앞과는 달리 전봇대도 현대식 건물도 보이지 않았다. 마을은 온통 깜깜했고, 가끔 촛불이나 호롱불을 밝혀 놓은 듯 노란 불빛만 복숭아씨 모양으로 아른거렸다.

민호가 드나드는 곳은 행랑채 바로 뒤, 거름 더미를 쌓아 둔 담장 옆에 뚫린 작은 개구멍이었다. 우물이 행랑채 곁에 있어, 그곳에서 나오는 허드렛물이 개구멍을 타고 밖으로 흘러나갔다. 민호도 간신히 들어가는 크기의 구멍이라, 이완이 들어가기는 몹시 버거웠다. 거름 더미 위에 눈이 쌓여 있었다고는 해도 그것을 묻혀 온 옷에서 나는 냄새까지 어쩔 도리는 없었다. 10년쯤 썩은 하수구 냄새에 청국장 섞은 냄새와 비슷했는데 옷에 잔뜩 묻고 보니 움직일 때마다 화생방 고문을 당하는 기분이었다.

"매번 이러고 다닙니…… 우욱!"

간신히 구멍 안으로 들어온 이완이 벽에 이마를 박고 드디어 구토를 하기 시작했다. 속이 비어서인지 나오는 것은 거의 없었지만, 그는 입을 틀어막고, 눈에 실핏줄이 터질 때까지 구역질을 했다.

쉿! 쉬쉿! 민호는 허둥지둥 팔을 저으며 그를 진정시켰다. 행랑채에 있는 사람이 몰려오기라도 하면 대형 사고다. 개들이 두어 마리 뛰어왔으나 다행히 멀뚱거리며 짖지 않는다. 개들은 민호에게 짖는 법이 없었다. 이완은 필사적으로 소리를 참았으나 결국 속에 든 것을 모조리 게우고 말았다. 아, 한심해. 그는 벽에 머리를 박은 채 눈으로 입을 문지르며 중얼거렸다. 한심해. 한심해. 머리카락을 헤집는 손길이 거칠었다.

부리는 이들이 게을렀던지 마당의 눈은 여적 쌓여 있었고, 사방 조용했다. 농기구와 허드렛 도구들을 쌓아 두는 헛간은 행랑채의 뒤쪽에 엉거주춤 자리 잡았고, 그쪽으로는 새로 난 발자국이 없었다. 민호는 어둠 속에서도 익숙하게 헛간 문을 열고 이완을 끌고 들어갔다.

빛이 잘 들지 않는 헛간은 깜깜했다. 하지만 빛이 필요한 건 아니었다.

이곳은 오랫동안, 그 공간 자체로 시간 여행의 비상구였다. 그녀는 눈을 가늘게 뜨고 신경을 집중했다. 무슨 일을 하기 위해 집중하는 것과 달리, 시간 여행을 위해, 새로운 길을 열 때만 사용되는 의식과 집중력이 따로 존재했다. 다른 사람에게 도저히 그것을 설명할 수는 없었지만, 민호는 어릴 때부터 그것을 자연스럽게 구별해서 사용할 수 있었다.

잠시 후, 바람이 한 줄기 일었다. 이내 사그르르, 바람 소리가 귓가에 감겼다. 차가운 기운이 뺨을 스치고 지나간다. 밀폐된 헛간 안에서, 익숙한 바람이 인다. 발아래로 무수한 빛이 반짝이며 실처럼 길이 나뉘기 시작했다. 적지 않은 발자국이 드러났다. 민호는 최근 자신이 귀환했던 흔적을 찾아냈다.

"이완 씨, 눈 감아."

새벽에 콜을 받은 콜택시 기사 주성은 천마산 인근 폐가 앞에 귀신의 형상으로 서 있는 두 사람을 보고 소스라쳤다. 여자건 남자건 키가 몹시 컸는데, 여자는 옷 입은 행색이 각설이 사촌처럼 기괴했고, 정장 차림의 잘생긴 사내는 온몸이 꽝꽝 얼어 강시처럼 보였다. 그리고 두 사람 모두 쓰레기장을 헤치고 나오기라도 했는지 냄새가 이루 말할 수 없이 고약했다. 얼굴이 시퍼렇게 얼어 있는 사내가 미안하다, 세탁비를 지불하겠노라 예의 바르게 말했지만, 그것마저 저승사자의 목소리처럼 스산하고 음침했다.

주성은 두 사람이 춥건 말건 창문을 활짝 열어 놓고 달렸다. 인사동까지 가는 길이 끔찍하게 멀게 느껴졌다.

○ ● ○

화각함은 자리에 없었다. 토마스 폰 에디슨도 없었다. 다행히, 민호가 놓고 간 전화기에 선정의 메시지가 남아 있어서 토마스의 거취는 바로 파악이 되었다. 토마스 폰 에디슨이 집에 왔어. 직원이라는 사람이 데려다줬어. 애 큰 거 마려운 것 같아. 방문 앞에서 라운드 댄스를 막 추고 울어. 어떡하지? 마당에라도 내놓을까? 너 언제 와? 어디 간 거야?

이완은 택시를 타고 오는 동안 앤드류에게 전화를 했으나 전화기가 꺼져 있다는 멘트만 흘러나왔다. 고작 며칠 사이에 갤러리 려의 쇼윈도는 새로운 계란 세례와 쓰레기 투척으로 엉망이 되어 있었다. 이완은 깨어져 방사형으로 금이 죽죽 가 있는 쇼윈도를 말없이 바라보고 무심한 얼굴로 안으로 들어섰다. 얼굴에는 아무런 감정도 보이지 않았다. 그냥 화각함이 놓여 있던 자리처럼 텅 비어 있을 뿐이다.

"앤드류가 어디로 가지고 간 모양이야. 화각함이 어디론가 계속 이동 중이니까 길이 막혔던 거였나 봐."

"일단, 좀 씻으세요. 마루의 욕실을 사용하시면 됩니다. 아니면, 바로 사당동으로 가시겠습니까?"

"아니. 그래도 열쇠로 그거 여는 꼴은 보고 가야지."

"있다고 해도 바로는 못 열어요. 양측 변호사 다 불러와야 하니까. 어쩌면 제가 미국에 가야 할지도 모르고."

방에 들어온 이완은 바지 주머니에서 놋 열쇠를 꺼내 탁자 위에 올려놓고, 옷을 벗어 쓰레기 봉지 안에 쑤셔 넣었다. 양말과 바지와 속옷까지 남김없이 집어넣고 봉지를 꽉 묶어 버렸다. 끔찍해. 끔찍해. 그는 이를 물고 중얼거렸다. 아직도 구역질이 나오려 한다.

그래도 끝이다. 열쇠라도 찾았잖아. 이젠 다 끝이야. 내 다시는.

그는 소독용 비누를 들고 미친 듯이 거품을 내서 머리끝부터 발끝까지 살살이 닦았다. 이런 개같은 경험은 두 번 다시 하고 싶지 않다. 쏟아지는 물의 압력이 강해 얼굴이 따끔거렸다. 제기랄, 제기랄. 이완은 벽에 머리를 박고 신음했다. 그 지저분하고 더러운 움막에서 해치운 짓을 생각하니 진저리가 났다. 그 여자가 난데없이 표변하기 전까지는 지저분한 것도, 역한 것도 모조리 잊고 있었다.

그는 거실 욕실 앞에 산더미같이 쌓인 여자의 옷을 세탁기 안에 쑤셔 넣고 소독약을 퍼부으려다가 문득 이를 부득 갈았다. 지저분한 후드 티셔츠와 낡아 빠진 청바지, 시장에서 산 것이 분명한, 박음질도 제대로 되지 않은 컨버스 스타일 운동화. 아무리 그래도 어떻게 이따위 옷을 골라 줘. 그는 그것들을 모조리 쓰레기 봉지에 담은 후 냄새 한 자락 새 나오지 않게 꽉 묶어 현관문 앞으로 내놓았다.

민호가 욕조 안에서 한숨 푹 자고 나왔을 때는 해가 멀끔하게 떴고, 자신의 옷은 모조리 사라졌다. 대신 같은 사이즈의 폴로티셔츠와 청바지, 양말, 운동화가 놓여 있었다. 라벨까지 달려 있는 새 물건이었다. 사이즈 보고 근처 옷가게에서 사 왔나 보다.

입고 다녔던 옷과 신발은 무진장 비싸 보이던 양복과 넥타이, 와이셔츠 기타 등등과 함께 쓰레기봉투에 처박혀 현관문 쪽에 놓여 있었다. 민호는 씁쓸하게 웃었다. 그렇지, 결벽증 환자가 오래 참았다. 이런 걸 보면 결벽증이란 돈 많은 사람이나 걸릴 수 있는 병이 틀림없다.

김준일 교수에게 선물 받았다는 이유로 항상 입고 다니던 옷이지만, 쓰레기봉지 안에 박혀 있는 것을 보니 기분이 묘했다. 아깝다기보다, 콧등에 나 있는 커다란 블랙헤드를 짜낸 기분과 비슷했다. 하지만 지저분한 얼룩이 잔뜩 묻은 회색코트와 검은 목도리가 쓰레기봉지 아닌 밀봉 팩에 얌전하게 접혀 들어가 있는 것을 발견했을 때는 뭐가 뭔지 알 수 없는 기분이 되었다.

귓속으로 굵고 은은한 선이 흘러들어 왔다. 침실 문을 닫아 놓고, 그가 첼로를 켜고 있었다. 밀폐된 그의 공간에서 연주가 시작되면 또 다른 공간이 열리는 기분이었다. 자신이 새로운 시공을 타고 들어가는 것과는 전혀 달랐다. 저 방은 박이완이라는 사람의 마음이 거대한 공간으로 확장된 것이다. 그가 연주하는 음악이 공간을 채우면, 그곳은 그의 거대한 심장이 되었다. 그의 거대한 심장은 오래 흐느껴 울었다. 아프고, 안타깝고, 슬프고, 억울해서, 그의 심장은 많이 울었다.

눈물이 난다. 더러운 움막, 등을 돌리고 조심스럽게 옷을 벗던 사내의 등과 허벅지에서 보이던 상처가 자꾸 떠올랐다. 상처의 개수만큼 방패를 만들며 살아온 사람이었다. 겹으로 두른 방패를 내리고 속을 드러냈을 때 그의 모습은 미칠 정도로 애처롭고 사랑스러웠다. 애인이 있으면서도 뻔뻔하게 자신과의 관계를 요구하던 사내와 지독하게 어울리지 않았다.

그가 비요른을 닮았건 레오나르도를 닮았건 혹은 골룸을 닮았건, 크게 상관없으리란 생각도 들었다. 저 인간을 미워하긴 어차피 글러 먹었다. 레드 썬이 어쩌면 이렇게 들어먹질 않냐. 얼음이 박혀 있을 것 같던 그의 심장에서는 따뜻한 피가 뛰었고, 그것은 며칠 전 움막, 지저분한 거적 위에서처럼 자신을 부드럽고 안온하게 감쌌다. 주책없이 눈물이 흘러나왔다.

훌쩍, 훌쩍. 민호가 기척을 내는 순간 음악이 멈췄다. 열두 시는 늘 예고도 없이 들이닥친다.

"화각함의 행방을 알았습니다."

드르륵, 부드러운 나무 소리와 함께 방문이 열렸다. 배스 가운을 입은 키 큰 사내가 손에 활을 든 채 서 있었다. 얼굴에 그늘이 짙었다.

"앤디가 화각함을 들고 미국으로 도망을 쳤다고 하더군요. 앨버트에게 연락을 받았습니다. 앨버트가 앤디하고 통화하다가 뭔가 이상하다고 눈치를 채고 급히 한국행 비행기를 탔다는데, 한 박자 늦은 모양입니다. 앨버트는 방금 인천공항에 도착했다고 하네요. 그리고 앤드류는."

살갑게 인사하던 갈색 머리카락의 사내가 떠올랐다. 왜? 왜 그런 짓을 했지? 순간 민호의 머릿속으로 토기 등이 떨어져 나갔을 때 광란하며 울부짖던 모습이 떠올랐다.

"어, 하긴. 처음 봤을 때부터 수상하긴 했었어. 자기 유물도 아니면서 마이 프레에셔스를 처절하게 외치더라니까? 그 똥꼬탁이, 웃기게 생긴 가운을 펄럭이면서. 내가 그랬잖아, 그때 처음 만났을 때."

"앤디가…… 그랬었단 말이죠."

이완은 눈을 내리깔고 잠시 생각에 잠겼다. 한참 후, 그가 고개를 끄덕이며 말했다.

"보세요, 민호 씨. 사람을 믿으면 이렇게 되는 거예요. 헤프게 믿든 가려서 믿든 별수 없네요."

그가 씁쓸하게 웃었다. 민호는 무어라 반박을 해야 할지 알 수 없었다. 그는 민호를 무감한 눈으로 바라보다가 풀기 없이 말을 이었다.

"앤드류는 엇저녁에 뉴욕에 도착했습니다. 지금 막 수배를 해 두려 했는데 메트로폴리탄 측 변호사에게 연락이 왔어요."

"……."

"조니 해밀턴 변호사에게 화각함을 들고 갔다더군요."

"어? 왜? 기껏 들고 내뺄 때는 언제고? 가다 보니 회개할 마음이라도 들었나?"

"아무래도 좋습니다. 당장 잡아서 목덜미라도 끌고, 화각함을 갖고 서울로 들어오라고 했어요. 메트로폴리탄 측 변호사인 조니 해밀턴, 그리고 칼리도 조만간 다시 보겠군요. 그쪽에 화각함이 가 있다니까 무슨 일을 그따위로 하냐고 한바탕 쏟아붓더군요. 앨버트 황도 왔고, 김준일 교수까지 올 거니, 증인이 부족하지는 않겠죠. 이러니저러니 해도, 일단 유언장이 공개만 되면 복잡할 일도 없으니까요."

"응. 그러면 모든 게 다 끝나는 거지."

"끝이죠. 일이 마무리되는 대로 뉴욕으로 바로 갈 생각입니다."

"어, 그래? 여기 매장 낸 게 아깝잖아. 뉴욕에 있는 거 다 물려받으면 한국에 들어와서 살 생각은 없고?"

"왔다 갔다 하기도 번거롭고, 군이 한국에서 계란 토마토 얻어맞으면서 장사하고 싶지는 않군요. 목 좋은 곳이니 넘기면 됩니다."

"그래도 한국 유물 다루는 건데 미국보단 한국이 낫지 않나? 왜 귀화하는 방법도……."

"귀화요? 제가 왜요? 뉴욕에서 잘나가고 있는데?"

이완은 사정없이 콧방귀를 뀌었다.

"한국은 문화재관리법이 있어서, 한국에 있는 문화재는 해외로 반출해 거래할 수 없습니다. 모조리 끌어안고 귀화하기엔 손해가 적지 않죠. 제가 그걸 감수할 이유가 있겠습니까?"

"어, 그래, 그럼 끝이네."

"그렇습니다."

우리 인연도 이걸로 끝. 내가 이 나이에 고 유물의 세계에 투신할 일도 없을 거고, 뽀큐밖에 모르는 주제에 뉴욕에 가서 살 일도 없을 거니, 저 사람하고는 만날 일도 없고 스칠 일도 없이 그냥 이렇게 끝.

민호는 혀끝에 감기는 낱말을 음미했다. 끝, 이렇게 끝. 한 번씩 되뇔 때마다 속에서 작은 손가락 하나가 돋아나 심장을 지그시 누른다. 그 손가락 끝에서 심장은 두부처럼 뭉그러져 작은 구멍이 쏙쏙 팬다.

이상하다. 그냥 계약이 하나 종료되는 것뿐인데 이 깔끔치 못한 기분은 무얼까. 물론 보람유치원 계약 기간까지 갤러리 려에서 일해도 된다 했는데, 이렇게 거북한 상태로는 될 성싶지 않다.

그래, 유치원이나 알아봐야지. 맞아, 내가 사실 아이들을 싫어했던 건 아냐. 다만 나는 진상 아이들을 싫어할 뿐이고, 그것들한테 딸려 있는 진상 학부모를 싫어할 뿐이다. 그렇지. 이건 불가항력의 알레르기 반응에 불과할 뿐이다. 알레르겐도 나도 사실은 죄가 없는 것이다.

앞으론 진상 학부모하고 정의롭게 싸우지도 말고, 동료 교사를 대신해서 악덕 원장하고 배틀을 뜨지도 말아야지. 봄맞이 유치원 철새 대이동 기간에 얼른 자리를 구해서, 이제부터는 그야말로 초야에 묻혀 없는 듯 사는 거야. 그리고 진짜 나만 생각해 주는 남자 하나 사귀고, 7년의 도널드도 잊고, 불꽃 스파크의 레오, 비요른도 잊고 움막에서의 밤도 죄다, 싸그리 잊어버리는 거야. 그래, 내 축복받은 아이큐에 그 정도는 껌이지. 이젠 빼지 않고 진짜로 소개팅도 나가고, 돈 모아서 눈도 키우고 가슴도 키우고 줄기찬 노력으로 새 역사를 창조하는 거야.

……그래. 영원히 끝이라고.

생각이 맺히기도 전에 팔뚝으로 소름이 후륵 끼쳤다. 이제는 손바닥이 두부를 완전히 납작하게 뭉갠다. 앞으로 나를 보면서, 그렇게 진지하게, 혹은 수줍게 예쁘다고 말해 주는 사람이 또 있으려나.

아무래도 그럴 것 같지는 않은데.

민호는 고개를 훅훅 흔들었다. 이봐, 미련하게 미련 갖지 말자고. 저 멀끔한 낯짝에 속으면 안 돼. 돈 많고 능력 좋은 거에 넘어가면 안 된다고. 반드르르 사탕발림에도, 다정한 척 녹여 주는 보조개에도 반하면 안 돼. 옷 속에 깊이깊이 숨어 있는 백년 묵은 흉터 따위에 동정표를 보내면 안 되는 거야.

선정이의 말은 항상 옳다. 남의 차는 무조건…….

"왜 사람을 그렇게 곁눈으로 보는 겁니까? 대체 지금 무슨 생각을 하고 있는 겁니까?"

"아, 남의 차는 무조건 똥차라……. 아 시발, 이게 아니고……."

민호는 입을 턱 막았다. 하지만 때는 이미 늦으리. 이완은 기가 막힌 얼굴로 고개를 절레절레 흔들었다.

"한 시간이라도 이상한 소릴 안 하면 입에 가시가 돋죠? 나한테 똥차 소릴 하고 싶었습니까?"

"……어떻게 알았어?"

"당신 입에서 나오는 건 뇌를 거치지 않고, 혓바닥이 자유 운동을 하는 거죠? 제가 왜 그런 소리를 들어야 하는데요?"

다시 말끝마다 가시를 박는 독설가 박이완으로 돌아왔다. 이제 제대로 식초가 들어간 초고추장 맛이 난다. 그런데 왜 이렇게 속이 저리는지 모르겠다. 민호는 시큰둥하게 대답했다.

"똥차 소리 한 번 들으니 자존심이 더럽게 상했나 보지? 하긴. 살면서 그런 말 한 번도 안 들어 봤을 테니까."

"대체 당신, 나한테 왜 이래요? 내가 어떻게 살았는지 당신이 무슨 상관인데? 당신이 뭔데?"

민호는 갑작스러운 날벼락에 눈이 동그래졌다. 이거 뭐, 똥 뀐 놈이 성낸다더니? 하긴, 똥은 원래 더러워서 피하는 거라지. 민호는 맞서서 소리를 빽 질렀다.

"그래애! 나야 뭐 아무것도 아니지. 나는 댁한테, 댁은 나한테 아무것도 아니라고. 누가 그걸 몰라?"

댁이야말로 왜 이래? 사람이 이 정도로 쿨하고 깔끔하게 물러선다는데. 네놈의 두 다리 행각에 아무 트집 안 잡고 레드 썬을 해 주겠다는데 왜 이러냐고. 이완은 있는 대로 얼굴을 구기다가 고개를 돌렸다.

"알아요, 내가 당신한테 아무것도 아니라는 거 잘 아는데! 아아…… 됐어요. 그래요. 이제 그만합시다."

이완의 일그러진 얼굴이 보기 싫었다. 민호는 고개를 돌리고 숨죽여 대답했다.

"그래도 나 구해 줘서 고마워. 열쇠를 찾게 돼서, 음. 당신이 유산을 잘 받게 돼서 그건 다행이라 생각해. 당신한텐 이번 경험이 힘들고 더럽고 지긋지긋했을 거 알아. 내내 똥 밭 거름 더미 진창에서 굴렀잖아."

그는 대답하지 않았다. 고개를 수그리고 이마를 짚는다. 반쯤 말라 가는 머리카락이 아래로 흘러내려 그의 눈이 잘 보이지 않았다.

"움막에서 있었던 일, 당신한테 끔찍했을 거 알아. 내가 사과할 일은 아니라 생각하니까 사과는 안 할 거야. 그래도 뭔가 불쾌했다면 유감이야."

끝까지 목소리가 떨려 나오지 않아 몹시 다행이라 생각했다. 민호는 고개를 들고 억지로, 아주 억지로 웃어 주었다. 끝까지 쿨하게 나이스. 이완은 두 손에 얼굴을 깊이 파묻었다.

○　●　○

일찍 퇴근한 선정은 일주일 만에 돌아온 친구가 무슨 일인지 냉장고도 뒤지지 않고, 이불을 뒤집어쓰고 앓아누운 것을 발견했다. 이불 속에서 어우우, 아우우 울부짖는 소리가 들렸다.

……토마스 폰 에디슨?

친구의 말대로 토마스 폰 에디슨은 진짜 천재 개가 맞다. 다만, 도그쇼 상금에 눈이 어두운 주인은 자신의 개가 어느 쪽으로 천재인지 제대로 알아차리지 못할 뿐이었다. '토마스가 엉덩이를 씰룩쌜룩 워킹을 했다 하면 런웨이를 평정할 슈퍼모델이 될 거야. 수학을 가르친다면 미적분 정도까진 껌으로 풀 거야. 야바위나 화투를 가르친다면 능히 타짜의 경지까지 오르겠지. 붓을 쥐여 주면 피카소 급 걸작이 나올지도 몰라. 그저 내가 얘를 잘못 가르쳐서.' 하는 주인의 호언과 달리, 그 고자 귀족이 가진 진짜 천재적인 능력은 주인의 감정에 대한 공감력이었다.

그 토마스 폰 에디슨이 이불 속에 묻혀서 늑대처럼 통곡을 하고 있었다. 그리고 침대 위에는 토마스 폰 에디슨의 몸집보다 훨씬 큰 무언가가 뭉치를 이루고 있었다.

"여행 다녀왔니?"

"응응."

잔뜩 풀 죽은 목소리가 이불 속에서 흘러나왔다.

"뭣 좀 먹었니? 빵 사 왔는데 좀 먹을래?"

"선정아. 이순신 장군이, 사람은 빵으로만 사는 게 아니라고 했어."

"민호야, 이순신 장군은 빵이 뭔지도 모르는 사람이야."

"빵이 뭔지도 모르는 장군이라니 무식하기도 하지. 그래서 빵의 죽음을 적에게 알리지 말라고 한 거지?"

민호는 시꺼먼 개를 끌어안은 채 이불 밖으로 나왔다. 얼굴은 얼룩덜룩했고, 코는 루돌프처럼 불타올랐다. 토마스 폰 에디슨은 눈꼬리가 흠빡 젖을 정도로 울면서도 민호의 눈가에서 흘러나오는 소금물을 열심히 핥아 먹고 있었다.

"선정아아아아. 나 잘했다고 해 줘."

"뭘?"

"남자를 찼어. 뻥 찼다고, 쿨하게!"

"뭔 말이야? 드디어 교수님을 잊기로 한 거야?"

"그런 거 아냐. 말이야, 얘기가 좀 다른데."

시꺼먼 털 뭉치가 다시 얼굴에 달라붙어 양쪽 눈을 바쁘게 핥았다. 조금 있으면 콧구멍 아래쪽으로도 영역을 넓힐 것 같아 선정은 급하게 티슈를 뽑아 내밀었다.

"그런 거 아니면? 남자하고 손 한 번 잡아 본 적 없는 계집애가 뺑 차기는 뭘?"

"손도 잡고, 뽀뽀도 하고, 다 했어! 한 큐에, 경제적으로 다 했다고!"

친구는 거대한 비밀을 펑 터뜨려 놓고는 본격적으로 눈물을 뿜었다.

"뭐? 뭐까지 했어?"

"그냥 다 흐엉, 어어, 어어, 했어!"

"그러니까 뭘."

"그냥 다. 굴착공사까지 다. 원스톱으로."

선정은 깜짝 놀라 입을 딱 벌렸다. 이건 또 웬 마른하늘에 날벼락이냐.

"얘가 간도 커! 대체 누구랑 그렇게 속도를 뺐어! 뽀뽀도 한 번 안 해 본 애가!"

"야! 뽀뽀가 좋니? 좋아? 네가 한 오 분 뽀뽀하고 다섯 시간 얘기하길래 좋은 줄 알았어! 자진방아 떡방아 좋다던 것들 다 나와 보라고 해! 좋기는 개뿔! 누가 그따위 잡소릴 했니, 엉?"

존나 아프기만 한데! 씨부랄 놈의 새끼! 눈치 개뿔도 없이, 45센티도 안 되는 게, 뭐 잘났다고 뭉개고 쑤시고 앉아 있어! 남은 아파 뒈지는데! 등짝 다 까지는 줄 알았다고! 이게 뭐가 좋아서 다들 환장이야! 상열지사 운우지정은 개나 주라고 해! 토마스 너를 고자로 만들어서 다행이다! 아냐 그래도 미안해! 횡설수설 나오는 말을 대충 요약하자면 그랬다.

선정은 뭐가 뭔 말인지 알 수 없었다. 45센티는 또 뭐야? 설마 4.5센티라는 말은 아닐 거고 4.5인치인가? 45분이라는 말을 잘못한 건가? 선정은 코끝을 실룩거렸다. 45센티든 45분이든 넋두리를 가장한 염장질로 들리는데, 선정이 알고 있는 윤민호에게는 그런 고급 염장 스킬이 절대 존재하지 않았다.

"누구야? 아 참, 그나저나 피임은 했어? 모자 썼어, 안 썼어?"

"아차! ……나, 나중에 만나면 확인이나……. 어, 아무래도 분명 안 했……. 어, 일단 내일 병원부터 가서."

"날짜부터 따져 봐, 계집애야! 어떤 놈의 개자식이 피임도 안 하고 너를 덮쳐? 그걸 그냥 놔뒀어? 너도 왜 이렇게 푼수야! 사후피임약이 몸에 얼마나 안 좋은지는 알고 그래?"

"그렇지만 산골짜기 한가운데라, 고무장갑 한 짝 없는 데였는데."

"윤민호 네가 더 문제야! 산골짜기는 왜 갔어! 분위기에 휩쓸렸지! 근데 누구야!"

"……그게, 네가 썩 잘 아는 사람은 아닌데, 하여간, 좀 잘생긴 건 사실인데, 그렇다고 내가 그 얼굴에 넘어갔던 건 아닌데……."

"누구냐고!"

선정의 앙칼진 고함이 쩡, 울렸다. 새까만 털 뭉치는 눈물을 핥다 말고 이불 속으로 코를 처박았다. 박이완 실장, 하는 말이 흘러나오기가 무섭게 귀청이 째질 듯한 고함이 터졌다.

"이 계집애야, 애인 있는 사람한테 또 넘어갔니! 이 팔푼아! 바보야! 너 진짜 왜 그래!"

"넘어가지 않았어, 선정아. 진짜로 안 넘어갔어. 나 진짜 쿨하게, 좋은 밤이었어요, 하고 뺑 차 버렸다고. 세상에 내가 그렇게 잘생긴 사람을 찼단 말이야. 대단하지 않냐고!"

선정은, 눈물이 그렁그렁하면서도 주먹을 꼭 쥐고 씩씩하게 우기는 친구를 망연히 쳐다보았다. 민호는 주먹을 들어 눈가를 썩썩 비볐다.

"애인 있냐고 물어봤는데 없다더니, 흐씨, 없기는 개뿔. 일 끝내고선 완전 쌩까고 뻔뻔하게 좋아하는 여자가 있다잖아. 그 여자 강하고 도도한 성질머리도 매력이라면서. 그래 놓고도 나한테 계속 만나자고 수작을 거는 거야! 그래도 주먹을 불끈 쥐고 찌질하게 들러붙지 않았단 말이야. 그러니까 잘했다고 한마디만 해 줘."

"개같은 새끼!"

"아냐! 그래도 그 사람은, 미국에서 자라서 우리랑 생각이 다른 거야, 너무 그러지는 마."

"넌 지금 그 인간을 변명해 줄 생각이 드니? 미국이건 아프리카건 양다리는 개새끼야!"

양다리는커녕 한 다리도 못 걸쳐 본 토마스가 낑낑거렸다. 민호는 고자 총각을 끌어안고 훌쩍였다.

"개만도 못한 새끼! 나쁜 자식! 울지 마, 민호야! 울지 마! 잘했어! 잘했다고! 그건 낯짝만 뻔질한 똥차야."

그 자식, 개자식, 개같은 새끼, 개만도 못한 새끼, 낯짝만 뺀질뺀질한 똥차. 이완의 등급은 말이 한 번 오갈 때마다 사정없이 곤두박질했다. 그렇지. 잘한 거야. 봐 봐, 저 연애박사 선정이도 잘했다잖아. 쿨하게, 밤이건 낮이건 박박 이 갈면서 다트 집어 던지고, 바늘 꽂고, 작두를 타면서 잘강잘강 안주로 씹어 주면 되는 거다.

그런데 왜 이렇게 속이 아픈 거야. 누가 나를 얇은 종잇장처럼 눌러서 위에서부터 갈기갈기 찢는 것 같아. 민호는 고개를 폭 숙이고 손등으로 눈을 문질렀다.

"……근데 어떡하지? 자꾸 보고 싶어."

흐으으, 으으……. 다시 길게 울음이 늘어졌다. 선정은 발을 구르며 화를 냈다.

"너 그 사람한테 가서 찌질한 짓 하면 죽어! 그럼 너랑 말도 안 할 거야!"

"보고 싶은데 그럼 어떡해? 어떡해야 안 보고 싶어지는데?"

"보지 마! 안 봐야 안 보고 싶어지는 거야! 김준일 교수님 생각해 봐, 전화 올 때마다 호르르 안 나갔으면 진작 상황 끝나고 새 인생이 펼쳐졌을 거라고! 안 보는 게 수야! 내 말 들어."

"어느 정도 안 봐야 생각이 안 나게 돼?"

"재수 없으면 몇 년 가."

히익. 민호는 겁에 질려 머리카락을 쥐어뜯었다. 몇 년을 이러고 살아야 한다고?

"너무 걱정하지 마. 기억력이 안 좋으면 좀 덜 가고, 새 남친을 사귀면 일 주일 만에 끝나기도 해. 네 노력에 달렸어."

저 말은 정말 경험에서 우러나온 조언이라, 민호는 가슴을 쓸어내리며 가만히 고개를 끄덕였다.

"근데 나 계약 기간 아직 남아 있는데 어떡하냐. 아직 첫 월급도 못 받았는데."

"어차피 연말이니까 행사 끝나면 유치원 자리 슬슬 나기 시작할 때잖아. 얼른 자리 잡고, 못 받은 월급 받고, 사직서 던지고 와."

그래야지. 열쇠도 찾았으니, 빌어먹을 두 남자한테 알바비와 보너스를 착실하게 받고 새 인생을 시작하자. 김준일 교수님이 200, 그 사람이 적어도 100만 원은 넘게 준댔지. 그거 다 받으면, 일단 먹자. 나 혼자 고기 뷔페에 가서 빌어먹을 오리고기와 개고기, 아니 개 대신 쇠고기라도 배 터질 때까지 먹어 줄 테다! 개새끼든 오리 새끼든 댁들 얼굴을 잊어버릴 때까지.

쿨하지도 않은 년이 쿨한 척하려니까 뒈지게 힘들었다. 그래. 막강한 망각의 힘과 먹을 것이 가져다주는 엔도르핀의 힘을 믿고 달리면서 보람찬 새 시대를 창조하는 거야. 민호는 고개를 들고 활짝 웃었다.

하지만 아무리 입을 쩨지게 벌리고 웃어 보아야, 예전처럼 새로운 용기가 용솟음치는 일은 벌어지지 않았다. 등과 허벅지에 오래된 흉터가 남아 있는 사람이 고개를 돌리고 가만히 웃어 주는 모습이 눈물 속에 어른거렸다.

잠이 오지 않는다. 민호는 자다가 살그머니 일어나 노트북을 켰다. 검색 창에 박이완, 하고 쳐 보았다. 뉴욕 려 갤러리, 도 쳐 본다. 말끔하고 근사한 얼굴이 둥실 떠오른다.

어, 참. 저 총각, 아무리 봐도 자알생겼다. 응. 저 웃을락 말락, 보조개가 나타날락 말락, 입꼬리가 올라갈락 말락 한 상태에서 멈춘 그 얼굴이 기가 막히게 좋았다. 화면에 가만히 손을 대 보았다. 매끌매끌한 뺨이 만져지는 것 같다. 까칠까칠한 수염이 느껴진다. 소름이 오돌오돌하던 차갑던 등과 팔의 피부는 시간이 갈수록 따뜻해졌다.

이번에는 블로그와 카페도 뒤져 보았다. 역시 이럴 줄 알았다. 압도적으로 많이 올라오는 것은, 그 빌어먹을 친일파 후손 사태다. 국립중앙박물관에 서담전을 취소시켜야 한다는 항의가 빗발치고 있다는 기사, 그리고 갤러리 려 쇼윈도 앞에 수북하게 쌓여 있는 쓰레기 더미가 사진으로 들어왔다. 자랑스럽게 인증을 부추기는 블로그를 찾아가 보았다.

블로거 하이드파크. 이 블로그는 새로운 포스팅을 서너 개 더 올렸고, 갤러리 려의 박이완 실장과 그 집안에 대해 아주 구체적으로 까발려 놓고 있다. 이완의 어릴 적 정신과 상담 병력이며, 가까운 사람들이라면 알 법한 자자분한 험담을 교묘하게 편집해 놓았다.

꼭, 아주 틀린 말은 아닌데, 그 글만 보고 있으면 박이완이라는 오만방자한 백만장자 도련님이 안하무인으로 사람을 깔아보는 것처럼 느껴지는 것이다. 그리고 결말을 '친일파의 유전자가 그렇지 뭐', '그러니 서담전 취소시키도록 다들 박물관에 압력 좀 넣지?' 라는 쪽으로 은연중에 몰아가고 있다.

민호는 이를 부득 갈았다. 이 개놈의 자식이 감히 누구를 이렇게 까대고 있어. 지가 뭘 안다고. 물론 나도 아는 게 많지는 않지만 그래도! 그래도! 민호는 주먹을 불끈 쥐고 맹렬한 속도로 자판을 두들겼다.

야 이 자식아, 왜 사람을 인신공격을 하고 그러냐! 내가 저 전시회에 대해서 좀 들어서 아는데 말이야. 저 박 실장이라는 사람은 좋은(?) 마음으로 유물을 빌려 준 죄밖에 없거든? 자기가 애국자라고 나댄 적은 눈곱만큼도 없었거든? 차라리 전시회 준비하고 광고한 사람을 까란 말이야! 엉! 너 사람이 그렇게 사는 거 아니라고!

신나게 키보드를 두드리던 민호는 문득 자신이 까라고 한 사람 중에 김준일 교수가 포함되어 있다는 사실을 알아차렸다. 그녀는 황급히 그 문장을 지웠다. 하지만 지워 놓고 보니 책임자가 없는 것 같다. 그녀는 다시 그 문장을 붙였다. 한참 문장을 뗐다 붙였다 한 끝에, 민호는 그 댓글을 비밀 글로 올리는 쪽으로 타협을 보았다.

글을 등록하고, 다시 그의 사진을 찾아본다. 프로필 사진이 아닌, 뉴욕려 갤러리에서 일하고 있는 그의 모습이 몇 장 실려 있었다. 갤러리를 방문한 누구누구 연예인이나 정치가라는 배불뚝이 아저씨, 은행장이라는 누구의 사진 속에 그가 서 있었다. 그는 사진 속에서 단추가 네 개 달린 정장을 입고 있었고, 점잖은 넥타이를 매고 허리를 곧게 편 자세로 매끄럽게 웃고 있었다.

안 어울려. 진짜로 안 어울려. 저 얼굴로 골동품 장사라니 말이 돼? 그런 고리타분한 거 말고, 차라리 연예인이나 유명 패션 디자이너 같은 거였으면 좀 좋아. 그러면 멀리서나마 대놓고 좋아할 수도 있을 텐데. 아니면 적어도 까칠하고 성질 더럽고, 예민하고, 독설이나 집어 던지는 사람으로만 알고 있었으면 더 좋았을 텐데.

한때 살짝 궁금하기도 했지. 저 사람이 사랑하는 여자한테 어떻게 행동할까 하는 그런 거. 이젠 안 궁금하다. 대충 알게 되었으니까. 누구라도 넘어가지 않고는 못 견딜 거다. 마음만 먹으면 아무에게라도 그렇게 달콤하고 부드럽게 말할 수 있는 사람이었으니까.

아무리 생각해도, 그날 밤을 그렇게 개판처럼 치러서 다행이다. 그 시간마저 황홀해서 죽여줬으면, 다시 7년의 헬 게이트로 입성했을 게 뻔해.

"정말 다행이야. 그렇지?"

민호는 눈을 감은 채 토마스 폰 에디슨을 가만히 끌어안았다.

○　●　○

메트로폴리탄 박물관 측의 조니 해밀턴 변호사가 화각함을 들고 다시 인사동으로 들어온 것은 이완이 돌아온 다음 날이었다. 조니 해밀턴은 꼬리를 한 명 끌고 들어왔다. 얼굴이 시커멓게 변한 앤드류 황이었다. 그가 들어오자마자 멱살을 붙잡고 따귀를 후려갈긴 것은 아버지인 앨버트 황이었다.

"네가 어떻게 이따위 짓을 해! 네가!"

그는 격노해서 덜덜 떨며 아들의 뺨을 한 번 더 후려쳤다. 이완은 말리지 않고 뒤에서 팔짱을 끼고 서 있었다. 앤드류는 이글이글하는 시선을 이완과 앨버트에게 던졌다. 이완은 무심한 목소리로 툭 집어던졌다.

"나한테 할 말이 있을 텐데, 앤디?"

"저놈이 주둥이가 백 개가 있다 한들 할 말이 뭐가 있겠어! 엎드려 싹싹 빌어도 모자랄 판에!"

백발이 성성한 앨버트가 몸을 부들부들 떨면서 외쳤다.

그는 한국에 도착하자마자 아들이 충동적으로 저지른 사고를 몇 번이고 사과했다. 화각함을 가지고 서울에서 꼼짝 말고 기다리고 있으라 신신당부했는데, 무슨 일에 비윗장이 틀어졌는지 그새를 못 참고 들고 튀었다 했다.

사실 앤드류가 질풍 막장의 시대를 보낼 때 아버지는 저 점잖은 성품에도 아들에게 종종 분노를 폭발시켰었다. 앨버트는 저 녀석이 마음 좀 잡는 것 같다가 이렇게 갑작스레 뒤통수를 쳐서 우리를 더 힘들게 한다고 길게 탄식했다. 앤드류가 무시무시한 눈으로 아버지를 노려본다. 이완은 유혈사태가 벌어지기 전에 두 사람 사이를 적당히 막았다.

"무슨 일로 그랬어? 이유나 알자."

이완은 눈을 가늘게 뜨고 물었다. 목소리가 싸늘했다. 앤드류는 입을 꽉 다물고 모여 있는 사람들만 보며 고개를 저었다.

"미스터 해밀턴. 앤드류 황이 화각함을 가지고 와서 무슨 이야길 하던가요?"

"별말은 안 했습니다. 한국에 놔두었다가 망가질까 봐 가지고 왔다, 부서지면 어찌 되는 거냐, 하고 횡설수설했죠."

"그래서 뭐라 하셨습니까?"

"파손되면 어쩌긴요. 그대로 1차 유언장이 집행되는 거라고 다시 확인해 주었습니다."

이완은 무심한 얼굴로 고개를 끄덕였다.

"하여간 화각함은 무사하니 다행입니다. 한쪽에는 유감이고 누구에겐 다행이겠지만, 열쇠를 찾았습니다."

사방이 쥐 죽은 듯 조용해졌다. 이완은 작은 상자 안에 놓아둔 길쭉한 놋 열쇠를 꺼냈다. 다섯 명의 시선이 작은 열쇠로 한꺼번에 몰렸다.

이게 그 열쇠라고? 조니 해밀턴이 새하얗게 질린 얼굴로 중얼거렸다. 김준일 교수는 조금은 자랑스러운, 하지만 한편으론 씁쓸한 얼굴이었고, 다른 사람들은 눈을 크게 뜨고 입을 벌리고 있었다. 재차 묻는 조니 해밀턴의 목소리가 떨렸다.

"어떻게 구했습니까?"

"노코멘트."

이완은 짧게 대답했다.

○ ● ○

툉퉁 부은 눈으로 출근한 민호를 기다리고 있던 것은 화각함을 둘러싸고 기다리고 있던 다섯 명의 남자와 한 명의 여자였다. 저놈의 붉은 머리는 100미터 밖에서도 눈에 띌 것 같다.

이완의 담당 변호사께서는 이번엔 찰랑이는 머리를 단정하게 묶고, 검은 정장 차림에 금테 안경을 쓰고 있었다. 이완의 곁에 바짝 앉아 있는 것이 거슬렸다. 하지만 그런 마음이 든 자신이 더 거슬리기도 했다. 화가 나면서 뭔가 분하고 억울한데, 그러면서도 저 여자한테 죄를 지은 기분이었다.

이완의 맞은편에 앉아 있던 흰 턱수염의 할아버지가 친절하게 문까지 열어 주며 민호를 맞아들였다. 이완은 그가 앤드류의 아버지이자 이완의 사촌 형뻘인 앨버트 황이라 소개했다.

메트로폴리탄의 변호사라는 조니 해밀턴과 이완의 전속 변호사인 칼리는 한국말을 한 마디도 하지 못해서 이완이나 앨버트의 통역에 의지해야 했다. 앞에는 사라졌다던 화각함이 놓여 있었고, 분위기는 말할 수 없이 살벌했다. 이완은 담담한 목소리로 말했다.

"열쇠가 맞지 않습니다."

무슨 말인지 모르겠다. 민호는 멀뚱멀뚱 이완을 쳐다보았다. 열쇠가 안 들어갑니다, 이완은 되풀이해서 말했다. 그는 탁자 위로 열쇠를 툭 집어 던졌다. 긴 장식이 달린 길쭉한 놋쇠 열쇠가 화각함 앞에 절걱대는 소리를 내며 떨어졌다.

물고기 모양 자물통에 열쇠를 대 본 민호는 자물통이 열쇠에 비해 작다는 것을 알았다. 아니 자물통 크기는 비슷한데 구멍이 작았다. 구멍에 들어갈 크기가 아니었다.

부, 분명 덕희가 저 열쇠로 자물쇠를 따는 것까지 확인하고 왔는데? 댁도 보고 오지 않았어? 민호는 눈을 데굴데굴 굴리다가 이완을 올려다보았다.

그러고 보니 덕희가 자물통을 보고 잠깐 고개를 갸웃하던 게 생각났다. 이게 맞느냐 지나가는 말로 확인도 했었던 것 같다. 물고기 모양 자물쇠가 맞긴 한데, 자세히 뜯어볼수록 덕희네 자물통과 다른 점이 눈에 보인다. 가령 비늘 모양이라든가, 둥글게 몸통이 구부러진 모양이라든가. 그렇다. 이 자물통의 붕어는 몸이 둥글게 휘어 있는데 덕희네 거는 물고기 허리뼈가 약간 각이 지게 굽어 있었던 것 같다.

순간 하늘이 하얗게 변했다. 이거 야단났다. 나는 오늘 성과급과 알바비를 받고, 며칠 내로 자리를 구해서 사직서를 멋들어지게 던질 예정이었는데! 대체 어떻게 된 거지?

이완은 손짓으로 다른 사람들을 밖으로 보냈다. 칼리는 이완과 심각한 얼굴로 몇 마디 나누더니 별실 밖으로 빠르게 걸어 나갔다. 나가면서 어디론가 전화를 하는데 엄청 빠른 속도로 말을 쏟아 내서 한 마디도 알아들을 수가 없었다.

별실 안에는 이완과 민호 두 사람과 화각함만 남았다. 민호는 어깨를 움츠렸다. 불벼락이 떨어질 것 같다. 기분이 엿같겠지. 운석이 충돌하는 파괴력으로 화를 내도 당연하다. 그 개고생을 하고 가져온 열쇠가 아니라니.

"미안해."

"……뭐가 미안합니까?"

"내가 잘못 구해 왔잖아. 부활한 춘방 할머니가 중간에 자물통을 바꿨나봐."

"부활한 춘방…… 네, 네. 아직도 그렇게 믿고 계시다니 존경스럽군요.

그런데 그거 구해 올 때 저도 같이 있던 거 잊었습니까? 사과할 일은 아닙니다."

"그럼 왜 날 보고 얼굴을 그렇게 구기고 있어?"

"얼굴이 대체 그게 뭡니까! 얼굴이 부었으면 좀 가라앉히거나 화장이라도 하고 와야 할 거 아닙니까. 거울 안 보고 다닙니까? 직장이 그렇게 만만해요? 그 정도 예의도 없습니까?"

"어? 얼굴이 많이 이상해? 그것 때문에 화난 거야?"

"벌겋게 퉁퉁 부은 꼴이 그럼 괜찮아 보이길 바랍니까? 그리고, 그게 화낼 만한 일이나 됩니까? 짜증입니다. 짜증."

"이거 왜 또 아침부터 삐딱선이야. 누가 예쁘다 해 달래? 댁은 별다른 줄 아니? 네 코나 닦아!"

하고 불화산처럼 튀어나오려는 말을 민호는 꼴깍 삼켰다. 빗엿을 먹은 사람에게 해 줄 말은 아니었다. 민호는 조그만 목소리로 중얼거렸다.

"미안해, 한 번만 더 기회를 줘. 내가 이번엔 꼭 제대로 된 열쇠로 찾아올……."

쾅! 탁자를 내려치는 소리에 민호는 '게'를 입에 담은 채 그대로 꽁꽁 얼었다. 지금껏 봤던 박 실장의 얼굴 중 가장 무시무시한 얼굴이었다.

"못 갑니다. 절대, 절대 가지 마세요."

"왜, 그럼 어떻게 찾으려고?"

"어찌 찾든 당신이 상관할 바가 아니니, 가지 마시란 말입니다!"

이완은 입을 꾹 다물고 팔짱을 꼈다. 한참 후 그가 잔뜩 가라앉은 목소리로 덧붙였다.

"돈 때문에 그러시는 거면, 약속한 비용은 전부 드리겠습니다. 고생하셨던 데 대한 위로금도 드리겠습니다."

"박 실장님. 나 거지 아냐. 약속한 일 해 주지도 못하고 돈만 받거나 하진 않아. 돈도 그렇지만, 박 실장님한테 이 열쇠만큼은 찾아 주고 싶어."

"줄 때 그냥 받으세요. 그리고 이제 갈 필요 없어요."

"왜 갈 필요가 없어?"

"열쇠 더 이상 찾지 않습니다. 유언이 뭔지도 궁금하지 않습니다."

"뭔 말이야? 그럼 유산을 뺏기는 거잖아. 한 번만 더……."

민호는 말을 채 끝맺지도 못했다. 무시무시한 고함이 다시 터진 것이다.

"가지 말라면 가지 마세요! 제가 화각함에 불까지 지르는 꼴을 보실 겁니까!"

"소리 지르지 마! 귓구멍 멀쩡하다고! 한 번만 더 가면 될 것도 같잖아! 당신도 같이 있었으니 알잖아!"

"내가 아는 건 댁이 그 알량한 열쇠 하나 때문에 죽을 고비를 수도 없이 넘겼다는 것뿐입니다!"

"……아냐, 그 정도는 아무것도 아냐."

"그냥 들으세요. 도박하는 사람들이 어떤 마음으로 집안 거덜 내고 가족까지 갖다 파는지 모르시죠. 한 번만 더 하면 될 거라는 그 믿음 때문이에요. 저는 그 정도로 멍청한 믿음은 없어요. 유산이 있건 없건, 제가 갤러리 려의 대표라는 사실은 변함이 없고, 그건 순전히 제힘으로 이뤄 낸 겁니다. 제 코가 석 자인 누가 걱정해 줄 필요는 없어요."

민호의 얼굴이 일그러지는 것을 보고, 그는 살짝 당황한 목소리로 덧붙였다.

"국립중앙박물관의 서담전 취소가 잠정 합의 됐습니다. 박물관장뿐 아니라 문체부 장관에게까지 이 소란이 올라간 상태라 전시회 취소는 확정된 거라고 봐야 해요. 아마 며칠 지나면 전시회 취소 광고와 사과문이 나갈 겁니다. 위약금이나 책임 공방은 없던 일로 하기로 타협을 봤습니다. 제가 김 준일 교수를 통해 개별로 맺은 계약도 실질적으로 해지된 셈이죠. 그러니

가지 마시라는 겁니다."

"어, 뭐? 뭐? 전시회 취소까지? 그, 그럴 것까진 없잖아."

"블로거 한 명이 선전한 덕에, 며칠 새 여론이 굉장히 악화됐습니다. 인사동 려 갤러리 진출에 전시회가 시너지 효과를 일으킬 줄 알았는데 똥물만 뒤집어썼으니 강행할 이유가 없습니다. 이익을 낼 수 없으면, 손해를 최소화하는 선을 잡아 철수해야 합니다. 이번 서담전에 전시된 유물이 정리되고 사무실 빠지는 대로 출국할 생각입니다. 다시는 한국에 오지 않을 겁니다."

민호는 놀라서 숨도 쉴 수가 없었다. 문제가 그렇게 커질 줄 몰랐다. 고작 며칠 되지도 않아서. 그 블로그 하이드파크인지 멍멍개인지 하는 놈 때문에. 민호는 주먹을 꽉 쥐고 중얼거렸다.

"그, 그 블로거 하이드파크, 그 개자식, 내가 거기 아주 작살을 내 버릴라! 왜 멀쩡한 사람을 이렇게."

"……."

"대체 누구야, 누가 그따위 짓을 했어?"

"누구면요? 소송이라도 하게요? 그 사람이 아주 틀린 말 한 것도 아닌데? 저 친일파 을사오적 후손인 것도 맞고, 재수 없게 항일애국 콘셉트로 광고가 나간 것도 맞고, 제가 성질 더러운 것도 맞고, 어렸을 때 정신과 치료받은 것도 맞습니다."

"그런 게 좆같은 인신공격이라는 거야! 댓글로 욕이라도 해야지. 하루 세 번씩 들어가서 평생 들어도 잊지 못할 욕을 해 주겠어. 내가 그냥 냅두나 보라지! 내가 말이지, 어제도 한바탕……."

민호는 말을 하다 말고 얼른 입을 딱 다물고 눈을 데구르르 돌렸다. 아하. 사랑과 정의의 사도가 벌써 한 판 뜨고 오셨나 보군. 그리고 보니 저 정의의 사도는 정의(正義)가 아니라 정에 끌려 떨치고 일어나는 정의(情誼)의

사도인 모양이다.

이완은 쓰게 웃으며 컴퓨터 화면을 켰다. 손해 보고 화가 난 건 나인데 왜 댁이 이렇게 흥분이야. 누군지 알아내기라도 하면? 친일파, 그것도 을 사오적의 후손이 정의롭게 진실을 알려 준 사람과 소송이라도 하면 엄청난 칭찬을 들을 일이지.

그래도 저 여자가 나를 위해 어떤 욕설을 퍼부어 놓았을지는 궁금하긴 하다. 그는 하이드파크의 블로그를 찾아 들어가다가 문득 눈썹을 찌푸렸다.

혼자 사용하는 노트북이라 메인 검색엔진에 자동 로그인 상태로 설정해 두는 경우가 종종 있었는데, 닉네임이 다른 사람으로 바뀌어 있었다. 닉네임을 보고 고개를 끄덕였다. 앤드류다. 자신이 없는 사이 잠시 접속을 했던 모양이다.

앤드류는 자동로그인 기능을 사용하지 않고, 나올 때 로그아웃을 하는 버릇도 없다. 급할 때 종종 자신의 노트북을 빌려 메일 확인 정도는 했던 터라 이완도 그것까지 무어라 하지는 않았다. 물론 다른 사람이라면 턱도 없을 일이지만, 이완은 앤드류나 앨버트처럼 마음을 연 이들에게는 너그러웠다.

이완은 로그아웃을 하기 전에 하이드파크의 블로그를 검색했다. 친일파와 성질 더러운 박 누구에 대한 욕설로 도배가 된 댓글을 쭉 살피던 이완이 핏, 웃음을 터뜨렸다. 한눈에 봐도 누군지 알겠다.

닉네임이 천년의 모태 솔로라. 기가 막혀서. 댓글을 길게도 달아 놓았다. 걸판진 욕설에, 그따위로 살면 안 된다는 인생 훈계에, 인신공격이라는 맹렬한 반박에, 네놈들은 모르겠지만 박 실장은 그런 사람이 아니라는 5차원 실드까지, 아주 논문을 쓰셨다. 비죽비죽 웃으며 읽던 이완의 눈썹이 찌푸려졌다.

비밀 댓글인데.

블로거 하이드파크의 비밀글이? 순간 등 뒤에서 깜짝 놀란 듯한 여자의 쇳소리가 터졌다.

"어? 이거 내가 쓴 건데? 왜 비밀글이 보여! 어? 내가 분명! 내가 분명 비밀글로! 어떡해! 또 깜박했나? 이거 어떡하지? 보지 마! 보지 말라고! 박 실장님이 이 블로그 주인이야?"

"그게 말이 됩니까? 생각을 1초라도 하고 말 좀!"

이완은 버럭 소리를 지르다가 목소리를 낮췄다. 미간 한가운데로 완강하게 주름이 새겨졌다. 한참 동안 무거운 침묵이 흘렀다. 민호는 이게 어떤 사태인지 몰라 화면과 이완의 얼굴로 번갈아 눈을 굴렸다. 이완의 입술 끝이 날카롭게 비틀렸다.

"이 블로그의 주인을 알았습니다. 민호 씨는 잠시 나가 계세요."

그는 밖의 사무실을 향해 날카롭게 고함을 질렀다.

"앤드류! 당장 이리 들어와!"

○ ● ○

켄터키 프라이드 할아버지, 이름이 앨버트 황이라 했다. 박이완 실장의 사촌 형뻘이라는 할아버지는 깐깐한 박 모 씨와는 백팔십도 다른 분위기였다. 턱에는 흰 수염이 보기 좋을 정도로 풍성히 나 있고, 표정도 인자하고 말투도 온화했다. 실제 박 실장의 말로도, 친아버지 이상으로 이완을 잘 챙겨 주었다고 했다.

낯이 많이 익었다 했는데, 확실히 앤드류와 판박이로 생겼다. 이래서 씨도둑은 못 한다지. 하지만 워낙 후덕한 미소를 짓고 있어서 가볍고 무게감이 없는 앤드류와는 분위기가 많이 달라 보였다. 게다가 나이가 많은데도 여자가 들어오자 먼저 일어나 맞아 주고 반갑게 인사를 할 정도로 겸손했다.

그는 이번에 이완이를 도와주었다는 이야기를 들었다, 고맙다, 하며 민호의 노고를 치하했고, 일이 생각대로 풀리지 않았지만, 그간 애 많이 썼노라며 차까지 직접 끓여 주고 따뜻하게 위로도 해 주었다.

다만 갤러리 려에 채용된 직원이라는 말을 듣고는 눈이 묘해지더니 이내 의미심장한 미소를 지었다. 어쩌면 저 할아버지에게서도 '자네 나이가 몇인가?' 소리가 튀어나올 것 같다.

칼리는 앨버트나 앤드류와도 친분이 있는 모양이었다. 심각한 표정으로 혹은 살짝살짝 웃으면서 빠른 속도로 이야기를 하는데, 목소리가 맑고 탕탕 튀는 것 같아 신경이 안 쓰이려야 안 쓰일 수가 없었다. 민호는 그녀를 힐끔힐끔 곁눈질하며 엉덩이를 뭉기적뭉기적 움직여 김준일 교수 맞은편에 앉았다. 붉은 머리 변호사는 멍하니 앉아 있는 민호를 힐끗 보더니, 눈이 정통으로 마주치자 억지로 입술 끝을 당겨 웃었다.

혹시 나하고 저 남자 사이에 뭔 일이 있었다는 걸 눈치챘나?

죄짓고는 못 산다더니. 아니, 사실 엄밀히 말해 거짓말로 날 낚은 건 저놈이지만 그래도 죄지은 심정으로 앉아 있으려니 억울하기 그지없다.

앤드류가 별실로 끌려들어 가고, 두 명의 변호사가 앨버트를 따라 잠시 자리를 비웠다. 턱수염 할아버지는 소탈하고 붙임성도 좋았다. '나 역시 박 실장과 마찬가지로 젊은 시절 한국에서 학창 시절을 보냈다, 이곳은 올 때마다 거리가 확확 바뀌는 모습이 새롭다' 며 점잖게 미소 짓던 영감님은 파랑 눈 코쟁이와 빨강 머리 코쟁이에게 인사동 거리를 안내하겠다며 앞장을 섰다.

사무실에 김준일 교수와 단둘이 마주 앉게 되자 공기가 갑자기 어색해졌다. 예전에는 도널드 교수님 앞에 앉기만 하면 가슴이 벌떡거려서 말이 횡설수설 많아지곤 했고, 교수님은 민호가 무슨 말을 하든 귀엽게 받아 주었는데 이제는 무슨 말을 해야 할지 알 수 없었다.

오늘따라 키스를 유발하는 입이 어색하게 돌출된 것처럼 보였다. 갈갈대는 목소리도 썩 멋지게 들리지도 않았다. 김준일 교수도 오늘따라 처음 선보러 나온 남자처럼 앉아 어색하게 웃기만 했다.

"이번에 고생 많이 했다. 그런데 어쩌냐. 열쇠를 찾지 못해서."

"죄송해요, 교수님. 틀림없이 그 열쇠라고 생각했는데, 듣기로는 1934년인가, 뭐 그때쯤으로 들었거든요. 그런데 그 후에 자물쇠가 바뀐 것 같아요."

"그래. 그런데 고생은 고생대로 하고 결국 일이 엎어졌으니 원. 그래도 불행 중 다행히 저 사람이 별다른 잡음 없이 전시회 취소에 동의해 주었다. 하여튼 우리 민호 고생했으니 내가 밥이나 맛있는 걸로 사 주마."

역시 일이 엎어져서인가, 200만 원 이야기는 나오지 않는다. 물론 돈을 바라고 한 일은 아니다. 아니, 돈을 바란 것은 사실이지만, 김준일 교수님의 부탁이 아니었다면 혹하니 끌려 나가지도 않았을 것이다.

그래도 고생했는데, 밥 한 끼보다는 조금 더 줄 거라 생각했다. 이번엔 평소보다 좀 더 파란만장하기도 했다. 잘 먹지도 못하고, 잠도 못 자고, 이리 뛰고 저리 뛰면서 죽을 고비도 꽤 넘겼다. 팔에 화상 치료 받느라고 진료비 3,300원, 약값이 1,500원이 들었고 이번 일로 인해 자그마치 유치원에서 해고도 당했다.

게다가 오늘은 퇴근하고 난생처음 산부인과란 병원에 가서 배 속에 비상사태가 벌어졌는지 아닌지도 알아봐야 한다. 어제 날짜 계산을 해 본 선정은 걱정할 만한 날짜는 아슬아슬 벗어난 것 같지만, 그래도 하루 이틀 차이라 안심할 수 없는 상황이라 했다. 그 말을 듣고 나니 뒷골이 징징 울리기 시작했다. 자격증이 있는 전문가 양반이 '댁내 배 속은 두루 평안하십니다' 하고 선언해 주어야 안심이 될 것 같았다.

설마 배 속에 새로운 뭔가가 붙었으면? 지금 막 열심히 자가 복제를 시작한 상태면?

무, 물론 그럴 리는 없다. 어떻게 한 번에 애가 생겨. 그렇지. 선정이 말이 맞을 거야. 아슬아슬이라도 그 날에서 벗어난 게 중요한 거잖아? 걔는 똑똑하니까. 난 그냥, 너 임신 안 했어, 하는 의사 선생님의 한마디만 듣고 나오면 되는 거야.

하여간 그런 파란만장한 일이 벌어졌는데 한 끼라니. 겨우 한 끼라니. 민호는 고개를 흔들었다. 물론 그 파란만장은 내가 자처한 거긴 하지만 아무래도 지금 뭔가 이상하다.

예전에는 밥 한 끼라는 말에 섭섭함을 느껴 본 적이 없었다. 아무리 힘든 미션이었어도.

그런데 지금은 섭섭했다. 그것도 많이.

김준일 교수님은 대체 나를 어떻게 생각하고 있는 걸까?

그동안 민호는 교수님이 부탁하는 거라면 열과 성을 다해서, 유치원까지 무단결근을 해 가며 시간 여행을 했다. 교수님한테 그렇게라도 인정을 받으려고 노력을 한 것이다.

그런데 저 교수님은 나를 그동안 어떻게 생각하고 있었던 걸까?

민호는 새삼스럽게 그의 얼굴을 뚫어지게 바라보았다. 여전히 잘생긴 것 같은데, 얼굴이 미묘하게 달라 보였다. 그전에는 거슬리지 않던 눈썹 위의 사마귀가 눈에 띄었다. 그 위에 털이 한 가닥인지 두 가닥인지 올라와 있다. 그 역시 예전에는 눈에 띄지 않던 것이다. 누르스름한 바탕에 체크무늬가 든 재킷이, 생전 처음으로 촌스럽게 보이기 시작했다.

교수님이 슬쩍 웃는다. 마흔 다 되어 가는 남자가 웃는 게 뭐가 그리 섹시하냐며 친구들이 웃어 댔지만, 그래도 그동안 저 웃음이 얼마나 멋있어 보였는지는 윤민호만 안다. 송곳니 옆에 조그맣게 낀 고춧가루가 보인다.

송곳니가 약간 비뚤어진 교수님은 그 뒤에 고춧가루가 잘 낀다는 것을 종종 잊곤 했다. 그걸 볼 때마다 민호는 가슴이 둥당거렸다. 말해 줄까 말까, 무안해하지 않을까. 이에 낀 고춧가루마저 멋지다니, 저 붉고 붉은 섹시 터지는 색깔 봐라. 늘 생각하곤 했다. 아아, 나도 저 한 송이 고춧가루가 되고 싶……기는 개뿔, 한 송이 고춧가루는 그냥 우습기만 했다. 민호는 눈을 껌벅거렸다.

그렇지. 이빨 사이에 낀 고춧가루는 원래 웃긴 거였다. 고춧가루 하나로 세상이 달라졌다. 민호는 그를 빤히 바라보며 눈을 깜박거렸다.

"교수님, 이빨 사이에 고춧가루 끼었어요. 윗니, 앞니하고 송곳니 사이에요."

고개를 돌리지도 않고, 손으로 가리지도 않고, 티슈로 이빨 사이를 닦고 있는 교수님은 아무 데서나 만날 수 있는, 고랑내 나는 중년 사나이만큼 우습고 이상해 보였다. 몹시 잘 아는 사람인데 낯설어 보이는 저 사나이는 어디에서 숨어 있다가 나타난 걸까?

김준일 교수는 무슨 말을 하려는 듯 멈칫거리다가, 다시 입을 벙싯거리다가 결국 한숨을 쉬고 가방을 뒤적였다. 손끝에 흰색 봉투가 딸려 나왔다. 딱 크리스마스카드 사이즈의 봉투였다. 화려한 금박 스티커가 앞에 붙어 있었다. 그러고 보니 크리스마스가 코앞으로 다가와 있었다.

"크리스마스카드예요? 어휴, 나이 먹는 거 반갑지도 않은데 시간만 빨리 간다니까요."

민호는 배시시 웃으며 스티커를 떼었다. 그래도 잊지는 않는구나. 혹시라도 이 안에 금일봉이라도 약간 넣는 센스를 발휘하셨을까?

저도 교수님 선물 사 놓은 거 있어요. 일전에 이마트 세일할 때 이만 원짜리 초콜릿을 사 둔 게 있다고요. 민호는 속으로 사 놓길 잘했다며 배시시 웃었다.

크리스마스 시즌마다 교수님을 위해 작은 선물을 준비하곤 했다. 사심을 절대 눈치채지 못할 만한 놈으로, 수상하지 않은 가격대로, 그리고 한 번 써서 없어질 만한, 만인이 나눠 먹을 수 있는 초콜릿이나 과자, 사탕 같은 아이템으로.

교수님은 교수님대로 선물을 받으면 어김없이 전화를 해서 고맙다고 인사를 하고, 밥을 사 주고, 카드를 주고, 크리스마스 케이크를 해 주었다. 작은 선물을 해 줄 때도 있었다. 자기가 쓴 책이라든가, 신발, 안경, 시스템 다이어리, 가죽 지갑 같은 것들이었다.

교수님이 준 선물 역시 별로 비싸거나 돈이 많이 드는 것들은 아니지만 한 번 쓰기 시작하면 망그러질 때까지 계속 민호의 주변에서 존재감을 과시했다. 민호는 가장 재미있고 우스운 팝업 카드를 골라 보내곤 했는데, 교수님의 크리스마스카드는 늘 심심하고, 재미없고, 약간 촌스러웠다. 저 체크무늬 재킷처럼.

봉투를 열고 카드를 꺼낸 손끝이 가늘게 떨렸다. 화려한 금박으로 잔뜩 장식이 된 카드에는 화사한 꽃과 나비 그림이 붙어 있다. 가운데 앙증맞은 장식 술도 반짝이며 늘어졌다. Wedding Invitation이라는 글자 아래로 교수님과, 턱이 V 라인을 그리고 있는 예쁜 여자의 사진이 박혀 있었다. 민호는 조그만 목소리로 물었다.

"……교수님 날 잡으셨어요?"

"그래. 사실 지연이를 너무 오래 기다리게는 했지. 어이구, 벌써 몇 년이야?"

그가 다시 너털웃음을 웃었다.

"하여간 정초부터 결혼식이다. 올 거지? 예쁘게 입고 와서, 밥 먹고 가라."

밥. 밥. 그놈의 밥. 내가 아무리 먹을 것을 밝혀도 그놈의 밥. 이제 지긋

지긋하다. 뽀얗고 매끄러운 청첩장 위에서 아기자기한 글씨들이 둥둥 떠다니며 춤을 추었다.

김준일, 이지연
두 사람이 사랑으로 하나 되는 아름다운 날입니다.
그동안 보살펴 주신 여러분께 감사드리오며
부디 참석하셔서 자리를 빛내 주시고
저희의 새 출발을 축복하고 격려해 주시기 바랍니다.

고개를 숙이고 눈에 힘을 주었다. 글씨가 어룽어룽 흔들려 보였다. 매끄러운 종이 위로 툭, 툭툭 물 떨어지는 소리가 났다. 흠흠. 헛기침 소리도 난다.

민호는 고개를 들어 앞에 앉아 있는 사내를 빤히 바라보았다. 그가 시선을 다른 곳으로 돌리고 딴청이다. 그런 모습도 일렁일렁 찌그러져 보인다. 찌그러진 도널드는 그저 우스워 보일 뿐이었다.

체크무늬 정장이 거슬렸다. 교수님은 결혼식을 할 때도 체크무늬 슈트를 입고 입장할까? 그것도 어지간히 우스울 거야. 민호는 문득 그런 생각이 들었다.

○ ● ○

일곱 살, 책상 밑에 처박혀 있던 이완의 눈앞으로 작은 손이 다가왔다. 울려거든 나와서 울라고 잡아끌던 손이 보였다. 똑같이 울면서, 울지 말라고 하던 녀석은 조그맣고 선량해 보이는 눈을 갖고 있었다. 자신과 기질도 다르고 추구하는 바도 달랐고, 어떤 부분에선 경박하다 할 만큼 가벼웠지만 그래도 지금까지 그에 대한 신뢰를 거둬들인 적은 없었다.

앤드류는 시선을 피하고는 있지만 저자세로 빌지도 않았다. 이완은 마주 앉은 앤드류를 보며 팔짱을 풀었다.

"네 덕에 그 시대에 갇혀서 죽을 뻔했다. 고맙다."

"별말씀을. 여자랑 둘이 로드무비 찍으면서 좋은 시간 보냈는지 모르겠어."

앤드류는 머뭇거리면서도 받아쳤다. 이완 역시 흥분하는 기색도 없이 대답했다.

"덕분에 매우 좋은 시간을 보냈지. 그 역시 고맙지만, 그 여자 이야긴 안 했으면 좋겠어."

앤드류는 고개를 슬쩍 들어 이완의 얼굴을 훔쳐봤다. 얼굴빛이 검게 가라앉아 있었다. 설마, 정말 무슨 일이 있었던 거야? 중얼거리는 앤드류에게 이완이 냉랭하게 쏘아붙였다.

"실없는 소리는 말고. 이유나 좀 알고 싶은데."

"그게, 화각함 관리가 좀 소홀히 되는 거 같아서. 자칫 잘못해서 이 귀한 게 부서지면 어떡해. 조니 해밀턴이나 칼리는 직무유기야."

"부서지는 게 나을 뻔했지. 어떤 블로거가 맹활약을 해서, 내 어린 시절 정신과 병력까지 까발려 준 덕에, 전시회를 엎을 결심이 섰거든."

앤드류의 어깨가 움찔했다. 결국 그렇게 됐어? 들릴락 말락 한숨이 흘러나왔다.

"블로거 하이드파크. 하이드파크(Hide Park)가 무슨 뜻인가 했다. 나를 정말 안 보이게 깊이 파묻고 싶었나 봐."

앤드류의 눈이 둥그레졌다. 잠시 후 눈을 내리깔고는 웅얼웅얼한다.

"그도 그렇네. 누군지 작정하고 널 묻으려 했나 보다."

"어쨌든, 난 이번 일로 시간적, 금전적, 정신적 피해가 막심해. 왜 그런 거야?"

한참 동안 눈을 내리깔고 있던 앤드류가 고개를 옆으로 돌렸다.

"……그냥, 순간적으로 눈이 돌아가서. 내가 옛날부터 뭐 좀 꼴리면 아무것도 생각 안 하고 저지르잖아."

"음. 그래. 나한테 그런 거대한 유산이 돌아가는 것이 맘에 들지 않았겠지. 뭐 그럴 수도 있다."

앤드류는 눈썹을 찌푸렸다. 이상하다. 아버지처럼 길길이 뛰고 화를 내도 마땅찮을 판에 차분차분하게, 취조도 아닌 대화를 하는 꼴이 마음에 들지 않는다.

"그런데 왜 하필 서담전을 취소하게 만들었을까? 아, 그래. 열쇠 찾는 걸 막고 싶었겠지. 그 블로그 개설일이 내가 열쇠를 찾겠다고 서담전 개최를 승낙하고 한국에 온 때와 거의 비슷하더라고."

"난 화각함을 들고 나갔을 뿐이야. 전시회 취소라는 포스팅은 내가 한 짓이 아니야. 그건 블로거 하이드파크가!"

"앤디. 너 자동 로그인 안 풀어 놓고 그냥 갔어."

순간 앤드류의 얼굴이 하얗게 질렸다. 하지만 한참을 기다려도 앤드류의 입에서는 한 마디도 나오지 않았다. 얼굴의 색깔만 붉으락푸르락한다.

"어, 언제, 알았어?"

묻는 목소리가 드디어 떨리기 시작했다. 눈빛은 여전히 이글이글했지만 천천히 고개가 아래로 떨어졌다. 그의 이마에 진득하게 식은땀이 맺히는 것이 보인다. 이완은 대답하지 않았다. 오랜 시간이 흐른 후에야 앤드류의 입에서 들릴락 말락 한 목소리가 흘러나왔다.

"미안. 잘못했어."

"글쎄. 사과를 받기 전에 이유나 먼저 알고 싶다니까."

"그냥…… 파산해서 네 도움이나 받는 우리 꼴이 한심한데, 너는 정말 거대한 유산을 받게 된다고 생각하니, 인생 불공평하다는 생각이 들어서."

앤드류는 고개를 뻣뻣이 들고 말했다. 이완은 여전히 담담한 목소리로 물었다.

"그런데 이상하지. 그럴 거면, 이렇게 열쇠 찾는 걸 복잡하게 방해하는 대신, 너한테 맡겨 놓고 간 화각함을 부숴 버리는 게 훨씬 간단했을 텐데. 계속 네 손에 있었잖아."

"그……렇네. 내, 내가 머리가 좀 달려서."

이완은 가만히 침묵했다. 침묵이 길어지며 앤드류의 고개가 점점 아래로 구부러졌다. 이완은 한 손으로 그의 턱을 움켜쥐고 들어 올렸다. 눈에서 희게 불빛이 일었다. 목소리는 차분했지만 말투는 잘 벼린 칼날처럼 형형했다.

"네 아버지 앨버트는 나에게 평생의 은인이시다. 그분은 나에게 많은 애정을 베풀어 주셨고, 갖고 계신 지식을 아낌없이 나눠 주셨다. 너는 잘 모르겠지만, 내가 줄리아드로 진학을 하고 싶다고 외도를 했을 때도 해 보라며 지지해 주셨고, 물려받은 유물을 관리하는 걸 도와주셨고, 나를 가르치기 위해 하루가 멀다 하고 우리 집으로 드나드셨다. 우리 아버지하고 사이가 그렇게 안 좋은데도 말이지. 내가 성격도 취미도 맞지 않는 너를 끝까지 챙기고 가르친 것도 그분께 입은 은혜를 갚고 싶어 그런 것도 있었다."

"내가 밴드 뮤지션을 하고 싶다고 했을 때 미친 듯이 반대하던 영감이? 웃기지도 않아."

"너도 문신하고 스킨헤드로 베이스 따위 뜯지 말고 턱시도 입고 첼로나 해 보지 그랬어."

"개자식, 네가 뭘 안다고 그따위 말을 해? 네가 내 속을 알아?"

앤드류는 외려 격분해서 고함을 질렀다. 이완은 전혀 흔들리지 않는 음성으로 조용조용 말을 받았다.

"내가 앤디 네 속을 모를 거라고 생각해?"

"웃기고 있네! 알긴 뭘 알아. 그렇게 잘 알면서 속고 다니냐? 너도 허당이야! 안 그럴 것처럼 방어막을 치고 살아 봤자 이렇게 요 모양 요 꼴로 뒤통수나 맞고 말지."

앤드류가 입술을 비틀며 웃었다. 이완은 고개를 흔들었다.

"앤디. 어차피 누군가를 믿는다면 배신을 당하게 되어 있어. 배신감을 느낀다 어쩐다 통탄할 생각은 없어. 애초부터 그럴 분량까지 감수하고 너와 앨버트를 믿어 왔던 거다. 알고는 있었어?"

"이완. 난……."

"내가 이 유산을 받지 못할 경우, 그쪽에서 얻게 될 반대급부가 뭐지? 박물관 측과 모종의 합의가 있었나? 커미션? 왜, 추정 총 시가의 한 십 퍼센트 정도 뚝 떼 준다고 하던가?"

앤드류의 얼굴이 허옇게 질렸다. 그는 더듬더듬 떨리는 목소리로 대답했다.

"난, 말하지 않겠어."

"글쎄. 말할 수 없는 거 아닐까? 네가 뭘 아는 게 있어야 말이지."

이완은 냉랭하게 웃었다.

"하여간, 이번 전시회 취소된 거, 그 마무리는 같이 끝내 놓고 가. 나 혼자로는 아무래도 벅찰 것 같아서. 대신, 귀국해서는 네가 하고 싶은 걸 해. 다시 밴드 활동을 해도 좋고, 취업전쟁에 뛰어들어도 좋고, 맥도널드에서 파트타임으로 일을 해도 좋아. 뭘 해도 붙잡을 생각 없어."

"이, 이완? 제정신이야? 아직도 나한테 뭘 맡길 생각이 들어? 왜, 왜 욕도 안 해? 고소나 피해보상청구 같은 것도……?"

"만약 네가 원한다면."

이완은 가라앉은 목소리로 말을 끊었다.

"내 곁에서 계속 고미술품 일을 해도 상관없어."

○ ● ○

앤드류와 앨버트를 호텔로 보내 놓은 후, 이완은 사무실 안쪽의 별실에
조용히 앉아 있었다. 방음이 잘 된 방은 조용했다. 그는 고개도 들지 않고,
손끝 하나 움직이지 않았다. 몸의 기력이 죄다 바닥으로 흘러나간 기분이
었다.

"박 실장님, 안에 있어?"

노크도 없이 덜컥 문이 열렸다. 이완은 느리게 고개를 들었다. 김준일 교
수와 이야기를 나누고 있던 여자가 고개를 들이밀었다. 아침보다 눈이 더
흉하게 부어 있다. 김준일 교수는 벌써 돌아갔으며, 점심시간이 한참 지났
다는 말에 그제야 이완은 그녀가 밖의 사무실에 오랫동안 혼자 있었음을
알아차렸다.

"식사하러 다녀오세요."

응. 우물우물 대답한 여자는 그래도 문가에 서서 꼼짝하지 않았다. 이완
은 고개를 들었다. 여자는 긴 머리카락을 한 손으로 비틀며 중얼중얼한다.

"나 좀 부탁할 게 있는데."

"예. 말씀하십시오."

"인사동 려 갤러리 문 닫고 뉴욕으로 돌아간다며."

"예."

"나도 그럼 이쯤에서 그만두고 새 직장 구하려고 하는데 어, 저기."

"지금 바로 그만두신다고요? 그러실 필요는 없습니다."

"내가 여기 나와서 뭐해. 아는 것도 없고, 청소 말고는 할 수 있는 일도
없고, 열쇠도 못 찾았는데. 그리고 유치원은 옮기는 시즌이 있거든. 학기
중에 막 옮기고 그러진 않아서, 옮기려면 지금부터 알아봐야 해. 근데 회사

그만두려면 어쨌든 보름인지 한 달 전에 미리 말해야 한다고 들었어."

"예. ……좋으실 대로 하십시오."

이완은 침중한 목소리로 대답했다.

"나, 근데 지금까지 일한 거, 얼마 안 되긴 했는데, 어쨌든 그래도 일은 좀 했으니까 그냥 시간당으로라도 쳐서, 음, 조금이라도 받으면 안 될까? 시간당 최저임금 같은 걸로라도?"

이완은 머리를 짚은 채 고개를 흔들었다. 잇새에서 부득 갈리는 소리가 흩어졌다.

"제가 비용 다 받으랄 때 거절한 건 언제고, 왜 지금 와서 그런 궁상스러운 소릴 해서 사람 속을 뒤집습니까?"

"아니, 알바비 보너스 그거 다 달라는 건 아니야. 열쇠 못 찾았으니까. 그냥 일한 시간만큼 시간당으로 계산해서 말이야. 저기, 생각해 보니까 병원에 좀 갈 일도 있고."

"병원? 팔 다친 거요? 그거 많이 안 좋습니까?"

갑작스레 달라진 어투에 민호는 황급히 팔을 저었다.

"아, 아니, 생각해 보니 딱히 그렇다기보다 연말이라 돈 쓸 일도 많고, 아는 사람 결혼식도 가야 하거든. 축의금도 좀 많이 내야 하는데, 입고 갈 옷도 없고."

"일단 팔 한번 걷어 봐요."

이완의 목소리가 가파르게 올라갔다. 눈썹 사이로 다시 주름이 깊게 박혔다. 아니, 뭐 별로 그런 건 아닌데, 우물우물하자 긴 눈썹의 끄트머리가 무섭게 꿈틀거렸다.

민호는 옆구리 솔기가 나간 검은 패딩 코트를 벗고 조심스럽게 팔을 걷었다. 이완은 팔을 붙잡고 화상 부위를 한참 노려보았다. 물집이 서너 군데 있었는데 병원에 가기 전에 터져 버렸다. 병원에 갔더니 감염 위험이 있다고 큼직하게 드레싱을 해 주었다. 이완은 팔을 내려놓고도 내내 화가 풀리지 않은 얼굴이었다.

"월급일은 25일이고, 이번엔 그날이 크리스마스 휴일이니 그 전날에 계산해서 입금하겠습니다. 치료비도 당연히 드립니다. 그리고 결혼식은 언젭니까? 먼저 필요하면 오늘이라도 입금하겠습니다."

"아, 아냐. 1월달이야."

"친구 결혼식인가요? 하긴 이제 다들 결혼할 나이니, 결혼식 쫓아다니려면 바쁘겠군요."

"친구 아니고 김준일 교수님 결혼식이야. 1월 첫 번째 토요일이더라고. 티셔츠나 패딩을 입고 갈 순 없으니까."

"김준일 교수? 아아, 그렇군요."

민호는 맞은편에서 고개를 돌리고 심호흡을 하는 사내를 지켜보았다. 김준일 교수라. 한참 동안 그 이름을 뇌며 속을 다스리던 사내는 약간 날이 선 어조로 말을 맺었다.

"그래요. 민호 씨가 원하시는 대로, 날짜만큼 계산한 급여와 치료비, 고생한 데 대한 위로금을 약간 추가해서 입금하도록 하겠습니다."

그는 머리를 한 손으로 지그시 누르며 맥없이 말했다.

"식사하러 다녀오세요."

○ ● ○

이완은 2층 침실로 올라가 블라인드를 열었다. 문을 열고 거리로 나선 키 큰 여자가 허리를 살짝 구부리고 두리번거린다. 솔기가 터진 검은 패딩 재킷이 보기 싫어서 미칠 지경이다. 저 능력을 가지고도 저렇게 궁상을 떨며 살고 있는 게 기가 막히다. 계약한 금액은 일을 성사 못 했으니 안 받는다고 할 때도 화가 치밀었고, 얼마 안 되는 돈을 저렇게 조심스러워하며 말하는 꼴도 보기 싫었다.

덧난 상처를 보니 화가 났고, 직장을 옮긴다는 말을 들으니 또 화가 났다. 어차피 거하게 차였고, 한국에서 철수하면 저 여자 다시는 못 보는 거, 머리로는 알고 있는데, 저런 꼴을 볼 때마다 자꾸 화가 났다.

그는 의자에 걸터앉아 첼로의 긴 목을 한쪽 팔로 감싸 안고 머리를 기댔다. 여자가 두리번두리번 무언가를 찾는 뒷모습을 망연하게 지켜보았다.

여행 다녀오면 맛있는 거 많이 사 주기로 했는데. 시간 여행을 다녀오면 배가 많이 고프다 했던가. 그럴 수밖에 없지. 그렇게 사건 사고를 많이 치고 다니면서 먹는 것은 그렇게 부실하니 배가 안 고플 턱이 없지. 내가 당신 돌아오면 오성 뷔페마다 데리고 다니면서 투어를 시켜 줄 거라 약속하지 않았나. 왜 그 말은 안 하지? 식당을 찾아 두리번대는 여자의 모습이 점점 작아졌다.

"지금 뭐해?"

뒤에서 앤드류의 목소리가 들렸다. 이완은 대답 없이 손을 저었다. 앤드류는 탁자 옆의 의자에 털썩 앉았다.

"호텔에 가다가 택시 안에서 아버지하고 한바탕했지. 혼자 들어가셨어. 칼리는 지금 미스터 해밀턴하고 호텔 로비에서 배틀을 뜨고 있는 모양인데."

이완은 머리를 짚으며 쓰게 웃었다. 마치니 로펌에서 칼리의 별명이 가디스 칼리(Goddess Kali)라 들었다. 괜히 파괴와 학살의 여신이 아니겠지. 어떻게 내 주변에는 이렇게 전투적인 여자들만 득시글거리나.

"앨버트는 별다른 말 없고?"

"흥. 아버지야 너만 예뻐하고 너만 걱정이지. 서담전 취소됐다는 이야기 듣고 그거 보러, 괜히 너만 고생했다고 걱정이 태산이지. '황적정 선생'

아니랄까 봐."

"일단, 이번 전시회 취소까지는 뜻대로 되었으니, 뒷수습하는 거 꼼꼼하게 챙겨. 며칠 후 서담전 취소 광고가 4대 일간지에 뜰 거야."

"어, 음. 저기, 이완. 미안해. 그 블로그, 그건 정말 내가 술김에 욱해서……. 미안해."

"매우 계획적이고 치밀한 실수지. 술까지 드셨으면서 선동하는 포스팅마다 구구절절 얼마나 명문인지 황송할 지경이었어."

이완은 창밖을 쳐다보며 여상하게 대답했다. 그의 시선은 창밖의 한 점에 고정되어 움직이지 않는다. 앤드류는 그의 시선을 따라 창밖을 살펴보았다. 그가 무엇을 열심히 좇고 있는지는 금방 알 수 있었다. 다만 이완이 왜 저 여자의 움직임을 좇고 있는지는 알 수 없었다.

여자가 어떤 건물 앞에 서서 한참 고민을 하고 우왕좌왕한다. 들어갈까 말까 두세 번을 반복하는 모습을 보며 이완은 눈을 가늘게 떴다. 결국 여자가 결심한 듯, 주먹을 꾹 쥐고 안으로 들어갔다. 앤드류는 눈을 둥그렇게 떴다. 하? 의외인데? 순간 이완이 자리에서 벌떡 일어났다.

"당신이…… 왜 거길 들어가?"

건물 꼭대기에는 '미즈 산부인과'라는 분홍색 간판이 붙어 있었다. 앤드류가 무어라 말을 붙이기도 전에 그는 코트도 걸치지 않고 밖으로 뛰어나갔다.

민호는 처방전을 받아 약국에서 약을 받고 돈을 지불했다. 엄청 비싼 처방전에 엄청 비싼 약. 지갑에 만 원짜리가 서너 장 있었는데 남은 돈이 5천 원뿐이라는 사실이 믿어지지 않았다. 이 돈으로는 제대로 된 밥을 못 먹을 거고, 재수가 좋다면 짜장면, 아니면 저 앞의 편의점에 가서 삼각 김밥에 컵라면이나 먹어야 될 것 같다.

의사에게선 기대했던 속 시원한 말은 듣지 못했다. 지금은 확인할 수가 없고, 임신 가능일을 살짝 벗어났지만 임신이 안 되었다고 100퍼센트 확신할 수는 없어요. 어쩌면 선정이와 그렇게 똑같은 말씀을 해 주시나.

의사 선생님은 이 약이 호르몬 농도가 몹시 높은 것이라 자주 먹으면 몸에 좋지 않으니, 다음번에는 미리 피임을 하라는 말을 세 번이나 반복해서 들려주고, 먹으려면 지금 바로 먹어야 그나마 효과를 볼 수 있다는 말을 덧붙였다.

고개를 푹 수그렸다. 그렇게 오매불망 고대하던 낭만적 남녀상열지사의 결과는 존나 좆같았다. 그따위 걸 뭐라고 노상 홍알홍알 꿈꾸고 있었을까. 그 결과로 지금 이 약, 몸에 썩 좋지는 않다는 이 피임약을 안 먹으면 난 다음번 마법통 군단이 쳐들어올 때까지, 불나게 불안에 시달려야 하는 것이다.

민호는 약국 구석에 놓인 정수기 앞에서 물을 한 컵 들고, 조그만 약을 감싼 필름 위에 손가락을 얹고 힘을 주었다. 톡, 은박지를 째고 나온 노란색 약이 손바닥에 얹혔다. 바보, 멍청이, 팔푼이, 윤민호. 이런 것까지 일일이 다 몸으로 겪어야 뭔가를 배울 수 있다니. 약을 쥐고 있는 손가락이 조금 떨렸다.

"그거, 무슨 약입니까?"

말간 구두코가 보인다. 먼지 하나 없이, 파리든 모기든 앉았다 하면 미끄러질 것같이 반들거리는 구두코다. 민호는 들고 있던 종이컵을 떨어뜨렸다. 저 사람이 왜 여기 와 있는지 모르겠다. 밥 먹으러 왔다가 우연히 본 거였으면 좋겠다. 하지만 묻는 목소리를 보니, 어쩌면 내가 아까부터 길바닥을 헤매고 있던 꼴을 본 걸지도 모르겠다. 알면서 묻는 짓 따위 안 했으면 좋겠다.

"무슨 약입니까?"

"알아서 뭐 하게?"

"무슨 약이냐고 물었습니다."

"아오, 씨발."

민호는 대답 대신 옆에 놓아두었던 약 상자를 얼른 곁의 쓰레기통에 집어넣었다. 그는 민호의 얼굴을 보고 멈칫하더니 더 이상 묻지 않았다. 다만 울렁울렁하는 목소리로 중얼거렸다.

"사후피임약은 몸에 좋지는 않다고 알고 있습니다."

"씨발, 그래서! 콘돔도 안 한 상태로 속에다 싼 새끼가 뭔 말이 이렇게 많아?"

민호는 약을 입에 넣는 대신 그의 얼굴을 사납게 올려보았다. 그는 정말 곤혹스러운 표정으로 시선을 돌렸다. 얼굴이 흙빛으로 물들고 있었다. 고개를 흔들고 한숨을 쉬고 머리를 쓸어 올렸다.

"제가 잘못했습니다. 입이 열 개라도 할 말은 없는데, 민호 씨. 정말 미안합니다. 제가 생각이 짧았습니다."

"아냐, 댁 혼자만의 책임도 아니고, 사과받으려고 한 말은 더더욱 아니라고! 나도 똑같이 멍청했잖아. 대답하기 싫은 거 자꾸 묻지 말라는 것뿐이야. 다음번 여자하고 할 땐 피임 도구 같은 거 미리 준비하라고."

"제가 어떻게 하면 좋겠습니까? 그, 그게, 저도 지금 무슨 말씀을 드려야 할지 잘 모르겠습니다."

"박 실장님이 지금 할 게 뭐가 있어? 아직 임신이 된 것도 아니고, 생겨 봤자 댁이 대신 해 줄 수 있는 게 뭐가 있는데? 대신 약을 먹어 줄 거야? 아니면 똥꼬 째지게 대신 아파서 낳아 줄 거야?"

"아니에요. 그런 말을 하려고 한 건 아닙니다. 다만, 민호 씨가 어떤 선택을 하시든, 제가 어떤 방법으로라도 책임을 지려고 드린 말씀입니다. 비용 면이나, 정신적인 충격에 대한 보상 면이나, 양육비용……. 아, 아뇨. 이게 아니고, 낳으시면 당연히 제가……."

아, 이것도 아닌데. 이완이 입술을 깨물고 고개를 수그린다. 흥, 결혼하겠다는 말은 그래도 못 하시겠지. 민호는 콧방귀를 뀌며 눈을 돌렸다. 있는 건 돈밖에 없으시다 이건가? 거참 편하네.

"거 멀리도 나가시네. 아직 정자 난자 소개팅도 안 했대, 안 했다고!"

그는 낮게 신음하다가 말을 삼켰다. 무슨 말을 하든 민호의 꿀꿀한 속이 풀리지 않으리란 것을 짐작한 때문일 것이다. 책임을 진다? 양육비? 아니면 댁이 키우시겠다? 혼자서 100년 일을 걱정하고 앉았다. 하지만 서럽던 것이 조금 풀리는 것 같다. 반반한 낯짝으로 이 여자 저 여자 생각 없이 후리고 빠지는 사람인 줄 알았더니 책임감은 있는 모양이다.

"아직 임신이 안 된 겁니까?"

"응. 아직. 이 약이 하는 일이 댁의 정자하고, 내 난자가 만나지 못하도록 방해 공작을 하는 거래. 소개팅 장소에 홍수를 내려서 견우직녀 못 만나게 하는 그런 거 있잖아."

견우직녀가 못 만나서 홍수가 난 건 아니고? 하지만 이완은 수긋하게 고개를 끄덕였다.

"……예. 그것까지는 제가 정확하게 몰랐습니다."

"댁이 모르는 것도 있네."

민호는 피시시 웃으며 약을 입에 넣었다. 노랗고 조그만 약이 입안으로 들어갔다. 꼴깍. 목의 근육이 움직이며 약을 배 속으로 밀어 넣었다.

"소개팅 판이 잘 엎어지기를 기원해 줘. 안 그러면 난 열 달 후에 병원에 누워서 뉴욕에 있는 어떤 놈 욕을 고래고래 하면서 애를 낳아야 하니까."

이완은 움직임을 멈추고 민호를 물끄러미 바라보았다. 눈 주변의 근육이 가늘게 떨렸다. 그 모습은 엉뚱하게도 절박한 기대를 품은 사람의 모습처럼 보였다.

"정말 낳을 생각이 있었습니까?"

그게 당신 인생을 완전히 말아먹는 일이 될 텐데도? 당신 바보 아냐? 그의 검은 눈동자 속에서 무수한 의문이 명멸했다. 민호는 어깨를 으쓱했다.

"그럼 어떡해. 소개팅까지는 최대한 깽판을 쳐도, 애가 생겨서 펄떡거리면, 그걸 어떡하라고."

"……민호 씨, 가톨릭입니까?"

"아니. 성당 문 앞턱에도 안 가 봤는데."

이완의 얼굴을 힐끗 보니 영 이해가 안 간다는 모습이다. 알아. 내가 얼마나 구닥다리 같은 생각을 하고 있는지 안다고. 종교 교리가 아니라면 도무지 이해가 안 되겠지.

"내가 그렇게 태어났어."

"아……?"

"우리 엄마가 말이지, 나이 오십에 나를 낳았어. 단산 직전이라 방심했나 하여간, 뭐. 아부지인지 엄마인지 아마 피임에 실패를 했던 거지. 며느리한테 막 애가 생긴 판에 시어매가 애가 생기면 얼마나 쪽팔려. 게다가 엄만 혈압도 있고 당뇨도 있어서 임신중독도 심했대."

"예."

"의사 선생님은 그 나이면 애 낳다가 죽는다고, 나 지우고 포기하라고 하셨고. 그런데 엄마는 그래선 안 된다고 하시면서, 죽는 걸 각오하고 낳으셨다고 하셨어. 사실 낳고서도 몸이 너무 안 좋아서, 거의 돌아가시는 줄 알았대. 그 덕에 난 세상 빛을 보게 됐지만 엄만 그때 망가진 몸이 끝까지 돌아오지 않았었어. 그래도 엄마는 그게 옳았지, 그거 하난 참 잘했지, 나를 보면 늘 말씀하셨어."

그게 옳았지, 그거 하난 참 잘했지. 엄마는 늘 그렇게 말했었다. 민호야. 우리 강아지. 옳은 길은 쉬울 때보다 어려울 때가 더 많아. 손해가 될 때가 더 많고, 똑똑해 보일 때보다 미련해 보일 때가 더 많고. 옳은 길은 대체로 그래.

"내가 그렇게 태어났는데, 나한테 뭘 어쩌라고."

민호의 퉁명스러운 대답에 이완은 가만히 고개를 숙였다.

"민호 씨는 나중에 결혼하면 좋은 엄마가 되실 것 같습니다."

"뭐, 알 수 없지. 내가 유치원에서 진상 엄마들하고 싸우다가 성질은 다 버렸지만, 내 애를 키우는 거라면 어쩌면 조금은 괜찮은 엄마가 될지도 모르고."

"예."

"10년쯤 지나서, 그사이 재수가 좋아 어떤 놈팽이하고 짝을 지어 살게 된다면, 애들한테 바글바글 둘러싸여서 진종일 같이 울고불고 싸우고 있을 테지. 안 봐도 뻔해."

조용히 듣고 있던 사내는 한참 만에 더듬더듬 입을 열었다.

"아……이들, 많이 예쁘겠지요."

"유치원에서 한 달만 실습해 봐, 그 소리가 쏙 들어갈걸."

"그래도……"

말을 맺지 못한 채, 이완은 어색하게 웃으며 침묵했다. 민호는 그의 속에서 오가고 있을 생각들을 잠시 헤아려 보았다.

저 사람은 나와 밤을 보내기 전에 사랑하는 여자, 화려하고 지적이며 아름다운 연인과 많은 관계를 가졌을 것이다. 그럴 때마다 둘 사이에서 태어날지도 모를 아기 같은 거, 당연히 상상해 보았을 것이다.

만약, 조금 전 사무실을 나간 빨간 머리 여자가 어느 날 사무실로 전화를 해서 같은 말을 한다면? 나, 당신의 아이를 가졌어요, 한다면 저 사람은 뭐라 할까? 아까 나한테 했듯 떨떠름한 얼굴로 내키지 않는 대답을 하려나?

그럴 것 같지는 않다. 아무의 시선도 닿지 않는 다른 시간, 다른 공간에서, 되나 안 되나 한 번 찔러 본 여자와 진짜 연인이 같을 수는 없다. 그런 자각 정도는 있다. 내 처량한 자존심을 간신히 지켜 주고 있는 자각.

자신의 여자에게는 이따위 약을 먹게 내버려 두지 않고, 약을 뺏어 내동 댕이칠 테지. 그리고 정식으로 프러포즈를 할 테지. 장미꽃다발을 들고, 무릎을 꿇고, 반지를 내밀면서, 나와 결혼해 주세요, 하고 간지러운 짓도 할 거고, 여자의 배에 귀를 가만히 대고 아이의 심장 소리 듣겠다고 꼴값을 떨지도 모르겠다.

성질이 만만찮은 이탈리아 패밀리의 레이디. 그 화려하고 똑똑한 여자도 결혼하고 나면 저 남자만의 사람이 될 것이다. 저 남자는 붉고 정신을 빼놓는 폭포에 휩쓸려 다른 사람을 둘러볼 수조차 없을 것이다. 그 여자가 낳을 아이들, 버릇없는 다섯 살, 일곱 살 아들딸들에게 종일 휘둘리면서도 그저 흐뭇하게 웃을 것이다.

그게 저 남자가 꿈꾸는 미래일 거라는 확신이 들었다. 심장으로 뜨거운 인두가 턱 얹히는 느낌이었다. 민호가 실제 같은 통증에 어깨를 움츠리는 순간 옆에 미동도 없이 서 있던 사내가 팔을 움직였다.

"……?"

민호는 이완을 물끄러미 쳐다보았다. 그는 고개를 옆으로 돌리고 포켓치프를 꺼내 이마를 문지르고 있었다. 수건이 이마와 관자놀이와 눈가를 차례로 훑고 지나갔다. 한 번, 그리고 한 번 더. 그가 그러는 이유를 알 수 없어, 민호는 그저 못 본 척했다. 그는 여전히 고개를 돌린 채 살짝 잠긴 목소리로 물었다.

"밥 아직 안 먹었죠. 배 안 고픕니까?"

"……고파."

"제가, 제……가 점심 사겠습니다."

"싫어. 오늘은 혼자 밥 먹을 건데?"

"지갑 다 털어서 약 사는 거 밖에서 봤습니다."

"작작 좀 해. 돈을 안 찾아서 그렇지 내가 거지는 아니거든? 어, 하긴, 같이 여행 다니면서 얻어먹고 다니는 꼴이 좀 거지 같긴 했겠지만 내가 원래 그런 사람은 아니야!"

"그냥 좀 알겠다고 하시면 안 됩니까? 제가 맛있는 거 사 드리기로 했잖아요. 저한테 얻어먹을 기회도 앞으로 없을 건데요. 어차피 저 뉴욕으로 가면 저를 볼…… 일도 없을, 없을 거 아닙니까."

"오늘 같은 날은 그냥 나 혼자 좀 두면 안 돼? 박 실장님도 나도 엿같은 날이잖아."

오늘은 참 날도 좋지. 하늘은 푸르고, 공기는 청명하고, 크리스마스가 다가오는 인사동 거리는 반짝반짝 흥청흥청 온통 들떠 있다. 얼마나 달달하고 엿같은 날이냐. 이완은 주먹을 꾸욱 움켰지만 결국은 수긋하게 물러섰다.

"그러면 나중에 배고프면 한 끼 정도는 사 드리죠. 저 출국하기 전에 한 번 시간 내세요."

"그래. 그럼."

"오늘 몸도 안 좋으실 텐데 일찍 들어가서 쉬세요. 저도 갤러리 문 닫고 좀 쉬겠습니다."

그는 뒤도 돌아보지 않고 급히 사무실로 돌아가 버렸다. 민호는 반나절이나 일찍 퇴근을 하게 되었음에도 기분이 몹시, 몹시 더러웠다.

○ ● ○

"너한테는 레슨이 필요해."

청첩장을 앞에 놓고, 인터넷을 뒤지며 싸구려 정장을 들여다보고 있는 친구를 보고, 선정은 팔짱을 끼었다.

"일단, 남자를 제대로 보는 눈을 길러야 해. 다른 건 다 집어치워도, 그놈의 똥차본능을 좀 어떻게 해 봐야 해. 넌 왜 똥차만 보면 자석처럼 들러붙냐고?"

"선정아. 혹시 나도 똥차일까? 이이제이(以夷制夷)라는 말이 있잖아."

"바보야! 거기서 이이제이가 왜 나와! 유유상종(類類相從)이라고 해야지! 어, 아니 뭐, 똥차를 똥차로 제압할 수도 있지만, 내 말은, 네가 똥차라는 게 아니고, 말뜻이 똥차끼리 모인다는 건데, 아, 됐어! 하여간, 너는 다른 애인이 있는 사람한테 눈 돌아가는 본능을 좀 어떻게 해 봐."

"야, 의지로 눌러지면 그게 본능이냐. 넌 먹는 거, 자는 걸 의지로 참을 수 있냐? 하루 이틀도 아니고 장장 청춘의 10년을?"

"일단, 홀라당 마음을 주기 전에 확인하는 게 중요해. 그런 주제에 한번 마음을 주면 도무지 천년만년 변하지 않는 게 문제야. 마음에 드는 사람이 뜨면, 그리고 좀 썸을 탈 만하게 되면 그 사람한테 임자가 있는지 없는지부터 확인해 보란 말이야."

"근데 그걸 이마에 써 붙이고 다니는 것도 아니고."

"그 사람 행동을 잘 관찰하거나 주변을 수소문하면 여친이 있는지 없는지 정도는 금방 알아볼 수 있어. 아니면 일단 적극적으로 나가 봐서 SNS 같은 데서 분위기 파악을 해도 되고."

"근데 그게, 교수님이나 박 실장님 같은 경우는 애인 있는 거 다 알고 있었는데, 내 맘이 맘대로 안 되는 게 문제란 말이야. 그놈의 얼굴만 보면 머릿속이 하얗게 올 클리어가 되는데."

"너 레드 썬 걸어. 그거 잘하잖아. 저건 오크다, 저건 골룸이다. 저건 트롤이다."

"야, 레드 썬도 정도가 있지, 비요른 안데르센이 어떻게 골룸이 되냐?"

"일단 사귄 지 두어 달만 지나면, 오크도 괜찮아 보이고, 레오나르도 디카프리오도 재수 없어 보일 때가 생긴다고."

"아냐. 일단 사람은 잘생기고 봐야 하는 것이, 막 화가 나고 싸울 일이 있다가도 그 물광 나는 얼굴만 보면 에이구, 내가 참지, 싶은 생각이 들지 않겠어? 그런데 한참 싸우면서 딱 봤는데 그 얼굴이 골룸이면 없던 화도 치솟는 거지."

"그래그래, 나도 그 기분 안다. 경훈 씨 만나고 처음 두 달은 내내 에이, 내가 참자, 그랬지."

"경훈 씨뿐 아니지, 예상 씨, 주명 씨, 기영 씨, 철우 씨, 또 이름도 기억 잘 안 나는 박 씨, 최 씨, 조 씨, 안 씨 아저씨들도 처음에는 다 그랬잖아."

"계집애야, 넌 이럴 때만 아이큐가 좋니? 별걸 다 기억하고 있어!"

"그걸 어떻게 기억을 못 하냐, 뽀뽀 한 번 할 때마다 세 시간씩 몸을 꼬면서 떠들어 댔으면서!"

"그럼 내가 하는 거 보고 좀 배우든가! 하여간 경훈 씨 앞에서 입 뻥긋이라도 하면 너 죽어!"

선정은 투덜거리다가, 민호가 돌아보고 있는 웹사이트를 들여다보았다.

"너, 지금 김준일 교수님 결혼식에 가려고 옷 보는 거지?"

"응. 제일 예쁘게 입고 오래."

"지랄하고 있어. 열라 재수 없어. 제가 옷값이라도 뭐 보태 준 거 있어? 고생만 시키고."

입이 곱기로 소문난 선정 공주는 김준일 교수에 대해서는 항상 입이 매서웠다.

"민호 너, 진짜 눈깔이 튀어나오게 예쁘게 입고 가야 해. 오리 새끼가 통탄하면서 평생 후회하게. 그런데…… 지금 이걸 제일 예쁜 옷이라고 골라 놓은 거지?"

"응. 사이즈하고 가격도 맞고."

이럴 줄 알았다. 옷도 제대로 된 걸 사 봤어야 예쁜 걸 고르건 말건 하지.

선정은 팔짱을 낀 채 혀를 찼다.

"십 년 전 마담 스타일로 입고 갈 거야? 그리고 십만 원으로 제대로 된 정장을 어떻게 사? 싸구려 자꾸 사서 후줄근해지는 것보다 제대로 된 걸 사서 오래 입는 게 나아."

"예산이 그 정도인데."

"려 갤러리에서 일한 만큼하고 위로금도 좀 얹어 준다며! 더 써 계집애야!"

"축의금도 내야 하는데?"

"얼마나 낼 건데?"

"오십만 원."

드디어 선정 공주의 손바닥이 친구의 등짝에 장렬하게 내리꽂혔다.

"이 계집애가 약 먹었니? 엄마 아빠 재혼하니! 친동생 결혼해? 아주 신파를 찍어라 찍어!"

"야, 난 정말로 순수하고 경건하게, 축복해 주는 마음으로……."

"축복이 개뿔이다! 삼만 원만 내! 삼만 원도 아깝다, 오천 원 내! 그 인간한텐 봉투값 100원도 아까우니까 거기 봉투 써! 친구 다섯 명 데리고 가서 스테이크 2인분씩 먹고 와! 그리고 그거 다 옷값으로 써!"

"넌 김준일 교수님한테 원수졌냐? 왜 그래?"

"원수졌다! 내가 좋아하는 친구 속을 7년 내내 곰탕처럼 폭폭 끓여 주고 양다리 문어 다리처럼 간은 다 보더니 청첩장 주면서 뭐? 예쁘게 입고 와? 그놈의 오리 주둥이 확 뽑아 놓지 않고, 이 맹추야!"

"아니라니까! 교수님은 내가 교수님 좋아하는 거 몰랐다니까?"

속 터져요 속이! 이 허당만당아! 복장 터진 만두 공주는 잠옷의 레이스를 잡아 뜯었다.

"내가 말을 말지. 그래그래, 하여간 제일 예쁜 옷 사는데, 인터넷으로 사지 말고, 내일이나 모레쯤, 나랑 사러 가."

"내일모레가 크리스마스이브인데? 너 경훈 씨하고 약속 없어?"

"경훈 씨 출장이래. 하필 크리스마스이브에! 다음 주에나 올 거야. 하여튼 내가 교구 재료 사러 간다고 하고 퇴근을 조금 일찍 할 테니까, 바로 옷 사러 가는 거야. 우리, 쇼핑도 하고 맛있는 것도 먹자. 신사동에 케이크 진짜 잘 만드는 카페 있어. 거기 가서 기분이나 풀자고."

"그래, 그러자."

시무룩한 민호의 얼굴을 보고 선정이 침대 옆에 털썩 주저앉았다. 민호의 손을 열심히 핥고 있는 토마스 폰 에디슨을 밀어 놓고 선정은 민호를 꼭 껴안아 주었다.

"넌 좀 비싸질 필요가 있어. 남자들은 멍청하고 단순해서, 네 매력을 잘 몰라."

"내가 비쌀 게 뭐가 있어. 내 매력은 나도 모르는데."

"잘 들어. 매력이란 건 실체가 없어. 가슴 큰 여자가 매력 있어? 그럼, 작은 사람은 매력 없니? 눈 큰 사람이 매력 있니? 하지만 매력 있는 사람 중엔 눈 작은 사람도 많거든."

"응."

민호는 침을 꼴깍 삼켰다.

"그러니까, 뭔가 있는 걸 보여 주라는 말이 아니고, 있는 것처럼 보이게 만드는 게 관건이야. 그게 매력의 실체야."

뭐가 뭔지 알 수 없는 말이 나오고 있다. 민호는 어리둥절한 얼굴로 고개를 갸웃거렸다. 하나 더하기 하나는 둘이고, 저울에 올라가면 몸무게가 뜨는 정직한 그녀의 세계에서 선정의 철학은 너무 어려웠다. 선정은 한숨을 푹 쉬고 다시 설명했다.

"남자들이 지고지순한 여자 좋아할 거 같지? 그거 아냐. 저 좋다는 여자들은 일단 반값으로 후려치고 본다고. 그러니까 네가 뭔가 매력 있는 것처럼 보이게 하려면, 적당할 때 한 번씩 팡, 튕겨 주는 게 중요해. 적당한 긴장감, 신비로움, 궁금증, 그리고 남자들의 도전의식에 불을 질러야, 사람들은 네가 가진 매력적인 점을 적극적으로 찾아본다고. 자기의 도전의식을 정당화하기 위해 전에는 인식하지 못했던 매력을 만들어 내는 거야."

"어, 어······?"

"그러니까! 한 큐에 손잡고 뽀뽀하고 남녀상열지사까지 경제적 논스톱 코스 따위가 세상에서 제일 만만해 보이고 멍청한 짓이라는 거야! 적당히 눈치 보면서 미루고 빼고, 중간중간 살짝살짝 끌어당기면서. 알아들어?"

"그러다 시작도 하기 전에 튕겨 나가면?"

아 진짜! 내가 속이 터진다니까! 선정은 머리를 잡고 절레절레 흔들었다.

"제대로 된 남자들은 그 정도로 튕겨 나가지 않아! 일단 맘에 드는 여자, 도전의식에 불 지르는 묘한 여자에게는 들이대게 되어 있어. 애초에 유전자가 그렇게 생겨 먹었다고. 이 눈치 저 눈치 낙지 발로 간 보느라 들이대지 못하는 찌질이는 애초부터 잘라 내야 하고, 그딴 건 튕겨 나가게 냅두라고."

역시 온몸이 연애 세포로 구성된 선정의 입에서 나올 만한 고차원적인 말이다. 내가 너처럼 오지선다에서 골라낼 만한 수준이라도 되는 줄 아니? 내 몸속 유전자에는 연애 세포 따위가 아예 존재하지 않는데? 민호는 코를 실룩거렸지만 잠자코 들었다.

하긴 박 실장님도 스칼렛인지 칼린지 휘어잡을 때 무진장 고생한 눈치였다. 오죽하면 그 독설가의 입에서 '결코 휘어잡히지 않는 강하고 도도한 매력' 따위의 말이 나오겠냐. 역시 인기 있는 여자의 비법은 '팡' 튕겨 주는 스킬인가. 선정이의 밀당 레슨이 귀에 쏙쏙 들어오는 걸 보니 아픈 만큼 아이큐는 성장을 한 모양이다.

"명심해. 좋다고 무조건 들이대고 스토커 짓을 하면 만년의 발정도 식게 되어 있어."

"응."

"좋아하는 남자가 있으면, 따라 해 봐. 1차, 똥차 확인, 2차, 썸 타며 당기기, 3차, 한 번 팡, 4차, 다시 통통 당기기."

"1차, 똥차 확인, 2차, 썸 타며 당기기, 3차, 한 번 팡, 4차, 다시 통통 당기기. 어렵지도 않네."

"할 수 있지?"

"오케이."

"좋아, 윤민호 파이팅!"

남자가 끼어들어 결과가 좋은 적은 없지만 그래도 인생 훌랄라지 뭐 있겠느냐. 먹는 것이 남는 것이고 몬스터 흑역사의 입증 사진만이 영원한 것이라지만, 사람이 핑크빛 꿈도 없이 어찌 살겠느냐.

어차피 연말이니 구질구질한 것을 버리기에도 맞춤하지 않냐. 조으아. 갓 뎀 지나간 남자 사람들, 뽀큐 핑크빛도 찬란한 짝사랑의 과거, 좆 같았던 낭만적 남녀상열지사여, 굿바이, 아디오스, 고우 투 헬! 민호와 선정은 힘차게 하이파이브를 했다.

○ ● ○

— 그게 말이지, 경훈 씨가 날 놀래 주려고 출장이라고 했다는 거야. 크리스마스이브 서프라이즈? 그래. 서프라이즈.

"응. 그래."

민호는 한쪽 어깨로 전화를 받으며 쇼윈도를 북북 문질렀다. 계란이 깨져 미끄러지다 얼어붙어 굳은 얼룩은 뜨거운 물을 부은 후 세제를 묻힌 철수세미로 문질러 닦아야만 했다. 바닥은 또 어떻고. 똥차는 똥차를 부르고, 쓰레기는 쓰레기를 부르는 법, 한 번 쌓이기 시작한 쓰레기는 갤러리 려의 쇼윈도 앞에서 기하급수적으로 세를 불려 도저히 봐 줄 수가 없었다. 하도 많은 사람들이 정의로운 쓰레기 버리기에 동참하다 보니 무인카메라를 설치한 것이 무의미할 지경이었다.

투척 쓰레기들을 앞에 놓인 커다란 쓰레기 봉지에 쓸어 담고 바닥까지 문질러 닦아 놓으니 새로 오픈한 매장처럼 깨끗해 보인다. 이젠 내가 여기서 붙박이로 망을 봐야겠구나. 이마로 땀이 씩씩 나는데 귓가에선 선정의 달궁대는 목소리가 팔랑팔랑 날아다닌다.

— 호텔을 2박 3일로 예약을 해 두었대. 쉐라톤 워커힐 크리스마스 로맨틱 패키지로. 포시즌 뷔페 티켓에 와인 꽃바구니 제공에 스파와 머드 마사지가 포함된 거라는데.

"어, 2박 3일 호텔 패키지라니. 그래, 좋겠네. 경훈 씨가 완전 돈 많이 썼다! 잘 갔다 와. 데이트 잘하고!"

그로부터 장장 20분 동안 낭만적 패키지에 대한 자랑이 늘어졌다. 이 웬수 같은 년. 세상에 믿을 년 하나 없네. 민호는 속에서 치받는 말을 일 분에 한 번씩 꼬박꼬박 삼켜야 했다.

— 그래서 쇼핑은 미안한데 너 혼자 갔다 와야 할 것 같아서. 미안해서 어쩌니? 다음 주에는 나도 내내 재롱잔치 준비 때문에 밤늦게 퇴근할 거라.

"그럼 그럼, 걱정하지 마. 내가 제일 예쁜 옷으로 골라 사 입고, 맛있는 거 사 먹고, 케이크하고 커피도 꼭 사 먹을 거야."

선정 공주는 미안해서 어쩔 줄 몰라 했으나 이런 경우는 선약 우선의 법칙이 적용되지 않는 법이다. 민호는 충분히 이해했다. 다만 뽀큐 핑크빛 연애 전선, 고우 투 헬 남녀상열지사의 확신이 깊어만 갈 뿐이다.

— 동네 시장에서 싸구려 사면 정말 가만 안 둘 거야! 백화점에 가서 제대로 된 정장으로 사! 가방하고 구두까지 제대로 사! 정장에 배낭 메고 갈 거 아니지?

"누가 싼마이 사고 싶어 사나. 백화점에 사러 갈 돈이 있으면 월세를 두 달이나 밀렸겠냐."

민호는 투덜대며 전화를 끊었다.

"크리스마스이브에 약속 펑크로군요."

옆에서 마른 수건으로 유리를 닦고 있던 이완이, 민호 쪽은 쳐다보지도 않고 말했다.

"뭐, 옷 사러 가는 거니까 상관없어. 혼자 사러 가면 돼. 내가 돈이 없나 눈이 없나."

"뭐, 돈이든 안목이든 없는 거랑 비슷하죠."

이완은 냉소하며 내뱉었다.

"오지랖이 태평양이네. 원래 오지랖 넓은 사람 싫어한다며?"

"그러게요. 오지랖도 무좀 같은 전염병인가 봅니다. 음. 그나저나 결혼식이나 면접 볼 때도 청바지 입고 다녔어요? 어떻게 정장 한 벌이 없어요?"

"결혼식 때 예쁜 옷 입으라는 건 누가 정한 거야? 하객들이 이렇게 빼입고 오는 전통은 대체 누가 만든 거야? 옛날엔 안 그랬다고."

"아무렴 그렇겠지요."

"부아 지르지 말고 옷 사게 월급하고 위로금이나 줘……세요."

푸하하. 입을 실룩실룩하며 웃음을 참으려던 이완이 유리에 이마를 박고 웃었다.

"위로금으로 결혼식에 입고 갈 정장 사실 겁니까?"

"응. 네. 어."

아하, 하, 하하하. 그의 입에서 다시 웃음이 터졌다.

"그럼 이렇게 합시다."

이완은 수건을 뒤집어 유리를 문지르며 말했다.

"월급은 입금하고, 위로금 대신 제가 옷값을 내는 걸로 하죠. 어떻습니까. 손해는 아닐 텐데."

민호는 가자미눈을 하고 이완을 째렸다. 어쩐지 수상하다.

"위로금하고 치료비 얼마 줄 생각이었는데? 혹시 50만 원쯤? 그 정도는 줄 생각이었어?'"

"옷값 예산이 그 정도였습니까? 절대 아닙니다. 20만, 아니, 10만 원쯤 드릴 생각이었습니다."

입술을 꾹 다물렸는데, 보조개가 생겼다 사라졌다 한다. 목울대도 꼴락 꼴락한다. 좋아? 뭐가 좋아? 민호는 이를 부득 갈았다. 이 더러운 짠돌이. 그 고생을 시키고 그래, 겨우 10만 원? 남의 돈 벌기 힘들다더니. 그럼 내가 옷값으로 50만 원 다 받아 주지.

"좋아. 위로금 대신 옷값을 내. 옷에 구두에 가방에 스타킹에 머리띠까지 살 거거든?'"

"대신 물건은 제가 고릅니다."

"왜!"

"민호 씨는 제가 패션 리더들의 본거지에 산다는 걸 잊으셨나 봅니다. 갤러리 려 본점도 뉴욕 맨해튼에 있죠. 눈 감고 골라도 민호 씨가 고른 것보단 나을 거예요."

민호는 눈을 둥그렇게 떴다, 어. 듣고 보니 그러네. 한국말을 하도 매끈매끈 해 대서 까먹고 있었는데 저 사람은 자그마치 뉴요커였다. 베이글과 크림치즈와 아메리카노, 섹스 인 더 시티의 도시! 뭔가 도회적이고 세련된 전문직의 남녀사람들.

민호는 고개를 들어 쇼윈도에 비친 자신의 모습을 관찰했다. 뭐 이렇게 총체적 난국이냐. 붕붕 들뜬 산발 머리, 화장기 없이 쌀뜨물처럼 허연 얼굴, 새우젓눈깔, 섹시와는 백만 광년은 거리가 있는 입술, V 라인을 만들려면 산더미처럼 깎아 나가야 할 견고한 턱 선. 고무장갑, 얼룩진 앞치마, 해진 청바지, 낡은 운동화. 째진 옆구리를 두 번이나 꿰매야 했던 검정 패딩.

눈을 돌려 옆을 보니 걸레를 들고 있어도 그림이 되는 사나이가 안면을 까고 고개를 휙 돌린다. 뺨에 보조개가 쏙 팼다가 사라졌다.

……거 멋지네. 뉴요커 이완 박.

머리를 툴툴 흔들었다. 존나 짜증 난다. 짜증 나, 짜증 나. 민호가 투덜거리며 북북 유리를 문지르자 이완이 한숨을 쉬며 툭 뱉었다.

"나랑 가기 싫은 거 그렇게 티 내실 거 없습니다. 제가 싫으면 칼리에게 함께 가 달라고 부탁할까요? 칼리는 옷 고르는 감각이 굉장히 좋습니다. 안목도 높고요."

"미쳤어! 내가 왜! 댁이랑 가는 거 안 싫어! 안 싫다고! 열라 좋아! 아오 제기랄!"

쓰레기차 피하려다 똥차에 치여 죽을 일 있냐! 격분한 민호는 왈칵 소리를 질렀다.

○ ● ○

도저히 50만 원 선을 맞출 수가 없다. 등으로 끈적하게 땀이 흐른다.

으레 쇼핑이라 하면, 가격을 제일 먼저 보고, 디자인을 그다음 보는 게 아니던가? 그리고 합리적이고 지혜로운 구매를 위해서는 기본 두 바퀴는 돌고 시작하는 게 아니던가? 특히 크리스마스이브, 오늘 같은 엄청난 대목일 때는 사람의 파도를 헤치고 마음에 드는 것을 낚아채는 신공이 필요한 것이 아니던가? 그런데 이 이상한 상황은 뭐지?

이완은 청소가 끝나자마자 민호를 크리스마스 장식이 건물 가득 늘어진 거대 백화점으로 끌고 들어갔다. 뭔지 알 수 없는 예약을 했다고 했다. 바글바글 사람이 붐비는 매장을 빙빙 도는 대신 민호는 5층에 있는 작은 방으로 끌려가야 했다.

몸이 푹 파묻히는 소파에 짙은 갈색의 탁자, 이름도 알 수 없는 석고상들, 한쪽 벽에는 작은 모형 분수에서 물까지 흘러나오고 있다. 화려한 샹들리에, 푹신한 카펫, 은은한 재즈 음악까지 충격과 공포로 다가왔다. 민호는 어리둥절한 얼굴로 두리번두리번하다가 소파 한구석에 쪼그리고 앉았다.

한쪽 벽에 붙은 쇼 케이스에는 가방 몇 개, 다른 쪽에는 신발 몇 켤레. 한쪽에는 원피스와 투피스, 그리고 옆의 높은 행거에는 긴 코트들이 얌전하게 걸려 있었다.

지금 이게 뭐 하는 거지? 지금 나는 이마트나 집 앞 옷가게에 가서, 50% 세일 매대 앞에서 맹렬한 전투를 치러야 하는데.

그때 이완의 앞에서 무슨 말인지 한참 주고받던 여자가 가까이 다가왔다. 이상희 과장이라는 명찰을 붙인 여자는 민호를 보며 생긋 웃더니 프라이빗 쇼퍼라며 자신을 소개했다.

"옷 고르시고 갈아입으시는 것, 도와드리겠습니다."

초장부터 난관이다. 가격이 보이지 않는다. 탈의실에 들어가 옷을 입으면서 아무리 앞뒤로 털어 뒤집어도 가격이 보이지 않는다. 그렇다고 일일이 얼마냐, 얼마냐 가격을 물어볼 수는 없었다. 밖의 두 사람이 촌스럽다고 속으로 웃을 것 같았다. 무엇보다 겁이 났다. 저 금장 번쩍이 가방과 벌겋고 꺼멓고 라인이 기가 막히게 빠진 신발만 합쳐도 50만 원을 너끈히 넘길 것 같다.

"가격은 신경 쓰지 말고 고르세요. 해 주기로 했던 거니까."

탈의실 밖에서 이완의 목소리가 들렸다. 옷을 앞뒤로 뒤집어 보며 가격표를 찾던 모습을 보기라도 한 모양이다. 하지만 그 말을 덥석 믿고 고르기에는 눈치가 바닥인 민호라도 손이 떨렸다. 물론 속에서는 '기회는 이때다, 돌격 앞으로!'라는 우렁찬 고함이 울려 퍼지고 있었다.

"이 정장은 이모가 입고 있던 스타일하고 비슷하네요. 복고풍인가 봅니다."

행거에 걸린 분홍색 체크 트위드 투피스를 손으로 쓸어 보던 이완이 희미하게 웃었다. 민호는 고개를 절레절레 저었다. 세상에 저런 색을 어떻게 입고 다니냐. 때도 잘 타게 생겼고, 튀기도 무진장 튀게 생겼다.

무엇을 골라야 할지 알 수 없었던 민호는 흰색 블라우스 위에 제일 무난해 보이는 검은 정장을 입고, '프라이빗 쇼퍼' 라는 여자의 추천대로 굽이 한 뼘은 될 만한 검은 구두와 벌건 구두를 번갈아 신었다. 힐이라는 것을 처음 신어 본 민호는 큰 방을 서너 바퀴 왔다 갔다 하며 두어 번 발목을 삐끗덕거린 후에야 간신히 제대로 걷는 법을 터득했다.

거울 앞에서 빙 돌아 보았다. 걱정도 무색하게 구두는 꽤 편안했다. 원래 키도 큰데 이런 힐을 신을 필요가 있나 싶지만 일단 민짜 가슴마저 커버할 만큼 무지하게 섹시해 보이는 게 마음에 들었다. '지미추' 라는, 들어 본 적 없는 브랜드였다. 거울을 보니 다리도 더 길고 매끈해 보이고 엉덩이도 살짝 튀어 보이는 것이, 자신의 섹시도가 50%는 상승한 기분이 들었다.

"장신구는 피전 블럿? 아니면 펄? 골드 계열로 하시겠습니까? 지금 저 스타일에는 세 가지 모두 잘 어울립니다."

프라이빗 쇼퍼가 생긋 웃으며 이완 앞으로 상자 몇 개를 들이댔다. 이봐요, 언니. 내가 하고 다닐 건데? 하지만 민호는 자신에게 별다른 발언권이 없다는 것을 실감했다. 일단 물주의 결정권이 최고고, 안목이 있는 사람의 결정권이 두 번째니, 민호의 발언권은 끼어들 여지가 없었다.

이완이 고른 목걸이와 귀고리가 이 과장 여사님의 손에 의해 이리저리 걸렸다. 민호는 멀미를 할 지경이었다. 거울을 아무리 들여다봐도 저것이 누구인지 알아볼 수 없을 지경이 되었다.

가방만 해도 서너 개는 돌아가며 쥐어 보고 메 보고 쇼를 해야 했다. 입고 나올 때마다 소파에 파묻혀 있는 사내는 얄미운 소리를 해 댔다. 허리퍼세요. 구부정하게 그게 뭡니까? 턱을 좀 위로 올리셔야 하지 않습니까?

하지만 그가 처음에 손을 댔던 분홍색 트위드 투피스를 입고 나오자 이완은 잔소리를 딱 멈추고 입을 다물었다. 그는 한참 만에 이 과장을 돌아보고 낮게 가라앉은 목소리로 물었다.

"진주 세트 있습니까?"

"예, 가져다 둔 것이 있습니다. 안목이 좋으시네요. 샤넬의 이 핑크 트위드 투피스에는 진주가 가장 잘 어울립니다."

민호의 목으로 묵직한 목걸이가 늘어졌다. 이완은 자리에서 천천히 일어서 구석의 행거에 걸려 있는 흰색 반소매의 긴 털 코트를 가지고 왔다. 민호는 뭐가 뭔지 알 수 없어 이완을 벙벙하게 쳐다보았다. 지금 확실하게 알 수 있는 것은, 이놈의 물건값을 아무리 싸게 친다 해도 저 흰색 코트까지 포함하는 순간, 어쨌든 빼도 박도 못 하게 50만 원, 아니 100만 원은 넘기리라는 확신뿐이었다.

이완은 그것을 민호에게 직접 입혀 주고 다시 소파 쪽으로 천천히 뒷걸음질했다. 무거운 분위기를 눈치챈 프라이빗 쇼퍼가 가만히 물러섰다. 이완은 한참 동안 민호를 바라보다 숨이 죽은 목소리로 말했다.

"유행은, 돌고 돈다는 말이 맞나 봅니다."

"······?"

"이 스타일이 민호 씨에게 가장 잘 어울립니다."

○ ● ○

2박 3일의 패키지 미션을 완료하고 돌아온 선정은 집에 들어서자마자 기겁을 했다. 민호가 행거에 이것저것을 늘어놓고 처절한 고뇌에 빠져 있던 것이다.

"10만 원을 넣어 줄 생각이라고 했다고. 치료비랑 위로금으로."

"뭐? 10만? 누구 놀리…… 응. 일단 그런데?"

"그러느니 옷을 사 주는 걸로 퉁치는 게 좋을 거라고 해서 그러자고 했어. 내가 먼저 옷을 사 달라 한 건 아냐. 밥도 사 달라 한 게 아냐."

민호는 머리를 쥐어뜯었다.

"내, 내가 혼자 먹은 밥값만 10만 원이 넘어갔단 말이야."

"야, 민호야. 일단 진정 좀 하고."

"이 하얀 털옷을 보라고. 이거까지 합치면 아무리 계산을 해도 50만 원, 아니 100만 원은 넘게 들었을 거라고. 너 저번에 경훈 씨가 사 주었던 털조끼가 30만 원이라 하지 않았어?"

계집애야, 그건 토끼털 패치잖아. 너는 저 색깔이나 감촉을 보고도 아무 느낌이 없니? 선정은 절망적으로 고개를 저었다. 한때 샤넬을 채널로 읽던 친구가 휘메일 밍크 스킨과 토끼털 패치의 촉감 차이를 알 것 같지는 않다.

"면적으로만 따져 봐도, 이 옷만으로 50만 원은 훨씬 넘을 건데, 이 옷이랑, 구두랑, 이 가방까지 합치면 내 생각엔."

민호는 겁에 질린 목소리로 더듬거렸다. 선정은 저 분홍색 정장이 상당히 눈에 익다는 생각을 했다. 눈썹이 확 찌푸려졌다. 최근 인기 폭발 상태로 종영한 미국 드라마의 여주인공, 인기 절정 연예인으로 나온 여자주인공이 입었던 샤넬 트위드 투피스였다. 신발의 날카롭고 섹시한 곡선을 보며 설마 하던 선정은 레이블을 보고 입을 떡 벌렸다. 지금 뭐가 어쩌고 어째? 너 지미추라는 레이블 모르니? 기가 막혀 말도 나오지 않았다.

"이 가방은 가죽이야. 백화점 가방이니까 아무리 싸도 이삼십만 원은 가까이 될 건데. 세일할 때도 가방이 그 아래로 내려간 건 본 적이 없어. 그럼 전부 합쳐서 백만 원은 족히 될 텐데, 이걸 어쩌면 좋냐."

선정은 친구가 내미는 검은색 가죽 가방 한가운데 박힌 동그란 쇠 고리와 자물쇠, 그리고 그곳에 새겨진 H자를 들여다보고는 얼굴이 허옇게 되어 입을 다물었다. 한참 만에야 정신이 빠진 얼굴로 중얼거렸다.

"……너 이걸 누가 했다고?"

"박이완 실장이, 위로금으로 10만 원 주는 걸 받겠냐, 그냥 내가 옷을 골라 사 줄까 그러기에 옷으로 받겠다고."

"그리고, 저녁을 사 주었다고?"

"응. 크리스마스이브라, 집에 들어가서 뭔가 해 먹기 귀찮다고. 고기하고 술 사 주던데?"

"술?"

"와인. 와인은 머리털 나고 처음 마셔 봤는데 뭐, 폭탄주나 소맥에 비하면 껌이더만. 난 얼마 마시지도 않았는데 박 실장은 꼭지까지 취했어. 내가 술 좀 깨라고 김준일 교수님 주려고 사 놓았던 초콜릿 줬더니, 갑자기 케이크도 사 주고 꽃바구니도 한 무더기 사 주고 초콜릿도 열 박스나 더 사서 다 가져가라는 거야. 무거워서 싫다고, 다른 여자한테나 주라고 하고 차 트렁크에 놓고 왔어. 솔직히 딴 여자 기다리고 있는 거 뻔히 아는데, 그런 거 함부로 받을 맘이 나냐?"

선정은 욱신욱신 두통이 몰려오는 머리를 싸잡았다. 뭔가 알 수 없는 일이 벌어지고 있다. 선정은 밥상 위 상자 안에 널브러져 있는 긴 진주 목걸이와 귀고리를 발견하고는 드디어 가방을 팽개치고 친구를 짤짤 흔들기 시작했다.

"너, 솔직히 말해 봐. 그 사람 애인 있다며! 왜 크리스마스이브에 엉뚱한 사람하고 저녁을 먹고 그런대? 왜 이런 걸 너한테 안겨 준 건데?"

"그 인간이 자기 여자하고 언제 만나든, 밤에 뭔 역사를 쓰든 내가 알 게 뭐야. 왜 내가 그런 것까지 다 꿰고 있어야 해?"

민호의 말에 선정은 목소리에 날을 바짝 세웠다.

"너, 접때 박 실장하고 출장인지 뭔지 갔을 때, 무슨 일이 있었는지 자세히 말해 봐."

"어? 왜, 왜? 끝까지 다 갔다고 말 안 했나? 나 그때 일 레드 썬 걸어서 다 까먹으려고……."

"시끄러워! 너 그날, 논스톱으로 끝장 봤던 날에, 박 실장이란 사람하고 어떤 대화가 오갔는지 한 마디도 빼지 말고 다 말해."

이야기가 끝난 후에도 선정의 눈은 충격과 공포와 혼돈 그 자체였다. 연애계의 지존이라 불리던 그녀가 혼돈에 빠져 있는 것을 보니 민호는 대체 자신에게 무슨 일이 닥친 걸까 두렵고 궁금해졌다. 야, 민호야. 선정의 목소리가 소곤소곤 바닥에 붙었다.

"만약에 말이야, 정말 정말 만약에 그 사람이 다시 너를 찔러 보면."

"뭐? 와 시발, 내가 그럼 당장 불꽃 싸다구를……."

"아냐, 잠깐 기다려. 그 사람이 정말 진지하게 너를 좋아한다고 다시 말하거나, 뽀뽀를 하려거나 진도를 다시 나가려고 한다면."

"어, 응응."

"그때, 그 여자에 대해 제대로, 확실하게 물어봐. 당신, 스칼렛이라는 여자를 좋아하는 거 아니냐."

"엥? 분명 좋아한다고 그랬는데? 어, 하여간. 다시 물어봐서?"

"헤어졌다고 하면, 그 남자 잡아. 다른 여자가 잡기 전에 놓치지 말고."

민호의 눈이 둥그레졌다. 목구멍으로 침이 꿀꺽 넘어갔다. 아니 불과 며칠 전에 그 여자 좋아한다고 찰떡같이 말한 사람한테? 하지만 눈앞에 있는 연애 고수의 눈빛은 비장했다.

"하지만 그 인간이, 우리 두 사람이 좋아하는 게 제일 중요한 거 아니냐, 그 여자는 신경 쓰지 마라, 왜 자꾸 그 이야기를 하느냐, 그따위 이야기를 하거나 짜증을 내면, 그건 진짜 선수야. 순진한 척하면서 홀랑홀랑 찔러서 따먹고 관리질 하는 질 나쁜 문어발 개새끼야. 그때는 뻥 차고 그대로 돌아와."

이 말이나 저 말이나, 무엇 하나 현실감이 들지 않는다. 민호는 탁자 위에 늘어진 잡다한 보석과 옷가지, 가방을 망연하게 내려다보았다. 선정은 단호하게 덧붙였다.

"다만, 절대, 절대, 절대로 네가 먼저 찌질하게 물어보지 마. 너 그럼 나하고 끝이야."

○ ● ○

"웬일이야. 생전 술 마시는 꼴을 본 적이 없는데. 대리운전까지 불러야 했어? 이 대단한 것들은 뭐야?"

앤드류는 비틀대며 침실로 들어서는 이완을 붙잡았다. 호텔로 안 갔어? 왜 네가 여기 있어? 중얼대는 그의 손에는 커다란 장미 바구니와 큼직한 초콜릿 박스들이 두서없이 들렸다.

"이건 누구한테 받은 거야?"

"내가 샀어, 내가. 왜? 나는 이런 거 사면 안 되나?"

비틀, 하는 순간 초콜릿 상자가 와르르 바닥으로 쏟아졌다. 꽃바구니는 좀 더 요란한 모습으로 바닥에 흩어졌다. 앤드류는 그의 팔을 꽉 움켜잡았다.

"나하고 얘기 좀 해."

"무슨 말? 너하고 할 말은 다 했잖아."

"너 그 여자하고 잤냐? 여자는 그거 때문에 병원에 간 거였고?"

이완의 다리가 크게 휘청거렸다. 그는 앞머리에 손가락을 넣고 정신없이 헤집었다. 시인도 부인도 않는 이완의 모습에 앤드류가 길게 휘파람을 불었다.

"미치겠다. 천하의 박이완이 넘어가는 꼴을 이렇게 보는구나. 혹시 둘이 시간 여행 가서, 여자가 너 묶어 놓고 덮치기라도 한 거야? 아니면 말 안 들으면 현재로 안 돌려보내겠다고 협박이라도 했어? 안 그러면 어떻게 네가 그런 여자하고……."

"입 좀 닥쳐."

으르렁대는 듯한 욕설에 앤드류는 입을 멍청하게 벌렸다. 그는 이완이 욕하는 것도 거의 들어 본 적이 없었다. 그는 이완을 침실로 질질 끌고 들어가 의자에 앉혔다. 이완의 몸은 여전히 휘청거렸다.

"그럼 둘이 사귀기로 하기라도 한 거야? 결혼을 전제로?"

아니, 아니, 아니. 이완은 한 손으로 첼로의 긴 목을 끌어안고 한 손으로는 머리를 움켜잡았다.

"앤디, 내가 일주일 내내 궁금했는데 말이야. 대체 쿨한 게 뭐지? 같이 잠자리까지 하고, 넌 내 스타일이 아니니까 다른 여자한테나 가 보라는 게 쿨한 건가?"

"뭐? 뭐가 어째?"

신음인지 탄식인지 알 수 없는 소리가 입에서 흘러나왔다. 앤드류의 눈동자가 크게 벌어졌다.

"설마 너도 원나잇에 동의한 거야?"

"난 원나잇으로 생각하지 않았어."

"똑바로 말 좀 해 봐. 그럼 그 여자가 그랬다고? 철벽의 혼전 순결 주의자를 단번에 함락해 놓고도 사귀자는 것도 아니라고? 좋아한다는 말은 제대로 했어?"

조용했다. 이완은 혼몽한 중에도 생각을 더듬는 듯 이마를 찡그렸다. 그 말까지는 나오지 않나? 앤드류는 눈을 부릅뜨고 대답을 기다렸다.

"시간 있을 때, 안부 전화 해도 되냐, 가끔 만나서 식사라도 해도 되냐 물었어."

"그리고?"

"가끔 사적으로 만날 수 있느냐…… 그만, 하자, 앤디."

"그거야? 겨우 그렇게 말했어?"

"그만. 그만 쉬고 싶으니까, 나가."

"잠깐만 말 좀 해 봐. 그 여자한테 좋아한다고 딱 잘라서 말 안 했어? 아니, 그보다, 너한테 대체 어떤 레벨의 여자들과 혼담이 들어오는지, 그 여자 알고는 있어?"

"시작도 안 한 상태에서 파장인데 그런 이야기까지 할 필요가 뭐가 있지?"

"제대로 들이대려면 좋아한다는 말부터 해야지 뭘 한 거야! 그보다, 대체 왜 싫대? 뭐가?"

"말했잖아. 자기 스타일이 아니래. ……내가 말도 함부로 하고, 까다롭고, 성질이 지랄이라 싫다고 하더라. 됐나?"

앤드류는 더 이상 말을 잇지 못하고 멍청하게 서서 술에 잠긴 사내를 내려다봤다. 들릴락 말락 한 소리가 흘러나왔다.

"됐어, 다 됐으니 좀 쉬고 싶다."

"이완. 그 여자가 그렇게 좋아?"

"됐다고. 그만, 좀, 앤디. 나가. 부탁……."

제발이지 좀 꺼져. 날 혼자 놔둬. 그는 첼로를 끌어안은 채 바닥에 천천히 허물어졌다. 투우우웅, 함께 넘어지는 첼로의 현에서 무거운 울음소리가 흘러나왔다.

11.
미스터 도널드

열쇠 찾는 일에 대해서는 이완은 깔끔하게 태도를 정리했다. 더 이상 찾지도 않고 신경 쓰지도 않을 것이며, 아버지인 제임스 박이 사망하면 메트로폴리탄 박물관 측에 바로 기증 절차를 밟겠다 한 것이다.

블로그 하이드파크는 모든 포스팅을 비공개로 돌렸고, 서담전을 취소한다는 광고와 박물관 측의 사과문이 4대 일간지에 올라왔다. 중앙박물관 앞의 시위와 갤러리 려에 대한 쓰레기 투척은 천천히 사라지기 시작했다.

민호는 철수 작업이 진행되는 동안 꾸준히 인사동에 출근했다. 할 수 있는 일도 없고 할 일도 별로 없어서, 열심히 청소만 했다. 거대 사고를 저질렀다는 앤드류와 이완은 더 이상 농담을 주고받지도 않고 필요한 말만 해서 분위기를 살벌하게 만들었다. 그래도 따귀를 후려치고 바로 쫓아낼 줄알았는데 그대로 옆에 놓고 일을 시키는 것을 보니 신기했다.

칼리와 미스터 해밀턴은 하루에 두서너 번도 더 드나들며 속을 뒤집었다. 칼리는 민호에게 계속 간단하게라도 말을 붙이려 하고 쉬운 영어만 골라 써 가며 대화를 하고 싶어 하는 눈치였지만, 민호는 저놈의 출렁출렁 선지 색깔이 어른거렸다 하면 꽁지가 빠지게 숨어 버리기가 일이었다.

파리만 날릴 줄 알았던 갤러리 려에는 의외로 손님들이 드나들었다. 김준일 교수나 최정국 큐레이터, 변호사들을 제외하고도 너덧 무리의 사람들이 찾아왔다. 그들은 길을 가다가 이거나 사 볼까? 여기엔 어떤 물건이 있을까 하며 기웃기웃 들르는 종류의 사람들이 아니었다. 미리 예약을 잡고, 전속 변호사를 대동하고 젊은 청년이나 아가씨를 함께 끌고 온 여사님들이 대부분이었다. 그들은 하나같이 정강이까지 닿는 모피코트에 길게 늘어진 진주나 금목걸이, 주먹만 한 보석 반지, 반짝이는 구두 같은 것으로 몸을 휘감고 있었다.

그들 사이에서 박 실장은 꽤 알려진 사람인 듯, 사모님들은 그를 붙잡고 안부와 사설이 길었다. 일이 이렇게 되어 어쩌느냐, 우리가 박 실장 좀 도와줄 건 없느냐, 그러면 제대로 된 물건을 구하러 우리가 뉴욕까지 가야 하느냐, 정식 매장을 내지 말고 비공식으로 물건 소개를 해 주면 안 되겠느냐, 박 실장만큼 물건 보는 안목이 정확한 사람도 드물고, 그만한 물건을 갖추고 있는 사람은 더욱 드물지 않으냐.

민호가 생각한 것과 달리, '려 갤러리의 박 실장님'은 손님들에게 매우 매너가 좋고 매끄러웠다. 자신에게 하듯 독설을 내뱉거나 비아냥대는 일은 전혀 없었고, 찾아온 것들이 아무리 밥맛없는 이야기를 해도 교묘하게 다른 이야기로 화제를 돌렸다.

민호는 그네들이 결혼식을 앞두고 있는 예비부부와 장모 혹은 시어머니인 것을 어렵잖게 알게 되었다. 그들은 이곳에서 커다란 반닫이나 책상 따위를 사거나 누렇게 변해 가는 낡은 액자, 한 세트로 된 청자 그릇 따위를 사 갔다.

민호는 가격을 보고서는 기가 막혀 말도 나오지 않았다. 유령이 나올 것 같은 붉은 자개함 하나에 동그라미가 일곱 개씩 달린 숫자들이 오락가락했다. 창고에서 나온 듯한, 용이 그려진 벌건 '옛날 침대'는 그것보다 동그라미가 하나 더 붙은 가격이었다.

제일 기가 막혔던 것은 박 실장의 침실 바깥방의 물건들을 통째로 사겠다던 키 작은 사모님이었다. 그녀는 책상이나 장식장에 붙은 쇠붙이, 병풍에 쓰인 글씨와 도장 따위를 꼼꼼하게 살피고, 청자를 들어 보더니 길게 한숨을 쉬었다.

"남자들이 쓰던 고가구는 제대로 된 물건 구하기가 그렇게 어려운데, 세상에. 재주도 좋지."

한쪽에 서서 품위 있게 미소 짓고 있던 사내는, 그녀에게 그곳에 있는 가구들이 당상관급 반가의 사랑방을 그대로 재현한 것이며, 현재 그렇게 사랑방 가구가 한 세트로 완벽하게 모여 있는 상태로 남은 경우가 대단히 드물다고 설명했다.

"이 가구들은 선말 일본 강점기를 전후해서 궁에서 나온 것으로 추정되고 있습니다. 이 정도의 붉은 색깔과 장석을 보셨으니 사모님께서도 바로 알아보셨을 겁니다. 이 붉은 반닫이도 왕실 납품용이었죠. 강화 소나무로 만든 강화 반닫이 유명한 건 사모님께서 더 잘 아실 겁니다. 사실 당상관이라도 이런 가구는 쓰지 못했어요. 사모님께서 이걸 알아보는 안목이 있으셔서, 좋은 가격으로 가져가시는 거고, 이 물건들은 안목 있는 주인을 만나는 거니, 피차 좋은 일이죠."

"그래도 아까 보았던 것들보다 가격이 세긴 하네요."

뒤에 서 있던 사내가 들릴락 말락 한 소리로 말했다. 이완은 자신과 또래로 보이는 청년을 마주 보며 정중하고 부드럽게 대답했다.

"제대로 된 남성용 고가구가 여자들이 쓰던 것보다 열 배나 비싼 것, 잘 아시지 않습니까.”

“그럼, 알지, 우리 애도 그 정도는 알아.”

사모님이 얼른 나서며 웃었다.

이완은 가구의 귀퉁이에 쇠로 박힌 울퉁불퉁한 장식 모양을 쓰다듬으며 기억을 더듬었다. 몇 년 전 마이니치 옥션에 일정한 간격을 두고 나온 물건으로, 일본의 불황이 극에 달했을 때, 파산한 부동산 재벌 3세가 내놓은 물건들이었다. 이완은 그것이 왕실에서 나온 것임을 단숨에 알아보았었다.

물건은 하나씩 따로 거래되었다. 워낙 불황이 심하던 터라 유찰을 거듭했다. 이완은 한동안 일본에 머무르며 정보를 캐들였고, 자잘한 물건들을 모두 처분해 가면서 현금을 확보했다. 적당히 운도 따라, 두어 개의 장식품을 제외하고 대부분 저렴한 가격으로 낙찰받을 수 있었다.

이 물건의 가치는 아는 사람만 안다. 몇 해 전 상장한 K 주식회사에는 투자 목적으로 설립한 미술관이 있고, 사장의 부인은 물건을 알아보는 안목이 있었다.

민호는 그 방에 모여 있던 서안과 책장, 장식장, 반닫이와 두 점의 청자, 백자, 수묵화로 짜인 열 폭 병풍이 동그라미가 아홉 개 붙은 숫자에 주인을 바꾸는 순간을 목격했다. 겁 없이 그런 숫자를 부르는 사내는 태연했고, 키 작은 사모님과 뒤에 서 있던 젊은 남녀, 그리고 비서로 보이는 이들은 놀란 내색을 하지 않았다.

“다음 주까지 포장해서 댁으로 배송하겠습니다.”

“그래. 아무래도 새살림 나는 애들한테 현금이나 부동산으로 주는 것보다는 이게 더 모양새가 좋고 시끄럽지도 않지. 세금 문제도 덜고, 나중에는 아무래도 가격이 더 오르게 되니까 장기적인 투자로도 나쁘지 않아. 이런 풀 세트에 A급 청자에 겸재의 열 폭 병풍이라니. 정말이지, 젊은 사람이 능력도 좋지.”

치렁치렁 모피 사모님은 이완의 손을 맞잡으며 웃었다. 뒤에 서 있는 예비 신랑 신부는 이완에게 고개를 숙여 인사했다. 이완은 매끄럽게 웃으며 모인 사람들을 배웅했다.

"박 실장님. 골동품은 왜 비싸?"

민호가 방을 한 바퀴 빙 돌아보며 물었다.

"원론적으로 말하자면 수요에 비해 공급이 적기 때문이라 할 수 있겠습니다만."

"이런 것들이 뭐 전 세계에 몇 개 없는 거라면 모르겠는데, 하여간 참 별세계네."

"원래 이쪽 바닥이 별세계는 맞습니다. 가격이 오르내리는 것도 종잡을 수 없는 데다 이 바닥 사람들만의 네트워크가 있어요. 일반인들은 그 기준에 대해 전혀 알 수 없죠. 지난번 모 박물관에서 조선 중후기 도자공예 기획전시회를 한다 해서 큐레이터가 인사동에 떴는데, 관련 유물 가격이 하룻밤 새 열 배가 뛰기도 했었습니다."

"우와, 대박."

입을 벙, 벌리고 침을 흘리던 민호는 머리를 긁었다.

"그런데 아무리 생각해도 모르겠단 말이야. 이것들이 그런 엄청난 돈을 들일 가치가 있는 거야? 다른 사람들은 나처럼 시간 여행을 하지 않는데, 이것들이 무슨 쓸모지? 고려청자를 지금 밥그릇 술그릇으로 쓰면 밥맛이 열 배쯤 더 좋아지나? 이천에 가면 그보다 더 쌔끈한 청자도 많이 팔고."

"오래전부터, 돈 많은 사람들이 스스로 투자처를 만들었다고나 할까요. 그들이 허수의 가치를 만들어 내고, 투자하고, 또 새로운 가치를 만들어 내서 이익을 냅니다."

"어, 가격 거품이라는 거야? 그러면 언제든지 가치가 폭락할 수 있는 건가?"

"가격 거품이나 부가가치와는 좀 다릅니다. 부자들이 만든 메커니즘인 만큼 좀 더 사악하죠."

이완은 푸스스 웃었다.

"어차피 세상의 많은 물건은 제작 비용, 적절한 부가가치나 희소가치보다 훨씬 비싼 가격으로 거래되고 있어요. 집도 그렇고, 명품이라 불리는 옷도 그렇죠. 그 정점에 있는 것이 다이아몬드와 같은 보석과 미술품, 고 유물들입니다. 아, 다이아 같은 보석의 가격에도 생산이나 수요나 쓸모가 아닌 독점 카르텔에서 만들어진 허수의 가치가 듬뿍 들어가 있죠."

민호는 눈앞에 있는 선이 날렵하게 빠진 청자를 들여다보다가 말했다.

"그런 세계를 모르니 난 참 좋다. 이봐, 얼마나 순수하게 예뻐. 난 이런 유물 있는 거 구경만으로도 좋아. 하루 종일 보고 있어도 좋아. 보고 있으면, 이런 걸 만든 사람들, 사용했던 사람들이 문득 옆에 앉아 있는 것 같아서 어떤 때는 숨이 턱 막히게 좋다고."

"그렇습니까? 저는 예쁜 걸로는 느낌이 없고, 이걸 얼마까지 비싸게 받을 수 있을지 감이 올 때 숨이 턱 막히게 좋습니다."

"에헤? 골동품 장사하면서 그런 맛을 모르다니 박 실장님도 안됐네."

"보고 있으면 관리하는 문제로 골치가 지끈지끈하죠. 장마철엔 종이나 비단에 곰팡이 필까 걱정, 겨울철엔 나무 뒤틀릴까 걱정, 너무 건조하면 종이까지 바스러질까 그것도 걱정, 도자기는 움직이다 깨질까 걱정, 옷에는 벌레 먹을까 걱정, 석조품은 이끼 걷어 내야죠, 금속제품은 녹스는지 확인해야죠, 도난 관리, 보험금, 세금에 물목 확인에 뭐에."

저런, 마냥 좋은 것도 아니네. 민호는 킬킬대고 웃었다. 이완은 한숨을 쉬며 부연했다.

"그렇게 지겹던 3,500점 유물 관리도 막상 내 손을 떠날 거라 생각하니

기가 막히는군요."

민호는 무어라 말해야 할지 몰라 머리를 긁으며 머쓱하게 서 있었다.

"내가 다시 한번 가 보겠다고 해도 화를 내더니, 그래도 아쉽기는 했나 보다?"

"아, 아닙니다. 내 손에 떨어질 게 아니었나 봅니다. 하긴, 친일해서 얻은 재산으로 모은 것이니 이렇게 허공으로 흩어지는 게 옳을지도 모르죠. 아마 할머님은 한국이 일본에게 독립할 거란 확신이 없어서 메트로폴리탄에 기증하라 한 건지도 몰라요. 화각함을 열어 보면, 어쩌면 '조선이 독립했으면 조선의 박물관에 기증하여라.' 그런 유언장이 나올지도 모르죠. 그렇게 엿을 먹으면 기분이 더 더러웠을 거고요."

"그랬을 것 같진 않은데."

"민호 씨가 어떻게 아세요?"

"그냥. 느낌이."

"그래요? 원래 감이 좋은 편인가요?"

"어…… 아니."

"참 내. 여전히 혓바닥이 뇌를 거치지 않고 자유 운동 하죠?"

이완은 어이없다는 듯 웃었다. 하지만 기분이 나쁘지는 않은 모양이었다.

"근데 왜 골동품을 하게 됐어? 첼로 잘하던데 왜 음악 전공 안 했어? '미남 골동품 장사' 보단 '미남 첼리스트' 하면 인기가 훨씬 좋았을 것 같은데."

"하, 하하하. 내가 정말…… 네네. 줄리아드에 입학시험을 보긴 했습니다만 떨어졌습니다. 그때 좋아하는 걸 버리고 잘하는 걸 택하기로 했죠. 어차피 고미술품에 대한 건 어릴 때부터 배워서 굉장히 익숙했고, 첼로는 의붓아버지에 대한 그리움으로 취미처럼 했던 거라서요. 앨버트가 옆에서 잘

143

한다고, 해 보라고 꽤 부추기기도 했고요."

"응. 그렇구나."

"저에게 소중한 유물이란 건, 나와 인연을 맺었던 사람들과의 추억이 투사된 물건, 그 정도예요. 그런 물건이 많지는 않죠."

"뭐, 그건 기본적으로 누구나 같겠지. 다만 나는 물건에 담겨 있는 그런 추억을, 아주 오래된 것이라도 느낄 수 있다는 것뿐이지."

"아아. 그런 겁니까?"

"응. 나는 내 앞으로 열리는 길이, 이걸 사용했던 사람들의 감정과 맞닿아 있는 건 아닐까 하는 생각이 들어."

"어째서죠?"

"길이 거의 보이지 않는 깨끗한 유물도 있거든. 옛날 거는 분명한데 사람들이 사용하지 않은, 깨끗한 물건 같은 거. 길이 보이지 않더라고."

이완은 짐작이 간다는 듯 고개를 끄덕였다.

"아마, 왕이나 높은 지위의 사람들이 새로 만든 물건을 부장품으로 집어넣은 것이겠죠."

"그런가? 그런가 보지."

민호는 이해가 되었다는 듯 히죽히죽 웃었다.

옛 사대부의 사랑방처럼 꾸며진 이완의 방에 곱게 햇살이 들었다. 창밖으로 인사동의 거리 풍경이 한눈에 들어왔다. 민호는 창틀에 몸을 기대서서 밖의 풍경을 구경했다. 사람들이 바쁘게 오가는 풍경이 흥미롭고 재미있었다. 보고 있는 것만으로도 좋았다. 민호의 얼굴에 나타난 웃음을 보고 이완은 조용히 따라 웃었다.

잠시 후, 이완은 밖으로 나가 다관에 차를 담아 들어왔다. 찻종 옆의 작은 접시 두 개에는 조개 모양의 초콜릿이 몇 개씩 놓였다. 그중 한 개에는 꽃바구니에 꽂혀 있던 노란 장미가 하나 얹혔다. 장미는 아직 봉오리도 채

벌지 않은 조그만 것이었지만 생기 있고 아름다웠다. 민호는 눈을 끔벅끔벅했다.

"이게 웬 거야?"

"제가 취해서 쓸데없는 걸 많이 샀던 모양입니다. 기억도 없는데. 일단 많으니 같이 먹죠."

물론 기억도 없다는 말이 순 거짓말이라는 건 눈치 없는 민호도 알았고, 민호가 아는 것을 이완도 알았다. 하지만 구태여 서로 그것을 트집하지는 않았다.

"좋군요."

"응. 좋아."

"이렇게 좋은데."

이완은 말을 삼켰다. 민호는 그가 삼킨 것을 묻지 않았다. 숨은 말을 묻기엔 초콜릿이 너무 달콤했고, 자신 앞에 놓인 노란색 장미의 색깔이 너무 고왔고, 그의 표정이 너무 맑고 담담해 보였기 때문이다. 창문에 걸린 겨울 햇살과, 연말을 맞아 인사동 거리를 오가는 연인들을 보고 있노라니, 그의 맑고 담담한 표정이 오히려 슬프게 느껴졌다.

○ ● ○

커플들만 신나는 빌어먹을 세상, 엿같은 연말연시지만, 솔로도 나름의 즐거움을 추구할 권리가 있다. 민호는 꿋꿋하게 솔로 친구들과 솔로인 (옛)직장 동료들을 긁어모아 4차에 걸쳐 여단 규모의 송년회를 했다. 그리고 큰오빠의 집에 가서 빌어먹을 시골집이 아직도 안 팔린다는 한탄과 너도 올해는 시집가야지 하는 해 넘기기 구박을 듣고, 고자 아들인 토마스 폰 에디슨과 보신각 타종 장면을 보러 가고, 아침 일찍 일어나서는 새해 떡만둣국을 끓여 선정이와 토마스와 함께 먹었다. 설은 아니지만 어쨌든 신년맞이는 떡국과 함께하는 것이 맞다.

친구의 아들놈이 댓바람부터 전화해서는 세배하러 갈 테니까 세뱃돈을 좀 달라고 미리 부탁을 빙자한 협상을 한다. 올해 초등학교에 들어가기 때문에 이번만큼은 미장원에서 머리를 깎고 싶단다. 이젠 엄마가 만들어 내는 쥐가 파먹은 짱구 스타일은 더는 견딜 수가 없고, 여자애들이 놀리는 것도 싫다며 애처롭게 읍소한다. 망할 년, 아들을 대상으로 7년이나 인신 실습을 했으면 박철인지 이철이 되고도 남았겠다.

"그래, 누나가 세뱃돈 줄게! 이걸로 꼭 미장원에서 머리 깎아! 여자애들이 좋아하는 거, 요새 유행하는 거 있잖냐, 바가지머리! 눈썹 선 일자 바가지로 해 달라고 해! 미용실 누나한테 윙크 한 번 때려 주고!"

민호는 꼬마에게 통 크게 2만 원이나 지르기로 약조하고 말았다. 뒤에서 "야, 나는 올해부터 학부형이야, 약 오르지!" 하는 친구의 웃음소리가 들렸다. 민호는 '건투를 빈다, 녹용 든 보약이라도 한 재 먹어 둬라.' 라는 말로 멋지게 응수해 주었다.

민호는 새해 아침마다 늘 해 오던 신년맞이 결심을 벽에 써 붙이려다 손을 멈췄다. 해마다 써 붙이던 솔로탈출, 비요른 안데르센, 레오나르도, 살랑살랑 봄바람 연애, 낭만적 남녀상열지사 따위의 표어가 갑자기 이상하게 보였다. 그것을 벽에 붙이려 엉거주춤 발돋움하고 있는 자신도 우스꽝스럽다. 생각해 보니 7년의 짝사랑은 살랑살랑이 아니라 찌질 궁상 그 자체였고, 낭만적 남녀상열지사는 세상에 둘도 없을 빅엿이 아니었던가.

아아. 이 짓도 한심하게 느껴질 때가 오다니. 나도 늙었어. 서른한 살의 새해는 꿈도 희망도 없구나. 민호는 종이를 구겨 집어 던지고 벌렁 드러누웠다. 옆에서 뒹굴대던 토마스도 배를 드러내고 벌렁 누웠다. 전화가 울렸다. 까칠 대마왕 고용주다.

"박 실장님?"

지금 휴일인데 왜 전화를 하고 그래! 사람 겁나게! ……라는 본심은 일단 '아직까지는 고용주' 니까 한 번 걸러 준다.

— 지금 뭐 합니까?

"토마스랑 선정이랑 떡국 먹고 올해의 결심 써 붙이다 집어치웠어."

— 어차피 해마다 붙여 봤자 지켜지지도 않았던 거, 써서 뭐합니까? 그런데 떡국 남았습니까? 배가 좀 고픈데요.

냉큼 욕설을 뱉으려던 민호는 눈을 동그랗게 떴다.

"설마 아직도 아침을 안 먹었나? 떡이랑 만두가 좀 남긴 했어. 내가 만두를 많이 했거든."

— 아? 만두를 직접 만들기도 합…… 뭐, 좀 남았으면, 어차피 냉동실 들어가서 굴러다닐 테니, 저 좀 나눠 주시면 안 됩니까? 지금 떡국 파는 곳이 없네요.

세상에 이런 궁상이 있담. 돈 좀 버는 줄 알았더니 점심때가 다 될 때까지 아침도 못 먹었다니. 민호의 기준에서, 세상에서 가장 불쌍한 사람은 수입, 연령, 성별을 막론하고 끼니를 못 때우는 사람이었다.

선정은 친구가 부스스한 꼴로 일어나 떡국을 새로 끓여 밀폐용기에 담는 꼴을 지켜보았다. 뒷골이 싸한 느낌에, 선정은 얼른 밖으로 나가 아래를 내려다보았다. 새까맣고 큼직한 독일제 자동차가 대문 앞에 서 있었다. 선정은 친구가 솔기가 터진 검정 패딩 재킷을 입고, 슬리퍼를 직직 끌고 밀폐용기를 덜렁 들고 내려가는 꼴을 멍청한 얼굴로 지켜보아야 했다.

이것만 주고 올게, 하던 친구는 결국 올라오지 않았다.

이완은 인사동 사무실 2층에서 민호와 함께 떡국을 먹었다. 국물도 만두도 기가 막히게 맛있었다. 이완은 먹는 데 정신이 팔려 맛있다는 말을 하는 것조차 잊어버렸다. 민호가 눈을 깜박대며 묻는다.

"말 좀 하면서 먹어라. 맛있어?"

"뭐 썩 나쁘지는 않네요. 뉴욕에 식당 하나 개업하면 돈 좀 벌겠는데요. 아시안 푸드는 맨해튼에서도 각광받는……."

말을 하던 이완은 갑자기 입을 다물었다. 피시시, 헛바람이 샌다. 멀쩡하게 말 통하는 서울 두고 왜 하필 맨해튼이냐. 미련한 놈이 아직도 뭔 미련이 남아서. 이완은 고개를 수그리고 다시 떡만둣국에 집중했다. 국물 한 방울 남기지 않고 싹싹 긁어 먹었다.

그날 이완은 떡국을 얻어먹은 죄(?)로, 생전 처음 보는 꼬맹이에게 세배까지 받아야 했다. 양진수라는 꼬맹이는 민호의 친구 아들로 올해 학교에 들어가게 되었다고 했다. 친구 부부는 민호의 패딩만큼이나 낡은 코트와 바지를 입고 있었고 민호의 꼴도 구질구질하기 짝이 없었지만 아무도 개의하지 않았다.

갓 여덟 살이 되었다는 꼬맹이는 새 옷을 입고 머리에도 공을 들였다. 유행하는 커트로 다듬고, 앞머리에 힘도 조금 주었다. 나풀나풀하며 두리번대는 품이 꽤 귀여웠다.

"머리 먼저 깎았어요. 멋지죠!"

소년은 웃음도 많고 말도 많았다. 원래는 사당동으로 가서 세배를 하고 경복궁 구경을 가려고 했는데 민호가 인사동에 나와 있다고 해서 잠깐 이모 얼굴 보고 세배를 하고 가는 거라 했다.

"너 이모라 하면 안 돼, 예쁜 민호 누나라니까?"

민호의 으름장에 꼬마가 히히히 웃음을 터뜨렸다. 너 내 아들 항렬이 되고 싶지? 하는 친구의 비웃음도 누나라는 말의 파워를 이기지 못했다.

"예쁜 민호 누나. 새해 복 많이 받으세요."

동그랗게 반질반질한 머리가 폭 수그러들었다. 민호는 허리를 펴고 구질구질 부스스한 머리를 다듬은 후 세배를 받았다.

"그래, 진수 올해 학교 들어가는 거 축하한다."

"네. 고맙습니다."

"얼른얼른 쑥쑥 자라서 훌륭한 사람 되는 거야. 오케이?"

"훌륭한 사람은 어떤 사람이에요?"

머리카락이 반질반질한 꼬마가 물었다. 민호는 크게 어렵지도 않은 듯 툭 말했다.

"옳은 일 하고, 나한테 편하고 이득이 되는 길하고, 이렇게 두 갈래로 길이 쫙 갈라졌을 때, 옳은 길로 갈 수 있는 사람이야. 세종대왕, 이순신 장군, 그런 사람."

꼬맹이의 눈이 말똥말똥해졌다. 꼬맹이의 아빠가 뒤에서 툭 끼어들었다.

"민호 이모 같은 사람을 말하는 거야. 네, 훌륭한 사람이 되겠습니다, 해야지. 진수야."

"네, 이모, 아니 누나. 훌륭한 사람이 되겠습니다."

아직은 고분고분한 여덟 살 소년이 조그만 목소리로 웅얼웅얼한다. 민호의 친구가 옆에 앉아 눈을 찡그리며 웃는 것이 보였다. 민호는 손을 척 내밀며, 오케이, 우리 진수 약속! 하고 도장에 복사까지 해 버린다.

이완은 저 머리카락이 반질반질한 꼬마가, 심장에 큰 흉터를 지니고 있다는 것을, 그리고 허름하고 부스스한 저 여자에게서 새로운 삶을 얻은 아이라는 것을 알았다. 민호가 지갑에서 부스럭부스럭 만 원짜리를 두 장 꺼내자 꼬마가 메뚜기처럼 껑충 뛰어 일어나 세뱃돈을 받고는 신이 나서 춤을 추기 시작했다.

아이나, 매해 조금씩 빚을 갚고 있다는 그들의 부모에게선 어떤 그늘도 보이지 않았다. 아이는 지금 제 또래답게 자라는 것만으로도 충분히 훌륭했고, 아이를 이렇게 훌륭한 삶으로 끌어올린 여자는 더욱 훌륭했다.

여자가 옳았다.

○　●　○

"울지 마, 계집애야! 좋은 날이라고! 산뜻하게 새 출발 잊었어?"

흐엉, 흥, 어으어으.

"지금까지 멀쩡하다가 왜 당일 날 이 주책이야."

으어으어어. 어어어.

"아 정말, 이게 웬 지랄이야. 한 번 웬수는 영원히 웬수라고!"

선정은 왈칵 소리를 지르며 머리를 싸잡았다.

아침 일찍부터 김준일 교수한테 전화가 왔다. 오늘 결혼식에 꼭 오란다. 네가 와서 축하를 해 주면 정말 고맙겠단다.

물론 당연히 갑니다. 저도 당신을 잊고 새 출발을 해야지요. 아디오스 도널드! 남자라면 징글징글, 내 이십 대가 아까워 죽겠습니다. 민호는 한 손으로 입을 가리고 제법 호호 소리를 내며 웃어 보였다.

"어머, 교수님 당연히 가야죠. 예쁘게 하고 갈게요."

하지만 지연이도 소개해 줄 테니 조금 일찍 와라, 앞으로 지연이하고 언니 동생처럼 친하게 지내면 정말 좋겠다 하는 말에는 웃음이 딱 멈추고 말았다.

― 만나기야 강사하고 학생으로 만났지만, 우리 인연이 어디 그러냐? 넌 나한테 친동생 이상으로 친하고 마음이 잘 통하는 친구인데, 당연히 지연이를 소개해 주어야지. 우리 집에 자주 놀러 와서 차도 마시고 밥도 먹고

가고 그래. 난 결혼한다고 옛날 친구 모조리 모르는 척하는 여자들이 참 그렇더라고.

민호 역시 결혼하고서 제 남편 자식새끼들 이야기만 해 대다가 결국 모른 척 인연이 끊기는 친구들을 참 보기 싫다 생각했었다. 절대 그런 사람이 되지 말아야 한다고 생각했다. 하지만 이런 말을 듣고 싶었던 건 아니었다. 이런 말은 들어서는 안 되었다.

— 윤민호, 너 혹시, 내가 결혼한다고 해서 괜히 조심스럽네, 연락 못 하겠네 어쩌네 이상한 생각하는 거 아니지? 지연이도 네 이야기 많이 듣고 재미있는 언니라고 좋아하더라고. 친하게 지내고 싶다면서. 결혼 때문에 내 평생 친구를 잃어버리게 할 참이야? 윤민호, 민호야? 어이!

"네, 교수님."

살짝 코맹맹이 소리가 흘러나오기 시작했다. 민호는 전화기를 틀어막고 코를 크게 훌쩍였다.

— 너도 결혼해서 좋은 사람 만나면 넷이 함께 만나면 좋잖아. 애들 생기면 애들도 끼어서 가족 동반으로.

"네, 교수님."

— 살면서 정말 가족보다 소중하고 잃어버리기 싫은 사람들이 있잖아. 나한테는 네가 그랬으니까. 혹시 나한테 이번 전시회 일 때문에 섭섭한 거라도 있었어? 목소리가 왜 그래?

"아니에요. 그럴 리가요. 이번 일은 제가 제대로 못 해서 그런 건데요."

— 이번에 고생 많이 한 거 알아. 내가 계약한 금액은 아니라도, 섭섭잖게 챙겨 줄 테니 속 풀렴. 음?

결혼식을 앞둔 교수님의 말투가 유난히 다정해서 눈물이 나기 시작했다.

하긴, 오늘만 이렇게 유난히 다정한 건 아니었다. 교수님은 항상 이렇게 다정하고 애틋했다. 다만 여자친구가 있고, 민호와는 선을 잘 지키는 사람

일 뿐이었다. 그걸 욕할 수는 없는 것이다.

그는 7년 전이나 지금이나 변함없이 좋은 사람이었다. 다정하고 진심 어린 말을 듣고 있으니 또 속에서는 눈물로 홍수가 났다. 아디오스 도널드라는 패기는 어디서 나왔을까. 이렇게 멋지고 사랑스러운 남자를. 내 인생에서 너처럼 소중하고 마음 잘 통하는, 평생 친구로 지내고 싶은 사람은 없다는 말을, 대체 어떤 남자가 나에게 해 줄 수 있을까.

나 정말 이 사람을 산뜻하게 잊어버리고 올 수 있을까?

전화를 끊은 민호는 선정을 올려다보며 눈물 콧물을 줄줄 흘렸다.

"아아, 선정아, 나 가서 축의금 오십만, 아니 저 진주랑 털옷 팔아서 백만 원 채워 내고 말 테야. 세상에 이런 남자가 어디 있니. 지연이라는 여자하고 의형제를 맺고 말 거야. 어허어엉, 내가 미쳤나, 이러면 안 되는데!"

"개새끼 씻나락 까먹는 소리 작작해! 그건 개새끼도 아냐. 토마스에게 모욕이야! 오징어, 낙지, 히드라, 발이 수도 없이 많은 지네 새끼라고!"

"그런 말 하지 마! 어장 관리하는 거면 와이프하고 언니 동생으로 지내라고 하겠냐? 아오오오 씨발, 나도 이러면 안 되는 거 아는데! 으허어엉!"

도로 제로 세팅이 되어 버린 민호는 대공황에 빠져 머리를 쥐어뜯었다. 메이크업과 헤어를 도와주기로 한 선정은 친구가 눈물을 분수처럼 뿜는 꼬락서니를 보고 솔을 집어치웠다.

설상가상으로 민호의 큰오빠에게서 날아온 '기쁜 소식'이 사태를 악화시켰다. 큰오빠와 큰올케에게 '특급 기쁜 소식'은 민호에게는 전혀 기쁜 소식이 아니었다. 남양주에 있는 시골집—엄밀히 말하면 그린벨트에 묶여 있는 폐가—을 그 동네 터주이자 잘나가는 이장님인 최 씨 영감이 사기로 했다는 것이다.

어차피 외진 곳이라 차 없이는 드나들기도 힘든 곳이고, 새마을운동 때

어설프게 손을 대서 문화재도 뭣도 아니게 된 도깨비소굴 한옥. 밀고 새로 번듯한 건물을 신축할 수도 없고, 이축권도 날아간 마당이라 임자가 나선 것만으로도 감지덕지라 했다. 최 씨 영감님은 땅값 정도로만 쳐 주면 사서 사과나무라도 심고, 아니면 말라고 했단다. 그나마 딸린 땅이 넓어서, 그렁 저렁 과수원 할 만큼은 되었다.

큰오빠와 올케는 거의 앓던 이가 빠져나간 듯 후련해했다. 특히 올케가 아주 춤을 출 만큼 속 시원해했다. 큰오빠가 종손이란 걸 속이고 결혼하는 바람에 올케와 큰오빠는 결혼 후 10년을 악귀처럼 싸워 댔다. 애가 있으면 수굿해질 거라 생각한 오빠가 억지로 아이를 임신시킨 것이 사태를 끝장으로 몰았다.

웃기는 건 둘 다 이혼할 생각은 없었다는 점이다. 잘나가는 약사, 똑똑한 재원이었던 여자를 일 집어치우게 하고 시골집에 처박아 시집살이를 하게 만들어 놓고는, 그게 어떤 부메랑으로 되돌아올지 큰오빠는 전혀 몰랐다. 시부모가 돌아가시고, 큰오빠가 보증을 잘못 서 큰 빚을 진 후 올케는 약국에 취직했고, 나름 동네 유지인 큰오빠를 그때부터 잡아 족치기 시작했다.

큰오빠는 얼마 못 가 자신의 죄를 인정하고 납작 엎드려 항복했다. 그동안 고생에 절어 독만 새파랗게 남은 올케는 이듬해 시제 때 종중이 모인 자리에서 종가고 나발이고 이 귀신 나올 것 같은 집을 팔아 버리겠다고 단언했다.

민호는 아직 사춘기를 맞이하기도 전이었고, 머리깨나 굵어진 다른 오빠들이나 종가 어른들 역시 그 전쟁통에 끼어들지도 못했다. 한 마디만 뻥긋 하면 파는 것도 집어치우고, 대들보부터 도끼로 찍어 내고 집에 몽땅 불을 싸질러 버린다, 제사도 모조리 갈아엎겠다는 종부에게 대체 무슨 말을 하나.

……다만 다행인지 불행인지 집이 팔리지 않았다.

그 집은 그린벨트로 꽁꽁 묶여 있었다. 수리나 리노베이션까지는 어찌어찌 된다 했는데, 밀어내고 돈이 될 만한 그럴듯한 건물을 짓는 것은 불가능했다. 민호가 오랫동안 폐가를 비상구 삼아 돌아다닐 수 있던 것도 그 덕분이었다.

하지만 이젠 망했다. 제기랄. 그곳이 사과밭이 되면, 이제 엄마를 다시찾으러 갈 꿈도 희망도 없다. 언젠가 이런 일이 있으리라 생각은 했지만 하필 그게 이 재랄 같은 날일 줄은 몰랐다.

내가 돈을 좀 모아 놓았더라면 이럴 때 턱 하니 내놓고 샀을 텐데! 이까짓 거, 얼마요? 삼억? 오억? 껌값을 가지고! 옜소! 라고 소리치며 돈을 뿌리는 상상도 해 보았다. 상상만 해 보았다. 현실은 언제나 통창. 지갑에 든 것은 억억대는 후덕한 금액이 아닌, 보랏빛 아름다운 이퇴계 선생님들뿐이었다.

선정은 눈물을 벅벅 씻어 내고 코를 풀고 있는 친구의 옆에 앉았다. 아니나 다를까, 민호의 감정의 바로미터인 토마스 폰 에디슨이 당황하고 좌절한 몸짓으로 민호의 팔뚝을 열심히 핥고 있었다. 선정은 다시 조곤조곤 친구를 달랬다.

"일단 출근해야지 너. 조퇴하고 결혼식장 가는 거 맞지? 내가 지금 화장하고 머리 제대로 해 줄게. 눈이 튀어나오게 예쁘게 하고 가는 거야. 허리펴고 당당하게. 신랑 신부가 아닌 네가 주인공인 것처럼. 그 정도 복수는해도 괜찮아."

"그런데, 교수님 얼굴 보고 그런 말 들으면 또 눈물 날 거 같은데 어떡하지?"

"내가 같이 가 줄까? 가서 울 것 같으면 옆구리라도 꼬집어 줄까?"

"넌 안 돼. 교수님은 식당에서 자기 뒷담 깐 애들 다 기억하고 있단 말이야. 그리고 솔직히, 너 가서 샐샐 웃으면서 정면에서 욕할 거잖아!"

"그럼 남자 사람 하나 잡아서 같이 가면 어때? 나랑 가는 것보다 효과는 훨씬 좋을 텐데. 그럼 오리 주둥이에서 잡소리가 쏙 들어갈 테지. 반지 하나 끼고 가는 것도 괜찮은데. 내 거 하나 빌려 줄까?"

민호는 한숨을 푹 쉬었다. 더 이상 개소리를 못 하게 막는 데는 그만한 방법이 없겠지만 그런 데 따라와 줄 남자 사람이 있으면 내가 아까 그렇게 쫄쫄 울었겠냐. 그렇다고 환갑 다 된 큰오빠를 끌고 갈 수는 없지 않냐. 무엇보다, 나한테 남자 사람 없는 거 하늘이 알고 땅이 알고 전 국민이 다 아는데 반지는 뭔 소용이냐.

"민호야, 너 내 연애 경력을 믿지? 내 감을 믿지?"

선정은 부은 기가 얼추 가라앉은 친구의 얼굴에 아껴 쓰는 발효 스킨과 달팽이 로션을 듬뿍 바르기 시작했다.

"응. 어, 아니, 음."

대답이 입속에서 꼬였다. 물론 그녀의 연애 세포와 능력은 믿지만 감은 별로 신뢰가 안 간다. 시작은 쉽지만 유지가 어려운 것이 선정의 고질병이었다.

"남녀 관계에선 가끔 돌직구로 말해 보는 게 좋을 수도 있어. 어차피 더 잃을 것도 없이 밑져야 본전일 땐."

무슨 말인지 몰라 민호는 고개를 갸웃거렸다.

"지금 결혼식 하는 김준일 교수님한테 돌직구로 말하라는 거야? 야, 김선정, 그건 아니지!"

이 맹추야! 선정의 타박과 함께 머리에 볼 터치 솔이 딱 내리꽂혔다.

선정은 민호의 머리를 찬찬히 다듬고, 젤과 스프레이와 실핀으로 가지런히 정리했다. 그리고 연한 핑크 색조로 화사하게 볼 터치를 주고, 속눈썹도 제대로 붙여 주고, 분홍색과 보라색이 잘 어우러지게 눈 화장까지 해 주었다.

이번에 선물 받은 분홍색 트위드 투피스와 흰색 반소매 밍크코트에 힐이 날렵하게 빠진 구두까지 신겨 놓으니 모델도 이런 모델이 없다. 민호는 176센티, 결코 작지 않은 키였고, 가슴만 작을 뿐이지 몸매는 호리호리 보기 좋게 마른 편이라 옷태가 몹시 좋았다. 민호는 거울을 보며 고민 고민하다가 거대 흑역사를 창조하고 역사의 뒤안길로 사라질 뻔한 자수비단뽕을 끄집어냈다.

10초 후, 모든 것은 완벽해졌다.

거울을 들여다본 민호는 어리어리한 얼굴로 눈을 껌벅였다. 생전 처음 보는 늘씬한 연예인이 부태 귀태를 철철 날리며 서 있다.

마, 말도 안 돼. 저게 나라고?

민호는 자신의 얼굴이, 특히 눈이 이렇게 예뻐 보일 수 있다는 것을 생전 처음 알았다. 지금까지 박 실장이 눈이 예쁘다는 말을 할 때마다 입발린 말이라 생각했다. 그뿐이 아니다. 가슴에서 허리, 엉덩이, 쭉 빠진 다리까지 이어지는 선이 물 흘러가는 것처럼 미끈하고 유려했다.

내가 렌즈를 안 넣어서 저렇게 보이는 거야. 저건 내가 아닌 거지. 내가 헛것을 보는 거지. 시력을 되찾을지어다, 레드 썬. 환각아 사라질지어다, 레드 썬.

……이 될 턱이 없다. 민호는 난생처음으로 '노력해서 못생겨질 수 있는 것도 아니고'의 망발을 입에 담고 싶은 충동을 느꼈다.

선정은 민호의 귀에 귀고리를 끼우고 목에 진주 목걸이를 걸어 준 후, 그녀의 입 양쪽 끝을 손가락으로 끌어 올렸다.

"웃어. 예쁘고 당당하게. 허리 쭉 펴고."

민호는 눈을 깜박이며 웃어 보였다. 나쁘지 않다. 좀 더 자신감이 생긴 것 같다. 김 교수님 앞에서도 이런 모습일 수 있다면. 울지 않고, 당황하지 않고, 말 한 마디에 흔들려 넘어가지 않고 이렇게 화사하고 말짱하게 웃을 수 있다면 좋겠다.

바람막이만 두엇 있으면 완벽한 걸까? 무명지의 반지랄까, 남자 사람이랄까?

조으아. 민호는 허리를 쭉 펴고 한 손을 허리에 얹었다. 손 아래로 튀어나온 옆구리의 흐름이 꽤 괜찮아 보였다. 입술 끝에 힘을 주었다. 진한 분홍색으로 도톰하게 칠해진 입술이 상쾌했다. 하얗고 매끄러운 밍크의 털속에서, 민호는 살짝 턱을 들어 올렸다. 방자하게 올라간 턱 선이 좋았다.

○ ● ○

민호가 갤러리 려 안에 들어서자 매장 안에서 발송할 가구들을 점검하던 이완이 뒤를 돌아본다. 미술품 전문 배송이라는 글자가 박힌 트럭이 매장 앞에 서 있었다. 택배사 유니폼을 입은 사람이 둘, 정장 차림의 사내가 하나, 체크리스트를 들고 있는 박 실장, 칼리, 그리고 앤드류가 서서 함께 물건의 상태를 확인하고 있었다.

민호가 안에 들어서자 안에 있던 남자들의 움직임이 그대로 멎었다. 턱이 떡 벌어지는 사람, 눈이 휘둥그레지는 사람, 어떤 사람은 침이 자유낙하를 할 때까지 입을 다물지 못했다. 호, 팔짱을 끼고 있던 여자의 입에서 가늘게 휘파람이 흘러나왔다.

민호는 주변을 둘러보았다. 분위기가 이상했다. 특히 이완은 꼼짝 않고 서서 민호를 응시하고 있었다. 시선이 뜨겁고 날카롭게 느껴졌다. 퉁, 앤드류가 만년필을 떨어뜨리는 소리가 들리고서야 정지된 상태가 깨졌다.

사람들은 얼른 눈을 돌리고 허둥지둥 일을 시작했다. 이완은 힐끗 민호를 일별한 후 리스트를 앤드류에게 넘기고 몸을 돌려 별실로 들어갔다. 별실로 따라 들어가는 민호의 등에 날카로운 시선이 꽂혔다. 등짝이 다 아플 지경이었다.

"그러고 보니 오늘 김준일 교수 결혼식이었군요."

휘청휘청 따라 들어온 민호의 팔을 잡아 주며 이완이 심드렁하게 말했다. 하지만 말투는 이상하게 쌀쌀맞게 들렸다.

"결혼식에 갈 거야? 청첩 받았어? 5성 호텔에서 하는데, 식사로 스테이크가 나올 거래."

스테이크라니. 결혼식을 식사 메뉴 보고 가는 사람도 있나? 이완은 푸스스 웃었다.

"저도 얼마 전에 청첩을 받긴 했습니다만 딱히 가 볼 생각은 없습니다. 광고를 잘못 내보낸 일로 온갖 욕을 다 먹었는데, 제가 왜 가서 축하를 해 준단 말입니까?"

"어, 음, 저기, 부탁이 하나 있는데. 음."

이완은 한 걸음 물러서서 민호를 가만히 바라보았다. 민호는 손가락을 꼬며 우물우물 말했다.

"어, 그러니까, 그 사람을 위해서라기보다 나를 좀 도와주면 안 될까?"

"예?"

"바람막이, 아, 아니, 그게 아니고, 옆에서 옆구리를 꼬집어 줄 사람이 필요해서."

"……무슨 말씀이십니까."

"오늘 아침부터 일진이 좋지 않은 것이, 아무래도 나 혼자 가면 엄청난 흑역사를 만들 것 같아."

"안 가시면 되잖습니까."

"예쁘게 하고 꼭 오라고 하시더라고."

민호는 신새벽부터 걸려 와 부레를 녹여 버린 두 통의 전화에 대해 설명했다. 시골집 이야기를 할 때부터 싸늘해지던 이완의 표정이 나중에는 아예 살벌하게 변했다.

"그래서 냉큼 가신다고 하셨군요. 잘하셨습니다."

"아예 안 갈 수도 없으니, 가 보긴 할 건데 아무래도 뒷골이 쎄한 것이 거대 흑역사를 새로 만들 거 같은 거야. 선정이가 와 준다고는 했는데, 계집애가 좀 맘에 안 드는 사람이 있으면, 그 앞에서 잘 넘어지는 버릇이 있어. 커피나 콜라 같은 거 들고. 새신랑한테 그 짓을 하면 안 되잖아."

"아, 저도 맘에 안 드는 사람이 있으면 넘어지는 버릇이 있습니다. 똥장군 같은 걸 들고 말이죠."

"……차라리 그냥 가기 싫다고 하지 뭔 소리야."

"제가 언제 안 간다고 했습니까? 그러니까, 같이 가서 옆에 서 있다가, 민호 씨가 혹시 주책을 부리거나 흑역사를 만들 것 같으면."

"사정없이 옆구리를 걷어차 주면 돼. 별것도 없어."

"그거 괜찮군요. 가고 싶다는 생각이 조금 들기 시작했습니다."

아, 이 잡놈이 기분도 꿀꿀한데 나한테 시비 거는 건가? 민호는 코끝을 우그리고 말을 골랐다. 그래도 말 한 번 잘못해서 10만 원 위로금 대신 거금을 뺏기게 된 그의 마음을 생각해서 한 번은 애써 참기로 했다.

이완은 민호의 왼쪽 무명지에서 뜬금없이 반짝이는 민무늬 금반지를 바라보고 눈썹을 찌푸렸다. 아, 이거. 민호는 손가락을 위로 들어 올렸다.

"바람막이 반지로 샀어. 선정이가 빌려 준댔는데 경훈 씨나 다른 남자들한테 받은 반지를 끼고 싶진 않고. 금값도 쪼금 내리기도 했고, 그래서 3개월 할부로 끊었어."

"바람막이 반지요? 기가 막혀서. 커플링처럼 보이고 싶어서요? 그럴 거면 큐빅이라도 하나 박힌 걸 사지 그랬습니까. 어디서 돌 반지 같은 걸 끼고 와서는."

"뭐 박히고 장식 들어간 건 비싸서. 그리고 말이야, 이거 돌 반지 아니거든?"

"우기지 마세요. 제가 어릴 때 받은 돌 반지 보여 드려요? 어떻게 같은 값으로 골라도 그런 걸 골라요?"

"무늬 조금이라도 더 들어간 건 2만 원 더 비쌌거든? 팔 때 모양 쳐주는 것도 아닌데 그럴 필요가 뭐 있어?"

"하여간, 안목하고는."

이완은 혀를 차며 팔짱을 꼈다. 아오, 그러잖아도 꿀꿀한데 저 인간도 복장을 터뜨리네. 몇 마디 말만 섞다 보면 김밥 여사 만두 부인 정의의 용사할 것 없이 부레가 터져 버릴 것이다.

"큐빅 반지건 돌멩이 반지건 반지라는 게 중요하지. 바람막이. 바람막이 반지란 말이야."

"바람막이가 되려면 커플이 끼어야 할 거 아닙니까. 그리고 무슨 여자가 제 돈으로 반지를 삽니까? 산통 다 깨지게. 그런 건 남자한테 선물해 달라고 해야죠."

"그러다간 난 천 년이 지나도록 금반지 구경도 못 하게 될 텐데. 내가 미리 사고 나중에 남자친구 생기면 영수증 내고 청구하는 방법도 있지 않아? 아, 그거 좋다. 그거."

이완은 눈썹을 찌푸리고 고개를 갸웃한다. 잠시 생각하다가 끄덕끄덕하고, 그도 그렇군요, 하다가 이내 으으, 하며 신음했다.

"덤 앤 더머는 바이러스로 옮는 겁니다. 틀림없어요."

그는 머리를 헤집으며 신음성과 웃음이 뒤섞인 기괴한 소리를 냈다. 뭐가 그렇게 웃기지? 내 돈으로 반지 사서 바람막이로 끼고 가야 하는 게 그렇게 웃긴가? 코가 맹맹하다. 이완을 멀끄러미 바라보고 있으려니, 그가 웃음기를 거두고 어깨를 툭툭 두드려 주었다.

"좋습니다. 결혼식에 가겠습니다. 그리고."

그는 안에 있는 금고를 열더니 작은 나무 상자를 끄집어냈다. 그 안에는 반짝이가 박힌 타이핀, 낡은 회중시계, 스포츠 시계와 예장용 시계, 커프링 크스 따위가 주르르 모여 있었다. 그는 한쪽 귀퉁이에 있던 작은 상자에서 조그만 금반지를 꺼냈다.

"손에 맞게 늘려서 모양이 약간 다르지만 제가 끼고 있으면 적당히 커플 링으로는 보일 겁니다."

"돌 반지야? 그렇게 오래된 걸 아직도 갖고 있어?"

"물려받은 거니까 저한테는 특별한 의미가 있죠. 나중에 사랑하는 여자 가 생기면 이 반지로 프러포즈하려고 간직하고 있었습니다. 한번 보시겠습 니까?"

……거 보기하고 달리 존나 로맨티스트네.

민호는 속으로 중얼대며 받은 반지를 이리저리 돌려 보았다. 박 실장이 받았다는 돌 반지 역시 아무런 장식도 없는 것이어서 억지로 우기면 대충 커플링처럼 보였다.

이완은 손을 벌려 그것을 받는 대신 왼손 손가락을 내밀었다. 민호는 아 무 생각도 없이 그의 왼손 무명지에 끼워 주었다. 이완은 반지가 끝까지 들 어간 뒤에도 한참 동안 그것을 바라보며 서 있었다. 한참 후 그가 고개를 들고 덤덤한 목소리로 말했다.

"오늘 하루 정도는, 제대로 된 바람막이 노릇을 해 드리죠."

민호는 바로 문밖에 있는 댁의 애인에게 허락을 받지 않아도 되느냐 물 으려다가 고개를 저었다. 이제 그런 것까지 일일이 신경 쓰고 싶지 않다. 댁이 애인하고 대박 싸움이 나든 말든 그건 댁이 알아서 할 일이고, 난 그 저 오늘을 무사히 보내고, 내 마빡에 구멍이나 뚫리지 않으면 그만이다. 떠 날 놈 떠날 년은 때 되면 알아서 가라지. 민호는 허리를 쭉 펴고 밖으로 나왔다. 이완이 앞장서 문을 열어 주며 살짝 허리를 숙이는 것이 보였다. 기분이 이상했다.

결혼식이 열리는 호텔 앞은 토요일 오후답게 북적북적했다. 김준일 · 이지연. 신랑 신부의 이름이 화려한 꽃 장식에 둘러싸여 식장 앞에 세워져 있고, 아직 이른 시간인데도 혼잡하다 싶을 만큼 사람들이 많았다. 결혼 축하 화환이 복도로 길게 늘어졌고, 신부 측 축의금 책상 앞에서부터 시작된 줄은 복도 끝까지 길게 이어졌다.

호텔 정문 앞에 위용이 당당한 검은색 세단이 멎었다. 운전대를 잡은 사내가 나와 뒷좌석의 문을 열고 안에 앉아 있던 숙녀의 손을 잡아 주었다. 발레 파킹을 맡긴 사내는 여자를 안내해서 호텔 안으로 들어섰다.

남자도 키가 상당히 크고 눈길이 확 갈 정도로 잘생겼지만, 긴 생머리를 늘어뜨린 젊은 여자만큼 눈에 띄는 건 아니었다. 여자는 키가 큰 데다 하반신이 길었고, 뒷굽이 아찔하게 높은 힐까지 신고 있어서 보는 것만으로도 정신이 아득했다. 샤넬의 신상 투피스와 가방, 장신구, 무릎까지 내려오는 흰색 반소매 모피가 따로 겉돌지 않고 자연스럽게 어울렸다. 화장을 진하게 한 것도 아닌데 화사했고, 그러면서도 우아하고 기품이 보였다. 특히 웃음을 머금은 듯, 살짝 우수에 잠긴 듯한, 눈꼬리가 살짝 올라간 긴 눈이 기가 막히게 아름다웠다.

더블 슈트와 짙은 회색의 긴 코트를 입은 사내는 정중하고 부드럽게 여자를 에스코트했다. 로비에 있던 직원들과 손님들이 눈을 둥그렇게 뜨고 두 사람을 곁눈질했다. 한쪽에서 휘, 휘파람 소리가 흘러나왔다.

조금 이르게 오긴 했지만 신부 측은 하객이 벌써 북적북적했다. 신부 아버지는 도널드 교수님이 있는 대학의 인문대 학장이라고 들었다. 총장 물망에 올라 있다더니 목소리도 쩌렁쩌렁, 위세가 대단하다. 고급 정장에 반짝이는 구두, 화사한 원피스와 코트와 반짝이는 보석들로 치장한 사람들이 미래 총장님과 눈도장이라도 찍고 악수 한 번 하겠다고 길게 줄을 늘어섰다.

새신랑의 홀아버지는 회색 양복을 입고 작은 카네이션을 꽂고, 흰 장갑을 낀 채 홀로 구부정하게 서 있었다. 신랑 측의 하객은 많지 않았다.

민호는 신부 대기실로 가서 신부 얼굴을 살짝 커닝해 보았다. 벌써 친구들이 바글바글 모여 사진을 찍느라고 정신이 없다. 신부 대기실 앞에서는 고운 옷을 입은 여자들이, 혹은 한복을 곱게 차려입은 여자들이 머리를 예쁘게 말아 붙이고 기웃기웃하며 새신부가 앉아 있는 모습을 들여다보고 있다. 새신부는 친구들에게 둘러싸여 방긋방긋 웃고 있었다. 거품이 보얗게 일어난 듯 보이는 흰 드레스를 입고 있는 신부는 웃는 모습이 예뻤다.

드디어 작년 말에 학위를 받고 올해 귀국해서 결혼하는 거란다. 유학 기간이 5년. 외국에서 그렇게 길게 공부하고 학위를 받아 오는 사람도 대단하지만, 원거리 연애를 꿋꿋하게 지켜 준 김준일 교수님도 보통이 아니라는 생각이 든다.

그래, 둘이 참 잘 어울린다. 선남선녀이기도 하지만, 배운 걸로나 뭐로나 레벨이 잘 맞는다.

내가 저 자리에 앉아 있었다면?

민호는 몹쓸 상상을 한 것 같아 얼른 고개를 저었다. 나는 저 자리에 어울리지 않는다. 나는 밖에서 축하해 주고, 교수님에게 여러모로 덕이 될 만한 이지연이라는 여자가 교수님의 곁을 차지하는 게 맞는 것이다. 김준일 교수님은 정이 많고 성실하고 능력도 좋은 사람이니 두 사람은 서로 눈높이를 맞춰 잘 골라잡은 것이 틀림없다.

저 여자하고 언니 동생처럼 지내야 한다고 그랬지. 전화를 받을 때는 그럼 그럼, 당연 그래야지, 하는 마음이 들었지만 정작 결혼식에 와 보니 모든 게 부질없게 느껴졌다. 아오 씨발 엿같아, 하는 마음만 부옇게 엉겼다.

잊지 말라고. 나는 축하를 해 주러 온 거야.

민호는 억지로 웃으며 중얼거렸다.

신부 대기실 앞에 서서 물끄러미 바라보고 있으려니 시선을 눈치챈 신부의 눈이 샐쭉해진다. 주변에 모여 있던 신부의 친구들도 신부의 시선을 따라 민호를 일별하고 입술을 비쭉비쭉한다. 누군데 저렇게 하얀색 모피를 입고 오니. 신부보다 더 튀는 걸 입고 오는 건 무슨 개매너래? 짜증 나게. 근데 두 사람 정말 멋지긴 하다. 혹시 연예인이나 모델 아닐까? 수군수군하는 소리가 흘러나왔다.

"이럴 때 옆구리를 찔러야 하는 겁니까?"

옆에서 조용한 목소리가 들렸다. 민호는 고개를 설레설레 저었다.

"왜요. 좀 심란합니까?"

"뭐, 박 실장님도 7년 동안 줄기차게 한 사람만 쳐다보다 그 사람 결혼식에 가 봐. 심란이 광풍 쓰나미여. 흥."

민호의 대찬 콧방귀에 이완은 짧게 웃었다.

"왜 말 한 번 안 해 봤습니까?"

"……그래서는 안 되는 거니까."

"옳은 일이 아니라서?"

"응."

"옳지 않아서라. 거참 이상하군요."

"……"

"그렇다면 저한테는 뭐가 옳지 않……."

"어! 아니, 박이완 실장님 아닙니까? 이런, 여기까지 와 주셔서 고맙습니다!"

갈갈하고 높은 음성이 옆에서 툭 튀어나오며 말꼬리를 잘랐다. 이완은 눈을 가늘게 뜨고 끼어든 사내를 노려보았지만, 삼킨 말을 다시 밖으로 내놓지는 않았다.

빠른 걸음으로 다가온 오늘의 주인공이 악수를 청한다. 오늘은 천년의 체크가 아닌 꼬리가 길게 늘어진 연미복에 보타이 차림이었다. 살짝 메이크업을 했는지 피부도 말끔하고 잔주름 하나 보이지 않는 데다, 조금씩 튀어나오던 새치와 약간씩 허당이 보이는 정수리까지 말끔하게 흑채 처리를 해서, 거짓말 조금 보태면 20대 청춘으로 보였다.

"아니, 어디서 이렇게 멋진 분하고……."

유쾌하게 웃으며 말을 잇던 김준일 교수가 갑자기 말을 멈췄다. 눈이 커다랗게 벌어지더니 잠시 후엔 입까지 벌어졌다. 그러고도 믿지 못하겠다는 듯, 눈을 깜박이며 민호를 한참 동안 쳐다보았다.

"……민호? 너 정말 윤민호냐?"

도널드의 패닉은 오랫동안 풀리지 않았다. 패닉 광풍이 지나가니 얼굴로 오만 감정이 여과 없이 나타나는데, 김준일 교수의 표정이 그렇게 다채롭게 변하는 것을 민호는 처음 보았다.

"너, 왜 이렇게 갑자기 예뻐졌냐. 너 적금 깨서 일주일 내내 수술 받았냐?"

"아, 깰 적금이 어디……."

"글쎄요, 그 흉측한 안경을 벗기고 운동화를 구두로만 바꾸어 신겼더니 기고가각, 하면서 트랜스폼을 하더군요."

이완이 앞질러 나오며 대답했다. 민호는 머리를 슬쩍 긁었다. 그도 보니 그렇다. 김준일 교수님이 그렇게 잘 어울린다고 했던 안경, 특징 없는 얼굴이라 포인트를 주어야 한다고 굳이 굳이 골라 주었던 시꺼먼 뿔테 안경을 벗고 거울을 보니 매일 보던 B사감 선생은 어디 가고, 어디서 여왕님이 나타나지 않았던가.

"예쁘게 입고 오랬더니 팔랑팔랑 치마 입고 온 거야? 정장 입으면 너 영 나이 먹어 보여서 안 좋았었는데 이건 괜찮네!"

"하하. 맞아요, 교수님. 그러잖아도 내가 마른 편이라 헐렁한 빈티지 스타일 후드티나 청바지가 어울린다고 하셨죠. 꽃무늬 팔랑대는 소녀풍 옷도 진짜 웃기다고. 정장은 나이 먹어 보인다고 그랬고. 근데 뭐, 나쁘지 않네요. 그리고 결혼식이니까 후드티를 입을 수도 없잖아요."

"민호 씨는 교수님께서 빈티지 후드티하고 청바지가 잘 어울린다고 하셔서, 지금까지 그렇게 입고 다니신 겁니까? 아, 하하. 민호 씨도 대단하고, 교수님도 패션 감각이 확실히 특이하십니다. 혹시 주변에서 패션 센스에 대한 뒷말 좀 안 듣습니까?"

뒤에 서 있던 이완이 준일을 보며 농담처럼 말을 걸었다. 준일은 눈을 빙글 돌리더니 멋쩍은 표정을 지었다.

"뭐, 좀 특이하단 말은 듣습니다. 예전에 학생들이 저한테 패션 테러리스트라고 뒤에서 험담하는 말을 듣기도 했었죠. 아무래도 취향 차이죠. 다행히 지연이가 센스가 좋으니 기대해 보려고요."

"아하. 다행입니다. 그런데 교수님, 패션 테러나 덤 앤 더머도 전염병입니다. 탄저균처럼 공중전염이 되어서 더 큰 문제죠. 신부님 성함이 이지연 씨라 했던가요? 이거, 저는 외려 신부님이 걱정되는데요."

"참내, 박 실장님, 결혼식에 오셔서 악담을 하실 겁니까?"

교수님은 조금 기분이 상한 듯도 했지만 유쾌하게 웃으며 넘겼다. 하지만 박 실장은 아직은 그럴 생각이 없어 보였다.

"그런데 교수님은 그 스타일이 민호 씨에게 제일 맞지 않는 스타일이란 걸 모르셨나 봅니다. 얼굴 전체를 가리는 안경부터 시작해서……."

김준일 교수가 고개를 갸웃하며 난처하게 웃었다. 민호는 이상하게 등이 싸르르한 느낌이 들어 두 사람 사이를 두리번두리번 보았다. 두 사람이 모두 웃고 있었지만 민호의 등 뒤로는 냉기가 흘렀다. 어째 늑대가 토끼 한 마리를 앞에 놓고 이빨을 드러낸 느낌이었다. 이완은 싱긋 웃으며 부드럽게 덧붙였다.

　"어쩌면 잘 알고 권하셨을 수도 있겠죠. 원석을 숨기려면 흙칠을 몇 겹으로 해야 하지 않습니까."

　"무슨 말입니까? 어째 말씀에 가시가 박혀 있는 것 같군요."

　김준일 교수의 눈썹이 확 찌푸려졌다. 따지는 어조가 살벌했다. 이완은 매장에 온 사모님에게 하듯 매끄러운 어조로 대답했다.

　"원, 농담도 못 합니까? 교수님의 패션 테러의 결과가 중범죄 수준이라는 뜻이었습니다. 제 생각인데, 민호 씨에게는 프로방스 스타일이나 우아한 스타일이나 섹시한 스타일이나 다 잘 어울릴 것 같습니다. 단 한 가지, 빈티지 힙합 스타일만 빼고 말이죠."

　"아하? 그런데 박 실장님은 민호를 알게 된 지 몇 주 안 되지 않았습니까? 같이 일한 지 며칠 되지도 않았고. 그렇게 자세하게 아실 만한 시간은 없었을 텐데……?"

　하지만 김준일 교수의 시선이 민호의 손가락에 끼워 있는 반지에 닿는 순간, 말이 뚝 끊겼다. 그는 시선을 이완의 손가락으로 옮겼고, 입에서 헉, 소리가 튀어나오고 말았다. 그는 눈을 크게 뜨고 더듬더듬 물었다.

　"민호, 너, 누구 사귀냐?"

　"……"

　민호는 그의 시선이 자신의 손가락과 박 실장의 손가락 사이를 미친 듯이 오가는 것을 발견했다. 교수님이 놀라는 얼굴을 보니 이상하게 기분이 묘했다. 내 손가락에 반지 따위가 들어박힐 일이 평생 없을 줄 아셨나? 왜 깜짝 놀라고 그래요. 왜 그렇게 기겁한 얼굴을 하고 그래요. 오호! 드디어 너한테도 봄날이 오는구나, 하고 축하해 주시면 되는 거죠.

"너, 그 반지가 좀 안 어울리는 것 같다. 생긴 것도 너무 이상하고. 커플링 아닌 거 아냐?"

······어? 이게 무슨 개뿔 같은 말이야?

민호의 등 뒤로 소름이 오싹 돋았다. 심드렁한 척 말을 하는 사내의 눈이 이글이글했다. 이건 뭐지? 갑자기 그의 말에 박힌 어떤 감정이 훅, 심장으로 들이쳤다가 빠져나갔다. 손이 덜덜 떨리기 시작했다. 민호는 얼빠진 얼굴로 손가락에 끼워진 반지를 만지작거렸다.

뺄까요? 보기 싫어요? 안 어울리면, 뺄······.

이, 이건 아니잖아요. 교수님.

아하? 옆에서 짧은 비웃음이 터지고서야 민호는 퍼뜩 정신을 차렸다. 김준일 교수는 그제야 아차 싶은 얼굴로 두 사람의 얼굴을 바라보며 표정을 다듬으려 애썼다. 이완은 이제 대놓고 냉소했다. 민호는 입이 떨어지지 않았다.

때마침, 뒤에서 계속 얼쩡대던 갈색 뿔테 안경 사나이가 와서 그에게 축하한다는 인사와 함께 악수를 청했다. 교수님은 딱딱하게 굳은 얼굴을 풀지도 못하고 인사를 받았다. 대화가 늘어지면서 교수님의 얼굴에 초조한 기색이 서리기 시작했다. 민호는 고개를 수그리고 제 돈으로 사서 끼고 온 금반지를 들여다보고, 이완의 손가락에 있는 반지도 들여다보았다. 속이 울렁울렁했다.

논리적인 설명을 할 수는 없는데, 무엇인가 이상하고, 기묘하다. 선정이가 왜 반지라도 끼고 가라고 했는지 드디어 이해가 되었다. 그저 바람막이 용도의 가짜 커플링과 옆에 세워 둔 남자가, 정말 이 순간 폭주할지도 모르는 자신을 막고 있었다.

순간 이완이 민호의 어깨를 감싸 안고 몸 쪽으로 바짝 끌어당겼다. 그의 심장 소리가 일순 쿵쿵, 무겁게 뛰는 것이 느껴졌다.

"고비를 무사히 넘긴 겁니까?"

"응? 무슨?"

"시침 떼지 마세요. 다 보입니다. 그래, 바람막이가 좀 쓸모가 있었습니까?"

민호는 아픈 목을 손가락으로 꾹꾹 누른 후 간신히 대답했다.

"20만 원 3개월로 긁은 턱은 한 것 같은데."

"저는요? 스테이크 1인분 정도의 값은 된 것 같습니까?"

"1인분까진 안 되고 한 100그램쯤?"

"금반지 하나만도 못한 몸값입니까? 뭐, 황송하군요."

이완은 민호를 감싼 팔에 힘을 주었다.

"놀라셨죠. 정말 모르셨습니까?"

"……."

"7년이 짧은 시간은 아니죠. 힘들게 참고 있는 거 압니다. 기왕 참은 거 조금만 더 버텨 주세요."

순간 무엇이 툭 터진 듯, 갑자기 코끝이 찡하고 쓰렸다. 민호는 코끝을 잔뜩 우그리고 손톱으로 코끝을 긁다가 코를 훌쩍였다. 눈 속이 욱신거렸지만 눈에 힘을 꽉꽉 주어 참았다. 주책없이 눈물이 나오지 않아서 고마웠다. 어깨를 잡고 있는 손에 지그시 힘이 들어가는 게 느껴졌다. 민호는 그 손아귀에 든 힘이 부담스러웠지만, 한편으로는 따뜻하고 푹 기댈 만큼 든든하게 느껴져 조금, 아주 조금 머리를 기댔다.

문득, 작은 모닥불만 일렁이던 움막이 떠올랐다. 그때, 그렇게 정성껏 안아 줄 때의 손길과 지금의 손길이 비슷하게 느껴졌다.

민호는 혼돈한 중에도 눈썹을 살짝 찌푸렸다. 손에서 느껴지는 감정이 이해되지 않는다. 이 애틋함은 자신에게 와야 할 것이 아니다. 이 애틋함의 주인은 서울의 어느 호텔에서 그를 기다리고 있는, 머리가 붉고 똑똑하며 성질이 불같은 변호사다. 그걸 알기에 이놈이고 저놈이고 다 끊어 낸 것이다.

오늘 하루 바람막이가 필요해서, 사랑했던 사람에게 끝까지 추한 꼴을 보이고 싶지 않아서 까놓고 부탁하긴 했지만 이런 과한 반응을 보일 줄 알았다면 차라리 고자 양아들에게 에스코트를 부탁했을 것이다.

돌직구. 선정이 말했던 돌직구가 필요할 때가 이때일까?

"박 실장님, 박이완 씨!"

돌직구는 나오지 못했다. 뒤에서 날카롭게 벼려진 소리가 들렸다. 갈색 뿔테 안경과 대화를 억지로 끊은 듯, 준일은 불쾌한 표정의 사내를 손짓해 보내고 이완을 불렀다. 더 이상 웃음기는 보이지 않았다. 이완은 고개를 돌리더니 민호의 귀에 대고 낮게 말했다.

"잠시만 둘이서 이야기를 좀 하고 올게요. 신부 대기실 앞에서 신부 드레스 구경이라도 하시든가, 아니면 먼저 자리에 앉아 계시든가요."

"둘이서 무슨 비밀 얘길 할 게 있어서?"

"저야 비밀 이야기랄 게 있겠습니까? 다만 결혼을 앞둔 새신랑이 궁금한 게 좀 있는 모양입니다."

"나도 가."

이완은 보일 듯 말 듯 웃으며 손을 저었다.

"금방 오죠. 사나이들끼리 할 말이 있으니까요."

교수는 하객을 맞이하는 것을 잠시 접어 두고 한쪽 구석에서 박 실장과 대화를 시작했다. 두 사람의 시선이 몇 발짝 떨어진 곳에 서 있는 민호에게 번갈아 와서 꽂혔다. 한쪽 구석에서 언성을 높이는 것도 아니고 차분차분, 심지어 웃음을 띤 얼굴로 이야기를 하고 있는 두 사람에게선 날카로운 살의가 느껴졌다. 목소리가 들리지 않는다. 눈물이 자꾸 솟아나려 한다.

나 어쩌면 이럴지도 모른다고, 조금은 짐작하고 있었던 걸까?

손을 펼쳐 보았다. 제 손으로 사서 낀 반지가 부옇게 흐려지며 들들 흔들린다. 민호는 눈을 깜박거렸다.

내가 지금 할 말이 있지.

아니, 사실 오래전에, 진작 했어야 할 말이었을지도 몰라.

민호는 주먹을 지그시 움켜쥐었다. 입술 끝에 힘을 주었다. 다행히 눈물이 멍청하게 흘러내리지는 않는다. 아까 거울에서 본, 방자하게 고개를 들고 웃어 보이던 도도한 여자가 필요했다. 민호는 허리를 쭉 펴고 턱을 위로 들어 올렸다.

따각따각따각, 굽 소리가 기분 좋다. 지미추. 7년을 짝사랑한 사내의 정수리를 내려다볼 수 있게 해 준 높고 날카로운 구두 굽과, 그것이 대리석 바닥과 맞닿을 때 나는 오만한 소리가 마음에 들었다. 이야기를 마무리 짓고 다가오던 이완이 빠르게 다가와 어깨를 잡았다.

"민호 씨. 괜찮으십니까?"

"응. 나도 저 사람한테 할 말이 있어."

이완은 민호의 표정을 보고 아무 말도 없이 뒤로 물러섰다. 내가 이 사람한테 할 말이 있어요. 풀어 버릴 게 있어요. 남들이 어찌해 줄 수 없는 오래된 매듭, 일곱 번에 다시 일곱 번을 겹쳐서 훑친 그런 매듭.

누구였더라. 어떤 유명한 사람. 그걸 자르는 사람이 천하를 통일한다고 해서 칼로 댕강 잘라 버렸댔지. 민호는 그 사람의 이름이 기억나지 않아서 짜증이 났다. 눈앞에 있는, 키스를 유발하는 입을 가진 제비 꼬리 옷 사나이라면 확실하게 알고 있을 것만 같아 더욱 짜증이 났다.

그 사람이 이순신 장군이었으면 좋겠다. 나라를 구한 위대한 이순신 장군. 내 죽음을 적에게 알리지 마라! 그래, 나도 외쳐 주지. 내 죽음을 오리 주둥이에게 알리지 마라. 존나 장렬하게 나의 첫사랑이 죽네. 민호는 큰 칼을 뽑아 들고 그 끝을 앞으로 길게 빼 들었다.

"민호야, 너, 혹시 나를 좋아했었니?"

김준일 교수의 얼굴이 시퍼렇다. 민호는 날카로운 시선으로 그를 노려보았다. 놀랐을까? 왜? 내가 좋아한 게 얼굴이 시퍼렇게 될 정도로 놀랄 일인가? 그리고 내가 끝까지 말하지 않은 감정을, 이 상황에서 굳이 물어보는 이유가 뭔데?

머리가 띵, 울렸다. 앞뒤 인과도 없이 벼락처럼 깨달음이 찾아왔다.

당신…… 알고 있었잖아?

오래전부터, 알고, 있었잖아.

속에서 무언가 툭 터져 나온다. 속에 오래 고여 썩어 가던 시커먼 것이 한꺼번에 폭포처럼 쏟아져 내린다. 그냥 실 꼬리 하나를 살짝 잡아당겼더니 커튼이 확 젖혀지고 환한 빛이 쏟아져 들어온 것 같은데, 환한 빛 아래 드러난 시커먼 것의 정체가 너무 흉했다.

알고 있었어. 내가 당신을 그렇게 좋아하고, 혼자서 속을 미치게 앓고, 내 아까운 젊음을 모조리 날려 버리고 있는 것을, 당신은 처음부터 알고 있었어. 민호는 히득히득 소리 내서 웃었다.

"왜 그런 식으로 물어봐요? 정말 몰랐던 것처럼 왜 그래요?"

"뭐……?"

"알고 있었잖아요. 교수님은."

"그게 무슨 말이야. 내가 그걸 알았다면 이 결혼을 했을 것 같아?"

갑자기 시간이 멈췄다. 민호는 눈을 깜박이면서 이상하게 돌출된 입을 가진 사내를 쳐다보았다.

"네가 나를 좋아하는 걸 알았으면, 나는 너에게 결혼해 달라고 했을 거라고.”

어? 민호는 한쪽 손을 들어 귀에 가져다 댔다. 음. 이건 확실히 이상해. 분명 환청은 아닌데.

민호는 귓불을 만지작거렸다. 저 빌어먹을 새신랑이 지금 이 시점에서, 내가 댁을 좋아하는 걸 알았다면, 나한테 결혼해 달라고 했을 거란다. 이게 말이냐 말 방귀냐.

뺨이 근질근질한데, 왜 근지러운지 모르겠다. 그저 한 가지 생각뿐이었다. 이봐요. 미스터 도널드. 당신이 지금 나에게 이런 말을 하면 안 되잖아. 지금 내 첫사랑은, 존나 폼 나고 장렬하게 죽음을 맞이해야 한단 말이에요. 그런데 지금 댁이 그걸 망쳐 놓고 있어요. 민호는 눈을 동그랗게 뜬 채 입술을 달싹거렸다.

말이…… 잘 나오지 않는다.

툭, 투툭, 날카롭고 섹시한 구두코 위로 짠기를 머금은 맑은 물이 떨어졌다. 눈앞을 가린 꺼풀이 한 겹 사라진 세계는 지나치게 날카롭고 선명해서 눈이 아팠다.

너무 우스워서 눈물이 나는 거야.

“왜 그동안 한 마디도 안 했지? 내가 너를 좋아했던 걸 몰랐었어?”

김준일 교수는 떨리는 목소리로 소곤소곤 물었다. 민호는 웃기 시작했다. 열두 시의 종소리가 다시 울리는 것 같다. 뎅그렁, 뎅, 뎅그렁 뎅. 신데렐라 왕자에게 걸린 마법이 풀렸다. 마법이 풀려도, 본판만큼은 멋진 사람일 거라 믿었는데.

정수리가 훤히 내려다보이는 저 새신랑은, 어쩌면 키높이 구두를 신었고, 약간 횡뎅해진 정수리와 새치에 흑채를 듬뿍 뿌렸을 저 사람은, 사마귀에 난 털을 뽑지 않고, 덧니 사이에 상습으로 고춧가루가 끼도록 내버려 두는, 마흔이 다 되어 가는 사나이는.

"교수님. 내가 먼저 좋아한다 말했으면 결론이 달라졌을까요?"

"당연히 달라지지. 지금도 달라질 수 있어."

생각보다 추하고 비겁했다.

나는 당신을 좋아했다. 내가 속을 숨기는 데 익숙하지 못해, 주변 사람들은 그것을 알고 있었다. 하지만 당신에게는, 당신을 위해, 한 마디도 누설하지 않았다. 쉬워서 그랬던 건 아니다. 누군가를 좋아한다는 마음이 잘못된 것은 아니지만, 그것을 누설하는 순간 옳지 않은 것이 되어 버리기 때문에.

"당신은 알고 있었어요. 알면서도 항상 이렇게 말했어요. 너를 동생처럼 좋아한다, 가족보다 소중하다."

"……"

"그러니 나한테 질질 끌려다녀라."

그래, 당신 말대로, 당신 역시 나를 좋아했을지도 모른다. 눈치 빠른 사람이니 내가 당신을 좋아하는 마음 따위는 초장부터 눈치챘을 것이다. 좋았나? 당연 좋았겠지. 하지만 나를 택하지 않은 이유는 내가 당신에게 디딤돌이 되어 줄 수 없는 여자였기 때문이다.

당신과 내가 다른 시공에서 만난 지 얼마 안 되었을 때, 당신은 학생식당 구석에 나를 앉혀 놓고, 자판기 커피를 뽑아 주며 그게 운명적인 만남 같지 않냐고 물었다. 나는 개코 같은 소리 하지 말라고 비웃는 대신 예의 바르게 그럴 수도 있겠다고 말해 주었다.

카페 시간여행연구회에 대해 이야기를 늘어놓고, 시간 여행에 대해 나에게 미주알고주알 캐물었을 때, 나는 당신에게 자세하게 설명하지 않았다. 그런 이상한 능력을 가진 사람으로만 비추어지는 것이 싫었으니까. 그때부터 좀 눈치를 챘으면 좋았을걸.

그곳에서 어떤 책들을 구해서 가져올 수 있느냐, 어떤 사람들을 만날 수 있느냐, 특정 시대를 정해서 갈 수 있느냐, 문화재로 여겨지는 물건들을 가져올 수 있느냐 물어볼 때, 나의 가치를 요령껏 가늠하고 적당히 포장했으면 좋았을걸. 지연이란 여자와 나를 나란히 양손에 얹어 놓고, 어느 쪽이 더 무거운지 인상을 쓰며 재어 볼 때 얼른 감을 잡았으면 좋았을걸.

"나는 너무 눈치가 없었어요. 귀찮고 경황이 없다, 한문을 전혀 몰라서 무슨 책이든 제대로 된 걸 가져오는 건 불가능하다 너무 솔직하게 털어놓았고, 새로 들어가는 길은 정확한 시기를 지정하는 게 아니라 무작위로 펼쳐진다는 걸 너무 일찍 말했어. 팔아서 돈 될 만한 청자나 백자 따위를 가져오는 것도 하늘의 별 따기보다 힘들다, 그 당시에는 지금보다 자기나 고급 가구가 훨씬 귀해서 차라리 이천 도자기 시장에 가서 사 오는 게 낫다는 말을 하지 말았어야 했어. 나는, 그저 그곳에서 길을 잃고 헤매는 사람들을 구하는 것만이, 내가 최선을 다해야 할 옳은 일이라 믿었을 뿐이야. 시간 여행에 대한 것은, 당신이 자세히 알지 못하기를 바랐어요. 시간 여행은 나에게 자랑스러운 게 아니었으니까."

"그런 게 아냐! 나는 네가 나에게 관심이 없는 줄로만 알았어! 내가 너를 얼마나 좋아했는지 너는 몰라."

"그럼 왜 말 안 했어요? 약혼녀가 있는 남자한테, '나 너 좋으니 그년하고 헤어져!' 하는 거하고, 자기 좋아하는 솔로한테 '나도 너 좋아.' 말하는 거하고, 어느 쪽이 더 쉽겠어요? 생각해 봐요. 당신 머리 좋잖아."

"이건 네가 이해를 해 주어야 해. 나는 몰랐어. 정말 전혀 몰랐어."

입술이 덜덜 떨렸다. 오리 주둥이, 튀어나온 오리 주둥이도 덜름덜름 떨리고 있다.

민호는 문득 뒤가 허전함을 느꼈다. 바람막이가 사라졌다. 하여간 이놈 이건 저놈이건 믿을 수가 없다. 나 혼자서 문제를 해결하라고 매너 있게 자리를 피해 준 건가? 이봐요. 만에 하나 이런 일이 있을까 봐 부탁해서 모셔 온 거거든? 당신도 머리 좋은데 그거 하나 몰라? 다들 왜 이래?

하긴. 다 같이 오징어 낙지 족속이고, 어차피 매듭은 나 혼자 자르는 거야. 민호는 주먹을 꼭 쥐었다.

"비겁하고 재수 없어. 몇 주에 한 번씩 찔러 간이나 보던 주제에 왜 이제 와서 시끄럽게 꽥꽥대는 거예요?"

제비 꼬리 옷을 차려입은 사내의 얼굴이 무섭게 일그러졌다.

"나, 나는 지금 이 결혼을 뒤집겠다고 말하는 거야. 이게 비겁한 거냐? 이게 만만한 결심으로 보여?"

머릿속에서 흙탕물이 솟구쳤다. 뭐라 해야할지 잘 모르겠다. 혓바닥으로 열두 가지 색의 실꾸리가 한꺼번에 뒤엉킨 것 같다. 제기랄. 역시 선정이라도 데려올 걸 그랬나? 아냐, 선정이 같은 만년의 베테랑도 이런 개같은 상황은 못 겪어 봤을걸. 다만 확실한 건, 그 말을 들었는데도 전혀 기쁘지 않다는 사실이다.

"말해 봐, 민호야. 지금 너만 좋다면 이 결혼을 뒤엎을 수 있어. 네가 하자고만 한다면 얼마든지!"

이상하다. 듣고는 좋아서 깨춤이라도 출 말인데, 왜 이렇게 구역질이 나지? 특히 이런 말을 하는 순간까지 소곤소곤, 남들에게 들리지 않게 조심하는 꼴이 역겹다. 민호는 허리에 손을 얹고 쏘아붙였다.

"나만 좋다면? 내가 하자고만 하면? 그럼 이 판이 엎어진 것에 대한 책임은 또 죄다 나한테 뒤집어씌울 건가요?"

"민호야!"

"그렇게 당당하면 저 앞에 가서 큰 소리로 말해 봐! 내가 뭐라고 대답할지에 상관없이, 김준일이 어떤 여자랑 결혼하고 싶은지 커다란 소리로 말해 보란 말이야. 이 비겁한 개새끼야!"

갑자기 주변이 조용해졌다. 시선의 주인공이 된 사내가 입을 떡 벌리고 황급히 손을 저었다. "야! 지금 무슨 말을 그렇게 되는대로 해!" 하고 나무라는 목소리는, "넌 동생 같은 아이야, 평생 잃고 싶지 않은 친구야." 할 때의 목소리와 똑같았다.

민호는 이를 꽉 물고 다시 허리를 폈다. 이제 등으로 파고드는 바람이 느껴지지 않는다. 뒤에서 병풍처럼 누가 막아선 것이 느껴진다. 보지 않아도 누군지 안다. 조금, 아주 조금 고마웠다. 그래. 이 정도만, 이 정도로만 뒤에서 서 있어 줘도 괜찮다.

"난 댁처럼 사랑 안 했어. 당당하게 말하진 못했지만, 좋아하는 감정 자체는 정정당당했어. 당신처럼 찌질한 사랑은 안 했어. 가! 가서 젊고 예쁘고 당신을 제대로 출세시켜 줄 여자하고 천년만년 잘 먹고 잘 살아. 난 정말로 축하해 주러 온 거니까, 걱정 말고 가라고!"

짝, 짝짝, 짝짝짝. 갑자기 뒤에서 박수 소리가 들렸다. 소리 없이 돌아와서 바람을 막아 주던 사내가 손뼉을 치고 있었다.

"멋지군요."

누가 멋지다는 것인지, 어떤 점이 멋지다는 것인지 그는 말하지 않았다. 이완의 맑고 심상한 목소리가 다시 흘러나왔다.

"민호 씨, 정말 멋지군요."

이완은 두어 걸음 앞으로 나섰다. 팔을 내밀어서, 허리를 꼿꼿이 세우고 눈물을 매단 채 눈을 부릅뜨고 악착같이 버티고 있는 여자를 가로막았다. 앞에 서 있는 연미복 차림의 신랑의 얼굴이 험악하게 일그러졌다.

"이제야 천칭의 추가 이쪽으로 기울어졌습니까? 제가 아까 몇 마디, 윤민호 씨의 진짜 가치에 대해 아는 대로 대답해 드린 것 때문에?"

"박 실장!"

"크고 정밀한 천칭이 필요했을 거예요. 당신은 생각보다 큰 쓸모가 없는, 게다가 귀찮은 일도 많을 것 같은 좋아하는 여자와, 신분 상승을 시켜 줄, 까다로운 상전 공주님 중에서 선택을 해야 했을 테니까. 당신은 주도면

밀하니까 주의 깊게 두 사람 사이의 눈금을 가늠했겠죠. 안타까운 건, 당신이 윤민호 씨의 가치에 대해서 정확하게 측정을 못 했다는 거고. 한 번이라도 트래킹에 동행해 보았으면 그런 저울질 따위 애초부터 하지 않았을 텐데 말입니다.”

“왜 당신이 끼어들지? 이건 우리 두 사람의 일인데?”

“글쎄요. 당신과 민호 씨 두 사람만의 일만은 아닌 것 같아서요.”

이완은 손을 올려 머리카락을 쓸어 올린다. 그의 손가락에 걸려 있는 민무늬 금반지를 다시 본 김준일 교수의 입술 끝이 실룩실룩했다.

“생각이 깊고 사업가만큼이나 거래에 능통하신 교수님이니 이익이 되는 길을 계산 못 했을 리가 없지요. 이번에 전시회와 관련된 일에서 최정국 학예사님을 전면에 세우고 손해 없이 발을 빼는 솜씨를 보고 알았습니다. 만사에 보험처럼 든든한 뒷배를 남겨 놓으시는 스타일이더군요.”

“……”

“민호 씨가 시간 여행을 갈 때마다 이런저런 요구와 부탁을 하기에 바빴던 당신은, 정작 민호 씨와 함께 직접 시간 여행을 해 볼 생각은 하지 못했어요. 비싼 도자기나 유물, 1차 사료들이 그렇게 필요하면 당신이 따라가서 재주껏 훔쳐 보거나 금덩이라도 싸 짊어지고 가서 바꿔 올 법도 한데 말이죠. 다시는 돌아오지 못할 수도 있다는 것을 잘 알고 있었으니까.”

“……”

“민호 씨를 그렇게 걱정했지만, 민호 씨가 가는 것을 말렸던 적은 한 번도 없었죠. 외려 항상 부추겼죠.”

“나는 민호가 항상 귀환할 수 있는 걸 확신하고 있었어요.”

“그래서 한 번도 못 따라갔던 거군요. 그렇죠?”

이완은 대놓고 비웃었다.

“하나라도 놓치자니 아까워서 죽을 것 같았겠죠. 그래서 당신의 디딤돌을 결혼이라는 방법으로 손에 넣고, 민호 씨는 다른 방법으로 질질 끌고 갔던 겁니다. 가족보다 소중한 친구라. 웃기지도 않죠."

"미친, 지금 제정신으로 하는 말입니까? 이따위로 나오면 명예훼손으로 당신 고소할 수도 있어!"

김준일 교수는 억눌린 목소리로 나직하게 말했다. 이완은 고개를 끄덕이며 웃었다.

"그래요. 법정에서 이 재미있는 내용들이 줄줄이 나와서 언론에 풀리면 재미있겠죠. 어느 쪽의 플레이가 더 노련하고 강력한지 내기를 한번 해 볼까요? 안전 제일주의 김준일 교수님이 그러실 수 있으려나?"

"당신, 그 입, 안 다물어? 엉?"

"내가 왜?"

신랄한 독설가로 알려진 사내는 준일의 생각보다 집요하고 끈덕졌다.

"한 번도 사나이답게 사랑한다 말하지도 못한 주제에, 그 책임을 딱한 여자에게 뒤집어씌우려는 주제에, 어장 관리 솜씨는 또 괜찮았더란 말이죠. 민호 씨에게 다른 남자가 생기지 못하게 나름 요령도 부렸고 말이죠."

"이봐요!"

"시커멓고 커다란 안경, 후드 티셔츠, 검은 패딩 재킷, 검은 컨버스 운동화, 큼직한 배낭. 당신이 어울린다 하는 그 말을 고스란히 믿은 여자가 어쩌면 바보였을지도 몰라요. 당신이 준 안경을 다리가 부러져도 붙여서 쓸 정도로 우직하고 간절한 감정을, 당신은 정말 잘 이용했죠. 한 여자에게 가장 눈부신 20대의 매력을 말 한마디로 모조리 망쳐 놓을 정도의 영향력을 갖고 있으니, 기분이 오죽 삼삼했을까요. 그러다가 만약 지연 씨하고 안 됐으면 민호 씨에게 실은 내가 널 좋아했다 눈물의 고백이라도 했겠죠. 민호 씨가 무슨 땜빵 보험입니까?"

"박 실장님 잠깐만."

김준일 교수가 시퍼렇게 된 얼굴로 주먹을 움켜쥘 때에야 민호는 간신히 입을 뗄 수 있었다. 두 사람은 입을 다물고 민호를 응시했다.

잉잉잉, 앵앵앵, 칭칭, 침묵 속에서 지독한 이명이 일었다. 귀청이 터지는 것 같아 말해야 할 내용이 정리 정돈이 되지 않는다.

생각해라, 생각해.

그래. 도널드 덕은 욕심이 많지. 꿩하고 닭을 다 갖고 싶은데 하나만 가져야 한대. 하지만 꿩이든 닭이든 포기하는 게 싫어. 그래서 짱구를 굴렸지.

자세히 보니까 꿩은 살살 꾀면 뒤를 졸졸 따라오게 생겼어. 그래서 다른 사람에겐 닭을 고른다고 말하고, 꿩은 살살 꾀서 보이지 않는 낚싯줄로 발모가지를 묶어서 끌고 다니기로 한 거야.

처음엔 되는 줄 알았지. 왜냐하면 꿩이 존나 돌대가리에다 눈깔에 콩깍지까지 씌었거든.

그런데, 갑자기 꿩이 개과천선했어. 내 팔은 내가 흔든다! 돌격 앞으로! 하면서 털이 뽀샤시하고 알락달락한 장끼 한 마리를 끌고 왔어. 도널드는 자기 소유인 줄 알았던 꿩이 더 이상 질질 끌려다니지 않으리라는 걸 알았지. 도널드는 당황해서 생각했어.

둘 중 하나만 선택해야 한다면, 꿩이냐, 닭이냐.

꿀렁꿀렁, 뱃멀미를 하는 것처럼 속이 크게 울렁였다. 내가 꿩으로 승격한 건 좋은데 왜? 시간 여행자로서의 내 가치가 오늘따라 갑자기 크게 느껴졌다는 건가? 박이완 실장이 흘린 말 몇 마디를 듣고?

순간, 그 마음을 읽기라도 한 것처럼, 김준일 교수가 속삭였다.

"너만 좋다면, 난 지금이라도 이 결혼을 멈추고 새로 시작할 거야. 정말이야. 민호야."

"이 결혼을 깨뜨린 그 책임을 교수님이 다 뒤집어써야 하는데요? 학장님한테 찍혀서 온갖 구박과 불이익을 다 받아야 할 텐데요?"

민호는 얼빠진 얼굴로 더듬거렸다. 당신은 그런 걸 감수할 수 있는 사람이 아니잖아.

"그건 내가 다 알아서 해. 왜? 내가 못 할 것 같아?"

더 이상 멋지지도 눈부시지도 않은, 정수리가 훤히 내려다보이고 돌출된 입을 가진 사나이가 용감하게 말했다. 나를 선택하기 위해 그런 엄청난 손해를 감수한다고? 믿을 수 없었다.

그때 이완은 뒤를 돌아서더니 누군가를 향해 손짓하며 말했다.

"그건 당신이 아니라, 이 사람이 알아서 한다는 말이겠죠?"

벽 뒤에 숨어 힐끔대던 뿔테 안경이 이완의 손짓을 보고 얼굴을 들이밀었다. 아까 굳은 표정으로 김준일 교수님 근처에서 얼쩡대던 사내였다. 김준일 교수의 얼굴이 하얗게 변했다. 입술이 실룩이며 일그러진다. 색깔뿐 아니라 표정까지 딱딱하게 굳어 점점 석고처럼 변하는 것처럼 보였다. 억지로 웃으려, 혹은 화를 내려 애는 쓰지만 그랬다간 퍼석 부서져 나갈 것 같았다. 갈색 뿔테 안경이 나서서 떨리는 목소리로 말했다.

"제가 이지연 씨에 대한 교수님의 '보험'입니다."

○ ● ○

"난 뉴욕에서 지연이와 3년 반을 동거한 사람이에요. 함께 살던 집이 스토니브룩 캠퍼스에서 10분 거리에 지금도 있습니다! 주변 사람도 모두 우리를 사실혼 관계로 알고 있었어요."

덩치 큰 사내의 비통한 목소리가 이완의 귓속을 파고들었다.

김준일 교수 주변에서 내내 얼쩡대던 사내의 분위기가 수상하다 생각은 했다. 악수를 할 때 당황하고 긴장하던 김준일 교수의 모습도 이상했다. 민호와 교수와의 대화를 커피를 마시는 척 귀를 기울이고 있는 뿔테 안경을 보며 이완은 지그시 눈썹을 찌푸렸다. 대화를 집중해서 듣고 울근불근하던 사내는 이완과 눈이 마주치자 화드득 놀라 빈 커피컵을 떨어뜨렸다. 하지만 시선을 피하지는 않았다. 할 말이 잔뜩 담긴 시선이 허공에 얽혔다.

인적이 없는 계단참까지 순순히 따라온 뿔테 안경은 낯이 벌겋게 되어 으르렁거렸다.

"지금 이지연 씨 신랑이 다른 여자를 좋아한다고 그러는 겁니까? 그게 정말입니까?"

뿔테 안경의 이름은 김국준이라고 했다. 나이는 서른둘, 김준일 교수보다 한참 젊고 체격도 몹시 좋았다. 뉴욕 주립대에서 박사과정을 밟고 있었으며 과정을 끝내고 한국에 들어오면 당연히 결혼식을 올릴 생각이라 했다. 그런 말도 지연에게 몇 번이나 했다. 다만 국준의 집안이 지나치게 어렵다는 점과, 학위논문이 언제 끝날지 몰라 기약이 없다는 것이 걸림돌이었다.

하지만 지연은 결혼 이야기를 할 때마다 웃는 얼굴을 보여 주었고, 어려운 중에 아르바이트비를 모아 산 프러포즈 반지도 고맙게 받았다 하였다.

문제는 지연이, 자신을 그렇게 사랑했고 당신이 없으면 못 살겠다던 여자가, 지난겨울에 헤어지자고 통고했고, 모든 종류의 연락을 끊고 귀국했다는 것이다. 하다못해 지연은 SNS의 속박이 싫어 사용하지 않는다고 해서, 정말 그런 줄 알았단다.

국준은 여자친구가 유복한 집안 영애인 것까진 알았지만 아버지가 누구인지까지는 몰랐다. 그는 여자가 결코 자신에게 속을 보이지 않았고, 그저 스테디 섹스파트너로 지냈다는 것을 끝까지 받아들이지 못했다. 어쩌면 사랑했을지도 모른다. 사랑 없이는 그녀의 행동이 이해되지 않는 구석이 많았다. 하지만 그녀의 결론은 감정과 대척 지점에 있었고, 그 역시 숱한 커플들에게 있을 법한 일이었다.

다만 그녀는 뿔테 안경의 다혈 기질과 생각 밖으로 순정적인 성격을 간과했다. 그는 갑작스러운 이별과 잠적에 정신을 차리지 못하고 휴학계까지 내며 방황했다.

여자의 정체와 자신이 그렇게 야멸차게 버려진 이유를 알게 된 것은 생전 처음 들어 보는 사람으로부터 온 전화 덕이었다. '이지연 씨의 약혼자와 아는 사람'이라고 말한, 목소리가 칼칼한 사내는, 국준과 지연의 3년 넘는 동거 생활에 대해 제법 자세하게 알고 있었다.

그는 지연의 약혼자가 학계에서 꽤 잘나가는 소장파 교수라는 것을 알려 주었다. 그는 국준이 이성을 잃고 고함을 지르기 시작하자 가타부타 없이 전화를 끊었고, 며칠 동안 간간이 전화를 하며, 그가 정신줄을 놓고 고함을 지를 때마다 전화를 끊으며 속을 태웠다. 다혈질 사내는 여자의 소식을 알기 위해 수화기 너머의 사내에게 필사적으로 이성을 지켜야 했다. 그가 이성을 찾을 무렵에는 이미 수화기 너머의 사내에게 반쯤은 배를 드러낸 상태가 되어 있었다.

'약혼자의 아는 사람'은 자신에게 한결 고분고분해진 국준에게 결혼식에 가 보려느냐 물었다. 그는 이런 일로 인생을 망치고 싶지 않다면 식장에서 소란을 피우지 말라 경고했고, 장소와 일시를 일러 주는 대신 한 가지 이상한 부탁을 했다.

— 다만 약혼한 남자가 원할 경우, 당신은 언제든지…….

맙소사, 욕설이 튀어나오려 했다. 자신의 약혼녀의 과거를 알고도 이런 식으로 이용하려는 사람도 있구나. 오싹 한기가 들어 잠시 몸을 떨었으나 욕설까지 뱉지는 않았다. 말도 없이 배신당한 남자가 결혼식에서 소란을 피우는 사건은, 피해 당사자에게는 정상참작이 충분히 가능한 사유이고, 새 신부에게는 파혼에까지 이를 정도의 대형사고가 될 것이라는 것을, 수화기 속의 사내는 잘 알고 있었다. 국준은 이를 갈며 고민했다. 다른 놈과 결혼하는 여자에게 시원하게 똥물 한 바가지 퍼붓는 것도 꼴이 우습지만, 이대로 당하고 엎어져 있는 것도 싫었다.

그는 통화가 끊어지기 전, 결혼식에 가기로 마음먹었다. 약혼자라는 사람에 대해 화가 난다기보다 궁금해졌다. 저 사람은 지연이를 사랑하는 걸까. 지연이는 저 사내를 사랑할까.

— 다만, 그 약혼자가 원할 경우 말입니다. 국준 씨 당신이 원할 때가 아니고.

'약혼자 아는 사람'의 목소리는 유난히 칼칼한 편이었다. 그것이 묘하게 신경에 거슬렸다.

○ ● ○

"당신, 다른 여자를 좋아하면서 지연이하고 결혼하겠다고 했던 거였어? 나, 속에서 천불이 나도 둘이서 서로 사랑하는 거면, 결혼식장에서 깽판칠 생각까지는 없었어. 당신이 정말 괜찮은 사람이고, 지연이가 미안하다는 말 한 마디만 제대로 해 주길 바랐어! 그런데, 뭐가 이렇게 개판이야! 당신, 왜 지연이하고 결혼하겠다고 한 거야! 그럴 거면 지금이 아니라 진작 집어치운다고 했어야지! 엉!"

"당신 그게 무슨 소리야!"

갈색 뿔테 안경과 모델처럼 화려한 여자, 연예인처럼 훤칠한 사내, 그리고 머리가 조금 벗겨진 새신랑이 모여서 실랑이를 하는 주변으로 사람들이 하나둘 모여들었다.

짧은 미니스커트를 입은 누군가가 신부 대기실로 황급히 뛰어갔고, 신부 대기실에서 큰 소란이 일었다. 수런수런하는 소리가 점점 커지더니 "미쳤어! 여기가 어디라고!" 하는 날카로운 목소리가 터졌다. 신부의 옆에서 서 있던, 곱게 한복을 입은 젊은 여자가 뛰쳐나온다. 다닥거리는 고무신의 굽소리가 가까워졌다.

"이거 어디서 빌어먹던 새끼가 감히 여기까지 와?"

한복을 입고 머리를 곱게 틀어 올린 젊은 여자는 새신부와 많이 닮았다. 그녀는 떡대 좋은 뿔테 안경의 멱을 잡아채서 사람이 안 보이는 곳으로 끌어당기려 했다. 하지만 뿔테 안경이 몸에 힘을 주고 손을 들어 뿌리치자마자 흉하게 비틀거리며 밀려났다. 한복 여자는 하얗게 질린 준일을 보고 손을 저었다.

"아니에요. 제부. 지연이가 그런 애는 아니라고! 저거, 뉴욕에 있을 때, 지연이 스토커처럼 쫓아다니던 놈인데, 아주 진드기 거머리 같은 놈이라, 지연이가 얼마나 힘들게 고생했는지 몰라요."

국준의 입이 멍청하게 벌어졌다. 입술이 뻐끔뻐끔, 얼굴로 식식 열이 올라오기 시작하는데, 금방이라도 폭발할 것처럼 시뻘겋게 달아올랐다.

"언니! 언니! 하지 마! 그러지 마! 내가 말 잘해서 보낼게!"

화려한 베일을 늘어뜨리고 흰 부케를 손에 든 신부가 거품같이 뽀얗고 몽글대는 드레스를 입은 채 뛰어나온다. 야! 신부가 그렇게 막 뛰어다니면 어떡해! 친구들이 그녀의 뒤로 무수리 떼처럼 줄줄 따라오며 고함을 쳤다. 모여 있는 사람들의 눈이 둥그레졌다. 언니라는 여자는 동생을 향해 들어가라고 앙칼지게 소리를 치고는 국준을 보고 으르렁거렸다.

"감히 여기가 어디라고⋯⋯. 너 혼자 아무리 좋아했어도 멀쩡한 여자 결혼식 깽판 놓으면 콩밥 먹어! 이렇게 찌질하고 못났으니 지연이가 거들떠도 안 본 거지."

한복 여자가 목소리를 황급히 낮추긴 했지만 가시가 잔뜩 박혀 몹시 거슬리게 들렸다. 정수리까지 피가 몰린 다혈질 사내가 주먹을 움켜쥐고 새신부 언니의 멱살을 잡았다.

"씨발, 내가 저년하고 삼 년 반 동안 살 비비고 살았다고! 프러포즈 반지까지 받은 년이 증발했는데 눈이 안 뒤집혀?"

"언니! 그만하란 말 안 들려!"

하얀 드레스와 면사포 자락을 휘날리며 달려온 새신부가 새파란 얼굴로 두 사람 사이에 끼어들었다. 몇 주 전까지 제 여자였던 새신부의 얼굴을 본 다혈질 사내의 분노가 폭발했다.

"삼 년 반 동안 내 마누라로 살았던 년이 말도 없이 시집을 간다는데 씨발 좆같이 박수라도 쳐 줘야 해? 그 와중에 신랑도 결혼을 엎네 마네 지랄을 하는데 그럼 엎드려서 뜯어말리냐? 엉!"

덩치 큰 사내의 고함이 쩌렁쩌렁했다. 새신랑과 새신부, 새신부의 언니, 그리고 뿔테 안경 주변으로 사람들이 구름처럼 몰려들었다.

민호는 자신의 허리를 잡아채는 강한 아귀힘을 느꼈다. 바람막이가 이젠 사람을 헤치며 민호를 끌어냈다. 모여든 사람들은 끝맺음을 확실하게 하지 못한 새신부와, 내막을 아는지 모르는지 앞뒤 모르고 날뛰는 새신부의 언니와, 새신부의 찌질한 구 남친과, 그것을 알고 있으면서도 모른 척으로 일관하다가 막판에 결혼을 엎네 마네 헛소리를 하신 미스터리한 새신랑에게만 시선을 집중했다.

이완은 민호의 손을 잡아끌고 걸음을 재촉했다. 뒤에서 차기 총장님으로 예견되는 분의 쩌렁쩌렁한 고함이 터졌다. 두 사람은 뒤도 돌아보지 않고 호텔 문을 나섰다. 민호가 벌렁대는 가슴을 잡고 휘청휘청하자 이완이 손을 내밀어 팔을 꽉 붙잡아 주었다. 짤막하게 바람 빠지는 소리가 흘렀다.

"스테이크는 물 건너갔군요."

12.
고백

민호는 차의 조수석에 들어가 앉은 후에야 참았던 울음을 터뜨렸다. 눈물이 철철 흘러나온다. 멍청한 년, 덜떨어진 년, 난 7년 동안 대체 무슨 짓을 하고 있었을까. 나의 첫사랑, 쿨하고, 멋지고, 장렬한 죽음을 맞이해야 마땅한 나의 첫사랑. 장엄한 순국은 개뿔, 도망치다 등짝에 화살을 맞고 똥창에 엎어진 것 같다. 이놈의 첫사랑은 왜 이렇게 죽는 순간까지 찌질할까.

"울지 마세요. 민호 씨. 민호 씨?"

운전대를 잡고 있는 사내의 목소리가 흔들흔들한다. 흐어어, 어어어, 으엉으엉. 너 같으면 이런 개같은 상황에서 울지 말란다고 울음이 딱 멈추겠냐. 민호는 손등으로 눈을 가린 채 하염없이 울었다.

"잘했어요, 정말 잘했으니까 그만 울라니까. 속 시원하잖아요. 둘이 딱 어울리잖아요. 똥 묻은 개는 똥 묻은 개끼리 살라 하란 말입니다."

"허으, 어, 어어. 지금까지 그 똥이 멋져 보였던 게 한심해서 그러잖아! 어, 허으어, 어어! 댁이 똥하고 7년간 사랑에 빠져 있었다고 쳐 봐! 어, 으어어, 개똥만도 못한 놈! 새똥 같은 새끼."

"그래요. 울어요. 우세요. 아 진짜, 울지 좀 마세요, 제발."

"흐으, 울든 말든 한 가지만 하라고 해. 사람 헷갈리게."

"……좋을 대로, 우……세요. 예. 울어도 괜찮아요."

이완의 목소리도 출렁출렁 파도를 탔다.

"7년 전으로 돌아가면 좀 달라질까요? 돌아가서 스물세 살 윤민호 씨에게 충고해 볼 생각은 안 했었습니까?"

"한 번도 안 해 봤어. 앞으로도 안 할 거고. 일단, 과거의 내가 미래의 나를 만난 적이 없어. 생각해 봐, 그 웃기는 시절의 나를 지금 내 눈으로 봐야 한다니 얼마나 쪽팔려?"

"……."

"난 좋아하는 사람 있으면 더하기 빼기도 못 하고 홀랑 털어 주는 성격이란 말이야. 제기랄! 레드 썬을 아무리 걸어도 고쳐지지 않는데, 미래의 내가 와서 말한다고 해서 뭐가 달라질 것 같아? 트인 대로 살아야지!"

이완은 깜빡이를 켜고 갓길에 차를 세운 후 주머니에서 수건을 꺼내 이마를 지그시 눌렀다. 울음소리가 커질수록 그는 안절부절못했고, 수건을 꾹 움켜쥐었다가 이마를 닦기를 되풀이했다.

"꼴좋지 뭐야, 아주 잘됐어. 흐어어, 저러고서 둘이 어떻게 결혼하겠냐?"

"왜 못 합니까? 김준일 교수는 여전히 잘나가는 교수고, 여자는 여전히 잘나가는 학장님 딸인데요. 거래 내역에서 달라진 게 없잖아요. 아니, 그리고 왜 그 사람들을 걱정합니까?"

"걱정은 개뿔, 끼리끼리 모여서 평생 엿이나 고아 먹으라고 해! 그런 사람을 속이 까매지도록 좋아했다니 존나 똘똘해 죽겠지! 으허어어어어……어어?"

민호는 눈물을 씻다가 손등이 시커멓게 변한 것을 보고 화들짝 놀라 울음을 딱 멈췄다. 손등은 숯 검댕을 칠한 것처럼 검은 얼룩으로 엉망이었다. 빌어먹을. 이게 바로 마스카라의 위력이구나. 그래서 화장한 여자들은 마음 대로 울지도 못하고 꽃무늬가 자잘자잘 박힌 손수건 따위로 눈을 꼭꼭 눌러 가며 훌쩍훌쩍 울어야 하는 거구나. 이런 제기랄. 인간 윤민호가 꽃무늬 손수건 따위의 아이템을 갖고 있을 턱이 없잖아.

순간 달콤한 향이 콧속을 간지럽혔다. 향을 품고 있는 부드러운 천이 눈가로 올라왔다. 물론 꽃무늬 따위는 아니고 심심한 체크였지만, 남자들이 손수건에 뭔가 마법의 액체를 뿌리기도 한다는 것을 처음 알았다. 향을 품은 수건 뒤에 숨은 따뜻한 손이, 근지러운 뺨과 눈가를 가만가만 눌렀다.

"바보 같지 않아요. 멋있습니다, 민호 씨."

"……뭐가."

"당신이 사랑하는 방식이, 당신이 사는 방식이, 당신이…… 멋있습니다."

민호는 눈물이 새로 괴는 눈을 깜박였다. 일렁대는 맑은 물결 사이로, 자신을 조심스럽게 응시하는 사내가 보인다. 이제는 옆에 놓고 본 지 하도 오래되어서, 저 외계인이 잘생겼는지 못생겼는지, 후방 10미터의 광채가 나는지 검은 오라가 풍기는지 잘 모르겠다. 그냥 따스하고, 애틋하고, 사랑스러워하는 감정밖엔 느껴지지 않는다.

윙윙윙, 히터에서는 따뜻한 바람이 나오고, 웅웅대는 엔진의 진동은 몸을 부드럽게 흔들었다. 민호는 자신의 몸이 천천히 왼쪽으로 수그러드는 것을 느꼈다. 곁에 앉은 사내가 조심스럽게 팔로 자신을 끌어당긴다. 끌어안은 팔의 힘이 점점 강해진다.

"적어도 당신에게는, 아무런 완충장치 없이, 아무런 보험도 쿠션도 없이, 있는 그대로의 당신을 사랑해 줄 사람이 어울린……다고 생각합니다."

민호는 몸을 자르르 떨었다. 이마에 닿은 목울대가 울렁이는 것이 느껴졌다. 무언가 소리치고 싶은데 말이 나오지 않는다.

머리가 터질 것 같다. 첫사랑이 똥창에 빠져 사망한 지 30분도 되지 않아 이게 무슨 꼴이야. 서른하나, 나이 하난 옹글게 처먹은 윤민호는 이 똥차 저 똥차 모조리 떨구고 새로운 출발을 해야 할 역사적 사명이 있지 않으냐. 하지만 자신을 끌어안고 있는 팔이, 등을 쓰다듬는 손이 너무 애틋해, 지난번처럼 쿨하게 쳐 낼 수 없다. 믿으면 안 되는, 하지만 정말로 믿고 싶은 그런 말이 나올 것 같다.

"민호 씨, 당신이 좋아요."

몸이 붕, 하고 진동한다. 세상이 조용해지는 기분이었다. 타고 있는 자동차가 자신을 중심으로 한 바퀴 빙그르르 돌았다. 의지와 상관없이 눈물이 왈칵 쏟아지려 한다.

"당신 마음이 어떤지 듣고 싶습니다."

이마 위로 가볍게 입술이 닿았다. 축축한 입술은 눈으로, 뺨으로, 귀로 천천히 미끄러진다. 민호는 움찔거리지도 않고 가만히 앉아 입맞춤을 받았다. 설레지도 않고 놀랍지도 않다. 입술이 입술을 덮고, 그의 혀가 자신의 입술 속으로 천천히 들어와 자신을 어루만질 때도 민호는 놀라지 않았다. 민호의 몸이 이완의 품에 푹 파묻혔다.

이 사람이 정말 나를 좋아한다고?

순간 친구의 단호한 목소리가 떠올랐다.

'그 사람이 정말 진지하게 너를 좋아한다고 다시 말하면'

선정이는 예언이라도 한 걸까. 이런 일이 있을 줄 어떻게 알았을까.

……그때 내가 뭘 어떻게 해야 한다고 했더라.

'그 여자에 대해 제대로 물어봐. 당신, 스칼렛이라는 여자를 좋아하는 거 아니냐.'

'헤어졌다고 하면, 그 남자 잡아. 다른 여자가 잡기 전에 놓치지 말고.'

새로운 긴장으로 온몸이 뻣뻣하게 굳는다. 그 허황한 말을 들을 때만 해도 설마 했는데 정말 이런 말을 해 줄 줄이야.

그렇다면.

몸이 꽉 맞붙은 상태로 입맞춤이 진행되며 사내의 숨이 점점 거칠어지기 시작했다. 등을 쓰다듬는 손아귀 힘도 점점 억세진다. 생각이 얼크러져 입맞춤을 받고 있는데도 머릿속이 안개가 낀 것처럼 몽롱하다.

간신히 입술을 떼어 냈을 때 이완에게선 시익, 식, 식, 하는 드센 숨소리가 흘러나왔다. 시간이 흘러도 붙잡고 있는 팔에서 힘이 빠지지도 않고 숨소리는 점점 높아진다. 눈에서 일렁이는 빛이 무시무시했고, 대답을 기다리는 사내의 꽉 다물린 입이 바짝 긴장했다.

민호는 남은 힘을 있는 대로 짜내 그를 밀어냈다. 갑작스럽게 밀어닥친 한 올의 기대감에 민호는 숨을 죽였다. 마지막 용기가 필요했다.

"이완 씨, 물어볼 게 있어."

"예."

"어, 그, 그러니까, 당신 말이야. 저번에 물어본…… 스칼렛, 아직도 좋아해?"

거칠게 숨을 쉬고 있던 남자의 눈썹이 확 곤두섰다.

"민호 씨, 왜 이래요. 왜 하필 지금? 난 지금 민호 씨한테……."

"대답이나 해 봐!"

젠장, 그가 짜증스러운 듯 퉁명스럽게 내뱉었다.

"그때 분명히 말했잖아요. 좋아한다고. 어릴 때부터 좋아했어요. 그런데 민호 씨, 이거 일부러 이러는 거예요? 일부러 산통 깨려고 작정하고 이러는 거예요? 지금 중요한 건 우리 두 사람에 대한 거 아닙니까? 왜 자꾸 엉뚱한 말을 해요?"

순간, 떨림이 딱 멎었다. 이 역시 예견된 대답. 선정의 예언이 너무 딱 들어맞아 슬프고 속이 저렸다. 몽롱하니 일그러진 세상이 다시 딱딱하게 고정된 세계로 돌아왔다.

"이제 당신도 대답해, 윤민호 씨!"

이완의 거친 목소리가 차 안을 울릴 때, 민호는 차 문을 박차고 뛰어나갔다.

김준일 교수와 이지연 양은 서울 종로에 위치한 한 호텔에서 백년가약을 맺었다. 두 사람은 식장을 가득 채운 하객들 앞에서, 사랑과 신뢰를 바탕으로 새로운 가정을 이루게 되었음을 공표했다.

기념사진에 박힌 새신랑의 얼굴은 시퍼런 색이었고, 깃털 구름처럼 몽글대는 드레스를 입은 신부의 눈은 벌겋게 퉁퉁 부어 있었다. 신랑의 아버지는 사진을 찍지 않았고, 신부 측 부모와 한복 차림의 언니는 석고처럼 굳은 얼굴이었다. 신랑 측 하객 중에서는 덩치가 큰 뿔테 안경을 쓴 사내가 가장 눈에 띄었다.

○ ● ○

쾅. 요란하게 문을 여는 소리가 들린다. 려 갤러리 정문에는 작은 풍경이 달려 있어 평소에 이완이 들어올 때면 맑게 딸랑이는 소리가 났다. 지금은 풍경 소리가 들리지 않을 만큼 거친 소리가 났다. 가구가 빠져나가고 비어버린 방을 청소하던 앤드류는 주춤주춤 1층 사무실로 내려갔다. 이완인 것은 알겠다. 다만 평소의 이완이라면 조용히 다녔겠지만.

더블 슈트를 미끈하게 차려입은 이완이 무시무시한 얼굴로 들어오다가 앤드류를 보고 멈칫했다. 그는 콧등을 찡그렸으나 썩 꺼지라는 말까지는 하지 않았다. 앤드류는 더듬더듬 물었다.

"얼굴이 대체 왜 그래?"

"내 얼굴이 왜."

그는 싸늘하게 뱉으면서도 한쪽 손등으로 얼굴을 눌렀다. 하지만 앤드류는 이미 그의 왼쪽 뺨이 벌겋게 부풀어 있는 것을 보았다.

"김준일 교수 결혼식에 간다고 하지 않았어? 누구에게 맞았어?"

"네 일이나 신경 써."

그는 차갑게 끊더니 잠겨 있는 별실의 문을 거칠게 열었다. 무슨 언짢은 일이라도 있나? 누구랑 싸우기라도 했나? 설마? 앤드류는 어깨를 움츠리고 한숨을 쉬었다. 이완과 편안하게 농담을 주고받는 분위기가 사라진 판이라 꼬치꼬치 캐묻기가 어려웠다.

이완은 별실의 탁자 위, 노트북 옆에 놓인 붉은 화각함을 보고 이를 부득 갈았다. 그는 켜 놓고 나간 노트북의 화면을 잠시 들여다보았다. 화면 안에서는 뉴욕에 있는 저택의 방 안, 이완의 아버지인 제임스가 누워 있는 방의 모습이 비쳤다. 간병인이 이리저리 움직이는 모습이 폐쇄회로 카메라에 잡혀 그대로 전송되고 있었다. 제임스의 모습은 몇 년 전이나, 몇 달 전이나, 지금이나, 조금도 움직이지 못하는 상태 그대로였다.

그는 화면에서 시선을 떼고 곁에 놓인 화각함의 자물쇠를 잡고 텅텅 소리가 나게 흔들었다. 안에 무엇이 들어 있는지 절걱절걱 부딪치는 소리가 났다. 상자는 여전히 천근처럼 무거웠다. 이따위 것을 무슨 큰 보물이라고 지금껏 애지중지하며 절절맸을까. 어차피 열쇠 찾기가 글러 먹었으면, 궁금하지나 않게 확 따 버릴까.

이완이 눈썹을 찌푸리며 생각에 잠긴 동안 오히려 앤드류가 소스라치게 놀라 황급히 화각함을 뺏어 들었다. 그동안 고 유물을 조심스럽게 다루라고 늘 잔소리하던 것은 이완이었는데 지금은 오히려 앤드류가 무언가 부서지지 않았나 조바심을 내고 있다. 이완은 피시시 비소했다.

"뉴욕으로 보내는 짐에 함께 보내. 더 이상 열쇠 따윈 찾지 않을 테니까."

"어, 저, 정말이야? 아깝지 않아? 그, 그 시간 여행자라는 여자한테 한 번만 더 부탁하면 안 돼? 그 여자, 잘하면 열쇠를 찾을 수 있을 것 같잖아. 정말 시간 여행자잖아. 생각해 봐!"

"앤디, 그 여자한테 한 번만 더 시간 여행을 다녀오라고 하면, 나는 다시는 너와 말도 섞지 않고 얼굴도 보지 않을 거야."

"이완?"

"그 이야기는 그만해."

이완은 등을 돌리고 툭 집어던졌다.

"그 여자하고는 더 이상 만날 일이 없어. 전화도 어차피 차단했고, 월요일에 출근하러 와도 안으로 들이지 마. 2월분까지 임금 입금해 줄 테니 돌아가라고 해."

"무슨 일이야? 너 그 여자 좋아하는 거 아니었어? 그리고 아까 둘이서 분위기 좋게 나갈 땐 언제고……."

"아무리 마음이 끌려도 인연이 아니면 일찍 끝내는 게 맞지."

"대체, 무슨 일이 있었어?"

"넌 뭐가 그리 궁금해?"

이완은 지친 목소리로 쏘아붙였다. 앤드류는 움찔해서 입을 다물었다.

"나는, 내가 해야 할 일은 다 했다고 생각해. 나도 일정이 끝나는 대로 준비해서 출국할 거고."

이를 꽉 문 채 씹어뱉는 목소리가 축축했다.

"지금은 잘 거니까, 절대 깨우지 마."

○ ● ○

선정은 현관문이 열리는 소리를 듣고 황급히 민호의 방으로 들어갔다. 눈이 벌겋게 부은 친구가 고자 귀족을 끌어안고 눈물을 뚝뚝 떨구고 있었다.

"잘 헤어지고 왔어."

"응. 그래, 잘했어."

"존나 잘 헤어지고 왔어. 김준일 교수님하고 내 의동생이 될 뻔한 여자가 뒷간에 풍덩 빠지는 꼴까지 다 보고 왔어. 속이 시원해."

"잘했어, 잘했어. 그런데 왜 울어."

"불쌍하게 날아가 버린 내 파릇파릇한 7년을 위하여 내가 눈물 한 바가지쯤 못 흘려 주겠냐. 그런 데다 새로운 똥차가 내 앞에 띵! 나타나서는 거대 똥물을 훌렁 끼얹기까지 했으니 눈물이 존나게 나겠냐 안 나겠냐."

"뭐? 무슨, 무슨 일인데!"

선정의 목소리가 뺙 올라갔다. 얘기가 좀 길어. 나중에 해 줄게. 민호는 쪼그라든 목소리로 말했다. 선정은 친구의 어깨를 쥐고 탈탈 흔들었다.

"얘기해 봐! 거기서 누구하고 어떤 일이 있었는지 실토해 보란 말이야!"

"야, 내가 무슨 나라라도 팔아먹었냐? 난 그저 똥차 두 대를 피해 도망 나온 것뿐이야! 쇼병크 탈출 모르냐! 다만 똥물이 튀어서 기분이 꿀꿀한 것뿐이야."

"네 말을 믿을 수가 없다고! 진짜 똥차하고 똥 묻은 벤츠는 다른 거야! 똥

195

묻은 벤츠는 세차장에 한 번만 다녀오면 되는 거라고!"

"남의 차는 무조건 똥차라며! 그거 얘기해 준 년은 어디 사는 누군데!"

"넌 똥인지 된장인지 보고도 모르잖아."

"야 이 계집애야! 벌써 먹어 보고 똥이라는 결론이 났는데 무슨 말이 많니!"

"너, 오늘 박 실장이라는 사람하고 뭔 일 있었지? 불어, 계집애야! 네가 무슨 말을 했는지, 토씨 하나 빼먹지 말고 모조리 불어!"

이완의 고백을 듣자마자 대갈통의 뚜껑이 홀라당 날아가 버린 민호는 차 문을 박차고 튀어 나갔다. 나가려고 했다. 하지만 갑자기 팔이 뒤로 확 꺾였다. 팔이 꽉 잡힌 상태로 몸만 나가니 팔이 꺾일 수밖에 없었다. 민호는 남자의 무시무시한 아귀힘에 도로 안으로 질질 끌려들어 갔다.

대답도 집어치우고 도망치려는 여자를 보고, 평소 그렇게 점잖던 사내의 눈에서 불꽃이 일었다. 그는 차 문을 반쯤 열어 둔 채 민호의 뒤통수를 억세게 끌어당겨 입술을 댔다. 시근대는 숨소리가 무서웠다. 아까와 달리, 입맞춤은 거칠고 난폭했다.

한껏 버둥대던 민호는 57킬로그램의 몸무게를 온전히 실어 그의 따귀를 날려 주었다. 어찌나 정통으로 잘 들어갔는지, 그는 운전대에 이마를 호되게 부딪쳤다. 으으윽. 이마와 얼굴을 감싸 안고 신음하는 사내에게, 민호는 그동안 이불 속에서 밤새 연습했던 모든 말들을 시원하게 퍼부었다.

"오늘 부탁 들어줘서 고마운 건 고마운 건데, 이런 짓을 해도 된다는 건 아니지, 엉? 이 재수 없는 놈! 고자 개좆만도 못한 새끼! 지네, 노래기, 쥐며느리, 전갈, 빤질빤질 바퀴벌레 같은 새끼. 해파리, 말미잘, 히드라, 파리지옥 같은 놈! TSS에나 걸려서 존나 고생이나 해 봐라. 내가 그렇게 만만해 보이냐, 엉? 이쑤시개로 찔러서 안 되니 식칼로 쑤셔 보냐! 난 댁 같은 재수

없는 똥차보다는 나만 사랑해 주는, 진짜 남자답고 열등감도 없는 45센티
싸나이로 만날 거다! 앞으로 그따위 말 씨불이려면 이제 얼굴 보지 맙시다.
말자고! 다시 내 눈앞에 얼쩡대기만 해 봐! 당장 끌고 가서 수세식 화장실
따위 평생 찾아봐야 구경도 할 수 없는 고인돌 시대에 버려 놓고 도망 나올
거야, 응, 내가 한다면 한다고! 밤이고 낮이고 원시인들하고 공룡이나 잡으
러 다니고, 돌칼이나 갈면서 살아 보시지."

민호의 이야기를 듣던 선정은 좌절하며 머리를 쥐어뜯었다.

"그래, 네 말 들어 보면 그 새끼는 나쁜 선수 새끼 맞는데, 문어 낙지과는
삥 차 줘야 하는 건 맞는데, 따귀는 또 뭐야! 어디서 그런 못된 것만 배웠어!
그게 너한테 어울리는 스킬인 줄 알아!"

"그, 그럼 어떡해! 간신히 쳐 낸 놈한테 억지로 뽀뽀당하고 있냐?"

"손대면 골치 아픈 거 몰라? 그 인간이 재수 없게 폭행으로 고소장이라
도 넣으면 어떡할 건데!"

경제적 원스톱도 지랄, 논스톱 싸다구도 지랄, 이년의 연애사엔 지랄이
쓰나미다. 나더러 대체 어떡하란 말이야. 민호는 풀이 잔뜩 죽어 이불 속에
얼굴을 파묻었다.

"그 새끼가 먼저 양다리로 찔러 대면서 억지로 뽀뽀했단 말이야! 나는 뽀
뽀를 정당방어할 권리가 있어!"

"윤민호! 그 말이 통하겠니! 그 전에 서로 뽀뽀를 하던 사이면 그걸로 잡
아넣긴 진짜 힘들어! 하지만 때린 건 달라. 재수 없으면 그거 진짜 고소감
이니까, 일단 전화해서 어디 있는지 물어보고, 사과부터 해. 그리고 앞으로
그쪽도 그런 짓 함부로 하지 말라고 얘기 확실히 하고."

선정은 최대한 이완의 입장에서 생각하며 일러 주었다. 하지만 전화기를
든 민호는 잠시 후 좀 더 시커멓게 변한 얼굴로 전화기를 내려놓았다. 몇

번 전화를 해도 결과는 마찬가지였다. 차단인가 씹는 건가 그것까진 알 수 없었다. 민호는 고개를 수그리고 중얼거렸다.

"일단, 려 매장에 가 볼래. 사무실 2층에서 지내고 있으니 만나 주면 사과하고, 안 만나 주면 할 수 없고. 미안한데, 좀 늦으면 토마스 밥 좀 부탁해."

얼굴을 문지르고 툭툭 털고 일어나는 민호를 보며 선정은 맥 빠진 웃음 소리를 냈다.

밖에서 탕탕 계단 내려가는 소리가 들린다. 하여간 일이 결정되면 바로 툭 일어나서 뒤도 안 돌아보고 횡하니 가 버린다. 잘못했다고 생각하면 이렇게 바로 털고 일어나서 사과를 하러 가고, 남이 잘못한 일이 있으면 기어코 한 판을 뜨고야 마는 친구다.

세상을 참 단순한 방법으로 산다. 하지만 정체를 알 수 없는 무언가가 친구를 항상 눈부시게 했다. 처음에는 선정도 그녀를 업신여기고 무시했지만, 이제는 그러지 못한다. 민호와 오랜 시간 교류한 친구들일수록 더욱 그랬다.

다만, 민호는 선정의 다른 '절친'들과는 달리, 사소한 감정싸움이나 친구 간에 챙겨 주어야 하는 일들로 타인을 속박하는 일이 없었다.

민호는 항상 옆에 있는 것 같으면서도 동시에 바람처럼 떠날 수 있다는 느낌을 주었다. 오랫동안 연락 없다가 툭 갑자기 나타나도 무심함을 섭섭해할 기분조차 들지 않는다. 바람이 한 군데 머무르지 않는다고 섭섭할 이유는 없잖아? 이상하게 그런 기분이 드는 것이다. 민호를 오래 알고 지내는 친구들 역시 비슷한 이야기를 하곤 했다.

동물을 싫어하는 선정이 토마스 폰 에디슨을 그래도 밥이나마 챙겨 주는 이유가, 가끔 이 작은 동물이 민호와 자신의 유일한 연결선일 것처럼 느껴질 때가 있어서였다. 검정개의 살구씨 같은 눈에 눈물이 괸다. 낑낑대는 소리가 평소보다 길다.

"왜. 엄마가 또 훌쩍 어디 갔다가 며칠 있다 오실 거 같아?"

꼬리가 기운 없이 흔들린다. 귀와 눈꺼풀이 축 내려간다. 그래요. 주인님 친구님. 지금 나간 주인님이 빨리 목적을 달성하고 돌아올 것 같지 않아요. 그러면 우리 주인님이 아니죠. 이번에도 불나게 고생하고 올 것 같아요.

선정은 검정개의 머리를 쓰다듬었다. 민호야, 또 이번엔 어디 가서 얼마나 뻘짓에 고생을 하고 오려고 하니. 선정은 천재견을 살짝 끌어안고 한숨을 쉬었다.

○ ● ○

딸랑, 맑은 풍경 소리가 흘러나왔다. 앤드류는 2층에서 잠시 고개를 내밀었다. 감히 천하의 박이완을 걷어찬 분께서 납셨나?

여자는 고개를 들어 앤드류를 말끄러미 쳐다보았다. 화장기는 꽤 사라졌지만 아까 느꼈던 숨이 훅 막히는 분위기는 여전했다. 긴 머리를 하나로 묶어 늘어뜨리고 유백색 진주에 화려한 백색 밍크를 걸치고 있는 여자는 우아하고 기품이 있었다. 명품으로 몸을 휘감은 사모님들의 품위가 아닌, 그리스 여신상에서 가끔 느낄 수 있는 기품, 맑고 담백하면서도 호탕한 바람이 깃든 분위기였다.

왜 처음에 그것을 못 알아봤을까? 앤드류는 자신보다 키가 훌쩍 커진 여자를 보며 찬탄했다. 이완이 흙이 잔뜩 묻어 있는 원석을 발굴한 건 맞다. 하물며 다른 것도 아니고, 시간 여행자다. 왜 사람들은 이 사람의 가치를, 이완이 이렇게 드러낼 때까지 모르고 있었을까.

앤드류는 한숨을 쉬었다. 자신이 잘못 생각하고 있었다. 이 여자가 이완을 거절했다 해서 '감히' 라는 말을 들을 이유는 없다. 다만, 이 여자가 이완을 거절한 이유는 잘 이해가 되지 않았다. 앤드류가 생각하는 이완은 여느 시시껄렁한 20대 남자들 따위와는 비교가 안 될 정도로 깊이가 있고 속이 실한 사내였다. 그래서 사실, 선택은 자유라지만, 이완을 거절했다는 저 여자에 대해 감정이 썩 좋은 상태는 아니었다.

"박 실장님을 만나러 왔어. 전화가 안 돼서."

"실장님은 위에 있습니다만, 민호 씨를 만나고 싶지 않다고 했어요."

민호는 그 자리에 가만히 서서 복잡한 얼굴로 앤드류를 바라보았다. 앤드류는 잠시 망설였다. 그냥 가만히 서 있도록 내버려 두었다가 쫓아내고 싶었다. 이완이 그녀의 전화를 차단한 것은, 찾아와도 만나고 싶지 않다는 의미일 것이다. 자고로 남의 연애사엔 참견하면 안 되는 법이라 배웠다.

하지만 다른 사람도 아닌 박이완이 처음으로 받아들였던 여자, 그렇게 애틋하고 특별하게 생각하는 여자다. 이완이 이번에 뉴욕으로 가서 다시는 한국으로 안 온다 했으니, 어쩌면 저 여자와의 인연도 이것으로 끝날 가능성도 높았다. 아마 그에게 길게 상처가 될 것이다. 민호는 덤덤한 표정으로 고개를 끄덕이며 말했다.

"아마 화가 났을 거야. 내가 실수한 게 있거든. 사과하러 온 건데, 안 만나겠다면 미안하다고 메모 한 장 남겨 놓고 갈게. 그건 괜찮겠지?"

앤드류는 고개를 끄덕이고 별실로 안내해 메모지와 펜을 건네주었다. 민호는 의자 위에 놓인 화각함을 물끄러미 보며 한숨을 쉬었다. 그녀가 손을 내밀어 밀랍으로 인봉한 자물통과 우각판 표면을 가만히 쓰다듬는 것을 보고 앤드류가 툭 물었다.

"열쇠를 못 찾아서, 얼만지 모르지만 약속한 보수를 못 받게 되어서 애석하십니까?"

"음? 아니. 그냥. 사람들이 생각나서."

민호는 머쓱하게 웃었다.

"덕희는 어떻게 지내고 있을까. 아기 낳으면 내가 보러 가기로 했는데. 그 해에 죽는다고 했으니 아이 낳기도 전에 죽었으려나. 보고 싶어서."

"슬프지 않습니까?"

"슬프지만 사람은 어차피 다 죽으니까. 나는 어차피 현재엔 죽어 묻힌 사람들을 만나기 때문에, 내가 마주친 그 순간에만 집중하고, 생각을 미래까지 길게 빼지 않는 습관이 있어."

앤드류는 눈썹을 찌푸리고 머리를 긁었다. 이해가 쉽지 않다. 이 여자가 우리와 다른 점은 이런 걸까? 그래서 이 여자에게 바람이 깃들어 있는 것처럼 느껴지는 걸까. 이완은 그것을 자신이 감당할 수 있을 거라 생각했을까?

"이 화각함을 보고 그 여자밖에 생각 안 나나요? 다른 사람은?"

"앤드류, 김준일 교수님, 박 실장님, 그리고 그곳에서 만났던 사람들 정도는 나중에도 종종 생각나겠지."

앤드류의 눈썹이 구겨졌다. 나는 그렇다 쳐도, 이완이 겨우 덕희라는 여자, 고작 며칠 동안 함께 지낸 그 여자만큼밖에 기억 안 되는 사람인가?

당신 말이야. 이완에게 당신이 어떤 의미로 각인된 줄은 알고 있어?

물론 앤드류도 알고는 있다. 이건 자신이 해야 할 말이 아니라는 것을. 이완이 모든 걸 덮고 뉴욕으로 가겠다고 했으니, 더 이상 말을 덧대면 안 된다. 앤드류는 입을 꾹 다물려 애썼다.

하지만 분해서 견딜 수 없었다. 지금은 중간에 몹쓸 일이 끼어들어서 사이가 틀어지긴 했지만 그는 여전히 이완을 가장 친한 친구이자 형제로 생각했다. 그런 이완이 깊게 상처를 입고, 말 한 마디 못 하고 앓고 있는 것이 못 견디게 화가 났다. 앤드류는 불쑥 말했다.

"댁은 잘 모르는 모양인데. 제가 보기에 이완은 정말 괜찮은 남자예요."

민호는 뭔 뚱딴지같은 소리를 하느냐 하는 눈으로 앤드류를 쳐다보다가 코를 실룩이며 웃었다.

"남자 눈으로 보기엔 괜찮아 보이겠지. 내 눈으로 보기에도 좋아 보여. 마스크 되지, 돈 잘 벌지, 여자 간 보고 찔러 보는 능력은 또 오죽이나 좋아."

"무슨 말이에요? 이완은 좀 보수적이긴 해도, 생각하는 건 반듯하고, 착실해요."

민호의 입술 끝이 살짝 비틀렸다. 초록은 동색, 가재는 게 편. 끼리끼리 엄호질이냐. 내가 박이완 '애인 따로 원나잇'의 산증인이다. 모조리 구워 먹어도 시원찮을 오징어 낙지 새끼들아.

앤드류는 여자의 비웃음을 이해할 수 없었다. 앤드류가 알기로, 이완은 저런 비웃음을 당할 이유가 없다. 민호의 웃음이 입술 속으로 스며들었다.

"글쎄. 여자에 대해 생각하는 것도 반듯하고 착실한가?"

"그건 내가 장담해요. 나이답지 않게, 남자는 어떤 상황에서든 여자를 보호해 주어야 한다는 말도 종종 했고, 한번 자기 사람이 되었으면 끝까지 책임도 집니다. 결혼할 여자에게만 마음을 줄 거라는 말도 여러 번 들었어요."

앤드류는 한 발 앞으로 나서서 열심히 변명을 해 주었다. 하지만 여자는 그의 대답이 딱히 마땅치 않은 듯 귓바퀴만 긁었다.

"그건 그렇네. 서바이벌 능력이 나보다 한참 모자라면서 어떻게든 몸으로 땜빵하려 했단 말이야. 나이답지 않게 구닥다리네?"

"아주 구닥다리는 아니에요. 오글거려서 차마 입에 못 담을 낭만적인 로망도 몇 개 있긴 하죠."

여자에게 고백을 할 때는, 여자의 몸이 푹 파묻힐 만큼의 꽃다발을 준비해야 한다는 고리타분한 믿음부터, 어릴 적 물려받은 반지라든가, 포춘 쿠키를 동원한 해묵은 이벤트나 위스키가 듬뿍 든 봉봉 초콜릿 따위가 그의 프러포즈 계획 속에 포함되어 있었다.

앤드류는 철벽 사나이가 첫날밤 침실과 욕조에 가득 차 있는 장미꽃잎이나, 반투명 베일과 아로마 향초 따위로 둘러싸인 침대를 면밀하게 구상하고 있다는 것을 알게 된 날, 그 멀쩡해 보이는 당숙이 사실은 진정한 변태가 아닐까 하고 진지하게 고민하기도 했다.

민호는 철벽 사나이의 낭만적 로망 따위는 별로 궁금하지 않았다. 앤드류가 무언가를 생각하며 괴상한 표정을 짓는 것을 보니 '낭만적 로망'이라는 말에 더욱 신뢰가 가지 않았다. 민호는 시큰둥하게 컴퓨터 화면만 들여다보았다.

"그리고, 음······. 이완은 말이죠. 정말 남자치고는 정말 특이한 인간이긴 한데요. 이걸 보수적이라 해야 할지 낭만적이라 해야 할지 바보라 해야 하는지 잘 모르겠는데."

"응?"

"그 인간은 혼전 순결 주의자예요. ······였어요."

푸하! 콧물이 튕겨 나갈 정도로 강렬한 콧방귀가 터졌다.

"거참 편하네. 기회만 닿았다 하면 아랫도리를 휘두르고 다니는 게 남자들의 혼전 순결주의야?"

"무슨 말이에요?"

"무슨 말이긴. 재수 없게 남자끼리 실드 치지 말라는 거지. 그따위 편리한 혼전 순결 주의는 우리 집 토마스 폰 에디슨에게나 줘 버려. 걔가 먹고 예쁜 똥으로 싸 줄걸?"

에이. 참자, 참아. 그래도 사과하러 온 거니까. 민호는 투덜투덜하며 입을 다물었다. 앤드류는 무슨 말인지 몰라 눈을 동그랗게 떴다.

메모지에 쓰기를 마친 민호는 그것을 한 번 접어 앤드류에게 건넸다. 앤드류는 받을까 말까 머뭇거렸다. 직접 가서 전해 주라는 말이 나올까 봐 민호는 냉큼 시선을 돌려 노트북 화면을 바라보았다.

노트북 화면은 낯선 방 안의 풍경을 비추고 있었다. 머리가 허연 환자가 눈을 감고 누워 있다. 간병인이 환자의 링거액을 바꾸는 모습이 보인다. 카메라는 일정한 간격으로 방 전체의 모습과 기계의 모습, 환자의 전신 모습, 그리고 환자의 얼굴을 클로즈업해서 비추었다.

"이 할아버지는 누구야?"

"아? 이완이 언제 카메라를 설치했지? 제임스예요. 뉴욕에서 누워 있는 박 실장님 아버지죠."

"나이가 엄청 많으시네."

"네. 지금 80이 넘었죠. 50줄에 이완을 얻은 걸로 알고 있어요. 이완이 일곱 살 때던가, 이완의 친어머니가 죽은 다음부터 맡아 키우기 시작했다고 들었어요."

"어지간히 못된 아버지였다며? 박 실장님, 외가 쪽 친척은 없대?"

"아마 없는 것 같아요. 이모가 있었는데, 이완을 데려다주고 바로 돌아가셨죠."

"그래. 얘긴 들었어. 그 이모하고 나하고 눈이 닮았다고 하더라고."

미라처럼 쪼그라든 노인에게선 그래도 흰 수염이 드문드문 돋아 있다. 제임스, 제임스 박. 화면이 갑자기 부산해진다. 방 안으로 새로운 사람이 들어선다. 얼마 전에 얼굴을 보았던 켄터키 프라이드 치킨 할아버지가 화면에 나타났다. 그는 간병인과 이야기를 나누고, 걱정스러운 듯 허리를 굽혀 의식 없는 노인의 얼굴을 살폈다. 앨버트. 앨버트 황이라고 했던가. 옆에 있는 앤드류의 아버지이자 박 실장님의 완전 소중한 사촌 형님인 백발 영감님이었다.

"제가 이완에게 민호 씨 왔다고 한번 말을 해 볼 테니, 조금만 기다려 주시겠어요?"

앤드류는 쪽지를 화각함 옆에 놓은 채, 조심스럽게 자리에서 일어섰다. 민호는 가타부타 대답하지 않고 입술을 비쭉 내밀었다. 됐네요, 하고 싶지만 말이 나오지 않았다. 솔직히 말하자면 민호 역시 그를 한 번 더 만나 보고 싶었다. 그냥 가자니 발이 바닥에 쭈욱 들러붙은 기분이었다. 무슨 말이든 해서, 풀어야 할 것이 있다면 풀고 싶었다.

민호는 별실에 혼자 앉아서 화면에 시선을 고정했다. 제임스에게 고정된 근접화면은 흡사 정지화면처럼 보였다. 빌어먹을 노인네. 이번 사건의 진짜 원흉이 이 영감님이지. 춘방 여사한테 그 중요한 열쇠를 물려받아 놓고도 기억을 전혀 못 했다면서.

이 영감님이 열쇠를 어디다 두었는지 기억만 했어도, 저 깐깐이 박 실장이 김준일 교수님하고 거래 따위도 안 했을 거고! 미남에 약한 나한테 일이 떨어지지도 않았을 거고! 저 인간까지 끌고 시간 여행을 갈 일도 없었을 거고! 거기서 살랑살랑 봄바람은 생략하고 낭만은 콧물에 밥 말아 먹은 남녀 상열지사를 찍을 일도 없었을 거고! 당당하게 양다리를 걸겠다는 두발인지 삼발인지 때문에 심란의 토네이도에 휘말릴 일도 없었을 것 아니냐고!

민호는 관자놀이를 지그시 눌렀다. 중간에 사라진 열쇠는 어디로 갔을까. 죽어 사라진 춘방 여사는 어떻게 일곱 살 제임스에게 열쇠를 주었을까? 아무도 기억하지 못하는 그 열쇠. 내가 한 걸음만 더, 조금만 더 팔을 뻗었으면 손에 잡혔을지도 모르는 그 열쇠.

그 열쇠 하나 때문에 온갖 고생을 하고 소득 없이 돌아가는 누군가를 생각하니 콧부리가 욱신거렸다.

……그래도 열쇠만큼은 내 손으로 찾아 주고 싶었는데.

그는 천문학적인 유산을 모조리 허공에 날리고 냉정한 척, 괜찮은 척하며 평생을 상실감에 젖어 살아가야 할 것이다. 양다리 삼다리 나쁜 새끼 개새끼 욕은 했지만, 어느새 속에서 다시 자라난 감정은 맹렬히 아파 죽겠다고 호소를 하고 있다.

민호는 허리를 구부리고 노트북 화면에 얼굴을 가까이 댔다. 손가락을 내밀어 그의 얼굴을 가만히 쓰다듬었다. 미라 같은 얼굴에 손가락을 댔을 때, 손끝에서 컴퓨터의 열기가 느껴졌다. 민호는 조그만 소리로 중얼거렸다.

"제임스 영감님. 내가 가면, 내가 당신이 아주 어렸을 때로 찾아가면 열쇠가 어디 있는지 기억 좀 해 주면 안 돼?"

물론 계약도 끝났고, 댁의 아들은 유산이고 열쇠고 다 집어치운다고 했지만 그 사람이 그렇게 아파하는 거 보고 싶지 않아. 오래전에 아팠던 흔적을 보는 것만도 그렇게 싫었는데, 앞으로도 길게 아플 거 생각하면 차라리, 그냥 내가 힘들고 아프고 싶어.

"그리고 댁을 만나면, 나중에 커서 어른이 되어서 어린 아들이 집에 찾아왔을 때 학대하지 말고 제대로 키우라고 경고도 좀 해야겠다고. 엉?"

당신 아들, 당신한테 이유도 없이 맞으면서 많이 아팠다고. 지금도 상처가 남아 있고, 이대로 유산을 날리면 평생을 아프게 살아가야 한다고.

왜 아들한테 그런 잔인한 짓을 하냐고. 응?

민호는 중얼거리던 것을 멈추고 허리를 폈다. 이완은 내려오지 않는다. 구질구질 기다리지 말고, 쪽지만 남겨 놓고 가야 한다는 뜻이었다.

안다. 아는데, 발이 떨어지지 않는다. 찌질한 년, 미련한 년. 민호는 부레가 녹을 듯 한숨을 쉬었다. 빌어먹을 게 정이라더니. 2층에서 나를 피하여 숨어 있는 사람이, 일주일 후, 혹은 한 달 후 뉴욕의 어느 어두컴컴한 방에서 첼로를 끌어안고 밤을 새울까 봐 걱정스러워 미칠 것 같다.

밖의 유리문을 열고 나서던 민호는 누군가 뒷골을 당기는 듯한 느낌에 콧잔등에 주름을 잡고 뒤를 돌아보았다. 뭔가 자꾸 거슬린다. 제임스, 제임스 박. 열쇠를 잃어버린 할아버지. 어딘가 둥둥 떠다니고 있을 열쇠. 이빨 사이에 고춧가루가 낀 것 같은데 도무지 뺄 수 없는 그런 기분이다. 제임스, 제임스 영감님. 열쇠의 행방을 알고 있었던, 지금은 잊어버린 유일한 상속자.

어떻게 할까, 나는 어떻게 할까. 어떻게. 어떻게.

민호는 유리문을 잡고 선 채 고개를 확확 돌렸다. 가자, 가야지. 눈앞에는 햇살이 환하게 내려앉은 인사동 거리가 펼쳐져 있었다. 유리문 위에 달린 청동 풍경이 달랑달랑 소리를 냈다.

○ ● ○

"괜찮아. 무슨 일이야?"

이불을 걷고 일어나 앉은 이완은 아까보다는 진정한 것 같았지만 분위기는 전혀 나아지지 않았다. 붉게 부풀어 오른 뺨을 제외하고도, 그의 말투나 움직임, 표정에서는 분노, 좌절, 허탈함 따위의 감정이 무시로 교차했다. 문가에서 우물우물하는 앤드류의 대답을 듣고 이완은 눈썹을 확 찌푸렸다.

"왜 왔대?"

"사과하러."

"됐어. 고소당할까 봐 겁이 났나 보지. 알았다고, 가라고 해."

"이봐, 나중에 얼마나 후회하려고 그래? 그냥 지금 한 번만 내려가 보면 되잖아. 뭐라 하는지 말만 한번 들어 보면 되잖아. 그 여자, 좀 단순하고 욱하는 데가 있지만 나쁜 여자가 아니란 건 알잖아."

"그건 너보다 내가 더 잘 알아. 하지만, 난 할 만큼 했어."

지저분한 움막, 더러운 거적 위에서 자존심이고 뭐고 다 팽개치고 애걸도 했고, 오늘은 제대로 된 고백도 했다. 도저히 잘못 알아듣거나 오해하지도 못할 만큼 확실하게 했다. 자꾸 엉뚱하게 말을 돌리기에 제대로 된 대답을 강요했다가 못 들을 욕을 폭포처럼 먹고 목이 돌아갈 정도로 따귀까지 맞았다. 이 지경이면 끝내야지, 나한테 더 이상 뭘 어떡하라고?

"그냥, 한번 만나 봐. 지금 이러는 사이에 가 버리면 나중에 얼마나 후회할 건데. 너 사실 그렇게 쿨한 인간은 아니잖아. 아니, 오히려 뒤끝이 작렬이지. 뉴욕에 가서 속을 얼마나 길게 태우려고?"

"……앤디. 참견이 과해. 내 속이 타든 말든 네 일은 아니지. 그리고 그 일을 너에게 화풀이할 정도로 모자란 인간은 아니니 신경 꺼."

"야. 당숙 형님, 제발 부탁이니 이렇게 말씨름할 시간에 그냥 가서 얼굴 딱 내밀고 알았다고, 가라고 한 마디 하라는 거야. 그런 거 나한테 시키지 말고."

"너는 내가 피곤할수록 어지간히 시끄럽지. 나한테 제대로 속을 털어놓지도 않으면서 웬 오지랖이 그리 넓어?"

이완은 길게 한숨을 쉬더니 이불을 뒤집어쓰고 돌아누웠다.

"나가. 난 세상에서 오지랖 넓은 인간이 제일 싫어."

별실은 비어 있었다. 앤드류가 문을 열고 밖으로 나가 보았지만, 거리는 주말을 맞아 쏟아져 나온 연인들로 북적일 뿐 민호의 모습은 보이지 않았다.

"한 시간이나 기다릴 리가 없다고 했잖아. 왜 사람을 귀찮게 해."

이완은 별실을 한 바퀴 빙 둘러보더니 코웃음을 치고 만다. 앤드류는 어깨를 축 늘어뜨리고 한숨을 쉬었다. 좀 진작 내려오면 좋잖아. 아무리 사과하러 왔어도 어떻게 한 시간을 기다려. 앤드류가 무슨 말을 해야 할지 몰라 우물우물하자 이완은 손을 저으며 말을 끊었다.

"됐어. 어차피 길게 볼 사람 아니고, 구태여 쫓아갈 일도 아니야. 사과 한

마디 받자고 얼굴 맞대고 싶지도 않다. 너도 여기서 전시회 마무리 작업 확인하고 뉴욕으로 돌아가. 앨버트는 벌써 귀국했지?"

"어, 음. 집, 집에 도착한 거 확인했어. 제임스 할아버지 방에 간병인하고 같이 있었어. 상태가 어떤지 보고 있는 것 같아."

"여기 계시는군."

이완은 노트북의 화면을 자세히 들여다보았다. 익숙한 방의 모습이 보인다. 뉴욕 롱아일랜드 머튼타운에 있는 이완의 집, 아버지가 누워 있는 방이다. 구완을 하는 간호사 출신의 고용인이 그의 곁을 항상 지키고 있다. 그 곁에 흰 수염이 보기 좋게 난 풍채 좋은 노인이 서 있다.

삑삑 소리를 내고 있는 기계와 그곳에 주렁주렁 달린 줄 덕분에 아버지는 이상한 괴물처럼 보였다. 사실 현재 숨만 쉬고 있는 저 사내는, 아무런 존재 가치가 없다는 점에서 돌멩이나 동화책 속 괴물과 여일했다. 다만 한 가지, 유언의 집행 여부가 저 노인의 숨통에 직결되어 있어 그 가치만이 유일했는데, 이제 유산을 포기하고 나니 그야말로 쓰레기장에 내놓은 물건처럼 느껴졌다. 뒤에서 앤드류가 조심스럽게 묻는다.

"월요일부터 특별전시실 닫고 유물 반송을 위한 포장 작업 시작한다고 연락 왔어. 월요일쯤 가서 검수하고 상태 점검, 사진 촬영 들어가야 할 거야. 칼리도 같이 가야 할걸."

"네가 최종 검수 작업을 해. 난 이제 그것들 별로 보고 싶지도 않아. 내 손을 조만간 떠날 거니까."

앤드류는 가만히 고개를 수그렸다.

"넌 어떻게 나를 믿고 이래? 내가 유물에 무슨 깽판을 놓을지 알고?"

"깽판을 놓든 말든 이제 무슨 상관이지? 원하는 대로 해. 속이라도 시원하게. 다만 그럴 경우 책임도 네가 져야겠지."

쌀쌀맞은 대거리에 앤드류는 허탈하게 웃었다. 이완의 태도는 지난번 화각함을 들고 뉴욕으로 도망친 이후로 계속 이 상태였다.

하지만 이상한 것은 이상한 것이다. 예전처럼 허물없고 다정한 태도는 사라졌지만, 맡기는 일에 대해서는 예전과 크게 달라진 것이 없었다. 외려 그 반대가 되어야 마땅하지 않을까? 정말 자신을 믿지 않게 되었다면, 겉으로는 여전히 따뜻하게 말할지라도 일을 맡기는 짓은 하지 못할 텐데.

앤드류는 몰래 시선을 돌려 이완의 얼굴을 훔쳐보았다. 이완은 팔짱을 끼고 노트북 화면을 물끄러미 내려다보고 있었다. 아무런 감정도 없는 것 같은 얼굴이지만 자세히 살펴보면 수많은 감정이 얽혀 흘러가고 있었다. 화면 안에서는 덥수룩하게 흰 수염을 기른, 인자한 표정의 노인이 걱정스러운 얼굴로 침대 위에 누운 사내를 들여다보고 있었다.

간병인과 무슨 대화를 나눈 앨버트가 간병인에게 짧게 손짓했다. 간병인이 고개를 끄덕이며 밖으로 나가고, 앨버트는 걱정스러운 얼굴로 침대 곁에 앉았다. 그는 의식이 없는 환자의 얼굴을 한참 동안 살피고, 기계에서 움직이고 있는 그래프를 들여다보았다.

앤드류의 등으로 서늘한 기운이 일었다. 화면 속에 보이는 사내의 움직임에서 유연함이 사라졌다. 그는 등을 곧게 펴고 일어서서 비쩍 말라 해골처럼 누워 있는 사내를 내려다보았다.

"아, 아버지…… 이완."

앤드류는 뻣뻣한 목소리로 뒤에 서 있던 사내를 불렀다. 이완의 얼굴에서도 천천히 긴장감이 오르기 시작했다.

"이완. 지금……."

"조용."

두 사람과 노트북 화면 사이로 팽팽한 긴장감이 흘렀다. 침대 위에 누운 늙은 사내의 얼굴이 미라와 흡사했다면 그를 내려다보는 흰 수염 노인의 인자한 얼굴은 시커멓게 색이 죽은 시체처럼 보였다.

앨버트는 몸을 돌려 방문을 걸어 잠그고, 의자에 걸려 있던 흰 수건을 잡았다. 앤드류의 얼굴이 새파랗게 질렸다.

"아버지! 뭐 하시는 거⋯⋯."

앨버트는 수건을 미라처럼 마른 사내의 목에 감고 천천히 누르기 시작했다. 침대에 누운 사내는 여전히 미동도 하지 않았다.

앤드류가 황급히 이완의 얼굴을 쳐다보자 이완은 손을 들어 그를 진정시키고 전화기를 꺼내 빠르게 번호를 눌렀다. 이완의 얼굴엔 그리 놀란 기색이 없었다. 다만 예견되어 있던 짜증스러운 상황을 처리하는 공무원처럼, 유감스러운 표정을 했다.

"환자 위험합니다. 지금 당장 들어가세요."

팽팽하게 긴장된 순간이 전화를 끊고도 한동안 이어졌다. 만약 정상인이라면 침상 위에서 맹렬한 몸싸움이 벌어졌을 것이지만, 침대에 누운 사람은 눈꺼풀 하나 제 마음대로 움직이지 못했다. 시체처럼 마르고 주글주글한 상태로 저렇게 당한다면 제대로 표시도 나지 않을 것이고, 그동안 종종 심정지가 왔던 환자라 이대로 죽는다 해도 이상하게 생각할 사람은 없다. 피 말리는 잠시의 시간이 무한정 길게 느껴졌다.

갑자기 앨버트가 몸을 일으켰다. 그는 놀란 듯 방문 쪽을 보더니 목을 누르고 있던 흰색 수건을 급히 제자리에 걸어 두었다. 그가 황급히 문을 열자 간병인과 거대한 체구의 경비가 방 안으로 들이닥쳤다. 간병인이 방문을 가리키며 왜 문을 잠갔느냐 따지는 것처럼 보인다. 앨버트는 태연하게 손을 저으며 무어라무어라 대거리를 한다. 누워 있는 사내는 죽을 고비를 넘긴 지금이나 죽기 직전이나 똑같이 말라비틀어진 시체처럼 보였다.

"네 아버지가 마음이 급하셨다. 어느 정도 예상은 해서 바로 카메라를 설치하게 한 거지만, 가자마자 바로 저런 짓을 하다니."

이미 이럴 줄 알고 있었다는 듯, 이완은 차갑게 말을 던졌다. 앤드류는 자리에 털썩 주저앉았다. 어, 어떻게? 어떻게? 얼빠진 듯 중얼거리는 조카에게 이완은 조금 누그러진 목소리로 말했다.

"네 아버지는 시간 여행자의 존재를 알고 있어. 이번 열쇠 찾는 건 실패했지만, 민호 씨가 어쩌면 찾을 수도 있다고 생각한 거지."

앤드류의 어깨가 크게 들썩이는 것을 본 이완은 그의 곁에 무릎을 접고 앉아 그의 어깨를 가만히 두드렸다.

"너 먼저 귀국해라. 아버지가 늙은 나이에 살인죄로 재판받게 할 생각은 아니겠지? 확인 검수 작업은 내가 하지."

별실을 나서려 몸을 돌린 이완은 그제야 화각함 옆에 놓인 작은 쪽지를 발견했다. 혹시 민호 씨가 남긴 건가? 이완은 떨리는 손으로 쪽지를 폈다. 여자의 서체는 성격을 닮아서인지 바람처럼 시원시원하게 날아가는 모양새였다.

박 실장님.

아까 때린 거 정말 미안하게 생각해. 내가 잘못했어. 사과할게. 그건 정말 내가 잘못한 거야.

얼굴을 보고 사과하고 싶지만 만나고 싶지 않으면 안 만날 권리가 있지. 그래서 메모 남겨 놓고 가.

뉴욕으로 바로 돌아간댔지? 그럼 나도 여기서 인사할게.

잘 가. 가서 건강하고, 돈 많이 벌고 훌륭한 골동품 장사꾼이 되길 빌어 줄게.

인연이 되면 또 만나겠지. 그때는 나도 좀 괜찮은 여자가 되어 있을지도 몰라. 평생의 운때를 몰빵한다면, 당신 비슷하게 잘생긴 남자의 마누라가 되어 있을지도 모르지. 만약 반가우면 먼저 알은체해 줘. 싫으면 그냥 모르는 척하고 지나가도 돼. 나 눈치가 없긴 해도, 잘나가는 사람들한테 알은척, 친한 척 들러붙는 짓은 안 하거든.

음. 진지하게 충고하는데, 사실 박 실장님은 연예인이 되면 좋겠어. 골동품 따는 아저씨를 하기엔 얼굴이 너무 잘생겼어.

그동안 고마웠어.

윤민호,

짧은 쪽지를 한참 되풀이해 읽던 이완은 앤드류가 고개를 기웃하자마자 와그작, 한 주먹에 쪽지를 구겨 버렸다. 그는 주머니에서 전화를 꺼내 익숙한 번호를 눌렀다. 하지만 길게 신호가 가도 여자는 전화를 받지 않았다. 이완은 두 번 전화를 걸지는 않았다. 그걸로 끝이었다. 그는 고개를 숙이고 한동안 숨을 고르더니 이내 차분하게 표정을 정리하고 앤드류를 바라보았다.

"이젠 됐어. 이 여자에 대해서는 더 이상 아무 말도 안 해 주었으면 좋겠어."

13.
제임스—천둥의 아들

온통 깜깜하다. 꽤 널찍한 골방인데 커튼이 쳐 있어 빛이 제대로 들지 않는다. 갑자기 털옷이 후끈하게 느껴지는 걸 보니 가을 날씨 정도 되는 것 같다.

부스럭부스럭, 먼발치에서 인기척이 느껴졌다. 그래도 여전히 아무것도 보이지 않는다. 귀만 한껏 예민해졌다. 훌쩍, 훌쩍훌쩍. 코를 흐릭대는 소리가 자그마하게 새 나왔다.

민호는 숨을 죽였다. 머리가 온통 복잡한 중에 혹시 모른다는 생각으로 거의 충동적으로 화각함을 타고 이동했다. 열쇠가 바뀐 것을 감안하여, 화각함이 보여 주는 길의 거의 끝자락을 타고 들어왔다. 어쩌면 덕희나 춘방이 아닌, 전혀 다른 사람을 만날지도 모른다고 생각했다.

그랬더니 뜬금없이 컴컴한 방에, 우는 소리가 들린다. 게다가 이 소리는 분명, 많아 봐야 일고여덟 살, 얼마 전까지 자신이 가르쳤던 딱 그 또래 아이들의 울음소리다. 눈이 어둠에 익으며 어스름하게 윤곽이 보였다.

"엄마는 나빠요. 엄마는 나빠요. 흐어어, 흐어. 난 잘못하지 않았어요. 문 열어 주세요."

우는 목소리가 약간 잠긴 걸 들으니 한참 동안 갇혀 있던 모양이다. 반성 좀 하라고 격리된 공간에서 벌을 받는 건가? 하지만 타임아웃 공간으로 쓰기에 이 방은 지나치게 어둡고 무서웠다. 게다가 아이는 지금 반성이라기보다 무언가 억울한 것 같았다. 밖에서 엄한 목소리가 흘러들어 왔다.

"아직도 뭘 잘못했는지 모르겠어, 지미? 그러면 한참 더 생각해 봐!"

"엄마가 물건 지저분하게 내버려 두면 밥 안 준다고 했잖아요. 난 엄마 말을 들은 거예요."

울음소리가 좀 더 커졌지만 소년은 끝까지 잘못했다는 말을 하지 않았고, 밖에 서 있는, 어머니로 짐작되는 여자도 고집을 꺾지 않았다. 잘못했다고 할 때까지 거기 있어! 몹시 화가 난 목소리와 함께 슬리퍼 소리가 멀어졌다.

어지간하면 싹싹 빌고 밖으로 나갈 법도 하련만 꼬맹이는 그렇게 하지 않았다. 훌쩍훌쩍 울다가 문 앞에서 지친 듯이 주저앉아 늘어졌다. 어둠이 눈에 익자 아이가 하는 행동이 선명하게 눈에 들어오기 시작했다.

희미한 빛으로 꼬마의 웅크리고 앉은 윤곽이 보였다. 동그랗게 구부린 등에 줄무늬 셔츠와 멜빵 달린 긴 바지를 입고 있었다. 바지의 무릎과 셔츠 팔꿈치 부분에는 동그랗게 덧댄 가죽이 보인다. 옆으로 보이는 꼬마의 뺨은 눈물이 얽혀 지저분했다. 하지만 눈이 큼직하고 볼이 통통하고 턱이 갸름한 데다 입술이 얇고 선명해서 꼭 귀공자 도련님처럼 생겼다.

민호는 일단 꼬맹이와 협상을 하기로 마음먹었다. 보아하니 이 침침한 골방은 잠겨 있는 것 같다. 혹시 저번에 병풍을 타고 들어왔던 곳인가 하고 기웃거렸지만 전혀 다른 곳이었다. 이상하네. 화각함은 뉴욕에 있었다고 들었는데. 외국이라기엔 한국어가 계속 쉥쉥 들어오는 것도 아무래도 요상하기 짝이 없다. 정황을 파악하고 나가 보든 말든 해야 할 것 같다.

저 꼬맹이를 어찌 구워삶아 내 편을 만들 것이냐.

민호는 잠시 고민하다가 소리 나지 않게 겉옷을 벗어 들고 둘둘 만 후, 머리를 묶은 머리끈을 풀었다. 다행히, 선정이가 모양을 내어 묶어 주는 바람에 머리끈은 두 개가 들어 있었다. 털옷의 반소매 부분을 둥글게 뭉쳐 머리끈으로 묶고 이리저리 뭉치자, 엉성하지만 곰 모양이 완성되었다. 아니, 귀 달린 눈사람과 비슷했는데, 눈 코 입은 보이지 않았다. 민호는 뒤에 서 있는 빗자루 기둥에 그것을 끼워 책상 밖으로 비죽 내밀었다.

"헤이. 이봐, 뭐가 그렇게 억울한데?"

"누, 누구세요? 어, 아빠 부를 거예요. 히익!"

소년은 정체불명의 흰 털 뭉치를 보는 순간 그대로 엉덩방아를 찧었다. Mommy! Mom! Help! Daddy! John! Sandra! Monster! 겁에 질린 비명이 터져 나왔다.

이런 제기랄. 애는 왜 사람 헷갈리게 한국말하고 영어를 섞어 쓰고 그런다냐.

하여간 지금 이 자리에서 애가 문을 두드리기라도 하면 바로 들킬 판이라, 일단 아이들 진정시켜야 했다. 민호는 유치원 교사 7년의 경력을 총동원하여, 인형극에서나 볼 수 있는 가장 과장되고 우스꽝스러운 코맹맹이 소리를 짜냈다.

"누구긴 누구야, 억울한 이야기를 들어 주는 요정이지."

본격적으로 소리 지르려던 소년은 입을 가리고 눈을 커다랗게 떴다. 하긴 놀라는 게 당연하다. 나무로 된 커다란 책상 뒤에서 눈사람 모양의 큼직한 털 뭉치가 튀어나와 흔들거리는데 안 놀랄 사람이 어디 있겠나. 하지만 내가 대뜸 나가는 것보다는 꼬꼬마한테는 이렇게 나가는 게 맞을 것 같다. 게다가 이 한국말과 영어를 섞어 쓰는 꼬맹이로부터 사전 정보를 최대한 많이 얻어서 나가야 했다. 민호는 얼른 쉿, 소리를 내며 소리를 지르지 못하게 막았다.

"요정이요?"

"그래. 억울한 이야기를 들어 주는 요정이야. 이렇게 귀가 큰 거 보면 모르겠어? 요 근처에서 갑자기 굉장히 억울한 사람이 있다는 느낌이 와서 얼른 와 봤지."

"어, 저, 정말이요? 맞아요. 나 억울해요."

목소리에서 두려움이 절반쯤 걷혔다. 민호는 작은 소리로 소곤거렸다.

"자, 그런데 내가 입이 없어져서 그런지 말하기가 아무래도 불편해서 변신을 할 건데. 너 잠깐만 눈 감고 속으로 스물까지만 세 봐."

"스물이요?"

"스물! 열도 안 되고 열다섯도 안 돼. 그리고 만약 엄마를 부르면 나는 그냥 가 버릴 거야. 다시는 오지 않을 거야."

꼬마는 조막만 한 손으로 눈을 꼭 가리고 조그맣게 하나, 둘 세기 시작했다. 셀 때마다 멜빵이 걸린 작은 어깨가 실룩실룩 움직이는 것이 보였다. 민호는 얼른 고무줄을 풀어 버리고 옷을 입은 후 입성을 정리했다. 최대한 요정처럼 보이……기는 개뿔이고 몬스터, 오크처럼 보이지는 말아야 할 것 아니냐고.

민호가 책상 밖으로 나가 허리를 펴고 꼬마를 내려다보자 꼬마가 스물, 입속으로 조그맣게 중얼거리며 고개를 들었다.

"어?"

꼬마의 눈이 동그랗게 변하며 입술이 배시시 말려 올라갔다. 눈이 반짝반짝, 콧구멍이 발름발름, 입술 양쪽 옆으로 귀여운 보조개가 쏙 팬다. 세상에, 이렇게 예쁜 꼬마가 있다니. 민호는 요 또래 꼬마들 중 이렇게 예쁜 아이는 처음 보았다. 비록 눈물 땟국에 절긴 했어도 요 아이가 자라서 대

217

단한 미남자가 되리라는 것은 미래를 보는 수정 구슬이 아니라도 얼마든지 예언할 수 있다. 너 진짜 예쁘다, 하는 말이 저절로 나오려는 순간 꼬맹이의 입에서 우와, 하는 소리가 흘러나왔다.

"저, 정말 요정이 있네."

"있으니까 지금 이렇게 떠들고 있잖냐."

"요정은 정말 예쁜 거 맞네요. 동화책에서만 예쁜 줄 알았어요."

순간 민호의 가슴에서 뜨거운 무엇인가가 용솟음쳤다. 으아니, 세상에! 이런 천대에 걸쳐 대대로 돈벼락을 맞을 놈 같으니! 세상에 이런 천사 같은 어린이가 세상에 존재하다니! 저 해맑은 눈으로 그런 말을 하면 나는 어떡하란 말이냐!

"별님 요정 같아요. 억울한 거 들어 주는 요정이 아니고요. 눈도 코도 입도 귀도 별님처럼 예쁘게 반짝반짝 빛나잖아요."

오 마이 갓. 세상에 나 이 시대가 언젠지는 모르지만 이거저거 다 팽개치고 이 시대에 눌러앉아 버릴란다. 여기서 백 년이고 천 년이고 유치원 선생님이나 하고 살란다. 내 팔자에 이런 말을 들어 볼 날이 오다니!

그, 그래. 사실 해님인지 별님인지 하여간 반짝이 요정이고말고. 지금까지 대한민국 유치원 교사로서, 진상 학부모와 겨루어 쌓은 공덕이 있으니 살면서 한 번쯤 별님 요정 소릴 들어 본다 해도 크게 죄받을 일은 아니지 않겠느냐. 생각이 끝나기가 무섭게 어린 소년의 사연이 쏟아지기 시작한다.

"요정님은 이빨 요정 알아요? 얼마 전에 제가 이빨을 두 개나 뽑았는데 10센트밖에 주지 않고 갔어요. 저번에는 하나 뽑을 때 10센트를 주었는데."

"……난 그런 애는 몰라. 못됐네. 걔가 돈 떼어먹었니?"

"이빨 요정은 돈을 먹지 않아요. 아마 훔쳤을 거예요. 별님 요정님은 돈을 먹나요?"

"아니, 맛없어서 안 먹어. 먹어 봤어? 동전에선 쓴맛이 나고 종이돈에선 짜고 비린 맛이 나."

"우와! 정말 먹어 봤어요? 사실은 나도 먹, 아니 혓바닥은 대 봤어요!"

꼬맹이의 한국어 발음은 살짝 어눌했고 어휘도 다소 부족했지만 그래도 의사소통을 하는 데 지장은 없었다. 꼬맹이는 민호의 앞에 얌전히 앉아 억울한 사연을 늘어놓았다.

"엄마가 나빠요. 엄마는 마귀할멈이에요. 물론 마귀할멈이라고 말한 건 비밀이에요. 엄마가 슬퍼하니까. 하지만 거짓말은 아니에요."

다소 싸구려 입을 갖고 있는 꼬마 신사는 눈물이 고랑고랑한 눈으로 열심히 엄마의 뒷담을 깠다.

그의 어머니는 전국에서 일등 가는 잔소리쟁이에 호랑이에 히스테리 신경질 대마왕이란다. 어제 아침도 낱말 연습을 한 종이카드들을 책상에 풀로 잔뜩 붙여 놓은 것을 보고 백설공주의 왕비처럼 소리를 지르더니 엉덩이를 있는 대로 팡팡 치면서 무섭게 화를 냈다고 했다.

아버지와 내니가 구출해 주러 오지 않았다면 엉덩이뼈가 납작해졌을 거고, 너는 대체 나중에 어떤 놈이 되려고 그러느냐는 말을 앉은자리에서 백 번쯤 들었을 거라 했다. 지미라는 꼬마는 오전 내내 책상에 붙어 있는 '자체 제작 낱말카드'를 물에 불려 조심스럽게 긁어내야 했다. 점심때가 지나 책상이 깨끗해진 후에야, 그는 아침을 먹을 수 있었다.

하지만 만 하루도 지나지 않아 다시 사건사고를 일으킨 소년은 결국 골방에 갇히는 신세가 되고 말았다. 아버지도 이번만큼은 소년의 편을 들어주지 않았다. 며칠 전, 그리고 오늘 아침에 그가 저지른 대형 사고들 때문이었다.

소년은 달락달락 소리가 나는 나무통으로 된 장난감 악기를 무척 좋아했는데, 그 안에 든 것은 알고 보니 주방 선반에서도 늘 볼 수 있는 검정콩 다섯 개였다. 소년은 나무로 된 첼로에서도 똑같이 재미있는 소리가 나기를 바랐고, 첼로가 훨씬 크니 콩도 훨씬 많이 들어가야 할 거라고 생각했다. 그는 첼로의 옆구리에 난 구멍을 통해, 손가락 발가락으로 셀 수 있는 만큼 콩을 넣고도 한참 더 넣었다.

소년이 예상했던 대로, 첼로에서는 움직일 때마다 돌돌돌돌 좌르르르 하는 멋진 소리가 났다. 하나의 악기로 두 개의 소리를 낼 수 있게 된 것은 정말 좋은 일이 아닐까, 하는 생각도 들었지만 존이나 엄마는 절대 그렇게 생각하지 않았다.

첼로에서 자르르자르르 새로운 효과음이 나는 것을 발견한 존은, 늘 친절하고 자상하던 존은 단번에 패닉에 빠졌고, 며칠이 지나도록 광란과 비탄에서 벗어나지 못했다. 그는 첼로를 들고 수천 번 흔들어 가면서 콩을 그 구멍으로 다시 빼려 했으나 그렇게 쉽게 들어갔던 콩은 하나도 밖으로 나오지 않았다.

아무리 사과하고 잘못을 빌어도 존은 시름시름 좌절 포스만 풍겼다. 결국 '많은 돈을 주고' 악기 전문가를 불러 첼로를 분해하고 다시 조립하기로 결정하고서야 존은 꼬마의 사과를 받아 주었다. 사실 그동안 엄마에게 똥꼬가 푹 파묻힐 정도로 궁둥이 맴매를 맞았지만 존은 슬퍼하느라 폭주하는 엄마를 막아 주지 못했다.

'전문가'가 분해 작업을 하는 작업실을 살짝 들여다본 소년은 콩이 말끔하게 빠져나간, 통 속이 훤하게 드러난 첼로를 보게 되었다. 기왕 분해했으니 빛을 쪼여 습기를 제거한 후에 다시 조립한다고 했다.

오늘 아침, 사람이 없는 틈을 타서 방으로 들어간 소년은 노란 아침 햇빛 아래 놓여 있는, 분해된 첼로를 물끄러미 바라보았다. 그렇게 위풍당당 신비함을 자랑하던 악기는 앞의 판, 뒤의 판, 기둥 따위로 분해되어 퍽 우스꽝스러웠다. 사람으로 치면 홀랑 발가벗겨진 것처럼 보였다.

소년은 첼로 속의 한쪽 구석에서 몹시 지저분한 종잇조각이 귀퉁이를 너덜대며 붙어 있는 것을 발견했다. 그게 한 장 붙어 있으니, 꼭 거지들이 갖고 다니는 구걸 통처럼 보였다. 그러잖아도 지저분한 종이를 책상에 붙여 놓은 일로 어제 하루 종일 야단을 맞은 참이었다.

소년은 종이의 귀퉁이를 갉작갉작해서 살그머니 들어 보았다. 꼬질꼬질한 종잇조각은 의외로 수월하게 떨어진다. 그러잖아도 콩 사건으로 한바탕 풍파를 겪은 끝이니 이렇게 해서라도 존에게 점수를 따고 싶었다. 존은 굉장히 좋은 아버지지만 애석하게도 친아버지는 아니라서, 더 잘 보이고 싶은 마음도 있었다.

에이. 종이는 깨끗이 떨어지진 않았다. 거의 끝 부분이 악기에 그대로 남아 있었다. 그는 손에 남은 종이를 주머니에 쑤셔 넣고 걸레에 물을 묻혀 와, 다시 나머지 부분을 긁어내려 했다. 순간 뒤에서 날카로운 고함이 터졌다.

"너 지금 뭐 하는 거니!"

등 뒤를 번쩍 잡히나 했더니 몸이 뒤로 질질 끌려갔다. 젖은 걸레가 철썩 소리를 내며 바닥으로 떨어졌다. 마마 몬스터가 귀퉁이만 남은 종이를 보더니 마귀할멈처럼 소리를 지르기 시작했다.

"대체 무슨 짓을 한 거야! 이걸 왜 떼니? 누가 떼라고 했어! 엉! 이거 어디 갔어? 뗀 거 어디 갔냐고! 엉!"

"엄마가, 더, 더러운 거 있으면 다 떼서 버리라고 했잖아요! 그래서 이것도 떼서 버렸는데 왜 그래요!"

억울한 김에 소리를 지른 것이 사태를 악화시켰다. 목소리의 톤이 갑자기 두 배쯤 치솟았다.

"어디서 말대답이야? 버려? 버렸다고! 어디에 버렸어?"

"난 몰라요. 우아아아······."

"몰라? 왜 몰라? 뭘 잘했다고 울어! 맙소사! 이걸 어째! 넌 정신이 있는 거니, 없는 거니! 너 때문에 엄마하고 내니가 쓰레기통을 하루 종일 뒤져야겠니?"

마귀할멈의 폭주가 시작되면 할 수 있는 건 우는 일밖에 없었다. 왕왕 우는 소리가 커질수록 엄마의 목소리도 확확 높아졌다.

"너 대체 왜 이래! 엄마하고 존이 속 터져서 죽는 걸 보고 싶으니! 엉! 엄마가 너 때문에 화병으로 죽을란다! 그러면 좋겠니? 좋겠어? 이걸 어째! 대체, 대체 이걸 어째! 존이 이걸 얼마나 아끼는지 모르니! 이걸 대체!"

깨끗하게 해 주려 했다는 항변은 씨알도 먹히지 않았다. 엉덩이에 다시 한바탕 폭풍이 일었고, 그대로 골방행이었다.

"어이, 꼬마 신사. 이름이 뭐지?"

"지미예요."

지미라. 제임스가 아닌가? 지금 시대를 아주 잘못 들어왔나? 중간에 이 화각함이 다른 사람 손을 거치기라도 했나? 민호는 눈썹을 살짝 찌푸리다가 간신히 말을 이었다.

"지미, 깨끗하게 하려고 한 건데. 억울하긴 했겠다. 그렇지?"

"네. 억울해요."

"그래도 주인한테 한 번은 물어보는 게 더 좋았겠다. 만약을 대비해서 말이야."

"······."

"괜찮아, 괜찮아. 찢어 낸 종이 갖고 있어? 까짓것 밥풀로 붙이면 되지, 뭐 그렇게 야단이람. 한번 줘 봐."

꼬마는 주머니를 뒤적거려 꼬깃꼬깃한 종이를 꺼냈다. 한눈에 보아도

1000년은 묵었을 것 같은 지저분하기 짝이 없는 종잇조각, 이제는 귀퉁이까지 찢어진 종잇조각이 민호의 손에 쥐여졌다.

Joseph Guarnerius fecit
Cremone anno 1740 IHS

뭔 뜻도 모를 글자들이 오글오글 춤을 춘다. 귀퉁이에는 가지가 달린 십자 모양이 새겨져 있었다. 만든 회사 이름인가 본데? 영어라도 알까 말까 한 판에, 꼬리가 달린 글자가 있는 걸 보니 영어도 아닌 모양이다. 민호가 눈썹을 찡그리고 종잇조각을 들여다보는 순간 갑자기 덜컹, 문 여는 소리가 들렸다.

"너 지금 반성하라고 했더니 종알종알 혼자 뭐 하는 거……? 까아악! 거기 누구야!"

짙은 검은색 치마에 흰색 블라우스를 입은 여자가 후다닥 들이닥쳐 소년을 끌어 품에 안고 뒷걸음질했다. 여자는 실내에서도 검은 베일이 달린 모자를 쓰고 있었다. 민호는 얼굴을 베일로 푹 가리고 있는 여자를 얼빠진 얼굴로 쳐다보았다. 매끄러운 한국어는 둘째 치고 목소리가 익숙했다.

"넌 누구야! 여기 어떻게 들어왔어!"

"엄마! 엄마! 그게 아니고요!"

"이리 와, 지미! 집 안에 수상한 사람이 들어왔으면 얼른 사람을 불렀어야 할 거 아냐!"

"아니에요. 엄마 하지 마요. 요정님이에요. 요정님이 사람으로 변신을 한 거예요."

"조용히 해, 제임스! 위험하니까 얼른 밖으로 나가서 사람을 불러……."

아이를 등 뒤로 숨기며 날카롭게 고함치던 여자가 갑자기 움직임을 멈췄다. 베일 속에 가려진 눈이 크게 벌어지는 것이 보인다. 화상을 입어 한쪽 얼굴이 완전히 우그러든 모습도 그제야 눈에 띈다.

"제, 제임스, 가, 가만있어 봐."

뭐야. 민호는 믿어지지 않는 얼굴로 꼬마의 얼굴과 여자의 얼굴을 번갈아 쳐다보았다. 지미라고 했는데 제임스라고? 가만, 지미하고 제임스가 같은 이름인가? 왜 레오나르도를 레오 오라버니라고들 하는 그런 건가?

그렇다면 저 아이가, 바로 내가 찾아왔던 춘방이와 박부전의 아들인 제임스?

설마. 춘방이가 부활한 건 아닐 테고, 그렇다면, 저 여자는……. 민호는 더듬더듬 말을 이었다.

"……덕희?"

검은 치마에 검은 베일이 달린 모자를 쓰고 있는 여자가 입술을 달싹거렸다.

"민호? 윤민호?"

민호는 얼른 고개를 끄덕였다. 목이 콱 막혀서 대답이 나오지 않았다. 아, 아아! 아아아! 다시 한번 긴 비명이 터졌다.

여자는 아들을 놓아두고 달려와 민호를 덥석 끌어안았다. 그러고는 그대로 주저앉아 통곡하기 시작했다.

"민호 맞구나. 혹시나 했는데 정말로 왔구나. 이제야 왔구나. 올 거라고 생각했는데, 이제 왔구나."

덕희, 덕희가 맞구나. 민호는 앞뒤 생각할 겨를도 없이 울고 있는 여자를 와락 끌어안았다.

"보고 싶었어. 얼마나 보고 싶었는데 왜 이제 오니. 온다고 했었잖아. 아이 낳으면 온다고! 온다고!"

"사, 살아 있었구나. 덕희 너, 살아 있었……."

"이 바보야. 아직도 뭐가 뭔지 모르겠니! 내가 누구 목숨값으로 대신 이렇게 살고 있는지!"

여자는 가슴을 치며 울었다. 민호도 눈 속이 욱신욱신하더니 눈물이 솟구쳤다. 그해에 죽은 줄로만 알았는데 살아 있었구나. 배 속의 아이를 낳고, 그 아이가 이렇게 자랄 때까지 살아 있었구나.

민호는 지미, 제임스라고 불리던 소년과 덕희를 번갈아 바라보았다. 그렁그렁 이지러진 모습으로도, 아이가 엄마를 빼닮았다는 것을 알 수 있었다. 아아. 알 것 같다. 이제 무언가 아귀가 맞는다. 복잡하게 얽혀 있던 퍼즐 몇 조각이 천천히 맞추어졌다.

"네가…… 춘방이라는 이름으로 살고 있는 거구나."

"허, 으어, 이 바보야, 그걸 아직도 몰랐었니! 어어어. 흐어어어."

"지미? 제임스? 저 아이가 영호 씨하고 네 아들이구나. 박부전 씨하고 결혼해서 살고 있어?"

덕희는 여전히 울면서 고개를 끄덕였다. 고개를 끄덕이기까지 많은 망설임이 있었지만, 두 사람이 우여곡절 끝에 결혼한 것은 사실인가 보았다. 조금만 생각해 보면 금방 알 수 있었는데 그걸 왜 몰랐을까.

내가 바보야. 민호는 덕희를 꽉 끌어안았다. 속에서 솟은 눈물이 작은 여자의 어깨를 흥건하게 적셨다.

자매처럼 지내던 죽은 하녀와 신분까지 바꿔 가며 도망쳐 오기까지 얼마나 사정이 급박했을지는 말하지 않아도 짐작이 갔다. 덕희의 집안은 이완에게 들은 대로 아마 패가했을 것이고, 덕희의 아버지와 오라버니도 세상을 등졌을 것이다. 이곳은 덕희가 아는 사람 하나 없는 미국일 테지. 아마 박부전과 김춘방이 살았다는 로스앤젤레스겠구나.

덕희의 곱고 티 없던 얼굴은 처참하게 일그러져 있었다. 황 서방이 일으킨 화재로 화상을 입은 후유증이겠지. 성형수술은 고사하고 제대로 된 화상약도 변변치 않던 시대, 치료도 제대로 받지 못한 상태로 미국까지 급하게 도망을 와야 했을 것이다. 그래서 이 지경이 되었던 모양이다.

어쩌면 얼굴이 이 모양이라 춘방의 이름으로 출국하고, 춘방의 이름으로 살아갈 수 있던 건지도 모른다. 부전은 약속대로 두 사람을 보호하고 있었다.

하지만 이런 삶이 어찌 녹록하다 말할 수 있을까. 얼마나 지독하게 힘들었을까. 민호는 들먹들먹 떨리고 있는 덕희의 어깨가 여전히 작고 갸날프다는 생각이 들었다.

"요정님, 우리 엄마 아세요?"

옆에 서 있는, 커다란 눈을 갖고 있는 소년이 눈을 깜박이며 물었다. 민호는 눈물을 닦지도 않고 웃으면서 말했다.

"안녕, 지미. 제임스라고 했던가? 나 오늘 처음 보는 거지? 난 한국에 살고 있는 이모란다. 나이는 서른한 살이고, 엄마의 언니야."

"웃기시네."

흐느껴 울던 덕희가 물기가 잔뜩 밴 목소리로 말을 막았다. 아이를 살짝 곁눈질하며 덧붙였다.

"내가 언니야. 난 올해 서른두 살이야. 지금은 1941년이라고."

"흥, 언니 소릴 듣고 싶으셔? 웃기시네. 따져 보면 댁은 나한테 할망구라고, 할망구. 할망구가 자랑이냐?"

민호도 눈물을 쓱쓱 닦으며 조그맣게 속삭였다. 푸후, 한쪽 얼굴이 크게 일그러진 여자가 그래도 입술을 들썩이며 웃었다. 아이가 눈을 깜박이며 물었다.

"요정이 아니에요? 정말 이모예요?"

"요정 맞아! 별나라 요정이야. 사실 네 엄마도 요정이었어. 결혼해서 몰락하는 바람에 사람이 됐을 뿐이야. 으하하하!"

"자꾸 애한테 실없는 소리 할 거야?"

그제야 농담인 줄 알아차린 소년이 조금 실망한 기색으로, 하지만 그깟 장난은 받아 줄 수 있다는 표정으로 어깨를 으쓱했다.

"여기에 어떻게 오셨어요? 엄마 보러 오신 건가요?"

"아니, 사실 우리 아가가 얼마나 잘 컸나 보러 왔지. 내가 엄마하고 헤어질 때 아기 낳으면 선물을 갖고 오기로 약속했거든."

"저는 아기가 아니에…… 우와, 선물이요? 무슨 선물인데요?"

꼬마의 눈이 갑자기 세 배쯤 반짝반짝한다. 예쁜 총각아, 말이 그렇다는 거지. 그 경황에 무슨 선물이냐! 하려던 민호의 머릿속에 번쩍, 섬광이 일었다.

저번에 덕희와 헤어질 때, 아기를 낳으면 돌 반지와 기저귀를 선물로 갖고 온다고 했었다. 기저귀를 쓸 나이는 지났지만 나머지 하나, 괜찮은 선물이 주머니에 숨어 있었다. 이렇게 맞춤할 데가! 무, 물론 배 속의 아이가 벌써 일곱 살이 돼 있을 줄은 몰랐지만.

민호는 안주머니에서 작은 종이상자를 꺼냈다. 아까 손이 답답해서 반지를 빼서 원래 상자에 넣어 두었다. 이십만 원, 3개월 할부. 오늘 사서 딱 한 번만 착용한 따끈따끈 새 물건이다. 아무런 장식도 큐빅도 없어 돌 반지로도 맞춤했고, 시대를 짐작하게 할 만한 장식이나 글자도 없었다. 그러니 이걸 주고 간다 해도 돌아가는 길이 막히지는 않을 것이다.

뭐, 어차피 내가 갖고 있어 봐야 뭐 하나. 그래. 너 할부 반지! 천년 모태 솔로의 처량한 바람막이로 살아가는 것보다 저 귀여운 아이의 돌 반지로 살아가는 게 훨씬 가치 있을 거야. 민호는 상자를 내밀었다.

"자. 약속대로 아기 돌 선물, 돌 반지야. 제임스, 이거 네 거다!"

덕희의 눈이 둥그레진다. "이거 요새 금값이 올라서 비쌌어!" 창창 남은 할부금이 뼈아파서, 쪼잔하지만 그 말은 덧붙이고 말았다. 꼬마가 얼른 나서 상자를 받았다. 덕희는 한참 동안 반지를 들여다보면서 살짝 잠긴 목소리로 말했다.

"지미. 이모한테 고맙습니다, 해야지."

"이모, 고맙습니다. 그런데 이게 뭔가요?"

소년의 눈이 무척 맑고 깊었다. 손은 단풍잎처럼 작고 앙증맞았다. 민호는 소년의 손바닥을 펴고 그 위에 상자를 놓아 주었다.

"보면 모르냐? 반지지. 너 반지 몰라? 손가락에 요로오케 끼는 거! 사랑하는 여자한테 결혼할 때 꽃다발을 하나 가득 들고 무릎 딱 꿇고 두 손으로 주는 그런 거 있잖아."

"아? 그럼 이모 나중에 저랑 결혼하는 거예요?"

"그, 그건 아니고! 야 인마! 너처럼 젖내 삐리삐리 나는 놈 언제 키워 잡아먹냐! 아니 먹히냐? 아, 이것도 아닌가? 하여간 안 키워!"

민호는 소리를 빽 질렀다. 뒤에서 덕희가 웃음을 터뜨렸다.

"한국, 음, 아닌가? 조선? 하여간 지미, 엄마하고 이모가 살던 곳에서는 한 살 생일 때 친척들이 금반지를 선물하는 전통이 있어. 아기들이 건강하게 잘 자라라는 뜻이란다. 엄마한테 뺏기지 말고 잘 보관해, 인마."

"그럼 저는 받을 수 없어요. 저는 한 살은 옛날에 지났는데요. 저는 잠시 후면 여섯 살 생일이 되는데요."

꼬마는 진지하고 심각한 어조로, 솔직하게 말했다.

"아 정말 콩알만 한 게 또랑또랑 따지기는. 인마! 이모가 그때 못 왔으니까 지금 주는 거지. 어른 될 때까지 잘 갖고 있어. 엄마한테 뺏기지도 말고! 이건 네 거야."

"고양이한테 생선을 맡기지. 참 내."

혀를 차던 덕희는 아들을 향해 허리를 구부리고 엄한 목소리로 말했다.

"절대 잃어버리면 안 돼. 엄마가 해 준 목걸이도, 존이 선물해 준 회중시계도, 내니가 준 손수건도, 맥이 선물로 준 돋보기도, 이모가 준 반지도 절대 잃어버리지 말고 꼭 갖고 있어야 해. 자동차 손잡이처럼 함부로 당기거나 망가뜨려도 안 되고, 방에 걸린 작은 거울처럼 망치로 두들겨도 안 되고, 벽에 대고 긁어도 안 되고, 이빨로 깨물어도 안 되고. 변기에 빠뜨려 봐도 안 되고, 마시멜로처럼 바비큐 장작불에 대 봐도 안 되고, 강아지 발가락에 끼워 봐도 안 되고, 친구가 보여 달라고 졸라도 보여 주면 안 돼. 알겠니?'

아오, 조덕희 이 인간, 잔소리 대마왕이 맞았구나. 저것도 현대에 태어났으면 분명 진상 학부모가 되어 나하고 배틀을 떴을 것 같다. 하지만 그와 별개로 저 천사처럼 곱디고운 꼬마의 7세 파워 관록이 고스란히 느껴졌다. 그렇지. 만 여섯 살. 아이들이 비글과 카오스 파워 레인저로 진화하는 나이구나.

잔소리가 익숙한지 아이는 입술을 쭉 내밀고 얌전히 고개를 끄덕였다. 하지만 창가로 날름 달려가 조심조심 반지를 꺼내는 꼴을 보니 잔소리가 제대로 입력된 것 같지는 않다.

꼬마는 반지를 한참 햇빛에 비추어 보고 이 손가락 저 손가락에 끼워 보더니, 엄지손가락에 맞는지 손을 쫙 펴 보이며 회심의 미소를 지었다. 웃을 때마다 볼우물이 쏙 팬다. 참 예쁠 때다, 일곱 살. 악마견 비글의 유일한 생존기술은 바로 귀여운 얼굴 아니던가. 민호도 벌쭉 따라 웃었다.

"지미, 아빠 모시고 오렴. 반가운 손님이 오셨다고 말씀드려."

몸을 돌리고 복도를 달랑달랑 뛰어가는 일곱 살 소년의 모습은 뭐라 말할 수 없이 귀여웠다.

"예뻐 죽겠네. 너 닮았다."

"영호 씨도 닮았어. 잘생겼지?"

"얼씨구."

아들한테 마귀할멈 소리를 들으면서도 팔불출 짓 하는 거 봐라. 민호는 시시덕대고 웃었다.

민호는 지금 지미라 불리는 꼬마 제임스가 자라서 어떤 삶을 살고, 어떤 모습으로 말년을 맞이하는지 대충은 알고 있다. 아마 평생 어디 두었는지도 모를 열쇠를 찾아 헤매다가 술과 도박으로 인생을 낭비할 것이다.

50이 넘어 자신처럼 사랑스러웠을 아들을 얻고, 그 작은 아이를 학대하겠지. 그 아이가 어른이 될 때까지 남을 흉터를 여러 개 만들 정도로, 화풀이 삼아 많이 학대할 것이다. 그리고 늘그막에는 저렇게 생기 있고 반짝이는 아름다움은 모조리 잃어버리고, 주름지고, 손가락 하나 움직일 수 없는 신세가 되어 침대에 박혀 있는 노인이 될 것이다.

하지만 오랫동안 시간 여행을 해 왔던 민호는 그것을 미리 상상하며 지금 저렇게 사랑스러운 아이를 벌써부터 비극적인 시선으로 바라보지 않았다. 그것은 무익하고 어리석은 짓이다.

지금 이 순간, 저 아이는 사랑스럽고 귀여웠다. 아이는 그 나이에 주어진 삶을 자신의 방식으로 살아가고 있었고, 그것으로 충분했다. 민호는 시간 여행을 통해 들어간 장소에서, 그들의 삶에 매우 쉽게 동화되고 그들의 삶에 깊이 잠기기도 하지만, 역설적으로 그렇기 때문에 오히려 그들의 삶을 선입견 없이 바라볼 수 있었다.

민호는 소년의 미래를 어머니인 덕희에게 말해 주지 않았다. 민호가 몸 담은 21세기는 1941년 이 시대에 확정되지 않은 미래이다. 현재를 사는 사람은 미래를 알지 못한 채, 현재의 모습에 충실하게 살아가는 것이 가장 좋았다.

미래를 헤아리는 것은 어느 현재에서든 버겁고, 종종 슬픈 일이다. 그것은 인간의 삶이 기본적으로 슬픔에 잠겨 있기 때문인지도 몰랐다. 하지만 그것을 모든 사람이 다 알 필요도 없고 알려 줄 필요도 없다고 민호는 생각했다. 그래서 그저 이렇게만 말해 주었다.

"그래그래. 아들 하나는 기가 막히게 낳았다고 인정해 주지. 아트다 아트!"

"그렇지. 나도 그렇게 생각해. 영호 씨처럼 고집도 세고, 머리도 좋을 거고, 눈이 핑핑 돌아가게 멋진 남자가 될걸."

"얼씨구, 얼씨구."

민호는 그저 웃고 말았다. 자식 자랑은 나라님도 하느님도 못 말린다지. 자랑해도 좋다. 자신이 옳다 믿는 것을 관철하기 위해 사랑하는 사람과 자신의 인생을 저버린 전도양양한 사나이, 그를 차마 잡아 앉히지 못하고 한 점 혈육을 남기는 것으로 한을 달래야 했던 작고 단단했던, 아름다웠던 여자. 두 사람 사이에서 태어난 것만으로도 아이는 자랑스럽고 눈부실 이유가 충분했다.

부전은 지난번 보았을 때보다 무섭게 말라 있었다. 셔츠에 조끼, 펑퍼짐한 양복바지와 낡은 슬리퍼 차림으로 제임스의 손에 끌려 나타났을 때, 민호는 그를 제대로 알아보지도 못할 지경이었다. 그가 그사이 얼마나 많은 고생을 했는지 짐작이 되어 속이 아팠다.

두툼하던 콧잔등도 황 서방과의 몸싸움 후유증이었는지 아래로 움푹 꺼져 있어 인상이 완전히 달라 보였다. 그저, 콧등 위에 얹힌 둥근 안경을 보고서야 옛 모습을 짐작할 수 있었다.

"지, 지미. 요, 요정은 대체 뭐니? 이모, 이모라 했니? 엄마는 이모가 없는데……? 저, 어, 어디서 오셨는지, 저는, 조, 존이라고 합니다만."

어눌한 말투로 더듬는 것을 보니 그 더듬쟁이 박부전이 맞긴 맞나 보다. 나를 못 알아보나? 하긴, 시간도 많이 지났고, 나도 지금 좀 변했고, 나답지 않게 꽃단장이 된 상태이긴 하다. 민호는 그렁그렁하는 눈물을 내버려 둔 채 앞으로 손을 내밀었다.

"박부전 씨 맞죠? 저예요. 민호. 윤민호. 기억하세요?"

마른 사내의 몸이 크게 흔들렸다. 타, 타임 트래블러? 민호 씨? 그는 떨리는 목소리로 중얼거렸다.

"오셨군요. 정말 다, 다시 오셨군요."

한 걸음, 두 걸음 다가온 그는 민호의 손을 두 손으로 꽉 붙잡았다.

"바, 반갑습, 반갑⋯⋯."

입가가 실룩실룩하고 눈꺼풀이 꿈틀거렸다. 목이 메는지 그는 말을 제대로 잇지 못했다. 민호는 웃음 띤 얼굴로 그의 손을 맞잡고 힘을 꽉 주었다.

"두 분이 결혼하셨다는 이야기를 들었어요. 두 분이 잘 어울리세요."

"그, 그리되었지요. 고, 고맙습니⋯⋯다."

"정말 축하드려요. 이럴 줄 알았으면 돌 반지 대신 결혼 축의금이라도 가져올 걸 그랬어요. 제임스 동생은 아직 없고요?"

"⋯⋯."

그의 얼굴이 천천히 허물어졌다. 한쪽에 서 있던 덕희가 천천히 고개를 옆으로 돌린다. 흐, 흐흐, 흐허허허. 그는 입술을 실룩이며 조금 웃었다. 동그란 안경 너머의 주름 잡힌 눈에 맑은 물이 고였다.

○ ● ○

"서류만 결혼한 것으로 되어 있어. 그렇지 않으면 내가 미국에 들어오기가 쉽지 않았을 거고, 시간도 무척 많이 걸렸을 거야. 춘방이 이름으로 도망을 나가야 했기 때문에 시간이 없었어."

박부전, 김춘방이라는 이름의 부부로 살고 있는 이들은, 겉보기에는 멀쩡한, 아니 단란해 보이는 가정을 이루고 살고 있었다. 큰 소리나 싸움 한 번 안 하고 다정하게 배려하고 아끼는 부부와 예쁜 아들, 먹고사는 데 모자람이 없는 재력까지, 부족함이 없었다.

하지만 부전은 명목상의 남편이고, 명목상의 아버지일 뿐이었다.

덕희는 말도 안 통하는 이국에서 살 생각도 없었고, 경멸하는 집안의 아들과 결혼할 생각도 없었으며, 이 몰골로 고개를 들고 살 희망도 없었고, 영호가 죽은 마당에 더 살 이유도 없었다. 그녀는 곡기를 끊고 깨끗하게 영호의 뒤를 따르겠다고 결심했다.

"이. 이러지 마세요. 살 수 있습니다! 서, 서류상으로만 혼……인 신고를 해 주시고, 함께, 함께 미국으로 가시면 됩니다. 자, 잡히지 않아요. 저를 믿어요!"

"……."

"서류……는 준비해 두었습니다. 제가…… 제가 당신과, 새, 새로 태어날 아이를 보호하겠습니다. 당신이 원한다면, 끝까지 영호의 약혼, 약혼자로 알고 선을 지키겠습니다. 방을 따, 따로 사용할 것이고, 미국 생활과 언어, 영어에 익숙해지시면, 별도로 집을 마련해 드릴 수도 있습니다. 맹세, 맹세해요. 제가 가진 모든 것을 걸고 맹세하겠습니다."

"왜 당신이 나에게 그런 짓을 해요? 난 당신의 도움을 받지 않을 거예요. 그럴 이유가 없잖아요!"

"영, 영호가 제게 부탁한 겁니다. 제가, 제가 약속했습니다. 당신과 당신의 아이를 지키겠다고, 약속을 지키게 해 주십시오."

그는 여자가 누워 있는 방의 문밖에서 무릎을 꿇고 앉아 오래 빌었다. 삭풍이 이는 섣달 저녁, 그의 코와 입술이 시퍼렇게 얼었다.

"제가 더러운, 더러운 자, 자작 집안의 핏줄인 것, 하, 한시도 잊지 않습니다. 당, 당신이 저를 보는 것만으로도 끔찍하게 생각하는 거 압니다. 저를, 저를 보고 싶지 않으면, 보지 않으셔도 되고, 말을, 말도 섞기 싫으시면, 또 그리하셔도 됩니다. 다만, 다만, 영호가 부탁한 대로 당신과 아이를 무, 무사히 지킬 수 있게만 해 주십시오."

그는 눈물이 잔뜩 괸 눈으로 애걸했다.

"저는 요, 용기가 없어요. 무, 무엇이 옳은지 알지만, 신념을, 신념을 지키기 위해서 영호처럼 직접 총칼을 들고 싸울, 싸울 수는 없었습니다. 느, 늘 무서웠어요. 하, 하지만, 그, 그런 저라도, 뒤에서, 이, 이런 식으로 도울 수는 있지 않습니까."

"그런……."

"그, 그냥, 제가 할 수 있는 일을, 제, 제 방식으로 하려는 겁니다. 치, 칭찬해 달라는 게 아닙니다. 당연한 거죠. 그럼요. 그, 그저 제발 옆에서 안전하게 계시면서, 봐 주시면 됩니다."

그는 덕희의 집에 있던, 하야시 신조 부장이 공권을 동원해 압수한 유물들을 오랜 실랑이를 해 가며 사들였다. 앞으로도 조선에서 일본이나 미국으로 줄줄 새 나가고 있는 유물들을 하나씩 모아들일 계획이라 말했다. 덕희는 그것이 얄팍한 장삿속이 아님을 알았다. 부전은 '그것이 옳기 때문에, 그리고 자신이 할 수 있는 일이기 때문에.'라고 담담하게 말했다.

"앞으로 태어날 당……신과 영호의 아이에게, 아버, 아버지가 얼마나 훌륭한 사람이었는지 가르쳐…… 주겠습니다. 그리고, 아기에게는 보호해 줄 수 있는 아빠, 아빠가 필요해요. 이곳이든 미국이든, 여, 여성 혼자서 독립해서 살기가 얼마나 어려운지 알지 않습니까. 그, 그 정도는 괜찮지 않습니까. 그 정도는!"

그의 설득은 합리적이고, 친구에 대한 신의와 마음에 품은 여자에 대한 절절한 감정으로 가득했다. 덕희는 그의 청을 끝까지 거절할 수 없었다. 그녀가 곡기를 끊고 부전이 그녀의 방문 앞에서 눈물을 쏟을 때, 꿈틀, 꿈틀, 꿈틀. 그녀의 배 속에 있던 아이가 처음으로 태동을 시작했던 것이다.

"그, 그렇게 울기만 하면, 아기가 배, 배 속에서 누, 눈물에 흠뻑 잠기겠어요. 그, 그러지 않아도 아기들은 울면서 태어난다고요."

천신만고 끝에 로스앤젤레스에 들어왔을 때, 덕희는 이미 만삭이었다. 모든 것을 잃은 그녀가 아는 사람 없는 이국에서 처음 들은 것은 아버지의 사망 소식이었다. 덕희는 한동안 말을 잃어버렸다. 말 대신 눈물만 끝없이 흘러나왔다. 스스로 만든 동굴에 몸을 꽁꽁 숨긴 덕희는 아침마다 새로운 날이 이어짐에 좌절하며 울었고, 거울을 볼 때마다 얼굴을 가리고 흐느꼈다.

노란색 배내옷과 작은 양말을 사 들고 들어온 부전은 슬그머니 손수건을 내밀었다.

"예쁘고말고요. 덕희, 덕희 씨는, 제 눈에는 여전히 가장 곱고 예뻐요. 정말입니다."

"이렇게 몹쓸 몰골이 뭐가! 지금 날 놀리는 거예요!"

덕희가 악을 쓸 때마다 그는 몹시 슬프거나 당황한 얼굴을 하며 손을 비비고, 안경을 만지작대고, 이마의 땀을 닦았다. 아니에요. 기분 나쁘라고 한 말이 아니에요. 놀리는 거 아닙니다.

"다, 당신은, 내가 만나, 만나 보았던 여자 중에서 가장 아, 아름답고, 당차고, 똑똑하고, 강한 사람이에요. 지금도 그……렇습니다."

열여섯 시간의 긴 진통 끝에 아들을 낳았을 때, 부전은 분만실 밖에서 땀과 눈물로 범벅이 된 채 아이를 받아 안았다. 아이는 주먹을 꼭 쥐고 앵앵 소리를 내며 울었다. 아이의 까만 머리카락은 양수에 흠뻑 젖어 이마 위로

찰싹 달라붙어 있었다.

부전은 덕희의 일에 대해서는 눈물이 헤펐다. 그는 안경을 벗고 손등으로 눈두덩을 문질렀다. 눈가가 금방 홍건해졌다. 눈물과 콧물을 줄줄 흘리면서 그가 중얼거렸다. 당신을 닮았어. 많이 예뻐요. 남자아인데, 정말 예뻐요.

"제가 살아 있는 한은, 끄……끝까지 이 아이의 아버지가 되어 주겠어요."

덕희는 배를 덮고 있는 시트를 움켜쥐고 울었다. 무어라 말해야 할지 알 수 없어서 그저 하염없이 울었다. 부전은 조심스럽게 말했다.

"제……가 아이의 이름, 이름을 지어 주고 싶어요. 생각해, 해 둔 것이 있어요. 오래전부터 머리카락, 머리가 다 빠지게 생각해 두었어요."

덕희의 입술이 달싹거렸다. 싫다고, 그러지 말라고 말을 해야 하는데 말이 잘 나오지 않았다. 부전이 허리를 구부리고 천천히 말했다.

"제임스. 이 아이는 제임스 박이 될 거예요."

의아한 듯 눈을 깜박이는 덕희의 이마를, 부전은 부드럽게 쓸어 주었다.

"내 영어 이름이 조……존이에요. 여기 사람들이 부르면 전, 하고 비슷해서 대충 지었던 이름인데요."

"그런데 아이 이름은 왜 제임스죠?"

"야소교(耶蘇敎)의 채, 책에 보면 존과 제임스(John, James—요한, 야고보)라는 혀……형제가 있다고 해요."

야소교에 대해 아는 것이 별로 없던 덕희는 고개를 기웃했다. 이 아들이 자기 동생처럼 느껴졌나? 그녀의 마음을 짐작한 듯, 부전은 눈물이 얼크러진 얼굴로 웃어 보였다.

"두 사람의 별명이 있어요. 보아너게(*Boanoye*), 천둥의 아들이라는 뜻이래요."

두 사람의 스승인 예수가 어느 마을을 구원하고자 들어가려 했다가 발을 들이지도 못하고 쫓겨나게 되었다. 격분한 두 형제는, 저 완악한 마을에 천둥 불벼락을 내려 벌을 주라고 스승을 졸랐더란다.

"물론 스승님한테는 시, 신나게 야단만 맞고 말았지요. 하하하."

아기를 어설프게 안고 있는 맹꽁이 안경 사내가 코를 문지르며 웃었다.

"하지만, 근사……하지 않습니까. 저, 정의라고 생각한 일에 대, 대해서, 앞뒤 가리지 않고 단호하게 '불벼락을 내려 주세요!' 라잖아요. 다, 다른 거 생각 안 하잖아요. 그래, 그래서 나란히 화끈한 별명도 얻지 않았습니까."

부전의 눈이 아이의 조그마한 얼굴로 향했다. 그는 주먹 크기밖에 안 되는 아기의 얼굴에서 얼마 전 세상을 등진 그의 친구와, 사랑하는 여자의 모습을 동시에 찾을 수 있었다.

"오, 옳다 생각한 일에, 아, 앞뒤 가리지 않고 다, 달려드는 모습이 좋아……좋아요. 부, 부러워요. 그 일이 진짜로 옳은지는 후, 훗날 사람들이 평가를 해 주겠지만, 자, 자신의 모든 것을 버려 가면서 끝까지 밀어붙이는 사람들이 참 멋……지다고 생각했습니다."

부전은 고개를 옆으로 돌리고 작은 소리로 덧붙였다.

"나, 나는, 그러지 못해서, 영……호나, 덕근이 같은 사람들이 항상 부럽고, 존경, 존경스러웠습니다."

덕희는 눈을 감고 가물가물 잠에 빠져들었다. 아아, 그런 거였구나. 그랬구나.

천천히 졸음이 쏟아진다. 지독하게 피곤했고, 아무 생각도 나지 않았다. 제임스. 천둥의 아들. 영호 씨의 아들에게 어울릴 법한 이름. 어쩌면 친구를 존경했고 질시하고 선망했던 박부전, 그가 가장 부러워하고 투사하고 싶었던 이름. 존, 제임스. 천둥의 아들들. 제임스. ……제임스.

두 사람의 아버지를 갖게 될 아기에게 꽤 어울릴 거라는 생각이 들었다.

부전은 지금까지 약속을 지켰다. 춘방의 이름을 사용하게 된 덕희와 혼인신고를 하고, 미국으로 데려와 한집에서 부부의 모습으로 살면서도 덕희에게 깍듯하게 선을 지켰다. 같은 저택 안에서도 그녀와 제임스에게 독립된 공간을 주었고, 부족함 없이 살 수 있는 모든 조건을 제공했다.

아들 제임스에게도 아버지로서 베풀 수 있는 모든 것을 베풀었다. 태어날 때부터 곁에 있었고, 이름을 지어 주고, 가능한 모든 물질적 혜택과, 교육과, 숨 막힐 정도의 사랑을 베풀었다.

제임스는 부전을 친아버지처럼 따르고 사랑했다. 부전은 남가주에서 자리가 잡히면서부터 이국에서 떠도는 조선의 유물을 사들이기 시작했고, 영호가 몸담았던 한국독립군을 흡수한, 1940년에 새로 결성된 광복군에 정기적으로 군자금을 보내게 되었다.

반면 덕희는 로스앤젤레스에 정착한 후로도 매일매일 좌절과 혼돈에 빠져 살았다. 미국에 도착한 후 전해진 아버지의 사망 소식, 기약 없는 오빠의 옥살이, 가문의 온전한 몰락 소식에 뿌리가 뽑혀 나간 꽃처럼 하루하루 시들어 갔다. 흉하게 오그라든 얼굴을 가리지 않으면 사람을 만나기도 어려웠고, 말도 제대로 통하지 않았고, 어딜 가나 수군수군하는 뒷소리에 시달리는 것이 끔찍하게 싫었다.

자존심은 바닥으로 처박혔다. 그렇게 좋아했던 춘방이의 목숨을 빼앗아 살아가고 있다는 자괴감도 무시로 불쑥불쑥 솟았다. 자신이 경멸했던 사람에게 의탁해서 살아가야 한다는 것은 더 비참했고, 그러면서도 알량하게 자존심과 칼날을 세우는 것이 미치도록 한심했다.

하지만 자신과 아이에게 지극정성을 들이면서도 속마음 한 마디 뱉지 못하는 부전을 보고 있노라면, 고맙고, 미안하고, 죄스럽고, 마음이 아팠다. 그를 보고 있으면 수시로, 입에 담아서는 안 될 감정들이 요동쳤다.

두 개의 마음이 일으키는 전쟁은 그녀의 속에서 아직도 처절하게 이어지고 있었다.

이야기를 듣던 민호는 눈썹을 찡그렸다.

"참, 둘 다 이러기도 쉽지 않다. 속의 마음, 한 번이라도 말해 본 적 있어? 저 사람에게?"

"없어. 없었어."

"왜?"

"안 해. 죽을 때까지 하지 않을 거야. 난 죽을 때까지 영호 씨의 여자고, 제임스의 엄마야."

와. 민호는 입을 벌리고 얼빠진 소릴 내고 말았다. 아니 이 무슨 태곳적 귀신 씻나락 까 처잡수시는 말씀이냐. 배울 만큼 배운 신여성이라며! 충성, 절개 따위의 문제가 아니고 인간아! 사람의 도리가 그러면 안 되지 않나? 뻔뻔하기 짝이 없는 냉혈한이 아니고야 어떻게 그럴 수가 있냐? 저 남자도 고자가 아니고서야 어찌 이러고 이 긴 세월을 살았을까?

"야, 조덕희, 내가 인간적으로 까놓고 말하는데, 넌 정말 못된 년이야."

민호는 태연하게 쏘아붙였다. 덕희는 고개를 끄덕였다. 예쁜 꽃무늬 찻잔에 담긴 차가 천천히 식어 갔다.

"알아. 내가 못된 년인 건 내가 제일 잘 알지."

"존나 독한 년. 잔인한 년. 얼마나 후회할지 알고?"

"그래도 할 수 없어. 그건 안 돼."

"나중에 얼마나 피눈물 흘리려고 그래? 저 사람 얼마나 좋은 사람인지는 네가 더 잘 알잖아."

이놈의 오지랖이 항상 문제지만, 그냥 모르는 척하고 돌아갈 수도 있지만, 두 사람 사이에는 맺힌 것이 또 너무 많다. 하고도 후회하고, 안 하고도 후회하는 거라면, 일단은 하고 후회하는 게 낫지 않을까? 왜 후회는 해도 해도 모자라며, 왜 세상은 후회하는 사람들로 가득 차 있는 걸까. 지금까지 살아온 모든 사람들이 했던 후회를 한데 다 모아 본다면 온 세상을 온통 짜부러뜨리고 말 것이다. 민호는 코를 찔룩이며 쏘아붙였다.

"야야. 여행 많이 다녀 봐서 하는 말인데, 사람, 그렇게 오래 사는 거 아니더라."

살아 있노라면 다시 만난다는 거, 다 거짓말이야. 민호의 투덜대는 소리에 덕희는 처연하게 웃으며 고개를 끄덕였다.

"나를 보고 싶어서가 아니더라도 반드시 다시 올 거라 믿었어. 열쇠 때문에."

덕희는 검은 베일 뒤에서 살짝 웃었다. 얌전히 커피를 얻어 마시던 민호는 자리에서 벌떡 일어나 빽 고함을 질렀다.

"아오 씨! 욕해 주는 걸 깜박 잊어버릴 뻔했네. 내가, 딱히 뭐 열쇠 때문에 온 건 아니지만, 아니, 맞지만, 너 말이야! 사람이 그러면 되냐? 나한테 그 개고생을 시키고, 가짜 열쇠를 줘? 이 우라질!"

"가짜 아니었어. 그 열쇠로 자물통 여는 것 봤잖아."

범인은 천사 같은 얼굴을 가진 일곱 살 꼬맹이였다. 아오 빌어먹을! 얼굴에 속으면 안 된다니까. 역시 일곱 살이란 '죽이고 싶은 카오스 레인저' 일 뿐, 예외란 없는 것이다. 호기심이 가득한 데다 은근과 끈기의 미덕까지 지닌 소년은 자그마치 '미국적 프론티어 정신이 고취하는 드높은 용기'와 공구통의 실톱을 통원해서 쇠 물고기의 주둥이를 끊어 버렸다.

안에 들어 있는 거라야 아무런 재미도 없는 종잇조각뿐이었다. 뒤늦게 자신에게 닥칠 사태를 예지한 꼬맹이는 겁이 더럭 나서 도망질을 쳐 버렸다. 덕희는 자물통을 최대한 비슷한 것으로 구해 보기는 했으나 민호에게 전해 준 열쇠는 이미 무용지물이 되고 말았다.

"그래서, 새 열쇠를 꼬맹이한테 넘겨준 거야?"

"하나는 내가 갖고 있고, 하나는 얼마 전에 제임스에게 주었지. 주면서 단단히 말해 두었어. 절대 잊어버리지 말고 갖고 다니라고 했어."

"그 경고가 아무 소용없게 된 걸 너도 알고 나도 알잖냐, 이 여자야! 알고도 그런 짓을 하냐!"

민호가 고함을 빽 질렀다. 덕희는 담담한 얼굴로 고개를 저었다. 민호의 얼굴로 열이 풍풍 올랐다. 이럴 줄 알았어! 이럴 줄! 이럴까 봐 안 데리고 나오려고 했던 건데!

"너, 미래를 조금 보고 왔다고 해서 말야, 그거에 맞춰서 행동할 필요는 없거든? 그러면 안 되거든? 사람은 정해진 프로그램대로 꼼짝없이 걸어가는 거 아니라고."

"나는 그냥 내가 해야 한다고 생각하는 일을 했을 뿐이야. 내 생각대로, 미래에서 온 누구 따위 생각 안 하고, 지금 내 생각대로 한 거야."

덕희는 보일 듯 말 듯 웃었다. 민호는 저 조그만 대가리 속에 무엇이 들었는지 짐작도 할 수 없어 포기하고 말았다. 자고로 뇌에 주름이 많은 것들, 혹은 뇌에 네이롱의 검색창을 달고 다니는 것들과는 싸우면 안 된다. 덕희는 민호의 손을 꼭 잡고 물었다.

"지금 열쇠를 갖고 돌아가야 하는 거야? 지금 당장이라도 줄 수는 있는데. 오랜만에 봤는데 조금만 더 있다가 가면 안 돼?"

"그건 아냐. 사실 계약은 끝났고, 박 실장은 열쇠건 뭐건 집어치우겠다고 했어. 나를 보지도 않고 연락도 안 받고 그래. 뭐, 그래도 갖고 가면 반가워하긴 하겠지만."

"둘이 무슨 일이 있었어? 7년이나 지났는데 뭐 했어?"

"이봐, 나는 겨우 며칠밖에 안 지났다고. 시간을 더 뒤로 해서 들어온 것뿐이야."

"아, 맞다. 그렇구나. 겨우 서른한 살이랬지. 그래. 그 며칠 사이에 두 사람 사이에 무슨 일이 있었는데?"

"사내새끼들은 다 똑같아! 벤츠처럼 보여도 칠 벗겨 보면 똥차야! 죄다 건방진 똥덩어리들이라고!"

민호는 두 주먹을 움켜쥐고 부르르 떨었다.

덕희는 민호의 눈물겨운 7년의 똥창 스토리를 세세히 들으면서 기가 막힌 듯, 웃음을 멈추지 못했다. 수라장으로 변해 버린 결혼식 이야기에서는 아낌없이 박수도 쳐 주었다. 하지만 새로운 똥차가 튀기고 지나간 거대 똥물 이야기에서는 고개를 살래살래 흔들었다.

"아무래도 이상해."

"이상할 게 뭐가 있어?"

내가, 한 살이라도 나이 더 먹은 내가 말하는 건데 말이야. 그래도 남자들한테 인기 많았던 선배로서 충고하는데 말이야. 덕희는 눈썹까지 찌푸리며 말했다.

"가서, 한 번만 다시 만나서, 얼굴 맞대고 이야기해 봐."

"한 번도 아니고 두 번이나 끝장을 봤는데 얘기하긴 뭘 해!"

제기랄. 손자라고 편드냐? 엉! 민호는 다시 한번 험한 말을 삼켰다. 안 되면 그만이지 왜 이렇게 사람 복장을 지르는 것이냐. 민호는 입을 불퉁하게 내밀었다.

"야, 인간적으로 말해서, 한 번 찔러 안 된 감을 열 번 찌르면 먹을 게 남아나지 않는 거야. 널리 인간을 유익케 하라, 홍익인간, 그거 모르냐? 그러니까, 다른 여자에게라도 온전하게 터지지 않은 상태로 홍익감, 아니 박 실장을 전해 주는 것이 사람 된 도리 아니겠어?"

"열쇠 줄 테니 그래도 가지고 가 봐. 그러면 못 이기는 척하고 만나 줄지도 모르잖아."

"아 글쎄, 열쇠 주는 건 주는 거고, 그걸로 궁상스럽게 다시 들이대지는 않을 거란 말이야. 나 윤민호, 그렇게 찌질한 여자 아니거든?"

큰소리는 쳤지만 거짓말을 하면 단박에 뽀록을 내는 혓바닥이 금세 데데거리고야 만다.

"그래. 네 손자새끼라고 내가 욕 못 할 줄 아나 본데, 딴 년을 옆에 차고 있는 놈, 안 만나. 응. 열쇠만 집어 던지고 멋지게, 폼 나게 나올 거라고. 나 좀 그런 여자야. 특히, 그 옆에 차고앉은 여자 말인데. 문제가 좀 있어. 머리카락이 완전 불타는 빨강에 얼굴도 몸매도 완전히 섹시하고 엄청 똑똑해. 자그마치 변호사님이란 말이야. 그런데 사실 그보다 더 큰 문제는."

"……?"

"너 마피아가 뭔지 알아? 그 양복 빤드르르 입고 주먹만 한 담배 물고 모자 쓰고 있는 이탈리아 패밀리들. 걔들이 얼마나 무서운지 알아? 모르지? 왜놈들 말로 하자면 야쿠자인데, 패밀리 이름이…… 가루내리? 뭐 좀 비슷한 거였어. 하여간 이름부터 봐라, 개박살로 가루를 낸다잖아. 내가 정탐한 바로는, 그런 집안의 딸년이 틀림없다고."

덕희는 기가 막혀 피시시 웃었다. 기나긴 금주법과 대공황으로 마피아들이 판을 치던 30년대 미국을 살아온 사람에게, 어떤 얼병이가 마피아를 아느냐 묻고 앉았다.

"이름이 스칼렛이라고 했어?"

휘. 민호는 휘파람을 분다. 저렇게 조그만 머리통을 갖고 있는 주제에 기억력은 오살하게 좋지. 나는 내가 머리가 나쁜 게 머리통이 작아서 그렇다고 생각했었는데, 오래전 셜록 홈스 옹도 말하지 않았던가. 머리통이 크면 머리가 좋다고. 하지만 덕희를 보니 그건 아닌 것 같다. 머리통이 작으면서 머리가 무진장 좋은 여자가 고개를 갸웃거리면서 심각한 표정을 짓는다. 입술이 실룩실룩하긴 하는데 얼굴이 워낙 일그러진 데다 베일로 잔뜩 가려

놓기까지 했으니 속을 짐작할 수 없다.

"만나 본 적 있어? 여자한테 직접 확인한 이야기야?"

"아, 그야 물론 만나 본 적은 있지만, 내가 약 먹었어? 그 여자하고 그딴 이야기를 도란도란 나누었다간 담날로 내 마빡에 바람구멍이 뚫릴 판이라고. 그리고 말이야, 나 윤민호가 말하는데!"

민호가 주먹을 쥐고 탁자를 탕, 내려쳤다.

"길이가 45센티도 안 되는 세발낙지 인간하고 마피아 딸내미의 사랑 이야기 따윈 신경 쓰고 싶지 않아. 그리고 그놈의 열쇠 따위도 더 신경 쓰고 싶지 않았지만, 인간적으로 불쌍해서 내가 특별히 원 플러스 원 행사로 한 번 더 와 준 거야."

"그게 대체……."

"너도 말이야, 조덕희 이 진상아! 유언장 그따위로 써서 해괴한 방법으로 넘기지 말라고! 그냥 좀 정상적으로 써서, 쉽게 쉽게, 만인이 볼 수 있도록, 코팅해서, 유리 액자에 넣어서, 변호사인지 나발인지한테 제대로 맡기라고. 제발이지 일곱 살 꼬꼬마한테 사리를 유발하는 잔소리는 집어치우고, 중요한 열쇠 따위 넘겨주지 말란 말이야."

네가 일곱 살 사나이의 정체를 알아? 네가 뚜껑 없는 냄비 속 팝콘의 발광을 알아? 백만 마리 비글의 산만함을 알아? 네가 그걸 모르는 바람에, 저 꼬맹이는 그거 잃어버리고 평생 찾아 헤맬 거란 말이야. 머리가 하얘지고 눈 코 입과 온몸에 주름이 쭈글쭈글하고 저 동그랗고 예쁜 턱이 똥꼬턱으로 늘어질 때까지, 그리고 그 아들까지 대를 이어서 존나게 찾아 헤맬 거란 말이야.

민호는 그런 말까지는 뱉지 못하고 속으로 고시랑거렸다. 덕희는 웃으며 고개를 저었다.

"아직 조선이 독립 전이라서 조심스러워서 그래. 저 안에는 영호 씨와 관련된 몇 가지 중요한 서류가 함께 있거든."

아하, 민호는 눈을 둥그러니 뜨고 고개를 끄덕였다. 그런 이유가 있었구나. 그것까지는 생각하지 못하고 내내 춘방 할멈을 원망하고 있었다.

"조선이 독립하고 나면 그때는 누가 피해를 볼까 새로 다칠까 걱정하지 않고, 네 말대로 유언장을 유리 액자에 넣어도 상관없겠지. 하지만 조선엔 아직 영호 씨의 여동생과 어머니가 살아 있어. 만에 하나, 함에 있는 게 외부로 공개되어서 관련된 사람들에게 피해를 주고 싶지는 않아. 그렇잖아도 영호 씨네 가족은 아직까지도 특별 관리 대상이라 들었어. 그 외에도 신경 쓰이는 게 한두 가지 있어서, 나도 현재로선 어쩔 수 없다고."

"야야. 난 그것도 모르고 망할 할망구가 일을 지지 꼬아 놓았다고, 심술통이라 생각하고 있었지."

민호는 머리를 긁었다.

하긴. 지금 이런 말을 해 보았자 무슨 소용이냐. 이런 대화가 얼마나 부질없는지는 사실 민호가 가장 잘 안다. 웃기는 건 저렇게 말하는 덕희도 그것을 알고 있다는 것이다. 유언장은 화각함에 들어가 밀봉되어 있고, 의붓아버지와 과자를 나누어 먹으며 시시덕대고 있는 저 꼬맹이는 평생 열쇠를 찾아 헤매야 할 팔자다.

다만, 아무리 부질없는 짓이라 해도, 결과가 어찌 될지 알아도 현재 이 시간에 해 주어야 할 말은 해 주어야 한다는 게 민호의 생각이었다. 시간 여행의 경력이 상당히 긴 민호는 보통 사람들이 생각하는 것과 달리 미래의 시각으로 과거를 보고 판단하지 않는다는 나름의 철칙을 갖고 있었다. 자신이 발을 디디고 있는 바로 그 현재에서 판단하여 옳다, 해야 한다고 생각하는 일을 할 뿐이었다. 덕희의 목소리가 간절해졌다.

"하루 이틀만 자고 가. 정말 보고 싶었어. 듣고 싶은 이야기도 많고 하고 싶은 이야기도 많아."

민호는 머리를 북북 긁으며 고개를 끄덕였다. 하룻밤 정도 자고 가면 선정이도 크게 걱정하지 않을 거고, 토마스 폰 에디슨도 변비로 고민할 일도 없을 것이다. 박 실장처럼 초조하게 기다려 주는 사람도 이젠 없고.

그러고 보면, 시간 여행을 여러 번 하면서도 자신을 애타게 기다리던 사람은 박 실장을 제하고는 한 명도 없었던 것 같다. 오빠나 친구들은 시간 여행 자체를 모르고, 어디 다녀오면 콧바람이 났다고 구박이나 하곤 했다.

시간 여행에서 구해 준 사람들은 카페에서 자신을 신격화시켜 가며 기다리기 때문에 카페에는 거의 방문조차 하지 않는다. 김준일 교수마저도 자신에게 무언가 기대하고 시켜 먹기만 바빴지 그렇게 눈물겹게 속을 졸이며 기다리지는 않았다.

문득 첼로를 연주하면서 기다리고 있다가 자신을 꼭 안아 주던 그가 생각났다. 그때 힘주어 끌어안았던 팔이 가늘게 떨리고 있던 것이 기억났다. 이젠 무사히 돌아왔다고 그렇게 안아 줄 사람도 없겠지. 그 품 안에 드는 건 다른 사람이겠지. 주책없이 콧부리가 시큰했다.

"이 화각함은 엄마한테 물려받아서 정말 소중한 거고, 절대 처분할 일이 없어. 내가 죽을 때까지 항상 내 곁에 둘 거야. 그러니 언제든지, 내가 보고 싶으면 날 만나러 와. 몇 살이 되었건 길만 열려 있다면 언제든지 와. 내가 너에게 갈 수는 없잖아."

덕희는 목멘 소리로 말했다. 조그만 손은 민호의 손을 꼭 붙잡고 놓지 않았다. 민호는 천천히 고개를 끄덕였다.

옆에서 부드러운 음악이 흘러나와 두 여자를 감쌌다. 꽃잎 모양으로 벌어진 스피커와 빙글빙글 돌아가는 턴테이블에서 풍부한 현악의 선율이 울린다. 턴테이블 옆에 앉아 있는 꼬마가 고개를 까닥까닥, 발을 한들거리며 선율의 흐름을 탄다.

익숙하다. 텔레비전 광고에서 가끔 나왔던, 아니, 박 실장님이 나를 기다리며 연주해 주었던 그 음악. 바흐, 첼로, 인간의 목소리와 가장 유사한 소리, 세상에서 가장 질서정연한 규칙을 가진 음악, 일상과 같은 규칙, 편안함, 나를 기다려 주고 있는 일상.

……이제는 더는 기대할 수 없는 것들.

그 사람에게 빠져드는 게 아니었는데. 그날 밤 그가 켜는 바흐에 흠뻑 젖으면 안 되었는데. 지저분하고 깜깜한 움막에서, 그의 부드러운 분위기에 푹 빠지는 게 아니었는데. 그의 숨겨진 몸에 얽혀 있는 흉터 따위 보는 게 아니었는데. 아니었는데. 아니었는데. 후회는 해도 해도 마르지 않는다.

……아니, 이건 음악이 슬픈 거야.

퐁, 찻잔 속으로 짠물이 떨어졌다.

○ ● ○

공교롭게 바쁜 날이었다. 부전은 뉴욕에 볼일이 있어 긴 여행을 앞두고 있었다. 집사나 관리인 정도로 보이는 사내 한 명이 커다란 여행 가방을 낑낑대며 마당으로 나른다.

"주인어른! 이 여행 가방을 어디에 실으면 됩니까?"

"맥! 트, 트렁크, 일단 뒤 트렁크가 여, 열리면 그곳에 넣으세요."

한국어? 여기선 하인들까지 한국어를 쓰나? 민호가 돌아보니 꽤 낯이 익은, 검은 머리의 중년의 사내가 보인다. 그 옆으로 얼굴이 새까맣게 그을고 옷에 먼지가 보얗게 묻은 사내 둘이 공을 하나 가지고 식식거리며 뛰어 들어온다. 제임스보다 나이가 더 들어 보이는 두 소년은 부전과 덕희를 보자 머리를 꾸벅하며 인사를 한다. 덕희는 조용히 말했다.

"춘방이 아이들이야."

민호는 입을 크게 벌렸다. 아하! 맞다. 깜박 잊고 있었다. 춘방이한테 남겨진 불쌍한 아이 둘이 있었다.

"나 대신 죽은 춘방이의 아이들이라. 내가 살아 있는 한은 반드시 내 손으로 거두어서 키울 거라 생각했었어. 황 서방이 아이를 혼자 거두지 못해서 아이들이 동네에서 걸식한다는 말을 듣고 바로 불러들였지."

"그래서 황 서방도 같이 부른 거야?"

"내 얼굴을 이리 만들고 유감도 많지만, 나 대신 아내가 죽은 거고, 또 아버지가 돌아가셨을 때 그래도 주인이라고 시신도 수습해 주었다고 하더라고. 아이들하고 생이별을 시킬 수도 없는 거고. 그래서 함께 불러들여서 이집에서 일하면서 지내게 했어."

머리를 갈색으로 물들인, 밝고 경쾌하던 앤드류 황이 생각났다. 붙임성 좋고 쾌활한, 박 실장하고는 정반대의 성격을 가진 5촌 조카라 했다. 저 아저씨의 손자, 아니 증손자가 되는 거구나. 그러고 보면 눈썹이나 콧대 같은 건 어딘가 비슷한 구석이 보이기도 한다. 춘방의 똥꼬턱 내림 포스만큼은 아니었지만.

고물이 된 자동차의 배기 구멍에서 털털거리며 시커먼 연기가 나오고 있었다. 트렁크의 문이 제대로 닫히지 않고 튕겨 나오자 부전과 황 서방이 닫노라고 한참 실랑이를 한다. 서너 번 덜컹거려서야 트렁크를 닫은 황 서방이 타이어를 발로 뻥, 차는 것이 보인다.

왼쪽 문은 일곱 살 누군가가 달리는 차 안에서 차 문을 덜렁 여는 위험천만한 짓을 한 이후 못질을 해서 폐쇄해 버렸다며 덕희가 맥 빠진 소리로 웃었다. 오른쪽 문도 아이가 하도 장난을 쳐서 안이든 밖이든 고리가 덜그럭거리며 한 번에 열리지도 않는단다.

사방 스크래치에, 바람 따라 흔들리는 사이드미러, 시커멓게 변한 번호판, 처량하게 늘어진 배기구. 아이가 운전 중에 앞좌석으로 넘어가지 못하도록 막아 놓은 흉물스러운 가로대까지, 덕희는 설명을 하면서 나름 해탈한 표정이었다.

"으와, 아무리 얼굴이 예뻐도 정말 일곱 살 턱을 하는구나. 그 좋던 벤츠가 똥차가 다 됐어! 차 안 사?"

"그러잖아도 이번 여행을 위해서 간신히 한 대 주문해 놓았어."

"간신히? 왜? 이렇게 부잣집에서?"

"요새 형편이 썩 좋지는 않아. 수입이 없는 건 아닌데 사들이는 게 워낙 많다 보니 그래. 지금 비가 새는 지붕도 수리해야 하고, 여름마다 정글이 되어 가는 정원도 손봐야 하는데 현금이 없어서 되는대로 살고 있어."

"그야, 존나 비싼 골동품을 무진장 사들이니 그렇지. 없으면 적당히 팔기도 해야 하잖아?"

"그래서 한국 유물 아닌 건 좀 정리할까 해서, 아예 뉴욕 쪽으로 근거지를 옮길까 생각도 하고 있어. 뉴욕의 크리스티 경매 시장이 미국에서 가장 규모가 커. 동양 물건들이 최근에 많이 나온다고 해서, 분위기를 보러 간다고 했어. 매매가 활발한 곳이 아무래도 낫지 싶거든."

"아하."

"이번 뉴욕행에 제임스도 데리고 갈 거야. 남자들끼리 둘이서 함께 자동차로 대륙횡단 여행을 하고 싶다고 늘 이야기했었거든. 오늘 시내로 가서 주문해 놓은 새 차 받고, 그걸 타고 바로 출발한다고 했어."

꼬마는 제정신이 아닐 정도로 들뜬 상태였다. 반나절 소풍이라도 전날부터 잠을 못 자는 게 어린아이들인데, 하물며 좋아하는 아버지와 새 자동차를 타고 뉴욕까지 갈 거라니, 그 조그만 심장이 어찌 벌렁대지 않겠는가. 꼬마가 흥분해서 지도를 펼쳐 놓고 신나게 설명을 한다.

"이모, 이모! 그거 알아요? 로스앤젤레스는 미국의 서쪽 아래쪽이고요, 뉴욕은 동쪽 위쪽이래요. 위치상으로 끝에서 끝인데요, 거리가 어마어마해요! 태평양에서 출발해서 대서양까지 가게 되는 거예요!"

"우와, 그래?"

"네에! 중간에 초원도 지나가고요, 사막도 지나가고요, 로키 산맥도 지나간대요. 산을 타고 막 올라가고요, 엄청나게 커다란 호수도 돌아가고요, 아빠가 하루에 열 시간씩 운전할 거라고 했어요. 이번에는 벤츠가 아니고 캐딜락인데요, 아빠가 엔진은 캐딜락이 더 좋다셨어요. 이젠 저도 자동차에 더 이상 장난치지 않을 거예요. 이제 저는 다 컸거든요."

"오호. 그래. 그렇구나."

민호는 잔뜩 흥분해서 이마에 송골송골 땀이 맺힌 아이를 보며 웃었다.

"잠은 여관에서 잘 건데요, 어떤 여관은 사막 한가운데 있대요. 그리고 마피아들의 도시인 시카고도 지나갈 거래요."

"와! 굉장한데? 무섭지 않겠어?"

"무섭지 않아요. 저는 용감한 어린이거든요. 이모, 봐 봐요. 그러니까, 여기 캘리포니아 로스앤젤레스에서 출발해서요, 애리조나, 뉴멕시코, 콜로라도, 캔자스, 미주리, 아이오와, 일리노이, 인디아나, 오하이오, 펜실베이니아 주를 지나서 뉴욕으로 들어가는 거예요. 열흘 동안 12개 주를 다 지나가는 거죠! 가서 비싼 그림도 많이 보고, 공룡 뼈도 만지고 와서 친구들한테 자랑할 거고요, 아빠가 맨날 말하는 크리스티도 같이 구경 갈 거예요."

밤새 지도를 보고 외우기라도 했는지 꼬맹이는 손가락을 꼽아 가며 열심히 설명했다. 눈이 반짝반짝했다. 넌 네이롱의 검색창 미니 버전이냐. 민호는 자신의 무식이 새삼 부끄러웠다.

"크리스티? 어디서 들어 본 거 같은데? 그게 뭐야?"

"물건 파는 곳이에요. 아빠는 그런 곳에서 요만한 탁구 채 같은 판을 들고 얼마, 얼마 하면서 숫자를 부르는 일을 하거든요. 크리스티에는 재미있는 옛날 물건들이랑, 그림이랑, 옛날 왕이나 귀족들이 쓰던 보석 같은 게 정말 많대요."

"지미가 따라가고 싶어서 얼마나 안달을 했는지 몰라. 걔는 아빠하고 자동차로 대륙횡단여행을 해 보는 거하고, 뉴욕의 메트로폴리탄 박물관에 가 보는 게 일생일대의 소원이었어."

덕희가 잠시 끼어들었다. 종알대던 소년이 다시 커다란 목소리로 톡 튀어나왔다.

"자연사 박물관도요! 거기에 공룡 뼈가 많대요! 꼭 가서 만져 보고 올 거예요. 그 손 안 씻고 집에까지 올 거예요."

"존. 제임스가 안 씻거나, 이를 안 닦거나 시끄럽게 굴거나 귀찮게 하면 그 자리에서 단단히 야단을 치세요."

부전은 네, 네, 건성으로 대답하며 소년을 보고 눈을 찡긋한다. 소년의 입이 벌쭉 벌어졌다. 저 꼬맹이 때문에 며칠 동안 광란과 비탄에 빠져 있었다더니 말짱 잊어버린 모양이다.

점심때가 얼추 지나자 준비가 끝났는지 부전이 운전석에 앉았다. 고물차를 운전해 집으로 가져오기 위해 덕희도 시내까지 함께 따라가야 했다. 민호 역시 캐딜락 새 차를 구경해 보라는 제임스의 생떼에 못 이겨 조수석에 앉았다. 로스앤젤레스 겨울은 한국의 늦가을 정도의 기후인 듯한데, 그래도 생각보다는 꽤 쌀쌀했다. 시간이 늦어지면 더 추워질 것 같아, 민호는 털 코트를 챙겼다.

뒷좌석 왼쪽, 손잡이에 못질이 된 쪽으로 제임스가 탔고 바로 옆에 덕희가 소년의 손을 꼭 쥐고 앉았다. 뒷문을 텅, 닫는 순간 트렁크가 펑, 열려버렸다. 맥이 중얼중얼 욕을 하며 달려오고 다시 트렁크를 닫느라 끙끙거렸다.

부전은 저놈의 믿을 수 없는 트렁크에 실린 짐을 죄다 뒷좌석으로 싣기로 했다. 덕희는 제임스를 무릎에 앉혔고 그 옆으로 커다란 트렁크와 작은 가방, 제임스의 자잘한 짐들이 뒷좌석에 빼곡하게 쌓였다.

여행 일정이 워낙 길고 판매할 물건도 몇 가지 챙기는 통에 짐의 양이 어마어마했다. 가냘픈 체구의 덕희와 꼬맹이는 짐에 눌려 짜부라질 것처럼 보였다. 그 꼴로 로스앤젤레스 시내까지 두 시간을 가야 하는데, 덕희는 오만상을 찌푸렸지만, 함께 앉아 있는 제임스는 여전히 흥분을 가라앉히지 못했다.

크르렁크르렁, 자동차는 시동이 쉽게 걸리지 않았다. 걸렸다가도 계속 꺼졌다. 앞좌석에 있던 민호가 화를 내며 손으로 차의 앞부분을 펑, 내려치자 그제야 쿠아앙, 소리를 내며 시동이 걸렸다.

1941년의 로스앤젤레스 외곽은 생각보다 황량했다. 부전의 집이 도심에서 멀찍이 떨어져 있는 이유는 사람을 꺼리는 덕희 때문이었다. 하지만 한참을 차를 타고 나가도, 미국에서 상당히 큰 도시의 외곽이라는데도 전체적으로 성글고 휑했다. 특히 날이 궂고 꾸물꾸물 비까지 흩뿌리기 시작해서 더욱 그러했다.

알로에처럼 퉁퉁하고 날카롭게 줄기를 뻗고 자라고 있는 용설란이 눈에 많이 띄었다. 덩치가 제법 큰 선인장이며 줄기를 사방으로 뾰족하게 뻗고 서 있는 이름 모를 관목, 길고 억센 들풀, 말라서 누렇게 변색해 바닥에 깔린 풀, 바위, 흙과 자갈이 울퉁불퉁 깔린 비포장도로가 한참 이어졌다.

나무나 벽돌로 만든, 크고 작은 단층주택들이 모여 있는 작은 동네를 지나자 집 한 채 없이 긴 울타리만 있는 농장들이 나타났다. 여기저기 건초 더미들만 무더기로 쌓여 있었는데, 몇 십 분을 달려가도 집 한 채 제대로 보이지 않았다.

군데군데 젖소나 검정소, 갈색소들이 무리 지어 한가롭게 돌아다니기도 했지만, 그곳 역시 별달리 사람은 보이지 않았다. 멀찍이, 양쪽으로 구부러진 모자를 쓴 말을 탄 사람이 소 떼 사이를 유유자적 헤치며 지나가는 것이 보인다.

유실수, 관목, 허리춤까지 자라 있는 풀들이 두서없이 섞인 상태로 줄줄 이어졌다. 포장도로와 비포장도로가 섞여 있었고, 바위로 된 야산과 구릉을 지나갈 때는 으레 양쪽에서 풀풀 먼지가 일었다. 반대편으로 지나가는 차들도 거의 보이지 않았다. 외려 도로 한가운데를 태연하게 무단 횡단하는 작은 동물들 때문에 급정거를 해야 했다. 끼익, 소리가 났다 하면 시동이 푸르릉 꺼졌다.

"이모, 궁금한 게 있는데요. 왜 아빠가 엄마 같은 사람하고 결혼했는지 혹시 아세요? 완전 잔소리 대마왕에 얼마나 무서운데요."

손님이 와 있을 때 아이들이 으레 그러하듯 소년은 앞좌석에 앉아 있는 이모를 믿고 아슬아슬한 질문을 해 댔다. 민호는 가로대 뒤로 머리를 들이대고 있는 소년에게 된통 꿀밤을 먹였다.

"요 녀석! 엄마가 얼마나 예쁘고 똑똑했는데! 남자들한테 얼마나 인기가 많았는지도 모르고!"

우웨에에! 꼬맹이가 토하는 시늉을 했다. 민호는 뒷좌석으로 팔을 쭉 뻗어 볼을 잡아당겼다.

"요, 요 건방진 총각을 보았나. 너 나중에 여자친구 만들 때도 고런 소리가 나오는지 보자."

소년을 안다시피 하고 앉아 있던 덕희는 함께 따라 웃었다. 엄마의 웃음이 낯설었는지 소년의 눈이 동그래진다.

군용 트럭 두어 대가 카키색 군복을 입은 사람들을 태우고 맞은편으로 지나간다. 민호는 고개를 비죽 내밀고 트럭을 구경했다. 먼지투성이의 군인들은 영화에서 보여 주던 것보다 훨씬 궁상스러운 표정으로 앉아 있었다.

"전쟁이 시작됐어."

덕희가 뒷좌석에서 조용히 말했다.

"한 달 전에, 일본군이 하와이를 폭격했어."

민호는 눈을 껌벅껌벅했다. 뭔 일이 난 건지 이해가 쉽게 되지 않는다.

"저기, 내가 미국사를 잘 몰라서 그러는데, 미국하고 일본이 전쟁을 하는데 왜 하와이를 때려? 뉴욕이나 워싱턴이 아니고?"

"미국 역사만 모르는 게 아니겠지."

검은 베일 속으로, 덕희가 입술을 비쭉이며 웃는 게 보인다. 미니 네이롱 검색창이 톡 튀어나왔다.

"이모, 하와이는 엄마가 태어나기 몇 년 전부터 미국 땅이 되었거든요. 펄 하버…… 엄마 펄 하버가 조선어로 뭐예요? 네. 진주만에요, 우리 미국의 태평양 함대가 있거든요. 항공모함 알죠? 전투기들이 막막 많이 자고 있는 커다란 배예요. 그곳에 항공모함이 있었는데요, 거기다가요, 일본군들이 비행기를 타고 와서 폭탄을 막 터뜨려서요, 우리나라에서 화가 났대요."

뒤에 있던 조그만 꼬마가 민호의 귀를 끌어당기며 속삭였다. 꼬마의 엄지손가락에 끼워져 있는 금반지의 감촉이 귓불에 닿아 차가웠다. 민호도 소년의 귀에 대고 속삭였다.

"그렇구나. 제임스는 아는 것도 많네. 그런데 왜 이렇게 작은 소리로 말해?"

"엄마가 슬퍼하실까 봐요."

"응?"

"일본하고 전쟁이 났다는 말을 했을 때, 엄마가 굉장히 많이 우셨어요. 왜 그렇게 우냐고 여쭤 보니까."

"응."

"지금은 말해 줄 수 없다고, 하지만 4년만 지나면 알게 될 거라고 하셨어요."

그렇구나. 민호는 싱긋 웃으며 고개를 끄덕였다. 그 눈물이 어떤 의미인지 알려면, 4년이 아니라 14년으로도 턱도 없이 모자라겠지만.

민호의 손이 꼬마의 반질반질한 머리카락을 쓰다듬었다. 손에 잡히지 않을 것을 찾기 위해 평생을 허송하고 침대에 누워 있는 노인과 연결해 생각하기 마음 아플 정도로 소년은 사랑스러웠다. 민호는 이럴 때 가끔 우왕좌왕 마음이 흔들리는 것을 느꼈다.

"우와! 대륙횡단열차예요!"

소년이 창밖을 쳐다보며 소리쳤다. 시커먼 색깔의 열차가 요란한 소리를 내며 지나가는 모습이 먼발치로 보인다. 여객이 아닌 화물수송 열차인 듯한데, 뒤에 꼬리가 어마어마하게 길게 붙었다. 민호는 창을 조금 열고 고개를 내밀고 밖을 보았다.

철길은 지평선 너머로 길게 끝도 없이 이어져 있었다. 참 대단도 하지. 도심도 아니고 이런 황량한 곳까지 깔아 두었구나. 우리나라의 수십 배는 될 것 같은 거대한 나라를 가로지르는 철도라. 대단하긴 하다. 민호는 끝이 보이지 않을 정도로 길게 이어진 선로와, 까마득하게 작아진, 꼬리가 긴 열차를 조금 감탄 어린 마음으로 지켜보았다.

"조금만 기다, 기다리세요. 사, 삼십 분만 더 가면 시내에 도, 도착합니다. 차를 인도받고 시내에서 식사, 식사도 하고 좀 늦게 출발할 거니까 먼저 들, 들어가세요. 바, 밤길 운전은 위험하니까요."

부전은 부드럽게 웃으며 백미러로 덕희를 쳐다본다. 덕희는 고개를 끄덕였다.

"저, 저 없어도 너무 걱정하지 마시고요. 화, 황 서방이랑, 아이들도 있고, 내니…… 샌드라도 있고."

"제임스가 당신을 귀찮게 할까 그게 걱정이죠. 식사 잘 챙겨 드세요. 무리하지 마시고요."

"그, 그러겠습니다. 걱정 아, 안 하셔도 됩니다."

부전은 허허, 웃으며 덧붙였다.

"선물, 선물 사 올게요. 뭐 받고 싶은 거 있습니까?"

덕희는 대답을 할 듯 말 듯 망설이다가 고개를 천천히 저었다. 입에서 가느다란 한숨이 흘러나왔다. 민호는 살짝 뒤를 돌아 그녀의 얼굴을 살폈다. 검은 망사에 가려진 얼굴은 잘 보이지 않았다. 다만 입술이 한참 달싹거렸다.

"……당신이 건강하게 무사히 돌아오면, 그게 저한테는 제일 큰 선물이에요."

순간 자동차 안은 깊은 침묵에 휩싸였다. 민호는 덕희의 대답 속에 감추어진 것을 감지했다. 오랫동안 묶여 있던 어떤 감정이 한 걸음, 앞으로 이동했다. 허공 속으로, 이름 붙여 말하기 어려운 감정들이 무서운 속도로 왕복했다. 뒤에 앉아 고개를 수그린 여자의 표정이 보이지 않는다.

민호는 옆자리에서 운전대를 잡고 앉은 부전에게로 시선을 돌렸다. 운전대를 잡고 있는 손등에 푸르게 힘줄이 돋아 있다. 안경 너머로 보이는 눈이 유난히 번들번들 빛을 낸다. 입술 끝이 근육이 풀어진 사람마냥 흔들거렸다.

부전은 대답을 하지 못했다. 차단기가 올라가 있는 철로 구간을 지나다가 침목을 넘으며 차가 크게 흔들렸던 것이다. 덜커덩, 덜커덩, 선로 하나를 넘고, 다시 하나를 다시 넘는 순간 덜커덩, 차가 요동하면서 시동이 푸르르 꺼져 버렸다.

"아, 이런."

부전은 손등으로 이마를 문질렀다. 손등으로 흥건하게 물기가 묻어난다. 자동차 안에 고여 있던 무겁고 팽팽하던, 그리고 한없이 짙은 농도를 가진 공기가 크게 일렁였다.

부전은 입을 꾹 다문 채 다시 시동을 걸었다. 크르릉, 크르릉, 선로 위에서, 자동차의 시동은 용이하게 걸리지 않았다. 민호는 자동차를 다시 한번 펑, 때려 줄까 하다가 손을 거두어들였다. 무슨 일인지 모르겠는데 등으로 축축하게 진땀이 솟았다.

선로 양쪽으로는 아무것도 오지 않는다. 조금 아까 열차가 지나갔으니 바로 지나갈 턱이 없다. 걱정할 일은 아니다. 크르릉, 부아아아. 다시 시동이 걸렸다. 덜커덩, 자동차는 무사히 선로를 넘었다. 민호는 길게 안도의 한숨을 쉬었다. 안에 고인 무거운 공기가 회오리처럼 엉기는 것 같다.

땡땡땡, 멀리서, 양쪽으로 차단기가 작동하는 종소리가 들린다. 쭈뼛, 민호의 등으로, 칼로 도려내는 것처럼 선명한 한기가 흘렀다.

"더, 덕희야."

민호는 질린 얼굴로 뒤를 돌아보고 중얼거렸다. 방금 막 지나갔는데? 아. 반대편에서 오는 열차인가? 덕희는 시퍼렇게 질린 민호의 얼굴을 보고 고개를 갸웃했다. 민호는 속이 울렁거리는 것을 느꼈다.

어, 이러면 안 되는데.

아니나 다를까. 제대로 시동이 걸린 자동차가 반대편 침목을 덜커덩, 넘는 순간, 쿠르릉, 다시 시동이 꺼져 버렸다. 땡땡땡, 가느다란 종소리가 고막을 계속 파고들었다. 민호는 두 번 생각할 것도 없이 차 문을 박차고 나갔다.

"차에서 내려!"

"미, 민호 씨!, 시동을 다시 걸면 됩니다. 열차 오려면 한참 걸립니다."

257

"민호야! 왜 그래. 시동 바로 걸려. 아직 열차가 보이지도 않잖아."

"지미! 지미! 제임스! 덕희야! 부전 씨, 내려요! 얼른! 내려요!"

잊을 리가 없다. 이 감각. 열 살, 벽장 속, 등 뒤로 이는 한기. 어머니의 죽음을 다시 겪어야 했던 열 살 여자아이에게 각인되었던 감각이었다. 시간 여행을 하면서 종종 겪었던 익숙한 감각.

사람들의 삶은 길지 않고, 사람들은 쉽게 죽었다. 긴 세월을 건너다니는 여행자의 눈에, 모든 사람은 너무 쉽게 죽었다. 등을 저미고 지나가는 차가운 바람처럼, 사람들은 하릴없이, 하릴없이 스러졌다. 민호는 황급히 뒤로 뛰어가 아이가 앉아 있는 쪽의 문을 잡았다. 덜컥, 소리만 나며 문은 요지부동 꼼짝하지 않는다.

"지미! 제임스! 문 열고 나와!"

"이, 이모! 여기는 못 열게 되어 있어요."

아이는 눈을 동그랗게 뜨고 고개를 흔들었다. 아, 그랬었다. 못질이 된 손잡이, 왼쪽 문은 열리지 않는다. 민호는 정신없이 문을 덜컹거렸다. 크르릉, 크르릉, 부전이 시동을 걸 때마다 늙은 자동차는 애처로운 소리를 내며 헐떡거렸다.

"왜, 왜 그래!"

안에서 덕희가 신경이 곤두선 얼굴로 고함을 친다. 민호는 여전히 차 문을 잡아당기며, 목에 핏대를 세우고 외쳤다.

"덕희야! 내려!"

하지만 오른쪽 문은 그쪽대로, 떠나기 직전 트렁크에서 옮겨 놓은 온갖 짐에 막혀 있었다. 덕희는 억지로라도 손잡이를 잡아 보려 했으나 크고 작은 상자를 어찌나 빽빽이 부려 놓았는지 도저히 잡히지 않는다. 덕희의 목소리가 높아졌다.

"이 트렁크와 짐을 치워야 해. 밖에서 좀 열어 줘!"

부전이 허옇게 질린 얼굴로 황급히 운전석에서 내려 오른쪽 문으로 갔다. 오른쪽 문손잡이는 고리가 약해져서 쉽게 열리지 않았다.

부전은 차 바깥에서, 덜렁대는 손잡이를 잡고 맹렬하게 흔들었다. 털렁털렁, 마음이 급하니 소리만 요란하지 문은 쉽게 열리지 않는다. 인적이 드문 작은 도로, 오가는 차량은 거의 보이지 않고, 땡땡거리는 소리만 점점 더 날카로워진다. 민호는 조수석으로 다시 돌아가 고함쳤다.

"지미! 지미! 이모한테 와!"

앞좌석과 뒷좌석 사이로 건너올 수 있는 틈은 지독하게 좁았다. 아이는 벌떡 일어나 의자 틈으로 갔다. 하지만 버둥버둥하다가 의자 사이에 끼어 울상을 짓고 말았다.

"이모! 이모, 앞좌석으로 갈 수가 없어요. 가로막을 대 놓았어요."

제기랄. 깜박 잊었다. 아이가 앞으로 넘어와서 운전을 방해하지 못하게 중간에 무엇인가를 대 놓았었다. 민호는 털외투를 움켜쥐고 다시 꼬맹이 쪽으로 뛰어가 악을 썼다.

"지미! 지미! 덕희야! 유리, 유리를 내려!"

"무슨 말이야! 유리를 어떻게 내려!"

빌어먹을. 유리를 내릴 수 없는 차인가? 민호는 입술을 깨물었다. 멀리, 지평선과 맞닿은 곳에, 선로를 따라 길고 검은 덩어리가 나타났다. 태양 빛을 등지고 있어서인지 온통 시커멓고 무시무시하게 보였다. 위로 검은 연기가 무덕무덕 솟아오르는 것이 아련하게 보인다.

괜찮아. 괜찮을 거야, 저쪽 문을 열고 얼른 짐을 내려서……. 중얼대는 민호의 등으로 진땀이 줄줄 흘러내렸다.

뚜앙!

맞은편에서 손잡이를 잡아당기던 부전의 입에서 비명이 치솟았다. 덜렁대던 손잡이가 아예 빠져나왔다. 세 사람의 입에서 공포에 질린 부르짖음이 터졌다. 지금 덕희와 지미는 차 안에 갇혀 버린 것이다.

"덕희, 덕희 씨! 기다려요! 기다려요! 내가 열어 줄게! 걱정하지 말고!"

부전은 실성한 사람처럼 손잡이가 빠져나간 구멍을 더듬으며 외쳤다.

"지미! 덕희야! 유리창을 깨!"

덕희는 얼굴을 가리고 있던 모자를 벗어 아이의 얼굴을 가린 후, 주먹을 꼭 쥐고 유리를 내려쳤다. 한 번, 두 번, 아무리 해도 되지 않는다. 민호는 옆에 있던 커다란 돌멩이를 들었고, 덕희는 입고 있던 겉옷을 벗어 아이의 몸을 가렸다. 콰작, 콰작! 유리가 조각조각 부서지면서 차 안으로 떨어졌다. 민호는 황급히 모서리의 유리를 갈아 버린 후, 모피코트를 안으로 던졌다.

"아이를 감싸! 감싸서 창밖으로 밀어!"

지평선에서 일렁이던 작은 실 같은 열차가 점점 형태를 갖춘다. 모피 속에 고치처럼 감싸인 소년은 새파랗게 질린 얼굴로 눈을 꼭 감고 창문 밖으로 빠져나온다. 다행히 모피는 유리가 파고들지 못할 만큼, 충분히 두꺼웠다.

지미가 버둥거리며 간신히 빠져나왔다. 아이의 발에 작은 생채기가 생겼는지, 하얀 양말 위로 붉은 피가 몇 방울 흩어졌다. 민호는 아이를 안고 황급히 빠져나왔다. 배 속에서 치미는 구역질, 등 뒤로 일렁이는 차가운 기운이 점점 강해진다.

민호는 선로 밖으로 나가 뒤를 돌아보았다. 맞은편에서 차를 세워 놓고 있는 사람과 제복을 입고 있는 사람이 새파랗게 되어서 크게 고함을 치고 있다. 무어라 하는지 들리지 않는다.

"엄마! 엄마! 아버지, 존! 존!"

아이가 울부짖기 시작했다. 차는 움직이지 않는다. 아이가 간신히 빠져나온 구멍으로, 사내는 여자를 빼내려고 안간힘을 쓰고 있었다. 두 사람은 패닉에 빠진 채, 도저히 가능할 것 같지 않은 시도를 하고 있다.

저 구멍으로 덕희는 나올 수 없다. 지금, 짐을 옮길 수도 없다. 문을 열 수도 없다. 얇은 코트를 입고 있는 여자의 상반신과 끌어내리려고 발버둥 치는 사내의 팔뚝은 이미 피투성이가 되어 있었다. 모자를 쓰지 않은 여자의 오그라든 얼굴은, 햇빛 속에서 검고 슬퍼 보였다.

"덕희, 덕희 씨! 조금만 더! 더!"

모든 사고는, 한 가지 부분에서만 잘못되어 일어나는 것은 아니다. 이런 형태로 일이 벌어지기까지 수많은 과정에서 어그러짐이 중첩되는 것이다. 그래서 민호는 이런 종류의 사고를 불가항력이라 생각하곤 했다.

덕희의 움직임이 멈춘다. 기차는 육안으로 굴뚝을 분별할 수 있을 정도로 가까워졌다. 양쪽 차선에서 비명 같은 외침이 터져 나온다.

그래, 자동차를 밀 수도 있었는데.

나와 박부전, 저 뒤에 있는 사람 한두 명만이라도 있었으면, 5분 전에만 그 생각을 했었으면 차를 밀 수도 있었을 텐데.

하지만 이제 선로 안에 들어와 무엇을 하기에는 너무 늦었다. 지나간 5분을 아무리 후회한다 해도, 늦은 것은 늦은 것이다. 민호는 코트에 감싸여 몸부림을 치는 아이를 꽉 끌어안았다. 눈물이 줄줄 흘러나왔다.

어떤 일이 벌어질지 나는, 나는 기억하고 있었어야 했다. 누군가의 낮고 깊은 목소리가 민호의 귀에서 징, 울렸다.

'할머님은 1941년…… 아버지가 일곱 살 때 돌아가셨거든요.'

"아가야. 인사해!"
"엄마! 엄마! 아빠아아! 존! 아빠아아! 나와요, 제발!"
"아가야! 엄마, 아빠한테 고맙다고, 사랑한다고 인사해! 얼른!"

민호는 아이를 안은 채 눈물을 줄줄 흘리며 소리쳤다.

춘방과 부전은, 그렇다. 해방이 되기 몇 해 전 유언을 남기고 사망했다 하였다. 화각함에 유언을 숨겼던 이유는, 그리고 지금까지 공개되지 않았던 이유는, 춘방이, 아니 덕희가 해방이 되기 전에 죽었기 때문이었다. 기억해야 할 것을 기억하지 못했으나, 그것을 한스러워할 수도 없다. 기억했다 해서 달라질 것은 없다. 일어날 것은 일어나고, 남을 이들은 남고, 돌아갈 이들은 돌아가는 것이다. 지독하게 무거운 후회만 잔뜩 남겨 놓고는.

귀청이 찢어질 듯한 소리가 귓속에서 뭉쳤다. 쇠가 갈리는 소리와 비슷한 이명이다. 아이는 새파랗게 질린 얼굴로 악을 쓰듯이 외치고 있었다. 엄마! 존, 사랑해요! 사랑해. 민호는 아이를 돌려세워 작고 반질반질한 머리통을 꽉 끌어안았다.

"자, 이제 됐다, 아가야. 눈 감을 시간이 됐어."

"이, 이모……."

"보지 마, 아가. 보지 마. 듣지 마. 고개 돌리지 마. 이모만 보는 거야."

아이는 시킨 대로 고개를 돌리고 허리에 매달려서 걷잡을 수 없이 떨었다. 민호는 아이를 양팔로 함빡 품었다. 끼아아아. 사람들의 비명이 점점 날카로워졌다.

기적 소리가 가까워진다. 장애물을 보기라도 했는지 선명하게 가까워진 열차에서 끼기기기, 끼긱, 끼이이이, 거센 쇳소리가 난다. 하지만 자동차 앞까지 제동거리는 턱없이 부족했다.

덕희는 움직임을 멈추었다. 눈앞에 있는 사내의 얼굴이 유난히 생소하면서도 싱그러워 보인다. 로스앤젤레스의 겨울 하늘은 희고 침침하고, 습기를 잔뜩 머금고 있어 늘 우울해 보였다. 조선의 하늘, 푸르고 싸늘한, 정갈하고 매운 그 빛깔이 그리웠다.

시간이 느리게 흐른다. 그리운 사람들, 사랑하는 사람들이 있었다. 먼발 치에서 민호가 아이를 안고 있는 것이 보인다. 시간을 건너 여행한다는 저 여자는 아이를 끌어안은 채, 얼굴이 흠뻑 젖도록 울고 있었다. 아이가 악을 쓰는 것이 보인다. 엄마! 존! 사랑해요! 엄마! 엄마아아아! 사랑해요! 나 엄 마 미워한 거 아니에요. 엄마, 존! 아빠! 사랑해요. 사랑해. 아이는 손을 힘 껏 내밀고 눈물을 철철 흘리면서 소리를 질렀다. 덕희는 자신의 팔을 끌어 당기는 사내에게 말했다.

"가요. 당신만이라도 가."

"난, 난, 못 가요. 덕희 씨! 나는 못 가! 제발!"

"제발 당신만이라도 가! 부전 씨! 당신만이라도!"

"죽어도 안 가요. 안 가!"

덕희는 웃었다. 그래. 그럴 거라 생각했다. 두 번 말해도 소용없고, 열 번 빌어도 소용없다. 목이 터져라 애걸해도 이 사람은 가지 않을 것이다. 웃음 이 점점 진해졌다. 덕희 씨, 아아, 덕희 씨! 이제는 마르고 초췌해진 사내가 덕희를 붙잡고 악을 쓴다.

"부전 씨, 하고 싶은 말이 있어요."

빠아아아. 빠아아, 빠아. 기적 소리가 귀청을 찢을 듯 가까워졌다. 덕희 는 최대한 화사하고 예쁘게 웃어 보였다. 내 얼굴이 일그러지기 전, 정말 곱던 시절에 이 사람에게 단 한 번이라도 이렇게 곱게 웃어 주었으면 좋았 을걸.

"당신, 아까 뉴욕에서 뭘 선물해 줄까 물었죠. 뉴욕 아니고 지금 부탁 하 나만 들어줘요."

"더, 덕희 씨?"

"내생이든, 내세든, 무어라도 있다고 말해 줘요."

"왜……."

"당신을 찾아가야 하니까요. 천당이든 극락이든 지옥이든 아무 데라도. 그래야 당신을 제대로 사랑할 수 있을 거 아니에요."

"덕, 덕희 씨! 왜 하필 지금!"

그는 비명처럼 부르짖었다. 왜 하필 이제 와서. 부전의 목소리에서 무수한 상반된 감정이 찢어졌다. 그의 눈에서 왈칵 눈물이 치밀었다. 덕희는 오래 준비해 왔던 것처럼, 담담한 목소리로 말했다.

"그때는 당신만 사랑하겠어. 박부전 씨, 세상에서 가장 사랑스럽고 존경스러운 당신을, 내가 먼저 찾아가서 사랑하고, 당신의, 당신만의 사람이 되겠어."

일그러진 얼굴로 타고 흐르는 눈물이 가볍게 느껴졌다. 자신을 끌어안은 사내가 가슴을 움켜잡고 피를 토하듯 운다.

이 역시 새로운 후회로 쌓일 짓일까.

말하지 않고 후회하는 것보다는 말하고 후회하는 것이 낫다고 누가 그랬더라. 지금에서야 말한다고 한스럽다 원망할 것이냐. 이제라도 이 생에서 마지막 한 번이라도 말을 해 주는 것이 낫겠느냐.

잘 모르겠다. 덕희는 부전의 머리를 끌어안고 웃었다. 몇 시간 전에 시간 여행자 친구와 후회에 대한 이야기를 했는데. 그 친구라면 어떻게 행동을 할까.

이 순간에 내 아이를 살려 주고 새로운 시간을 살게 기회를 열어 준 친구. 혼자서 7년 동안 외사랑으로 속을 앓으면서도 그늘 한 점 없던 시간 여행자. 그녀라면, 이 순간에 나와 같은 행동을 했을 것 같다.

쇠 냄새와 피 냄새가 같이 올라온다. 두 개의 냄새는 어쩌면 비슷한 것도 같다. 느리게 느리게 흘러가는 시간 사이로 아아, 아아아아! 부전이 크게 부르짖는 소리가 들린다. 그 소리는 빠아, 빠아아아, 귀청이 째지는 경적, 끼이익, 제동음에 바로 파묻혀 버렸다.

"덕희 씨! 더, 덕희 씨! 내가, 내가, 나는, 나, 나도……"

부전은 끝내 도망치지 않았다. 그는 눈을 들어 지척으로 다가온 거대한 열차를 보았다. 이상하게 별로 두렵다는 생각이 들지 않는다. 주변에서 칼 끝처럼 치솟는 비명도 거슬리지 않는다. 덕희와 영호의 아이가 자신을 아빠라 부르며 울부짖는 소리가 아스라하게 귀에 잡힌다.

지미, 내 사랑하는 아이. 덕희를 닮아 총명하고, 나이 또래다운 아름다움으로 나를 기쁘게 했던 아이, 제임스. 천둥의 아들이라는 별명으로 불러 주었던 그 아이가 절규한다. 아빠 나오세요, 라고 외치는 대신 아빠 사랑해요, 라고 부르짖고 있다. 아빠 사랑해요. 아빠 사랑해요. 어쩌면, 나에게 나오라고 말하는 것이 무용하다는 것을 알고 있는 시간 여행자가 아이에게 그리 말하라 한 건지도 모르겠다.

처음 보았을 때부터 나의 빛이며 의지였던 여자. 내가 좋아하고 질시했으며 흠모했던 친구, 그들의 소중한 아이, 나는 그 모든 것을 사랑했다. 후회가 남지 않을 만큼, 아낌없이 사랑했다.

"더, 덕희 씨. 내, 내가 다, 당신, 내, 내가!"

말이 턱턱 막힌다. 이럴 때마저 꼬이는 혓바닥이 저주스럽다. 이미 눈물로 범벅이 된 부전은 더 이상 여자를 끌어내리려는 노력을 포기하고, 창밖으로 고개를 한껏 내밀고 있는 여자의 얼굴을 꽉 끌어안았다. 그의 턱에서 떨어지는 눈물이 덕희의 오그라진 뺨을 간지럽혔다.

덕희는 더 이상 눈물을 흘리지 않았다. 그의 입술이 자신의 입술을 함빡 덮기 전, 덕희는 그의 입속에, 그리고 자신의 입속에 오랜 시간 맺혀 있던 말을 내놓을 수 있었다.

"내가, 당신을 사랑해요."

새로운 곳에서는, 새로운 시간에서는 당신에게 지금까지 해 주고 싶었던, 하지만 하지 못했던 바보 같은 이 말을 질리도록 해 주겠어. 억겁으로 쌓여 있는 후회가 마르고 닳아서 흔적조차 사라질 때까지.

왜 후회는 해도 해도 끝이 없는 걸까.

생각이 멎는 순간, 부전의 팔이 덕희의 어깨를 감았다. 덕희의 흉하게 일그러진 얼굴이 가려졌다.

터어엉.

그렇게 열리지 않던 두 개의 문짝이 떨어져 나와 하늘 높이 호를 그리며 올랐다.

문짝 중 하나는 선로에서 한참 떨어진 곳에 서 있던 민호 쪽으로 요란한 소리를 내며 떨어졌다. 민호는 품 안에 있는 아이의 눈을 한 손으로 감싸고 힘껏 끌어안았다. 아무 소리도 들리지 않는다.

나는 후회하고 싶지 않아.

찢어지는 비명이 허공을 울렸다. 민호는 몇 겹의 방패 속에 숨어 있던 덕희의 마음이 공중으로 높게 날아오르는 소리를 들었다.

나는, 나는 후회하고 싶지 않아요.

사랑해. 사랑해. 나는 당신을 사랑해요.

하늘은 어둡게 하얀 빛이고, 빗줄기가 코와 뺨에 와서 닿는 감각이 선명했다. 흰 코트에 감싸인 아이가 몸부림을 치며 울부짖었다. 아가, 아가, 아가야. 지미, 보지 마, 보지 마 아가야.

후드, 후드득, 후드드드. 본격적으로 비가 쏟아졌다. 민호는 자리에서 일어나 아이를 업고 허청허청 걸음을 옮겼다. 아이는 등에 매달려 민호의 목덜미가 축축해지도록 울었다. 민호는 유리 조각을 깨끗이 털어 낸 모피코트를 아이의 머리 위로 덮어씌웠다. 아이를 진정시키고 집으로 돌려보낸 후 얼른 자리를 피해야 했다. 이곳 신문이나 텔레비전에 자신에 대한 내용이 실리면 돌아가는 길이 막혀 버릴 것이다.

그래. 집에 황 서방이 있다고 했지. 황막쇠. 앤드류 황의 증조할아버지가 되는 아저씨가 있었다. 그 사람이라면 한국말이 통할 것이고 사건을 제대로 알려 줄 수 있을 것이다.

자신을 도도하게 만들어 주었던 굽 높은 구두는 작은 돌로 뒤덮인 흙길 위에서 형편없이 휘청거렸다. 황급히 걸음을 옮기는 동안 빗줄기는 점점 거세졌다. 우르르르, 꾸르릉, 꾸릉, 멀리서 아스라하게 천둥이 울렸다. 누가 그랬지. 여행에서 만났었던 누가. 천둥은 하늘이 울부짖는 소리라고. 하느님이 슬퍼서 우는 소리라고. 아이는 흰 코트 속에서 소리 내지 않고 오랫동안 울었다.

14.
7일간의 여행

　민호는 걸으면서 발을 절었다. 굽이 너무 높은 구두 때문이었다. 예쁜 구두, 예쁜 치마, 예쁜 보석, 어울리지 않는 것을 입고 돌아다닌 데 대한 벌이라도 받는 것 같다. 아이의 손을 잡고 비를 맞으며 걸었다. 얼굴로는 빗물과 짠물이 내내 얽혔다.

　제임스가 빗물이 얼크러진 얼굴을 손등으로 문지른다. 작은 구두 속으로 물이 들어갔는지 절걱절걱 소리가 났다. 걷기 힘든지 발을 질질 끌었다. 하지만 아이는 힘든 것을 입 밖으로 내지 않았다. 아까 힘들다고 하기에 얼른 등을 돌려 업어 주었는데 민호가 휘청대는 것을 느낀 아이가 다리 하나도 안 아프다고 고집을 피워 내려오더니 그대로 걷기 시작했다.

　집 방향으로 가는 차들은 거의 없었다. 몇 십 분에 한 대씩밖에 지나가지 않았다. 그나마 두 사람을 태워 주려는 친절한 사람은 없었다. 날은 이미 어두워지고 있었다. 그렇게 조마조마 두어 시간을 걸은 후에야, 농기구와 잡다한 짐을 실은 픽업트럭 한 대가 두 사람 앞에 멈춰 섰다.

운전대를 잡고 있는 것은 구레나룻이 무성한 건장한 농부였다. 그는 아이가 일러 주는 동네 이름을 듣자 고개를 끄덕이며 올라타라고 손짓했다. 하지만 10분도 가지 않아 기어를 바꾸는 척하면서 손바닥으로 민호의 엉덩이를 슥 문질렀다. 민호도 긴가민가 한 번은 긴장해서 참았다. 일단 여기서 쫓겨나면 꼬마 아이가 꼼짝없이 다시 걸어가야 했다.

하지만 스치는 손이 점점 노골적으로 변해 갔다. 사내의 손이 이번엔 허벅지를 슬쩍 스친다. 등골이 쭈욱 올라섰다. 민호가 이 잡새끼를 후려치고 뛰어내려야 하나 점잖게 왜 이러시냐고 밀어내야 하나 망설이는 동안, 지미가 고개를 갸웃하며 옷깃을 잡아당겼다. 이 길이 아니라고, 우리 집으로 가는 길은 왼쪽 길이라고.

이 빌어먹을 개새끼를! 민호는 그를 붙잡고 큰 소리로 외쳤다.

"스톱! 스톱! 노 땡큐 디스 웨이. 땡큐 댓 웨이. 플리즈 스톱!"

순간 그가 차 문을 열더니 아이를 밖으로 팽개치고 액셀을 밟았다.

민호는 순식간에 일어난 일에 일순 얼떨떨했으나, 이내 정신을 차리고는, 그의 팔을 붙잡고 멈추라고 고함을 지르기 시작했다. 그는 민호에게 다짜고짜 주먹질을 한 후 더욱 속도를 냈다.

민호는 소리 지르는 것을 집어치우고 사내에게 들러붙어 몸싸움을 시작했다. 기어를 바꾸고 주먹질을 하고 몸부림치며 손과 발로 핸들을 꺾었다. 물론 사내의 억센 힘은 당할 수 없었지만 좁은 공간에 운전 중이라는 점을 최대한 이용했다. 두 사람의 몸싸움 때문에 트럭은 도로 위에서 갈지자로 우왕좌왕하며 내달렸다.

그는 태울 때부터 작정이라도 했던 듯, 도로를 벗어나 관목이 무성한 곳에서 트럭을 세운 후 민호를 덮쳤다. 뿌드득, 투피스의 단추가 튕겨 나갔고, 블라우스의 목 부분이 찢겨져 나갔다.

민호는 필사적으로 버둥거려 그의 팔뚝을 물어뜯었다. 얼굴에 길게 손톱

자국도 냈다. 생각에 머리카락도 한 줌은 뽑은 것 같다. 그 대신 입이 돌아갈 정도로 뺨과 가슴패기를 얻어맞았다. 하지만 아픈 것도 제대로 느끼지 못했다.

구레나룻은 네년과 잠시 재미를 보고 바로 내려 주겠다, 안 그러면 꼬맹이를 만나지도 못할 곳에 떨어뜨리겠다고 협박했다. 다행인지 불행인지 민호는 한마디도 알아듣지 못했다. 다만 제대로 발동이 걸린 정의의 용사가 천하무적의 힘을 내며 날뛰었다. 귀청이 터질 정도의 고함이 트럭 안을 가득 채웠다.

"너 이 새끼! 다짐기에 넣어서 소시지를 만들어 버릴라! 돌짝 밭에 상판대기를 들들 갈아 버릴 개새끼! 멀쩡한 여자 덮치는 새끼들, 꼬추를 톱으로 썰어서 백악관 지붕에 널어놓을 거야! 너 천년 고자가 뭔지 알아! 천년 고자, 엉!"

민호는 버둥버둥 하이힐을 벗어 자신을 누르려 하는 개새끼의 등짝을 콱 찍었다. 힘이 제대로 닿았으면 등짝과 허파에 구멍이 뚫릴 뻔했다.

기겁한 사내가 오리처럼 꽥꽥거리며 주먹을 들어 올렸다. 민호는 얻어맞는 것도 아랑곳하지 않고 냉큼 일어나 하이힐로 그의 벌어진 가랑이 사이를 내리찍었다. 콱, 콱, 콱, 빗나간 하이힐에 찍혀 시트에 구멍이 뻥뻥 났다. 눈을 새파랗게 뜨고 악착같이 덤비는 여자에 식겁한 구레나룻은 시트에 뚫린 구멍을 보더니 아예 얼굴이 새하얗게 질렸다.

콱! 무시무시한 몬스터로 돌변한 여자가 다시 힐을 내리찍었고 그는 목이 터져라 울부짖었다. 사내로서는 만고의 천만다행으로 조준이 아주 살짝, 아주 살짝 어긋났다. 하지만 완벽한 면죄부를 받았던 건 아니었는지, 지미 추의 킬 힐은 허벅지의 살 껍데기를 슬라이스로 찍어 버리고 말았다. 청바지가 그대로 꿰뚫리면서 피가 쭈욱 번지기 시작했다. 그는 돼지 멱 뚫리는 소리를 내며 울부짖었다.

죄는 미워해도 사람은 미워하지 말라고 했으니, 죄를 짓는 꼬추만 정의롭게 응징해 주마. 민호는 온몸의 힘을 실어 '죄의 원흉'에 장렬한 앞차기를 날렸다. 구레나룻은 비명도 지르지 못하고 허리를 콱 구부린 채 온몸을 꿈틀거렸다. 민호는 아예 흉기로 변모한 구두를 들어 유리창을 콱콱콱 내리찍었다. 퍼석퍼석 소리를 내며 유리창이 방사형으로 죽죽 갈라졌다. 민호는 조각 중 하나를 쥐고 그의 코앞에 들이댔다.

"나 갈 거야, 따라오면 너 죽어 씹새야!"

그가 공포에 질린 얼굴로 한참 씨불이는데 민호가 알아들을 수 있는 말은 노노노노와 네버 네버 두 가지밖에 없었다. 민호는 유리를 그의 목에 들이대고 목에 핏대를 세웠다.

"유 원 모어, 아이 윌 유어 페니스 컷, 사시미 컷, 슬라이스 컷! 유 다이, 아이 다이. 아임 오케이. 아이 캔 두잇. 언더스탠?"

자신이 지키기 위해서는 첫 방, 특히 날 건드리면 너도 죽을 수 있다는 의식을 박히게 해 주는 게 가장 중요했다. 숱한 여행지의 서바이벌 경험을 통해 체득한 실전 결론이었다. 전의를 완전히 상실한 구레나룻은 얼굴이 새파랗게 질린 채 정신없이 손을 내저었다. 그는 민호가 내린 것을 확인하자마자 피가 흐르는 허벅지를 감싸 잡고 시속 180킬로미터의 속도로 도주해 버렸다.

제임스는 도로 옆에서 비를 한참 맞으며 차가 사라진 방향을 향해 뛰었다. 비는 계속 부슬부슬 내렸다. 중간중간 차가 몇 대 지나갔지만 제임스는 차를 세우지 못했다. 이모를 만나야 했다. 이 길에서 벗어나면 이모는 영영 만나지 못할 것이다. 험상궂은 아저씨와 이모가 무서운 기세로 싸우던 마지막 장면이 자꾸 떠올랐다.

누구라도 와서 도와주세요. 존, 엄마, 내니, 맥 아저씨. 누구라도 좋으니와 주세요. 엄마, 아빠는 어떻게 된 거예요. 내가 엄마 싫어한 거 잘못했어요. 다시는 안 그럴게요. 다시는 마귀할멈이라고 안 그럴게요. 이모! 이모, 제발 돌아와 주세요. 이모. 나 아파요.

얼마나 걸었는지, 거의 쓰러질 정도가 되어서야 비에 흠뻑 젖은 이모가 오는 것을 발견할 수 있었다. 그녀는 구두를 한 손에 들고, 맨발로 열심히 뛰어오고 있었다.

"지미! 제임스!"

지미는 주저앉았다. 뺨으로 따끈따끈하고 간지러운 물이 흐르는데 목소리는 나오지 않았다. 이모의 양 뺨에는 커다란 손자국이 나 있었고, 옷이 많이 찢어졌다. 하지만 이모는 용맹하고 씩씩하게 달려왔다. 손에서도 피가 조금씩 흘러 손가락 끝으로 떨어지는 것이 보였다. 하지만 손등으로 얼굴을 문지르고는 환하게 웃으며 피가 흐르지 않는 다른 손을 내밀었다.

"아아, 지미. 울지도 않고. 용감한 대장이네? 여기까지 잘 따라왔구나! 좋았어! 하지만 다음번에 이런 일이 있으면 떨어진 장소에서 그대로 꼼짝 말고 기다려야 하는 거야. 그래야 어른들이 찾으러 갈 수 있어. 알았지? 자! 사나이답게 하이파이브!"

제임스는 울면서 억지로 비슬비슬 일어나 손을 들었다. 두 손바닥 사이에서 철벅, 하는 소리가 났다. 이모는 손짓 발짓을 해 가며 악당을 용감하게 물리친 무용담을 늘어놓았다. 이모는 백전불패 전쟁의 여신이라 전혀 걱정하지 않아도 된다고 거듭 강조했다.

"아까 차 타고 가면서 저 언덕 너머에 작은 오두막집이 있는 걸 발견했어. 그리로 가자."

제임스는 아무것도 묻지 않고 이모의 손을 잡고 걸었다. 많이 놀라고 아팠지만 울지도, 힘들다 불평하지도 않았다. 사실 자신보다 더 놀라고 힘든 것이 이모라는 것을 알았다. 기를 쓰고 걸었다. 문득 이모가 걸음을 멈췄다. 비에 젖은 이모의 새까만 눈동자가 자신을 물끄러미 내려다보고 있었다.

"지미 업힐래? 안 힘들어?"

"아니에요."

"배는 안 고파?"

"괜찮아요."

"응. 지미 용감하구나. 멋진데?"

"하나도 안 멋져요. 여자를 지켜 주지도 못했는데 뭐가 멋져요."

소년은 조그만 소리로 중얼거렸다.

민호는 눈을 둥그렇게 뜨고 소년의 젖은 머리카락을 내려다보았다. 이 상황에서 그런 말이 나올 수 있다는 것이 신기했다. 엄마, 아버지를 잃은 소년은 패닉에 빠지는 대신, 정신을 꽉 붙잡고 꿋꿋하게 버티고 있었다. 민호는 풀풀 웃었다.

"야야, 그런 건 대체 누구한테 배운 거니?"

"존이 항상 그랬어요. 남자는 사랑하는 여자를 지켜야 한다고, 만약 내가 먼저 잘못되면 네가 엄마를 지켜야 한다고 했어요."

"멋진 기사님이네? 그럼 레이디의 키스를 받아야지?"

민호는 제임스를 번쩍 안아 올리고 뺨과 이마에 마구 뽀뽀를 퍼부었다. 가까이서 본 아이의 눈은 발갛게 물들어 있었고 온통 빗물에 젖어 있었으나 입은 억지로 웃음을 머금고 있었다. 기사는 레이디의 키스를 거부하지 않고 가만히 눈을 감았다. 감은 눈에서 새로운 눈물이 도르르 굴러 빗물과 섞였다.

트럭을 타고 끌려가면서 보았던 오두막의 정체는 건초와 잡동사니 농기구를 쌓아 놓은 큼직한 창고였다. 이 농기구를 사용하는 농부는 대체 어드메에 살고 있는지 까물까물 보이지도 않았다. 농장이 넓은 만큼 쌓여 있는 건초의 양도 많았다. 문짝도 덜렁덜렁하고, 지붕도 허술해서 한쪽에선 비가 줄줄 들이쳤지만 그래도 젖지 않은 건초가 많아 그 위에 앉으니 살 것 같았다.

"자, 지미, 사람이 중간에라도 여기 오면 도와 달라 하면 좋겠지만, 안 온다고 해도 하룻밤 푹 잘 수는 있겠다. 우리 아기 춥지 않니?"

"아기라고 하지 마세요! 저는 아기가 아니에요!"

제임스는 우들우들 떨면서 억지로 말했다. 아하. 그래도 기가 살았네? 민호는 뒤를 돌아보고 눈을 핏 흘기며 웃었다.

"야! '제임스 인마!' 하는 말보다는 '우리 아기', 하는 말이 더 따뜻하지 않아? 지금은 춥잖아."

제임스는 곰곰이 생각했다. 당연히 아기라는 말이 보들보들 따뜻하게 들릴 테지. 소년은 눈알을 데굴데굴 굴리다가 조건을 달았다.

"추울 때만이에요. 집에 가서는 안 돼요."

제임스는 건초 더미 위에 풀썩 주저앉아 중얼거렸다. 민호는 옆에 쌓인 건초 묶음을 허물어 짚 다발을 한 아름 가져와 제임스의 몸 위에 꽉꽉 눌러 씌웠다.

"조금 기다려 봐. 불을 피우자. 건초가 많으니 다행이다."

"불이요? 왜요?"

"지금 우리는 몸의 체온이 많이 떨어져서, 사람이 사는 집까지 찾아갈 수가 없어. 지미. 야외에서 자게 될 일이 생기면, 일단 안심하고 잘 수 있는 장소를 찾아야 하는 거야. 무서운 동물의 눈에 안 띄어야 하고, 추위와 이슬, 그리고 바닥에서 올라오는 습기를 막아 주는 게 중요해. 그리고 이렇게 쌀쌀하고 비 오는 저녁때 몸을 따뜻하게 해 주지 않으면 자다가 얼어 죽을 수도 있단다."

제임스는 고개를 끄덕였다.

"이모, 그럼 성냥 있어요?"

"가만, 성냥은 없고, 내가 서바이벌 키트를…… 역시나 안 갖고 왔구나. 하하."

민호는 주머니를 뒤적뒤적하던 것을 멈추고 혀를 찼다.

"자, 성냥이 없으면 마법으로 불씨를 소환하면 되지. 이모가 마법 부리는 거 좀 볼 테야?"

제임스는 눈을 둥그렇게 뜨고 이모를 바라보았다. 이모는 입으로 짜잔, 하는 효과음을 내며 뒤를 돌았는데, 다시 반 바퀴를 더 뱅글 돌았을 때는 한 손에 둥글고 두툼한 주머니를 쥐고 있었다. 어두워서 제대로 보이진 않았지만 크기가 이모의 주먹보다 약간 더 큰 것은 알아볼 수 있었다. 어디서 나왔는지 알 수 없어 고개를 한참 갸웃거렸다. 정말 이모는 정체가 뭐지? 요정인가? 아까는 전쟁의 여신이라더니, 이제는 마법사인가?

제임스는 이모의 손에 있는 주머니의 쓸모를 도무지 알 수 없었다. 하지만 이모는 그 옆구리를 이로 물어뜯은 후 그 속에서 나온 작은 솜을 뭉쳤다. 그러더니 다시 뒤를 돌고, 수리수리 없어져라 얍, 하는 말과 함께 솜 주머니를 없애 버렸다. 제임스는 자리에 서서 눈을 껌벅거렸다. 이모의 눈이 실처럼 가늘어지며 눈꼬리가 위로 날렵하게 날아올라갔다.

이모는 바닥과 주변을 샅샅이 뒤져 희고 반질반질하며 매끄럽고 납작한 돌멩이를 찾아내고 여기저기 한참 뒤지더니 제임스를 향해 몸을 돌렸다.

"혹시 쇠로 된 물건 갖고 있는 것 있니?"

제임스가 꺼낸 것은 엄마가 항상 걸고 다니라고 한, 주소와 이름이 적힌 미아방지용 금목걸이, 존이 물려준 금 뚜껑이 달린 회중시계, 그리고 이모가 준 금반지였다. 이야기를 하며 눈물이 그렁그렁, 주머니를 부스럭부스럭하는 소년을 보고 민호는 머리를 쓰다듬었다.

"세 개 다 금이구나. 금으로는 불꽃이 잘 안 날 것 같은데. 그리고 그렇게 소중한 걸 돌멩이에 갈아 버릴 순 없지."

이모가 헛간에서 발견한 것은 바닥에 놓인 팔뚝만 한 톱과 줄톱이었다. 이모는 줄톱을 발견했을 때 케이크라도 얻은 것처럼 기뻐했다. 한 손으로 솜과 돌멩이를 겹쳐 잡고, 한 손으로는 줄톱을 잡고 날 부분으로 돌멩이의 날카로운 면을 긁듯이 내리쳤다. 따딱, 따딱, 두 번 만에 번쩍, 불꽃이 튀었다. 제임스는 깜짝 놀라 입을 딱 벌렸다.

"성냥이나 라이터가 없으면 불을 피우는 게 좀 어렵긴 해. 하지만 주변 물건을 잘 살펴보면 불을 피울 방법은 얼마든지 있단다. 이렇게 돌과 쇠를 부딪치고 불꽃을 솜으로 튕기는 방법도 있고, 가는 나무 막대기를 돌과 지푸라기 위에 놓고 막 비벼서 불을 내는 방법도 있어."

"왜 비비는 거예요?"

"지미, 우리가 추운데 장갑이 없으면, 손을 호, 불기도 하고 또 어떻게 하지?"

"손을요 막 비벼요. 손이 따뜻해져요."

"그래, 잘 아는구나. 왜 그런지는 알아?"

"Frictional heat라고 했어요. 조선말로는 무언지 몰라요."

"마찰열이라고 해. 지미는 책을 많이 봐서 그런가 정말 똑똑하구나. 나무가 많이 비벼지면 바위하고 닿은 부분이 아주 뜨거워져. 그때 지푸라기를 살살 갖다 대면서 불을 붙이는 거야."

이모가 고개를 돌리고 웃어 주는 것이 좋았다. 웃어 줄 때의 눈이 정말 곱고 따스했다. 지미는 다시 울음이 북받치는 것을 참았다. 이모는 다시 쇠톱을 돌멩이에 내리쳤다. 따그락, 딱! 불꽃이 여러 갈래로 나뉘어 튀었고,

그중 하나가 납작하게 눌린 솜에 붙었다. 이모는 몹시 조심스럽게 숨을 후 우 불었다. 조금이라도 세게 불면 꺼질세라, 날아갈세라 살살 불었다.

불은 모락모락 연기를 내며 마른 풀의 끝으로 퍼졌고, 그것은 앞으로 꺼 내 놓은 짚단으로 퍼졌다. 이모는 너덜거리는 문짝을 바로잡고, 한쪽에 쌓 여 있는, 울타리를 만들다 남겨 놓은 듯한 커다란 나무를 발로 둘둘 굴려 왔다. 이 정도면 잘 말라 있네, 중얼거린 이모는 구석에 놓인 녹이 잔뜩 슨 도끼를 꺼냈다. 덜렁덜렁하는 도낏자루와 도끼날 사이에 작은 지푸라기와 나뭇조각을 욱여넣은 이모는 한쪽 구석에서 도끼질을 하기 시작했다.

제임스는 여자가 톱질 도끼질을 하는 모습을 처음 봐서 눈을 동그랗게 뜨고 쳐다보았다. 이모는 그 무시무시한 도끼를 꽤 익숙하게 다루었다. 크 게 힘을 들이지 않고, 툭, 툭 내리치듯 나무를 길게 쪼갰다. 제임스의 시선 을 눈치챘는지 힐끗 돌아보며 환히 웃었다.

"예전에 밥 먹을 돈이 없어서 며칠 동안 해 준 적이 있어. 그때 배웠지."

이모는 그렇게 쪼갠 나무토막을 짚단이 타고 있는 불 속으로 던져 넣었다.

"오늘 밤은 따뜻하게 잘 수 있을 거야. 다른 짚단에 불이 옮겨붙지 않게 조심만 하면."

민호는 짚단을 더 집어넣어 불을 키운 후 그 위에 나무를 얼기설기 얹었 다. 뒤에서는 꼬마가 까물까물 감기려는 눈을 억지로 밀어 올리며 자신의 모습을 바라보고 있었다. 아이는 배가 고프다는 말을 하지 않았다. 우들우 들 떨면서도 춥다는 말도 하지 않았다.

속이 비면 더 추울 것이다. 민호는 속주머니를 뒤져 작은 사탕 두 개를 꺼냈다. 천만다행으로 덕희네 집에서 차를 마실 때 습관적으로 챙겨 놓은, 휴지에 싸 둔 과자 한 조각도 있었다. 껌도 당분이 있으니 다행이다.

하지만 아이는 받은 과자와 사탕을 혼자 먹지 않고 덜덜 떨리는 손으로 반을 갈라 한 조각을 민호에게 주었다. 사탕도 하나를 돌려주었다. 그리고 서야 조금씩 먹기 시작했다.

민호는 아이의 신발과 양말, 젖은 겉옷을 벗겨 널어놓고, 아이를 끌어안고 불 가까이 앉았다. 아이의 머리가 가슴에 폭 안겼다. 아직 겉이 축축하게 젖은 털 코트로 아이를 푹 감싸 안았다. 워낙 두껍고 털이 좋아서인지 안쪽은 젖지 않은 채로 남아 있었다. 등을 토닥토닥 두드렸다. 아이는 품속에서 조용했다. 민호는 아이를 안고 자장가를 불렀다.

자장자장 우리 아기 자장자장 우리 아기
꼬꼬 닭아 우지 마라 우리 아기 잠 깰라
멍멍 개야 짖지 마라 우리 아기 잠 깰라

금자동아 은자동아 우리 아기 잘도 잔다
금을 주면 너를 사랴 은을 준들 너를 사랴
나라에는 충신동아 부모에는 효자동아
우리 아기 잘도 잔다

검둥개야 짖지 마라 우리 아기 잠 깰라
앞집 개야 짖지 마라 뒷집 개도 짖지 마라
자장자장 우리 아기 자장자장 잘도 잔다

호호 할머니가 되어 가는 엄마는 민호의 엉덩이와 등을 투덕투덕하며 항상 그렇게 웅얼웅얼 흘러가는 듯한 자장가를 불렀다.

민호는 꼬꼬 닭과 멍멍 개, 검둥개, 앞집 개가 나오는 그 부분을 특히 좋아했다. 충신동이 효자동이 따위는 영 재미가 없었다. 민호는 어스름한 저녁이나 깊은 겨울밤에 엄마 품속에 안겨 그 노래를 들으며 쉽게 잠이 들었다. 간혹 엄마가 먼저 잠들어 버릴 때도 있었다. 웅얼대는 노래가 끊겨져 올려다보면, 엄마는 벽에 등을 기대어 입을 살짝 벌린 채 편안하게 자고 있었다.

아이가 품속에서 꼼지락거렸다. 뺨을 가만히 쓰다듬으니 아이가 천천히 고개를 들었다. 속눈썹이 긴 눈이 흠뻑 젖어 뭉쳐 있었다. 민호는 아이의 이마에 뽀뽀를 해 주고 꽉 끌어안았다. 70여 년 후에 신산의 세월을 보내고 죽음을 기다리게 될 아이는 이렇게도 사랑스럽고 애처로웠다. 아이는 속삭이듯 말했다.

"잠이 안 와요. 이모."

"사람은 누구나 밤이 되고 잘 때가 되면 자는 거야, 아가야."

"그래도, 그래도 잠이 안 와요."

너무 슬퍼요. 속이 아파요. 많이 힘들어요. 아이는 입안에 든 말을 밖으로 내지 않았다. 민호는 아이의 엉덩이를 가만히 토닥거렸다.

"우리 아가가 많이 힘들구나. 그래도 자야 해. 그러면 슬픈 것도, 아픈 것도, 힘들었던 것도 조금은 잊게 돼."

사람은 누구나 때가 되면 자는 거란다. 잔다는 거, 잊어버린다는 거, 그러면서 내려놓는다는 건 어쩌면 우리에게 큰 선물일지도 몰라. 사람들은 모두 의무처럼 꿀잠에 빠지면서, 잊어야 할 것을 조금씩 내려놓거든. 민호는 다시 흥얼흥얼 노래했다.

엄마가 섬 그늘에 굴 따러 가면
아기는 혼자 남아 집을 보다가
바다가 불러 주는 자장노래에
팔 베고 스르르르 잠이 듭니다

아이가 훌쩍이기 시작했다. 민호의 블라우스에 얼굴을 묻은 채 흐어, 흐어, 그렇게 소리 내어 울었다. 이 빌어먹을 자장가는 왜 이렇게 슬픈 거지. 자장가가 아닌 건가. 왜 섬 집 아기는 혼자 남아서 집을 보다 이 불쌍한 아이를 울리나. 민호는 애써 울음을 달래지 않았다. 지치도록 울어도 될 시간이 이 소년에게 그리 길지 않으리란 생각이 들었다.

덕희와 인연이 그리 길었던 것은 아니다. 다른 시간 여행보다 외려 짧다면 짧을 수도 있는 인연이었다. 하지만 인연의 농도는 시간에 비례하는 것만은 아니었다. 민호는 모닥불에 나무를 던져 넣었다. 이제 편안히 쉬어. 네 아들은, 그리고 영호 씨와 부전 씨를 아버지로 둔 이 특별한 아이는, 제 앞에 놓인 길을 쭉 걸어갈 거고, 그건 이제 네 손을 떠난 거야. 편안히 쉬어, 덕희야. 편안히 쉬어. 그동안 고생 많았어.

민호는 잠든 아이를 안고 건초에 기대앉아 생각에 잠겼다.

나도 쉬고 싶다.

……아니, 어쩌면 돌아가고 싶은 걸까?

그래. 돌아가고 싶다. 일정한 질서와 규칙, 그리고 중간중간 튀어나오는 아름다운 변주를 갖고 있는 일상, 견고한 일상, 등을 기댈 수 있는 일상으로. 누군가 나를 기다려 주고 있는, 발밑이 단단한 땅으로 돌아가고 싶었다.

민호는 자신을 매번 애타게 기다리던 사내를 떠올렸다. 모닥불이 일렁일렁 타올랐다. 이 헛간보다 더 작고 형편없던 움막이, 그 속에서 일렁이던 모닥불이 떠올랐다. 그 지저분하고 끔찍한 공간에서 자신을 사랑스럽게 끌어안고 품어 주던 사내를 떠올렸다.

자신을 안아 주던 억센 손이, 진정이 듬뿍 담긴 낮고 조용한 음성이, 거칠게 흔들리던 숨소리가, 일렁이던 검은 눈빛이 거짓이었다는 것이 민호는 지금까지도 믿어지지 않았다. 아니, 그로서는 나름 진심이었을 수도 있다.

다만 그 같은 짓을 다른 여자에게도 똑같이 할 수 있고, 그것에 그리 가책을 느끼지 않는 사람이었을 뿐이었다.

그가 연주하던 첼로의 유려한 선율이 덩어리가 되어 머릿속을 굴러다녔다. 아이의 고른 숨소리가 색색 울리는데 민호는 잠을 이루지 못했다.

"박 실장님. ……박이완 씨. 이완 씨. 보고 싶네. 좀 더럽게 보고 싶네."

언제 이렇게 되었는지 모르겠는데, 이 덜떨어진 멍청이가 다시 멍청한 짓을 시작해 버렸지.

"내……가 당신을 조, 조금 좋아하나 봐."

여기에 그 대상이 없다는 게 정말 빌어먹을 일이긴 한데, 나 정말 당신 좋아하나 봐. 그것도 조, 좀 많이 좋아하나 봐.

사람이 사람을 앞에 두고 사랑을 고백한다는 건 어떤 기분일까? 민호는 김준일 교수를 그렇게 오래 좋아했지만, 말이 혹시라도 씨가 될까 봐, 혼자 있을 때라도 절대 입 밖으로 그 말을 내지 않았다. 하지만 그래 봐야 나한테 남는 게 대체 뭐였어.

"박 실장님, 이완 씨. 박이완 씨."

민호는 깜깜한 허공에 대고 조심스럽게 말해 보았다. 혀 위에서 부드럽게 구르는 그의 이름이 속절없이 달았다.

"사……랑해."

덕희야, 사랑이 뭐냐? 왜 이 빌어먹을 게 내 맘대로 안 되니? 그 오라지게 찐득하고 쿨하지 못한 게 대체 뭐냐? 너는 좀 알겠니?

민호는 고개를 들어 올렸다. 뺨을 타고 흘러내려 간 뜨거운 물이 턱에 맺혀 아이의 머리카락 속으로 스며들었다.

"아가야, 열이 있구나. 당분간 가만히 누워 있으렴."

햇빛이 얼굴로 따끈하게 쏟아지고 있는데, 머리가 지끈지끈 아팠다. 제임스는 끙끙 소리를 내며 뒤척였다. 입안으로 시원한 물이 흘러들어 왔다.

"여기 누군가 오면 좋을 텐데 그럴 수는 없을 것 같고. 아까 도움을 청하려고 도로 쪽으로 나가 봤는데 차를 잘 안 세워 주더라. 일단 빗물 받아 놓은 게 있으니까 물 좀 마시자."

다시 물이 조금씩 입술을 적셨다. 눈을 뜨고 있으니 이모가 컵처럼 생긴 이상한 물건에 물을 담아 입술에 대 주고 있었다. 눈썹을 찡그리고 저게 무언가 생각했다.

"톱으로 선인장을 잘라서 속을 파서 만들었지. 가시도 다 빼냈고. 이건 독이 없는 것 같아. 그리고 물은, 건초를 덮어 둔 방수포를 잘라서 물을 넣는 자루를 만들었단다. 비가 와서 일단 그 물을 받아 두었어. 민가가 나오면 뭐라도 좀 얻으면 될 거야."

이모는 다시 옆에 앉아 허리를 구부리고 무언가를 만들기 시작했다. 노란 지푸라기가 이모의 손에서 착착 꼬여 길고 단단해 보이는 줄이 되었다. 이모의 옆에는 그런 줄이 제법 길게, 많이 쌓여 있었다. 제임스는 이모의 손길을 홀린 듯이 바라보았다. 고개를 돌린 이모가 싱긋 웃었다.

"신발 만드는 거야. 이모 신발이 걷기가 너무 불편해서. 봐 봐, 어때?"

이모가 한쪽에 놓아둔 무언가를 들어 올렸다. 노란 건초를 질기고 두껍게 꼬아 바닥을 만들었고, 좀 더 가늘게 꼰 것으로는 옆과 앞부분을 얼기설기 얽어 놓았다. 신발이라기엔 영 이상했지만, 또 발이 들어가면 괜찮을 것도 같았다.

"병아리색 샌들이야, 짜샤!"

이모는 큰소리를 빵빵 쳤다.

"어, 원래 이름은 '짚신'이야. 이모 친구한테 배웠어. 이 줄은 새끼라고 하는 건데, 연약한 지푸라기가 힘을 합쳐서 꼬이면 굉장히 질겨져서 많은 것을 만들어 낼 수 있단다. 커다란 주머니, 바닥에 까는 커다란 깔개, 방석,

신발, 모자, 솜씨 좋은 친구는 여름에 입는 옷도 만들었어. 바구니, 아기 요람, 도시락통. 그리고 집의 지붕을 이런 걸로 만들기도 한단다. 이모는 지붕 얹는 일까지 다 해 봤었어. 신발쯤은, 지붕 얹는 거에 비하면 껌이…… 쉽지!"

제임스는 눈을 동그랗게 떴다. 사람들이 막 갖다 버리고 소들의 먹이로나 주는 마른 풀로 그렇게 많은 것을 만들 수 있는 줄은 정말 몰랐다. 그런 것을 척척 만들어 내는 이모가 정말 대단해 보였다. 이모는 새로 신발을 하나 더 만들어 짝을 맞추더니 두 발을 끼워 본다. 생각보다 잘 맞고, 벗겨지지도 않을 것 같았다. 이모는 일어나서 발을 탁탁 굴러 보더니 싱긋 웃었다.

"어떠니?"

"예뻐요. 이모."

"인마. 짜식이 벌써 정치를 하네. 입에 침이나 발라. 그래도 편해 보이지 않니?"

제임스는 주장을 굽히지 않았다. 예뻐요. 이모 그 신발 신은 모습이 예뻐요. 머리가 조금 어질어질했다. 이모가 얼른 허리를 굽히고 이마에 손을 짚었다.

"지금은 바로 나갈 수 없겠구나. 너 열 내릴 때까지 여기서 사람 오는 걸 좀 기다리자."

이모는 벗어서 말려 놓은 스타킹에 불에 달군 톱을 대서 몇 조각으로 잘라 내고, 머리를 묶은 머리끈을 풀어 안에 든 고무줄을 빼냈다. 그리고 썰어 놓은 나무토막들을 이용해서 이상한 것을 만들기 시작했다.

"이 근처를 죽 돌아봤는데 과일 종류는 없어. 대신 저 앞에서 들토끼가 몇 마리 지나가는 걸 봤어."

이모는 어젯밤에 만든 것이 분명한, 지푸라기로 만든 바구니와 가는 막

대기, 그리고 그곳에 연결된 긴 새끼줄과 기타 정체를 알 수 없는 것을 줄줄 챙겨 일어섰다. 제임스는 자리에서 일어나 비칠비칠 이모의 사냥을 구경했다.

이모는 바구니에 막대기를 걸쳐 놓고, 긴 끈의 끝을 한 손에 꼭 쥔 채 바위 뒤에 숨어 있었다. 바구니 밑에는 어제 이모가 먹지 않고 남겨둔 과자 부스러기가 놓였다. 새들은 한가하게 주변을 날아다녔다. 이모는 바위와 풀숲 뒤에 죽은 것처럼 엎드려 기다렸다.

시간이 얼마나 흘러갔는지도 알 수 없었다. 하여간 오랜 시간이 흘렀다. 그동안 이모는 바위처럼 꼼짝하지 않고 앉아 기다렸다. 울타리께에서 오락가락하던 새 중 한 마리가 바구니 밑으로 조심성 없게 들어와서는 과자를 쪼아 먹었다. 몹시 맛이 좋았는지 날개를 퍼덕퍼덕한다.

이모가 줄을 팍 잡아당기는 순간 바구니가 새를 덮쳤다. 바구니가 들썩들썩했다. 제임스는 주먹을 꼭 쥐고 이모의 사냥을 구경했다. 이모가 새를 낚아채 단번에 목을 비틀어 숨을 끊어 버릴 때는 얼른 눈을 가렸다.

그날 오후가 될 때까지 이모는 차를 잡지 못했고, 대신 바구니 덫과 스타킹 올가미로 깃털이 갈색인 새를 다섯 마리 잡았다. 이모는 지갑 안에서 이상한 글씨가 새겨진 네모지고 납작한 조각을 꺼내 돌 위에 한참 갈더니 그것으로 새털을 뽑고 속을 잘 발라냈다. 멀찍이 떨어진 개울물에 씻어 오더니 그것을 나뭇가지에 끼워 불에 구웠다.

두 사람은 그 헛간에 사람이 나타나기를 하염없이 기다렸으나, 제임스가 새고기를 모두 먹어 치울 때까지 헛간에는 아무도 나타나지 않았다. 그럴지도 모른다고 생각했다. 이모는 잘 모르겠지만 겨울에 건초를 쌓아 놓은 창고까지 매일 일삼아 확인하러 올 사람이 많지는 않으리라는 생각이 들었다. 겨울철은 쌀쌀하고 비가 꽤 많이 내려, 사람들이 밖으로 나오는 것을 별로 좋아하지 않았다.

이모는 제임스가 열이 내릴 때까지 '지푸라기 샌들'을 신고 사냥을 조금 더 해야 했다. 이모는 타고난 사냥꾼이었다. 치마까지 바짝 걷어 올리고 날렵하게 뛰어 바구니에 갇힌 새와, 스타킹 올가미에 뒷다리가 걸린 토끼를 잡았다.

이모는 평범한 여자가 아니었다. 동화에 나오는, 하늘하늘 약해 빠진 주제에 조잘조잘 수다나 떨고 훌쩍훌쩍 울거나 깔깔대기나 하는 요정도 아니었다. 자신이 한창 열을 내어 읽던 그리스 신화에서 나오는 여신들이었다.

트럭 안에서 주먹질을 하던 이모는 전쟁의 여신처럼 무섭고 위풍당당했고, 달아나는 토끼를 잡기 위해 치마를 걷어 올리고 빠르게 달리는 모습은 달의 여신이자 유명한 사냥꾼인 아르테미스 같았다. 자신을 안고 뽀뽀를 해 줄 때는 사랑의 여신 아프로디테처럼 곱게 느껴졌다.

제임스는 모닥불 앞에 앉아 한쪽 무릎을 세우고 그 위에 팔을 얹고 깊은 생각에 잠긴 이모를 가만히 바라보았다. 말을 붙이기 어려울 정도로 멋있었다.

아무것도 없는 곳에서 불을 피우고, 이것저것 필요한 것들을 만들고, 먹을 수 있는 풀과 먹을 수 없는 풀을 분별하고, 무슨 문제든 척척 해결하는 이모는, 공예와 지혜의 여신이자 위대한 전사, 그리스에서 가장 위대한 도시의 수호신이기도 했던 아테나 여신과 가장 많이 닮았다.

제임스는 이틀을 더 앓았지만 그리 두렵다는 생각은 하지 않았다. 가끔 차가 지나다니는지, 길에 사람이 있는지 확인하기 위해 밖에 나가 있는 것과 동물을 잡을 때를 빼놓으면 이모는 대부분 제임스의 곁에 있었다. 제임스는 그녀가 부스럭부스럭 소리를 내며 들어오는 소리만 들리면 안심이 되었다.

이모는 제임스가 부모를 잃었다는 사실에 좌절하지 않도록 최선을 다했고, 제임스 역시 어린 마음에도 그녀의 의도와 노력을 이해했다. 소년은 감정을 의지로 조절할 수 있기를 바랐다. 슬프고 두려운 마음을 애써 덮고 이모만 바라보았다. 지금은 이모를 믿고 집으로 돌아가는 것이 가장 중요했고, 우는 것은 집에 가서 해도 될 거라고 열심히 스스로를 다잡았다. 그리고 그것을 가능하게 한 것은 전적으로, 눈앞에 있는 이모에 대한 깊은 신뢰였다.

이모가 가진 지식이 엉터리가 아니란 것을 안 것은, 이모가 가져온 정체를 알 수 없는 풀인지 뿌리인지를 먹고 열이 천천히 떨어졌을 때였다. 약간의 설사를 하긴 했지만, 이모는 개울에서 떠 온 물을, 숯을 이용해 깨끗하게 걸러서 제임스에게 계속 마시게 했다. 그래서 딱히 목이 마른 것을 느끼지 못했다.

이모가 농담처럼 말하던 '서바이벌의 황제, 아니 황녀'라는 말은 농담이 아니었다. 이모는 정말 누구보다 믿을 만하고 멋진 사람이었다. 게다가 생각했던 것보다 훨씬 재미있고 다정했다.

이모는 눈이 마주칠 때마다 꼭 안아 주고 노래를 부르고, 작은 소리로 옛날이야기도 들려주었다. 밤에는 창문을 보면서 별자리도 알려 주었다. 바위에 붙잡힌 여자를 구하기 위해 출동한 전사의 이야기나 북극성과 곰, 국자 이야기 정도는 그리스로마 신화의 마니아인 제임스도 잘 알고 있었지만 북두칠성 일곱 명의 효자 이야기나 삼태성에 깃든 슬픈 이야기는 또 처음이었다.

이모는 먹을 수 있는 풀과 먹으면 죽는 풀을 많이 알고 있었고 여러 종류의 버섯을 따 들고 들어와 독버섯과 먹어도 되는 버섯을 이름까지 일러 주며 자세히 가르쳐 주기도 했다. 불을 잘 일으키는 부싯돌의 종류와 물을 구하는 법, 연기가 나지 않는 장작, 오래 타는 나무, 간단한 덫을 만드는 비법

따위도 자세하게 알려 주었다.

소년은 이야기가 너무 재미있어 졸지 않고 끝까지 들으려 애를 썼으나 번번이 이모한테 넘어가서 꼬르륵 잠이 들곤 했다.

"잠이 안 오니? 양을 세어 볼까? 양이 울타리를 넘어갑니다. 양 한 마리 깡충, 양 두 마리 깡충, 양 세 마리 깡충, 양 네 마리……."

"이모, 울타리 막 넘어 다니는 말썽쟁이 양 같은 건 싫어요. 그러다 늑대한테 잡아먹혀요."

"어, 그럼 말썽쟁이 양이 늑대한테 잡아먹힙니다, 할까? 양 한 마리 꼴깍, 양 두 마리 꼴깍."

"이모오오!"

지레 상상했다가 끔찍한 꼴을 본 소년은 소리를 빽 질렀다.

"그럼 다른 양 이야기? 일곱 마리 아기 양과 늑대?"

"그건 아까 해 주셨는데요."

"그래그래, 그러면 양 치는 목동 이야기 하나 해 줄까?"

"거짓말쟁이 형아 얘기도 해 주셨어요."

"너 누굴 닮아서 기억력이 이렇게 좋니? 좀 적당히 까먹어 주면 안 되겠니?"

이모의 웃음소리가 제임스의 귓가에서 달랑달랑했다. 제임스는 이모의 목에 꼭 매달렸다. 이모는 제임스와 뺨을 맞댄 채 과장되고 통통 튀는 목소리로 새로운 이야기를 꺼냈다.

옛날 옛날에, 넓은 풀밭에, 양들이 많이 살았어요. 그리고 양을 치는 목동 형제가 양들하고 함께 살고 있었어요.

그런데 어느 날, 두 형제는 배가 고파서 돌보고 있는 양을 훔쳐서 잡아먹었어요.

그것을 본 주인은 화가 나서 두 사람을 영주님한테 보냈고, 영주님은 두

도둑 형제의 이마에 양 도둑이라는 말을 새기게 했어요.

"양은 영어로 하면 Sheep, 도둑은 영어로 하면 Thief. 그래서 형과 동생의 이마에는 ST라는 글자가 새겨지게 됐어요."

이모는 영어를 아주 모르는 것은 아니었다. 쉬운 낱말은 알고 있었고, 쉬운 낱말 몇 개만 이용해서도 하고 싶은 말은 어쨌든 다 하고 다녔다. 신기했다.

형은 이마에 찍힌 글씨 때문에 사람들이 손가락질하는 걸 너무 싫어해서, 사람들과 싸우고, 때리고, 미워하고, 결국은 마을에서 도망가서 평생 떠돌면서 살게 되었어요.

하지만 동생은 형의 모습을 보면서 잘못을 많이 뉘우치고, 그다음부터는 정직하고 성실하게, 남을 많이 도우면서 살았답니다.

가물가물 졸고 있으니 이모가 말을 하지 않고 머리만 쓰다듬는다. 소년은 가물가물 눈을 감은 채 중얼거렸다.

"에이……. 그게 끝이에요?"

"얼러리. 우리 지미 아직도 안 자나?"

이모의 웃음소리가 귓가로 가까워졌다. 이모의 숨소리에 귀가 간질간질했다.

"형님이 늙어 죽을 때가 다 되어서, 그 동네 아이들이 엄마, 아빠한테 물었어요. 저 할아버지 이마에 새겨진 ST는 무언가요? 엄마 아빠는 대답했지. 그건 'Satan', 악마 같은 사람이라는 표시란다. 아이들은 무서운 얼굴로 고개를 끄덕끄덕했지."

"……."

"그리고 몇 년 후에 동생이 늙어 죽을 때가 되었지요. 그 마을 아이들도 엄마, 아빠한테 물었어요. 저 할아버지 이마에 새겨진 ST는 무언가요."

소년의 고개가 꼬박, 수그러들었다. 엄마, 아빠는 아이들에게 대답했어요. 민호는 머리를 쓰다듬으면서 덧붙였다.

"위대한 성인, 'Saint'라는 표시란다."

잠든 줄 알았던 꼬마의 뺨으로 희미하게 보조개가 팼다가 사라졌다.

삼 일째 되는 날, 민호는 그동안 만들어 두었던 짚신 두 켤레와 말린 고기, 지팡이, 깔개 등을 큼직한 짚 바구니에 넣고 출발했다. 지저분한 잡동사니는 말끔하게 소각했고, 옷도 보송보송 말랐고, 비도 그쳐 햇빛도 쨍하게 났다. 혹시 몰라서 건초 위에 얹혀 있던 방수포를 착착 접어 돗자리처럼 돌돌 만 후 끈으로 묶어 제임스의 어깨에 지워 주었다.

귀향길은 길었다. 인가는 보이지 않고 마른 나무나 선인장이 뒤섞이거나 누런 풀이 흔들리는 황무지가 길게 이어져 있었다. 아주 가끔 차가 지나다녔지만 쉽게 도움을 청할 수도 없었고, 어쩌다 용기를 내어 손을 흔들어도 그냥 쌩하니 지나가기 일쑤였다.

제임스는 실망한 기색을 하지 않고, 집이 있는 방향을 향해 꿋꿋하게 걸었다. 서울 혹은 경성이라는 곳에서 왔다는 이모는 영어를 전혀 하지 못했다. 이제는 자신이 이모를 앞장서서 지켜야 할 때라는 생각이 들어, 제임스는 이모를 잡은 손에 꽉 힘을 주었다.

멀찍이 보이는 작은 집을 찾아갔을 때, 그 집에는 나이가 지긋한 부인이 고양이와 살고 있었다. 제임스에게 사정을 들은 노부인은 눈물을 글썽이며 기꺼이 전화를 돌려 주었으나 전화 상태가 좋지 않은지 혹은 집에 사람이 없는지 끝까지 통화가 되지 않았다. 노부인은 먹을 것을 주고 재워 주겠다 친절하게 말했다. 하지만 다음 날 아침 일찍 경찰에 연락해서 두 사람을 집에 데려다주겠다는 말을 통역해 주자마자 이모가 난색을 표했다.

이모의 태도에 할머니의 태도가 돌변했다. 그녀는 몹시 수상쩍은 눈으로 왜 경찰을 두려워하느냐 하며 꼬치꼬치 캐물었다. 이모는 제임스의 손을 잡고 허둥허둥 밖으로 나왔다. 이모는 미안하다는 말을 되풀이했지만 제임스는 이유를 알지 못했다. 그저, 저녁을 먹고 나온 것이 다행이었다.

갈림길에서 길을 잘못 들어 관목과 풀이 무성한 산속으로 들어갔을 때, 이모는 큰 바위 사이에 털옷을 깔고 방수비닐을 쳐 작은 은신처를 만든 후 무릎에 제임스를 눕히고 편히 재웠다.

아침에 일어나니 옆에선 모닥불이 따닥따닥 올라왔고 정체를 알 수 없는 고기가 얹혀 고소한 냄새를 풍기고 있었다. 이름도 알 수 없는 야생 열매를 따서 옷자락에 담아 와 먹였고, 비닐을 요령껏 쳐 이슬을 모아 마시는 방법을 알려 주었고, 별이나 해가 뜨고 지는 방향, 그리고 시계와 해를 보면서 방향을 가늠하는 법도 알려 주었다.

다리를 질질 끌면 업고 걸었고, 힘들 것 같으면 노래를 불러 주었다. 처음 듣는 노래를 100개쯤 부르고도 이모는 새로운 노래들을 많이 알고 있었다. 이모의 이야기 주머니는 끝도 없어서, 들어도 들어도 새로운 이야기들이 흘러나왔다. 이상한 나라, 이상한 시간에 사는 이상한 사람들의 이야기는 대체로 재미있었지만 슬프게 끝나는 것도 적지 않았다.

게임도 했다. 이모는 앞으로 걸어가는 것만으로도 재미있는 게임을 만들 줄 알았다. 백 걸음쯤 걸으면 어디까지 갈까. 천 걸음쯤 걸으면 어디까지 갈까. 하나 둘 셋 넷, 둘 둘 셋 넷. 눈을 감고 걸어 볼까. 어디까지 왔니? 바위 앞까지 왔어요. 어디까지 왔니, 나무 앞까지 왔어요. 어디까지 왔니. 우리 아기 어디까지 왔니.

제임스는 이모가 며칠 전 있었던 교통사고를 떠올리지 않도록 세심하게 신경을 쓰고 있다는 것을 알았다. 하지만 제임스가 물어보면 다시 만날 수 있다는 거짓말을 하지는 않았다. 다만, 먼 훗날 새로운 가족을 만나게 될 거라고 말했다.

"지미, 살면서 아무리 힘든 일이 있어도, 자기를 포기하지만 않으면 즐겁고 행복한 일들은 많아. 정말 중요한 것을 자신과 남을 제대로 사랑할 줄 알아야 한다는 거야. 특히 네 가족을 많이 많이 아껴 주렴. 절대 아프게 하면 안 돼. 몸이든 마음이든."

"네, 이모."

"그래. 이모가 이렇게 부탁할게."

말을 해 놓고도, 머리를 쓰다듬으면서 이모는 속이 아픈 듯이 한숨을 쉬었다.

엿새째 되는 날 아침, 멀찍이 연기가 올라오는 작은 집을 발견했다. 제임스가 퉁퉁 부은 발을 질질 끌자 이모는 아무 말 없이 둘러업고 빠르게 걸었다. 이모도 한쪽 발을 절었지만 한 번도 아프다고 하지 않았다. 그 앞에 낡은 픽업트럭이 세워져 있는 것을 본 이모가 길게 한숨을 쉬었다.

집 안으로 들어간 이모는 그 집에 있는 중년의 농부와 흥정을 했다. 플리즈, 헬프, 카, 헬프. 디스 보이스 홈, 플리즈 드라이브, 유어 트럭. 위 윌 페이. 플리즈 플리즈. 이모가 내민 것은 제임스가 건네준 꼬깃꼬깃한 지폐 몇 장으로, 아빠가 비상금이라며 주머니에 살짝 넣어 준 것이었다.

제임스는 이모 등에 업힌 채 목을 꼭 끌어안았다. 이모는 영어를 제대로 하지 못했다. 세 살짜리 아기들처럼 낱말로만 말을 했고, 그나마 어려운 낱말은 제대로 알지도 못하는 것 같았다. 하지만 어떤 상황에서든지 겁내지 않고 용감했고, 하고 싶은 말은 무슨 방법을 쓰든지 해내고야 말았다. 개든 고양이든 동물들은 이모에게 짖는 일이 없었고, 사람들은 이모가 말하고자 하는 내용을 대부분 제대로 알아들었다.

함께 있는 농부의 아내와 어린 딸이 봉변을 당한 사람은 도와주어야 한다고 편을 들어 주었다. 담배를 피우던 농부 아저씨가 고개를 끄덕였다. 길을 잘못 들어 한참 헤맨 모양인데 그래도 이 정도면 다행이다, 주소가 그리 멀지 않으니 한 시간 내로 데려다주겠다고, 운이 좋다고 했다.

이 근처에는 집들이 워낙 드문드문한 데다 차를 가지고 있는 사람이 거의 없고, 전쟁이 난 후로는 인심이 흉흉해져 위험한 일도 종종 벌어진다 했다. 중년의 농부 아저씨는 서랍 속에 소중하게 넣어 둔 선글라스를 쓰고 권총을 챙긴 후 차에 올랐다.

좌석은 하나밖에 없었다. 민호는 소년을 무릎에 앉히고 단단히 붙잡았다. 발이 얼얼하고 온몸이 몽둥이로 두들겨 맞은 것처럼 아팠다. 민호는 이 길고 힘들었던 시간이 그래도 끝나 간다는 것을 예감했다.

어깨에 기대고 있는 소년은 말할 수 없이 사랑스러웠다. 생각이 깊고 천진하고 순수하면서도 배려가 깊었다. 똑똑하고 참을성도 많고, 호기심도 많은 소년이었다. 덕희와 전영호의 유일한 아들. 그들의 거룩한 희생의 가장 큰 희생자. 박부전의 또 다른 헌신과 희생 위에서 보호받고 자란 아이. 이 귀하고 사랑스럽고, 총명하기까지 한 아이는 어째서 인생을 그리 망가뜨리게 될까.

민호는 미래를 생각하지 않으려 애를 썼지만 안타까워서 속이 저몄다. 아이가 열쇠만 잘 간직한다면, 무슨 일이 있어도 잃어버리지 않게 단단히 단속한다면. 이 반짝반짝하는 아이가 귀하고 아까운 인생을 낭비하지 않을 텐데.

"제임스, 혹시 엄마한테 열쇠 같은 거 받은 거 있니?"

"예. 있어요. 엄마가 잃어버리면 안 된다고 해서 보물 상자에 꼭 넣어두었어요."

아. 있구나. 드디어! 드디어!

민호는 크게 안도하며 길게 한숨을 쉬었다. 다행이다. 정말 다행이야. 여기에 있구나. 이 시간 이곳에는 그 열쇠가 있구나. 지금 덕희까지 죽은 마당이니, 더 이상 열쇠가 바뀔 일도 없을 것이다. 지금 일곱 살의 제임스는 분명 엄마에게 받은 화각함의 열쇠를 갖고 있고, 아직 기억하고 있다.

"아, 그, 그래. 잘됐구나. 그러면 그 보물 상자는 어디 있니?"

"제 방 책상 위에 있어요. 그거 필요하세요?"

"아. 한참 찾아다니긴 했었지. 아직 필요하긴 하지. 솔직히 그것 때문에 고생을 좀 많이 했거든. 미안한데 잠깐 빌려 줄 수······. 아, 아니다. 네가 꼭 갖고 있어야 하는 거구나. 아니, 음. 잠깐만."

민호는 말을 멈췄다. 갑자기 혼란스러워졌다.

"이모가 필요하시면 얼마든지 빌려 드릴게요!"

제임스는 망설임 없이 대답했지만 민호는 이래야 할까 저래야 할까 판단이 되지 않았다. 트럭은 포장되지 않은 길을 지나가며 덜컹덜컹 흔들렸다.

물론, 빌려 가서 화각함을 열고 돌려주면 된다. 분명 그럴 생각이다. 하지만 할아버지 제임스는 열쇠를 잃어버렸다. 어린 시절인지 청년 시절인지 열쇠를 잃고 평생 그것을 찾지 못했다. 잃어버리게 할 바에야 나라도 챙겨 가서 아들인 박 실장님 인생이라도 펴게 하는 게 안 나은가?

'그러면 내가 혹시 빌려가서 안 돌려주는 건가? 오는 길이 막히기라도 하는 건가?'

민호는 머리를 쥐어짜며 상황을 재배치했다.

'그렇다면, 이 제임스의 인생을 평생 망쳐 놓은 게 바로 내가 되는 건가? 하지만 그냥 흘러가는 대로 내버려 두면 이 유산은 덕희나 부전 할아버지의 진짜 의사와 상관없이 미국의 박물관으로 들어가는 건데? 잠깐 빌리면? 돌려주면? 그러다 못 오면? 어차피 못 찾을 거 밑져야 본전일까?'

자신의 행동에 걸린 미래를 깊이 생각해 본 적이 없었으되, 이번 일은 녹록지 않았다. 눈앞의 소년의 긴 인생과 자신이 마음에 담았던 사내의 남은 평생을 지배할 만한 일이었다. 생각할수록 머리가 띵띵 울렸다. 민호는 한참 고민하다가 어렵게 입을 열었다.

"지미, 나랑 잘 아는 어떤 아저씨한테 그 열쇠가 필요해. 한 번만 쓰고 돌려주면 돼. 그런데 내가 돌려주러 올 수 없을지 몰라서 걱정이 돼서."

"그 아저씨가 누군데요? 제 열쇠가 왜 필요한데요?"

"이모랑 같이 일하던 아저씨야. 음. 이젠 같이 일 못 하게 됐지만, 뭐, 그래도 도와주고 싶어서."

민호는 가만히 한숨을 쉬며 대답했다. 민호의 눈치를 보던 제임스가 조심스럽게 물었다.

"이모 그 아저씨 좋아하세요?"

"어…… 응."

"저기, 혹시 그 아저씨 사랑하세요?"

눈이 반짝반짝하는 꼬마가 얄궂게, 하지만 몹시 진지한 표정으로 물었다. 민호는 눈을 끔벅끔벅했다. 이 감정을 발설해도 되는 걸까? 일곱 살 꼬마라지만 밤에 허공에 대고 고백하는 것과는 분위기가 달랐다. 말에는 이루어지는 힘이 있다고 했는데. 그래야 하는데, 아니. 그러면 안 되는데. 민호는 한숨을 크게 푹 쉬고 고개를 끄덕였다. 얼굴로 펄펄 열이 올랐다. 제임스는 알았다는 듯 고개를 끄덕였다.

"빌려 드릴게요."

"야, 지미. 엄마가 소중하게 갖고 있으라는 말 안 했어? 그렇게 함부로 남한테 덥석 주면 안 돼."

"이모, 제가 빌려 드리고 싶어서 그래요. 돌려주러 한 번 더 오시면 되잖아요."

"지미."

"꼭이요."

작은 손가락이 민호의 새끼손가락에 걸렸다. 소년은 동그랗게 말아 쥔 손가락에 꾹 힘을 주었다.

옆에서 운전대를 잡고 있던 선글라스 농부가 약간 속도를 줄이며 느릿한 어투로 무언가를 묻는다. 제임스는 그가 주소를 묻고 있다고 나름 통역을 하며 부스럭부스럭 목걸이를 풀었다. 미아방지용 목걸이 뒤에 적힌 주소를 보고 민호는 고개를 끄덕였다.

"엄마가 밖에서 길 잃어버리면 이걸 보여 주고 도와 달라 하면 된댔어요."

소년은 목걸이를 들고 또박또박 도로와 번지수를 읽었다. 올록볼록 세련되게 칠보 장식이 되어 있는 금목걸이로, 고작 미아방지용 목걸이인데도 꽤 고급스럽게 보였다. 소년은 민호의 시선을 눈치채고 살짝 웃었다.

"엄마가 잃어버리지 말라고 한 목걸이예요. 뭐, 회중시계, 손수건, 돋보기, 이모가 주신 반지도요."

덕희 이 잔소리 대마왕. 민호는 시큰해지는 코끝을 문질렀다. 그렇게 갈 줄 알았으면 아마 이 귀한 아들에게 전혀 다른 이야기를 해 주었을 테지. 민호는 목걸이를 받아 들고 뒷면에 적힌 주소와 아이의 이름을 물끄러미 바라보다가 잠시 고개를 갸웃했다.

"James I. Park. 제임스 박. 왜 가운데 I가 들어 있니? 나는 제임스 박, 그런 뜻이야?"

제임스는 땟물이 조르르 얽힌 얼굴로 웃어 보였다.

"미들네임이 있어요. 엄마가 존하고 살 동안은 쓰지도 말고 다른 사람에게도 절대 알려 주지 말라고 한 이름이에요. 존이 혹시 들으면 섭섭해할지도 모른다고요. 하지만 나중에는 미들네임을 퍼스트네임으로 쓰게 될 거라고 잊어버리지는 말라고 했어요."

"응?"

"제 친아빠가 지어 주신 이름이랬어요."

갑자기 뒤통수가 근지러워졌다. 그렇다. 이 아이의 생부, 전영호를 잊고 있었다.

제임스라는 이름은 박부전이 지어 준 것이다. 평생 자신의 마음속에 담아 두었던 회한과 그리움과 질시, 부러움, 사랑, 그 모든 감정을 담아 지은 이름이었다. 그렇다면 친부인 전영호가 지어 준 아이의 이름은 무얼까. 덕희는 왜 이 아이가 새로운 이름을 쓰게 될 거라 했지? 무슨 일이 일어나는 걸까. 민호는 불길한 예감에 몸을 들들 떨기 시작했다. 그녀는 억지로 입술을 깨물고 잇새로 물었다.

"제임스, 네, 네 미들 네임이 뭐니?"

"이완."

소년은 맑은 눈을 들고 담담한 목소리로 대답했다.

"이완. 조선어로 제 이름이 박이완이라고 했어요."

민호는 두 손으로 입을 가렸다. 속이 뒤집혀서 구토가 나올 것 같다. 어, 어떻게 이런 일이 벌어지는 거야? 왜? 이러면 안 되는 거 아냐? 어떻게 이래? 어떻게? 민호가 새파랗게 질려 몸을 떠는 것을 보고 소년은 걱정스러운 듯 민호의 손을 꽉 잡았다.

"이모, 왜 그래요? 이모. 이모?"

"아, 아빠가 지어 주셨다고? 친아버지가?"

"네. 엄마가 한글이랑 한문으로 쓰는 법도 가르쳐 주셨어요. 옮길 이(移), 완전할 완(完) 자라고 했어요."

'……우리 아이에게 꼭 전해 주세요. 내가 꿈꾸던 세상을 너에게 전해 주고 싶었다고. 우리의 아이만큼은 그런 무흠 무결하고 완전한 세상에서 살았으면 좋겠다고.'

오, 맙소사. 그예 눈물이 터졌다. 감옥에 갇혀 죽음을 앞두고 있던 사내의 목소리가 되살아났다. 얼굴도 보지 못할 자신의 아이에게 이름을 지어 주던 사내의 음성은 담담했었다. 그러리라 약조하던 덕희의 목소리에도 흔들림이 없었다. 덕희는 알고 있었다. 그 순간 일이 어찌 돌아가게 될지 알아차렸고, 눈을 돌려 장성한 아들의 얼굴을 바라보았던 것이다.

그래서, 그래서 사랑하는 사람을 평안히 보내 주고, 너까지 안심하고 훌쩍 가 버린 거니. 이 무심하고 못된 계집애야!

민호는 작은 아이를 끌어안았다. 속이 울렁거려 끅끅대는 소리밖에 나오지 않았다. 그저 아이와 뺨을 맞댄 채 미친 듯이 울기 시작했다. 당황한 아이는 어쩔 줄 몰라 하며 조그만 손으로 그녀의 등을 토닥인답시고 허둥허둥 두들겼다. 트럭이 다시 자갈밭을 지나가며 크게 흔들렸다. 머릿속도 대형 지진이 난 것처럼 흔들렸다.

그럼, 중간에 이 아이에게 어떤 일이 생기는 거지?

혹시 내가 이 아이의 인생에 개입하게 되는 건가?

순간 찬 얼음물이 척추를 타고 흘러내렸다. 어두운 움막 속, 그의 낮게 가라앉은, 습기를 머금은 목소리가 웅웅거렸다.

'이모는 저를 아버지에게 데려다주시고 경찰에 쫓기다가 돌아가셨어요.'

'만난 지 일주일 만에, 그것도 제 눈앞에서요.'

맙소사. 맙소사. 배 속에서 내장이 꿈틀거리기 시작했다. 덜덜, 덜덜, 덜덜덜덜. 온몸이 걷잡을 수 없이 떨리는데, 민호는 자신이 떨고 있다는 것도 인식하지 못했다.

나는 그러면 이곳에서 빠져나오지 못하고 죽는 건가? 결국은?

……결국은 나도.

누가 그랬더라, 어떤 유명한 철학가가 묘비명에 이런 말을 남겼다지. '우물쭈물하다 내 그럴 줄 알았다'고. 그래, 나도 어영부영 이런 짓이나 하다가, 내 이럴 줄 알았지. 그래, 내가 그동안 심각하게 운이 좋긴 했지.

그래도 이런 건 싫은데.

머릿속이 온통 허옇다. 아무런 생각도 안 나고, 생각한 것을 연결시키지도 못했다. 만난 지 일주일 후라면, 길어야 하루 이틀. 그사이에, 그사이에. 어찌 될지 알 수 없는 하루 이틀 사이의 일. 민호는 그저 온몸을 죄어드는 발작 같은 떨림을 주체하지 못하고 머리를 감쌌다. 잇새로 두두두두 하는 소리가 흘러나왔다.

"이모, 이모? 왜 그러세요? 무서워하지 마세요. 집에 다 왔어요. 이제 안심하셔도 돼요."

제임스, 아니, 일곱 살의 이완이 한 손으로 민호의 손을 꼭 잡는다. 조그맣고 통통한 손가락이 창밖을 가리킨다. 눈에 익숙한 흰 울타리와 초록색 지붕이 보인다. 덕희와 부전의 집이었다.

민호는 차에서 허청허청 내리자마자 그대로 바닥에 주저앉았다. 꼬마 제임스가 당황해서 붙잡아 일으키느라 끙끙거렸다. 민호는 그 자리에 주저앉아 눈물을 줄줄 쏟으면서 히득히득 웃었다.

근 일주일 가까이 이어졌던 두 사람의 도보 여행은 그렇게 끝났다.

15.
고르디우스의 매듭

앨버트의 행동은 항상 점잖고 조심성이 있다. 주변을 찬찬히, 세심하게 살피고서야 일을 시작한다. 방 밖을 지키는 경비는 오늘 오후 급한 일로 외출을 나갔고, 간병인은 집에 급한 일이 있다며 앨버트에게 뒷일을 부탁하고 반나절 먼저 퇴근했다. 환자에게 이상이 있으면 연락하라는 당부는 심드렁하기까지 했다. 방문을 잠그고 들어온 앨버트는 침대 위로 허리를 굽혔다. 거무스름하고 노랗게 쪼그라든 환자의 얼굴은 무섭도록 변함없었다.

"제임스, 아니 벤자민이던가. 이러고 사는 거, 지겹지 않습니까? 무슨 미련이 남아서 이래요. 피차 힘들게."

흰 창호지 뭉치를 들고 있는 손이 가늘게 떨렸다.

"듣고는 있어요? 재미있지. 사람의 목숨 줄은 왜 이렇게 질기고 긴 건지? 누구는 또 그리도 허망하게 죽는데. 목숨이 길고 짧고는 꼭 그 사람의 쓸모하고 연결된 것 같지는 않아요. 그렇지요?"

조용히 서 있는 온후한 표정의 사내에게서 살기가 천천히 일렁거렸다.

"사느라 고생 많았어. 사는 건 고(苦)요, 고개 한 번만 돌리면 극락이 예 있다지 않아? 잘 가요."

그는 환자의 코에서 호흡기를 떼고 한참을 기다렸다. 하지만 자발호흡이 아주 불가능한 것이 아니란 것도 알고 있었다. 앨버트는 한숨을 쉬고 다시 허리를 굽혔다. 이번에는 목을 조르는 대신 손바닥 두 개만 한 백지들을 물에 담가 코와 입에 얹기 시작했다. 한 장, 두 장, 몇 장을 겹쳐 얹으면서, 그는 손을 조금씩 떨었다. 그는 계속 중얼거렸다.

"잘 가요. 편히 가. 이건 고통을 벗어나게 해 주는 거니, 너무 미워하지 말고."

"아버지. 제발, 제발 이제 그만해요. 이게 무슨 짓이에요."

흠뻑 젖은 목소리가 뒤에서 들렸다. 화장실 안, 샤워 커튼을 드르륵 밀며 앤드류가 밖으로 걸어 나왔다.

앨버트는 딱딱하게 굳었다. 앤드류는 성큼성큼 걸어 얼굴 위에 덮인 종이를 걷어 내 코끝에 손을 대고 호흡을 확인한 후 산소마스크를 다시 씌웠다. 백발의 아비는 입술을 꾹 물고 이를 갈았다. 그는 한마디도 변명하지 않고 아들을 똑바로 쏘아보았다.

"이완에게 연락을 받았다. 조만간 진짜 열쇠를 찾을 것 같다고. 그러면 바로 화각함을 들고 귀국할 거라고."

"그래서 마음이 급해져서 이래요? 겁도 없이? 말했잖아요. 아버지하고 상관없는 일이니까 제발 마음 접으라고요."

"아무것도 모르는 놈이 건방 떨지 마라! 결국은 네 재산이 될 거야."

"……."

"제임스가 죽기 전에 이완이 열쇠를 찾아서 그 상자를 열면 우린 끝장이야. 유언장에 우리 몫이 남아 있을 리가 없단 말이다. 우리 몫은 우리가 챙겨야 하는 상황인 거 아직도 모르겠냐! 내가 시키는 대로 화각함을 진작 파손했으면, 아니, 네놈이 화각함을 들고 뉴욕으로 도망치지만 않았으면, 이런 복잡한 일이 생기지도 않았어! 설마하니 정말 열쇠를 찾을 방법이 있을 줄 누가 알았겠어!"

"우리라고 하지 마세요! 그깟 돈이 뭐라고 이런 짓까지 해! 제임스 할아버지가 로펌하고 짜고 자물쇠를 바꿔치려고 했던 것도 웃기지만, 그걸 박물관 측에 꼰지른 아버지도 웃기다고!"

앤드류는 주먹을 움켜잡고 외쳤다. 이마에 힘줄이 불거졌다. 백발 사내는 허리에 손을 얹고 으르렁거렸다.

"그까짓 돈? 네가 그까짓 돈을 평생 구경이나 해 볼 수 있을 것 같냐? 네놈 재주론 천 년을 모아도 턱도 없을걸. 네가 어릴 때부터 누누이 말했다. 이 유물들의 가치가 어느 정도인지. 그쪽에서 약속한 커미션 5%가 우습냐?"

"나는 항상 아버지나 할아버지가 이해가 안 됐어. 왜 박부전 집안의 유물을 우리도 물려받아야 한다는 거죠? 그런 자격이 대체 어디서 생긴 거예요?"

"네 증조할머니 김춘방이 그 사람의 부인이란 걸 잊었냐. 우리도 충분히 자격이 있어."

"원래 죄다 박부전 집안 거였다면서요. 할머닌 몸만 결혼한 거라면서. 그리고 1차 유언장에 우리 집안 이야기가 한 마디라도 있어요?"

앤드류는 짜증스럽게 말을 끊었다. 앨버트는 고개를 저었다.

"제임스 할아버지는 열쇠를 찾으면, 그중 절반을 칠우 할아버지에게 주기로 약속했었어. 약속을 어긴 건 제임스야."

"제임스 할아버지가 미쳤어? 왜 뜬금없이 자기 재산을 우리한테 주냐고요!"

"모르면 가만히 있어! 네까짓 게 뭘 안다고 나불거려! 제임스가 누군지는 알아?"

앨버트가 버럭 소리를 질렀다. 이마에 핏대가 올라 있었다. 그는 자리에 털썩 주저앉아 손바닥으로 이마의 땀을 닦았다. 앤드류는 여전히 시체처럼 누워 있는 노인과 삑삑거리는 기계를 확인하고 시선을 아버지에게 돌렸다. 앨버트는 가슴을 지그시 누르며 한참을 망설이다 내뱉었다.

"이제 너도 좀 알 때가 되긴 했다. 그동안 이해가 안 갔겠지."

"……?"

"제임스는, 네 할아버지 황칠우의 친동생 황병우다."

뭐? 앤드류의 입이 벌어졌다. 바, 박병우가 아니고 황병우? 몸이 얼어붙은 것처럼 굳었다. 백발의 사내는 손짓으로 아들을 맞은편 의자에 앉게 하고 담배를 물었다.

"박부전과 네 증조할머니 김춘방이 결혼했다고 하는데, 사실이 아냐. 결혼한 건 할머니가 모시던 주인집 딸 조덕희라는 여자였지. 두 사람은 사실 부부도 아니었고, 뭔가 좀 이상했다고 들었어. 그리고 도심에서 멀리 떨어진 집에서 사람들을 피해서 살았다고 하고. 그 여자한테 제임스라는 아들이 있었던 건 사실이야. 하지만."

앤드류는 처음 듣는 이야기에 의자에 앉아서도 입술을 벌벌 떨었다. 앨버트는 아들을 설득하려는 듯, 목소리를 진중하게 낮추었다.

"진짜 제임스 박은 어릴 때 사고로 죽었어. 엄마, 아버지하고 여행을 가다가 셋 다 기차에 깔렸지. 살점 하나 제대로 못 찾았다고 하더라고. 당시 유모였던 샌드라가 1차 유언장 영문 작성을 도와주었기 때문에 유언의 내용을 알고 있었어. 바로 재산을 기증해야 하는 상황이었다. 그 집에 얹혀살던 황막쇠, 네 증조할아버지와 칠우, 병우 형제도 맨몸으로 쫓겨날 판이었고."

"그, 그래서?"

"그래서 네 증조할아버지가 일단 시간이라도 벌기 위해서 병우를 제임스라고 속여서 들이댔지. 너는 이제부터 제임스 박이다, 사람들이 물으면 제임스 박이라 해라, 하면서 단단히 얘기를 해 두었던 거야. 나이도 비슷했고, 어차피 얼굴 아는 사람이 유모 일을 했던 샌드라 정도였는데, 그분도 우리 편이었다. 증조할아버지를 좋아해서 나중에 결혼까지 했으니까."

"뭐……."

"그래서 두 분이 함께 일을 꾸몄다. 가짜 제임스를 상속 예정자로 만들고, 둘째 아들인 병우, 벤자민 황의 실종신고를 낸 다음에, 찬찬히 열쇠를 찾아보려 한 거야. 그런데 문제는 지역신문 기자들이 몇몇 와서 기차 사고로 죽은 부부의 불쌍한 상속자 제임스 박에 대한 기사를 낸 거지. 사진까지 실어서. 그때 기자가 와서 한국 이름이 뭐냐고 물은 놈이 있었는데, 아직 어린 녀석이라 병우라고 말을 해 버린 거야."

앨버트의 입에서 흰 연기가 길게 흘러나왔다.

"그래서 그때부터 황병우가 제임스 박, 박병우로 지금까지 살게 된 거야. 그때 이름을 잘못 터뜨린 덕에 제임스는 뉴욕으로 이사 온 후에도 평생 과민하게 지냈어. 형인 황칠우와 얼굴도 꽤 많이 닮았고, 돌림자도 같았거든. 한국 이름을 쓰지 않으려고 기를 썼고, 재산에 대한 이야기만 나오면 광분하곤 했지. 그러다 보니 결혼도 못 하고 술집 여자들하고만 전전하면서 지낸 거야."

앤드류는 파랗게 질린 얼굴로 신음했다. 그런 엄청난 음모가 숨어 있는 줄은 상상도 하지 못했다. 그렇다면 아버지나 이 집안의 유산에 이렇게 집착한 이유는.

"네 할아버지 찰스, 칠우 할아버지는 동생이 열쇠를 찾기만 하면 엄청난 유산을 받게 되는 걸 용납할 수 없었어. 그저 나이가 비슷하다는 이유만으로 친동생은 억만장자가 되고 자신은 개털이 되는 거니까. 증조할아버지…… 황막쇠 할아버지는 큰아들의 불만을 이해하고, 두 사람이 열쇠를 함께 찾고, 공평하게 나누라 했고, 가짜 제임스도 동의했지. 그럴 수밖에 없던 게, 칠우 형이 자신의 정체를 밝히면 동전 한 푼 남지 않고 모조리, 당장 기증 처리가 되어야 하는 거였어. 1차 유언장이 유명한 변호사 사무실에서 공증이 되어 있었거든."

"아하. 그, 그래서 칠우 할아버지나 아, 아버지가, 이 유물들에 그렇게 집착했던 거였군요."

앤드류는 얼빠진 목소리로 더듬었다. 앨버트는 입술을 비틀며 고개를 끄덕였다.

"이 설명을 진작 해 주고 싶었지만, 네놈이 이쪽 바닥에 아는 게 전혀 없고 내내 이상한 밴드 깽깽이질에 미쳐서 말을 해 줄 수 없었다."

"아하……."

"그런데 그 열쇠가 문제였어. 조금만 애써 찾으면 될 줄 알았는데, 수십 년을 찾아 헤맸는데도 나오지 않는 거야. 말이 그렇지, 수천 점의 유물을 모조리 이 잡듯이 뒤집어 보고, 사람들을 찾아다니는 짓을 평생 했다고 생각해 봐라. 끔찍한 일이지. 병우 할아버지가 술과 노름, 그리고 여자한테 미쳤었던 건 어쩌면 당연한 일이야."

"……"

"그 와중에 칠우 할아버지는 50이 갓 넘어서 당뇨 합병증으로 시력을 잃고, 돌아가시기 바로 직전에 나한테 그 이야기를 해 주었어. 그런데 여기 누워 있는 제임스는 내가 그걸 모른다고 생각한 거야. 그런 일 없다고 시치미를 딱 떼는데, 들이댈 증거고 뭐고 아무것도 없었다. 그때 내 나이가 한국 나이로 스물여섯, 제임스 나이가 마흔여섯일 때였어."

"그래서요. 그래서!"

앨버트는 피곤한 듯 눈을 감고 길게 연기를 뿜었다. 그의 손가락에서 담배가 빙글빙글 돌아가며 소용돌이 모양의 연기를 남겼다. 말은 쉽게 이어지지 않았다.

"그 후부터는 내가 설명할 수 있을 것 같다. 앤디."

욕실 쪽에서 낮고 무거운 목소리가 흘러나왔다. 갑작스레 들린 이완의 목소리에 앨버트의 눈이 커다랗게 벌어졌다.

"이완? 너, 너 뉴욕에 들어와 있었어?"

그는 담배를 집어 던지고 벌떡 일어나 앤드류와 이완을 번갈아 바라보았다. 늘 품위 있고 온화해 보이던 얼굴이 시퍼렇게 변했다.

"앤디와 함께 귀국했어요. 아무래도 앨버트 당신이 무슨 일을 저지르지 싶어서."

앨버트는 무슨 생각이 들었는지 황급히 사방을 둘러보았다. 그제야 천장과 테이블 구석, 그리고 환자 바로 옆에 작게 설치된 초소형 카메라를 발견했다. 그는 머리를 움켜쥐고 무겁게 신음했다.

"네, 네가 어떻게 이런 짓을!"

"당신이 잠시 한국에 들어와 있을 때, 의심스러운 구석이 생겨서 바로 감시카메라를 설치하라 했어요. 열쇠가 곧 들어올 것 같다는 말을 하면 다시 무슨 행동이든 할 거라고 생각했습니다. 역시나 급하시긴 하셨습니다. 바로 이렇게 행동을 보여 주시는군요."

"이완! 네, 네가 감히 나를 속여⋯⋯!"

"저를 20년 넘게 속여 오신 형님이 그런 말씀을 하시다니, 역시 본받아 마땅합니다. 그렇죠?"

"⋯⋯이완아, 그게, 내 말을 좀 들어 봐."

"지금까지 열심히 잘 들었어요. 요새 스마트폰은 음성녹음 기능이 좋은 편이라서요. 그저, 끝까지 안 맞춰지는 퍼즐 조각이 있어서 앤드류의 도움을 청한 것뿐입니다."

이완은 앤드류가 들고 있는 자신의 스마트폰을 돌려받았다. 백발노인은 담배를 집어 던지고 앤드류의 뺨을 후려쳤다. 앤드류가 의자와 함께 나동그라지자 이완이 허리를 굽히고 시근대는 노인의 팔을 억세게 잡았다. 생각 외로 아귀힘이 억세어서 노인은 눈썹을 몹시 찡그렸다.

"앤드류의 도움이 아니라도, 어차피 대략은 알고 있었습니다. 시간 여행자 덕분에요. 댁이 잘 알고 있는."

○ ● ○

이완은 민호에게 토기 등잔을 받아 들었을 때, 민호가 "마이 프레에에에 샤스."를 외치던 '똥꼬틱'이 있다는 말을 듣고 바로 앨버트를 떠올렸다. 민호는 앤드류를 지목했지만 이완은 그 토기 등이 아주 어릴 때부터 종지가 하나 유실되어 있었다는 건 알고 있었다.

그냥 나온 말일 수도 있겠으나, 사람의 말이란 으레 속에 든 것을 나타내며, 특히 창황 중에 걸러지지 않고 나온 말은 더욱 그러리라 믿고 있었다. 젊은 시절의 앨버트는 분명 이 집안의 유물에 대해 소유권을 주장하고 있었다.

그때만 해도 이완은 그를 믿고 싶었다. 간절하게 믿고 싶었다.

하지만 앨버트에 대한 의심은 그가 인사동 갤러리에서 민호를 처음 만났을 때 확신으로 굳어졌다. 변호사 둘과 이완, 앨버트들이 모여 있는 사무실에 민호가 처음 들어섰을 때, 앨버트는 그녀가 손님이 아니고 이완의 조력자임을 바로 알아보고 안으로 맞아들였다. 보통 매장에 모르는 사람이 오면 무슨 일로 왔는지, 일단 손님으로 보고 인사를 건네는 게 당연하지 않나? 게다가 이완은 앨버트의 눈에 순간적으로 나타났다가 사라진 경악의 표정을 놓치지 않았다. 그는 눈썹 머리에 지그시 힘을 주었다.

난 앨버트에게 민호를 소개해 준 적이 없는데?

이완은 눈을 가늘게 뜨고 두 사람을 번갈아 바라보았다. 민호는 앨버트를 못 알아보았지만, 앨버트는 시간 여행자인 민호를 확실히 알고 있으며, 사람 좋게 웃고 있었지만 필요 이상으로 말을 많이 하는 것을 보니 민호를 경계하고 있는 것이 확실했다.

시간 여행자에 대한 이야기를 꺼냈을 때도 그랬다. 그는 놀란 척은 했지만 사실 놀랐다기보다 불안해했다. 눈은 크게 뜨고 있으면서, 손가락은 담배를 붙잡고 빙빙 돌리고 있었다. 그것은 앨버트가 불안하거나 초조할 때, 불쾌할 때 하는 행동이었다.

시간 여행자를 알아보고도 놀라지 않고 태연히 맞으려면 적어도 과거에 두 번 이상 만난 적이 있어야 가능한 일이었다. 모든 사실은 하나의 결론을 말하고 있었다. 이완은 어렸을 때의 기억부터 차근차근 더듬었다.

어린 이완은 가끔 의아했다. 아버지와 그렇게 사이가 좋지 않은 앨버트가 어쩌면 그렇게 자신에게 헌신적일 수 있는지. 아주 예전에 함께 살았다고 하던 아버지와 사촌 형 앨버트는 사이가 몹시 나빴다. 그래서 이완이 처음 뉴욕에 와서 지독하게 적응을 하지 못할 때, 앤드류를 붙여 주어 적응을 돕도록 한 것이 쉽지 않은 일이라 생각했다.

앨버트와 아버지의 사이가 벌어진 이유까지 알 수 없었다. 원래는 함께 살았다 했는데 아버지가 무슨 이유에선지 쫓아냈다고만 들었다. 한국 고유물을 다루던 앨버트는 그동안 이완의 집에 있는 유물들을 꾸준히 관리해 왔는데, 이제는 창고의 열쇠까지 뺏기고 창고 근처에 얼씬대기만 하면 아버지에게 욕을 바가지로 얻어먹어야 했다. 앨버트는 어린 이완에게 고 유물에 대해 제대로 배울 생각이 없느냐 물었고, 이완은 그때부터 앨버트가 자택과 창고를 드나드는 일에 대해 방패막이 역할을 자처하게 되었다.

앨버트는 이완에게 고미술품에 대한 많은 정보를 제공했다. 하지만 이완이 후일 고미술품 시장과 작품을 보는 방법, 진품 위품을 가리는 방법과 가격대를 가늠하는 법에 대해 제대로 배우기 시작하면서, 그가 가르친 것이 피상적이었다는 것을 알게 되었다. 외려 그가 어릴 때 계부에게 귀동냥으로 들은 것이나 앨버트가 앤드류와 싸우면서 한두 마디 튕겨 주는 내용이 더 중요한 경우가 많았다. 게다가 이완이 첼로에 빠져 그것을 전공할까 심각하게 생각할 때 앨버트는 적지 않은 레슨비까지 대 주며 그의 외도를 부추겼다.

처음에는 고맙게 생각했지만, 앤드류가 록 밴드의 베이시스트로 활동하겠다는 말을 듣자마자 펜더 기타를 단숨에 두 동강 내는 앨버트를 보며 무언가 이상하다는 느낌을 지울 수 없었다. 자신이 줄리아드로 진학할 수준이 안 된다는 것을 알면서도 끝까지 해 보라며 밀어붙이는 것을 보고도 그답지 않다는 생각을 하긴 했다. 이완이 줄리아드를 접고 바로 고미술품 쪽으로 진로를 정한 것도 그 때문이었다. 의심까지는 아니더라도 분명 꺼림칙한 기분이 들었다.

그가 한국 고미술품과 역사에 대해 자세히 배우기 위해 한국의 대학에 입학하기로 결정하자, 그는 군이 그렇게 해야 하느냐, 힘들지 않겠느냐 필요 이상으로 걱정하고, 그것의 무용함을 설득했다.

유물의 관리는 자신이 책임지고 알아서 해 줄 것이라는 친절함은 부담스러울 지경이었다. 줄리아드에 입학하면 학비 정도는 대 준다 장담하던 앨버트였지만, 한국사와 한국 미술사를 공부하는 이완에게는 동전 한 푼 가외로 떨어진 것이 없었다.

물론 이완은 그 일에 대해 전혀 고깝게 여기지 않았다. 학비라니. 그동안 보살피고 도와준 것만으로도 충분하고 넘쳤기 때문이다. 가끔 이해가 안 가는 부분은 있어도 앨버트는 이완에게 아버지 대신 기대하고 의지할 수 있는, 그리고 존경할 만한 유일한 어른이기에, 차마 삿된 의심을 들이댈 수 없었다. 어렸을 때 부모를 일찍 잃고 곁에 사람이 많지 않던 이완은 사람을 잃는 일과 버림받는 일에 과민한 편이었다.

"하지만 블로그 하이드파크의 글을 보는 순간 적이 내 지척에 있다는 걸 알았습니다. 고 유물에 대해 잘 아는 전문가이면서 제 어린 시절 정신과 병력까지 꿰고 있는 사람. 열쇠를 찾기 위해 반대급부로 계약했던 전시회를 정확하게 타깃으로 저격한 것도 그렇습니다. 제가 관련된 이야기를 해 준 사람은 앨버트 당신이나 앤드류, 칼리, 김준일 교수 정도, 기껏해야 서너 사람밖에 되지 않아요."

"……."

"내내 의심은 하고 있다가 앤디가 제 컴퓨터를 사용하고 로그아웃을 하지 않는 바람에 블로그의 주인을 알게 되었죠. 하지만 앤디는 아니라는 걸 바로 알았어요. 왜냐하면 앤디는 한국어 회화는 네이티브처럼 잘해도 작문은 아무래도 서툴렀거든요. 앤디는 저나 앨버트 당신처럼 한국에서 공부를 했던 게 아니니까요. 그래서 위에서 추려 낸 사람 중 앤드류의 아이디에 쉽게 접근할 수 있는 당신을 용의선상에 가장 먼저 얹어 둘 수밖에 없었어요."

앨버트는 자리에서 비틀비틀 일어났다. 얼굴이 붉으락푸르락하며 제대로 말을 잇지 못했다. 이완은 아무렇지도 않은 얼굴로 말을 이었다.

"어마어마한 유물을 기증한다는 유언이 있다는 걸 메트로폴리탄에 고자질하는 대가로 5%면 정말 괜찮네요. 구체적인 가치 산정을 어찌할지는 모르지만, 일이 잘되었으면 재벌 2세처럼 노후를 즐기실 수 있으셨을 겁니다."

"내가 이렇게 행동하는 건 정당해. 아까 뒤에서 다 들었을 텐데? 제임스나 나나, 앤드류나 너나 원래 유산의 주인이 아니었고, 기왕 이 유산을 차지해서 나누게 된다면 그 몫을 네가 독점할 수는 없는 거다. 하지만 제임스는 내가 그 내용을 모른다고 생각하고 나를 내친 후에 혼자 열쇠를 찾아 돌아다니기 시작했다."

"아하. 사실 저도 아버지가 김춘방이 아니고 조덕희의 아들일 거라 추측

하기도 했었어요. 그러기엔 아버지가 조덕희 씨보단 김춘방 할머니를 많이 닮아서 아닌가 보다 했을 뿐이죠. 듣고 보니 그래서였군요."

"너도 제임스도 원래 박 씨가 아니라 황 씨 핏줄이야, 잘난 척할 거 없어! 네가 다 가질 권리 따위도 없어! 그건 확실히 알아둬!"

앨버트는 이를 부드득 갈며 으르렁거렸다.

"아무래도 좋으니 계속하시죠."

"그러다가 20년 전쯤, 너를 데려다 키운 지 얼마 안 돼서 제임스는 결국 열쇠 찾는 걸 포기하고, 라이프 앤 멘델 로펌의 담당자를 엄청난 돈으로 구워삶아 정식 절차 무시하고 상자 속 유언장을 꺼내 집행하기로 모종의 합의를 한 거야. 먼저 배신한 것은 내가 아니라 네 아버지 제임스, 아니 원래 이름은 벤자민 황, 병우 숙부였다. 그가 처음 약속했던 절반까지는 아니라도 약속 자체를 모르는 척하지 않았으면, 그런 짓은 안 했어. 내가 이렇게 행동하는 건 정당해!"

노인은 무시무시한 얼굴로 씹어뱉었다.

"정당한지는 모르겠지만 옳은 건 확실히 아니었죠. 어쨌든 열쇠를 찾을 가능성이 없던 상태이니, 외려 몇 퍼센트라도 확실하게 챙기게 된 것이 훨씬 나았겠죠."

이완은 고개를 끄덕이며 중얼거렸다. 앨버트는 입을 비틀며 말했다.

"7년인가, 8년 전에, 제임스가 박물관에 정보를 흘린 범인이 나인 것을 알게 됐어. 그날 나를 죽이려고 칼을 들고 찾아왔다가 나한테 흠씬 두들겨 맞고 돌아갔지. 70 넘은 노인이 겁도 없이 스무 살 아래인 나한테 덤빌 생각을 해? 만약 성공했으면, 저 인간은 감방에서 남은 생애를 보내게 되었을 테니 나에게 감사했어야 했어. 하여간, 며칠 동안 분에 겨워 술을 퍼마시다가 뇌의 혈관이 터졌어. 그러고는 내내 이 꼴이야."

"이제 저 영감이 얌전하게 죽기만 기다리면 되는데, 뜬금없이 시간 여행

자라는 게 튀어나와서 정말 뭔가를 찾아올 것 같으니까 불안하셨을 거고요. 화각함을 부수려고 직접 한국까지 쫓아왔는데, 아들이 들고 도망을 쳤고, 시체 같은 놈 좀 편안히 보내 주려고 했더니 괘씸하게 감시카메라를 설치해 놓고 방해를 했죠. 이 모든 상황이 하나같이 괘씸하지 않습니까?"

앨버트는 눈을 이글이글하며 노려보다가 천천히 고개를 수그렸다. 변명의 여지가 있을 리가 없다. 그는 한참 만에야 띄엄띄엄 물었다.

"……그래, 좋다. 나……를 어쩔 건데?"

"글쎄, 어떻게 하는 게 가장 좋을까요? 사실 당신이 한 짓이 그리 가벼운 건 아닙니다. 살인미수가 한 번도 아니고, 지금 증거로 확보된 것만도 두 개에다 간병인의 증언이 들어가면 더 많아지겠죠. 하지만 앤디의 부탁도 있고 하니, 그건 좀 생각해 보도록 하겠습니다."

"이완아."

"이건 알아 두시는 게 좋겠습니다. 저는 열쇠를 찾게 되면, 제가 받게 될 유산 중 일부를 당신과 앤디 몫으로 돌릴 생각이었습니다. 간도 작게 수수료로 겨우 5% 부르셨습니까? 저는 적어도 그보다는 높게 드릴 생각이었습니다. 앨버트나 저나 춘방 할머님의 후손이라는 생각에서였죠. 하지만 쓸데 없는 생각이었어요."

앨버트는 시퍼렇게 된 얼굴로 입술을 들썩거렸다. 이완은 냉랭하게 말했다.

"살면서 이런 일이 가끔 일어나는 것도 나쁘지 않네요. 벼와 잡초가 가려지잖아요. 아주 고마운 일이죠."

그는 주먹을 움켜쥐고 이를 갈았다. 허옇게 질렸던 얼굴로 피가 몰려 벌겋게 변했다. 그는 한참 동안 부들부들 떨며 이완과 앤드류를 노려보다가 문이 부서져라 닫고 나가 버렸다.

이완은 고개를 돌려 앤드류의 얼굴을 응시했다. 앤드류는 벽에 기댄 상태 그대로, 얼굴을 잔뜩 일그러뜨리고 서 있었다. 이완은 수굿해진 목소리로 말했다.

"난 네가 네 아버지에게 카메라가 돌아가고 있다는 말과, 내가 욕실에 함께 숨어 있었다는 걸 눈치껏 알려 줄 거라 생각했어."

앤드류는 손가락으로 관자놀이를 꾹꾹 누르며 긴장한 목소리로 물었다.

"······나를 시험해 본 거야?"

"같이 일하려면 당연한 거 아냐?"

앤드류는 고개를 들고 고함을 질렀다.

"왜 구태여 그런 짓을 해? 그냥 내치고 다른 사람 옆에 두는 게 속 편하잖아. 아니면 예전처럼 너 혼자 홀가분하게 다니든가. 사실, 이쪽 바닥에서 초짜인 내가 달려 있어서 걸리적거리고 늘 귀찮았잖아. 안 그래?"

"너야말로 왜 아버지의 편을 들지 않았지?"

앤드류는 눈썹을 잔뜩 찡그렸다. 한참 만에야 자신 없는 대답이 흘러나왔다.

"아버지가 옳지 않다고 생각했어. 아버지는 자신이 정당하다고 생각하지만."

"정당한 것과 옳은 건 어떻게 다른데?"

"······잘 모르겠어. 골치 아픈 거 묻지 마. 하지만 네 말대로, 정당하다고 생각하는 게 꼭 옳지만은 않은 것 같아."

이완은 지금까지 친구처럼 지내 왔던 조카의 일그러진 얼굴을 가만히 내려다보았다. 앤드류는 얼굴을 있는 대로 구긴 채 고개를 저었다. 이완의 입술 끝이 약간 녹아 부드럽게 풀렸다.

"너를 믿고 싶었어, 앤디. 다만 예전과 달리 근거가 필요했을 뿐이야. 신뢰란 은행예금과 같아서, 적립된 돈을 날렸거나 마이너스가 됐으면 어떤 방법으로든 채워 넣을 필요가 있다고 생각했어."

"······."

"고맙다."

이완은 드디어 그에게 예전처럼 보일 듯 말 듯 웃어 보였다. 하지만 예전과 달리 조금은 씁쓸하고 허탈한 웃음이었다. 앤드류의 갈색 머리카락이 천천히 수그러들었다. 이완은 팔을 내밀어 앤드류의 어깨를 툭툭 쳤다.

○ ● ○

이완과 민호가 현관문을 두드렸을 때, 검은 옷을 입은 유모 샌드라가 문을 열고는 찢어지는 듯 비명을 질렀다. 이완은 자신을 아껴 주던 유모가 왜 저렇게 귀신을 본 것처럼 놀라는지 이해할 수 없었다. 비명을 듣고 달려온 맥 아저씨가 눈을 커다랗게 떴다. 이마로 땀이 쭉 솟은 것이 보인다. 기뻐한다기보다 놀라고 당황한 눈치였다. 그는 주변을 황급히 두리번거리더니 이완의 손을 잡고 급히 안으로 끌어들였다.

피로에 지친 이완이 기절하듯 자고 일어났을 때, 주변은 깜깜했다. 옆에는 아무도 없었다. 이모와 함께 잠들었던 침실도 아니었다.

이완은 급하게 주머니를 뒤적였다. 이모가 부탁했던 거. 주머니에 손가락만 한 열쇠가 잡힌다. 아까 자신의 침실, 책상 밑 보물 상자에서 꺼내서 주머니에 넣어 둔 열쇠가 맞다. 아까 분명히 방에 들어가서, 자기 직전에 챙긴 열쇠다.

그럼 누가 날 옮긴 건데? 누가? 왜?

겁에 질려 사방을 두리번거리자 낡고 오래된 물건들이 도깨비처럼 우중충하게 쌓여 있는 모습이 어스름하게 눈에 들어왔다. 이완은 자신이 벌을 받을 때마다 들어갔던 작은 골방 안에 갇혀 있는 것을 알았다.

나, 나 또 무슨 큰 잘못을 했나? 자면서 나도 모르는 사이에 실수라도 했나?

밖에서 왕왕대는 소리가 희미하게 들렸다. 이완은 덜덜 떨면서 방문에 귀를 바짝 갖다 댔다. 이모가 크게 고함을 지르고 있었다. 하지만 웅웅대고 울려서 목소리가 제대로 들리지 않았다. 이완은 문을 열어 달라고 소리쳐야 하나, 벌받을 때처럼 얌전하게 기다려야 하나 알 수 없어서 몸을 덜덜 떨며 방문에 귀를 바짝 갖다 댔다.

"지미 어딨어! 어디 있냐고! 유산? 그게 댁하고 무슨 상관이야! 애 어디 있냐니까! 방마다 문짝을 다 작살을 내서 열어 봐야겠어? 엉?!"

"도끼, 도끼는 내려놔요! 제발! 댁이 누군지 모르겠지만 사람 죽일 거예요?"

샌드라가 찢어지는 비명을 질렀다. 뒤이어 막쇠의 고함이 터졌다.

"치마 두른 계집년이 도끼 들고 앙앙앙 날치면 겁날 줄 알아? 놓쳐서 네 년 발등이나 안 찍으면……."

다음 순간 막쇠의 옆에 있던 방문 한가운데가 쾅작 소리를 내며 찌그러졌다. 민호가 힘을 주어 방문에 박힌 도끼를 뽑아 들고 그들을 노려보았다. 키가 큰 데다 긴 털 코트에 머리가 산발이 되어 있는 여자는 흡사 야차처럼 보였다. 막쇠의 목소리가 확 줄어들었다.

"작정하고 한 짓은 아냐! 애새끼도 흔적 없이 갈린 줄 알았다고! 그런데 그 망할 년이 써 놓은 유서가 지랄이더란 말이야. 열쇠는 어디 있는지 모르겠는데, 애까지 죽으면 재산이 다 날아간다잖아! 박물관 기증? 그년 정말 양잿물이라도 처먹은 거 아니냐고? 그걸 눈뜨고 보고 있어? 샌드라가 영어를 잘하지 못했으면 두 눈 퍼렇게 뜨고 이 큰 재산을 고스란히 날렸을 거라고!"

"아오 씨발라마 새끼야, 덕희나 부전 씨가 유물을 꼬랑창에 처박든 박물관에 꼬라박든 니미 좆같은 너하고 무슨 상관인데!"

막쇠의 목소리가 한층 더 낮아졌다.

"생각해 봐. 이 집에서 모은 유물을 다 팔면 씨발, 조선에서 몇 손가락 안에 드는 부자가 된다고. 그게 허망하게 날아가는 게 아까웠을 뿐이야. 애초부터 나쁜 마음을 먹었던 건 아니라니까!"

민호는 주머니에 둘둘 말아 온 신문을 집어 던지며 고함쳤다.

"나쁜 마음 먹은 게 아니라고? 이 신문기사, 이거 뭐! 엉? 내가 영어 모른다고 눈깔까지 옹이구멍인 줄 아냐? 이 기차 사고 사진하고, 이 얼빵한 똥꼬턱 꼬맹이 사진 밑에 왜 제임스 박이라는 말이 있어? 얘 네 둘째 아들이지? 차 타기 전에 얘가 덕희한테 인사하는 거 봤다고! 왜 네놈 아들 새끼가 제임스가 됐어?"

"너야말로 대체 어디서 온 개잡년이 이모랍시고 지랄이야? 네년이야말로 뭘 상관인데? 덕희 년한테 언니든 동생이든 아무것도 없는 거 내가 제일 잘 알아. 지금 나가 주면 사람 안 부르고 없던 일로 할 거니까, 도끼 내려놓고 입 다물라고. 너야말로 쌩판 상관없는 애새끼한테 친척인 척 빌붙어서 한몫 잡으려는 거 아냐?"

"터진 아가리 좀 안 닥쳐? 지금 사기 치는 건 바로 황막쇠 씨 당신이라고!"

막쇠는 민호의 도끼를 흘끔대고 곁눈질하며 목에 핏대를 세웠다.

"그래, 그러면 좀 어때서? 내 생때같은 마누라 죽여 놓고 어린것들까지 한꺼번에 만주로 쫓아내려 하더니, 이제 와서 애들을 적선하듯 데려다 키워 주면 은혜가 백골난망일 줄 알았어? 개같은 소리 하고 있네. 난 이 집안에서 뭐라도 긁어 받을 생각이었고, 지금 제대로 기회가 온 거라고. 박가나 조가나 벼락이나 맞으라지."

"아오! 진짜 들을수록 저 새끼 왜 이렇게 씨발이야? 백골이 난망이든, 꼴통이 난감이든, 원래 주인이 왔으니 돌려주어야 할 거 아냐! 애 바뀐 게 안 들킬 거 같아?"

"LA 뜰 거야. 어차피 조덕희 그 여자 사람 한 명 안 만나고 손님 한 번 초대 안 하고 박혀 지냈어. 제임스도 아직 학교 들어가기 전이라 얼굴 아는 애들도 없다고. 내가 짱구야? 그런 생각도 없이 일을 치게?"

"이런 시발, 아주 작정을 했구만! 머리카락 하나 안 상하게 간신히 데려 왔더니! 어쨌든 애부터 데려와! 무사한지 봐야겠어. 그리고 얼른 원래대로 돌려놔. 이놈의 집구석에 불 싸질러 버리기 전에!"

"원상복귀? 미쳤어? 왜! 네년 같으면 이런 기회가 왔을 때 안 그러겠어?"

민호는 일 초도 머뭇대지 않고 당당하게 외쳤다.

"개잡놈아! 난 안 그래! 다 너 같은 줄 아냐! 자, 잠깐. 그보다……."

민호는 갑자기 말을 멈췄다. 막쇠가 저지른 일의 필연적인 결과를 짚는 순간, 등골로 소름이 오싹 돋았다. 복도 전체가 무시무시한 정적에 휘말렸다. 민호는 갑자기 목소리를 낮춰 물었다.

"너 애를 어떻게 할 생각인데."

막쇠는 입을 꽉 다물었다. 민호는 다리를 덜덜 떨었다. 막쇠의 입에서 어떤 말이 나올지 두려웠다. 들으면 안 될 말이 나올 것 같았다. 막쇠는 끝까지 대답하지 않았다. 민호의 손에 와짝 힘이 들어갔다.

애는, 그 애만큼은 살려야 한다.

그때 민호가 서 있는 복도에서 조금 떨어진 골방, 이완을 처음 만났던 그 골방에서 가느다란 소리가 들렸다.

퉁, 퉁퉁, 쿵쿵쿵. 쾅쾅.

"이모. 이모. 나 여기 있어요. 이모. 문 열어 주세요."

아이의 목소리는 들릴락 말락 했다. 정신이 번쩍 나는 것 같다. 민호는 핏물이 넘어오도록 고함을 질렀다.

"이 찢어 죽일 연놈들아! 애를 저기다 가뒀니! 문 열어! 애 굶겨 죽이려고 했어! 방문 열쇠 어딨어!"

"이모! 이모! 이모! 문 열어 줘요. 나 무서워, 무서워요!"

목소리에는 벌써 절반쯤 울음이 섞였다. 민호는 문 앞으로 달려가 크게 외쳤다.

"지미! 문 뒤에서 물러나!"

민호는 도끼를 들고 자물통 부분을 있는 힘껏 내려쳤다. 커다란 자물통이 도끼질 두 번에 반절로 쪼개졌다.

콰작, 콰작, 콰콰쾅!

민호는 덜렁대는 문짝을 발로 걷어차 넘어뜨린 후 안으로 황급히 뛰어들어가 이완을 끌어안았다. 아이의 얼굴은 눈물로 범벅이 되어 있었다. 민호는 아이의 상태를 확인하며 속삭였다.

"우리 강아지, 다친 데는 없니?"

"네, 괜찮아요. 이모, 이모? 나, 열쇠 챙겨 왔어요. 보물 상자에서, 열쇠……."

"그런 건 아무래도 좋아, 너만 무사하면 돼. 아가야, 너만."

민호는 이완을 끌어안고 뺨을 비볐다. 아이가 그 와중에 애써 웃음을 지으려 하는데, 볼에 쏙 패는 그 보조개를 보니 왈칵 눈물이 쏟아졌다. 갑자기 뒤에서 막쇠의 음산한 목소리가 퍼졌다.

"웃기고 자빠졌군. 하여간 지금 저 꼬맹이가 상자의 열쇠를 갖고 있단 말이지. 잘됐다. 그거 이리 내라. 그러면 무사히 보내 줄 테니까. 빠져나가서 고발이라도 할 생각은 버리시지. 지금 여기서 애를 달고 빠져나갈 수 있을 것 같아?"

짤막한 웃음소리가 자신만만하다. 막쇠의 손에는 자신이 방금 집어 팽개친 흉흉한 물건이 들려 있었다. 민호는 머리가 아득해지는 것을 느꼈다.

내가 죽는 건 오늘은 아닐 거야. 이 순간은 아닐 거야.

목으로 거대한 바윗덩어리가 치받아 올라오며 식도를 갈가리 찢는 듯했다. 민호는 이완의 앞을 가로막은 채 주춤주춤 뒷걸음질했다.

"얌전하게 줄 거라 생각했어? 꿈도 크시지. 주는 순간부터 바로 갇혀서 굶어 죽게 되는 걸 뻔히 아는데?"

막쇠의 얼굴이 일그러진다. 속을 정통으로 들키는 사람들은 한결같이 저런 꼴사납고 심각한 표정을 짓곤 했다. 민호는 천천히 다가오는 사내를 피해 이완과 몇 걸음 더 물러섰다. 민호의 손가락을 작고 통통한 손가락이 꼭 잡는다. 조그만 손가락에 힘이 꼬옥 들어가는 게 느껴졌다. 이모가 무슨 일을 하든 믿고 따라가겠다는 아이의 생각이 고스란히 전해졌다. 민호는 떨리는 목소리로 또박또박 내뱉었다.

"화각함의 열쇠를 찾지 못하면, 어차피 유산은 못 받게 되어 있어. 열쇠를 갖고 있는 진짜 아들 대신 네놈 아들 데리고 재주껏 잘 찾아봐. 네 욕심 덕에, 네 불쌍한 아들은 평생을 끔찍한 좌절과 고통에서 살게 될 거야."

막쇠의 누렇게 주름진 얼굴이 무섭게 일그러졌다. 민호는 낮고 무시무시한 목소리로 쏘아붙였다.

"이 아이는 내가 데려가. 열쇠도. 재주껏 잡아 보시지."

민호는 이완을 한 팔로 안고 큼직한 책상 뒤에 세워진 병풍 쪽으로 뒷걸음질했다. 도끼를 든 사내는 이를 갈며 주춤주춤 다가오고 있었다.

"아가야, 잠깐, 잠시만 함께 여행을 가는 거야. 무서우면 눈 감아도 괜찮아."

이완은 이모의 목에 매달린 채 눈을 꽉 감았다. 샌드라의 비명이 귓가에서 희미하게 일렁이다 사라진다. 창이 꼭꼭 닫힌 골방 안, 커다란 병풍 뒤에서, 이완은 얼굴과 팔을 선득 스치고 지나가는 바람을 느꼈다.

○ ● ○

이완은 천천히 걸었다. 뉴욕의 겨울은 날이 갈수록 맵게 느껴졌다. 타임 스스퀘어 광장은 항상 사람이 북적여 평소에도 마음에 들지 않았지만 지금은 아주 짜증스러울 지경이었다. 옆에 사람이 많을수록 이완은 외로움을 곱으로 느꼈다.

코끝이 시렸다. 속이 텅 비어 버린 것 같다. 그동안 앨버트를 의지하는 마음이 생각보다 컸던 것 같다. 그의 배려와 친절 덕분에, 괴롭고 지옥 같던 청소년기를 비뚤어지지 않고 보낼 수 있었다고 생각했다. 그런데 그의 행동이 모두 악의에서 비롯된 것이라 생각하니, 자신의 인격이 허공에 붕 떠 버린 기분이었다.

열쇠를 찾아올 거라는 거짓말을 한 것은, 그에게 잠시라도 뼈아픈 상실의 기분을 맛보게 하기 위해서였다. 어차피 유물 일부라도 차지하게 되는 건 앨버트가 될 것이다. 자신에게는 직접 바닥부터 일구어 키운 려 갤러리만이 남을 것이다.

사람을 잃는 일에 대한 감정은, 이완에게는 공포에 가까웠다. 그가 사람들을 쉽게 안으로 들이지 못했던 가장 큰 이유는, 언젠가 필연히 맞이하게 될 상실을 감당하기 버거워서였다.

자신을 키워 준 분들이 한꺼번에 돌아가신 것, 그리고 눈앞에서 그 죽음을 목도했다는 것이 무의식에 큰 충격으로 남아서 그런지도 모른다. 죽음에 대한 기억은 그리 선명하지 않다. 부옇게 안개가 낀 것 같고, 애매하게 툭툭 끊어진 것 같고, 가끔 억지로 떠올리려 하면 머리가 아프고 눈이 욱신거리기 일쑤였다. 어떤 때는 찌르는 것 같은 이명이 일기도 했다. 감정적으로 북받친다기보다 물리적인 통증에 더 가까웠다.

이완은 자신의 앞을 막고 서 있는 극장의 간판을 올려다보았다. 화려한 웨딩드레스를 입은 여자가 활짝 웃고 있는 뮤지컬 광고 간판이 눈을 어지럽혔다. 그는 그렇게 선 채로 멍하니 생각에 잠겼다.

내가 여기서 할 수 있는 일은, 앨버트를 살인미수 혐의로 고소해서 그의 남은 생을 소송과 수감으로 장식하게 해 주는 것, 또 한 가지는 살인미수 혐의로 고소하겠다고 협박해서, 그가 받을 커미션의 절반 혹은 일부를 자신의 몫으로 떼어 내는 것.

둘 다 더럽고 추해서 마음에 들지 않았다.

내가 이번 사건에서 얻은 건 뭐가 있을까. 잃은 건 뭐가 있을까. 손실이 너무 많아 계산을 하기도 쉽지 않았다. 얻은 것은 지독한 피로감, 배신감. 잃은 것은 시간, 비용, 내가 받을 거라 생각했던 모든 유산, 의지했던 사람, 그리고.

……사랑했던 사람.

그는 눈앞에 보이는 카페의 쇼윈도를 물끄러미 들여다보았다. 조각 케이크를 곱게 잘라 내 플레이팅을 해 가격표를 붙여 놓았다. 누르고 붉고 흰 각종 케이크가 화려하고 요염하게 장식되어 있다. 설탕과 버터와 치즈가 뭉텅뭉텅 들어가 있을, 혀가 절어 버릴 듯한 케이크들. 그는 좋아하지도 않는 케이크에서 눈을 뗄 수 없었다.

저걸 사 주면 얼마나 좋아할까. 몇 조각이든 쌓아 놓고 원 없이 먹게 하면 얼마나 흥분하고 신나 할까. 자기 꼴이 어떤지도 모르고 허발해 먹어 댈 텐데.

그 여자는 자신을 만나지 않고 돌아간 후, 연락 한 번 하지 않는다. 그날 밤, 왜 이렇게 쿨하지 못하냐 타박하던 여자는, 정말 쿨하게, 그 여자답지 않은 냉정함으로 자신을 쳐 냈다. 처음에는 창피한 것도 모르고 용감하게 들이대더니.

하긴. 감정에는, 감정의 변화에는 이유가 없다. 그 여자가 만나기 싫다고 밀어내는 감정에도, 제대로 끊어 내지 못하고 아직도 질질 끌리는 자신의 감정에도 이유가 없다. 그저 그 여자에게 최후까지 추하게 보이지 않으려고, 마지막 한 가닥 자존심으로 버티는 것이 자신이 할 수 있는 일의 전부였다.

그래도 한 번 정도 더 전화를 해 주었으면 받을 생각이었는데.

이완은 황급히 수건을 꺼내 눈두덩을 문질렀다. 이젠 뱃속에서 울컥울컥하는 것이 시도 때도 없이 솟구쳤다. 하다 하다 이제 길바닥에서 별짓을 다한다. 눈물이 많은 사람이라고 생각한 적 없었는데.

민호라는 여자와 함께 겪었던 일들과 만남을 생각하면 평생 겪어야 할 모험과 예측불허의 상황을 모두 겪은 기분이었다. 얼른 문제를 해결하고 편안한 일상으로 되돌아오기를 그리 바랐건만, 이제는 그 적막함이 몸서리나게 싫었다.

먼 훗날 되돌아보면 그 여자와 함께 있던 시간만이 눈부시게 기억되고 자신이 편안하다 생각했던 시간은 칙칙하고 무미하게 느껴질 것 같다는 예감이 들었다. 재산을 잃은 것보다 여자를 얻지 못한 것이 더 허탈하고 아까웠다. 자신이 진심으로 마음을 주었던 사람을 상실했을 때, 그 아픔은 가히 뼈를 저몄다.

이완은 한참 눈을 문지르다가 케이크를 진열해 둔 카페로 들어갔다. 길바닥에 서서 궁상을 떠는 꼴이 사람들에게 얼마나 우습게 보였을지 모르겠다. 그는 아메리카노 한 잔과 여자가 보고 환호성을 질렀을 법한 케이크들을 하나하나 골랐다.

망고 무스, 딸기 무스, 초코 무스, 뉴욕 치즈 케이크, 요거트 생크림, 모카 생크림까지 시켜 놓고 창가 자리에 앉았다. 그 여자라면 한두 개로는 턱도 없겠지. 그는 커피를 마시면서 누런빛이 도는 치즈 케이크를 조금 입에 넣어 보았다. 진저리 나게 달았다. 눈썹을 찌푸리면서도 다시 한 입 넣어 보았다. 자신 앞에 놓여 있는 대여섯 조각의 케이크를 보고 몇몇 사람들이 힐끔거리며 지나간다.

창밖으로 눈이 내리기 시작했다. 점심때가 되어 나온 정장 차림의 직장 인들 사이로 나이 먹은 노부부와 젊은 연인들이 드문드문 보였다. 하늘을 올려다보며 손을 벌리고 웃는 이들은 대체로 그런 이들이었다. 코끝이 시 렸다. 이번에는 분홍색 무스 케이크를 한 입 밀어 넣었다. 그리고 쓴 커피. 망고 무스 케이크, 다시 쓴 커피.

살면서 가끔 달콤한 게 필요할 때도 있겠다는 생각이 든다. 인간 유전자 에 각인된, 탄수화물을 향한 집착 성향에 조금은 기대 봐도 좋지 않을까. 쓴 커피와 달콤한 케이크는 잘 어울렸다. 아마 그 여자는 사는 것 자체가 쓰고 시큼한 에스프레소 같다는 걸 진작 알고 있었는지도 모른다. 그래서 다른 사람보다 더 많은 케이크가 필요했던 건지도 모르겠다.

보고 싶다.

이완은 고개를 수그리고 다시 수건으로 눈을 세게 눌렀다. 목이 꽉 막혀 서 입안에 든 케이크를 삼킬 수가 없었다. 잘못 걸린 전화 두 번을 목멘 소 리로 받고 나서 그는 전화를 꺼 버렸다. 왜 창가 자리에 앉았는지 후회하던 참에 똑똑, 탁자를 두드리는 소리가 들렸다.

"믿을 수가 없네. 박 실장님 아냐? 무슨 일 있어?"

붉은색 폭포가 흘러내렸다. 큼직한 진주 목걸이에 분홍색 트위드 재킷 을 걸친 여자가 눈을 동그랗게 뜨고 내려다보고 있었다. 이완은 고개를 들 었다가 다시 옆으로 돌렸다. 얼굴이 엉망일 것이 분명한데. 당황해서 얼굴 로 열이 올랐다. 칼리가 갑자기 나타난 것이 현실감이 없다. 손으로 몇 번 부채질을 하자 여자는 무안하게 채근하는 대신 맑은 목소리로 웃으며 말을 돌렸다.

"세상에, 이게 웬 케이크야? 대체 무슨 일이야. 애라도 들어섰나 봐?"

"별일 아닙니다, 칼리. 여기는 어쩐 일이십니까?"

"어쩐 일은. 마치니 로펌 사무실이 이 앞이잖아. 점심 먹으러 나왔지. 낯익은 사람이 창가에 앉아 있어서 와 봤어. 이 카페 햄 베이글 샌드위치 맛있어. 자기 케이크 좋아했니? 나도 여기서 점심이나 먹어야겠다."

칼리는 카운터에 가서 이것저것 주문을 해서 들고 왔다. 아메리카노와 햄 베이글 샌드위치만으로는 부족하지 싶어 케이크를 한 조각 밀어 주자 여자는 고개를 흔들었다.

"다이어트 중이라 케이크는 당분간 못 먹어. 알잖아. 이탈리아 레이디들의 비만 유전자는 나이 서른 넘어가면 무섭게 폭주하는 거. 지금 허리가 38인치인 우리 엄마도 처녀 적에는 미란다 커였다고. 내 나이가 서른다섯이니 조심해야지."

"그렇군요."

"그래, 유물들은 결국 기증 쪽으로 가닥이 잡힌 건가?"

"아무래도 그렇습니다."

"쯧쯧, 고생 많이 했는데. 결국 그렇게 되는구나. 힘내."

여자는 한숨을 쉬며 베이글 샌드위치를 먹기 시작했다. 불타는 듯한 붉은 색깔이 어지간히 눈에 띄는지 사람들이 지나가며 짧게 감탄사를 뱉는다.

"머리카락이 눈에 잘 띄긴 하나 봅니다. 지나가는 여자들이 한 번씩은 보고 가는군요."

"아, 이완 씨는 여자를 잘 몰라."

칼리는 눈을 가늘게 하며 시원하게 웃었다.

"머리는 무슨. 빨강 머리가 한둘인가. 이 옷 때문이지. 샤넬 신상 트위드잖아. 이번 겨울의 핫 아이템이라고."

이완은 여자의 분홍색 재킷을 물끄러미 바라보았다. 핫 아이템인지 쿨 아이템인지는 알 수 없지만 신제품인 건 모를 수가 없다. 민호에게 선물했던 바로 그 트위드 투피스였다. 칼리는 패션 아이템에 관심이 대단히 많았고, 승리수당을 받기만 하면 명품 옷과 가방, 보석을 사들였다. 그런 모습이 꼴불견은 아닌 것이, 칼리는 여러 가지 스타일의 옷을 근사하게 소화할 줄 알았다.

"그게 이번 겨울 신상이군요. 한국 백화점에서도 본 적 있습니다. 그러고 보면 유행이란 돌고 도는 모양입니다. 오래전에 이거하고 거의 비슷한 디자인의 옷도 본 적 있었거든요. 요새 트렌드가 복고인가 보죠?"

"복고라? 재클린 케네디의 샤넬 트위드 투피스 말하는 건가? 그거하고는 꽤 많이 다른데?"

"아, 그렇게 오래된 건 아니고요. 한 20년 조금 더 된 정도? 제가 학교 들어가기 직전이죠. 돌아가신 이모님이 이런 디자인의 투피스를 입으셨던 기억이 나요. 그리고 소매를 반팔 길이로 자른 밍크 롱코트 같은 것도 입으셨는데, 그게 최근 몇 년 사이에 유행하는 것 같더라고요."

"어머, 그건 자기가 잘못 본 거야. 그 나이 때면 기억력도 부정확할 거고."

"설마, 제 기억력을 불신하시는 겁니까? 저하고 함께 일했던 시간이 얼만데요?"

"그래도 패션에 대한 거라면 내 말이 맞아."

칼리는 커피를 한 모금 마시고 다시 웃었다.

"올해 샤넬 투피스는 클래식하긴 하지만 복고 요소는 없어. 라거펠트 군단이 아주 괜찮은 걸 뽑았다고. 그리고 20년 전에는 말이야, 전 세계 어느 모피 회사에서도 밍크 롱코트의 소매를 자른다는 상상을 하지 못했지."

"아무리 그래야 소용없다니까요, 칼리. 제 돌아가신 이모님이 분명히 반소매 흰색 밍크코트를 입고 계셨어요."

"아마 무슨 흠이 있어서 쏭덩 자르셨나 보지. 돈이 없다 보니 시대를 앞서 가셨나."

칼리가 깔깔대고 웃었다. 넌센스. 이완은 고개를 갸웃했지만 가타부타 길게 따지지 않았다. 중요한 게 아니니까. 칼리는 샌드위치를 다 먹고 한참 입맛을 다시며 케이크를 곁눈질했으나 그래도 결국 꿋꿋하게 의지를 사수했다.

이완은 주문한 것을 모조리 먹는 것이 그날의 임무인 것처럼 앞에 놓인 여섯 조각의 케이크를 꾸역꾸역 먹기 시작했다. 눈발이 점점 굵어지는 것이 보인다. 타임스스퀘어가 점점 흰색으로 물들어 가는 모습을 보며, 이완은 덤덤한 목소리로 말했다.

"오늘 폭설이 내릴 거라더군요."

○　●　○

민호는 이완을 끌어안고 숨을 죽였다. 이곳이 어디인 줄 안다. 뉴욕. 몇 주 전에 토기 등을 가지러 왔다가 들어오게 된 방, 박 실장님의 자택 창고였다. 어둠이 눈에 익어 가며 몇몇 낯익은 물건들이 구별되기 시작했다. 병풍, 토기 등, 자개장, 커다란 침대, 평상, 돌돌 말린 그림들, 액자에 들어 있는 그림들이 줄지어 놓여 있었다. 품에 안은 아이는 갑작스럽게 몸을 감싼 추위에 몸을 폭 오그렸다.

뉴욕은 로스앤젤레스보다 추운 곳이구나. 거의 서울의 한겨울만큼이나 매운 추위였다. 실내인데도 코끝이 쨍했다. 창문에 서리가 겹으로 얼어붙은 곳이 보인다. 눈이 펑펑 내리고 있었다.

"우리 이완이, 괜찮니?"

민호는 코트를 벗어 아이를 꼭꼭 감싸 안고 맨바닥에 앉았다. 바닥과 벽에서 냉기가 확 치밀었다.

민호는 자리에 앉아 생각했다. 이 시기가 언제인지는 잘 모르겠지만, 대충 어림해 볼 수는 있다. 박 실장이 나보다 나이가 한 살이 어렸는데, 일곱 살 때 뉴욕으로 왔다고 했었지. 그러면 내가 여덟 살 때. 초등학교 1학년 때겠구나.

엄마가 돌아가셨을 때다. 어쩐지 온몸이 얼어붙는 기분이었다.

평시의 민호는 미래의 일을 기준 삼아 행동하지는 않았다. 그 상황에서 자신이 가장 옳다고 생각하는 일을 할 뿐이었다. 하지만 자신의 미래가 죽음과 연결되어 있다 생각하니 머릿속이 새하얗게 지워지는 기분이었다.

민호는 자리에서 일어나 한참 두리번거렸다. 화각함, 화각함을 찾아야 한다. 화각함을 통해 몇 번을 드나들었기 때문에 그 벌건 상자만 있으면 일단 퇴로는 확보되었다고 봐야 한다.

"아, 저기 있구나."

천만다행으로 한쪽 구석에 있는 선반 위에 얹힌 화각함이 눈에 들어왔다. 어스름하니 대체의 모양만 알아볼 수 있음에도, 형태만으로도 눈에 익었다. 그러고 보니 눈에 익은 병풍도 접힌 채 벽에 기대서 있다.

민호는 아이를 안은 채 비틀비틀 일어섰다. 냉기가 아래에서 치솟아 발이 시렸다. 민호는 가지고 있는 짚신을 모조리 겹쳐 신고 한 걸음 떼려다가 멈칫했다.

저 화각함의 길이 열린다면, 다른 사람을 아무도 만나지 않고 트래킹을 하면, 나는 죽지 않고 무사히 돌아가게 될 것이다.

하지만 이 아이는? 아무것도 모르고 어른이 된 가짜 제임스와 마주하게 될 이 아이는 어쩌지?

자신이 가진 것을 모두 잃고 적의가 가득한 환경에 내동댕이쳐지기에 일곱 살은 너무 어렸다. 자신을 대신한 가짜 제임스가 벌써 어른이 되어 있는 상태라는 것도 전혀 모르는 상태로 그를 만나 '내가 제임스이고, 아빠가 존이고, 엄마가 누구고' 하는 것을 모조리 이야기했을 때, 이 아이가 겪게 될 일은 차마 생각하고 싶지도 않았다. 나 혼자 살자고 이 아이에게 아무런 방어 조치도 해 주지 않고 그냥 도망치듯 빠져나갈 순 없다.

내가 이 아이를 데리고 간다면?

덕희에게는 자신만만하게 말할 수 있었다. 나하고 함께 가자, 이 시대엔 미래 따위 정해진 거 아니니까, 복잡하게 생각하지 말고 함께 가자고.

입술이 달싹거렸다. 아가야, 이완아? 나랑 함께 가자, 너는 아버지에게 맞고 지내는 힘든 어린 시절을 피하고, 나는 서른한 살, 뭐 썩 그리 나쁘지 않은 나이로, 엄마와 같은 해에 죽게 되는 빌어먹을 사태를 피하고.

"이완아, 이모랑 함께 이모네 집에 갈까? 이모랑 같이 살까?"

폭 파묻혀 있던 아이가 고개를 꼼지락거리며 들었다. 겁에 질렸던 눈이 둥그레졌다.

"이모? 이모랑 같이 가요?"

민호는 황급히 고개를 저었다.

아니, 아니야. 윤민호, 너 이러면 안 돼.

안 되긴 뭐가 안 돼? 네가 늘 말했잖아. 미래에 맞춰서 현재를 결정하지 말라고. 그게 이 시간을 사는 사람의 유일한 권리라고 큰소리를 빵빵 치지 않았어?

너 미쳤니? 박 실장님의 인생을 대체 어떻게 뒤집어 놓으려고 해? 넌 모르는 척하고 애초에 있던 곳으로 돌아가면 되는 거야.

나는 돌아가지 못해. 이곳에서 얼마 후에 죽게 되어 있어. 그게 내 미래야.

그건 이 아이 때문이야. 너는 살 수 있어. 아이 때문에 미적거리지 말고,

지금이라도! 아이는 어떻게든 자라서 어른이 되고, 너하고 다시 만날 거란 말이야.

머릿속에 수만 개의 털실이 한꺼번에 엉켜 있는 것 같다. 누가 그랬더라. 매듭을 복잡하게 꼬아 놓고 이거 푸는 놈이 세계를 정복할 거라고. 그래서 또 언 놈이 가서는 칼로 쑹덩 썰어 버렸다고. 이게 칼로 쑹덩 썰어서 되는 거라면 세계정복은 다 집어치우고 천년의 망나니가 되어도 좋은데. 민호는 허탈하게 웃었다. 웃으면서도 눈물이 났다.

일어나서 무슨 일인가를 해야 하는데, 결판을 내야 하는데, 할 수가 없다. 그것은 어느 쪽이든 자신의 끝과, 그리고 아이의 아픈 미래와 연결되어 있다. 민호는 자신의 앞에 놓여 있는 동강 난 길을 차마 볼 수 없었다. 팔다리가 들들들 떨리는 것이 추워서인지 두려워서인지도 알 수 없었다. 품속에 있는 작은 아이, 나중에 커서 헌헌장부가 될 아이는 추운 것을 참느라 끙끙 소리를 내며 어깨를 옹송그렸다.

아가야. 이완, 박이완. 박 실장님. 미안해. 내가 미안해. 뭘 잘못했는지 모르겠는데, 나는 늘 옳다고 생각하는 일을 했는데, 왜 너를 이렇게 힘든 시간으로 몰아넣게 되었는지 모르겠어. 그냥 미안해. 미안해.

민호는 생각을 멈췄다. 자신을 빤히 올려다보는 소년과 눈이 마주쳤다.

"저는 엄마, 아빠가 안 계시면 이제 누구랑 살게 되나요?"

아이의 입장에서 보면 상황은 간명했다. 자신이 아이를 버리고 도망치든, 남아 있다 아이의 눈앞에서 죽어 자빠지든, 아이가 혼자 남겨지고, 힘든 시간을 헤치고 나가야 한다는 사실은 변함이 없었다.

그래. 그렇다면.

아이에게 필요한 것들을 알려 주어야 한다. 최대한 많이, 정확하게, 자세하게 알려 주어야 한다.

떨림이 천천히 멎었다. 마음이 평온해지기 시작했다. 민호는 자신의 목에 매달린 작고 차가운 손을 끌어내려 뺨에 댔다. 자신의 앞으로 다가오는 거대한 흐름을 그대로 받아들이기로 했다. 민호는 무릎을 접고 앉아 소년과 눈을 마주쳤다.

"아까 열쇠를 가져왔다 했지? 한번 보여 주겠니?"

이완은 이 열쇠를 잘 간직해야 한다. 나중에 가짜 제임스처럼 평생을 회한과 분노에 휩싸여 보내지 않으려면 너라도, 너만이라도. 이유도 모르고, 그저 이모의 유언대로 간직하고 있다가 먼 훗날, 최후의 순간에라도 기억을 떠올려야 한다. 아직 나의 현재에도 시간은 남아 있으니까.

"이모. 이거예요. 엄마가 잃어버리지 말고 잘 갖고 있으라고 한 열쇠."

주머니에서 꺼낸 것을 보고 민호는 한참 눈을 깜박였다. 작은 쇠고리에 열쇠 한 개가 매달려 있었다. 이게 아닌 것 같은데. 아무리 봐도 붕어 자물통에 들어갈 것 같지 않다. 두께도 그렇고 폭도 넓적했다. 지난번 열쇠는 분명 길쭉하고 단순한 모양이었다. 민호는 더듬대며 물었다.

"아가야. 이게 혹시 무슨 열쇠인지 아니?"

"이모, 이거 우리 집 열쇠예요. 대문 열쇠하고 현관 열쇠하고 똑같아요. 엄마가 절대 잃어버리지 말고 갖고 있으라고 한 열쇠예요."

아. 그렇구나. 민호는 열쇠를 들고 천천히 말했다. 일이 이렇게 되는 거구나.

……열쇠는 애초부터 내가 찾을 수 있는 영역에 존재하지 않았던 거였어.

민호의 뺨으로 천천히 눈물이 흘러내렸다. 허탈한 것도 아니고 화가 난 것도 아니다. 그저, 이 아이도 가짜 제임스처럼 크나큰 상실감과 허탈함 속에서 살아야 할 것만이 걱정이었다. 민호는 소년의 머리카락을 가만히 쓰다듬었다. 해 주어야 할 말, 해 주고 싶은 말들이 많이 있는데, 시간은 너무 짧았다. 창밖으로 눈발이 점점 굵어지는 게 보였다. 온통 새하얗다.

"지미, 아니 이완아, 이모가 할 말이 있어. 잘 들어."

"이모? 이모, 왜 그러세요?"

아이가 놀란 목소리로 물었다. 민호는 뱃속에 남은 힘을 모조리 짜냈다. 최후의 순간까지 눈물 바람을 해 가며 헤어질 순 없었다.

"이완이는 이제 의붓아버지가 아니고, 그냥 아버지하고 살게 될 거야. 이모가 너를 데려가고 싶지만 아마 그러지 못할 거야. 아빠에게 맡기고 가서 정말 미안해. 몇 년만, 몇 년만 참으면 괜찮아질 날이 올 거야. 미안해. 아가야."

영문도 모르고 위를 올려다보는 아이를 보니 눈물이 고였다. 이모, 이모, 울지 마세요, 울지 마세요. 작고 통통한 손이 민호의 얼룩진 뺨을 어루만졌다. 아이의 손은 차가웠다.

"이모, 어디 가세요?"

"응, 이모는 너 아버지한테 데려다주고 가 봐야 해. 좀 멀리 여행을 가야 할지도 몰라."

"이모, 가지 마세요. 무서워요. 여행 가지 말고 옆에 있어 주면 안 돼요?"

작은 아이가 겁에 질린 목소리를 내며 목에 매달렸다.

"내가 잘할게요, 이모. 착한 아이가 될게요. 엄마, 엄마가 하라고 했던 거, 다 할게요. 일찍 일어나고, 밥도 깨끗이 먹고, 이모, 방도 어지르지 않을게요. 장난도 치지 않고, 책도 많이 보고, 말썽도 부리지 않을게요. 하라는 대로 다 할게요. 이모, 가지 마세요. 나 무서워요, 이모."

앞으로 어떤 일이 닥칠지 예감이라도 했는지 아이는 덜덜 떨기 시작했다. 민호는 이를 꽉 물고, 활짝 웃어 보였다. 온몸이 얼음장처럼 굳어 가는 것 같다.

"이모가 나중에 데리러 올게. 이완이가 잘 자라서, 네 아버지처럼 훌륭한 어른이 된다면 존도, 엄마도 다시 만날 수 있게 해 줄게."

민호는 아이의 동그란 이마 위로 입을 맞추었다. 아이는 눈물에 흠뻑 젖어 눈을 꽉 감았다.

"거짓말이죠. 엄마랑 아버지 만나게 해 주는 거, 거짓말이죠!"

"아냐, 이모는 거짓말 안 해. 나중에 이완이는 정말 멋진 사람이 될 건데, 그때 이모가 꼭 만나러 갈 거야. 약속."

조그만 손이 앞으로 꼬물거리며 나왔다. 민호도 새끼손가락을 내밀어 약속을 했다. 민호는 다시 아이의 이마 위에 입술을 댔다.

나는 이제 너를 만나지 못하겠지만, 너는 그래도 훗날, 잠시라도 나를 만날 수 있을 거야.

"이모, 아버지처럼 훌륭한 어른은 어떤 사람이에요?"

민호의 눈으로 눈물이 흘러내렸다. 스물아홉과 서른 살의 이완, 일곱 살의 이완과 함께했던 긴 여행의 결말을 내릴 때가 된 것 같다. 민호는 더듬더듬 말했다.

"네게는 두 명의 아버지가 있어. 하나는 너를 지금까지 키워 준 존이고, 하나는, 널 낳아 주신 아버지야."

"네."

"한 분은 자기가 옳다고 생각한 길로 처음부터 나가서 하고 싶은 것, 갖고 싶은 것을 모두 포기해야 했고, 한 분은 시작은 어긋났지만, 잘못된 것을 바로잡기 위해서, 평생 동안 자신이 할 수 있는 모든 노력을 다하셨단다. 모두 훌륭하신 분이야."

"……네."

"두 분 중 누구를 닮아도 좋아. 그러면 나중에 이모가 찾아와서, 두 분 아버지하고 엄마를 모두 만나게 해 줄게. 약속할게."

비록 네가 알아보지는 못하겠지만. 잔인하고 마음 아픈 만남이 되겠지만 그게 먼 미래의 내가 너에게 줄 수 있는 유일한 선물이겠다.

혹시 덕희는 알고 있었을까. 감옥 안에서 짧게 이루어졌던 면회가, 아들과 아버지의 유일한 만남 시간이었다는 것을? 알고서, 그렇게 후회 없는 얼굴을 하고 아이의 아버지를 보내 줄 수 있었던 걸까.

"제임스, 사랑하는 아가야. 잘 들어."

"네, 이모."

"너는 조만간 아버지를 만나게 될 거야. 아버지 이름은 제임스야."

"저와 이름이 똑같은데요. 제 친아버지인가요?"

민호는 한참을 망설이다 고개를 끄덕였다. 그렇게 알고 있는 게 맞다. 그렇게 알고 있어야 한다.

"너는 앞으로 절대, 절대 제임스라는 이름을 쓰면 안 돼. 지금부터 그걸 깨끗하게 잊어야 해. 앞으로 너는 이완이라는 이름으로 살아야 해. 네가 제임스였다는 사실은, 어느 누구에게도 말하면 안 돼."

"네. 이모. 엄마가, 예전에 제가 나중에 이완이란 이름을 쓰게 될 거라고 하셨어요."

덕희 이 망할 년. 대체 어디까지 계산하고 헤아리고 있었던 거야. 그러면서 열쇠도 없이 이 아이가 맞이해야 할 허탈하고 절망에 가득한 서른 살은 왜 예견하지 못한 거야.

"그래, 알고 있다니 다행이구나. 그리고 잊어야 할 게 몇 가지 더 있어. 엄마 이름, 아빠 이름. 이모, 네가 살던 곳, 네가 만났던 사람. 모두 잊어야 해."

"왜요. 이모?"

"기억하면, 네게 힘든 일이 있을 거야. 너를 무척이나 힘들게 괴롭히는 사람이 있을 거야. 그러니까 모른다고 해. 아무것도 모른다고, 기억 안 난다고. 너무 놀라고 충격을 받아서, 너는 아무것도 모르는 거야, 알겠니?"

"어떻게 그래요? 자꾸 기억나는 걸 어떻게 잊어버려요?"

민호는 아이의 반질반질한 머리카락을 쓰다듬었다.

"내가 도와줄게. 나는 무슨 일이 잘 기억나지 않도록 만들어 주는 신기한 주문을 알고 있어."

민호는 아이의 눈을 가리고 말했다. 편안하게 숨을 쉬면 돼. 내가 하는 말을 잘 듣고 속으로 따라 해. 머릿속에 새겨질 때까지.

"나는 엄마 이름도 아빠 이름도, 얼굴도, 이모 얼굴도 전부 잊어버린다. 아무것도 생각나지 않는다. 다 큰 어른이 될 때까지, 생각나지 않는다. 나는 아무리 힘들어도 울지 않고, 씩씩하게, 꿋꿋이 이겨 낸다."

중얼거리던 민호는 아이의 귀에 속삭였다. 동그랗게 몸을 말고 있는 아이의 입술이 달싹달싹했다. 그 조그만 틈으로 하얗게 입김이 쏟아져 나왔다.

"자, 이제 이모가 레드 썬, 을 말하면 너는 이모가 말했던 걸 잊어버리는 거야. 알았지?"

"네."

이완은 눈을 깜박이며 기다렸다. 이 상황이 전혀 납득이 되지 않지만, 그래도 이모가 이렇게 조곤조곤 필사적으로 이야기해 주는 것이 자신에게 얼마나 중요한 것인지는 알 수 있었다.

하지만 이모의 입에서는 바로 레드 썬, 하는 말이 나오지는 않았다. 이완은 이모의 손을 잡은 채 손가락에 힘을 주어 꼭꼭 눌렀다. 하, 하하. 아하하. 이모는 자신의 얼굴을 빤히 내려다보며 이제는 맑고 편안한 얼굴로 웃고 있었다.

"아, 그래, 한 가지만 더. 이건 잊어버려야 하는 게 아니고, 절대 잊어버리지 않아야 하는 거."

"뭔데요?"

"나중에 이완이가 커서 어른이 되면, 사랑하는 사람하고 연애도 하고 결혼도 하고 그럴 때가 되면."

"……네?"

"여자 마음을 아프게 하지 말고, 한 사람만 진실하게 사랑해 줘. 이 여자, 저 여자 한꺼번에 막 건드리면서 모두모두 사랑해, 하는 건 세상에서 가장 못된 남자나 하는 짓이야. 사랑해서 결혼하고 싶은 여자 딱 한 명한테만 네 마음을 주고 아껴 주고, 제일 연약하고 아름다운 꽃처럼 소중하게 대해 줘야 해."

"네. 이모, 그럴 거예요."

"이완이는 나중에 어떤 사람하고 결혼할 건데?"

이완은 대답을 못 하고 우물쭈물했다. 입 밖으로 대답이 훌랑 튀어나오려 하는 걸 꼭 참았다. 엄지손가락에 끼워진 금반지를 매만졌다. 이것을 잘 간직하고 있다가, 나중에, 나중에.

"이모처럼 얼굴도 예쁘고, 눈도 예쁘고, 이모처럼 똑똑하고, 멋지고, 기운 센 아테나 여신 같은 여자를 만나면……."

하하, 아하하하. 이모는 사나이처럼 고개를 뒤로 젖히고 크게 웃었다.

"이모 눈은 조그맣고 예쁘지도 않은데."

"아니에요. 작아도 정말 예뻐요! 까만 하늘에요, 별이 하나 떠 있어요."

이완은 조그만 목소리로, 하지만 힘주어 말했다. 그래그래, 이모는 조그맣게 웃더니 무언가 생각난 듯, 툭 덧붙였다.

"이완이 너 봉황의 눈이라고 아니?"

어스름한 어둠 속에서, 하얗게 입김이 흩어지는 것이 보였다.

"그게 뭐예요?"

"눈 중에서 제일 귀하고 곱고 예쁜 눈이 봉황의 눈이래. 가늘고 길고 까

많고, 눈동자에 힘이 있지."

"이모 눈도 가늘고 길고 까만데요?"

"응, 이모 눈도 봉황 눈이래. 이완이 네가 보기에도 정말 예쁘니?"

이모는 자분자분 속삭이며 살그머니 웃었다.

"예뻐요. 세상에서 제일 예뻐요."

이완은 꽁꽁 얼어붙은 몸을 이모에게 바짝 붙였다. 이모는 털외투로 이완을 꼭꼭 감싸 안았다. 그것도 모자라 두 팔을 한껏 벌려 이완의 몸을 꽉 끌어안았다. 따뜻했다.

"우리 이완이야말로 세상에서 제일 예쁘지. 최고로 예쁘지."

한참 웃던 이모는 고개를 돌리고 손가락으로 눈을 문질렀다.

"아가야. 이완아. 사랑해."

맑고 평온해 보이던 이모의 얼굴이 다시 일그러졌다. 턱으로 눈물이 줄줄 떨어졌다. 이완은 무얼 어떻게 해야 할지 몰라 작은 손으로 눈물을 부지런히 걷어 내며 쩔쩔맸다. 저 예쁜 눈에서 흘러넘치는 눈물을 멈출 수만 있다면 무슨 짓이든 할 수 있을 것 같았다.

"이모가 이완이를 사랑해. 아주 많이 사랑해. 나중엔 이 말을 못 하게 될 거 같아서 미리 말하는 거야."

"왜요? 나중엔 왜 못 해요?"

"이모가 부끄럼쟁이라 그래."

그러더니 다시 이완을 숨 막히게 끌어안았다. 이완은 이모의 귀에 대고 속삭였다. 이모, 이모? 레드 썬 주문 안 외워요?

"아 그렇구나. 주문 외우는 걸 까먹을 뻔했다. 그럼 이제부터……."

"Don't move, Hands up!"

갑자기 문이 벌컥 열리면서 걸걸한 고함이 들렸다. 민호가 눈썹을 찌푸

335

리는 순간 불이 확 켜졌다. 왜애애애, 갑자기 요란한 사이렌 소리가 울리다가 그가 신경질적으로 스위치를 내리자 툭 끊어졌다. 제기랄, 올 게 왔구나. 민호는 자리에서 벌떡 일어났다. 딱딱하게 얼어서 잘 움직여지지 않는 몸으로, 민호는 이완을 등 뒤로 숨겼다. 사내가 총을 겨누고 슬슬 다가왔다. 민호는 이완을 뒤에 가린 채 급하게 뒷걸음질했다.

"아, 아니에요. 수상한 사람 아니에요. 우린 그저……."

"한국인인가? 빌어먹을, 대체 여긴 또 어떻게 들어온 거야? 손들어! 거기서 꼼짝 말라고 했어. 거기 있는 물건에 손 하나라도 대면, 그대로 쏘아버릴 줄 알아."

"물건 훔치러 온 게 아니라……."

"입 닥치라고 했어! 한 마디만 더 씨불이면 정말 쏜다고!"

중키의 몸집 좋은 사내가 손에 총을 한 자루 겨누며 을러댔다. 이완이 말하던 것이 생각났다. 자신의 집 경비원은 오래전부터 실탄을 장전하고 다닌다고. 시커먼 금속을 들여다보고 있으려니 천천히 마음이 가라앉았다. 묘하다. 내가 이렇게 죽나, 싶은 생각이 드는 게 아니라, 내 여행이 이걸로 끝나는 건가, 하는 생각이 들었다. 뒤에서 옷자락을 잡고 있는 소년의 손이 달달 떨리는 것이 느껴졌다.

"손들라니까!"

그가 다시 큰 소리로 명령했다.

민호는 두 손을 천천히 들었다. 뒤에 서 있던 이완도 눈치껏 손을 들었다. 중년의 사내가 이를 부득 갈며 한 걸음씩 다가섰다.

"간만에 창고에 와 봤더니 이건 또 무슨 일이야."

"제임스 박인가요……?"

"그 인간은 왜 찾아? 술에 절어서 뛰어오는 데 시간 좀 걸릴걸. 왜? 그 사람이 여기 있는 거 훔쳐 가도 된대?"

중년의 사내가 으르렁거렸다. 민호는 그의 얼굴을 빤히 바라보았다. 이상하게 얼굴이 낯익다. 저 목소리, 저 눈매, 약간 휘어진 듯한 콧부리, 그리고.

"……똥꼬턱?"

아, 맙소사. 누구인지 깨닫는 순간 민호의 등 뒤로 소름이 쫙 돋았다. 마이 프레에셔츠, 화려한 가운, 토끼 등잔, 그래, 틀림없다. 예전 박 실장님의 창고로 이동했을 때 보았던 그 젊은 사람이었다. 그때는 앤드류일 거라고 생각했는데 지금 보니 앤드류보다 나이가 훨씬 많았고 분위기도 꽤 달랐다.

눈앞의 사내는 현재 40대 정도로, 온몸에서 나이다운 둔중함과 강한 에너지를 내뿜고 있었다. 세 사람의 입에서 하얗게 입김이 쏟아졌다. 민호는 들들 떨리는 목소리로 물었다.

"애……앨버트 황?"

"넌 누구야! 날 어찌 알지? 그리고 그 꼬맹이는 뭐야! 너 여기는 어떻게 들어왔……."

총을 잡고 있는 사내가 악을 쓰다가 말을 뚝 멈췄다. 그가 민호의 얼굴을 샅샅이 살피기 시작했다. 엉망진창인 입성에는 신경도 쓰지 않고, 멍청하게 입을 벌리더니 중얼거렸다.

"서, 설마. 그, 그럴 리가 없어. 그럴 리가."

민호는 등 뒤로 다시 냉기가 흘러내렸다. 그의 얼굴이 우유처럼 허옇게 변했다.

"너, 너 혹시 15…… 아니지, 16년 전인가. 이곳에 뭐 훔치러 왔던 여자 아냐? 눈앞에서 갑자기 사라졌던, 아, 아냐. 그럴 리가."

그는 총을 겨눈 채 천천히 다가왔다. 민호는 그가 자신을 기억해 냈음을, 하지만 너무도 변함없는 자신의 모습에 두려워하고 있다는 것을 알았다.

"훔치긴 뭘 훔쳐! 난 그 물건 임자에게 돌려줬다고!"

"그때 작살난 게 아직도 저쪽이 남아 있는데 무슨 말이야? 그런데 정말 그때 여자인가? 어떻게 이런 일이……."

제기랄, 돌려준 건 더 먼 훗날의 일이구나. 민호는 콧잔등을 우그렸다. 총구가 점점 가까워졌다. 숨이 막혔다. 쓸데없이 뻗대서 성질을 건드리는 건 바보짓이다. 여기는 하고 싶은 말을 꼴리는 대로 다 해도 대가리에 총 맞을 염려 없는 대한민국이 아니다. 내가 그 여자가 아니라고 발뺌하기도 글러 먹었다. 자칫하다간 나뿐 아니라 뒤에 서 있는 겁에 질린 아이가 다칠 수도 있다. 민호는 한숨을 쉬었다.

"만났던 거 맞고, 앞으로 당신이 환갑쯤 돼서 다시 만나게 될 거예요. 그때는 지금처럼 놀라지도 말고 알은척하지도 말자고요."

"뭐, 뭐야. 다, 당신 사람이야? 사람 아니지! 너, 너 뭐야! 뭐 하는 놈이야!"

"씨발, 그래, 사람 아니라 쳐. 그러니 총 좀 내리라고 새꺄! 애가 무서워하잖아."

"……."

"정말 아무 짓도 안 해! 제임스를 만나게 해 줘요. 급하게 할 말이 있어요."

"……그 영감은 왜? 무슨 말을 할 건데? 나한테 말해 봐. 내가 전해 주겠어."

"다른 사람이 들어서는 안 되는 내용이에요. 그러니 얼른 제임스를 불러 달라고."

"어이구, 어떤 예쁜 년이 나를 이리 애타게 찾으시나. LA에서 오셨나, 히끗, 한국에서 오셨나?"

뒤에서 혀 꼬부라진 소리가 들렸다. 앨버트가 황급히 총을 거두고 뒤로 물러섰다. 머리가 허옇게 센 늙은 사내가 벌게진 눈을 뒤룩거리며 욕설을 퍼부었다.

"황안부 이 씹새끼는 왜 자꾸 이 창고를 왔다 갔다 하지? 야이 황가 새끼야. 내가 마르고 닳도록 말했지? 여기 얼쩡대지 말라고. 물건 없어지면 네 놈이 도둑으로 몰릴 각오는 하고 있는 게야? 이건 우리 박 씨 집안 재산이지 황가네하고는 땡전 한 푼 엮인 게 없다고 했잖아. 열쇠 찾아도 내가 찾아서 내가 먹는 거고, 재산 날려도 내가 날리는 거야."

"삼촌, 내가 이대로 가만히 당하고 있을 것 같습니까? 아버지 돌아가셨다고 내가 아무것도 모를 줄 알았느냐고! 수틀리면 당신 유산 찾는 순간 뒤집어엎는 수가 있어!"

"네가 아무리 헛소리로 딱딱거려 봐야, 증거 있어? 있느냐고! 없으면 입 다물고 얌전히 살아. 그보다 저년은 뭔데 여기까지 달고 왔어? 어느 술집에서 끌고 온 거야? 저 애새끼는 또 뭐고 꼬라지는 왜 저래? 서부 개척 시대에서 날아왔어?"

술에 얼근히 잠긴 사내는 눈이 거물거물하다. 민호는 눈앞에 서 있는 사내를 지그시 노려보았다. 제임스 박. 이완의 생부……로 알려진 사람.

사실은…… 황막쇠의 둘째 아들. 황병우.

제임스는 이완과 비슷한 구석이 전혀 없고, 오히려 앨버트, 앤드류와 놀랄 정도로 비슷했다. 그리고 얼굴의 전체적인 형태나 특히 가운데가 옴폭 팬 턱은 춘방의 그것과 판박이였다. 이완이 자신의 아버지를 춘방의 아들로 확신하고 있던 것도 이유가 있었다. 민호는 조용히 물었다.

"당신이 제임스죠?"

"허? 그래. 내가 제임스 맞다. 나를 애타게 찾다니, 기특한 년이네. 네 이름은 뭐냐, 바니야? 으허허허."

침대 위에 누워 있던 미라 같은 사내가 생각났다. 그래. 내가 황막쇠에게 퍼붓고 왔었다. 당신의 욕심 때문에, 당신의 아들은 평생 열쇠를 찾다가 인생을 다 날리게 될 거라고.

자신의 말대로 인생을 죄다 허비하고 머리가 희끗희끗해지고 추하게 쭈그러진 사내가 눈앞에 서 있다. 사방 무섭게 몰아치던 풍랑이 싸르르 가라앉은 기분이었다.

이 시간, 이 공간, 이 사람들 속에서 내가 해야 할 일은……

내 뒤에 숨어 있는 작은 아이가 이 시간에 살아갈 자리를 마련해 주는 것.

새까맣게 물들어 있던 머릿속으로 희미하게 빛이 스며들었다. 복잡하게 얽혀 있던 수많은 실꾸리가 하나씩 돌돌돌 말려 제자리를 찾아 들어간다. 그래. 이거였구나. 이완을 만난 후부터 자신이 거쳐 왔던 각각의 시간과 공간이 하나의 큰 틀로 질서정연하게 재배치되는 기분이었다. 왜인지 두렵지도 않고, 당황스럽지도 않다. 아까부터 치밀던 등 뒤의 한기도 천천히 수그러들었다.

'아가야. 네가 이곳에서 발붙이고 살아갈 발판을 만들어 줄게.'

"이모?"

아이가 이상한 낌새를 눈치챘는지 뒤에서 조그만 목소리로 불렀다. 민호는 이완이 자신에게 했던 말을 떠올렸다. 어디에 견고하게 뿌리박혀 있다는 안정감이 느껴지지 않는다 했던가. 어디론가 사라져서 영영 안 올 거 같다고. 그래. 그 시간에 뿌리박혀 사는 사람한테는 나 같은 사람이 당연히 그렇게 보였을 것이다.

'아가야. 네가 딛고 설 발판이 거지 같고 버티기 힘들겠지만 그래도 나를 따라다니며 나처럼 뿌리박히지 못하고 둥둥 떠돌면서 살게 할 순 없어. 일단, 내가 여기서 목숨을 부지할 수 있을 것 같지 않아. 미안해. 이곳에서 힘들고 아픈 시간을 보내게 해서 미안해. 정말 미안해.'

뒤에 선 소년은 말이 없었다. 혹시 내 속의 말을 들은 걸까? 아무 소리도 들리지 않지만 이상하게, 아이가 울고 있으리라는 생각이 들었다.

이제 일을 끝맺을 시간이다. 민호는 고개를 바짝 들고 날이 선 목소리로 말했다.

"난 당신이 누군지 알아."

순간 흉흉한 분위기를 내뿜던 앨버트와 제임스가 움직임을 딱 멈췄다. 머리가 허연 술꾼은 눈썹을 확 찡그렸다. 당신에게 할 말이 있어, 말을 뱉으려는 순간 앨버트가 황급히 말을 막았다.

"조심해요. 저거 아무래도 이상해. 저 여자, 아주 오래전에 토기 등잔을 떼어 간 여자야."

"……뭐? 확실해?"

"내가 두 눈으로 똑똑히 봤었잖아요. 눈앞에서 바로 연기가 꺼지는 것처럼 스르륵 사라졌던 여자. 틀림없어. 게다가 저 여자, 그때 이후로 나이를 먹지 않았어, 전혀! 전혀!"

술꾼이 천천히 몸을 돌이켰다. 그의 벌건 눈에서 천천히 취기가 걷혔다. 설마. 세상에 귀신 같은 건 없어. 그는 중얼중얼하며 눈을 가느스름하게 떴다. 시선의 끝은 민호와 민호의 뒤에서 고개만 살짝 내밀고 있는 이완에게까지 가 닿았다. 소년의 얼굴과 입성을 아래위로 훑던 그는 얼굴을 잔뜩 찡그렸다.

"옷 입은 꼴 좀 봐라. 저 콩알만 한 새끼는 뭐야."

"……"

"가만. 으으으, 가만."

갑자기 그의 얼굴이 히물히물 구겨졌다. 이완을 바라보는 눈동자가 갈팡질팡하기 시작했다. 흔들리는 눈자위에 공포가 차오르는 것이 뚜렷하게 보였다. 우들우들 손을 떨며, 그는 입술을 달싹였다. 민호는 그의 입술이 '제임스', '지미'라는 말을 반복하고 있음을 알아차렸다.

"어, 아냐, 아니지. 그, 그럴 리가 없어. 그럴 리가 없잖아. 분명 죽었는데."

술 취한 사내는 술기운이 말짱하게 달아난 목소리로 중얼거렸다. 하지만 목소리는 이미 두려움에 푹 파묻혔다. 털퍽. 그가 차가운 창고의 천장이 쩡쩡 울릴 정도로 고함을 질렀다.

"비켜! 애한테 손 떼!"

그가 멈칫한 순간 민호는 그를 확 밀어젖히고 급히 이완을 안았다. 아이의 얼굴은 공포에 질려서 시커멨지만 이를 꽉 물고 비명을 참았다. 민호는 팔에 있는 힘껏 힘을 주었다.

"제임스? 제임스. 왜 그래요. 이 아이가 누군지 알아요? 어디 아파요?"

뒤에서 앨버트가 떨리는 목소리로 물었다. 아냐, 아니야. 아니라고. 제임스는 떨리는 목소리로 부인했다. 민호는 아이를 꽉 안은 채 말했다.

"이 아이의 이름은 박이완이에요. 얼마 전에 엄마와 의붓아버지가 돌아가셔서 이리로 데려왔어요."

"으, 으으, 으으으!"

"제임스, 내가 왜 이 아이를 데려왔는지 알 거야. 당신은 이 아이를 책임질 의무가 있어. 그렇죠?"

당신의 아버지나 당신은, 한 번이라도 상상해 본 적이 있을까? 당신 네가 빼앗았던 것을, 아니 빼앗으려 했던 것을, 이런 식으로 되돌리는 날이 올 거라는 걸?

가짜 제임스는 어릴 때 실종된 아이가 눈앞에 살아 돌아온 것을 알았고, 극심한 공포에 휘말렸다. 하지만 그 순간 그의 머릿속을 치고 지나가는 생각에 그는 고개를 번쩍 쳐들었다. 눈에서 번들번들 빛이 뿜어 나왔다.

"그렇다면. 열쇠……. 이 꼬맹이가 열쇠를 갖고 있단 말이겠군?"

민호는 기가 막혀 입을 멍하니 벌렸다. 이 두렵고 믿을 수 없는 상황에서도 탐욕은 그 모든 것을 덮었다. 황막쇠에게 말했었다. 열쇠를 가지고 가니 평생을 찾아봐야 할 거라고.

민호는 저 두 사람이 이 아이에게 열쇠가 있다고 확신하는 순간, 아이에게는 지옥이 펼쳐지리라는 것을 알았다. 아이가 열쇠를 삼키기라도 하면 저들은 이 딱한 아이를 내장까지 발라내고 말 것이다. 열쇠 따윈 없어. 외치고 싶었지만 그걸 믿어 줄 리도 만무하다. 차라리 내가 뒤집어쓰는 게 낫다. 민호는 이를 악물고 씹어뱉었다.

"열쇠는 내가 갖고 있어. 아이를 잘 키워 준다고 먼저 약속해. 그럼 열쇠를 돌려줄게."

눈빛이 확 달라졌다. 게진게진 풀려 있던 눈동자에 맹렬한 욕망과 살기가 일렁거렸다. 뒤에 서 있던 앨버트가 와락 고함을 질렀다.

"제임스! 이게 대체 무슨 말이에요? 열쇠가 설마, 화각함의 열쇠? 그걸 왜 저것들이 갖고 있지? 저 꼬맹이는 대체 뭔데? 왜 당신이 아이를 책임져야 하는데? 그게 무슨 말이에요? 혹시 그럼 저 아이가……."

"엉뚱한 상상하지 마! 저 새끼는 내 아……들, 아들이야. 내 아들이라고!"

늙은 사내는 뒤를 돌아보며 고함을 쳤다. 무슨 수를 쓰던 열쇠는, 열쇠의 주인인 저 소년은 내 것이라는 탐욕이 이글이글했다. 앨버트는 믿을 수 없다는 듯 고개를 저었다. 제임스는 목에 핏대를 세우며 고함을 질렀다.

"새끼가, 내가 내 아들이라는데 네놈 새끼가 믿거나 말거나 무슨 상관이야! 몇 년 전에 술집에서 만난 얼굴 반반한 년 하나가 내 애새끼를 깠다고 징징대서 돈 좀 쥐여 주고 쫓아 버렸었다고. 그랬더니 그 돈 갖고 이상한 놈팽이하고 배 맞춰 살다가 둘 다 뒈져서 애를 지금 나한테 보낸 거라고!"

이완은 무슨 말인지 몰라 눈물이 잔뜩 괸 눈으로 두리번거렸다. 아냐, 아니에요. 우리 엄마는 술집 같은 데서 일하지 않았어. 엄마는 예쁘기는커녕 얼굴에 무서운 자국이 있었어. 존은 이상한 놈팽이 같은 사람이 아니야. 하지만 차가운 손가락이 입술을 가만히 눌렀다. 말하지 마. 이모의 말이 뱃속으로 출렁출렁 전해졌다.

'아가야. 이제는 말하면 안 돼. 엄마에 대한 것도, 아빠에 대한 것도 잊어야 해. 잊지 못하면 입이라도 막아야 해. 말하지 마.'

"꼬맹이 이름이? 이완. 이완 박. 그래. 내가 원래 네 아버지다. 제임스 박이다."

'다만 그분들의 사랑만 기억해. 함께 보냈던 좋은 사랑만, 추억만 기억하는 거야.'

"오늘부터 내가 널 아들로 올려 주고 매일매일 열심히 물 졸졸 줘 가며 키워 주마. 으허, 으허, 흐흐흐흐."

붉은 뺨과 누런 이를 가진 할아버지가 히죽히죽 웃으며 손을 내밀었다. 이완은 소름이 끼쳐 어깨를 움츠렸다. 하지만 이모는 더 이상 자신을 붙잡아 주지 않고 손에 힘을 풀었다.

"이모, 이모? 나 이모랑 갈래요. 이모! 나 여기 싫어! 이모!"

이완은 덜덜 떨며 뒤를 돌아보았다. 조그만 손을 뻗어 이모의 옷자락을 꽉 붙잡았다. 흰 털옷이 손에 꽉 잡혀 팽팽하게 당겨졌다. 이모는 눈물이 잔뜩 괸 눈으로 입을 실룩이며 웃었다.

"나중에 우리 이완이가 얼마나 훌륭한 사람이 됐는지 보러 올게."

"이모! 가지 마세요! 저랑 같이 살아요. 말 잘 듣는 착한 아이가 될게요! 이모, 이모오오오!"

이완은 늙은이에게 질질 끌려가며 악을 쓰며 울었다. 지금 이 손을 놓으면 영영 다시는 못 잡을 것 같다. 끼이이. 끼르르. 이명이 다시 일기 시작했다. 귓속을 누가 날카로운 꼬챙이로 콱콱 쑤셔 대는 것 같다. 이완은 눈물을 줄줄 흘리면서 귀를 틀어막았다.

머리가 터질 듯이 울려 대는 쇠 갈리는 소리와 눈에 고인 눈물 때문에 세상이 일렁일렁 찌그러진다. 자신을 붙잡고 있던, 아버지라는 할아버지가 이모에게 다가가 멱살을 잡고 손을 벌리며 다그쳤다. 내놔! 내놓으라고! 뒤에서 총을 갖고 있던 아저씨도 다가가 함께 맞붙었다. 이모는 멱살이 잡힌 채뒤로 밀렸다. 이모가 고함을 지르는 소리가 아련하게 들렸다.

"약속을 지켜! 열쇠는 지금 여기 없어! 아이가 다 크면, 내가 돌려주러 다시 올 거야!"

순간 밖에서 시끄러운 소리가 들렸다. 경찰관 제복과 비슷한 옷을 입은 몇 명이 방 안으로 들이닥쳤다. 50여 년의 시간을 건너뛴 이완은 경찰 제복과 사설 경비원 제복의 차이를 제대로 알아차리지 못했다. 할아버지의 고함 소리가 터졌다.

"내놔! 지금 당장!"

하지만 이모는 등을 돌리고 구석의 선반을 향해 뛰었다. 몇 겹 겹쳐 신은 노란색 지푸라기 샌들이 벗겨졌다. 이모는 벽에 붙은 선반 위에 있는 커다란 붉은 상자를 양손으로 잡았다.

"놔! 당장 그거 놔! 안 놓으면 쏜다!"

쾅, 쾅쾅!

벼락 치는 소리가 났다. 이완은 귀를 감싸고 있던 손을 뗐다. 이모가 상자를 옆구리에 끼고 창가에서 비틀거리고 있었다. 이완은 두 손으로 입을 가렸다. 이모의 얼굴이 무섭게 일그러진 것이 보였다. 허리가 천천히 구부러졌다. 누런 장판이 깔려 있는 바닥에 툭툭, 툭, 주르르, 시뻘건 물이 줄줄 흘러 떨어지기 시작했다. 분홍색 겉옷에, 그리고 하얗던 털 코트에 시뻘건 피가 뭉클뭉클 번지기 시작했다.

"아오, 내가 언젠가…… 이, 이럴 줄 알았어."

얼굴을 잔뜩 찡그린 이모가 중얼거렸다. 이완은 자리를 박차고 뛰어 나갔다. 희고 따스하고 부드럽던 옷에 강렬한 무늬가 생겼다. 옆구리에 끌어 안은 상자의 누르스름한 붉은색보다 훨씬 싱싱하고 소름 끼치게 무서운 빨강이었다. 사람들은 이모의 상처를 살피는 대신 먼저 상자를 뺏으려 악귀같이 덤벼들었다.

이완은 사람들을 닥치는 대로 밀었다. 이모! 도망가, 이모, 죽지 마세요. 살려 주세요. 이모를 살려 주세요. 이모, 이모! 톤이 높고 가는 아이의 악 쓰는 소리는 사람들의 고함에 그대로 묻혀 버렸다. 발포를 한 사람이 누구였는지 알 수 없었지만 총을 들고 있는 사람 두엇은 새파랗게 질린 얼굴로 덜덜 떨고 있었다.

와장창, 퉁탕.

이모는 손에 들고 있던 크고 붉은 상자를 휘둘렀다. 주변에 있던 몇몇 물건들이 바닥으로 요란한 소리를 내며 굴러떨어졌다. 사람들이 흠칫 물러섰다. 그제야 이완이 내지르는 찢어질 듯한 비명이 공간을 채웠다. 시선이 잠시 분산되었다. 그사이 다시 허청허청 창가로 몸을 움직이는 이모의 손이 뻘겋다. 상자도, 옷도 바닥도 온통 시뻘겋다.

그러다가 머리 하얀 할아버지에게 머리채를 잡혔다. 이모가 질질 끌려가다가 상자를 붕, 휘두르자 할아버지가 후닥닥 뒤로 도망쳤다. 할아버지는 뒤에 서 있는 제복 차림의 아저씨들과 앨버트라는 아저씨에게 가래가 잔뜩 낀 목소리로 외쳤다.

"잡아! 저년 잡아! 잡아서 싸그리 벗겨 내고 열쇠가 있는지 찾아봐!"

그사이 이모는 창문을 활짝 열어 놓고 창턱에 상자를 걸쳐 놓았다. 그리고 웃기 시작했다.

"싸그리 벗겨? 좆도 아닌 새끼가 어딜 손을 대려고. 그랬다간, 가위로 썽둥 잘라서 자유의 여신상 꼭대기에 쫙 펴서 널어…… 아오, 아파."

"잡아!"

"다가오면 이거 건물 밖으로 집어던져. 그래도 괜찮아?"

민호는 상자를 까닥까닥 움직였다. 사람들은 그 자리에 쥐죽은 듯 굳어 버렸다.

이완은 온몸이 얼어붙었다. 이모의 몸도 상자와 함께 휘청휘청 흔들리고 있었다. 금방이라도 밖으로 떨어질 것 같았다. 이모는 손을 흔들며 웃었다.

"이완아, 아가야, 나중에 봐. 꼭 만나러 올게."

이완은 그녀가 거짓말을 하고 있음을 알았다. 이모는 지금 자신을 아주 떠나려고 인사를 하고 있다. 하지만 거짓말을 하지 않는 것처럼 당당했다. 목이 졸아붙었다. 하얗고 창백한 얼굴, 반짝이는 별이 들어 있는 눈이 동그 랗게 구부러졌다. 눈꼬리가 실처럼 가늘어지며 위로 살짝 올라간다.

"열쇠! 열쇠는 언제 갖다 줄 건데!"

제임스와 앨버트의 입에서 동시에 고함이 터졌다. 민호는 까물대는 의식 을 간신히 잡으며 중얼거렸다.

"제임스, 오래 살아야 할 거야. 얘가 무사히 어른이 될 때까지 기다리려 면."

"잡아! 저년 잡아! 화각함 가져와! 잡아서 불게 만들면 돼! 잡아아!"

박 실장님. 보고 싶네. 아무래도 내가 댁을 좀 많이 좋아하나 봐.

스칼렛이든 칼리든 아무래도 좋아. 나도 한 번쯤은 고개 빳빳이 들고, 나 도 댁을 좋아한다는 말 한 번 정도는 해 봤으면 좋았을걸. 이불 속에서 발 을 뺑뺑 차는 한이 있어도, 이따위로 여행을 끝낼 줄 알았으면 후회라도 하 지 않게 말이라도 해 보았을걸.

돌아가고 싶다. 누군가 나를 기다려 주고 있다는 느낌이 어떤 걸까. 아름 다운 규칙과 변주를 갖고 있는 견고한 일상이라 했나?

그래. 나도 기다림이 있는 일상으로 돌아가, 후회하지 않도록 마음속에 숨어 있는 말을 해 주고 싶다. 그 사람이 나를 기다려 주고 있다는 말을 들었을 때, 그의 연주를 들었을 때 발에 조그만 뿌리가 돋아나는 기분이었다. 그때 들었던 음악을 다시 한번 제대로 들어 봤으면 좋았을걸. 연습해서 매일 들려준다고 공수표를 날릴 때 기름종이에 얼른 적어서 확 도장까지 받았어야 했는데. 이 와중에 그가 연주하는 첼로 음색이 희미하게 살아나 귓속을 간지럽혔다.

옆구리가 불로 지지는 것처럼 아프고 쑤셨다. 민호는 화각함을 붙잡은 채 몸을 크게 흔들었다. 온통 새하얗게 뒤덮인 세상을 더럽히는 기분이다. 저 바닥을 피투성이로 만들어 놓으면, 멀리서 봤을 때 한 송이 꽃처럼 보이기는 할까.

몸이 앞뒤로 크게 출렁였다. 민호는 시간이 하염없이 길게 늘어지는 것을 느꼈다. 오래전, 바닥에 질펀하게 고여 있던 아이스크림의 희고 붉은 웅덩이가 생각났다. 벽장에 이는 바람, 무수한 시간으로 연결된 눈부시게 빛나던 길, 공간을 채우던 첼로의 선율, 눈 속에 파묻힌 움막 속의 밀도 높은 어둠, 그 속에서 일렁이던 작은 불씨와, 등과 허벅지에 깊은 상처를 가지고 있던, 그래도 예쁘게 웃어 줄 줄 알던 덩치 큰 아이가 차례로 지나갔다.

박 실장님, 박이완 씨, 나, 나는, 나는.

속에 맺힌 말을 할 시간은 남아 있지 않았다. 땅바닥이 창끝처럼 변해 그대로 솟아올랐다.

이완은 눈을 멍청하게 껌벅거렸다. 눈앞으로 보이는 장면이 사진처럼 툭툭 한 장씩 끊어지기 시작했다.

창턱에 앉아 있던 이모가 크게 휘청대더니 붉은 상자를 안은 채 그대로 창문 너머로 넘어가는 것이 보였다. 밖에는 주먹만 한 눈송이가 펄펄 날렸고, 붉은 물이 흠뻑 든 코트를 입은 이모는 한쪽이 맨발이었다. 이완은 온몸이 돌처럼 굳어 움직일 수 없었다. 아니, 숨을 쉴 수 없었다.

쿵, 창밖에서 떨어지는 소리가 들리자 이완은 목이 졸리고 숨이 막혀 컥

컥거리면서도 기를 쓰고 창가로 다가갔다. 아이에게 끔찍한 장면을 보여주지 말아야 한다는 데 생각이 미친 사람은 아무도 없었다.

새하얀 눈밭에 키가 큰 여자가 긴 머리를 산산이 흐트러뜨린 채 쓰러져 있다. 목이 이상한 각도로 꺾였고, 상자는 바로 옆에서 뒹굴고 있었다. 아무도 밟지 않은 흰 눈과 하얀 코트 위로 새빨간 꽃잎이 선명하게 흩어져 있었다. 붉은색은 날카로운 가시처럼 아프게 눈을 찔렀다.

아래층을 내려다본 몇몇 사람들이 입을 틀어막고 신음을 삼켰다. 머리를 박았나? 제기랄, 경찰 불러! 빌어먹을, 일이 왜 이렇게! 집안사람들이 모두 몰려나오기라도 했는지 발걸음 소리가 두다다다 드럼 치는 것처럼 들렸다.

이완은 바닥에 고꾸라져 목을 쥐어뜯었다. 말도 나오지 않고, 숨도 쉬어지지 않았다.

툭, 불이 꺼지는 것처럼 눈앞이 깜깜해지더니, 이내 사방이 조용해졌다.

○ ● ○

"남자들도 은근히 입이 싸구려란 말이야. 의리도 없고 매너도 없고 부끄러운 줄도 모르고."

뉴욕 려 갤러리 안에는 향긋한 커피 향이 은은하게 차 있었다. 이완의 앞에서 수화물 검수 서류를 뒤적이던 칼리가 문득 투덜거렸다. 서울 중앙박물관에서 보낸 특급배송 1차 수화물이 저녁 늦게 도착한 참이었다. 전화기가 바쁘게 울렸다. 이완은 커피 잔을 입에 댄 채 전화를 받았다가 코끝을 찡그리며 전화를 끊었다. 최근 들어 잘못 걸려오거나 툭툭 끊어지는 전화가 많아 그러잖아도 신경이 곤두서 있는데 오늘은 칼리까지 신경을 슬슬 긁어 대고 있다.

따질까 말까.

눈이 펑펑 내리고 있는 뉴욕은 조금 들뜬 분위기였다. 갤러리 려에도 연인들이 손을 잡고 들어와 전시되어 있는 물품 몇 가지를 구경하며 소곤소곤한다. 분위기를 보아하니 물건 구매가 아니라 저녁을 먹고서 갈 곳이 없어 시간 때우기로 잠시 들어온 것 같지만, 입성으로 보아서는 구매력이 없지는 않아 보였다.

그런 쪽으로 눈치가 빠른 앤드류는 두 사람이 전시품에 대해 묻는 것을 아는 대로 설명해 주기도 하고, 인심 좋게 원두커피를 내려 서비스로 제공하기도 한다. 손님들의 호기심 어린 목소리와 앤드류의 경쾌한 대답, 그리고 웃음소리가 매장 안을 부드럽게 채웠다.

이완은 커피 잔에서 입을 뗐다. 칼리의 푸르스름한 홍채가 안경 너머로 빤히 자신을 응시하고 있었다. 자신이 한 말에 대해 얼른 따져 봐, 하듯 전투적인 눈빛이었다. 장난처럼 나온 말이지만 은근한 비난이 깔려 있던 것임에 틀림없다.

"아하. 그 입이 싼 남자에 저도 포함되어 있는 모양입니다?"

"그렇지. 잠자리 이야기를 남들에게 떠벌리는 영감이나, 그걸 주워듣고 매장 여직원한테 떠벌리는 남자나 입이 비싸다고 할 수는 없지."

여자의 목소리가 한 단계 낮아졌다. 이완도 언짢은 기색을 숨기지 않고 내뱉었다.

"무슨 말인지 정확하게 말해 주어야 대답을 해 줄 수 있을 것 같은데요, 칼리."

"사실 난 스칼렛이란 애칭을 좋아하지 않아. 하지만 영감이 소원이라니까, 그 정도쯤이야 하고 봐주는 것뿐이야. 그 배에 그 대머리로 레트 버틀러(바람과 함께 사라지다 의 남자 주인공)에 이입하는 게 딱하기도 하지만, 뭐 착각은 죄가 아니잖아. 누가 죽거나 다치는 것도 아니니 남들이 안 들을 때, 침실에서만 부르도록 허락해 줬을 뿐이라고. 그런데."

"무슨 말입니까? 노아가 침실에서 부르는 이름이 스칼렛입니까? 제가 왜 그런 걸 알고 있어야 합니까?"

"이제 둘 다 시침을 떼고 있는 거야? 노아가 당신에게 그걸 말하고, 당신이 그 여자에게 말하지 않았으면, 그 여자가 나한테 스칼렛이냐고 물을 이유가 없었잖아? 그 여자, 당신한테 은근히 관심 있는 것 같던데."

금테 안경 너머의 푸르스름한 눈이 냉랭해졌다. 이완의 눈썹이 훅 일그러졌다.

"그 여자? 서울서 본 윤민호 씨 말입니까? 그 사람이 당신한테 스칼렛이냐 물었다고요?"

"그래, 처음 봤을 때 문밖에서 기다리다가 물어보던데."

"저도 모르는 걸 민호 씨에게 말했을 리가 없습니다."

이완의 눈썹이 심하게 찌푸려졌다. 그러고 보면 민호는 스칼렛에 대한 이야기를 몇 번 했었다. 중요한 때마다 산통을 다 깨 가면서. 그리고 그때마다 그 여자와 자신 사이에 흐르던 기류가 확확 바뀌었던 생각이 난다. 이완은 고개를 갸웃하며 말을 이었다.

"제가 아는 스칼렛은 델 제수밖에 없습니다. 1740년산 과르네리요. 칼리도 한 번 보시긴 했을 텐데요. 붉은빛 바니시로 마감해서 스칼렛이라 불린다는…….."

"아하? 집에 모셔 놓은 게, 주세페 과르네리가 말년에 그렇게 아꼈다던 세 자매였어? 골디락, 세피아, 스칼렛이었던가? 델 제수의 스칼렛이라면 물론 유명하지만 그건 레이블이 없어졌다며. 그런데 그걸 내가 어떻게 알아봐."

"그래도 스칼렛이 틀림없어요. 그건 제가 가장 잘 압니다. 하여간, 저는 분명히 과르네리라고 말했고, 그 여자도 알고 있었……. 잠깐만요. 알…… 았으려나?"

"······?"

"가만, 병원, 병원에서 민호 씨가 들었다고 한 이야기가 혹시."

이완의 입이 애매하게 벌어졌다. 이게 또 무슨 사태야. 칼리는 눈썹을 살짝 찌푸리며 이완의 얼굴을 바라보았다. 앞에 앉아 있던 사내의 표정이 몇 초 만에 서너 번 뒤집히듯 변했다. 그는 입술을 달싹이며 중얼거렸다.

혹시 과르네리가 뭔지 모르고······?

"Damn it."

쾅, 이완은 주먹으로 탁자를 내려쳤다. 얼굴이 허옇게 떠 있었다. 칼리는 어리둥절해서 그의 얼굴을 쳐다보았다. 그가 욕설을 입에 담는 것을 처음 보았다.

이완은 한 손으로 머리를 헤집었다. 움막 안에서 주고받던 대화가 주르르 떠올랐다.

'이완 씨, 혹시 스칼렛······에 대해 할 말 없어?'

'스칼렛······ 과르네리 델 제수 말인가요? 민호 씨가 스칼렛을 아신다고요?'

'응? 어, 그야······ 그때 덕희 데려간 날 한번 봤으니까.'

'아, 그렇군요. 한번 보셨군요. 그나저나 신기하네요. 과르네리 패밀리야 워낙 유명하지만 스칼렛이라는 이름은 아는 사람이 거의 없을 텐데요.'

'앤드류가 병원에서 얘기하는 걸 들었어.'

아, 이런, 이런. ······혹시? 이완은 입술을 꽉 깨물었다.

'얘기 들어 보면 이완 씨, 스칼렛 꽤 좋아하나 봐?'

'그런데 민호 씨, 왜 하필 지금 그 이야기를······?'

'하면 안 돼? 왜? 궁금한 거 다 물어 보라며. 그냥 기다 아니다 대답만 하면

되는 건데.'

'안 될 것까진 없어요. ……예. 좋아해요.'

등으로 진득하게 식은땀이 흘러내렸다. 뭐가 잘못되어 가고 있었다. 그
움막 안에서.

존은 스칼렛을 항상 레이디라고 말했고, 그녀라고 지칭했다. 같은 장인
이 만든 악기를 같은 패밀리라고 부르기도 했다. 고가의 악기를 다루는 사
람들이 종종 갖고 있는 습관이기도 하고, 앨버트나 앤드류와도 그런 식으
로 대화를 해 왔기 때문에, 이완은 무엇이 문제인지 제대로 알아차리지 못
했었다. 컨트롤이 어렵다는 말 대신 '성격이 만만찮다', '휘어잡히지 않는
도도한 매력' 따위의 의인화된 표현도 쉽게 쓰곤 했었다. 그런 표현이 오해
를 일으킬 거라는 생각조차 하지 못했다.

'혹시 헤어지고 싶다거나 그런 생각 해 본 적 있어?'

그 말을 물어볼 때 그녀의 목소리가 왜 그렇게 심하게 떨리고, 얼굴이 왜
그리 애처롭게 굳어 있었는지 신경 썼어야 했다.

'제가 왜요……? 전혀 없어요. 앞으로도 없을 거고요.'

앞으로도, 그럴, 일은, 없을, 겁니다…….

당신은 그러니까, 내, 내가 다른 여자가 있는데도 당신에게 집적댄 거라
고 생각한 거였다. 두 여자, 세 여자 거느리고 아쉬울 때 불러내려는 사람
으로 본 거였다. 머릿속이 허옇게 비어 버리는 기분이었다.

그럴 리가 없잖아! 대체 나를 어찌 보고!

그 바보 같은 여자는 왜 그걸 딱 부러지게 물어보지 않았을까? 오해, 오해는 할 수 있어. 그런데, 왜 왜 묻지조차 않아? 자존심 때문이었나? 7년 짝사랑이 비참해서 더는 자존심을 구기고 싶지 않았나?

누가 잘하고 잘못하고를 따질 것도 없다. 덤, 앤, 더머. 변죽을 울리는 질문에 걸맞은 얼빠진 대답. 여자가 이상하게 물어봤으면, 너라도 제대로 말했어야 했다. 적어도 오해의 소지는 없도록. 최소한 그 밤에 제대로 된 고백을 당당하게 했어야 했다. 나는 당신을 사랑한다, 당신만 사랑한다, 라고 맺어 말했으면 오해가 굳어 마음을 꽉 닫아 버리는 사태에 이르진 않았으리라.

여자가 그 밤에 겪었을 끔찍한 좌절감이 그제야 이완을 후려쳤다. 머리가 어질어질했다.

이완은 급히 시각을 확인한 후 전화기를 꺼내 긴 번호를 빠르게 찍었다. 하지만 전화를 받지 않았다. 그는 초조한 얼굴로 계속 전화번호를 누르더니 목소리를 왈칵 높였다.

"왜 전화를 안 받아! 왜!"

"무슨 일이야. 이완?"

뒤에서 손님을 서둘러 배웅한 앤드류가 무슨 눈치를 챘는지 조심스럽게 물었다.

"윤민호 씨. 집에 전화도 없나, 핸드폰도 계속 꺼져 있고, 대체!"

"어, 내가 그 룸메이트 전화번호는 알고 있어. 급한 일이면 그리로 해 볼래?"

이완은 고개를 들고 얼빠진 얼굴로 조카의 얼굴을 들여다보았다. 김선정? 그 공주님 말인가? 그 여자 번호를 왜 네가 갖고 있지? 무언의 추궁에 앤드류는 황급히 손을 저었다.

"아냐, 아니라고! 이상하게 생각하지 말라니까? 화각함 갖고 급하게 올 때 강아지를 그 집에 데려다주고 와야 했잖아. 그때 무슨 일 생기면 연락

달라고 전화번호를 교환했다고!"

앤드류가 펄쩍 뛰는 것 따위는 중요하지 않다. 지금 바로 어떤 루트를 통해서든 윤민호와 통화를 하는 것이 중요했다.

억지로 잠재워 두었던 가슴이 심하게 두방망이질한다. 이, 이, 바보 같은 여자, 이 멍청한 여자, 천하 없이 멍청한 박이완. 덜떨어진 등신 같은 자식. 가슴 속에서 갑작스럽게 흥분이 치솟아 어지러울 지경이었다.

괜찮아. 연락해서 지금이라도 오해를 풀면 된다. 지금이라도. 얼마든지. 연락만 닿으면 될 거야. 웃어도 좋고 울어도 좋고 화를 내도 좋다.

그가 초조하게 주먹을 쥐었다 폈다 하는 동안, 수화기에서 아직 잠이 덜 깬 듯한, 하지만 상냥하고 나긋나긋한 목소리가 흘러나왔다. 민호의 룸메이트 선정이었다.

— 박 실장님 아르바이트로 어디 간 줄 알았는데 아닌가요?

선정은 몹시 놀란 눈치였다. 이완은 더 기가 막혔다. 그렇다면 지금까지 집에 들어오지 않았다는 말인가?

— 저번에 결혼식에 다녀와서 박 실장님한테 사과하러 간다고 하고선 지금까지 안 들어왔어요. 민호가 가끔 알바할 때 그런 식으로 말없이 다녀올 때가 많아서, 일이 잘 풀린 줄로만 알고 있었어요.

아르바이트 계약이라니. 그게 무슨 말인가. 물론 그때 매장에 사과한답시고 들르긴 했었지. 하지만 내가 만나고 싶지 않다고 버텼고, 한참 만에야 내려갔더니 쪽지 하나 남기고 돌아가지 않나.

— 그러잖아도 조금 이상하게 생각하긴 했어요. 일이 잘 풀렸으면 전화는 그래도 한 번 했을 것 같았거든요.

조곤조곤하는 친구의 음성도 살짝 겁에 질렸다.

— 어떡해요. 그러잖아도 토마스 폰 에디슨도 그제 밤에 밤새 울다가 아침에 용변 보라고 마당에 내려놨더니 계단을 타고 내려가서 어디로 도망쳐

버렸거든요. 한 번도 그런 적이 없던 애가 그러니 민호한테 뭔 일이 났나 싶기도 하고, 걔는 지금까지 안 들어오고, 연락은 안 되고, 어떻게 해야 할지 모르겠어요.

갑자기 등 뒤로 식은땀이 쭉 솟았다. 이완이 머리를 짚은 채 길게 신음하자 옆에 앉아 있던 여자가 안경 너머로 빼꼼 바라보며 고개를 갸웃거렸다. 하지만 이완은 칼리까지 신경 쓸 계제가 아니었다. 점점 숨이 졸아드는 것을 느꼈다. 끼리릭, 끼릭, 희미하게 귓속을 긁는 이명이 일기 시작했다.

"이완, 이완, 괜찮아?"

"아, 괜찮아. 괜찮아요."

이완은 칼리에게 손짓하며 중얼거렸다.

문득 칼리의 옷이 거슬리기 시작했다. 지금까지는 신경은 쓰였지만 딱히 거슬리진 않았는데, 지금은 칼리의 옷을 보고 있노라니 척추를 따라 찬 기운이 주르르 미끄러지는 기분이었다.

민호에게 사 주었던 것과 같은 디자인의 트위드 투피스, 올해의 핫 아이템 신상품, 복고풍이 아니라던 저 옷. 진주 목걸이. 반소매 밍크코트. 20년 전에는 반소매 밍크 따윈 존재하지 않았다고 단언한 여자가 눈을 가늘게 뜨고 자신을 바라보고 있다. 귓속을 긁는 이명이 점점 심해져서 선정이 하는 말이 잘 들리지 않았다.

맙……소사.

이완의 손에서 수화기가 떨어졌다. 이럴 수가. 머리를 거대한 망치로 후려친 것 같다.

화각함을 타고 다시 들어간 건가……?

목이 컥컥 졸리기 시작했다. 나에게 사과 선물로 열쇠라도 주고 싶었나? 내가 사과를 안 받아 주니까 그렇게라도 때워야 한다는 생각을 한 건가? 그 고생을 하고서도? 물론 그 여자의 막가파 패턴이라면 그러고도 남는다.

하지만 중요한 건 그게 아니다. 화각함을 타고 들어간 시기를 헤아려 보자니 불길한 느낌이 스물스물 올라왔다. 자물쇠가 바뀌었으니, 적어도 우리가 들어갔던 시기보다는 더 나중으로 찾아갔을 것이다. 왜 자꾸 저 트위드 재킷이 거슬리지?

끼이이. 끼르르. 일곱 살 이후로 처음으로 쇠가 갈리는 이명이 일기 시작했다. 거대하게 소용돌이치던 조각 그림이 점점 뚜렷하게 상을 맺기 시작했다.

엄마, 아버지, 의붓아버지. 시간 여행자를 한 번이 아닌 적어도 두 번은 만났던 앨버트. 이모의 반소매 밍크코트, 20년 전에는 존재하지도 않았다는 새로운 디자인. 20년 전과 같은 디자인의 트위드 투피스, ……이모에게 받은 것과 동일한 디자인의 반지.

맙소사, 맙소사. 이완은 허리를 구부리고 목을 감쌌다. 그 모든 것은 점점 명징하게 단 한 가지 방향으로 나가고 있었다. 이명은 이제 귀청이 찢어질 것처럼 커졌다. 왜 이걸 지금까지 몰랐는지 이해가 되지 않았다.

이모의 얼굴이 지금까지 생각나지 않는 게 이상했다. 계부의 얼굴, 엄마의 이름도.

하지만 덕희의 보석함과 엄마의 보석함이 비슷하다는 생각은 얼핏 했었다. 부전의 집 마루 구석에 놓여 있던 첼로와 축음기, 엄마가 데려왔던, 얼굴에 굵은 주름이 있던 아저씨와 얼굴이 시커멓던 두 형. 자신을 만나러 조선에서 왔다는 이모의 얼굴, 반짝이는 눈, 웃을 때마다 실처럼 가늘어지며 위로 올라가는 눈꼬리. 돌이켜 보면 순간순간 무수한 실마리가 흩어져 있었다. 기나긴 도보 여행, 추운 창고의 바닥, 하얀 눈, 그 위에 흩어진 붉고, 눈이 몹시 따가웠던 그 무엇.

머릿속에서 폭발음이 일었다. 무엇인가 거대한 것이 붕괴하여 쏟아져 내린다. 머리가 깨질 것처럼 아팠다. 희미하게 조각나 있던 기억들이 하나로 모여, 하늘을 가득 채울 듯한 그림이 되어 눈앞에 펼쳐졌다.

"이모, 이모님. 미, 민호 씨. 민호…… 윤민호 씨."

눈앞에는 새까만 밤하늘과 맨해튼의 현란한 간판, 네온사인들을 배경으로 눈이 펑펑 쏟아지고 있었다. 주먹만 한 눈송이. 그 위로 일렁이는 그림이 겹쳐진다. 온통 하얗게 덮인 눈 위에서 목이 이상하게 뒤로 꺾인 여자가 쓰러져 있고, 주변에는 크고 작은 붉은 꽃이 피어 있었다. 안 돼. 안 된다. 이런 건 있어서는 안 되는 일이야. 입에서 저도 모르게 공포에 질린 비명이 치솟았다.

"아, 아아악, 우와아아아악!"

이완은 머리를 탁자에 쾅, 소리를 내며 박았다. 이럴 수가 있나. 지금까지 왜 기억하지 못했지? 자신을 보호하기 위한 방어기제니 뭐니 다 필요 없다. 아무리 끔찍해도 기억해야 할 것은 기억해야 했다.

민호, 민호 씨, 맙소사, 민호 씨! 제기랄, 어떻게 이따위 일이!

조금이라도 미리 눈치를 챘으면, 나는 화각함을 진작 불에 태워 버렸을 것이다. 유산이고 나발이고 다 필요 없다. 일주일. 일주일. 이모가 일곱 살 때의 나에게 찾아왔을 때로부터 함께 여행을 하고 죽음을 맞이했을 때까지의 시간, 딱 일주일.

그녀는 약속을 지켰다. 내가 어른이 되었을 때 찾아온다 했고, 어머니와 아버지를 만나게 해 준다고 했다. 내가 알아보지 못했지만, 그녀는 결과적으로 약속을 지켰다.

나는, 나는 대체 무슨 짓을 한 거지. 민호 씨, 윤민호 씨. 내가, 내가 대체. 내가 대체!

전혀 손을 쓸 수 없는 시간, 손쓸 수 없는 장소에서 내가 사랑했던 이모는, 내가 사랑하는 여자는 나를 지키기 위해, 그리고 내가 이 시간에서 디디고 살아야 할 발판을 만들어 주기 위해 혼자 싸우다 죽음을 맞이할 것이다. 이완은 입을 틀어막았다. 뱃속에서 끔찍한 괴물이 자신을 뚫고 올라오는 기분이었다. 칼리와 앤드류가 황급히 그를 부축해 일으켰다.

"이완! 이완? 왜 그래?"

"어? 이완? 무슨 일이야!"

"앤디, 앤드류, 칼리! 화각함, 화각함을 어디에 두었지?"

"그건 내가 직접 갖고 들어와서, 제임스가 누워 있는 방 구석에 두었잖아. 거기에 카메라 설치가 되어 있어서 계속 확인하기 편하다고."

콰당, 이완은 자리에서 벌떡 일어났다. 황급히 코트를 걸치고 밖으로 나섰다. 눈은 벌써 발목 높이까지 차 있었다. 이완은 주차장까지 허청대고 걸었다. 한 걸음 걸을 때마다 눈앞으로 시커먼 덩어리가 치솟았다.

노아 버틀러는 올해 50을 맞은 외과의로 롱아일랜드의 머튼타운에 작은 개인병원을 소유하고 있었다. 유대인이지만 유대교도는 아닌 원장 선생은 매우 단순 소박한 인생관을 갖고 있었다. 인생의 유이무삼(?)한 로망이라면 자신을 모델로 한 듯한 보테로의 그림을 한두 점 구입하여 울적해질 때마다 들여다보는 것과, 매일 퇴근하고 돌아와서 세상에서 제일가는 미인이라 확신해 마지않는 젊은 아내와 앉아, 그녀가 직접 준비한 저녁을 먹고, 와인을 한잔 하면서 둘이 나란히 앉아 옛날 영화를 보는 것이었다.

이미 젊은 시절부터 만반의 준비는 다 해 놓았다. 결혼 전부터 알뜰살뜰 돈을 모은 덕에 보테로의 뚱뚱보 정물화와 육덕진 신사 그림을 크리스티에서 건져 올 수 있었고, 커다란 벽을 가득 채운 스크린, 책장에 가득한 올드 무비 DVD, 등을 대기만 하면 몸의 절반을 푹 감싸 버리는 카우치에 푹신푹신한 카펫, 철철이 새로 출시되는 보르도 와인, 집의 한쪽 면을 꽉 채운 원목 주방과 영업용으로 사용해도 좋을 만한 빌트인 냉장고까지 차근차근 장만할 수 있었다. 현재 그의 로망에서 빠진 것은 단 한 가지뿐이었다.

"스칼렛은 오늘도 야근인가. 쯧."

물론 사나이들의 로망이 변질되는 과정대로, 노아는 시간이 갈수록 '꿈은 꿈이라서 아름다운 것이지'를 되뇌게 되었는데, 이유인즉슨 세상에서 가장 아름답기도 한 아내는 세상에서 가장 똑똑하기도 해, 세상에서 가장 바쁘기 때문이었다. 걸핏하면 외근에, 밤샘에, 해외 출장이 줄을 잇다 보니 그는 서서히 해탈하게 되었다. 완벽한 여성을 소유한 사나이에게 내려지는 징벌이야. 그는 매번 스스로를 달래며 자신의 운명을 겸허히 받아들이게 되었다.

— 노아? 노아! 칼리예요.

전화기 너머, 아내의 목소리가 다급했다. 허니? 노아는 와인 잔을 내려 놓고 카우치에 푹 파묻힌 몸을 간신히 일으켰다.

— 갤러리 려 박 실장이 지금 상태가 몹시 이상해요.

노아가 도착했을 때는 자정이 다 되어 가고 있었다. 이완은 아버지가 시체처럼 누워 있는 방에서 인사불성이 되어 늘어져 있었다. 칼리와 앤드류는 그가 몇 시간째 거의 발작처럼 소리를 지르거나 바닥에 주먹질을 하며 울부짖고 있다고 했다.

"이완이? 설마 그럴 리가."

노아는 이완과 크리스티 경매장에서 만나 통성명을 한 후 지금까지 나이와 상관없는 좋은 친구로 지내고 있었다. 이완은 노아의 소탈함과 격의 없음을 좋아했고, 노아는 이완의 고미술품을 보는 안목과, 그의 귀족적인 분위기와 정중함 속에 숨어 있는 날카로운 가시를 좋아했다.

하지만 이완은 노아나, 뒤늦게 그와 결혼한 칼리에게 그런 가시를 세울 일이 없었다. 세 사람은 서로 필요한 것을 상부상조하는 좋은 친구로 제법 긴 시간을 보냈다.

노아는 이완의 어린 시절이 녹록지 않았다는 것, 그리고 그에게 정신과 병력이 있었고, 시시로 불면증으로 고생하는 것도 알고 있었지만, 그런 노아도 이완의 이런 모습은 처음 목도했다.

그는 바닥에 놓인, 붉은색 조각이 자잘하게 박힌 큼직한 상자를 끌어안고 그곳에 대고 뜻도 모를 말로 고함을 지르고 있었다. 제발, 제발, 돌아와. 제발 돌아와! 민호 씨! 민호 씨! 제발, 제발! 무슨 짓을 해도 좋으니 제발! 그는 상자를 끌어안고 오열하며, 누구의 말도 듣지 않았다. 기진해서 쓰러졌다 다시 일어나고도, 상자를 끌어안고 한사코 자리를 뜨려 하지 않았다. 앤드류와 노아가 그를 끌어내려 했으나 이완은 무시무시한 힘으로 그들을 밀어냈다.

"나가! 나가! 나가아아!"

그는 머리를 감싸 안고 상자 위에 엎드렸다. 그의 입에서는 노아나 칼리가 알지 못하는 사람들의 이름이 정신없이 흩어졌다.

뻐꾸기 소리가 길게 울렸다. 열두 시가 되었다 생각했는데 두 시였고, 네 시였고, 이제는 다섯 시였다. 이완은 여전히 제임스의 침대 옆, 맨바닥에서 화각함에 이마를 댄 채 널브러져 있었다. 앤드류가 두어 번 고개를 내밀었으나 그에게 말 한 번 붙이지 못하고 그대로 꽁지를 빼고 사라졌다.

고작 몇 시간 만에 지쳐서 이렇게 멍청해질 정도밖에 안 되나.

당신, 아직까진 살아 있나? 벌써 죽었나? 곧 죽을 건가? 그는 화각함에 이마를 대고 중얼거렸다.

살아 있다면 앞으로 몇 시간 더 살아 있을 건가.

과거는 왜 정해진 방향으로만 움직여야 하지? 미래가 붕괴되어도 좋으니, 당신, 좀 정해진 것과 다르게 행동하면 안 되나? 당신 그런 거 잘하잖아.

이럴 줄 알았으면 화각함을 진작 찍어 버렸어야 했다. 이럴 줄 알았으면 사과하러 왔을 때 꾸물대지 말고 당장 내려갔어야 했고, 이럴 줄 알았으면 먹을 거라도 원 없이 사 주었어야 했다. 하다못해 수고비라도 듬뿍 주어서 기분이라도 풀어 주었어야 했다. 그녀와의 유일한 연결고리였던 검은 강아지라도 신경을 써 주었어야 했는데. 그 강아지에게도 예감이란 게 있나? 주인과 최후를 함께하고 싶었나?

그래. 이럴 줄 알았으면, 그렇게 듣고 싶다던 첼로 연주를 한 번만이라도 들려주었으면 좋았을걸. 그렇게 좋았다는데, 썩 잘하지도 못하는 연주, 음도 몇 번 미끄러진 바보 같은 연주가 그렇게 좋았다는데. 연습해서 매일 밤마다 들려주기로 약속해 놓고.

그는 소금기로 온통 얽힌 얼굴을 문질렀다.

아침에 앤드류가 들렀을 때, 제임스가 누워 있는 방 안에서는 굵게 웅웅대는 소리가 흘러나오고 있었다. 앤드류가 하도 많이 들어 외우다시피 한 바흐였다. 언제부터 연주를 하고 있었는지 모르겠지만 기운이 빠졌는지 손가락에 힘이 풀리고 자꾸 음이 미끄러졌다.

앤드류는 문턱에 가만히 서서 이완을 바라보았다. 이완은 화각함 옆에서 의자에 비스듬히 앉은 채, 눈을 감고 휘청휘청하며 활을 긋고 있었다.

반쯤 걷힌 커튼 사이로, 한 뼘 높이로 눈이 쌓인 풍경이 보였다. 새하얀 눈은 아침 햇살을 받아 온통 반짝반짝 빛이 났다.

앤드류는 창가로 다가가 커튼을 걷었다. 눈에 반사된 빛이 방 안으로 화르륵 밀려들어 와 미라처럼 퇴색한 병자의 얼굴과, 온통 소금기로 얼룩져 있는 이완의 얼굴을 한꺼번에 비췄다. 이완의 눈이 뻘겋게 부어 있는 것이 선명하게 보였다.

이완은 잠시 눈을 가느스름하게 떴지만 눈을 뜨고 있는 것이 거북했는지 이내 눈을 꽉 감아 버렸다. 앤드류는 창가에 가만히 서서 그의 음악을 들었다.

이완은 그의 성격답게 토스카니니의 연주 철칙이었던 '알레그로 콘 브리

오일 뿐'이라는 말을 좋아했지만, 그의 연주는 오히려 감정에 푹 젖어 흔들리고, 웃고, 울고, 좌절할 때가 많았다.

느릿하게 흐느끼듯 이어지는 음은 굵은 실처럼 방의 공기를 갈라놓았다. 앤드류는 그 선율로 인해 방 안의 공기마저 가만히 떨리는 것처럼 느꼈다. 그는 이완 쪽을 바라보다가 더듬더듬 입을 열었다.

"이, 이완."

그는 대답 없이 활을 움켜쥔 손에 힘을 주었다. 팔뚝에 혈관이 빡빡하게 솟았다. 앤드류는 비명을 질렀다.

"이완! 눈 떠! 일어나!"

접착제로 붙여 놓은 것처럼 부어 있던 눈꺼풀이 느리게 움직였다. 이완은 힘들게 눈을 껌벅였다. 이완! 다시 앤드류가 외마디 고함을 지르며 자리에 주저앉았다.

옅은 갈색의 카펫이 깔린 바닥에, 천천히 붉은 얼룩이 번지기 시작했다. 투명한 공간이 크게 펄럭였다. 뒤로 꺾인 고개, 산발로 흐트러져 있는 머리카락, 발갛게 얼어 있는 맨발, 푸르게 색이 죽은 얼굴, 얼굴에 여전히 남아 있는 눈물 자국, 실처럼 가늘게 올라간 눈꼬리의 긴 선. 흰 모피코트에 여기저기 배 나온 핏자국이 한 조각씩 눈에 들어왔다.

이완의 손에서 활이 떨어졌다. 목에서 무슨 소리가 나오려 하는데, 입술을 들썩이는데 밖으로는 꺽꺽 소리밖에 나오지 않았다. 그는 멍청한 얼굴로 허리를 굽혀 여자를 끌어안았다. 여자의 얼굴과 머리카락, 자신이 사 주었던 반소매 모피코트에는 눈이 덩어리로 묻어 있었고, 몸은 얼음처럼 차가웠다.

16.
세 명의 아버지

옆구리를 누군가 커다란 칼로 자근자근 다지고 있다. 옛날이야기에 나오는 외눈 도깨비가 내 몸을 쭉쭉 찢어서 잘게 다져서 만두 속에 넣어 삶아 먹으려는 것 같다. 목 뒤의 근육이 오그라드는 것처럼 극심하게 아팠다. 야야. 제발 그냥 씹지 말고 한입에 꿀렁 삼켜 주면 안 되겠니.

순간 옆구리에 격심한 통증이 다시 느껴졌다. 말 그대로 불로 지지는 것 같다. 아, 아으으으, 아아아. 소리를 지르고 싶은데 목구멍이 쩍쩍 달라붙었다.

다리가 쪼개지는 것처럼 아프더니 이제는 온몸을 바늘로 좌르르 찔러 대는 느낌이다. 눈앞이 새까맣기도 하고 하얗기도 한데 형체는 하나도 분별되지 않는다.

지금, 여기 어디야.

조금 전까지의 기억은, 바로 머리 위, 정확히 말하면 눈동자 바로 위로 화각함의 뾰족한 모서리가 들이닥치던 장면이다. 이대로 가면 눈깔 혹은 유리처럼 청순하고 연약한 대갈통이 박살이 나고 말 것이다. 민호는 목에 힘을 잔뜩 주어 고개를 한껏 뒤로 빼냈다. 순간 화각함과 자신의 어깨가 동시에 바닥에 부딪치며 퍽, 하는 소리를 냈다. 온몸에 끔찍한 통증이 솟구쳤다. 저도 모르게 입이 딱 벌어지는데, 목소리는 나오지 않는다.

화각함은 목을 한껏 뒤로 젖힌 덕에 아슬아슬하게 눈앞을 찍었다. 하지만 뒤로 심하게 젖힌 목과 어깨 사이의 근육이 뻣뻣해지며 쥐가 났다. 조폭들도 총을 못 갖고 다니는 대한민국에서 태어난 주제에 배때지에 바람구멍이 나서 죽는 것도 다랍게 영광인데 팔다리도 부러지고 뒷골에 쥐까지 난 채 죽게 되다니 이런 좆같은 팔자가 있나.

가물가물하는 중에도 뒷골부터 발끝까지, 통증이 물결처럼 퍼졌다. 오른쪽 어깨와 팔이 부서지는 것 같다. 다리와 무릎도 동시에 닿은 것 같은데 다리가 아픈 것보다 반대편 총 맞은 옆구리가 울린 것이 훨씬 더 아팠다. 목 뒤에서 시작된 통증은 점점 세력을 확장해 고개를 움직일 수도 없게 되었다.

푹신한 눈, 푹신한 밍크코트가 얼굴을 온통 뒤덮었다. 코트에 흩어져 있던 붉은 얼룩이 보였다. 의식이 까마득하게 멀어졌다.

이렇게 죽는 거구나.

지금까지 길고 짧은 여행을 하며 늘 느낀 것이지만, 사람은 너무 짧게 살고, 너무 쉽게 죽었고, 남은 이야기는 많았지만, 전해지는 이야기는 늘 엉터리 같았다. 내 죽음도 꼬마 이완에게 엉터리처럼 알려지겠지. 그래서 이순신 장군이 내 죽음을 남에게 알리지 말라고 한 거였어. 으으. 이순신 장군은 항상 옳다.

희미하게 들리던 음악이 조금 선명해졌다. 이제는 저것이 첼로 소리라는 것 정도는 알고, 광고에서 자주 나오던 저 음악이 바흐의 것이라는 것도 안다. 그리고 저것을 연주하는 사람이 조물주 몰빵인 박이완이라는 것도 알고.

……이 음악이 환청이라는 것도 안다.

죽기 싫은데.

민호는 고개를 뒤로 뻗댄 채, 몸이 점점 차갑게 식어 가는 것을 느끼며 가물가물하는 생각을 더듬었다. 민호는 사람의 인생이 여러 갈래로 갈라진 길과 같다고 늘 생각했고, 그 길의 끝은 항상 새로운 길과 연결되어 있다고 생각했다. 물론 겁은 나겠지만 아주 많이 두렵지는 않을 거라 생각했다. 새로운 시간으로의 여행은 늘 설레는 것이었으니까.

그런데 이번 길은 무서워. 좀, 많이 무섭네.

……박이완 씨. 당신 말이 맞았어. 돌아가지 못한다는 건 무서운 거구나.

깜박, 주변이 깜깜해지며 음악이 툭 끊어졌다.

○ ● ○

이완은 민호의 손을 붙잡고 꼼짝 않고 앉아 있다. 정지된 그림은 한참 만에야 느릿느릿 움직인다. 이완은 팔을 들어 여자의 손을 잡아 뺨에 대고, 입술에 댄다. 아무리 문질러도 미동 하나 없다. 그래도 그는 계속 입술을 대고, 뺨을 문지른다.

뒤에 서 있던 앤드류는 그런 이완을 보며 잠시 한숨을 쉬고 방에서 물러났다. 윤민호라는 여자는 지금 긴급수술 후 3일이 지났고, 지금까지 계속 혼수상태였다.

큰 방의 한쪽에는 제임스가, 한쪽에는 민호가 각각 침대를 차지하고 누워 있었다. 오른쪽 어깨뼈에 금이 갔고, 갈비뼈 골절에 한쪽 무릎은 탈구된 상태였다. 불행 중 다행으로 2층이라 높지 않았고, 푹신하게 쌓인 눈과 모피코트의 두꺼운 털이 그나마 충격을 완화해 주었다.

하지만 진짜 문제는 옆구리의 관통상과 그로 인한 엄청난 실혈이었다.

총기사고는 경찰을 불러들일 만한 사안이었다. 게다가 민호는 현재 '불법입국' 상태여서 병원으로 끌고 갈 수도 없었다.

천만다행으로 노아 버틀러와 그 병원 스태프들의 도움을 받을 수 있었다. '돈이라면 묻지도 따지지도 않는 유대인'을 표방하던 노아는 이완의 부탁을 받자마자 묻지도 따지지도 않고 이완의 집까지 달려왔다.

의식을 회복하는 건 다른 문제였다. 수술은 잘 되었지만 실혈량이 워낙 많았다고 했다. 민호가 이곳에 돌아왔을 때 바이탈 사인은 최악의 수치를 보이고 있었다. 몸이 너무 차가워 처음 왔을 때 시체가 돌아온 것으로 생각했었다.

"눈 좀 떠. 제발 눈 좀 떠요. 내가 할 말이 많아."

이완은 여자의 머리카락을 곱게 쓰다듬어 한쪽으로 정리해 놓고 수건에 물을 적셔 얼굴을 닦아 주었다. 지난 일주일이 얼마나 지독했는지 볼이 쑥 꺼져 있었다. 입술은 핏기를 잃고 거스러미가 잔뜩 일어나 있었다. 상처투성이 손과 발, 여기저기 난 핏자국을 모두 닦아 내고 나니 숱하게 남아 있는 상처가 드러났다.

손목의 맥을 짚어 보니 여전히 40번이 될까 말까 한다. 수혈용 혈액 팩이 여자의 팔에 줄줄 연결되어 있었다. 억세고 드세게만 보이던 여자의 팔과 손목은 자신이 기억하고 있던 것보다 가늘었다.

"유산이건 열쇠건 아무래도 좋아요. 당신만 일어나면 괜찮아. 다 괜찮아."

이완은 여자를 옆으로 돌려 놓고 환자복을 들어 올렸다. 현재 민호의 상태는 옆에 누워 있는 제임스와 전혀 다를 것이 없어서 욕창 방지를 위해 피부 상태를 수시로 체크하고 마사지를 해 주어야 했다.

그는 여자의 어깨와 등, 허리 등을 조심조심 주물렀다. 이제는 체온이 돌아와 보드랍고 따스했다. 왼쪽 옆구리 쪽으로 드레싱을 해 둔 부분을 피해

마사지를 하다가 어느 결엔지 손에 힘을 풀고 가만히 쓰다듬기 시작했다. 맨살끼리 닿는 촉감 때문에 뱃속이 꿈틀거렸다. 애가 타서 미칠 것 같다.

이완은 그 상태 그대로 민호를 끌어안았다. 뺨을 맞대고 힘껏 비볐다. 며칠 전 느꼈던 소스라칠 만큼의 냉기는 사라졌지만 여전히 옆의 제임스처럼 늘어져 반응하지 않아 속이 저몄다. 여자를 안은 팔에 힘을 주었다. 민호 씨, 민호 씨. 윤민호, 민호 씨. 이완은 눈을 꽉 감은 채 목멘 소리로 중얼거렸다.

"당신만 일어나 준다면……."

안긴 여자의 어깨가 움찔거렸다. 입술도 살짝 벌름거렸다. 이완은 미처 알아채지 못하고 맨살을 길게 쓰다듬으며 잠긴 목소리로 중얼거렸다.

"당신만 일어나 준다면 나는……."

"아후우와아아으! 아야야야! 이런 시바…… 아야야야!"

중얼거림이 떨어지기가 무섭게 우렁찬 고함이 터졌다. 지금껏 의식이 없던 여자가 여전히 눈을 꽉 감은 채 있는 힘껏 발버둥을 치고 있었다.

"야, 아, 이거 안 놔! 왜 옷은 들추고 지랄이래, 어딜 만져, 이 변태쉐에에, 이 새끼 누구야, 아, 아이고아야야."

엉거주춤 끌어안고 있던 이완은 화다닥 여자를 놓고 귀를 틀어막고 말았다. 귀청이 터지는 줄 알았다. 이완은 감격도 환희도 모조리 날려 먹은 상태로 혼비백산 대답했다.

"놔, 놨어요. 민호 씨, 놨습니다. 저, 저 아무 짓도 안 했습니다. 그냥 마사지하다가, 노아 버틀러가, 의, 의사가 해 주라고 해서, 정말입니다."

"의사 좆 까라고 해! 아파 뒤지겠는데 끌어안고 쭈물쭈물하는 게 마사지냐! 여기가 퇴폐업소야! 엉!"

"……그게, 욕창 생길까 봐, 그게 얼마나 중요……. 그런데, 그게 중요한 게 아닌데. 저, 민호 씨. 민호 씨? 정신이 들었습니까? 제가 누군지 아시겠습니까?"

한참 고함을 지르던 여자는 그제야 간신히 눈을 끔벅끔벅하더니 입을 다물었다. 밖에서 기다리고 있던 앤드류가 황급히 뛰어 들어왔다. 누워서 눈을 껌벅대는 민호를 보자 앤드류가 활짝 웃는다.

"민호 씨 정신 차렸어? 눈 떴어요?"

이완은 눈물이 잔뜩 괸 눈으로 민호를 바라보았다.

"정신이 들어서 정말 다행이에요. 민호 씨 3일간 혼수상태였어요. 내가 누군지 알겠어요?"

물어보는 사내의 목소리가 덜덜 떨렸다. 민호는 그의 얼굴을 한참 동안 바라보았다. 대답이 냉큼 나오지 않아 이완은 주먹이 하얗게 되도록 움켜잡았다. 여자의 입술 근육을 한참 실룩실룩했다. 눈꼬리가 천천히, 조금씩 가늘어지기 시작했다.

"역시 아침 해가 둥실이야. 대머리가 아니라도, 땟국이 좀 끼었어도 반짝반짝 후광이 여전히 10미터야."

"······예?"

"말썽꾸러기 꼬꼬마가 많이 컸네. 에헤헤, 멋진 어른이 됐는걸? 성공이야, 성공."

"민호 씨?"

이완은 눈을 커다랗게 뜨고 여자의 얼굴을 바라보았다. 민호의 입에 드디어 환하게 미소가 걸렸다. 민호는 누운 채로 두 팔을 활짝 벌려 그를 끌어안았다.

"약속을 지키러 왔어. 꼬마 제임스, 박이완 씨. 으하하, 하, 아, 아이고오오, 시발."

민호는 드레싱이 되어 있는 옆구리를 움켜잡으며 애처롭게 욕설을 뱉었다.

앤드류는 이완이 그렇게 체면이고 염치고 다 집어던진 채 우는 꼴을 난생처음 보았다. 눈물이 이구아수폭포처럼 쏟아지는데, 그는 아예 환자의 가슴에 얼굴을 파묻은 채 장장 30분을 꺽꺽대고 흐느꼈다.

어지간하면 창피해서라도 빨리 수습할 줄 알고 기다리던 앤드류는 결국 5분 후 슬금슬금 게걸음으로 방에서 빠져나가야 했다. 이완이 여자의 가슴을 베개 삼아 비스듬히 엎드리면서 본격 신파 시스템으로 돌입했던 것이다.

그나마 다행인 것은, 그러잖아도 콤플렉스인 납작 가슴이 더 납작해질까 봐 겁이 난 여자가 "무거운 대갈통을 좀 치우거나 대가리에 든 걸 좀 비우거나." 하고 일갈했다는 점이다. 그 덕에 한 시간쯤 지나 병원에서 퇴근한 노아와 칼리가 함께 찾아왔을 때, 이완은 간신히 점잖은 박 실장으로 돌아올 수 있었다.

물론 팅팅 부은 눈이 가라앉은 것은 아니었지만. 그래도 점잖은 깔끔쟁이 박이완이 눈물 콧물 모조리 빼 가면서 울던 꼴은 하늘이 보고 땅이 보고 두 명의 당사자와 한 명의 증인이 본 것만으로 충분했다.

이완은 난감한 얼굴로 여자의 절박한 부탁을 통역했다.

"선생님, 천사 같은 의사 선생님. 배가 고픕니다. 저 좀 살려 주세요. 김치찌개하고 돼지갈비하고 밥 좀 먹으면 안 될까요. 마늘장아찌, 고추불낙이나 콩나물국도 괜찮고요, 아니면 케이크나 롤케이크나 크림빵 좀 먹으면 안 될까요. 아니면 피자나 치킨에 맥주 시원한 거 한 잔만 시켜 먹으면 안 될까요. 네? 쏘야나 골뱅이 야채 무침 같은 것도요. 네? 방귀만 나오면 되는 거 아닌가요? 방귀는 혼수상태일 때부터 계속 나왔는데요. 조금 전에도 뀌었고. 천사 같은 의사 선생님. 예?"

노아는 허리를 구부리고 인자하고 해맑은 미소를 지으며 대답했다.

"환자분께서 어디서 무슨 껌을 씹다가 총을 맞았는지는 잘 모르겠는데, 뱃가죽과 큰창자와 작은창자와 등짝이 한꺼번에 빵꾸가 난 상태였고, 너덜너덜한 거 죄다 잘라 내고 꿰매 붙이느라 제가 고생을 좀 많이 했어요. 나처럼 좋은 의사를 만났다는 점이나 오줌보나 아기집이나 아기씨집이나 신장이나 척추에 빵꾸가 나지 않은 사태에 대해 40일 금식으로 감사기도를 해도 모자랄 판에 맥주, 치킨 따위의 좆같은 걸 지금 처잡수시면 꿰매 놓은 게 터질지도 몰라요. 그러면 먹었던 게 아름답게 소화되어서 황금빛 찬란한 대변으로 나오는 대신 옆구리 구멍으로 줄줄 쏟아지는 꼴을 보게 되는 거죠. 좀 더 재수가 없으면 옆구리 구멍이 아니라 배 속으로 줄줄 퍼지는 사태가 발생할 수도 있는데, 그러면 피자 조각들이 맥주의 강을 타고 창자 밖을 마음대로 헤엄치고 다니게 될 거고요, 그 맥주와 피자 조각이 작은창자, 큰창자, 위장과 간과 쓸개와 방광과 기타 등등에 모조리 들러붙어서 따끈한 체온으로 인해 사정없이 푹푹 썩어 나가게 될 거예요. 그러면 나는 또 신새벽에 달려와 당신의 뱃가죽을 아침에 창문 열듯이 활짝 열어 놓고 화장실에서 호스를 끌어다 놓고 대대적으로 물청소를 해야 할 거예요. 사실 난 세상에서 청소하는 게 제일 싫고, 이게 내 직업이긴 하지만 인간적으로 말하자면, 사람의 창자를 손으로 청소하는 기분이 썩 그렇게 좋은 건 아니거든요. 무엇보다, 댁은 지금 의료보험이 되지 않는 상태인데, 아시는지 모르시는지 모르겠지만 위대한 아메리카의 의료보험 시스템은 지금 당신 배 속 상태보다 훨씬 좆같아서, 가입한 사람은 보험료 내다 파산하고 안 한 사람은 수술 한 번에 파산해요. 그러니 두 번째 수술까지 했다간 당신은 집을 팔아도 감당하지 못할 만큼의 수술비를 빚지게 될 거고, 당신은 퇴원과 동시에 파산으로 제2의 인생을 산뜻하게 시작하게 되는 거예요. 고작 맥주 한 잔에 그렇잖아도 산뜻한 인생을 아주 산뜻하게 팔아 치울 필요까진 없잖아요?"

노아는 단 2분 만에 민호의 뱃속에 살고 있는 걸귀 아귀 먹깨비 삼인방, 삼십 평생 결코 꺾이지 않던 그들의 예봉을 완벽하게 평정하고 말았다. 통역을 해 주던 이완과 앤드류는 무엇이 그리 우스운지 옆에서 입을 틀어막고 몸을 비비 꼬아 가며 웃고 있다. 붉은 폭포를 머리에 달고 다니는 여자도 팔짱을 끼고 있다가 핏, 하고 웃음을 터뜨렸다. 민호는 눈을 둥그렇게 뜨고 중얼거렸다.

"의사 선생님은 의사가 아니라 변호사가 되면 좋을 뻔했어요. 말발에 휩쓸려서 배고픈 걸 잊어버리다니, 제 삼십 평생 처음이에요."

통역을 들은 노아는 인자한 미소를 띠며 칼리를 가리켰다.

"제 아내 덕이죠. 제 사랑하는 와이프가 세상에서 가장 말발이 좋은 변호사거든요."

"청출어람이에요. 허니."

뒤에서 칼리가 톡 집어던졌다. 민호는 대머리 아저씨와 붉은 폭포를 머리에 달고 다니는 여자 사이에서 오가는 하트 뿅뿅의 시선에 어리둥절하다가 마이 와이프, 허니, 라는 말에 입을 떡 벌리고 말았다.

민호는 눈을 대문짝만 하게 뜨고 두 사람을 두리번거리다가 이완을 보고, 또 두 사람을 두리번거리다가 다시 이완을 보았다. 그 짓을 한 열 번쯤 했다. 이완은 그녀가 왜 자신을 열심히 쳐다보는지 아는 눈치였고, 칼리도 좀 수상쩍다는 시선을 보냈지만 후광 10미터 대머리 사나이는 그런 눈치도 없이 해맑게 웃었다. 민호는 더듬었다.

"유, 네임, 노아, 닥터."

"그래요."

민호는 손가락으로 칼리를 가리키며 더듬었다.

"유어 와이프, 칼리. 스칼렛, 박 실장님, 변호사가 뭐지? 아하. 로이어?"

"맞아요. 스칼렛이라는 이름은 어떻게 알았을까?"

민호의 두리번두리번이 더욱 빨라졌다. 이완은 민호의 눈에 담긴 경악과 비난의 눈초리를 알아차렸다. 뭐라고 말하는지 듣지 않아도 알겠다. 저 여자의 표정은 너무 읽기 쉬워서 이제는 얼굴만 봐도 교과서 읽듯 줄줄 읽을 수 있을 지경이다.

'너 이 자식, 좆같은 새끼. 너 유부녀를 건드린 거였냐, 그래 놓고 나하고 만나자고 다리를 걸친 거였냐. 너 어떻게 사람이 그럴 수 있냐. 아무리 30년을 넘나드는 인연이고 얼굴 반반하게 잘 컸어도 그따위 것이 다 용서가 될 줄 알았냐! 야, 이 거시기를 가위로 짤라서 광화문 앞에 오징어처럼 널어놓을 놈아, 내가 아무리 너를 좋아한다지만 유부녀 건드리는 개개개 새끼는……'

"민호 씨."

이완은 더 심한 욕이 울려 퍼지기 전에 손을 저었다.

"내 말 한마디만 들어 줘요."

"뭐?"

"칼리, 캐롤라인 버틀러, 법정에서 파괴와 학살의 여신인 '가디스 칼리'로 불리는 잘나가는 변호사고, 노아 버틀러의 아내죠. 노아가 가끔 스칼렛이라 부른다 들었습니다만 저는 그런 것까지는 잘 몰랐죠."

"어. 댁이 왜 몰라?"

이완은 벽에 비스듬하게 기대 놓은 붉은빛이 도는 첼로를 들고 민호의 앞에 내밀었다.

"스칼렛. 박부전 씨가 갖고 있던 첼로입니다. 색깔이 붉게 들어 있어서 스칼렛이라는 이름이 붙었죠. 제임스가 아무것도 모르고 멋대로 팔아 버렸던 물건입니다. 이건 고 유물이 아니라 목록에 없었거든요. 그래서 헐값으로 여기저기 떠돌던 것을 제가 알아보고 낙찰을 받았어요. 대학생 때요."

민호는 멍청한 얼굴로 첼로와 이완과 칼리를 두리번거렸다. 이게? 이게 내 속을 그렇게 징글징글 썩였던 년의 정체라고? 겨우 이게? 민호는 넋 빠진 목소리로 중얼거렸다.

"거짓말. 첼로에 메리, 제인, 종같이 사람처럼 이름을 붙인다는 말은 처음 들었어."

"오, 그건 이완의 말이 맞아요. 많은 연주자나 소유주들이 악기에 이름을 붙여요."

눈치 없는 대머리 의사 선생님이 앤드류의 통역을 듣고 끼어들었다. 이완은 급하게 덧붙였다.

"제가 분명히 과르네리라고 말했고, 민호 씨도 그렇게 알고 있었잖습니까. 과르네리는 이탈리아의 유명한 현악기 제작자 집안이에요. 스칼렛은 주세페 과르네리의 첼로 연작인 '세 자매' 중 하나이고요."

이완은 애가 타서 민호의 손을 잡고 차근차근 설명했다. 이제는 여자가 빨리 오해를 풀고, 자신의 품에 안겨 몹시 흐느끼면서 감격에 찬 고백을 해 줄 차례였다. 그렇게만 된다면 움막에서 비참하게 차인 것 정도는, 서울에서 호되게 따귀를 맞은 것 정도는, 혼자서 추하게 온갖 궁상 다 떨고 찌질대던 것 정도는 사랑의 추억으로 얼마든지 간직해 줄 수 있다.

하지만 분위기는 그리 녹록하지 않았다. 긴 시간 삽질과 의심과 배신감에 떨던 여자는 여전히 첼로와 이완을 흘끔거리고 있었다.

"과르네리가 마피아 패밀리 아니었어?"

"과르네리가 왜 마피아예요! 대체 어디서 그런 생각이 나왔어요! 그 사람 악기 장인이에요! 안토니오 스트라디바리우스만큼 유명하다고요."

"안토 스트라깽깽이는 또 누군데. 나 그 바닥 모른다고 막 지어서 말하는 거 아냐?"

"……하여간 그런 사람들이 있어요. 있습니다. 아, 정말입니다."

"분명 이완 씨 입으로 몹쓸 말도 했었잖아. 성질이 만만찮은 패밀리라며! 결코 휘어잡히지 않는 강하고 도도한 매력이 있다며!"

바닥인 줄 알았던 그녀의 기억력, 그래도 한 방의 파워가 있구나. 이완은 이마를 짚으며 끙, 신음했다.

"주세페의 델 제수는 첼로가 굉장히 귀해서, 주세페 말년에 나온 첼로 3연작 '세 자매'는 값을 매기기 어려울 정도예요. 바니쉬 색깔이 황금색, 어두운 고동색, 붉은색으로 눈에 띄게 달라서, 골디락, 세피아, 스칼렛이라는 애칭으로 통하고 있습니다. 골디락은 음색이 밝고 강력한 힘이 있고, 세피아는 깊고 어두운 소리가 나고, 스칼렛은 화려하고 감성이 풍부한 음을 내는데, 델 제수답게 소리가 강하고 휘어잡기가 어려워요. 그래도 일단 손에 익으면 정말 절절하고 힘찬 소리를 들려줍니다. 성질이 만만찮다, 휘어잡히지 않는 도도한 매력이 있다는 말은 다 그런 의미예요."

"그렇게 비싸고 귀한 악기가 왜 헐값으로 팔려 다녔대? 전문가들이 왜 못 알아봐?"

설명을 길게 하면 할수록 이완은 점점 다시 울고 싶었다. 내가 생각한 분위기는 이게 아닌데. 이렇게 설명만 줄줄이 하는 것이 아니라, 자신이 고백한 것에 대한 제대로 된 대답을 들어야 하는 것이다.

"스칼렛은 현재 라벨이 없습니다. 원래는 첼로 속에 가지가 달린 십자가하고 IHS라는 모노그램이 새겨진 라벨이 붙어 있어야 해요. 라틴어로 예수라는 표기의 약자가 IHS라서 델 제수라고 부르는데, 지금 스칼렛은 그 라벨이 없는 상태예요."

"……"

"그래서 경매사들도 이 첼로의 음색이 그렇게 좋은데도 델 제수란 생각을 못 했고, 그래서 제가 고작 23,000달러에 살 수 있었던 겁니다. 만약 라벨이 있고, 진짜 스칼렛이라는 것이 확인됐으면 최소 30억 이상은 갖고 있어야 했을 겁니다. 골디락이 1980년에 300만 달러에 팔렸거든요. 저야, 어릴 때 계속 보던 거고 이름을 알고 있었지만 다른 사람들은 알 수가 없었죠."

"라벨……이 없어서라고?"

민호는 얼빠진 듯 중얼거렸다. 이완의 말이 점점 느릿해지며 낮아졌다

"그게, 라벨은…… 아마, 제가 어렸을 때…… 뭔가 사고를 쳐서, 존이 분해 수리를 하다가, 제가 떼어 냈고……."

민호의 얼굴이 멍청해졌다. 이완도 입술을 들썩들썩하다가 눈을 껌벅였다.

"찢어진…… 라벨을, 누, 누구한테 준 것 같습니다."

두 사람 사이에 갑자기 묘한 침묵이 이어졌다. 무슨 말이 오가는지 알지 못하는 칼리와 노아의 고개가 갸웃갸웃 기울어졌다. 둘 사이에 또 뭔 일이 있었구나. 앤드류는 이미 통역할 생각을 잊어버리고 두 사람의 대화에 집중했다. 민호의 입술에서 침이 도르르 증발했다. 민호는 눈동자를 데구르르 굴려 눈치를 힐끔힐끔 보더니 조그맣게 중얼거렸다.

"아, 아마 그게, 내 주머니에 있지 싶은데."

이완은 여전히 얼빠진 얼굴로 옷장을 열고 비닐 팩에 넣어 둔 민호의 옷을 꺼냈다. 피투성이, 먼지투성이가 된 옷을 소중하게도 각을 잡아 넣어 두었다. 양쪽 주머니, 속주머니를 뒤지던 이완이 무언가를 줄줄 끄집어내고 눈을 한참 껌벅거렸다.

지갑과 작은 줄톱 조각, 부싯돌, 한쪽을 바위에 갈아 날카롭게 만든 은행 카드가 들어 있었다. 짚으로 만든 가방에 주워 모았던 것들은 모두 소각했지만 주머니에 든 것들은 그대로 남아 있었다. 코트의 속주머니 속에서는 집의 번지수가 새겨져 있던 집 열쇠와 착착 접힌 종잇조각, 그리고 이완의 이름과 주소가 적힌 가늘고 길쭉한 금목걸이가 나왔다.

이완은 접힌 종잇조각을 펴서 민호에게 전해 주었다. 귀퉁이가 찢어진 모양이 안에 남은 조각의 모양과 똑같았다.

Joseph Guarnerius fecit
Cremone anno 1740 IHS

과르네리우스. 글자 옆에 새겨진 작은 가지를 단 십자가, 그리고 이완이 말했던 IHS라는 글자가 뚜렷하게 보였다. 이완은 고개를 돌린 채, 한 손으로 코와 입을 만지작거리며 눈을 내리깔았다. 눈가로 다시 붉게 피가 몰리는 것이 보였다. 민호의 눈앞이 일렁일렁 찌그러졌다.

어떡해. 난 몰라. 어떡해. 스칼렛이 첼로 맞나 봐. 왜 저걸 내가 못 알아 봤지.

민호는 종잇조각을 앞에 놓은 채 머리를 움켜잡았다.

그, 그럼, 저 사람이 나 좋아한다고 했던 말도 정말인가 봐. 나만 좋아한다는 말이 정말로 진짜였나 봐.

민호는 머리를 쥐어뜯으며 소리 없이 고함을 질렀다.

이, 이 병신 팔푼이 같은 년. 입속으로 날아오는 떡도 못 먹었던 거였어. 떨어지는 감도 못 먹었어. 재 보는 것도 없이 직구 스트라이크로 입속에 박히던 떡도 감도 모조리 튕겼으니 내가 지금까지 천년의 모태 솔로인 것이다. 찔러 보면 안 되는 홍익감 따위가 다 뭐야, 옆에서 감이 혼자 떨어져서 혼자 터져서 혼자 푹푹 썩어 가도록 나는 몰랐어. 민호는 눈물이 잔뜩 고인 눈을 손등으로 쓱쓱 문질렀다.

"왜, 물건에다, 이름들은 붙이고 지랄이래, 사람 존나 헷갈리게. 흐어, 어,어어, 흐엉. 난 그것도 모르고."

"……."

"미안해. 미안해. 박 실장님. 그때 존나게 걷어차서 미안해. 불꽃 따귀 날려서 미안해. 아무 잘못도 없이 그냥 된통 바람맞고 얻어맞고 몇 번씩 차이게 해서 미안해. 힘들었지. 흐으어, 어, 어어."

이완은 욱신대는 목으로 간신히 침을 넘기고 민호의 곁에 앉았다. 여자는 고개를 수그린 채 미안하다는 말을 되풀이하며 하염없이 훌쩍였다.

이완은 여자의 어깨를 끌어안았다. 여자의 머리카락이 간지러웠다. 머리카락 사이로 뺨을 대고 비볐다. 피 냄새와 땀 냄새가 함께 났다. 그런데도 숨 막히게 좋았다. 괜찮아요. 괜찮아. 나라도 제대로 말해 줬어야 했는데. 나라도 그 자리에서 속을 다 털어서 고백했어야 했는데. 그래서 이상하고 미진했던 걸 다 풀었어야 했는데.

속에 뭉쳐 있던 것들이 순식간에 설탕처럼 녹아 사라진 것 같다. 이완은 민호의 뺨에 얼굴을 맞댔다. 민호의 흠빡 젖은 목소리가 웅웅, 뺨을 타고 들렸다.

"박 실장님, 이완 씨, 그럼 그때 했던 말 처음부터 다시 해 줘."

"……예?"

"살랑살랑 봄바람 썸 탈 때부터 했던 말, 모조리 다시 해 줘, 나, 난 억울해! 그거 생전 처음 들어 보는 말이었는데, 그거, '눈이 예뻐요'부터 시작해서 다시 해 줘, 어? 허으, 어, 어어어! 그 간질간질 몽글몽글 낭만적인 봄바람 과정을 모조리 한 큐에 건너뛰다니. 나는 분해!"

그 로맨틱한 과정이 내게 찾아온지도 모르고 지나쳐 버렸네. 봄바람이 내 곁을 감싸고 살랑살랑대는 동안, 나는 대체 무얼 했던고. 원래 언제 오는지도 모르게 찾아와서 바로 여름으로 넘어가 버리는 고약한 계절이 봄이라지만 그렇게 멋모르고 보내기엔 30년 내 모태 솔로의 기다림이 너무 허망하지 않으냐. 민호는 그 몹쓸 첼로의 라벨 조각을 붙잡고 헝헝 소리를 내며 울었다.

이완은 지친 얼굴로 침대에 걸터앉아 마른세수를 했다. 흥미진진한 눈으로 두 사람을 쳐다보고 있던 사람들을 손짓해서 밖으로 보내고 이완은 길게 한숨을 쉬었다.

"민호 씨, 난 정말 당신을 어떻게 해야 할지 모르겠어요."

"복잡한 거 없어. 그냥, '눈이 예뻐' 부터, 가끔 먹을 거 사 주고 일 맡긴다는 말부터, 음……."

"선착순이면 어떠냐는 말 같은 것도요?"

억울해서 머리를 쥐어뜯던 민호는 눈동자를 데굴데굴 굴렸다. 그, 그건 좀.

"저기, 우리 그냥 없었던 일로 하고, 처음부터 다시 시작하면 안 될까? 쪽팔리는 건 빼고."

"……뭘 다시 시작해요."

"혹시 명함 한 장 받을 수 있을까요, 저는 보람유치원 임시 교사 윤민호인데요, 부터 다시 시작하는 거야. 나 그런 거 해 보고 싶었거든. 그리고 조금씩 조금씩 눈이 예뻐요, 눈도 예뻐요를 지나서, 손잡고, 어깨동무도 해 보고, 뽀뽀하고……."

"섹스까지 다 해 보고 그게 되겠습니까?"

"레드 썬 걸어서 잊어버리고 다시 시작하면 되잖아."

"레드 썬이 대체 언제 제대로 먹힌 적이 있긴 합니까?"

"어차피 박 실장님도 밤일하는 거, 테크닉 연구 독학하려면 시간이 좀 필요하잖아. 난 존나 아프기만 했다고."

"미, 민호 씨. 그건 테크닉 문제가 아니고, 어, 음. 사실은 제가 커……서 그런 겁니다."

"웃기시네. 45센티도 안 되면서."

이완은 빌어먹을 지증왕과 그의 물건의 길이까지 역사서에 쫀쫀히 기록

한 땡중을 때려잡고 싶었다.

"대체 45센티가 어느 정도인지 알기는 알아요? 말도 물개도 그 정도는
안 해요! 제발 50센티 자 가져와서 재 보라고! 남자 목욕탕에 가면 나보다
작은 사람 천지라고!"

"내가 남자 목욕탕에 못 가 보는 거 뻔히 아니까 그런 말 하는 거 알거
든?"

이완은 진심으로, 창피한 것만 집어던진다면 진심으로 다시 울고 싶었
다. 여자가 오해를 풀었을 때 '나도 사랑해요.'라는 대답까지는 바라지도
않았다. '내가 오해해서 미안해요, 이제부터라도 우리 서로 잘해 봐요.' 그
정도 멘트만 나와도 눈물 나게 감격할 거였다.

현실은 거시기 길이로 싸워 대는 시궁창이니 앞길이 캄캄했다. 낭만이고
봄바람이고 산통을 다 깨먹는 건 윤민호 씨 당신입니다. 나 정말 당신하고
이따위 이야기 하고 싶지 않아요. 그런데 대체, 대체 이게 뭐 하자는 겁니
까. 이완은 침대에 걸터앉아 기운이 쭉 빠진 목소리로 말했다.

"……그래요. 민호 씨, 눈이 예뻐요. 눈도 예쁩니다."

갑자기 사방이 조용해졌다. 이완은 조금 불길한 예감에 민호를 슬그머니
곁눈질했다. 민호의 얼굴로 발간 안개가 모락모락 피어오르더니 반쯤 누워
있는 상태 그대로 팔을 뻗어 이완을 확 끌어당겼다.

"이완 씨는 보조개가 예뻐. 보조개도 예뻐. 눈도 코도 이마도 모조리 예
뻐. 입술은 섹시 포텐이 작렬이야! 으히히히!"

우다다다 쏟아 낸 민호가 갑자기 이완의 고개를 틀어잡고 입술을 쭉 빨
아들였다. 진공청소기에 버금가는 막강한 흡입력이었다. 이럴 줄 알았다.
이럴 줄. 살랑살랑 간질간질 봄바람은 개뿔, 이 고자 아이큐야. 손잡고 어
깨동무는 어디다 말아먹고 냉큼 진도부터 다시 빼냐.

이완은 눈을 꽉 감았다.

○ ● ○

이번 여행은 무척이나 길고 힘들었다. 김준일 교수가 맡겼던 의뢰 중에서 역대급 평가를 받을 만한데, 들어온 돈은 하나도 없었고, 모처럼 들어왔던 비싼 옷과 가방, 구두도 모조리 망가지거나 날아가 버린 상태였다.

하지만 이 사람이 그 엄청난 재산을 날린 것에 비하면 사소하지. 정말 사소하다. 민호는 옆에 비스듬하게 누워 팔베개를 하고 졸고 있는 사내의 머리카락을 만지작거렸다.

"그 고생을 하고도 그냥 얻은 게 없으니 어떡하면 좋아."

"얻은 게 없어요? 민호 씨 아니었으면, 전 태어나지도 못하고 어머니와 함께 죽었을 거고, 일곱 살 때 열차 사고로 즉사했을 거고, 로스앤젤레스에서 골방에 갇혀 굶어 죽었을 겁니다. 그래도 얻은 게 없어요?"

"그래도 유산은 다 날리게 됐잖아."

"민호 씨를 얻었으니 괜찮습니다. 충분해요."

"그건 좀 심하게 밑진다."

"안 밑져요. 안 밑집니다. 다른 데로 도망치지만 않으면 절대 밑지지 않습니다."

민호는 머리를 긁으며 비시시 웃었다.

"내가 덕희하고 일곱 살 때 당신한테 다 물어봤었어. 덕희는 분명 주었다고 했고, 당신은 집 열쇠 말고는 받은 열쇠가 없다고 했어."

"……."

"엄마가 소중히 간직하고 잃어버리지 말라고 한 건 이 집 열쇠 말고는, 존이 준 회중시계, 내니가 준 손수건, 맥이 준 돋보기, 엄마가 준 요 미아 방지용 목걸이. 그리고 내가 선물한 반지, 뭐 그런 거였는데."

"회중시계하고 반지는 아직 갖고 있어요. 이제 미아 방지용 목걸이도 받았으니 그건 어머니 유품이 되겠네요."

민호는 손에 달랑달랑 매달려 있는 길쭉하고 가는 금목걸이를 이완에게 넘겨주었다. James I. Park. 조그맣게 새겨진 주소와 사각형의 모양으로 구멍을 낸 장식 부분이 아직도 선명했다. 민호는 혀를 차며 중얼거렸다.

"덕희가 가끔 생각이 없지. 애가 걸고 다니는 목걸인데 동그란 모양이 아니고 왜 다치기 쉽게 이런 모양을 해 주었을까."

"그도 보니 그렇군요."

잠시 침묵이 흘렀다. 뒷골이 지르르하는 감촉에. 민호는 잠시 눈썹을 찡그렸다.

"이완 씨, 정말 엄마한테 받은 건, 집 열쇠하고 이거 두 개뿐인가?"

"항상 갖고 다니라고 한 건 그거 두 개뿐이었던 것 같아요."

"근데…… 이거, 뭔가 닮은 것 같지 않아?"

이완의 눈썹이 가늘어졌다. 민호와 비슷한 생각을 한 게 틀림없었다. 칠보로 곱게 장식된 금목걸이, 가운데 사각형의 구멍이 뚫린 가늘고 긴 막대기 모양이었다. 새끼손가락 하나 정도의 길이. 목걸이로 생각하면 썩 나쁜 디자인은 아니지만, 유아용 목걸이로 적합한 디자인은 아니었다.

"!"

민호와 이완은 동시에 자리에서 벌떡 일어나 앉았다. 오, 이런 맙소사. 혹시? 민호는 거의 비명처럼 고함을 질렀다.

"화각함! 화각함을 가져와 봐!"

방구석에 놓여 있던 화각함이 침대 옆의 탁자에 놓였다. 이완은 입술을 덜덜 떨며 목걸이를 받아 들고 밀랍 인장이 박혀 있는 물고기 모양의 자물통 입구에 갖다 댔다.

"폭……이 맞는 것 같습니다. 밀랍 인장을 떼고 확인을 해야 할 것 같습니다."

욕이 튀어나오려 한다. 어떻게 이럴 수가. 덕희, 조덕희 이 망할 년. 다른 사람한테 들통 나지 않게 이따위 짓을 했던 거냐. 그럼 나한테 말이라도 해 주었어야지! 내 대가리로 이걸 어떻게 연결을 시켜! 이완의 이마로 끈적하게 땀이 맺힌 것이 보였다. 칼리! 앤드류! 그가 큰 소리로 두 사람을 불렀다.

"조니 해밀턴을 불러."

급하게 방으로 들어선 앤드류가 고개를 갸웃했다. 이완은 손에 든 작은 금목걸이를 위로 들어 보이며, 살짝 떨리는 목소리로 말했다.

"열쇠를…… 찾았다."

○ ● ○

화각함은 제임스와 민호가 누워 있는 방에서 개봉되었다. 조니 해밀턴 변호사가 급하게 달려왔고, 칼리 버틀러와 앤드류가 입회했다.

화각함은 2층에서 떨어졌는데도 천만다행으로 모서리 하나 손상 없이 무사했다. 높이 쌓여 있던 눈과, 민호가 입고 있던 털옷이 완충 작용을 제대로 해 준 덕이었다.

밀랍 봉인이 떨어져 나가고 자물통 속으로 작고 가는, 사각형의 구멍이 나 있는 막대기가 들어갔다. 안에서 길쭉한 것이 밖으로 죽 밀려 나오면서 둥글게 휜 물고기 자물통이 바닥으로 툭 떨어졌다.

"됐다."

상자 가장 위쪽에는 방금 열었던 것과 동일한 디자인의 열쇠 한 개가 핀으로 고정되어 있었다. 두 개의 열쇠는 구태여 대 볼 것도 없이 쌍둥이처럼 똑같았다. 모여 있는 사람들의 입에서 신음이 흘러나왔다. 감탄과, 탄식과,

환희와 좌절이 한꺼번에 엇갈린 소리였다.

철이 되어 있는 종이 뭉치들이 보였다. 부스러질 듯 낡은 종이 위에 한문과 한글이 뒤섞여서 씌어 있었고, 왼쪽에는 붉은색 도장이 찍혀 있었다. 종이의 크기는 제각각이었지만 크게 두 뭉치로 나뉘어 있었고, 수결과 도장의 종류 역시 두 가지였다. 하나는 조덕근의 이름으로 된 것이었고, 하나는 박부전의 이름으로 된 것이었다.

조덕근으로 된 도장 아래에는 붓으로 표기한 수결이 덧붙었고, 박부전의 이름으로 된 도장 아래에는 붓으로 된 수결 대신 John Park라는 영문 서명이 되어 있었다.

"맙소사. 이, 이건……."

두 가지 서류는 모두 만주에 있는 한국독립군, 그리고 나중에 생긴 광복군에게 보낸 군자금의 수령증이었다. 이완은 수령증을 한 장 한 장 넘겨 보았다. 조덕근의 이름으로 된 것보다 박부전의 이름으로 된 수령증의 수효가 훨씬 많았고, 액수도 컸으며, 보낸 날짜도 정기적이었다. 민호는 고개를 끄덕였다.

"아하. 이런 서류가 들어 있으니까 덕희가 화각함을 들키지 않으려고 그렇게 신경을 썼구나. 영호 씨 어머니랑 동생이 조선에 남아 있다고 했었거든."

이완은 John Park라는 서명이 된 종이 뭉치를 물끄러미 바라보았다. 사업 수완이 유달리 좋았던 박부전이, 경성에서 열 손가락 안에 꼽힐 정도의 재력을 갖고 있었다던 사람이 미국으로 와서 짧은 기간에 그 많은 재산을 없애 버린 이유를 이제 알 것 같다. 민호가 조심스럽게 덧붙였다.

"그 당시에 미국이나 일본에서 한국 유물 흘러나간 게 많이 풀렸대. 그걸 다시 사들이고 싶어 했던 것 같아."

"그랬던 것 같습니다. 친일파의 후손이라고 그 욕을 먹으면서도."

이완은 살짝 잠긴 목소리로 대답했다.

이완과 앤드류는 그 아래쪽에 있던 두 뭉치의 서류 더미를 새로 꺼냈다. 그 역시 갈색으로 퇴색한 종이였지만 만년필로 혹은 붓으로, 펜으로 적힌 글자는 모두 한글이었다. 몇 장을 들추어 보던 이완은 멋쩍은 얼굴로 종이를 내려놓았다.

"김춘방, 아니 조덕희 할……머님이 받은…… 연서(戀書)로군요."

두 종류의 종이 뭉치에는 서로 다른 두 개의 서체가 존재했다. 하나는 시원시원하고 날아갈 듯 호방한 필체였고, 다른 하나는 정갈하고 차분한 서체였다. 두 명의 사내는 한 명의 여자에게 긴 시간에 걸쳐 자신의 마음을 담은 글을 보냈다. 영호가 죽기 전까지는 영호의 것이 대부분이었고, 그 후는 부전의 편지가 뒤를 이었다.

영호의 편지에는 절절한 그리움과 사랑한다는 고백이 씩씩하고 당당하게 넘쳐흘렀다. 혼자 남은 덕희에 대한 미안함, 위로, 자신이 하고 있는 일에 대한 자부심과 괴로움, 그리고 자신이 겪고 있는 두려움과 외로움도 간간이 엿보였다.

이민 후, 7년간 함께 살았던 부전이 보낸 편지는 일상을 담은 메모에 가까웠는데, 덕희가 꾸준히 모아 두었던 모양이다. 영호와 덕희 아버지의 기일에는 위로를 담은 글을 보냈고, 덕희의 생일에는 선물과 함께 축하한다는 말과 자자분한 덕담을 적어 보냈다. 아들인 이완이 태어났을 때 보낸 편지는 얼룩덜룩 흠뻑 번져 있었다.

부전의 편지에는 로스앤젤레스에서 멀리 떨어진 외곽에서 적적하게 살았던 세 사람의 일상이 고스란히 담겨 있었다. 우울증에 시달렸던 덕희를 대신해 아이와 시간을 보내면서, 아이가 오늘 무슨 말을 했으며, 어떻게 새로운 것을 배웠고, 얼마나 예쁘고 곱게 자라고 있는지, 아이의 성장을 기뻐하고 자랑스러워하는 내용을 자세하게 적어 놓기도 했다. 덕희가 다시 예전의 당차고 두려움 없는 사람으로 돌아오기를 기다린다는 부탁과 그가 수집하는 유물에 대한 감상평도 빼곡하게 채워져 있었다.

그는 조심스럽고 신중했으며, 자신의 감정을 필사적으로 가두어 놓고자 애를 썼다. 하지만 행간에서 열렬하게 흘러 다니는 감정을 덕희가 느끼지 못했을 리가 없다. 부전은 눌변이었을지는 모르나 그의 감정을 듬뿍 담은 수려한 문장은 따뜻하고 아름다웠다.

그는 매국자의 아들이었으며 한때 동양척식주식회사의 강탈과 토지 재불하 과정에서 이익을 취하기도 했으나, 잘못된 것을 바로잡기 위해 자신이 가진 모든 것을 쏟아부었다. 상자 안에 든 것은 그의 변화와 희생을 증언하고 있었다.

"최종 유언장은……?"

종이 뭉치가 유언장이 아니라는 것을 알게 된 조니 해밀턴은 눈썹을 찌푸리고 제임스의 상태를 확인하며 채근했다. 이완은 상자 바닥을 더듬다가 판자를 걷어 내고 이중바닥 안에 들어 있던 검은 상자를 꺼냈다. 모여 있는 이들의 눈이 둥그레졌다. 특히 민호와 이완의 눈이 제대로 큼직하게 벌어졌다.

예전에 한 번 보았던 자개함—덕희의 보석함이었다.

자료 사진에는 유물로 남아 있다 했는데 중간에 사라졌다고 해서 잠시 아깝다는 생각을 했었다. 이 화각함 속에 들어 있을 줄은 몰랐다. 그렇게 호되게 굴리고 떨구고 했는데도 그래도 귀퉁이 한 군데 나간 곳 없이 무사히 전해지게 되었다.

자개함을 열자 예전에 보았던 눈부신 장신구들이 자태를 드러냈다. 마지막으로 넣기 전에 손질을 해 두었는지 깨끗하고 손자국 하나 남아 있지 않았다.

화려한 장신구 위에 누런 봉투가 놓여 있었다. 곱게 착착 접힌 종이를 펴니 만년필로 흘려 쓴 문장들이 펼쳐졌다. 그것은 자신의 아들에게 보내는 장문의 편지였다.

사랑하는 아들 제임스에게.

이 편지를 열 즈음이면 나와 박부전이 세상을 뜬 지 한참 지난 후가 될 것이다. 우리는 조선이 대한민국으로 독립하는 것을 보지 못하고 세상을 등질 것이라 생각하고, 그 일에 대한 준비를 마쳤다. 실질적으로 이것이 우리의 최종 유언장이 될 것이다.

아무것도 알지 못하던 네가 창졸간에 겪을 일이 얼마나 두렵고 힘들었을지 짐작한다. 얼마나 고통스러운 시간을 보낼지 근심스러워, 이 글을 쓰고 있는 지금도 눈물이 나오려 한다.

장성한 네 모습을 떠올리며, 영호 씨를 안심하고 보내 주어도 되리라는 생각이 들었다. 그 당시는 말하지 못했지만 우리의 아들이, 우리가 간절히 원했던 새로운 시대를 살게 되리라 생각하니, 그게 안심이 되어 눈물이 났고, 우리가 포기하고 희생해야 했던 것들에 대해 그래도 보상을 받는 기분이 들었다.

옥사에서 돌아가기 직전 아버지에게 네 이야기를 잠시 하고 유지를 듣기는 했으나, 그분이 온전히 믿었는지는 확신할 수 없었다. 그분이 너를 볼 수도 없었거니와, 구태여 자세히 말을 하여 그를 혼란에 빠뜨리고 싶지도 않았다. 그저 우리의 아들과 후손이 존재하며, 그들이 놀랍게 변화한 시대에 발붙여 살게 됨을 알려 주어, 그의 마지막 가는 길이 허망하지 않았기만 바라고 있다.

박부전, 너를 사랑했던 또 다른 아버지에 대한 네 마음을 잘 안다. 나는 그를 오랫동안 경멸하고 싫어했다. 하지만 그가 자신의 집안과 자신이 저질렀던 잘못을 후회하고 돌이키려 평생 애를 썼던 것은 인정할 수밖에 없었다. 네 의붓아버지는 친일파의 아들로 낙인이 찍혔고, 평생 그것을 부끄럽게 여기고 살았다. 하지만 자신이 할 수 있는 모든 방법을 동원해, 자신의 모든 것을 버려서라도 그 오점을 돌이키고자 노력했다. 나는 그의 노력을 아름답게 생각하였고, 그 역시 전영호 씨만큼이나 훌륭하고 존경받아 마땅한 사람이라 생각한다.

모두 다 총칼을 잡고 싸울 수는 없을 것이다. 모든 사람이 처자식을 버리고 사지로 나가기를 바랄 수도 없을 것이다. 그래도 비굴함을 부끄러워하고, 겁이 많아 자신의 행적이 드러나지 않게 노심초사하면서도 옳은 길로 되돌아가려 노력했던 마음을 어찌 비난할 수 있겠느냐.

더욱이 힘들고 복잡한 감정을 끝까지 접고 독립투사들에게는 든든한 지지기반이, 친구이자 투사의 가족인 우리에게는 안전한 울타리가 되어 주었고, 특히 네게는 더없이 훌륭한 아버지가 되어 주셨다. 나는 그것만으로도 그에게 백번 절해 감사해야 마땅하다 생각한다. 나는 훗날에라도 그의 헌신과 희생과 용기를, 그리고 그의 감정을 인정하고 받아들일 수 있기를 희망하지만, 그때가 너무 늦지 않을까 근심스럽기도 하다.

네 의붓아버지는 그동안 수집한 한국 유물과 돈, 부동산을 제임스 네가 상속받기를 바란다. 다만 그는, 네가 박부전의 이름을 부끄러워하지 않는 그의 아들로서 그것을 물려받기를 희망하고 있다. 그것을 차마 입 밖으로 내어 말한 적은 없지만 나는 그의 깊은 희망을 오래전부터 알고 있었다. 너에게 그토록 많은 사랑을 베풀고, 우리들에게 큰 은혜와 도움을 베푼 그로서는 당연한 요우이고, 우리로서는 과분한 헤아림이다.

하지만 너는 자랑스러운 한국독립군 지청천 장군의 오른팔이었던 전영호의 유일무이한 아들이기도 하다. 네가 그의 후손임을 자랑스럽게 생각하는 건 당연하다. 너는 그의 아들로 살아가는 삶을 택할 수도 있다.

제임스, 네게 상속될 유산에 대해서는, 그렇게 두 개의 선택지가 있다. 유물이 네게 상속되는 것은 변함없는 사실이지만 누구의 아들로서 유언을 받들지에 따라 감수해야 할 조건이 달라질 것이다. 결정한 후, 뒷장에 봉인된 두 개의 유언장 중 하나를 선택하여 집행해 주기 바란다.

1941. 9. 9. 김춘방.

유언장을 소리 내어 읽던 이완은 말을 멈췄다. 어릴 때부터 생각하던 것이지만, 어머니는 가끔 자신에게 너무 어렵고 힘겨운 과제를 던져 주곤 했다.

유산이 오는 것은 사실이지만 감수하는 조건이 달라진다……라.

통역을 하던 앤드류도, 칼리와 조니 해밀턴도 팽팽하게 긴장한 상태로 이완의 손에 들린 낡은 종이를 응시했다. 덕희가 글을 쓸 때 신경을 써서인지 시간 여행에 대한 실마리는 교묘하게 덮여 있었다. 일단, 이완은 병석에 누워 있는 가짜 제임스의 아들 자격으로, 이것을 선택해야만 했다.

칼리는 동봉되어 있는 두 개의 작은 봉투를 꺼내어 모여 있는 사람들에게 말했다.

"제임스에게 두 개의 선택지가 있습니다. 박부전이라는 의붓아버지와, 조선에서 독립운동을 하던 전영호라는 투사. 두 사람 중 누구의 아들로서 유지를 받들지 선택해야 합니다."

모여 있는 이들은 말없이 고개를 끄덕였다. 칼리는 녹화하고 있는 카메라의 각도를 바로잡으며 빠른 말투로 덧붙였다.

"제임스는 지금 혼수상태니, 이완이 차기 상속인이며 대리 자격으로 결정하는 게 옳습니다. 그렇죠?"

조니 해밀턴은 안경을 벗어 문지르며 동의했다. 이완은 눈앞에 두 아버지의 이름이 표기된 낡은 봉투를 내려다보았다. 어머니는 왜 이런 심술을 부린 걸까. 왜 이런 어려운 선택을 하게 만든 걸까. 그는 깊이 생각에 잠겼다. 뒤에 누워 있던 민호가 투덜대듯 중얼거렸다.

"나쁜 계집애. 꼭 골치 아픈 걸 아들한테 떠넘기고 난리래."

그녀의 말을 알아들은 앤드류와 이완만 피시시 웃었다. 심술이라기보다, 어머니도 끝까지 결정하지 못했던 고민이었으리라. 이완은 누워 있는 제임스를 힐끗 곁눈질하고는 차분한 목소리로 말했다.

"시간이…… 좀 필요할 것 같습니다."

○ ● ○

이완은 민호를 휠체어에 태우고 정원과 동네를 빙빙 돌았다. 밖은 아직 추웠지만 민호가 하도 답답해서 할 수 없이 담요로 꽁꽁 싸매 휠체어에 앉혔다. 그런 것에도 성격이 드러나서 바람 들어갈 구멍을 완벽하게 차단하느라 고치처럼 돌돌 말고 모자까지 푹 씌워 놓았다. 민호는 눈만 내놓고 숨만 풍풍 쉬면서도 그저 신이 났다.

"나 해외 여행 처음이야! 여기가 뉴욕이지, 그렇지!"

"예, 정확히 말하면 뉴욕 주의 롱 아일랜드 머튼타운이에요. 동네 예쁘죠? 사람들이 정원을 예쁘게 가꾸는 데 목숨을 건 것 같아요. 요 앞에 495번 고속도로를 쭉 타고 나가서 터널 하나만 건너면 맨해튼이구요."

"오호! 맨해튼! 내가 그 이름은 좀 들어 봤지. 거기 유명한 거 뭐 있어?"

"자유의 여신상이나 브로드웨이? 센트럴파크도 있고, 5번가에 뮤지엄마일이라고 유명한 미술관 거리도 있죠. 메트로폴리탄, 구겐하임, 누 갤러리 같은 유명한 미술관들이 줄줄 모여 있는데 제 매장도 그곳에 있습니다. 여름이면 거리 페스티벌도 해요. 같이 구경하면 재미있을 거예요."

"아오, 나 빨리 거기 가 봐야 하는데! 선정이한테 사진 찍어서 자랑해야 한단 말이야. 접때 경훈 씨하고 홍콩 갔다 오면서 한 달을 자랑했으니까 나는 석 달은 해야 한단 말이야. 여름? 여름이라고, 아이구 죽겠다."

여자의 엉덩이가 달강달강한다. 이완은 허리를 구부리고 슬쩍 찬물을 끼얹어 본다.

"여름이건 자랑이건 다 좋은데, 갑자기 여기 온 건 선정 씨한테 어떻게 설명하시게요."

"아, 맞다, 난 여권도 없지. 넌 여권도 없는 계집애가 어떻게 거길 갔어! 그러겠구나. 그럼, 자랑질도 못 하겠네. 으으, 억울해."

"음. 여권이 없는 건 문제인데……. 민호 씨는 여행 전문가로서의 자격이 없군요. 그리고 선정 씨 걱정 안 하게 잠시 다른 곳에 일 나왔다고 연락 주세요. 회복될 때까지 뉴욕 여기저기 구경하면서 찬찬히 생각해 보죠."

"좋아 좋아! 그러면 일단 가서, 존나리 멋진 뉴요커들처럼 베이글 샌드위치에 커피나 도넛 먹어 볼래. 아니면 뉴욕 치즈 케이크 같은 것도 먹고."

고민도 근심도 3초 이상 지속이 안 되는 여자의 어깨가 들썩거렸다.

"그래요. 제 매장 근처에는 유명한 식당들 많아요. 케이크 맛있게 하는 카페도 알아 놨습니다. 제가 모시고 갈 테니, 다 나으면 같이 먹으러 갑시다."

"그래그래! 우리 손잡고 다녀도 되는 거지? 응?"

"그럼요. 팔짱 끼고 다녀도 되고, 업고 다녀도 누가 뭐라 안 합니다."

이완은 민호의 어깨에 얹은 목도리를 꼭꼭 여며 주며 머리를 가만히 쓰다듬는다. 아이고, 좋다. 이렇게 좋을 데가! 민호는 고개를 폭 수그리고 발을 퍼덕퍼덕했다. 대머리 아저씨가 꿰매 놓은 옆구리가 징징 울렸다. 옆구리 터집니다! 바로 잔소리가 터졌다.

"이봐! 거기 당숙 형님! 환자 얼려 죽일 생각 하지 말고 빨리 좀 들어오지?"

두툼한 패딩 점퍼를 입은 갈색 머리 통꼬턱이 나타났다. 허리춤에 손을 턱 얹고 으르릉거리는 꼴을 보니 어지간히 꼴불견이었나 보다. 방해받은 이완이 투덜거렸다.

"당숙 형님이라니, 개족보 만들지 말라니까."

"그래, 박 씨가 될지 전 씨가 될지 결론 내렸어?"

"글쎄. 어느 쪽이든 쉬운 건 아니라서. 어차피 서류상 성을 바꿀 수는 없는 것 같지만."

이완은 휠체어의 방향을 바꾸어 집 쪽으로 천천히 걸었다.

"덕희 그 계집애가 좀 성질이 다랍지 뭐야. 뭐 하나를 줄래도 순순히 한 큐에 주는 법이 없어."

"글쎄요, 어머니가 성정이 좀 짓궂으신 건지, 일부러 그러신 건진 모르겠지만 어머님 당신도 꽤 고민하셨을 거라는 데 한 표 던지겠습니다."

이완은 어깨를 으쓱하며 웃었다. 민호는 킬킬거렸다.

"덕희도 저승인지 하늘나라에서 머리털 빠지게 고민하고 있겠어. 두 사람을 만나면 누구를 선택할까? 영호 할아버지? 아니면 부전 할아버지?"

"그런 일이 있을까 봐 하늘나라에 사는 사람들은 시집 장가도 안 간다더 군요."

"또 내가 모른다고 아무거나 갖다 붙이는 거지?"

"아 글쎄, 제가 언제 거짓말하는 거 봤습니까? 성경인지 불경인지에 나 와 있습니다."

이완은 여자의 이마를 퉁퉁 쳤다.

"근동지역에 계대 결혼제도라는 게 있는데 그건 형이 죽으면 형수가 동 생하고 결혼하는 제도예요. 여자가 경제력이 없으니까 남은 여자와 아이를 보호하고, 집안 혈통도 유지하기 위해서 그런 제도가 생겼죠. 그러다 보니 형수 한 명이 일곱 형제하고 주르르 결혼하는 일도 벌어지는 거죠. 저승에 서도 시집 장가를 가면 여자 하나 때문에 7형제가 배틀을 뜨는 사태가 생기 는 겁니다."

"그래서 저승인지 천국인지에선 연애를 안 한다는 거야? 말도 안 돼! 연 애도 못 하는 곳이 무슨 천국이야. 자고로 파라다이스라면 어디서나 봄바 람이 살랑살랑 불어야 마땅하지!"

"글쎄요, 적어도 밀당과 쓸데없는 오해와 낚시질, 호시탐탐 그런 게 없으 면 지금보단 100배는 평화로울 겁니다. 나이 70쯤 되면 우리도 어느 쪽이 진정한 천국인지 생각이 바뀔지도 몰라요."

이완은 웃으며 휠체어 손잡이를 잡은 손에 힘을 주었다. 주머니에 손을 꽂고 건들대던 앤드류가 다시 잔소리를 해 댄다.

"갤러리 출근 안 하고 팡팡 놀지? 실장이 자리 안 지키고, 이제 겨우 철 화백자, 청화백자 구별하는 놈한테 다 맡기고 아주 재미가 좋지, 엉? 돈 안 벌어?"

"질투하지 마라, 앤디. 보기 흉하다. 너야말로 문 닫아 놓고 왜 여기서 얼 쩡대고 있는데?"

민호는 이완이 바늘 틈 하나 없이 여며 준 담요를 들썩이며 손을 저었다.

"어 맞다, 박 실장님 백수 아니지. 왜 직장에 안 나가고 그래. 나 조금만 더 있으면, 이거 아물어서 고기만 먹을 수 있게 되면 바로 풀코스 마라톤도 나갈 수 있어. 내 걱정하지 말고 가."

"하하하. 며칠 동안 일 안 해요. 유산 받아서 돈 많이 생겼는데요. 하하하."

이완은 큰 소리로 웃었다. 앤드류는 옆에서 건들건들 걸으며 툭 한마디 던졌다.

"오늘 경찰에서 아버지한테 출두 통지서가 날아왔어."

이완은 걸음을 멈췄다. 눈이 가늘어졌다.

"무슨? 무슨 말이지? 난 신고한 적 없는데?"

"간병인이 자신이 자리를 비웠을 동안의 감시카메라 영상을 일일이 확인했어. 그러잖아도 앨버트가 저번에도 비슷한 짓을 했던 것을 알고 벼르고 있었던 것 같아. 그래서 바로 신고를 했던 모양이야. 살인미수 혐의로 기소되지 싶어. 칼리 말로는 선처를 호소하기에는 서너 번이나 시도했던 전력도 있고 죄질이 썩 좋지는 않다더라고. 나도, 아버지가 한 번만 더 그런 짓을 반복했으면, 내가 먼저 신고할까 생각도 했어."

"지금 상태는 어떠신데? 혹시 후회하고 계시나?"

"확신범이 반성하는 거 봤어? 그럴 기미는 전혀 없고, 아버지가 그런 연극을 할 것 같지도 않아. 지금 벽만 보고 앉아서 혈당 생각도 안 하고 술만 푸고 있어. 지금 그냥 자포자기 상태거든. 뭐, 막쇠 증조할아버지나 우리 할아버지도 거의 정신병자 상태로 곱지 못하게 죽었는데 아버지도 그 짝 나게 생겼어."

앤드류는 씁쓸하게 웃었다. 이완은 한참 후 어렵게 입을 열었다.

"……이번 일로 너한테 정말 미안하게 생각한다. 네가 아버지한테 인정

받으려고 많이 노력했던 거 알아. 그래서 네 아이디로 앨버트가 활동하는 것도 그냥 뒤집어쓰고, 앨버트가 하려는 짓은 어떻게든 뜯어말리려고 했던 거잖아. 많이 힘들었던 거 알고 있었어."

"뭐, 내가 미안하지, 네가 미안할 게 뭐 있어? 내가 갈팡질팡하느라 결정을 늦게 내려서 둘이 고생했지. 갑자기 출구가 막혀서 깜짝 놀랐지? 나도 그것 때문에 사실 굉장히 걱정했었어, 나중에라도 그 상자를 타고 돌아올 줄 알았는데 전혀 엉뚱한 곳으로 돌아와서 깜짝 놀랐어."

"……뭐, 썩…… 나쁘지는 않았어."

이완은 남의 일 이야기하듯 태연한 척 대답했다. 민호는 눈을 데굴데굴 굴리며 히죽히죽 웃었다.

○ ● ○

"민호 씨, 민호 씨는 그동안 여기저기 시간 여행을 많이 다녔죠?"

"응."

"어느 시대가 가장 멋지게 느껴졌습니까?"

민호는 무슨 말인지 몰라 눈을 둥그렇게 뜨고 고개를 갸웃갸웃했다. 이완은 짧게 덧붙였다.

"역시 현재죠? 제가 얼마 전 다녀왔던 1934년의 경성만 해도 토막촌이랄까, 위생 상태와 삶의 질이 크게 좋지는 않았잖아요. 그 전 시대로 올라갈수록 더 형편없을 거고요. 다녀 본 중에 역시 지금 이 시대가 가장 풍요롭고 멋지지 않습니까?"

민호는 고개를 쭉 빼고 사방을 둘러보았다. 산책 끝에 잠깐 들른 작은 카페는 포근하고 조용했다. 온몸이 푹 파묻히는 소파는 안락했다. 창문 너머로 노부부가 큼직한 개를 데리고 지나가면서 이웃과 정겹게 인사를 하는 모습이 보인다. 부촌으로 꼽히는 동네답게 깔끔하고 조용했다. 좌우에 포진한 큼직큼직한 집들과 정원은 건축 잡지에서 그대로 나온 듯한 분위기였다. 고풍스러운 건물도 있었지만 한결같이 관리가 잘 되어 있고, 정원도 정갈하고 아름다웠다.

그렇지, 지금까지 여행 다녀 본 모든 곳 중에서 외양이 가장 근사하고 반딱반딱하는 건 현재, 지금 발붙이고 있는 현재가 맞을 것이다. 하지만 민호는 살랑살랑 고개를 저었다.

"글쎄. 길바닥이 이렇게 깨끗하고, 똥 뒷간 대신 깨끗한 수세식이고, 외국도 이제 맘대로 막 다니고, 밭 가는 농사꾼들도 영어, 한글 다 알고, 사람들은 존나 똑똑해지고, 컴퓨터 스마트폰이 생겨서 전 세계에서 일어나는 일을 다 알게 되고, 옛날보다 훨씬 잘 입고 잘 먹고 잘 싸고 다니는 건 맞는데, 와, 존나 멋진 시대다, 그런 생각은 별로 안 드는데."

이완은 애매하게 고개를 끄덕였다. 어쩌면 그럴 거라고 생각했다. 위생 관념, 과학의 발전 정도, 소비재의 풍요로움, 문맹률이나 통치체제 따위는, 이 여자가 한 시대를 판단하는 척도가 될 수 없으리라는 생각이 들었다.

"그럼, 어떤 경우에 그 시대가 멋지구나, 하고 느꼈습니까?"

"음. 일단 만나 본 사람들이 인간적이고 멋지면?"

"그럼 어떤 사람들을 보고 인간적이고 멋지다는 생각을 하셨습니까?"

민호는 고개를 들고 이완을 올려다보았다. 이완의 표정은 장난기 하나 없이 진지하다.

"내가 유치원 선생을 7년 했잖아. 어떤 꼬맹이들이 제일 정이 가고 멋져 보이냐 하면 말이지."

"예."

"나부터가 똘똘이 범생이었던 적이 없어서 그런가, 애초부터 반듯하고 똑똑한 애보다는 오히려 처음엔 어버버 뻘짓하다가 달라지는 게 보이는 아이들이 그렇게 좋더라고."

"아, 그렇습니까?"

"응. 처음엔 어리바리하고, 뭐가 옳은지 잘못한 건지도 잘 몰라. 사실 눈에 띄게 똘똘한 놈들 빼놓으면 대부분 그렇지. 그래서 이래저래 사고도 막 치고 다녀. 그런데 조직의 쓴맛도 좀 보고, 선생님이나 남들이 하는 거 열심히 보고, 요게 옳은 거구나, 요게 그른 거구나 하고 알게 되잖아. 그다음에 자기가 깨달은 대로 하려고 바둥바둥 노력하는 애들이 그렇게 예쁘더라고."

"아하."

"그래서 그런가, 난 1934년의 경성도, 1941년의 로스앤젤레스도 멋있다고 생각했어."

엄마가 발바닥을 간질이며 늘 해 주던 말이 생각났다.

'민호야. 우리 강아지. 옳은 길은 쉬울 때보다 어려울 때가 더 많아. 손해가 될 때가 더 많고, 똑똑해 보일 때보다 미련해 보일 때가 더 많고. 옳은 길은 대체로 그래.'

어쩐지 엄마의 말과 그들의 삶이 오버랩 되는 기분이었다. 민호는 이완을 향해 푸근하게 웃어 주었다. 박이완, 저 사람에게는 두 사람의 아버지가 있고, 두 사람은 각기 다른 형태로 다른 길을 걸었다. 두 사람의 길은 모두 엄마 말대로 '옳은 길'이었다.

"그래도, 나 같은 그저 그런 사람들이 함부로 범접하지 못하는 길만 있는 게 아니라 안심이 돼. 겁 많고 아는 게 없어서 이리저리 헤매도 어쨌든 나 같은 사람도 따라서 걸어갈 수 있는 길도 있었어. 나는 보이지 않게 그런 길을 걸어갔던 사람을 여기저기서 만날 때마다 참 행복했어."

이완은 경험 많은 시간 여행자가 무엇을 말하는지 이해했다. 당신다운 생각이다. 코끝이 찡해졌다.

슬픈 시대에 태어난 죄로 다른 사람들을 대신해 앞장을 서다 희생된 사람은 위대하고 아름답다. 하지만 대부분의 사람은 그 길을 따라 걷지 못한다.

자신의 친부인 전영호 같은 사람은 다른 이들에게 함부로 범접하지 못할 이정표나 푯대일 것이고, 그래서 그가 존재하던 시간이 눈부시게 느껴졌을 것이다.

하지만 자신이 서 있는 곳이 잘못된 곳임을 알고 갈팡질팡하면서도, 그것을 돌이키기 위해 최선을 다했던 사람은 위대한 대신 인간적이다. 친구를 질투하면서도 존경하고, 복잡한 감정에 흔들리면서도 끝까지 옳은 길로 되돌아가고자 노력했던 계부 박부전이, 그래서 더 애틋하고 가깝게 느껴지는 것이다. 앤드류는 알쏭달쏭한 표정을 지었지만 이완은 싱긋 웃으며 고개를 끄덕였다.

"누가 해 준 이야기인지 기억은 안 나는데, 양 도둑 두 명이 나오는 동화가 있는데요."

"어. 응."

민호는 어깨를 움찔하며 눈동자를 뱅그르르 굴리다가 잔을 들었다. 커피 향이 뒤늦게 천천히 퍼진다.

"세인트가 되었단다, 라는 말을 들을 때, 음, 왜인지 행복해지던 기억이 납니다."

민호는 이놈의 레드 썬이 참으로 어쭙잖게 걸렸음을 실감했다. 제대로 걸린 것도 아니고, 안 걸린 것도 아니고. 속으로 구시렁대는데 이완의 부드러운 목소리가 곁에 내려앉는다.

"아마, 진짜 감정은 행복이라기보다…… 안도감이 아니었을까, 하는 생각이 드네요."

이완의 웃음소리가 들린다. 민호는 잔을 내려놓고 이완의 얼굴을 올려다 보았다. 그의 웃음을 보는 순간, 민호는 그가 마음을 결정했음을 알았다.

○ ● ○

이완은 그날 저녁, 두 명의 변호사와 앤드류, 그리고 윤민호의 입회하에, 서담 박부전이 남긴 최종 유언장을 선택한 후, 그것을 개봉했다.

박부전과 김춘방은 사망 시,
두 사람의 아들인 제임스 I. 박에게
그동안 수집한 유물 3,512점 전체와(내역과 사진은 별도로 첨부) 과 르네리 델 제수 첼로인 스칼렛 및 기타 두 사람의 소유로 되어 있는 모든 동산을 이양한다.

제임스 박은 상속받은 유물을 독립한 조선으로 갖고 돌아가 귀화하기를 바란다. 우리는 조선에서 만들어진 유물들은 조선 땅에서, 조선의 건물과 조선의 공간, 조선 사람들 속에서 있을 때 가장 아름답게 어울린다고 생각한다. 그 유물들이 있어야 마땅할 땅으로 보내고, 제임스 역시 그 땅으로 돌아가기 바란다.

로스앤젤레스의 저택은 황칠우, 황병우 두 아들에게 분할 상속하되, 두 사람이 제임스에게 위해를 끼치지 않았을 경우에 한한다. 두 사람이 상속받을 조건이 되지 못할 경우, 제임스가 그 소유권을 갖는다.

조씨 집안에서 내려오던 패물은 며느리 혹은 딸에게 전해지는 것으로, 제임스의 처, 혹은 제임스의 장손의 처, 혹은 맏딸에게 상속한다. 유언장이 개봉될 때에 혼인을 하지 않은 상태라도 약혼이나 그에 준하는 상황이면 상속 대상에 해당되며, 대상이 없을 경우, 대상이 나타날 때까지 보류한다.

이 유언은 박부전의 의사를 반영해 김춘방이 작성하였다.

1941년 9월 9일 김춘방.

유언장은 영문으로도 작성되어 공증이 되어 있었다. 칼리와 이완, 그리고 조니 해밀턴은 서로 상반된 표정이긴 했으나 고개를 끄덕이고 악수를 했다. 앤드류와 이완은 덕희가 민호에게 장신구함을 물려주고자 한 것을 알아차렸으나, 칼리와 조니 해밀턴은 아직은 대상이 없다는 이유로 '적정 대상이 나타날 때까지 보류'라고 못을 박았다. 무슨 말이 오갔는지 전혀 알지 못하는 민호 혼자서만 뒤에서 멀뚱멀뚱했다.

"끝이군요. 70년 넘게 묶여 있던 유언장이 드디어 해방됐습니다."

이완은 후련함과 기쁜 표정을 감추지 못했으나 앤드류는 착잡한 표정을 감추지 못했다. 하지만 그래도 애써 표정을 다듬고 이완에게 축하한다는 말을 해 주었다.

"너야말로 고생이 많았다. 나를 도와주기로 결정하기 힘들었을 거고, 지금도 힘든 거 잘 알아. 고맙고 미안하다. 앨버트도 최대한 형을 낮춰 받도록 선처를 부탁해 볼게."

앤드류의 눈꺼풀이 파르르 떨렸다. 이완은 그의 어깨를 안고 툭툭 두드렸다.

"이 집은 앨버트나 네가 상속받지 못하게 됐지만, 그래도 너만큼은 섭섭하지 않게 처리해 줄게. 그동안 마음고생 많았다."

이완은 민호를 향해 몸을 돌렸다. 민호는 아직도 아픈 기가 남아 있는 허리를 잡고 그래도 이완을 향해 싱긋 웃어 주었다. 이완은 팔을 벌리더니 민호를 힘껏 껴안았다. 뽁, 뺨에서 깊은 소리가 났다.

"고마워요. 정말 고맙습니다."

이완은 조금 잠긴 듯한 목소리로 속삭였다. 짝, 짝짝, 짝짝짝. 뒤에서 박수 소리가 터졌다.

변호사의 동의를 얻어 펼쳐 본 전영호의 유언은 간결했다.

사랑하는 아들아,
너는 새로운 하늘과 새로운 땅에서 자유롭게 날개를 펴고,
우리가 날지 못한 하늘을 높이 날기 바란다.

영호의 유언에서는 별다른 조건이 없었다. 조건은 부전의 유서를 택했을 때에만 한정된 것이었다. 하지만 이완은 전혀 유감스럽지 않았다. 어쩐지 돌아가야 할 곳으로 자리를 찾아가는 기분이 들었다.

이완은 낡은 종이를 뺨에 갖다 댔다. 민호 덕에 잠시 얼굴이나마 보았던 친부, 소중한 것을 모조리 희생해 가며 푯대의 길을 걸었던 사람이 갖고 있던 애달픈 한 자락의 속마음. 그것이 긴 세월을 뛰어넘어 전해져야 할 주인을 찾아왔다.

영호 역시 자신의 존재를 결국 믿었던 걸까. 덕희와 영호가 최후로 몇 마디 속삭이던 것이 바로 이 말이었구나. 속에서 뜨끈한 것이 울컥 솟구쳤다. 둘러서 있던 사람들은, 이제 막 거대한 유산을 상속받은 사내가, 낡은 종이

에 얼굴을 묻고 흐느끼는 것을 가만히 지켜보았다.

○ ● ○

"그럼, 박 실장님은 여기 갤러리 다른 사람에게 맡기고 한국 돌아가는 거야?"

"그래야죠. 상속 조건이기도 하고, 지금 같아선 한국에서 사는 게 썩 나쁠 것 같지는 않네요."

당신이 있으니 말입니다, 라는 속말은, 물론 저 눈치 없는 여자가 알아들었을 것 같지 않다. 아니나 다르랴.

"왜! 접때는 한국 쪽으론 오줌도 안 눌 것처럼 그러더니!"

"민호 씨. 제발 말 좀……."

"왜애! 오줌을 소변이라고 하면 댁이 볼일 보는 게 좀 고상해지나?"

"아, 예, 예. 그건 아니죠. 그냥 마음이 바뀌었습니다."

흐응. 흥흥. 민호는 기분 좋은 듯 콧소리를 냈다.

"여기 가짜 제임스 아저씨도 가는 건가?"

"글쎄요. 보고만 있어도 기분이 안 좋은데 굳이 데려가야 할 이유가 있을까요."

"흠."

민호는 휠체어에서 억지로 일어나 주춤주춤 옆에 있는 침대로 걸어갔다. 그곳에는 미라처럼 생기를 잃어버린 시커먼 사내가 여전히 똑같은 표정으로 누워 있었다.

민호는 그를 한참 내려다보았다. 덕희를 만났을 때 축구공을 들고 식식대며 뛰어 들어오던 얼굴이 가무스름하던 소년, 이완을 데리고 뉴욕에 갔을 때 술에 취해 주정을 하던 주름진 노인, 이완에게 많은 상처를 남겼던 사람. 가짜 제임스 황병우에 대한 기억은 그 정도였다.

자신이 한 말대로, 아이는 아버지와 자신의 탐욕에 대한 대가를 자신의 일생으로 치렀다. 이것에 대해 뭐라 말해야 할지 알 수 없었다. 사람이면 의당 욕심이 있고, 간혹 걷잡을 수 없이 부푼 탐욕을 채우는 과정에서 다른 사람들의 인생을 좌절로 몰고 가기도 한다. 그들은 그 탐욕이 부메랑으로 돌아오리라는 생각은 하지 않는다. 어차피 사람은 눈앞의 것만 보고 살기 때문에.

이 사람이 이완을 그렇게 모질게 학대할 때, 그는 자신이 학대하는 것에 이유가 있다고 생각했을지도 모른다. 이완의 정체를 알고도, 누구에게도 말 못 하고 계속 곁에서 지켜봐야 하는 마음이 어땠을까. 열쇠를 끝내 찾지 못 하고 일생을 낭비한 데 대한 회한과, 그래도 한번 끝까지 기다려 보려는 비참한 희망과, 깊이깊이 눌려 있던 가책과, 그 가책을 들쑤시고 있는 아이를 계속 보고 있어야 하는 마음. 아마 살아 있으면서도 수라도에서 허우적대며 사는 기분이 아니었을까.

황병우, 가짜 제임스 씨, 살면서 이게 옳지 않은 일이라는 생각은 가끔 하고 살았나? 바로잡아야 한다고 생각한 적은 있었어? 갈팡질팡 많이 괴로웠나? 아버지가 물려준 탐욕에 매몰되기에 팔십 평생은 너무 길고 아깝지 않았어?

민호는 그가 곁에서 자라고 있는, 아무것도 모르는 진짜 상속자를 보며 그래도 일말의 가책은 느꼈으리라 믿기로 했다. 그렇게 보면 이 사람 역시 벗어날 수 없는 수렁에 매몰된 불쌍한 인생이었다.

"이제 다 끝났어. 당신 손을 떠난 지는 사실 오래됐지만. 그동안 마음고생 많았겠어."

이완은 민호의 뒤에 서서 오랫동안 자신의 아버지라는 이름으로 살아왔던 노인을 내려다보았다. 민호는 그의 손등을 툭툭 두드렸다.

"혹시나 나를 기다려 준 건가? 그렇다면 고맙네요. 하여간 난 약속을 지켰어. 열쇠를 갖고 돌아왔잖아요. 이젠 당신도 미련을 끊고 편히 쉬었으면 좋겠어요. 힘들었잖아."

"......."

"고생했어요. 잘 가요."

그날 저녁, 제임스라는 이름으로 남의 인생을 살아왔던 황병우는 7년 동안 누워 있던 것과 똑같은 표정으로 눈을 감았다. 80번째 생일에서 보름이 지난 날이었다.

17.
오케이, 거기까지

"이 문제가 얼마나 심각한지 모르는 모양인데요. 민호 씨."

민호는 앞에 놓인, 그 이름도 유명한 뉴욕 치즈 케이크 한 판에 만사가 행복했으나 이완과 칼리는 팔짱을 끼고 심각한 얼굴을 했다.

"민호 씨 여권도 없이 무단 입국을 한 거 아닙니까. 지금 민호 씨는 불법 체류자예요. 한국에 대체 어떻게 돌아갈 겁니까."

"뭐 어떻게든 되겠지. 설마 헤엄쳐서 가기야 할라고."

"지금이라도 자진 신고하고 추방 형식으로 한국으로 돌아가게 하면 안 될까요, 칼리?"

"나가는 거야 어찌 나가겠지만, 당연히 블랙리스트로 올라가겠지? 민호 씨가 평생 늙어 죽을 때까지 북미주에 안 오고 한국에서만 살 거라면 상관 없겠지만. 아니, 그나저나 대체 여권도 없이 어떻게 들어온 거래? 멕시코 쪽 국경 뚫고 사막 경유해서 들어왔어? 트렁크에 구겨 박혀서 밀입국했니? 그러다 총 맞은 거야?"

"칼리, 몇 번이나 말하는데 그 문제는 그냥 노코멘트예요. 방법이나 좀 알려 달라니까."

"어, 저기 박 실장님. 이완 씨. 헬로, 레드 헤어? 스톱 스톱, 아임 해피! 나 지금 굉장히 행복한데 내 행복을 좀 깨지 말고 잠시만 기다려 주면 어때? 그냥, 선정이나 오빠한테 내 민증 주고 대신 여권 발급받아서 우편으로 보내라고 하면 안 될까?"

"대한민국 여권 받기가 그렇게 만만한 줄 아십니까? 그거 제3세계에서 인기 많아요. 아니, 그게 문제가 아니고, 일단 미국 입국 기록이 없는데 그건 어쩌려고요."

"나 진짜 이거 맛있게 집중해서 먹고 있거든? 이렇게 진하고 맛있는 치즈 케이크는 삼십 평생 처음이라고. 게다가 창자 터진 다음부터 쫄쫄이 굶다가 이제야 간신히 제대로 된 거 먹게 됐는데 정말 이럴 거야?"

"정말, 당신 머릿속에는 먹을 것밖에 안 들었습니까!"

"왜 이래! 먹는 것만큼 중요한 게 어디 있어! 내 인생삼락(人生三樂)이 뭔지 알아? 맛난 거, 꿀잠, 살랑살랑 남녀상열……."

"먹고 자고 싸는 게 인생삼락입니까! 히드라예요?"

이완은 빽 소리를 지르다 흠칫했다. 릴랙스 릴랙스. 민호와 말싸움을 하는 것만큼 부질없는 짓은 없다. 그렇지. 사랑하는 것과 인격수양의 괴로움은 분명 다른 영역에 존재하는 것. 소크라테스를 위대하게 만든 것은 크산티페의 악다구니였다. 어쩌면 나는 1년 안에 골동품 장사의 탈을 벗고 철학자가 될지도 몰라.

"아! 좋은 생각이 났다!"

"네?"

"내가 과거로 돌아가서 출생신고를 해 놓는 거지. 가령 제임스 박의 딸이라든가? 그럼 난 자연스럽게 미국시민권을 따게 되는 거야. 그 이름으로 비행기 표 끊어서 귀국하면…… 아, 그러면 박민호가 되나? 그럼 이완 씨하고는 남매가 되나, 그건 안 되겠다."

"지금, 먹느라고 혀가 바빠서 뇌에 올라갈 에너지가 없는 거죠? 뇌가 지금 활동 중지 상태 맞죠?"

"그동안 계속 굶겨서 그래!"

민호는 다시 소리를 빽 질렀다. 이완은 수건을 꺼내 입에 묻은 지저분한 크림을 닦아 주었다.

"하여간, 내 앞에서 시간 여행 소리 한 번만 더 해 보세요."

"시간 여행. 시간 여행?"

민호의 눈이 껌벅껌벅한다. 시간 여행. 이게 왜? 중얼대는 여자를 앞에 놓고, 이완은 자리에서 엎드려서 미친 듯이 폭소를 터뜨렸다.

"……민호 씨. 아아, 정말 난 어떡하지. 나 민호 씨하고 연애할 자신 없어요."

멋모르고 연애 소리를 들은 민호의 얼굴만 뜬금없이 불타올랐다.

그때 이완의 전화가 탁자에서 진동했다. 번호를 보고는 고개를 갸웃하며 한숨을 쉰다. 이완은 최근 모르는 번호는 잘 받지 않는 눈치였다. 하지만 민호가 받으라고 턱을 까닥하자, 잠자코 전화기를 집어 들었다.

— Hello!

낭랑한 여자 목소리가 툭 튀어나왔다. 민호가 깜짝 놀라 눈을 둥글거렸다. 이완도 당황한 듯 자리에서 일어났다.

"어떻게 된 겁니까? ……왜 이런 식으로 전화해서 사람을 놀라게 합니까?"

이완이 자리를 벗어나 사람이 없는 복도 쪽으로 가는 것을 보며 민호도 케이크 먹던 것을 집어치우고 발딱 일어났다. 영문을 모르는 변호사 여사만 눈을 동그랗게 뜨고 두 사람을 바라볼 뿐이었다. 화장실 앞에서 등을 돌리고 전화를 받는 사내의 목소리가 소곤소곤 보들보들하다.

"그랬군요. 그래도 이런 식으로 갑자기 연락하면 제가 놀라지 않습니까.
……민호 씨도 옆에 있는데 당연히 놀라죠. ……그래요. 바로 옆에 있었어
요. 별일은 없죠?"

상대방 여자가 또 한참 빠른 목소리로 이야기를 하는데 내용이 들리지
않는다. 민호는 머리가 아찔했다. 무시무시한 칼리 여신을 물리쳤더니 이젠
또 어떤 년이냐.

"그래요. 나중에 봐요. ……아, 그건 지금 좀……. 여기 사람 많아요."

민호의 눈과 귀가 불타올랐다. 아, 정말. 등을 돌리고 수화기를 입으로
가리고 소곤소곤하는 저 인간이 갑자기 어깨를 움츠리더니 전화기에 대고
뽁, 하는 소리를 낸다.

……저건 뭐 하는 거냐?

민호는 반쯤 멍청해진 얼굴로 그의 널찍한 등짝을 바라보았다. 설마, 설
마? 그 달콤달콤한 연놈들 사이에서만 오간다는 전화기 쪽 신공 아닌가?
민호는 그가 전화를 끊자마자 살기를 잔뜩 담아 등짝을 펑, 후려쳤다. 헉!
처음 만나던 날처럼 이완은 소스라치면서 펄쩍 뛰어 물러섰다.

"왜, 왜 이래요! 민호 씨! 왜 이렇게 도둑괭이처럼 남의 전화를 엿듣
고……!"

"누구야."

민호는 도끼눈을 하고 덤벼들었다. 야, 이 빌어먹을 후레자식아. 지금 막
눈이 예뻐요, 눈도 예뻐요, 부터 다시 시작하자고 한 지 며칠이나 됐다고
외간 여자하고 전화 쪽을 하고 있냐. 너 사람이 그럴 수가 있냐. 나한테도
한 번도 안 해 주었잖아. 전화 쪽, 쪽, 쪽! 그거! 그런데 그걸!

"민호 씨, 오, 오해하지 말고. 민호 씨!"

"오해고 나발이고 박이완 이, 이, 천년을 빌어먹을 후레자식아! 꼬추를

다듬잇돌에 얹어 놓고 쥐포가 될 때까지 방망이로 두들겨 패 줘야 정신 차리지? 너 지금 뭐 하는 짓이야! 엉!"

"그게 아니고! 민호 씨, 그게!"

화장실 앞 복도에서 터져 나온 사자후에 다른 사람들의 시선이 왈칵 쏠렸다. 이완의 등짝이 축축하게 젖기 시작했다.

천행으로 칼리가 끼어들었다. 밖에서 노닥거릴 때가 아니라며 앤드류에게서 온 전화를 바꿔 준다. 국립중앙박물관에서 보낸 특급배송 2차 수화물이 머튼타운의 자택에 도착했는데 물건을 받을 실장마마님이 연애질을 하느라 깜박 잊고 집을 비우는 바람에 맨해튼의 려 갤러리로 들이닥쳤다는 것이다.

설상가상으로, 호위 차량이 두 대나 붙어 있는 무진동 배송트럭은 교통사고로 주차장이 되어 버린 495번 고속도로에 갇혀 세 시간을 날리고 온 참이었다. 왕복 허탕으로 길바닥에 버린 시간만 다섯 시간이라, 물건을 다시 집으로 보내면 불벼락을 맞을 것 같아서 갤러리 려에서 받는 중이란다. 분위기도 난장이고 검수를 혼자 하기도 어려우니 빨리 와서 수습하라며 앤드류는 욕을 퍼부었다. 이완은 전화를 끊고 머리에 손을 넣어 푹푹 헤집으며 말했다.

"하여간, 나한테 그렇게 화내면 나중에 후회해요, 민호 씨. 일단 매장으로 가요. 가서 알려 드릴게요."

하지만 매장에 도착해서 설명을 들을 시간은 없었다. 민호는 갤러리 매장 안쪽에 무더기로 쌓인 나무 박스들을 보고 입을 떡 열고 말았다. 이완은 눈썹을 찌푸리고 한마디 한다.

"앤디, 전화해서 욕할 시간에 셔터부터 내리지 않고 지금 뭐 하는 거야. 지금 특급 보안 물건 들어왔다고 동네방네 광고해?"

이완은 들어서자마자 매장의 문을 닫고 철문을 내리더니, 버티컬을 모조리 내리고 커튼을 쳤다. 그리고 옆에 있던 사람에게 카메라를 들고 상자를 여는 것부터 촬영을 하도록 지시했다.

촬영이 시작되자마자 그는 코트와 겉옷을 벗더니 수술 장갑을 끼고 조심스럽게 나무 상자를 열기 시작했다. 정체를 알 수 없는 종이와 천과 완충재로 둘둘 말린 덩어리가 하나씩 나오기 시작했다. 물건 하나 포장 푸는 데 시간이 한정 없이 흘렀는데, 그래도 이 자리에서 해야 한다고 했다. 지금 이 자리에서 확인하지 않으면 운송 과정에서 손상된 물건이 있을 경우 보험 처리에 문제가 생긴다는 것이다.

이완은 리스트의 물목과 상태 사진을 보며 물건을 대조하기 시작했다. 각이 잘 잡힌 제복을 입은 경비업체 직원이 안쪽으로 쌓이고 있는 붉은 나무 상자들을 매의 눈으로 감시하고 있었다.

민호는 어쩐지 염통이 쪼그라드는 기분이었다. 우와. 고미술품이 오가는 게 보통 일은 아니구나. 이런 귀찮은 일을 허락할 정도로 열쇠 찾는 일이 급했구나. 무사히 잘 해결되어 다행이지, 찾지도 못하고 욕만 잔뜩 먹어 전시회 취소된 걸로 끝이 났으면 저 사람 진짜 평생 한국 쪽으로는 오줌도 안 누었을 것이다.

"앤디. 오늘 들어온 건 다시 재포장해서 갤러리 지하의 창고에 넣어 둬. 그림들은 송포지 알지? 그 목화솜 들어 있는 종이로 이중 포장하고, 그리고 무진동 차량 렌트 계약한 다음에 박물관에 전화해서, 고미술품 특송 차량 그 글자는 좀 가리고 운송하라고 전해. 날 잡아 잡수시라고 광고하는 건가. 그리고 오늘 온 물건은 이틀 정도 창고에서 적응시킨 다음에 집으로 옮기는 게 낫겠어. 수장고 온도 습도 잘 맞춰 주고."

"18도, 55% 정도면 되지? 걱정 마."

앤드류는 확인한 것을 다시 진땀을 흘리며 포장하느라고 구시렁구시렁한다. 민호는 조금 얼떨떨한 기분으로 두 사람이 일하는 것을 지켜보았다.

"서담전 엎어졌다고 했지. 그래서 바로 온 거구나."

"예. 그곳에 오래 두면 보험료만 올라가고 관리도 어려우니까요. 잠깐 옆으로 나오세요. 짐 나르는 데 다칩니다."

몹시 바쁜 것 같긴 하지만 이완은 그래도 민호가 묻는 말에 차분차분 대답은 해 주었다.

민호는 그 짐들 안에서 낯익은 몇 가지 물건을 발견했다. 전시회 품목 중 뭔가 국보급이라던, 민호가 실수로 손자국을 낼 뻔한 10폭 병풍이 이상하게 생긴 종이 뭉치 안에서 끌려 나왔다. 이완은 병풍을 쭉 펴서 확대경까지 동원해 꼼꼼하게 상태를 확인하고 인수증에 무언가를 적어 넣었다. 민호는 눈을 껌벅거렸다.

"박 실장님. 어, 이완 씨. 이게 그러면, 며칠 전까지는 서울에 있었다는 이야긴가?"

"그렇죠. 포장해서 미술품 전문 배송업체를 통해 바로 비행기로 날아온 거니까요. 오늘 온 게 2차 분량이에요. 도난과 사고 우려 때문에 7차에 걸쳐서 나눠서 배송합니다. 공항에서 내린 지 얼마 안 돼서 따끈따끈합니다."

"오오. 그럼 잘됐다. 이거 통해서 현재로 열린 제일 최근 길보다 조금만 시간 조정해서 가 보면, 어쩌면 서울에 떨어지지 않을까? 이동 중일 때는 어차피 트래킹이 안 될 거고, 잘하면 박물관, 잘못 들어가 봤자 박 실장님네 창고겠지."

"그렇게 무대포 같은 말이 나올 줄 알았습니다. 민호 씨 생각하는 게 항상 1차원을 못 벗어나서 편하긴 합니다만."

이완은 들은 척도 않고 병풍을 조심조심 접어 다시 꼼꼼하게 포장한 후 안쪽에 있는 작은 방으로 집어넣었다. 민호는 좁은 방까지 조르르 따라가서 얼쩡얼쩡 이완의 표정을 살폈다. 마스크로 입을 가리고 있어 눈밖에 안 보이는데 웃는지 화를 내는지 조금 애매했다.

"조금이라도 위험한 짓은 안 시킵니다. 여권 문제는 제가 어떻게든 방법을 찾을 테니, 저 안의 사무실 들어가셔서 나머지 케이크 싸 온 거나 얌전히 드시고 기다리세요. 아, 잠깐."

이완은 가방을 뒤적이더니 약이 든 봉투와 모피코트에서 챙겨 둔 민호의 낡은 지갑을 꺼내 주머니에 넣어 주었다.

"이건 민호 씨 거니까 갖고 있는 게 좋겠습니다. 엉뚱한 생각은 하지 마시고 잠깐만 자리에 앉아 계세요. 검수만 끝나면 자세한 방법을 의논해 보면 됩니다."

이완의 말이 떨어지기가 무섭게 살랑 바람이 일었다.

뒤에 서서 짐을 풀고 있던 앤드류는 등짝이 쎄르르한 느낌에 얼른 고개를 들고 두리번거렸다. 작은 방에서 급히 나온 이완이 주변을 둘러보더니 한 손으로 머리를 짚은 채 고개를 절절 흔들고 있다. 앤디이이. 이완이 목소리를 잔뜩 깔고 느릿하게 부르는 목소리에 앤드류는 고개를 움츠렸다.

"서울에서 3차로 보내는 게 신라 금관들하고 장신구들지? 너 혼자 받고 확인하기는 좀 무리지?"

"응, 손 엄청 가고 완전 철통 무장해서 들어와야 하는 거. 나 그거 손 못 대."

"후……. 오케이. 3차 배송은 일단 미루자. 서울행 티켓 하나만 알아봐."

○ ● ○

후회해도 때는 늦으리.

이놈의 길이 열리는 건, 트래커인 내가 할 말은 아니지만, 참으로 지랄이다. 한 번 들어간 길의 흔적을 찾아 되돌아오는 건 쉽지만 조금이라도 다른 시간을 들어갈 땐 그야말로 소 뒷걸음치다 쥐 잡기가 되어 버리니 참말로 돼지족 같은 일이 생기는 것이다.

민호가 1차 트래킹 후 서 있던 장소는, 자그마치 인천 공항이었다. 민호는 '미술품 특송 전문 코리아 아트'라는 글씨가 새겨진 탑차 안에 엉거주춤 서 있었다. 나무 상자를 운반하고 있던 기사가 뒤늦게 발견하고 뜨악한 얼굴을 했다.

"아니, 이 여자가 왜 거기 들어가 있어요! 어떻게 들어갔지? 당장 안 내려와요? 당신 뭐 하는 사람이야?"

아하. 민호는 자신이 딱 아슬아슬 맞춤한 시간에 도착했다고 생각했다. 미국에 돌려보내기 직전이면, 이보다 더 좋을 순 없다.

"아, 아저씨 저기, 혹시 이거 지금 미국 가는 건가요?"

기사는 허리춤에 손을 턱 얹고 아래위로 훑으며 수상하게 째린다.

"뭔 얘길 하는 거예요. 이건 국립중앙박물관으로 들어가는 거요. 거기 어떻게 들어갔냐니까? 이 물건들에 걸려 있는 보험금이 얼만데 생판 모르는 사람이 겁도 없이 얼쩡대고 그래? 박 기사 어디 갔어? 경비원들 좀 나와 보라고 해! 지금 뭐 하는 거야?"

민호는 입을 떡 벌렸다. 이거, 이 차도 앞뒤로 검정 승용차가 호위하고 있는 건가. 이, 이러면 안 되는데.

"아, 제가 잘못 찾아온 거 같아요."

"찾아오기는 개뿔이. 냉큼 내려오슈. 하여간 요새 이상한 인간들 많아. 지금 당신 때문에 검수 다시 해야 하잖아요."

그는 시근대면서 민호를 막아 세워 놓고 서류를 줄줄 뒤져 사방이 완충 장치가 되어 있는 붉은 박스를 하나씩 확인했다. 박스들이 큼직큼직한 데다 민호 손에 든 것이 아무것도 없는 것을 확인하더니 그제야 한숨 돌린 얼굴로 고개를 끄덕였다. 그렇지만 곱게는 못 보내 주겠다는 듯, 주민등록증에 전화번호까지 내놓으라 야단야단이다. 민호는 해도 그만 안 해도 그만인 변명을 줄줄 늘어놓았다.

"제가 잘못 알고 올라왔어요. 다른 트럭에서 물건 확인할 게 있었는데요."

"됐으니 얼른 민증이나 내놔 보라니까."

얼굴이 시꺼먼 기사는 들은 척도 하지 않는다. 저기, 오늘 며칠인가요? 기사에게 조심스럽게 물었지만 그는 대답 한 마디 없이 콧방귀였다. 벌써 절반쯤은 도둑 취급이다. 민호는 열심히 머리를 굴렸다.

자, 생각해 보자. 지금 이게 미국 들어가는 게 아니고, 박물관에 가는 거라면.

민호의 뇌는 간결한 결론을 도출했다. 아오 니미럴. 좆 됐다.

지금 물건이 공항에 들어와서 박물관으로 가는 거라면, 서담전이 개최되기도 훨씬 전, 박이완 씨가 한국에 오기도 전이었다. 아 씨, 빌어먹을. 나는 그럼 지금 방배동에 있는 보람유치원에 유아체육 교사와 임시 교사를 하면서 몸속에 찬찬 사리를 쌓고 있겠구나.

"어이 박 기사, 앞차에서 김 주임, 최 주임 좀 불러 봐. 여기 이 여자 좀 잡아 봐야겠어. 아무래도 수상해."

박 기사라는 사내가 새로운 박스를 들고 주춤주춤 다가와 탑차 안을 살폈다.

"뭔 애길 하는 거여. 여자는 무슨 여자. 백주에 허깨비라도 봤어?"

기사가 뒤를 돌아보니 코트를 입고 엉거주춤 서 있던 여자는 종적 없이 사라졌다.

민호가 나름 세심하게 애를 썼지만, 역시 돌아온 길을 고스란히 타고 가지 않는 한, 길이 입맛대로 열리는 법은 없었다. 두 번째로 도착한 곳은 그나마 나았다. 서담전 취소로 인해 문을 닫아 둔 특별전시실. 더 이상 모험이 귀찮아진 민호는 어디에선가 남들이 안 보이는 곳에 박혀 이삼 주 동안 뒹굴뒹굴하기로 결론을 내렸다.

뒹굴뒹굴이 돈도 없이 된다든?

민호는 그제야 현실감각이 되돌아와 주머니를 뒤적거렸다. 하여간 이렇게 아무 생각 없이 덜렁덜렁 저지르는 버릇을 좀 고쳐야 하는데.

아, 다행히 주머니 안에 지갑이 들어 있었다. 맞다, 내 거 찾아가라고 박 실장님이 오기 직전에 주머니에 넣어 주었지. 코트 주머니 안에는 지갑뿐 아니라 작정하고 챙기기라도 한 듯 약 봉투와 소독약까지 들어 있었다. 이런 기가 막힌 우연이 있나.

자자, 그럼 어떡할까. 지금 사당동에 갔다간 선정이가 기절해 버릴 테니 일단 거긴 안 되고, 여관에 갈 만한 돈이 될 리가 없……지 않다? 정말 뜬금없게도, 지갑 안에는 황금빛 신 여사께서 두두룩 포진하고 있었다. 얼레. 보너스 넣어 줬나? 민호는 눈을 둥그렇게 뜨고 감격에 찬 눈으로 지갑을 바라보았다. 조금 전 그에 대해 섭섭했던 감정이 썰물 빠져나가듯 사라졌다.

신이 난 민호는 호텔 뷔페에 가서 저녁을 먹는 호기를 부리기로 했다. 생각해 보면 교수님의 결혼식에서 스테이크를 먹지 못하고 그냥 나오지 않았던가. 물론 지금이라면 시간 계산 잘 해서 그 스테이크를 찾아 먹고 올 수도 있지만 지갑에 난생처음으로 신 여사들이 두두룩하게 늘어서 있는 판에 그런 서스펜스 스릴러를 찍고 싶지는 않았다. 신사임당은 정말 위대한 여인이 맞다. 그녀와 함께한다면 세상에서 두려울 것이 하나도 없었다.

5성 호텔의 뷔페란 역시 좋은 것이었다. 민호는 열심히 일해서 돈을 많이 벌어야겠다고 다짐했다.

툇마루에 앉아서 발을 건들건들 흔들었다. 엉덩이가 좀 시리긴 하다. 남양주 폐가는 겨울이면 유난히 더 춥다. 하지만 오늘은 방에 군불을 따끈따끈 때 놓아서 별로 걱정은 되지 않았다. 콧물까지 찍찍 나올 정도가 되면 안에 들어가서 궁둥이를 붙이면 되니까.

귀신이 나올 것 같은 집이라 소문은 무성한데, 사실 무시로 출몰하는 허깨비가 자신이란 걸 알기 때문에 딱히 겁날 게 없었고, 군불도 넣어 두었고 비상식량도 쟁여 놓았으니 만사가 편안했다.

장작도 통 크게 16만 원이라는 살 떨리는 거금을 들여, 자그마치 한 루베(600kg)를 주문해서 창고에 부려 놓았다. 저 정도 장작이면 여기서 겨울도 나겠다. 으흐흐. 올라오면서 싸구려 이불 세일하는 놈도 사고, 방석도 사고, 속옷도 사고, 양말도 샀다. 임대한 스마트폰으로 텔레비전도 볼 수 있고, 게임도 할 수 있다. 아무리 심심해도 이번에는 다른 데 덜렁 다녀오지 않고 얌전하게 지낼 생각이었다. 나도 양심이란 게 있으니까.

여기를 비상구로 쓰는 건 이번으로 끝이겠지. 집이 최 씨 영감님한테 팔렸으니까. 민호는 이불 속으로 파고들어 가 푹 한숨을 쉬었다. 뭐, 어차피 올케언니가 집을 판다는 말을 처음 했을 때부터 언젠가 이런 일이 일어날 거라 각오는 하고 있었다. 그래, 마지막으로 본전을 뽑는 거야. 민호는 코를 훌쩍이며 결심했다. 이번에 산 장작을 홀라당 다 쓸 때까지 오래오래 눌어붙어 있어야지.

그나저나, 다른 비상구를 찾으면 좋을 텐데. 그렇지. 남대문이 남아 있으면 참 좋았을 텐데. 민호는 국보 1호 숭례문이 홀랑 타 버린 사태에 대해 다른 사람보다 두 배로 아쉬움을 느끼며 입맛을 다셨다. 그게 있으면 이 집이 없어도 500년 이상의 비상구가 커버가 되는데. 접근성이 좋은 다른 비상구를 알아봐야 할 것 같다.

"어이, 박 실장님. 박이완 씨이이이. 참말로 보고 싶네. 왜 쓸데없이 먼저 도착해 갖고는 전화도 못 하게 하시나."

민호는 휴대전화와 이완의 명함을 잡고 달궁달궁했다. 휴대전화의 검은 화면 위로 물광이 반짝이는 사내의 얼굴이 둥실 떠오르는 것 같다. 참아야 해. 참아야 하느니라. 민호는 주먹을 불끈 쥐고 폭주하려는 손가락을 막았다. 뒤늦게 스마트폰을 임대하자마자 뉴욕에 전화해서 '서울 도착 잘했어!' 보고를 하려고 했는데, 이완의 낮고 싸늘한 '헬로우' 소리를 듣자마자, 지금 전화를 하면 안 된다는 사실을 깨닫고 얼른 전화기를 끄고 말았던 것이다.

빨리 저 사람하고 통화가 되어야 나한테도 전화기로 뽀뽀하고 그런 짓도 시켜 볼 텐데.

"대체 어떤 년하고 전화기 뽀뽀 쪽을 해서 내 속을 뒤집냐고. 내가 그걸 왜 따지지도 않고 홀랑 왔나 몰라. 뽀뽀가 인사라는 말을 내가 진짜로 믿는 줄 아나 본데, 나도 이제 알 건 다 알거든?"

왜 칼리를 만났을 때 아무렇지도 않게 뽀뽀를 해서 불쌍한 전직 모쏠 처자의 가슴에 불을 질렀느냐, 데데데 따지자 이완은 그건 단순한 인사일 뿐이라고, 친한 사이에서 가능한 인사라고 펄쩍 뛰었었다. 그게 인사라면, 평생 호로자식 소리 들으면서 살아도 좋으니 인사 따위 하지 말라고 얼마나 으르딱딱였던가.

그래, 백번 양보해 인사라 쳐도, 전화 뽀뽀는 절대 일반적인 인사가 아니지 않나. 이번에도 조카니 친척이니 그따위 이야기를 하면 평생 친척하고 의절하고 살라고 할 테다.

그래 놓고도 목소리가 듣고 싶으니 계속 전화기를 만지작거리며 한숨을 쉬는 게 일이었다. 정 참을 수 없을 때는 홀린 듯이 번호를 누르고, 그놈의 헬로우, 소리만 듣고는 홀랑 꺼 버리곤 했다. 섹시 포텐이 작렬하는 헬로우, 소리를 들을 때마다 심장이 둥둥 뛰고 신나 죽겠다.

민호는 옆에 쌓인 피자를 집어 치즈가 길게 늘어지도록 폼 나게 먹었다. 역시 피자는 따끈따끈 이렇게 치즈가 질게 주르르 늘어져야 맛이지. 은박지에 싼 피자를 군불 때고 남은 재에 조금만 묻어 두면 금방 이렇게 따끈해진다.

우리나라 좋은 나라, 대한민국 배달의 기수. 산골짝 폐가든 한강 변 풀밭이든 잠실운동장이든 배달의 기수는 가지 못할 곳이 없고 운반치 못할 것이 없다. 심지어 케이크에 막걸리까지 배송시켜 먹을 수 있으니 어찌 좋은 나라가 아닐까. 민호는 행복에 겨워 뉴욕으로 다시 전화를 걸었다.

— 헬로우.

으히히히. 다시 전화를 끊으려는 순간 수화기 너머에서 속사포처럼 부다다다 욕설이 터져 나왔다. 물론 영어로 쏘아 대는 것이라 민호는 단 한 마디도 알아듣지 못했지만, 그의 목소리는 한 옥타브나 껑충 뛰었고, 싸늘하고, 매서웠다.

영어를 못 알아듣는 게 이렇게 다행일 줄이야. 아아, 까먹었어, 저 사람 원래 남들한테 성질이 지랄이었지. 자신의 진상 짓을 깨닫지 못한 민호는 한숨을 쉬며 납작한 가슴을 쓸어내렸다. 민호는 얼른 전화기를 옆으로 던지고 발치에 누워서 끙끙대는 검정 고자 강아지를 끌어안았다.

"야, 너까지 안 왔으면 난 어쩔 뻔했냐."

주문한 장작을 쌓아 놓고 폐가에 대충 자리를 잡은 후, 민호가 한 일은 사당동 집으로 잠입하는 일이었다. 추운데도 1층 담벼락 옆에서 휘파람을 불며 한참 기다리다가 맛동산을 배출하러 나온 멍멍이를 불러냈다. 토마스폰 에디슨은 맛동산을 얼른 끊고 계단을 타고 토당토당 내려왔다. 그러고는 눈물을 철철 흘리며, 머리핀으로 대문을 따고 들어온 주인과 감격의 상봉을 했다.

토마스는 그동안 민호에게 어떤 일이 있었는지 눈치라도 챘는지, 자꾸 옆구리를 코로 쿵쿵거리며 옆에서 한사코 붙어 있으려 했다. 민호는 토마스를 꼭 껴안고 말했다.

"야야야, 토마스, 분명히 저거 욕한 건데 말이지."

"낑낑. 끄응."

"근데 그 사람 있잖아, 욕하는 것도 존나 섹시해. 이제 실전 테크닉만 쌓으면 되는 남자야. 45센티는 안 돼도 그 정도면 양호해. 으히히히."

아, 맞다. 오늘 고구마 사 오는 길에 50센티 자도 사 와야지. 그 사람 길이는 몇 센티일까. 그때 겁먹지 말고 좀 자세히 봐 둘걸. 나중에 꼭 한 번재 보고 말 테다. 민호는 강아지를 끌어안고 신나게 발버둥을 쳤다. 군불을 넣은 폐가의 방바닥이 따끈따끈했다.

20년 역사를 자랑하는 천마 문구의 정 사장은 팔짱을 끼고 눈앞에서 벌어지는 꼬락서니를 지켜보았다. 검은 개 한 마리를 끌고, 고구마 한 상자를 어깨에 메고 들어온 여자는 어색한 표정을 지으며, 조그만 목소리로 50센티 자를 하나 주문했다.

자를 받아든 여자의 얼굴이 허옇게 변하기 시작했다. 그 자가 50센티라는 것을 믿을 수 없다는 듯, 한쪽 끝의 '0' 과 반대편 끝의 '50' 을 맹렬하게 훑더니 그 자를 자신의 배꼽에 대 보았다. 저 여자 뭐 하는 거야? 생각하는 순간 여자의 입에서 히익, 하는 소리가 터졌다. 허옇게 변했던 얼굴이 이번엔 시퍼레졌다.

이번엔 자의 한쪽 끝을 배꼽에 댄 채 위로 들어 올린다. 자의 나머지 끝이 턱에 툭 닿는 순간, 여자는 공포에 질린 얼굴로 자를 바닥에 떨어뜨리며 중얼거렸다.

"주, 죽을 뻔했구나."

애꿎은 50센티 자가 왜 사람을 죽이나. 정 사장은 어이가 없어 여자의 하는 꼴을 가만히 바라보기만 했다. 여자는 손을 떨며 자를 주워 눈앞에서 흔들어 본다. 이번엔 얼굴이 빨주노초파남보 무지개색으로 다채롭게 변하기 시작했다. 아래에 서 있던 검정 강아지가 한심하다는 듯 비딱하게 주인을 올려다보았다. 여자는 으으, 신음하며 고개를 흔들더니 레드 썬, 레드 썬을 중얼거리기 시작했다.

검정 강아지가 비틀대는 여자를 데리고 나간 후, 정 사장은 문 앞에 맛소금을 조금 뿌렸다.

드디어 기다리던 날짜가 되어, 민호는 뉴욕으로 전화를 걸었다. 윤민호답지 않게 시간까지 꼼꼼히 계산해서. 서울 뉴욕은 열세 시간 차이라고 했지. 13시간의 시차를 열심히 계산해서 새벽 다섯 시에 일어나 전화를 했다. 05시+13시간이면 18시, 그러면 뉴욕은 오후 여섯 시. 내가 시간 여행을 떠난 바로 그 시각. 내가 간 것을 알고 걱정할 테니 바로 전화를 주면 얼마나 안심이 되고 기쁘겠냐 말이다.

이번에는 "잘 도착했어요?" 하는 부드러운 목소리가 나올 것 같다. 아니 어쩌면 "왜 또 말도 없이 갔어요!" 하고 잔소리를 퍼부을지도 모른다. 하지만 여권 없이 며칠이고 골머리를 썩이느니 이게 낫지 않냐. 무사히 잘 왔으면 되지 않냐 설득할 생각이다. 내 이날을 얼마나 기다렸던가. 헬로우, 그의 짧은 목소리가 흘러나오자마자 민호는 목청을 한껏 올려 인사했다.

"헬로우! 박 실장님, 이완 씨! 나야!"

그런데, 이 인간의 반응이 영 이상하다.

— 어, 어떻게 된 겁니까?

"뭐가 어떻게 돼? 여권으로 골머리 썩이느니 바로 병풍 타고 들어온 거지. 눈앞에서 보고도 모르냐? 좀 이르게 오긴 했지만 서울에 잘 도착했어.

지금 남양주에 와 있어. 돈 넣어 준 걸로 워커힐 뷔페도 가고, 피자도 잘 사 먹고, 토마스도 데리고 있……."

이완은 한참 대답이 없다가 더듬더듬 대답했다.

— 아니, 왜…… 이런 식으로 전화해서 사람을 놀라게 합니까?

"아니, 내 전화를 받는 게 그렇게 놀랄 일이야?"

— 시간 계산 어떻게 한 거예요? 거기 몇 시예요?

"서울 시간에 분명 13시간을 더했는데. 여기 새벽 다섯 시고, 그럼 거기 가 오후 여섯 시 맞는 거 아냐?"

— 민호 씨, 한국 시간이 빠르니까, 한국 시간에서 13시간을 빼야죠. 여 긴 전날 오후 네 시예요. 민호 씨 떠나기도 전이에요.

이완은 한숨을 푹 쉬면서 대답했다. 시간도 틀려, 날짜도 틀려, 대체 나 한테 어떡하라고 이래요. 반은 웃음에 묻혀 있었지만 당황한 모양이다.

"그, 그랬구나. 미안. 어쨌든 무사히 왔다는 걸 알려 주고 싶어서. 그리고 돈 고마워. 덕분에 넉넉하게 잘 먹고 있어."

— 제가 돈을 넣어 드렸습니까? 좀 넉넉하게 넣기는 했나요?

"응. 신 여사가 수두룩 빽빽."

드디어 맞은편에서 부드럽게 웃기 시작했다.

— 그랬군요. 그래도 이런 식으로 갑자기 연락하면 제가 놀라지 않습니까.

"내가 전화하는데 왜 놀라?"

— 민호 씨도 옆에 있는데 당연히 놀라죠.

"어? 어! 어! 내, 내가 옆에 있어?"

— 그래요. 바로 옆에 있었어요. 하하. 별일은 없죠?

으악, 으아? 그, 그러면 내가 케이크를 먹으면서 뽀뽀 쪽에 대한 질투를 불태웠던 미지의 여성이 바로 나였단 말인가? 그래서 떠나기 직전에 그런 애매모호한 말을 했던 건가? 나한테 그렇게 화내면 나중에 후회한다고? 어떡해 어떡해. 민호는 속사포처럼 부다다다 사과를 쏟아 냈다.

"미안해, 이완 씨! 미안해 실장님. 마마님! 그저 내가 뇌가 너무 젊어서 주름 하나 없이 팽팽해서 그래. 좀 봐주라. 우리 그럼 나중에 보자고. 한국에 올 일 있으면 연락해. 나도 이제 장작 사 놓은 거 다 쓰고 사당동에 들어갈 생각이야. 장작 600킬로 샀거든."

— 그래요. 나중에 봐요.

웃음기가 함씬 밴 목소리가 아주 녹진녹진하다. 이야. 인간 박이완, 박씨 부인 허물 벗듯 개과천선이네. 민호는 홍알홍알 중얼거렸다.

"저기, 이완 씨, 전화 끊기 전에 전화기 뽀뽀 한 번만."

— ……아, 그건 지금 좀……. 여기 사람 많아요.

"내가 먼저 해 줄게, 한 번만 해 봐. 응? 다음엔 해 달라고 안 할게. 응?"

로망 로망 나의 로망. 대답을 들을 것도 없이 입술을 갖다 대고 있는 힘껏 뽀뽀를 했다. 별로 낭만적인 소리는 아니고 '쭈왁' 하고 조금 비슷한 소리가 났다. 아, 정말. 수화기 너머에서 난처하게 웃는 소리가 났다.

잠시 후 낡은 완충용 비닐의 거품 터뜨리는 듯한 소리가 났다. 수줍은 듯, 부드러운 듯, 물기도 살짝 먹은 소리였다. 으와으와! 전화기 뽀뽀 쪽이다! 해냈어! 해냈어! 선정이 년이 맨날 맨날 주고받던 그 요상한 짓을 나도 드디어 해냈어! 민호는 전화기를 끌어안고 미친 듯이 발버둥을 쳤다.

그리고 5분쯤 지나서야, 과거의 자신이 그를 달달 볶고 있으리라는 생각이 들었다.

때는 늦으리.

○ ● ○

"무슨 환자가 회복식을 피자, 맥주, 콜라로 하고 있습니까? 노아가 했던

말 다 잊어버렸습니까? 이 쓰레기는 다 뭐고요, 으, 토마스랑 같이 자고 있었습니까?'

문을 빼꼼 열고 볕을 쬐며 건들건들 졸던 민호는 화들짝 놀라 손을 허우적거렸다. 방 안으로 길게 그림자가 늘어졌다. 짙은 쥐색 코트를 폼 나게 펄럭대고 있는 사나이의 손에는 털이 총총한 빗자루와 먼지떨이, 걸레와 큼직한 여행용 가방이 들려 있었다.

그 뒤에는 말간 금테 안경에 코가 뾰족한 아저씨가 007가방을 들고 서 있고, 그 옆으로 낯익은 갈색 머리카락이 나란히 포진하고 있다. 앤드류는 방 안에 널린 검정 비닐봉지를 자포자기한 표정으로 바라보았다. 이완은 그럴 줄 알았다는 듯 의외로 태연했다.

"저, 저분은 누구신가?"

"김앤정 법률사무소의 김창욱 변호사예요. 당분간 한국 갤러리 려의 일을 맡아 주실 겁니다. 세금 문제, 귀화 문제하고 새로운 계약 문제들이 산더미 같으니까요."

"아이고 대가리 터지겠네. 열쇠 찾았고, 재산 받으면 됐지 또 뭐가 그렇게 복잡해?"

"누가 당신한테 대신 생각해 달라고 했습니까. 그런 무모한 짓 안 해요. 그리고 잘나가던 뉴욕 려 갤러리 실장이 한국에 귀화해서 백수로 유치원 선생님한테 빈대 붙어 살아야 되겠습니까? 인사동에 갤러리 다시 열 거고, 중앙박물관 전시는 콘셉트 새로 잡아서 올 하반기쯤 다시 들어갈지도 몰라요. 저도 명예회복을 해야 하지 않겠습니까. 증빙 자료도 다 나왔는데."

"어, 어? 증빙자료. 어, 러브레터가 증빙자료인가? 영수증인가."

"하여간 제발 좀 일어나시죠. 청소 좀 하겠습니다. 대체 제가 엉덩이 붙이고 앉을 데가 없잖습니까."

참는다고 참는 것 같은데 아무래도 저 사람에게는 이 방이 총체적 난국이겠다. 그러게 누가 연락도 없이 무례하게 들이닥치래? 이건 내 죄가 아니라고. 민호는 부루퉁하게 중얼대며 고자 귀족을 끌어안고 어정어정 일어났다. 군불을 제대로 때 놓으니 바닥이 따끈해서 일어나기 아까웠다.

이완은 민호를 밖으로 쫓아낸 후, 코트와 넥타이를 벗어 던지고 와이셔츠 소매를 둥둥 걷어 올렸다. 이불을 턱턱 걷어 마당의 빨랫줄에 걸더니 길쭉한 장작을 들고 와 매부리코 변호사님께 건넨다.

"스트레스 해소에 이만한 게 없다더군요. 고생이 많으시죠."

잠시 후 마당에서는 100년 묵은 먼지도 날아갈 것 같은 펑펑 소리가 들리기 시작했다.

민호는 이완의 청소 작업에 끼어들 엄두도 낼 수 없었다. 박이완에게 가장 잘 어울리는 직업은, 그렇다. 골동품 장사도 아니고 첼리스트도 아닌 방역 파워 레인저였다. 커다란 쓰레기 봉지에 방에 굴러다니던 것들을 모조리 쓸어 담은 후, 성질대로 그 좁은 방을 쓸고 닦고 소독하고 털어 대는 것이 아주 그냥 따르르 각이 잡혔다.

민호는 입에서 침이 주르르 흘러내리는 것을 느끼고 깜짝 놀랐다. 껑충한 허리를 구부리고 빨강 고무장갑까지 끼고 열심히 청소하는 뒤태가 어찌나 섹시하고 훌륭해 보이는지 모르겠다. 저놈의 엉덩태가 요망하게 섹시하기도 하지. 조덕희 여사, 댁의 교육방식이 효과가 있었나 봐. 어떡하지. 저렇게 훌륭하고 섹시한 어른이 되다니. 하지만 이완은 민호가 침을 댓 발이나 흘리는 꼬락서니를 보고는 허리에 손을 얹더니 조덕희 표 잔소리를 시작했다.

"민호 씨, 그동안 개랑 끌어안고 비비면서 지낸 겁니까? 슈나우저 개털 안 빠진다고요? 이 시커먼 털은 뭡니까? 머리카락이라고 우기지 마세요. 당신 머리카락 1미터는 되는 거 알아요. 아 정말, 겨털이라고 우기지도 말라고! 개털이라니깐! 개는 원래 마당에서 키우는 겁니다. 동물한테 털이 덥수룩하게 나는 데는 다 그럴 만한 이유가 있어요. 목욕은 언제 시켰습니까? 온수가 안 나와요? 민호 씨도 그럼……? 아, 그건 됐고요. 얘는 이제부터 밖에서 재우세요. 같이 안고 자는 건 안 됩니다. 수컷 아닙니까!"

"얘는 고자야. 남자가 아니라고!"

"내시도 눈은 있고 고자 개들도 마운팅은 해요. 저는 그 꼴은 못 봅니다!"

이완의 목소리가 껑충 뛰었다.

민호는 사람들을 방구석에 조르르 앉혀 놓고 아궁이 앞에 앉아 재에 묻어 둔 고구마를 끄집어냈다. 밤사이에 먹으려고 많이 구워 둔 게 다행이었다. 빈 피자 박스에 시커먼 고구마를 산더미처럼 담아 들고 들어갔다. 뜨거운 고구마와 밖에 놔두어 차가워진 콜라는 기가 막히게 안 어울렸다.

네 사람은 쩔쩔 끓어서 델 것 같은 방에 땀을 쫄쫄 흘리며 앉아 고구마를 먹고 막걸리 사발에 콜라를 따라 나누어 마셨다. 뾰족코 금테 안경은 거북한 티를 푹푹 냈지만 그래도 윤민호 표 무장해제 오라에 조금씩 잠식되어 고구마와 콜라를 먹기 시작했다.

콜라가 다 떨어지자 민호는 툇마루 밑에 꿍쳐 놓았던 막걸리를 꺼낼 수밖에 없었다. 몹시 아까워하는 얼굴로, 제법 손까지 떨며 사발에 막걸리를 따라 한 모금씩 돌려 마시게 했다.

"막걸리 맛있어요. 막걸리 무시해? 이거 국제적인 술이에요. 영어로도 써 있잖아요. 여기 봐요. 라이스와인, 쌀포도주! 이 뽀얀 컬러를 봐요. 이런 게 진정한 '울트라퓨어화이트와인' 이지!"

금테 안경은 여자의 위풍당당한 무식에 뜨악한 얼굴을 했고, 앤드류는 운전해야 한다고 거절하면서 배를 잡고 웃었다. 놀랍게도 이완 혼자서 넘덤한 얼굴로 '쌀포도주' 를 받아 마셨다. '울트라퓨어화이트와인' 과 황금 고구마는 기가 막히게 어울렸다.

위계 서열에 가장 민감한 고자 귀족은 서열 1위 대장 개가 자신을 들어 오지 못하게 하는 것을 알아차리고 의연히 툇마루 위의 방석에 앉아 밖으로 쌓이는 고구마 껍질을 주워 먹었다. 이완은 고자 귀족이 어쩌면 주인보다 더 현명하며, 나름 이용후생학파 정도는 될 거라 생각했다.

"자, 민호 씨, 이번에 열쇠를 찾은 데 대한 수당 이야기 좀 해 봅시다. 열쇠 찾았으니 약속한 수당을 받으셔야죠. 교수님께는 받으셨습니까?"

본론이 나오자마자 금테 안경이 얼른 녹화를 시작했다. 한 손은 가방을 주섬주섬하며 무슨 서류를 꺼내느라 바쁘다.

"아. 그건 서담 전시회가 엎어져서 교수님이 안 준다고 했는데. 그러고선 결혼식이 그 모양이 돼서."

"열쇠는 찾았잖습니까. 당신은 서담전하고 아무 상관이 없습니다. 김준일 교수 결혼식이나 신혼여행이 개판이 된 것하고도 전혀 상관이 없고요. 당신은 열쇠를 찾아 주면 돈을 받기로 계약을 한 거니까요."

"어, 신혼여행도 작살났대?"

"1주일 내내 이혼하네 어쩌네 싸웠던 모양입니다. 하긴, 그 지경이 되어서도 신혼여행을 간 게 더 용자죠."

"그, 그렇구나."

신혼여행에서부터 이혼 얘기가 나오다니. 하지만 아무래도 도널드 교수는 이혼 안 하고 살 것 같다는 생각이 들었다. 닭 대신 꿩을 잡으려다 꿩이 튀었으니 손에 남은 닭은 죽어도 붙잡으려 들 거 아닌가.

이상하다. 민호는 고개를 갸웃했다. 마음이 짠하고 가책이 느껴질 줄 알았는데. 왜 이렇게 고소하지!

"그래도 일이 그렇게 됐는데 어떻게 찾아가."

"그럴 줄 알고 제가 대신 다녀왔습니다. 그런데 재미있는 건, 민호 씨한 테는 200만 원이라 들었는데, 김준일 교수님은 20만 원이라 하더군요. 무 슨 계약을 그렇게 흐리터분하게 합니까?"

20만? 이건 또 뭘 지랄 쌈 싸 먹는 소리냐. 민호는 고구마를 입에 문 채 눈을 끔벅거렸다. 큰 거 두 장이라더니 그게 20만 원이었어? 쥐똥만큼 남 은 첫사랑의 추억이 찌질찌질 소리를 내며 무너지는 소리가 들린다.

"그래서 저는 민호 씨가 큰 거 두 장을 2억으로 알고 있다고 말했습니다. 그래서 교수님과 약간의 의견 조율 작업을 했습니다."

약간의 의견 조율이라기보다 김준일 교수의 연구실이 날아갈 뻔한 3차 대전이었고 황당한 운도 따라 주었다. 물론 시시콜콜 말할 만한 내용은 못 되었다. 이완은 민호 앞으로 봉투를 내밀었다.

"2천으로 대략 합의를 봤습니다."

고구마 덩어리가 목구멍에 턱 달라붙는 것 같았다. 이천. 이천. 이천 원 도 아니고 2천…… 뭔? 신 여사가 이십 명, 이백 명, 사백 명? 사백 명? 위 용이 당당한 신 여사 군단이 툇마루 너머 너른 마당에 **빽빽하게** 들어차는 환상이 보였다.

……아, 수표구나.

민호는 봉투 안에서 한 장짜리 종잇조각을 꺼내 들고 뒤에 붙은 경이로 운 동그라미 개수를 헤아렸다. 하나 둘 셋 넷 다섯 여섯 일곱, 얼쑤! 어깨춤 이 절로 난다.

대체 어떻게 받아 냈을까. 재주도 좋지. 그의 무용담을 듣고 싶지만 어째 분위기가 이상했다. 앤드류는 손가락으로 귀를 파며 고개를 절절 흔들었고, 뒤에 앉아 있는 말간 금테 안경은 무슨 생각을 하는지 피싯피싯 웃고만 있 다. 승리(?)를 쟁취한 사나이도 웃고 있기는 한데, 좀 묘하게 뒤가 구린 웃음이었다. 고구마는, 여자의 입에 든 황금 고구마는 목구멍 너머로 오랫동안 넘어가지 않는다.

○ ● ○

이완은 애초에 준일이 얌전히 200만 원을 내주면 조용히 물러갈 생각이었다. 하지만 다크 서클이 뺨까지 기어내려 온 김준일 교수의 꼬장 파워는 만만치 않았다. 감히 자신의 앞길에 식초를 친 연놈들 아니던가. 사실 돈의 액수가 문제가 아니었다. 윤민호라는 여자를 사이에 둔 자존심과 꼬장의 대결이었다.

준일에게 덤터기를 쓴 최정국 큐레이터의 말을 듣자 하니 새신랑 새신부는 신혼여행부터 지금까지 지옥처럼 싸워 대고 있는 모양이었다. 김준일 교수는 이혼할 생각이 없으나, 지연은 신혼여행지에서부터 다 끝내고 헤어지자며 속을 득득 긁는 중이라 했다.

학장은 체면 때문에 이혼은 반대하고 있으나 딸이든 사위든 꼴도 보지 않겠다며 불호령이고, 준일의 아버지는 아들과 며느리에게 아침저녁으로 전화해서 당장 이혼하라고, 오쟁이 진 병신새끼니, 바람난 년이니 하며 욕설을 퍼붓고 있다는 말도 귀띔해 주었다.

변호사와 앤드류, 그리고 김준일 교수의 등발 좋은 조교들이 옆에 포진한 가운데 두 사람은 살벌하게 언성을 높였다. 교수실 밖으로까지 두 사람의 노성이 오갔고, 자칫하면 멱살잡이까지 할 판이었다. 인터폰이 울렸다.

— 사모님이 기다리고 계십니다. 통화가 안 된다 하시는데요.

"없다고 하라 했잖아! 메모 전해 드린다고 해!"

김준일 교수가 짜증스럽게 말했다. 순간 밖에서 날카로운 목소리가 들렸다.

"안에 있으면서 거짓말까지 하시네? 전화도 안 받고 만나지도 않으면 뭐가 해결될 줄 아시나? 벌써 몇 번이나 물을 먹었는데! 더는 못 참아."

콰당, 연구실 문이 열렸다. 턱이 뾰족하고 얼굴이 하얀 여자가 씨근대며 들어섰다. 모여 있는 사람들의 시선이 와짝 쏠렸다.

"준일 씨, 말 좀 해요!"

"지금 손님들 와 계시잖아, 지연아. 집에 가서 얘기하자."

"집에서는 또 나중에 말하자고 질질 뺄 거죠? 한두 번 속나?"

여자는 당황한 교수의 턱밑으로 가서 악을 썼다.

"대체 뭐에 미련이 남아서 이래요? 우리 아버지가 든든한 장인 노릇 해 줄 거 같아? 당신 아버지가 매일 욕 퍼붓는 거 듣기도 지겨워요!"

"그건 차근차근 해결하면 돼. 그리고 손님 있으니까 나중에 얘기하자니까!"

"나중에 할 게 뭐 있어요? 그냥 여기서 오케이 사인만 해 주면 얌전히 꺼질게요. 내가 아주 이렇게 빌어요, 제발!"

"지연아, 우리 충분히 새로 시작할 수 있어. 너도 이제 흥분을 가라앉히고, 조금만 더 생각해 봐."

준일은 얼굴이 시뻘겋게 되었으나 억지로 목소리를 낮추며 소곤소곤 달랬다. 이미 개망신은 다 당했으나 아직 체면이 있어서 차마 맞고함까지 질러 가며 싸우지는 못했다.

조교들은 눈치껏 문을 향해 밍기적밍기적 뒷걸음질했고, 변호사와 앤드류도 밖으로 나가려 움찔거렸다. 하지만 이완은 팔짱을 끼고 웃음을 참으며 그 자리에서 버티고 있었다. 100년 체증이 꺼지는 순간인데 가면 안 되지. 이 순간을 잘 기억해서 민호에게 전해 주어야 할 의무가 있지 않나. 붉으락푸르락 씨근대는 준일의 얼굴 꼴이 아주 볼만했다. 여자는 준일의 턱

밑에서 고개를 바짝 쳐들고 자근자근 씹어뱉었다.

"새로 시작은 개뿔. 서로 막장 드라마는 다 찍어 놓고. 용서? 그따위 것 필요 없다고 몇 번을 말해요?"

"그만하란 소리 안 들려?"

"그래애! 그만해요, 제발 그만하자고. 난 못생긴 놈하고는 살아도, 조루 나 번데기하고는 진짜 못 살겠다고."

문턱을 넘어가던 조교들과, 앤드류와, 변호사들의 턱이 아래로 덜렁 내려앉았다. 여자는 분명 준일에게만 들릴 정도로 작게 말하려 한 것 같은데, 워낙 조용한 방인지라 입속으로 종알댄 소리도 넓게 퍼져 버렸다. 갑자기 무시무시한 침묵이 교수실을 감쌌다. 노련한 너구리 교수도 이 공격은 예상하지 못했는지 입을 떡 벌리고 온몸이 굳어 버리고 말았다.

저런저런. 이완은 터지려는 웃음을 참으며 아쉽게 혀를 찼다. 아무래도 이번 사태는 민호 씨에게 비밀에 부쳐야 할 것 같다. 김준일 교수의 체면을 생각해서는 아니었다. 빈 수레만 요란하지 아는 것은 깡통인 순진 처자 때문이었다. 이완은 아무리 에둘러도 '번데기'를 민호에게 설명해 줄 자신이 없었다. 이완은 두 사람 사이를 적당히 가로막고 말했다.

"일단 저희가 이야기하던 것만 먼저 마무리하고 두 분 이야기를 끝내시죠. 사모님은 옆에서 잠시만 기다리시고요."

지연을 일부러 밖으로 내보내지 않고 옆에 세워 둔 이완은 준일을 향해 시선을 돌리고 부드럽게 말했다.

"2억이 곤란하시면, 교수님 입장 생각해서 한 단계 정도 낮춰서 합의가 될 것도 같습니다. 그것도 안 되면 아무래도 이야기가 무척 길어지겠습니다만."

"……."

당장이라도 새로운 지뢰를 터뜨릴 분위기인 아내를 일별한 후, 준일은 시퍼렇게 굳은 얼굴로 수표에 서명했다. 큰 것 두 장은 결국 2천만 원으로 확정되었다.

○ ● ○

"자, 그럼 제 차례군요. 열쇠를 찾을 경우 제가 별도로 보너스를 지급하겠다고 했지 않습니까."

이완은 느긋하게 말했다. 민호의 눈이 깜박깜박하더니 반짝 빛이 들어온다.

"그랬지."

"저는 민호 씨에게 선택권을 드리겠습니다. 현금과 현물 중에서 선택하시면 됩니다."

"현금은 얼마 줄 건데? 백만 원 넘게 준다고 분명 말했지?"

"그랬죠. 백만천 원 드립니다. 그 위로는 십 원 한 장 안 붙입니다."

민호는 약속대로 그 금액을 준다고 해서 일단 안도의 한숨을 쉬었다. 그래, 약속 지키는 건 좋은데 사람 쫀쫀하게 천 원이 뭐냐 천 원이. 뒤를 흘끔대니 앤드류는 고구마 재로 시커멓게 된 입술을 실룩실룩하며 웃음을 참고 있고, 변호사님의 얼굴은 아스트랄로피테쿠스다. 현물은 뭘까. 접때도 현금 대신 현물을 선택해서 울트라 따봉을 잡은 경험이 있는데.

"현물은 그럼 어떤 걸로 해 줄 건데?"

"이 집을 상시 사용할 수 있는 회원권입니다. 물론 깔끔하게 리노베이션할 겁니다."

민호의 입이 벙, 벌어졌다.

"어, 여, 여기, 이장님 최 씨 할아버지한테 팔렸는데?"

"계약금 두 배 내고 엎고 왔습니다. 영감님이 계약금을 2천만 원밖에 안

431

걸었고, 중도금도 안 낸 상태라 위약금 내면 엎어도 상관없습니다. 조만간이 지구에서 무슨 개발이 된다고 소식을 먼저 주워듣고 개수작을 부린 모양인데, 계약금 걸 돈이 그 정도밖에 없었던 모양입니다. 과수원은 뻥이고, 그린벨트 풀리면 아들이 러브호텔 짓는다고 그랬던 것 같습니다."

"이걸 왜 박 실장님이 사!"

"그럼, 민호 씨가 사실 겁니까? 그러시든지요. 제 계약 파기하고 싶으시면 제가 건 계약금의 두 배 주시고 엎으셔도 됩니다. 설마 막냇동생이 돈 다 내고 계약 엎겠다는데 큰오빠가 뭐라고 하겠습니까?"

민호가 벌린 입을 다물지 못하는 것을 보고 이완이 조금 누그러진 목소리를 냈다.

"뉴욕에 있는 유물들 다 옮겨 오면 놓아둘 장소가 마땅치 않아서 산 거예요. 이 집, 대지도 넓고 정남향에 널찍하고 좋네요. 구청에서 이축 가능한지 다 확인하고 왔어요. 헛간, 별채, 안채, 사랑채, 행랑채 다 쓰러진 거, 마당의 정자 허문 자리, 흔적만 남았어도 모조리 새로 올릴 겁니다. 아주 볼만하게 넓어질걸요? 게스트하우스를 만들어도 될 겁니다."

이완은 콧잔등에 주름을 잡으며 의뭉하게 웃었다. 앤드류는 당숙이 어쩐지 사악하다는 생각이 들었다. 아주 살림을 차려라 차려. 얌전하고 점잖은 줄 알았더니 손도 빠르고 속도도 빠르고 그물을 쳐도 대규모로 치는구나. 물론 자신은 옆에서 저 덤 앤 더머의 행각을 구경이나 하면서 신나게 웃고 놀려 먹으면 되니 그 또한 좋은 일이다.

"자, 선택하세요. 백만천 원이나, 이 집 안채를 콘도처럼 평생 무료로 이용할 수 있는 회원권 중에서요. 생각해 보세요. 보통 콘도 이용권, 그거 일 년에 며칠 쓰지도 않는 회원권이 몇 천만 원씩 하는데, 여긴 제가 소유권을 갖고 있는 동안은 평생, 무제한, 무료라니까요."

"평생 무료?"

"그럼요. 안채는 침실만 세 개 아닙니까. 게다가 욕실, 화장실도 올 수리, 편백나무 욕실에 자쿠지 욕조, 입식 부엌에 오븐에 보조 주방, 아일랜드 식탁에 특대형 냉장고까지 포함되어 있어요. 한옥의 단점인 방음 방한이 보완된 완벽한 시공에 이중창, 황토벽, 황토마루 기본 옵션으로 들어가고요, 벽장 대신 빌트인 붙박이장, 그리고 천장 위의 공간엔 다락방도 만들고요. 원한다면 거실에 페치카도 넣어 드립니다. 이젠 아궁이가 아니고 페치카에서 고구마를 구워 드실 수도 있습니다. 초고속 인터넷과 유선방송, 도시가스 보일러, 넓은 팬트리, 상하수도 시설 완벽 구비, 조립식 개별창고도 원하시면 뒤뜰에 설치해 드리지요. 텃밭도 있어서 뭐든 가꿀 수 있고, 원하신다면 나무에 그네도 매달아 드리죠. 안채 바로 옆에 향나무로 개집도 만들어 드리겠습니다. 자, 어떻습니까? 이만한 조건이 흔치 않아요."

민호는 바작바작 입안이 마르는 기분이었다. 어쩐지 저 잘생긴 사람이 콘도나 아파트 영업사원이 된 것 같다. 영업사원은 일단 잘생기고 봐야 한다더니. 저런 얼굴로 떠들어 대고 있으면 달러 빚을 내서라도 집을 사겠네.

민호는 잘생긴 영업사원의 눈을 말끄러미 바라보면서 생각에 잠겼다. 백만 원이면 월세 몇 달 치 내면 땡인데, 여기선 평생 공짜라니. 평생은 됐고, 일 년만 살아도 백만 원 이상 본전을 뽑고도 남을 것이다.

어허, 이런 울트라 따봉 같으니. 물론 서울에서 좀 멀긴 해도, 자전거를 타면 기차역까지 성성 달려갈 수 있고, 근처에 유치원이나 어린이집 하나 없겠나. 없으면 여기다 놀이방 하나 차려도 되지 않을까. 꼬꼬마 서너 명씩만 받아서 같이 놀아도 먹고사는 건 괜찮겠는데.

가만, 그런데 올 수리를 하면 엄마 만나러 영영 못 가는 거 아닌가? 그, 그래도 러브호텔보다는 낫지 않나? 일단 월세 안 드는 게 어디냐.

민호는 열심히 머리를 굴리다가 조심스레 물었다.

"정말 월세 안 내도 되는 거지? 그리고 계속 살아도 돼?"

"안 내도 됩니다. 본전 뽑고 싶으시면 벽에 뭐 칠할 때까지 무병장수하시든가요."

"전기세는? 수도세는? 식비는?"

"……그 정도는 내셔야죠?"

"그럼 어린이집 차려도 돼? 놀이방이나."

결국 이완은 머리를 잡고 흔들었다. 이 정도까지 들이댔는데 왜 오케이라는 대답이 안 나오나. 저 지저분하지만 중독성 있는 예쁜 얼굴을 이리저리 꽉꽉 눌러 잡아서 뇌에 주름을 좀 잡아 주고 싶다.

"안 됩니다. 여기 비싼 물건들 보관할 겁니다. 그리고 저 애 싫어하고 시끄러운 거 싫어합니다. ……정 어린이집 만들고 싶으면 민호 씨 애를 열 명쯤 낳아서 그 애들로 인가받으세요. 아니면 현금으로 백만천 원 받으시든가."

뒤에 있던 불쌍한 변호사는 지금 내가 비싼 돈 받고 이 바보 같은 짓의 입회인이 되어야 하는지 심각하게 고민했다. 물론 클라이언트라는 직급이 깡패이긴 하다. 하지만 아무리 그래도 저 이상한 여자는 뭐고, 저 멀쩡하게 생긴 클라이언트가 하는 말은 또 왜 저리 아라리냐. 여자가 손뼉을 딱 치는 소리가 들렸다.

"조으아. 이 집 평생 회원권 할래. 왜 이순신 장군도 그런 말을 했잖아. 현금을 보기를 돌같이 하라."

"그렇죠. 이순신 장군의 말씀은 항상 옳습니다. 그래서 성웅 이순신이죠. 자, 민호 씨. 그러면 여기 서명하세요."

민호는 뭔가 알 수 없는 콘도 회원권인지 평생 사용권인지에 홀린 듯이 서명했다. 아무리 백 번 뒤집어 생각해도 밑져야 본전인 것이다. 그런데 왜인지는 모르지만 뭔가 거하게 그물에 걸린 듯한 기분이었다. 그것도 태평양을 덮어 버릴 만한 그물. 알 수 없다. 정말 알 수 없다.

"자, 그럼 두 번째 용건은 이겁니다."

이완은 가방 안에서 한지와 완충재로 둘둘 말린 뭉치를 꺼냈다. 변호사는 저 속에 무엇이 들어 있는지 알고 있다. 몇 백 년은 묵었을 것 같은 자개함이었다. 그 안에 무엇이 들었는지 잠깐 들여다보고 기절하는 줄 알았다.

변호사가 본 바로는 적어도 엄지손톱 정도 되는 크기의 다이아 반지가 있었고, 온갖 유색 보석에 메추리알보다 더 큼직한 진주가 주렁주렁한 목걸이와 걸면 목가지가 부러질 것 같은 금목걸이, 그리고 하나하나가 문화재급으로 보이는 장신구들이 가득 들어 있었다. 클라이언트의 어머니에게 물려받은 것이고, 박씨 집안의 며느리나 딸에게 상속하라는 유언이 되어 있었다.

이불 위에 앉아 있는 여자가 고개를 갸우뚱한다. 저 뭉치 안에 무엇이 들었는지는 아직 모르는 눈치다. 변호사는 엉덩이가 쩔쩔 끓는 것을 참으며 두 사람의 추이를 지켜보았다. 이곳에 오기 전 이완이 자신에게 심각한 얼굴로 묻던 것이 생각났다.

"'약혼 예정자'는 안 됩니까?"

"글쎄요. 유서에는 분명, '며느리', '딸', '약혼자'나 '그에 준하는 사람'으로 되어 있어서요."

클라이언트님의 이마가 구겨졌다. 금테 안경은 급하게 덧붙였다.

"약혼이 별겁니까. 청혼하고 결혼 허락받으면 피앙세 되는 거죠."

"그렇죠. 그런 거겠죠?"

클라이언트의 마음에 쏙 드는 말이었는지, 그의 얼굴이 훤하게 밝아졌다.

"민호 씨, 증인이 필요해서 그러는 거니까, 저 문밖에 있는 두 사람은, 그냥 없는 사람이라 생각하고 솔직하게 얘기해 주시면 됩니다."

"응? 응."

"제가 유산 정리 절차가 급해서 바로 오기는 했는데, 음, 나, 나중에 정식으로 다시 하기는 하겠지만 일단 이것부터 받으세요."

이완은 민호의 손을 감싸 안고 그 위에 작은 공단 상자를 올려놓았다. 그리고 가방 안에서 투명한 비닐로 싸인 작은 꽃다발 하나를 꺼내더니 머뭇머뭇 민호의 옆에 내려놓았다. 민호는 어리둥절해서 손에 놓인 상자와 조그만 꽃다발을 내려다보았다. 얼굴이 조금 붉어진 이완이 목소리를 푹 낮춰 말했다.

"열어 보세요."

상자 안에는 낡고 오래된, 낯익은 금반지가 하나 들어 있었다. 이완은 헛기침을 하고, 이마를 찌푸리더니 한참 만에야 입술을 떼었다.

"그거, 제가 어렸을 때 받아서 지금까지 소중하게 간직하고 있던 반지예요. 물론 민호 씨야말로 그 사연을 가장 잘 아시겠지요. 정말 소중하고 의미 있는 사람을 만나면 꼭 이걸 끼워 드리고 싶었습니다."

장지문 뒤에서 듣고 있던 앤드류는 코끝이 시큰했다. 얼마 전 이완에게 자세한 이야기를 들은 앤드류는 두 사람 사이에 얽힌 깊은 인연에 찬탄했다. 프러포즈하는 상황은 영 이상하지만, 상황이 상황이다 보니 그건 충분히 이해할 수 있다. 그래도 이런 분위기나마 만들어 보려고 그렇게 열을 내어 청소까지 한 것이 아니던가.

어렸을 때 자신을 살려 주었던 이모가 자신의 이상형이라고 했다. 몹시 사랑했던 이모였고, 이모가 죽은 줄 알고 오랫동안 충격에서 벗어나지 못하고 힘들어했었다. 그런 이모에게 받은 것이 저 반지고, 그것을 소중하게 간직하고 있다가 사랑하는 여자에게 청혼할 때 줄 거라 했다. 로맨틱하다기보다 몽상가라고 생각했었다.

그런데 정말 저걸 가지고 올 줄이야.

하긴, 생각해 보면 저 반지만큼 적절한 것도 없을 것이다. 동그랗고, 가늘고, 약간 찌그러진 낡은 금반지에는 이완이 지금까지 간직해 왔던 많은 감정과 그리움이 담겨 있었다. 물론 저 여자도 그 의미를 모를 리가 없을 것이다. 자신이 일곱 살의 이완에게 선물했던 것이 아니던가. 그것이 청혼과 함께 본래의 주인이자 가장 맞춤한 주인공을 찾아가는 것이다.

"이완 씨, 박 실장님. 저기……."

여자의 얼굴이 울멍울멍 찌그러졌다.

"이, 이거 내가 몇 주 전에 '대박 금은방'에서 3개월 할부로 산 거거든. 나 이번 달부터 이 반지 할부금 내야 하는데."

싸르르르르. 이완과 앤드류의 마음속에서 아름답게 빛나던 성이 찌질찌질 소리를 내며 무너지기 시작했다. 여자는 반지를 쥔 채 처량하게 말했다.

"어, 물론 고, 고마운데, 정말 고마운데, 내 돈 내고 산 반지, 아직 할부금이 창창 남은 반지를 프러포즈용 반지로 받고 싶지는 않은 게, 저기, 내 맘 알지? 볼 때마다 할부금이 생각날 텐데 할부금이란 게 영 찜찜한 거니까. 혹시 몰라. 이완 씨가 미리 할부금을 갚아 준 상태였으면 조금 생각은 해 보겠는데."

"오케이, 됐습니다. 제가 생각이 짧았습니다. 제가 나중에 다시 정식으로 준비하도록 하겠습니다."

이완은 억지로 표정을 다듬고 반지와 꽃다발을 가방 속에 갈무리했다. 고구마와 막걸리 향이 은은한 방은 말할 수 없는 침묵에 휩싸였다. 이완은 장지문 밖에서 어른거리는 두 개의 그림자를 보고, 옆에 놓인 자개함을 둘둘 싸고 있는 비닐 뭉치를 보고 또 한숨을 쉬었다.

"그렇죠. 반지가 중요한 건 아니죠. 그럼 제가 묻는 말 몇 가지만, 솔직하게 대답해 주시겠습니까?"

"어? 응."

"민호 씨, 음, 저희 두 사람은 다른 사람보다는 좀 특별한 사이인 것 같습니다. 그렇죠?"

"그렇지. 아무래도."

"민호 씨 생각엔 어떤 점에서 특별한가요?"

이완의 목소리가 부드럽고 나긋나긋해졌다. 그의 손이 민호의 손을 가만히 끌어당긴다. 그의 고개가 수그러들면서 손등 위로 입술이 살짝 내려앉았다. 민호는 우물우물하며 진땀을 뺐다. 나도 쑥스러운 것을 아는 사람인데. 그런데, 조, 좋구나. 에헤라디야. 속에서 곱디시 비눗방울이 모락모락 피어나는 기분이었다.

"남들하고는 안 해 본 여행도 단둘이서 해 보고, 어, 손도 잡고, 뽀뽀도 하고, 그 움막에서……."

"아, 그렇죠."

이완은 움막 생생 리얼 스토리가 나오기 전에 황급히 말을 가로막았다. 다행히 민호도 그 정도 눈치는 있었는지 얼굴을 붉히며 말을 멈췄다. 아히히히히, 뭐라 형언할 수 없는 웃음소리가 터졌다.

이완은 장지문 밖에서 덜덜 떨고 있는 두 사나이와 한 고자가 오징어 꼴뚜기처럼 맹렬히 팔을 꼬는 것을 눈치챘다. 눈을 꽉 감았다. 민호 씨, 이거 말입니다. 제가 한시바삐 당신한테 이거 넘겨 드리려고 그러는 거니까 양해 좀 하십시다. 제가 좀 마음이 급해서요. 그냥, 이 자리에서는 한 마디만 대답해 주세요. 나중에 제가 제대로 된 반지 가지고 로맨틱 에로틱 판타스틱 프러포즈 제대로 해 드릴 테니. 좋아한다 고백 후 퉁기 불꽃 싸다구까지 맞은 기억을 애써 누르며 이완은 다시 고백했다.

"민호 씨, 좋아합니다. 제가 민호 씨를 많이 좋아해요."

"……."

"민호 씨의 마음이 어떤지 듣고 싶어요."

사랑합니다. 정말 사랑해요. 그러니 대답해 주세요. 얼마만큼 사랑하는지. 나와 평생을 같이해 줄 만큼 사랑하는지. 오징어 꼴뚜기들은 신경 쓰지 말고, 대답해 주세요.

"저기, 나, 나도 이완 씨가 좋아. 좀, 많이 좋지, 좀 난감할 정도로 많이."

다행히도 아테나 여신처럼 용감하고 씩씩한 여자가 얼굴을 발갛게 물들이며 대답한다. 기대했던 대답을 들은 건데도 속에서 화산이 터지는 것 같다. 이럴 때 저 뺨에 입 한 번 맞추면 얼마나 좋을까. 얼른 이 건만 처리하고, 두 사람을 쫓아내고 말겠다. 갑자기 열기가 치솟아 머리가 어질어질하다.

"그래요. 좀 더 구체적으로 말한다면? 무엇을 해 줄 정도로 좋은가요?"

당신에게 내 인생을 모조리 걸 정도로 좋아. 당신과 결혼해서 평생 같이 살 정도로 좋아. 어떤 대답이라도 좋다. 사실 말이 그렇지 나 같은 신랑감이 흔한가. 성격 좋지, 능력 좋지, 돈 좀 있지, 애정 파워, 정력 파워, 객관적으로 생각해도 부끄러울 게 없지 않나. 이완은 열이 오르는 얼굴을 탁탁 두드리며 대답을 기다렸다. 초조하기도 하고 느긋하기도 한, 이상한 기분이었다.

민호는 중차대한 고백을 할 것처럼 입술을 달싹였지만 무엇이 껄끄러운지 대답을 미룬다. 이런 구체적인 얘기 해도 돼? 정말? 조, 조금 부끄러운데…… 정말? 몇 번이나 소곤소곤 확인까지 하신다.

이완은 민호의 손을 꾹 잡고 부드럽게 웃어 보였다. 그럼요. 괜찮고말고요. 어차피 사랑이니 결혼이니 키스니, 그보다 더 야한 말도 자연스럽게 할 건데요. 그래도 부끄럽지 않은 사이가 될 건데요.

"어, 그, 그래. 이, 이완 씨가 바위 뒤에서 똥 누고 있을 때 코트로 가리고 망까지 봐 줄 정도로 좋……"

"오케이. 거기까지."

이완은 한 손으로 얼굴을 가리고, 자리에서 벌떡 일어나 문을 열고 나갔다. 지금 무슨 사태가 벌어졌는지 짐작도 할 수 없는 민호는 입을 벌린 채 멀뚱했고, 밖에서 대기하던 변호사는 녹음하던 것을 황급히 끈 후, 가방을 챙겨 들고 클라이언트의 뒤를 따랐다. 앤드류는 알레르기를 깜박 잊은 채, 불쌍한 고자 개를 끌어안고 미친 듯이 웃었다. 태평양을 덮을 만한 그물에 대서양만 한 구멍이 뚫리는 순간이었다.

1주일 후, 400년 전통의 윤 진사 댁, 동네에서 도깨비집이라 불리는 폐가에서 대대적인 퓨전 리노베이션이 시작되었다.

나의 세계는 질서정연한 코스모스(Cosmos)였다. 삶이란 직진하는 시간에 의해 지배되며, 그 과정에서 규칙이 생기고, 규칙에 의해 예측이 가능하다. 내가 바흐를 좋아하는 것은 그가 규칙의 미를 아는 사람이며, 질서에 기초한 예측 가능한 변형을 가장 아름다운 형태로 보여 주기 때문이다.

나는 질서정연하고 예측 가능한 일상이야말로 인간의 삶에서 기대할 수 있는 가장 완벽한 형태의 로고스라 믿었다. 그것은 육각 수정 결정처럼 투명하고 맑으며 단단히 고정된 것이었다.

자체로 화석이 된 광물은 견고하여 안전하고 아름다웠다. 1차 사료에 의해 철저하게 고증되고 그에 의거해 재생된 역사 역시 정치(精緻)하고 투명하며 견고하여 아름다웠다.

다만, 그 모든 것에 생명력은 없었다.

대척점에 혼돈(Chaos)이 있었다. 그것은 질서를 깨뜨리는 것, 예측 불가능한 삶, 무질서와 비이성, 추하고 위험하며 불길한 모든 낱말을 함의하고 있었다.

시간 여행이란, 직진하는 시간이 만든 질서에 대한 모반이며, 그 혼돈의 정점에 있었다.

그들의 세계에서는 믿을 수 있는 것도, 예측할 수 있는 것도 없었다. 존재했던 사실을 기록한 숱한 1차 사료들과 유물들 사이로, 무수한 진실이 숨어서 줄줄 빠져나갔다. 그들의 세계는 불투명하고 검었으되, 흰빛을 제외한 모든 색깔을 포괄하고 있었다.

불안정한 그들에게서, 어째서 생명의 힘이 넘치는 것일까. 미와 추, 선과 악, 옳고 그름, 나와 너, 무수한 반의(反意) 개념을 포괄하는 생명의 근원은 코스모스가 아니고 카오스였던 걸까.

나는 저 여자를 볼 때마다 늘 불가해하다는 느낌을 받는다. 아주 어렸을 적, 어두운 하늘에서 찰나간에 번쩍이는 벼락처럼 나타난 그녀는 싱싱하고 역동적인 아름다움을 갖고 있었다. 서른이 된 지금 역시 그녀는 계측 불가능한, 하지만 도저히 저항할 수 없는 해일로 나를 휩쓸고 있다. 어느 한 곳에 정착하지 못하고 방황하고, 발에 뿌리가 돋기를 기다리는 사람. 많은 사람의 삶을 관조하며 흘러다니지만 그들을 자신의 방식으로 열심히 사랑하며, 종종 그들의 질서에 개입하고, 정연한 코스모스의 세계에 혼돈을 일으킨다.

나는 그 혼돈을 비난할 수 없을 것이다. 내 생명이 그 혼돈에서 태어났음을 알기 때문에.

나는 맑고 견고한 화석에 생명력을 부여하는 미지의 힘에 속절없이 빠져들 수밖에 없었다.

○　●　○

민호 씨가 섭섭해하는 것은 알고 있었다. 도깨비 소굴 같던 남양주 본가를 굳이 사들여서, 안채, 사랑채, 행랑채 모두 리노베이션 중이었다. 하지만 말이 수리지 거의 새로 짓는 것이나 마찬가지였다. 개축을 하며 나는 안채의 위치, 특히 예전 안방의 위치를 완전히 바꾸었고, 방마다 있던 벽장도 모조리 없애기로 결정했다.

"꼭 없애야 해? 나 여기서 시간 여행 많이 하는 거 알면서 정말 이러기야?"

"여긴 내 집이고, 제가 주인이에요. 제 마음대로 합니다."

"그래도 비상구는 남겨 줘야지. 나 못 돌아오면 어떡해."

"새로운 비상구 개척하세요. 창덕궁 정문인 돈화문 같은 곳 어떠세요. 그거 광해군 때 새로 지었으니, 400년 조금 넘었네요. 여기보다 낫습니다. 아니, 아예 시간 여행을 안 가는 게 제일 좋지 않습니까? 국내 여행, 해외 여행 갈 데가 얼마나 많습니까?"

"왜 남이 여행 다니는 것도 못 다니게 야단이야? 돈 보태 줬어?"

"리노베이션 끝나면 캠핑카도 들여서 옵션으로 무상 대여하겠습니다. 기름값만 내세요. 그럼 되지 않습니까?"

절박한 마음을 숨기기 위해 나는 자꾸 퉁명스러운 목소리를 내야 했다. 나는 여자가 엉덩이를 들썩이기만 하면 마음이 조급했고 두려웠다. 그 마음을 아는 건지, 안채를 허물기 위해 포클레인이 마당에 들어오던 날, 그녀는 화를 내는 대신 슬픈 얼굴을 했다.

앞으로 그녀는 이곳에서 지내면서, 원하는 시간으로 흘러들어가는 일은 하지 못할 것이다. 적어도 여덟 살 여름의 그 벽장으로 돌아가는 일만큼은 없게 할 것이다. 다만 어렸을 때의 추억을 생각하며 행복했던 시간이 있었음을 떠올리게 해 주어, 이곳에 머무를 만한 뿌리를 만들어 주고 싶었다. 그것이 내가 이 집을 산 이유였다.

여자가 긴 머리를 풀썩이며 안채로 성큼성큼 걸어 들어간다. 가벼운 반바지와 몸에 달라붙는 흰색 폴로티셔츠를 입고 샌들을 신고 있는데 움직임이 달의 여신처럼 경쾌하고 아름답다. 허물어져 가는 기왓장을 내리고 벽을 허무는 포클레인 곁을 지나, 돌무더기가 쌓인 곳은 껑충 뛰어 넘어간다.

나는 기척을 줄이고 뒤를 따랐다. 황사가 심한 데다 흙벽을 허물고 있는 중이라 먼지가 말도 못하게 많았다. 여자는 신발을 신은 채 툇마루를 지나 우중충하고 음습한 방으로 들어섰다.

"여깁니까?"

"응. 이 자리야. 안방 자리."

툇마루로 떨어지는 봄볕이 좋았다. 얕은 구릉에 파묻힌 집이라 마루를 통해 들어오는 산바람도 시원했다. 나는 여자의 손을 잡고 바로 밖으로 끌어냈다. 여자가 저 공간에 오래 서 있는 것이 싫었다. 건물의 위치와 방 배치가 모조리 바뀌고 기왓장, 돌멩이, 나무 한 조각까지 모조리 새로운 것으로 바뀌어야 안심이 될 것 같다.

물론 내가 이기적인 건 안다. 여자는 어머니를 보고 싶어 하며, 그녀는 민들레 홀씨처럼 나풀나풀 날다가 얼마든지 다른 시간에 내려앉을 수 있다. 잠시 망설이다가 여자의 어깨에 손을 두르고 토닥토닥 두드려 주었다.

"어머니가 그렇게 많이 보고 싶은가요?"

"아무래도. 이완 씨도 우리 엄마 보면 일주일도 안 돼서 홀딱 반하고 말걸?"

"그래도 혹시 엄마 만나면 거기 붙어사실 생각 하지 말고 어머니를 모시고 오세요."

"뭐야, 일어난 일을 바꾸면 안 된다고 잔소리하더니 사람 많이 바뀌었네."

여자의 목소리가 나비처럼 팔랑거렸다. 등으로 시원한 바람이 인다. 잠시 눈을 감았다. 손 안에 든 여자의 허리선이 매끄러워 뱃속에서 열이 치받는다. 여자를 만나고, 시간이 지날수록, 감정이 깊어질수록, 내가 점점 동물에 가까워지고 있다는 생각이 든다.

눈을 감은 채 여자의 머리에 가만히 입술을 댔다. 머릿속이 일렁일렁하더니 주변을 빼곡하게 채우고 있던 포클레인 소리가 사라졌다.

"⋯⋯민호 씨."

손을 떼고 주변을 두리번거렸다. 지독한 먼지 바람도, 포클레인도 보이지 않는다. 허물어진 집 대신 낡은 집 마당으로 햇살이 가득 들이치고 있었다. 포클레인 소리 대신 매미 소리가 시원하게 들렸다.

"앞으로는 못 올 거잖아. 나 여기서 시간 여행 못 가게 하려고 이 집 산 거잖아. 그렇지?"

여자가 새까만 눈을 가늘게 하고 나를 올려다본다. 목소리에 질책이나 비난은 없었다. 하지만 갑자기 시간 이동을 한 데 대한 미안함도 느껴지지 않았다.

나는 당황해야 하는지 화를 내야 하는지 사과를 해야 하는지조차 알 수 없었다. 밖에서 사람들이 몇몇 오가는 소리가 들리지만 안채로는 아직 사람이 들어오지 않아 마당은 조용했다. 나는 당황하지 않기로 했다. 화도 내지 않고 그냥 여자의 옆에 있어 주기로 했다.

"지금이 어느 때인지는 아세요?"

정말 낡은 집이었다. 비틀리고 터서 갈라진 나무 문, 금이 쩍쩍 가 있는 중문, 백토로 발라둔 벽은 지저분하기 이를 데 없는데 군데군데 무너지기도 하고, 그곳을 시멘트인지 무엇인지로 때우고 어정쩡하게 칠까지 해 놓기도 했다. 담장의 기와도 성한 곳이 없었다. 민호 씨의 큰올케인 종부가 학을 떼고 나갔다는 말이 이해가 됐다. 하지만 일단 사람이 사는 곳인지라 도깨비 소굴 같다는 생각은 들지 않았다.

재잘재잘 아이들이 웃으며 지나가는 소리가 담장 밖으로 들린다. 나는 열심히 주변을 얼쩡대며 둘러보는 여자를 끌고 얼른 중문과 대문을 지나 밖으로 나갔다.

늙어 허리가 구부정해진 할머니 한 분이 알록달록 무늬가 들어 있는 검정 몸뻬를 입고 옆을 지나간다. 관절이 좋지 않은지 골목길을 걷는데 비척비척한다. 천마 정육점이라는 글씨가 새겨진 가방을 들었고, 발에는 파란 슬리퍼를 끌고 있었다.

머리를 새까맣게 염색했는데, 추가염색을 하지 않아 정수리 부분부터 둥그렇게 흰 분수가 머리통을 타고 내렸다. 뒤통수에 동그랗게 말아 붙인 머리는 숱이 적어 계란 절반 크기밖에 되지 않았다. 옆에서 달뜬 목소리가 들렸다.

"이완 씨, 박 실장님! 저기 있는 나무가 내가 어렸을 때 잘 올라가서 놀던 나무야. 나 나무를 제법 잘 타는……."

여자가 말을 멈췄다. 나는 입을 벌린 채 움직임을 멈춘 여자를 지켜보았다. 여자가 몸을 반쯤 돌린 상태로 굳어 있다. 여자의 턱이 덜컹덜컹 흔들렸다. 시선이 내 얼굴이 아닌 그 뒤쪽으로 향한다. 뒤를 돌아보았다. 허리가 구부정해진 그 할머니가 휘적휘적 좁은 도로를 타고 걸어 내려간다. 멀찍이 아래쪽으로 길이 세 갈래 갈라진 것이 보인다.

"아, 미, 민호 씨."

송곳 같은 바람이 척추를 찌르고 들어왔다. 엄마? 여자의 입술이 달싹거렸다. 머릿속이 하얗게 변했다.

안 돼. 이러면. 이러면. 왜 하필 지금?

여자가 다리를 휘청하더니 후다닥 몸을 앞으로 내밀다가 발이 꼬여서 그대로 넘어졌다. 내 무릎과 팔꿈치가 다 아스러지는 것 같은데, 여자는 통증을 느끼지 못하는 것 같았다. 급하게 일어나 아무것도 보지 않고 내달렸다.

멀찍이 걸어가는 몸뻬 할머니는 걸음이 빨라 벌써 삼거리 너머로 재게 발을 놀려 슈퍼가 있는 골목 속으로 들어간다. 나는 황급히 여자에게 달려갔다. 여자는 사슴처럼 발이 빨랐고 나를 뒤에 놓아두고 정신없이 달렸다.

"민호 씨! 민호 씨! 제발! 제발 잠깐만!"

지나가는 몇몇 노인이 우리를 힐끔거리는 것이 느껴졌지만 멈출 수 없었다. 간신히 여자의 허리가 손에 잡혔다. 짧은 거리를 달렸는데도 입에서 단내가 났다.

나는 여자를 확 돌려 끌어안고 멈췄다. 여자의 매운 주먹이 가슴과 배에 들이박혔다. 눈물이 났다. 아파서, 맞은 곳이 아파서. 지독하게 아파서. 목이 타는 듯 아프고 내장을 칼로 도려내는 것처럼 고통스러웠다.

"엄마를 만나면, 만나기만 한다면."

어두운 움막 속, 일렁이는 모닥불에 비친 여자의 웃음은 서글펐다.

"그곳에 머무르면서 엄마 옆에서 집 하나 얻어서 그냥 살고 싶어. 딸이 아니라 이웃이나 나이 어린 친구라도 괜찮아. 가까운 이웃으로, 얼굴 자주 보고, 농사일도 도와 드리고, 주말에 같이 천마산으로 나물도 캐러 다니고. 내가 엄마한테 해 주고 싶었던 일을 많이 해 드리고 싶어."

"어머니를 만나면 되돌아오지 않겠다는 겁니까?"

"응. 그 시간에 주저앉아 살 생각이야. 다른 시간에서 적응해서 사는 거, 그거 생각보다 큰일 아니거든. 덜떨어진 꼬맹이 윤민호가 자라는 꼴을 보는 것도 재미있겠지."

"어떻게 그렇게 쉽게 현재의 삶을 포기합니까?"

"포기는 무슨. 이사라고 생각해 봐. 사랑하는 사람이 있으면 미국이든 아프리카든 남미든 어디든 가잖아. 이상할 것도 없어."

"현재에는 당신을 사랑해 주는 사람이 없어서 이러는 겁니까?"

이러지 마세요. 이러지 마. 당신은 지금 나와 함께 집으로 돌아가야 해요.

두려웠다. 숨을 쉴 수 없을 정도로 겁이 났다. 하지만 목이 메어 말이 나오지 않았다. 나는 여자를 붙잡고 길에 서서 흐느꼈다. 여자는 심하게 몸부림을 치다가 내가 우는 것을 알아차리자마자 움직임을 멈췄다.

매미 소리가 쨍쨍한 햇빛 속으로 시원하게 쏟아졌다. 나와 여자는 한참 동안 땡볕 속에 서 있었다. 손으로 눈을 가리고 힘껏 눌렀지만 눈물은 그치지 않았다.

"내가 이곳에 남으면 이완 씨는 혼자 돌아갈 건가? 아, 돌아가지 못하는구나."

"……."

여자는 자신이 어머니 곁에 남으면, 내가 이곳에 둥둥 뜨게 되리라는 것을 알았다. 나를 되돌려 놓고 다시 온다는 것이 기약 없는 짓임도 알았다.

여자는 어머니를 만나기 위해 무수히 시간 여행을 했지만 한 번도 이 시간으로 들어오지 못했다고 했다. 어떤 강력한 금기가 가로막고 있는지 알 수 없었으나, 적어도 다음 기회가 없으리라는 추측은 어렵잖게 할 수 있었다.

나는 입술을 움직였다. 움직이려 애썼다. 어머니를 따라가세요. 어머니의 죽음을 막을 수 있으면, 그래요. 가서 막으세요. 그로 인해 돌아가는 길이 막히면, 제가 이곳에 남겠습니다. 당신 옆에 남겠습니다.

하지만 그 말은 차마 나오지 않았다. 이기적인 나는 내가 원래 속했던 곳에 놓아두고 온 것들을 생각했다.

나는 일전에 어마어마한 유산을 상속받았다. 새로운 콘셉트로 무장한 서담 정규 전시회가 기획되어 착착 준비가 진행되고 있다. 나의 친부와 계부, 그리고 어머니에 대한 이야기, 그들의 편지, 서담이 비밀리에 독립운동을 후원한 영수증, 머나먼 이국에서 고국의 유물을 악착같이 모아들였던 숨겨진 이야기들이 주요 일간지에 구체적으로 소개되고 있었다.

나는 그곳에서 사랑하는 아름다운 여자에게 프러포즈를 할 생각이었다. 내가 속한 시간에서 견고한 뿌리를 가지고 있던 나는 이곳이 하염없이 두려웠다. 새로운 시간 척박한 땅에서 어떻게 새로 뿌리를 내리고 산단 말인가.

흙바닥으로 눈물이 줄지어 떨어졌다. 나는 손을 놓고 여자의 선택을 기다렸다. 여자가 어머니의 죽음을 바꾸면, 아마 여자는 되돌아가지 못할 것이다.

그리고 나는 알고 있었다. 여자는, 어머니의 죽음을 막지 못할 것이다.

머리로 뜨거운 햇볕이 쏟아졌다. 정수리가 아팠다. 나는 저항을 멈춘 여자를 끌고 천천히 나무 그늘 안으로 들어갔다. 삼거리 길이 보이지 않도록 뒤로 들어가, 나는 여자를 안았다. 온몸을 덜덜 떨고 있는 여자를 끌어안고, 나는 입을 맞췄다.

미안해. 미안해요. 미안, 가지 마세요.

……일어난 일은 바뀌지 않아요.

여자는 내 품에서 꼼짝도 하지 않았다. 움직이지도 않았다.

매미 소리가 진득하게 늘어진다. 여자가 고개를 들고 나를 가만히 바라본다. 많은 이야기를 담고 있는 눈이었다. 까맣게 반짝이는 검은자위에 말갛게 작은 해가 떴다. 해가 일렁이는 바다에 잠겼다가 솟아나기를 되풀이한다. 나는 주머니에서 수건을 꺼내 여자의 이마와 눈을 닦아 주고, 다시 끌어안았다. 사람의 시선 따위는 이제 아무래도 좋았다. 얼굴을 간지럽히는 것이 눈물인지 땀인지도 알 수 없었다.

생각보다 빠르게, 멀찍이 떨어진 삼거리 쪽에서 끼이이이이, 자동차 타이어가 갈리는 소리가 났다. 여자의 몸이 소스라쳤다. 길고 마른 몸이 무섭게 경련했다. 나는 두 팔에 있는 힘껏 힘을 주었다. 여자의 어깨와 허리가 부러질 정도로 끌어안았다.

"잠시만 참아요."

여자는 몸부림치는 대신 어깨에 고개를 묻고 울부짖었다. 이기적이고 자신만 아는 내 목을 끌어안고 미친 듯이 울었다. 여자의 울음소리는 아래쪽에서 들리는 사람들의 비명을 묻어 버렸다. 나는 여자의 머리를 단단히 끌어안아, 여자가 그 끔찍한 장면을 먼발치에서라도 보지 못하게 막았다.

바로 이따위 것이, 내가 생각한 예측 가능한 아름다운 질서였다. 눈물이 아프게 흘러내렸다.

앰뷸런스의 요란한 소리가 지나가고, 주변이 다시 적막에 싸일 때까지 나는 여자를 부서질 것처럼 끌어안고 앉아 있었다.

여자의 얼굴은 엉망으로 부었다. 하지만 나를 원망하지는 않았다. 나는 여자 앞에, 흙먼지가 보얗게 이는 흙바닥에 무릎을 꿇었다. 미안합니다. 미안해요. 미안해요. 눈물밖에 나오지 않았다.

"이제 돌아가요. 제가, 제가 당신의 뿌리가 되어 드리겠습니다. 제가, 당신이 정착할 땅이 되어 드릴게요. 제발 돌아가요. 미안해요."

얼마나 시간이 흘렀을까. 나는 여자의 손을 잡고 천천히 내려갔다. 어머니에게 제대로 작별할 시간을 주어야 했다. 머리를 닭 볏처럼 올려 세운 사람들이 주변에서 여전히 흘끔대고 있다. 삼거리 맞은편에 있는 슈퍼마켓 주인이 부채질을 하며 고개를 절레절레 젓는다. 삼거리에는 시커멓게 스며든 핏자국과 희거나 분홍빛이 도는 웅덩이, 찌그러진 아이스크림의 잔해가 들러붙어 있었다.

여자는 가만히 서서 누군가를 바라보았다. 작은 여자아이가 짧은 치마에 조막만 한 샌들을 신고 서 있다. 머리를 길게 묶었고, 피부가 가무스름하고 눈이 가늘고 긴 여자아이였다. 아이는 무슨 일이 있었는지도 모르는 듯, 그저 땡볕 아래 멍청하게 서서, 희고 붉은 아이스크림 웅덩이를 지켜보고 서 있었다.

나는 여자를 잠시 뒤에 세워 놓고 아이 곁으로 다가갔다.

"네 이름이 뭐니?"

아이는 고개를 살짝 들고 나를 가만히 올려다보았다. 검은 눈동자가 반들반들했다. 아이는 이름을 말해 주지 않았다. 무슨 일이 일어났는지 알아내기 위해, 아니, 받아들이기 위해 안간힘을 쓰고 있는 눈치였다.

"저 윗집에 사는 아이니? 혹시 네가 윤민호니?"

작은 아이가 고개를 끄덕였다. 나는 손으로 얼굴을 가렸다. 눈시울이 아파서 견딜 수 없었다.

"엄마 기다리니?"

"네. 부라보콘 사 오신다고 하셨어요."

"어쩌지, 엄마 한동안 못 오실 것 같은데."

"왜요?"

"엄마가 멀리 여행을 가셨거든."

나는 뒤에 서 있는 여자가 다시 울기 시작했음을 알았다. 하지만 뒤를 돌아보지는 않았다. 얼굴을 볼 자신이 없었다. 대신 작은 아이에게 손을 내밀었다.

"집에 데려다줄게. 집에 가자."

아이는 자리에서 움직이지 않고 말끄러미 서 있기만 했다. 나는 무릎을 접고 아이의 앞에 앉았다.

"여기서 아무리 기다려도 엄마 안 오셔. 여기 있으면 더워서 쓰러진다. 업혀라. 데려다주마."

"엄마 언제 오셔요?"

"한참 있다가."

"언제요?"

"민호 네가 어른이 되면. 잘 자라서 멋진 어른이 되면, 만날 수 있을지도 몰라."

뒤에서 들리는 끅끅대는 소리가 좀 더 선명해졌다. 아이는 순순히 등에 업혔다. 아이는 키가 큰 것에 비해 깃털처럼 가벼웠다. 언제든지 팔랑팔랑 날아가 버릴 것처럼 느껴졌다.

"민호야, 아무리 좋아하는 사람이라도 언젠가는, 무슨 이유로든 헤어지게 되어 있단다."

"왜요?"

"그냥 그래."

"그냥 왜요?"

대답하기 어려웠다. 나는 아이를 업은 채 천천히 걸었다. 움막 안에서 여자에게 들었던 이야기가 다시 조각조각 생각났다. 그녀의 기억 속에서, 나는 이 순간을 위해 존재했다. 아이는 대답을 기다렸고, 나는 다른 대답을 해 주었다.

"민호는 나이를 한 살 한 살 더 많이 먹어서 언니, 누나가 되고, 어른이

될 텐데, 그동안 엄마 대신, 엄마처럼 민호를 많이 사랑할 사람들을 만나게
될 거고, 많은 곳을 여행하게 될 거란다."

"네."

"여행 좋아하니?"

"여행이요? 집이나 학교 아닌 데로 놀러 가는 거요?"

"음. 좀 비슷하지."

"좋아해요. 많이 좋아해요. 아주 신나요."

"다행이다. 잘됐구나."

나는 내가 들어왔던 집의 마당 안으로 들어섰다. 집 안은 대문이 열린 채
괴괴했고, 아이가 없어진 것을 알아차린 사람은 없었다. 대학생쯤 되어 보
이는 학생이 얼굴이 시커멓게 되어 나오는 걸 보고, 등에 업힌 아이가 오
빠, 하고 부른다. 나는 아이를 오빠 앞에 내려놓고 뒤에 서 있는 여자의 손
을 잡았다. 아이는 우리를 보고 고개를 꾸벅 숙이면서 인사했다.

"고맙습니다. 안녕히 가세요. 또 오세요."

반질반질한 까만 머리카락이 햇빛에 곱게 반사됐다.

거의 무너져 가는 안채의 툇마루로 돌아오니 시간이 많이 지나 있었다.
해는 언덕마루에 걸렸고, 마당에는 비어 있는 포클레인 말고는 아무것도
없었다. 두 개의 그림자가 포클레인과 돌무더기 위로 길쭉하게 늘어졌다.

여자는, 언젠가 이런 순간이 오리라 예상이라도 했던 것처럼 눈물이 괸
눈으로, 하지만 비난이나 원망의 기색은 보이지 않는 담담한 얼굴로 나를
바라보았다. 나는 그림자를 보면서 조용하게 말했다.

"미안합니다."

"……"

"내가 나쁩니다. 당신을 놓을 수 없어서 그랬어요. 당신이 다른 시간으로

사라지는 게 제일 두려워요. 당신은 내가 살아 있다고, 박제나 화석이 아니라고 느끼게 해 준 유일한 사람이에요. 욕을 하려면 해도 좋아요. 평생 해도 괜찮습니다."

"……."

"사랑합니다. 민호 씨."

어머니가 남겨 놓은 몫만큼, 그 이상으로 사랑해 주겠다는 말까지는 차마 할 수 없었다. 그것은 어머니의 죽음을 방치한 내가 감히 입에 담을 수 있는 말이 아니었다.

여자는 나를 비난하는 대신 내 손을 꽉 쥔 채 소리 없이 울었다. 여자의 선택은 여덟 살, 열 살의 경험을 재생시키는 끔찍한 것이었다. 나는 여자의 눈물이 잦아들기까지 길게 기다렸다.

"그렇게…… 두려웠어?"

여자는 담담하게, 비난의 기색이 전혀 없는 목소리로 물었다. 예. 두려웠습니다. 지금도 두렵습니다. 나는 고개를 수그리고 고해하듯 대답했다.

"……않을게."

물기가 잦아들어가는 여자의 목소리가 들렸다. 나는 여자의 손을 붙잡은 채 고개를 들어 올렸다. 여자는 눈물이 얼룩진 얼굴로 억지로 웃고 있었다.

"언젠가, 언젠가 이럴 때가 올 거라 생각하고는 있었어. 그냥 내가 미련해서 계속 잡고 있었던 거 나도 알아. 알고는 있었어, 있었는데……."

"미, 민호 씨. 민호 씨……."

"당신을 그렇게 무섭게 하는 거라면, 나, 이제 엄마한테 가지 않을게."

또 다른 당신은 알고 있었던 걸까. 언젠가 그 미련한 미련을 접어 넣어야 하는 날이 오리라는 것을.

목구멍이 쥐어짜이는 것처럼 아팠다. 모아 잡은 손 위로 새로운 눈물이 툭툭 떨어졌다. 고맙다는 말도, 미안하다는 말도, 사랑한다는 말도 차마 나오지 않았다.

나는 여자를 안고 뺨을 맞댔다. 여자는 내 입맞춤을 받으면서도 눈을 감지 않았다. 새까만 눈동자 속에 내 모습이 가득 담겼다. 꼴락꼴락, 흐느낌이 아프게 넘어가는 소리가 들린다.

"나, 이완 씨 좋아하면 이제 시간 여행도 하면 안 돼?"

여자는 나의 불안을 알고 있었다. 내가 그녀를 사랑하는 것만큼이나, 그녀의 여행을, 부재를 끔찍하게 두려워한다는 것을.

나를 위해 이 시간으로 돌아와야 한다는 것, 아니, 아예 떠나지 말아야 한다는 것, 이 시간에 붙박이로 살아야 한다는 것, 그것은 자유로이 시공을 여행하는 자에게는 큰 족쇄일 것이다. 발에 새로 뿌리를 돋아나게 한다는 것은 견고한 화석을 부수는 것만큼이나 고통스러운 일일 것이다.

나는 결국 자유로이 날아다니던 당신의 날개를 꺾을 것인가. 사랑한다는 이유로, 하룻밤에 천 리를 나는 새의 날개를 꺾어, 새장에서 시나브로 시들어 가게 할 것인가. 그 꼴을 곁에 붙어 앉아 지켜보는 게 내가 바라는 것인가.

마음이 정리가 되는 것 같다. 나는 여자를 품고 고개를 들어 올렸다.

"아뇨. 당신은 여행자인 것이 가장 잘 어울려요. 당신이 원하는 대로 사세요. 원하는 대로, 자유롭게 숨을 쉬세요. 날개를 꺾어서 묶어 두지 않겠습니다. 더 이상 당신의 여행에 대해 잔소리를 하지도 않고, 걱정하지도 않겠습니다."

"……흐으, 으, 응."

"다만, 돌아오기만 하면 됩니다. 언제가 되든, 어디에 계시든, 제 곁으로 돌아오세요. 제가, 이 시간에서 뿌리박고 있는 제가 당신을 기다리면 되는 거잖아요."

나는 가만히 웃어 보였다. 사랑해요, 라는 말을 해야 할까, 기다릴게요, 하는 말이 더 좋을까, 잠시 생각에 잠긴 사이 여자가 손등으로 눈을 문지르더니, 물기가 남은 손을 앞으로 내밀었다.

"남아서 기다리긴 무얼. 나랑 같이 가면 되지."

다시, 등 뒤로 살금살금 바람이 일었다.

—fin

외전 1.
한국을 빛낸 100명의 위인들

무식이 예술로 승화된다면 윤민호라는 생명체의 형태로 나타날 것이다. 저 여자는 아침마다 뇌에 호르몬 대신 보톡스가 흘러나와 뇌의 주름을 팽팽하게 펴 주는 시스템을 갖고 있는 게 분명하다.

인사동 사무실 별실. 이완은 맞은편에 앉아 눈을 반쯤 감고 있는 여자를 어떻게 해야 할지 몰라 골머리를 앓았다. 처음엔 그렇게 힘들다는 유치원 교사 대신 일을 가르쳐 자신의 갤러리에서 일을 하게 하고 싶었다.

그러려면 피해 갈 수 없는 과목이 있었으니.

"왕조 건국 순서는 알고 있죠? 고조선, 군장국가와 연맹왕국 시대, 그러니까 부여, 고구려, 동예, 옥저, 삼한, 가야 연맹, 다음엔 삼국 시대—고구려, 백제, 신라는 아시죠? 다음엔 통일신라, 발해, 후삼국, 고려, 조선, 대한제국, 일제강점기, 대한민국."

"나도 그 정도는……. 고구려 백제 신라, 고려, 조선, 일제, 대한민국."

"어떻게 그 몇 개 안 되는 거에서 반 넘게 날려 먹어요? 태정태세문단세나 태혜정광경성목은 외우고 있습니까?"

"어. 어…… 이완 씨, 그거 정말 다 외워서 말하는 거야?"

"뭔지는 아시고요?"

"그 정도는 알아. 조선 시대 왕 이름이잖아. 이태조, 이세종……."

"뒤의 태혜정광경성목은 고려 시대고요, 왕의 이름이 아니라 죽은 다음에 붙이는 묘호예요. 진짜 이름은 피휘법으로 못 쓰게 되어 있었어요. 보통 덕이 많은 군주는 뒤에 종 자를 붙이고, 공로가 많은 군주는 조 자를 붙인다고 되어 있습니다."

"댁은 그럼 조선 시대, 고려 시대 왕 묘호인지 그거 다 외우고 있어? 정말?"

"그거 어지간한 사람들 다 외워요. 민호 씨만 못 외우는 거예요."

"뻥치신다. 내 주변에는 외우는 사람 하나도 없어."

"민호 씨는 유치원에 너무 오래 다녔어요! 그러니까 수준이 그 모양으로 떨어지는 겁니다!"

"그건 아니라니까! 어쭈, 유치원 선생 무시해? 댁은 그럼 피아제의 뭔 조작기인지 알아……? 어, 안다고 했었나? 그럼 이완 씨가 한번 태정 어쩌고 외워 봐, 그럼."

"태정태세문단세예성연중인명선광인효현숙경영정순헌철고순, 태혜정광경성목현덕정문순선헌숙예인의명신희강고원충렬충선충숙충혜충목충정공민우창공양."

이완은 팔짱을 끼고 한 번도 막힘없이 줄줄줄 뱉었다. 여자의 입이 벙, 벌어지는 것이 보인다.

"우와, 정말이네. 그럼 신라 시대 왕은?"

이건 좀 고난도다. 많이 고난도다. 이완은 이맛살을 잠시 모으고 기억을 떠올렸다.

"박혁거세, 남해차차웅, 이사금으로는, 유리, 탈해, 파사, 지마, 일성, 아달라, 벌휴, 나해, 조분, 첨해, 미추, 유례, 기림, 흘해, 그 뒤 마립간으로는, 내물, 실성, 눌지, 자비, 소지, 그다음 왕으로는 지증, 법흥, 진흥, 진지, 진평, 선덕여왕, 진덕여왕, 태종무열, 통일신라 왕은, 문무, 신문, 효소, 성덕, 효성, 경덕, 혜공, 선덕, 원성, 소성, 애장, 헌덕, 흥덕, 희강……."

　기를 쓰며 외우던 이완이 잠시 머리를 쥐어 쌌다. 기억이 안 나는지 끙, 앓는 소리를 내더니 다시 비죽 웃으며 고개를 들었다.

　"민애, 신무, 문성, 헌안, 경문, 헌강, 정강, 진성여왕, 효공, 신덕, 경명, 경애, 경순. 끝입니다."

　어쩐지 굉장히 자랑스러웠다. 민호에게서 박수가 터졌다. 이완은 민호에게 무엇인가 가르치려던 것을 잊고 기분 좋게 웃었다.

　아, 섹시해. 섹시해서 미치겠어. 민호는 두 손을 모으고 네이롱의 검색창이 열심히 정보를 쏟아 내고 있는 풍경을 감상했다. 뭐라고 하는지는 하나도 들리지 않는다. 그저 섹시할 뿐. 남자들의 신체 기관 중 가장 섹시한 부분은 뇌라더니. 물론 저따위 것들을 외워서 무엇에 쓰는지는 짐작도 되지 않는다. 하지만 저 머리통 속에 든 뇌가 조놈의 섹시한 입술을 종알종알 움직이게 하는 것만으로도 충분히 가치 있었다. 민호가 반쯤 게게 풀린 눈으로 바라보자 이완은 아차 싶은 얼굴로 머리를 흔들었다.

　"신라는 좀 어렵고요, 조선, 고려 정도는 기본으로 외우셔야 합니다."

　"스마트폰이 옆에 있는데 왜? 그런 데에 내 뇌력을 낭비할 순 없어."

　사는 게 그렇지 않더냐. 쓸 데는 많은데 돈이 모자라면 요기조기 돌려막기로 아껴 써야 하는 것이다. 그러니 가뜩이나 얼마 안 되는 소중한 뇌력을 임금님 묘호 따위를 외우는 데 썼다간 무슨 후환이 있을지 모른다. 속말을 눈치챘는지 이완이 고개를 쭉 빼고 쏘아 댄다.

"왜요. 그따위 짓을 했다가는 뇌 속의 전두엽이나 간뇌나 해마가 기능을 멈출까 봐 걱정입니까?"

"어! 어떻게 알았어? 걱정이 아니라 틀림없이 그렇게 될 거야."

"예이, 예이. 어련하시겠습니까. 후우우, 그럼 역사 이론부터라도 좀 해 보겠습니까? 제일 기본이 되고 쉬운 걸로, 음, 카(E. H. Carr)의 '역사란 무엇인가' 책부터 한번 보시겠어요? 오래된 책이지만 어렵지 않고, 사학 교양 필수로 보는 책입니다. 민호 씨가 보기에도 실감이 나는 부분이 많을 겁니다."

"으으, 역사가 무언지는 몰라도 밥 먹은 거 똥으로 만드는 덴 아무 지장이 없단 말이야. 차라리 흑역사란 무엇인가, 어떻게 잊어야 하는가, 그런 걸로 책을 써 주면 내가 밑줄까지 그어 가면서 외울 건데!"

"아 좀, 제발!"

"내가, 대학 갈 때도 외우지 않았던 태정광목? 그걸 왜 나이 서른이 넘어서 외우고 있어야 하냐고. 내가 아무리 전생에 지구를 팔았어도……."

"우리나라 3대 대첩은 압니까?"

"장희빈, 장녹수, 황진이?"

"진짜, 사람 미치게 할 겁니까! 신첩이 커지면 대첩이 되는 줄 아세요? 3대 대첩은 유명한 전투를 말하는 거고요. 고구려, 을지문덕 살수대첩, 고려, 강감찬 귀주대첩, 조선, 이순신 한산도대첩. 그 정도는 외워 두셔야죠."

"이순신 한산도대첩 정도는 알아, 내 죽음을 적에게 알리지 마라. 음, 멋지지."

"그건 노량 해전이고요."

이완은 정말 울고 싶었다. 어느 정도 기본 바닥이라도 되어야 가르치지, 바다를 메우려고 배에 앉아 자갈돌을 하나씩 집어 던지는 기분이었다. 스무 살이 될 때까지 내내 200년 전통 미국사만 배운 앤드류도 이 여자보다는 훨씬 나았다. 그나마 어머니 앞에서 독립운동가 이름을 서너 명이나 댄 것은 윤민호로서는 완전히 선방한 것이었다.

"고구려의 시조는?"

"주몽이랑 유화부인 부부."

"민호 씨, 정말 나한테 왜 이래요. 유화부인은 주몽의 엄마잖아요!"

"겨우 한 끗 차이 갖고 자꾸 그럴 거야?"

"한 끗으로 근친상간이 되는데 냅둡니까? 그럼 신라의 시조는요?"

"어, 잠깐만, 나 그거 알아. 김수로왕! 거북아, 머리를 내놓아라, 안 내놓으면 구워 먹는다는 거. 등신들이 그냥 뒤집어서 등딱지 밑에 불 피워서 구워 먹으면 되는데 대가리는 왜 내놓으래."

"그건 가락국 시조잖아요. 제가 아까 신라 계보 외울 때 박혁거세라고 말했잖습니까."

"이런 우라질, 걔는 왜 이름이 하나 더 길어?"

드디어 이완의 머리가 펑, 소리를 내며 터졌다. 자리에서 벌떡 일어나 언성을 높였다.

"당신 대체 대학에 어떻게 들어간 거야? 유치원 교사 자격증 받으려면 4년제 유아교육학과 나와야 하는 거 아냐? 당신 어디 대학 대문 지어 주고 입학했어?"

"이거 왜 이래! 내가 대학교 문짝 달아 줄 돈이 있으면 월세를 그렇게 짠짠 밀리겠어? 그래도 나 이래 봬도 서울에 있는 4년제 대학 나왔다고!"

"대체 어떻게 간 거야! 영어도 바닥, 수학도 바닥, 암기과목도 아는 것도 없고!"

이완은 식식 소리를 내며 으르렁거리더니 문득 얼굴을 딱딱하게 굳혔다.

"당신, 혹시 미래의 윤민호가 과거로 가서 시험 답안 다 가르쳐 준 거 아닙니까?"

갑자기 민호의 입이 떡 벌어진다. 이마 위로 진득하게 식은땀이 흘러내리는 것이 보인다. 역시, 그랬군. 그랬었어! 당신이 그런 짓도 할 줄 알아? 이완이 으르렁대려는 찰나, 민호가 입을 벌린 채 중얼거렸다.

"아오…… 시발. 그런 방법이 있었구나."

"……"

"그럴 줄 알았으면 고3 때 그 광란의 과외 안 해도 됐었는데. 으으."

민호는 자리에서 머리를 쥐어뜯으며 억울해했다. 이완은 눈을 치뜨고 팔짱을 꼈다.

"광란의 과외는 또 뭡니까?"

"서울대 오빠들이 밤마다 서너 명씩 나를 찾아와서 말이지."

"지금 또 뭔 꿈을 꾸고 와서 사람 부아를 지릅니까. 서울대 오빠들이 왜 밤마다 서너 명씩 당신을 찾아와요?"

"그건, 내, 내가 말실수를 해서."

"나오는 말이 다 실수가 되는 판인데 새삼스럽게요? 무슨 일이었는데요?"

성적표를 위조하다가 과거로 도망질을 친 안경잡이 중학생 놈을 구조한 것이 고등학교 3학년 때의 봄, 꽃피는 춘삼월 첫 모의고사를 보고 난 후, 중간고사가 코앞으로 들이닥쳤을 때였다. 꿈도 희망도 없는 성적표를 받고, 글을 몰라도 먹은 것을 똥으로 만드는 데 하등 지장이 없는 시대로 갈까 말까 심각하게 고민을 하던 차에, 민호는 어느 길엔가 누군가 서툴게 길을 내서 들어간 흔적을 발견했다. 돌아온 흔적은 없었다.

걱정이 된 민호는 그 길을 따라 들어갔다. 조만간 다가올 중간고사 정도는 사뿐히 즈려밟고 들어가서, 비어 있는 움막에서 울고 있는 소년을 찾아 무사귀환을 시켜 주었다. 야광귀 현상수배 덕에 길이 막힌 모양이었다. 동네방네 붙어 있는 방을 떼고 관아에 들어가 최근의 민원으로 짐작되는 종잇장에 모조리 먹칠을 해 놓고 오느라 시간이 적잖이 걸렸다. 그러다 보니 시험 준비는 고사하고 첫 번째 시험을 치르지도 못하고 말았다.

집에 데려다주러 가는 길에 눈물이 그렁그렁한 야광귀 소년이 걱정을 했다.

"누나, 나 때문에 중간고사 망쳐서 어떡해요. 고3은 내신도 많이 들어가는데 어떡해요."

고작 이렇게 나이도 어린 중학생이, 나도 잘 모르는 고3 내신 사정을 잘도 알고 있구나. 민호는 감동하며 소년의 손을 꼭 잡았다. 괜찮아, 누나가 잘할게, 하는 말이 나와야 하는데, 나름 고3 스트레스를 겪던 민호는 소년을 잡고 하소연을 했다.

"그러게 말이야. 나 어떻게든 4년제 대학에는 들어가야 하는데. 교통비도 자취비도 없어서, 꼭 서울에 있는 4년제 대학에 들어가야 하는데 어떡해야 하나 모르겠어."

"누나, 나만 믿어요. 제가 꼭 누나 소원을 들어 드릴게요."

소년의 집은 담벼락이 높고 그 위에 가시철조망이 쳐진 집이었다. 소년이 벨을 누르자마자 거대한 저택의 대문이 열리고 각 잡힌 양복을 입은 수많은 사람이 뛰쳐나왔다. 그들을 뚫고 금 칠갑을 한 사모님이 달려 나와서 소년을 끌어안고 펑펑 울어 댔다. 콩알만 한 램프의 소년은 그렇게 거대한 저택 안으로 사라졌다.

그다음 주부터 민호의 앞에 미지의 서울대생 '오빠'들, 혹은 무슨 학원 '아저씨'들이 나타났다. 그들은 민호에게 무료로 과외를 해 주겠다고, 과외를 제발 받아 달라고 사정하기 시작했다. 그들은 민호에게 과외를 시키지 못하면 다들 손가락이 하나씩 잘릴 것 같은 얼굴을 하고 있었다.

다들 얼굴이 잘생긴 것은 아니어서 별로 구미가 당기지 않았지만, 상황이 상황이니만치 거절할 명분이 없었다. 그들은 과목별로 한 명씩 요일을 정해 놓고 번갈아 찾아왔는데 서로 마주치는 일이 있을 때마다 시커멓게 된 얼굴로 어깨에 손을 얹고 푹, 한숨을 쉬곤 했다.

그들은 민호의 첫 번째 중간고사 결과와 두 번째 모의고사 성적표를 받자마자, 학교를 자퇴하고 검정고시를 보는 것이 좋겠다는 결론을 내렸다. 하지만 민호는 고등학교 졸업장을 포기할 수 없다고 고집을 부렸다.

그리하여, 18시간 밀착 광란의 과외가 시작되었다. 민호는 그 별로 안 생긴 오빠들과 아저씨들이 수험생을 맡았다 하면 점수를 30점, 50점씩 푹푹 올려 주는 사람들이라는 것을 나중에 알게 되었다.

가을이 되니 대한민국 최고의 입시전문가라는 사람이 민호를 찾아와 서울에서 민호의 '예상 상승 점수(9월까지의 점수로는 도저히 답이 안 나왔다.)'로 갈 수 있는, 안정적인 직장과 연결되어 있는 학과를, 그야말로 '간신히' 찾아 주었다. 과외 선생 군단은 민호에게, 그저 자신들이 요약, 정리, 반복시킨 것들을 평생 아무것도 기억 못 해도 좋으니, 단 하루만이라도 제대로 기억해 달라고 절절하게 빌었다.

기적은 그렇게 탄생하였다.

민호의 과외 선생님들은 민호의 합격통지를 듣자마자 모두모두 한자리에 모여 술판을 벌이고 서로를 붙잡고 울었다. 그들은 그 이후로 모두 전화번호를 끊고 잠적해 버렸다. 다시는, 다시는 민호의 눈앞에 나타나지 않았다.

머리가 아프다. 이완은 팔꿈치를 책상에 대고 머리를 짚었다. 민호는 당당하게 말했다.

"하여간, 그 광란의 과외에서조차 역사 과목은 그냥 포기하라고 했었다고. 그런데 왜 지금 와서 그걸 해야 하느냐고, 한번 설득을 해 보란 말이지."

"댁 좋으라고 내가 도와준다는데 왜 내가! 당신이 도와 달라고 설득하진 못할망정, 왜 내가 설득을 해야 합니까! 예?"

이제 앞으로 당숙님이 저혈압으로 골골하는 꼴은 안 봐도 되겠네. 앤드류는 옆의 책상에 쥐 죽은 듯 앉아 열심히 서류를 정리했다. 그렇지 않으면 웃음이 터져서 당숙님의 분노를 온몸으로 받아야 할 것이다.

앤드류는 매일 아침 사무실에서 방영되는 덤 앤 더머 생방송 시리즈를 즐거운 마음으로 시청하고 있었는데, 딱 한 가지 좋지 않은 것은 마음껏 웃지 못한다는 것뿐이었다. 이완은 뒤로 털썩 등을 기대고 끙끙 앓는 소리를 냈다.

"우리 갤러리 오지 마세요. 안 뽑아! 당신 같은 사람 일 안 시켜. 차라리 토마스 폰 에디슨을 고용하겠어요. 걔는 밥이라도 조금 먹지."

"이완 씨, 사람이 그럴 수가 있나? 신사임당 여사가 그랬잖아. 어떻게 사랑이 변하냐?"

"돈 5만 원에 초상권을 팔아치운 여자가 그런 말을 했다고요! 유치원 가세요! 으으으! 넘치는 사랑이 인내심 대신 고갈되는 거 보고 싶지 않으면, 유치원에 다시 취직하시라고요!"

이완은 벌떡 일어나 들입다 소리를 치다가, 뻘쭘해서 물러앉은 민호를 보고 다시 자리에 주저앉았다.

"민호 씨, 내가, 내가 좀 흥분했는데요. 미안합니다. 우리 다시 하죠. 태혜정광경성목부터."

"유치원에 이력서 낼게."

일주일 후, 민호는 몇 달 전 쫓겨났던 보람 유치원에 임시 교사로 다시 취직했다.

　　　　　○　●　○

　어디서 딴딴따라 딴딴따 음악이 신나게 들린다. 이건 뭐야? 벨을 누른 이완이 두리번거리며 옥상 위를 올려다보았다. 음악은 아무래도 옥상에서 흘러나오는 것 같다. 두다다다 소리가 나면서 민호가 내려와 철문을 열어주고는, 손을 잡아끌고 후다닥 다시 옥상 위로 올라간다. 미안, 지금 행사 준비하는 것 때문에 바빠, 바빠서, 하는데 엉덩이에 달린 검은 꼬리가 눈앞에서 달랑달랑했다. 정신이 아득했다.

　"민호 씨, 민호 씨?"

　민호는 얼룩덜룩 고양이 옷을 입은 채 옥상에서 열심히 춤을 추고 있었다. 귀도 큼직하게 달렸고, 발도 제대로 고양이 발이다. 적당히 부피감이 있는 꼬리가 압권이었다. 엉덩이를 씰룩쌜룩 움직일 때마다 속에서 날렵한 허리선과 동그란 엉덩이의 윤곽이 드러나면서 꼬리가 팽팽 흔들렸다.

　죽겠군. 코피 나오겠다.

　저 여자는 왜 이렇게 위기의식도 없을까? 왜 저렇게 품행이 방정하지 못한 거지? 옥상의 평상 구석에 수건을 깔고 앉은 이완은 애꿎은 콧방울만 한참 만지작대다가 결국 고개를 옆으로 돌렸다. 제발, 왜 아이들에게 엉덩이를 씰룩대는 춤을 가르치는 거냐고. 콘셉트가 밸리댄스인가? 이건 정말 풍기문란입니다, 선생님. 그중에서 당신의 죄질이 가장 나빠요.

　그의 생각을 아는지 모르는지 민호는 음악을 들으며 계속 엉덩이를 흔들었다. 한참 추었다 멈추고, 되돌려서 다시 듣고, 다시 멈추고 또 춤을 춘다. 아이들 목소리가 쟁알쟁알하는 동요다. 가사를 듣던 이완이 식겁해서 입을 떡 벌렸다.

말 목 자른 김유신 통일 문무왕 원효대사 해골 물 혜초 천축국
바다의 왕자 장보고 발해 대조영 귀주대첩 강감찬 서희 거란족
무단정치 정중부 화포 최무선 죽림칠현 김부식
지눌국사 조계종 의천 천태종 대마도 정벌 이종무
일편단심 정몽주 목화씨는 문익점 해동공자 최충 삼국유사 일연
역사는 흐른다~

"이건 대체 무슨 노래예요!"

이완이 빽 내질렀다. 고양이 꼬리를 흔들면서 춤을 추던 민호는 눈을 둥 그렇게 뜨고 춤을 멈췄다.

"어, 이거 몰라? 한국을 빛낸 100명의 위인들."

"이거 지금 뭐 하는 겁니까?"

"애들 율동 만드는 중이라니까? 역사적 인물도 가르치니까 일석이조잖 아. 나도 나름 역사 교육이란 걸 한다고!"

"역사 인물은 이순신 장군 말고는 아는 사람도 없으면서 말이 돼요? 당 신 이순신 장군이 일제 시대에 일본 놈하고 싸운 장군이라고 가르치는 거 아닙니까?"

"그건 아니지! 이거 왜 이러셔! 나 신 여사도 알고 세종대왕도 알고, 율곡 이이, 퇴계 이황 다 안다고!"

"매일 지갑만 열면 튀어나오는 사람을 모르는 인간도 있습니까?"

"어쨌든 이거 일석이조잖아. 들어 봐 봐. 이거 노래도 은근 괜찮거든. 길 이도 긴 데다가 음악도 완전 멋져. 따라 해 봐. 진짜 멋져. 근데 이완 씨. 무 당정치는 뭐지? 정중부란 사람이 무당이야? 왕이 밤마다 작두 타고 정책을 만드는 건가?"

"……무단정치겠죠. 무인정치 말하는 겁니다. 정중부가 고려 중기에 군

인들 데리고 쿠데타 일으킨 거예요."

"그럼 발해 대조영은? 나 대학생 땐가, 대조영인지 뭔지 드라마도 한 거 같은데 안 봤거든."

"신라가 삼국을 통일했을 때 한반도 북쪽하고 만주 지역을 다 잃어버렸어요. 그 지역에 생긴 나라가 발해고, 대조영은 발해를 세운 왕이에요. 고구려 사람들이 왕족이었어요."

"말 목 자른 김유신은? 왜 말 목을 잘라?"

"그 말이 김유신이 졸고 있는 사이에 기생집으로 데려갔거든요."

"그 말이 잘못했네."

"습관적으로 간 겁니다."

"우와, 김유신 장군이 습관적으로 기생집에 다녔어? 거 존나 좆같은 놈이네. 위인전 나올 자격 없는 거 아냐?"

"옛날 남자니까 뭐, 어쩔 수 없었나 보죠. 가자미눈 뜨지 마세요. 저는 안 그래요."

"그래 놓고 말 모가지는 왜 쳐. 말이 무슨 죄냐고."

"네네, 저도 그놈이 뭐, 좀 다른 의미에서 꽤 좆같은 놈이라고 생각합니다."

점잖은 이완의 입에서 나온 희한한 말에 민호는 신나게 웃었다.

"에이, 그럼 교육적으로 별로 좋은 노래는 아닌가 보네?"

민호는 다시 재생 스위치를 눌렀다. 이완은 보람 유치원 아이들이 저 여자에게 어떤 왜곡된 역사를 배우게 될지 걱정하지 않기로 했다. 노래는 조선 중후기, 신산스러운 백성들의 시대로 넘어가고 있었다.

번쩍번쩍 홍길동 의적 임꺽정 대쪽 같은 삼학사 어사 박문수
삼 년 공부 한석봉 단원 풍속도 방랑시인 김삿갓 지도 김정호

영조대왕 신문고 정조 규장각 목민심서 정약용
녹두장군 전봉준 순교 김대건 서화가무 황진이
못 살겠다 홍경래 삼일천하 김옥균

여자의 고양이 가무에 물이 오른다. 여자의 말마따나 저 음악, 어째 중독성이 있다. 이완은 고개를 끄덕이며 흥얼흥얼 후렴을 따라 했다.

안중근은 애국, 이완용은 매국
역사는 흐른다~

그 가사에 이르러서는 이완도 조금 숙연해지고 말았다. 이완은 고개를 수그리고 푸스스 웃으며 발을 흔들었다.

외전 2.
로맨틱 에로틱 판타스틱 프러포즈

삑, 보안카드를 갖다 대자 나무로 된 방범 문이 매끄러운 소리를 내며 좌우로 열렸다. 정면 2층 한옥 건물에 걸린 현판에는 날아갈 듯한 해서체로 안락재(安樂齋)라는 글씨가 씌어 있다. 초소에서 대기하던 경비원이 일어나서 고개를 숙여 인사를 한다.

애초 뜯어고칠 때부터 지하실이나 수장고 등의 보안에 대해 여러 가지로 신경을 쓰긴 했지만 워낙 고가의 물건들이 포진한 곳이라 경비들이 항상 날을 세우고 대기하고 있었다. 동네 땅값 떨어뜨리던 도깨비소굴은 지금은 번드르르한 외양과 철통 같은 보안체제 속에 동네의 자랑이자 새로운 명소(?)로 부상하는 중이었다.

"손님들은 아직 안 오셨죠?"

"예, 실장님. 두어 시간 후에 도착할 거라고 황 비서한테 전화가 왔습니다."

"청소는요?"

"오전에 사람들이 와서 깨끗하게 해 놓고 갔습니다. 지금 안채는 먼지 한 톨 없을 겁니다."

이완은 고개를 끄덕이며 안채로 걸음을 옮겼다. 경비원이 트렁크에 들어 있던 상자를 들고 조심스럽게 뒤를 따랐다.

경비원 정 씨는 이 집의 주인만 보면 이유도 알 수 없게 움츠러들곤 했다. 이 집의 주인인 젊은 실장은 예의 바르고 정중했지만, 사람을 부리는 일에서는 상당히 엄하고 깔끔하며 종종 가차 없었다. 그래서 유치원 선생님 한 분이 이 집 안채에 세를 들어 산다는 말을 들었을 때, 얼굴을 보지도 못한 여자가 몹시 안쓰럽고 걱정이 되었다.

지난주에 남양주 집의 공사가 끝났다. 오늘 민호가 이 집으로 이사를 들어오기로 했다. 현재 이완이 살고 있는 곳은 인사동 갤러리 려 2층인데, 당분간은 그곳에서 더 머무를 생각이었다.

일단 남양주와 인사동 사이의 거리가 녹록지 않은 것도 있었지만 사실 출퇴근 부담이라기보다 민호가 자신과 함께 지내는 것을 부담스러워할까 걱정이 되어서였다. 하지만 만약 그녀가 이 커다란 집에 경비를 제외하고 혼자 있는 것이 무섭다는 말 한 마디만 해 준다면 오늘 밤이라도 이사를 들어올 의향이 있다.

이완은 거울을 보며 넥타이를 바로잡고 향수를 손목에 살짝 발랐다. 땀은 별로 나지 않은 것 같지만 혹시 모르니까. 아까 이를 닦기는 했지만 그래도 다시 욕실에 가서 가글링도 했다.

큰사랑채의 2층 누다락으로 올라갔다. 맞바람이 들어 시원하고 전망이 좋았다. 삼거리 쪽으로 차가 드문드문 다니는 것이 보였지만 안락재까지 올라오는 차는 없었다. 이완은 아래로 내려와 큰사랑채 뒤쪽으로 길게 이어진 복도를 통해 안채로 들어갔다.

이삿짐이 썩 많을 성싶진 않다. 사당동 옥탑방에 있던 민호의 살림은 애처로웠다. 어지간한 도구는 다 이곳에 있으니 옷가지나 책 같은 것만 가져오라고도 했다. 물론 책이 있었던 것 같지는 않다. 하지만 사람 사는 살림이란 게 워낙 잡다하니 오늘 짐 정리하는 일이 좀 길어질지도 모른다.

그건 나중에 하라고 미뤄 놓고, 음, 앤드류를 먼저 보내 놓고.

생각하던 이완은 손등으로 뺨을 지그시 눌렀다.

오늘은 정식으로 청혼을 할 것이다.

안채에 들어간 이완은 가장 안쪽에 위치한 침실을 들여다보았다. 어떻게 꾸며 놓으라 구체적으로 설명을 해서인지, 일하는 사람들이 마음에 흡족하게 해 두었다.

새하얀 천이 깔린 탁자 위에 와인 두 병과 와인글라스 두 개, 새빨갛게 물이 오른 장미 바구니를 놓았다. 간식으로 먹을 만한 쿠키 상자와 접시도 곱게 세팅이 되어 있었다. 이완은 주머니를 뒤적여 공단으로 화려하게 장식된 상자를 꺼냈다. 햇빛을 무지개 색으로 난반사하는 브릴리언트 컷의 캐럿 다이아 반지였다. 그는 상자를 꽃바구니 옆에 놓아두었다. 포춘 쿠키도 특별제작해서 주문할까 하다가 그것까지는 너무 속이 보이는 것 같아 그만두었다.

청혼하고 결혼을 허락한다 하면, 반지를 끼워 줄 것이다. 지난번처럼 낡은 반지 때문에 뒤통수 맞는 일은 한 번이면 족하다. 충분히 고급스럽고 정성스러운 반지로 직접 준비했고, 손수 준비한 식사를 대접할 생각이었다. 그리고 어머니에게 받은 유품인 자개함을 전해 주고, 사랑한다고 다시 고백하고, 입을 맞추고.

그리고…….

이완은 자리에 앉아 깜박 넋을 놓고 생각에 잠겼다. 어차피 한 번 갈 데까지 가긴 했지만, 여자의 말대로 다시 처음부터 애틋하게 시작하는 것도 나쁘지 않을 것이다. 처음 연애하는 사람들처럼, 한 걸음씩.

사실…… 처음 연애하는 건 맞지.

하지만 조심스럽고 정중한 스텝 바이 스텝이 잘 될 것 같지 않다. 여자부터도 차근차근 순서를 밟아 나가는 것과 거리가 멀고, 나도 참고 싶은 생각이 별로 없다. 그녀가 청혼을 허락하고, 오늘 밤도 좋다고 하면, 함께 저녁 식사를 하고, 이곳에서 함께 자고 출근할 생각이다. 생각할수록 손이 곱아드는 느낌이었다.

지난번 움막에서 있었던 기억을 모조리 덮을 만큼 아름답고 로맨틱한 시간을 선물하고 싶다.

준비는 충분하게 해 두었다. 침대는 자신이 물려받은 유품 중 하나인 '왕이 사용하던 나무침대'를 들일까 하다가(시중에 판매되는 고급 침대와 비교될 만한 가격이 아니긴 하다), '남이 쓰던 것'이란 점이 마땅치 않아, 장미목으로 된 최고급 침대를 준비했다.

짙은 자주색으로 된 푹신한 깔개에 한산의 수제 세모시 이불과 베개도 일찌감치 주문했었다. 지난번 같은 일을 겪지 않게 하려고, 콘돔도 준비해서 보이지 않게 놓아두었다. 준비 없이 일을 치러서 여자가 뒷감당을 하게 만들었던 일이 두고두고 미안했다.

분위기를 살릴 아로마 향초도 세팅을 해 두었고, 벽에는 긴 자수 매듭 장식 한 벌이 운치 있게 늘어졌다. 천장에서 내려온 자주색과 황금색 반투명 커튼이 침대를 절반쯤 가리고 있다. 보기만 하면 가슴이 흥성흥성 설레고 저절로 무드를 탈 듯하다. 몹시 만족스러웠다.

이런 것은 보통 여자들이 알아서 취향대로 꾸미면 좋겠지만, 사실 이런 말 하기는 조금 미안하기도 하지만, 이완은 민호의 취향을 도무지 믿을 수가 없었다. 아마 이해해 줄 것이다.

이완은 안방과 연결된 욕실을 열어 보았다. 이미 물을 받아 놓았다. 스위치를 올리면 마사지거품까지 올라올 것이다. 욕실 안에 장미꽃 향기가 은은했다. 욕조의 물이 뜨거워지면 장미 향이 더욱 짙어질 것이다. 그는 욕실 앞에서 머리를 잠시 벽에 대고 후우, 길게 심호흡을 했다.

집이 완공된 것을 여자는 아직 보지 못했다. 안방에 욕실이 붙어 있다니 전통 구조라면 상상도 못 할 일이지만, 민호 말대로라면 이 집은 애초부터 '얼러리 짬뽕'이었다. 여자의 어머니도 흙벽에 시멘트를 붓고 대청에 모노륨을 까는 용자셨으니, 그 전통을 이어 주는 일도 나쁘지 않겠지.

내부는 거의 최신 현대식 가옥 구조와 시설을 갖추고 있었다. 훨씬 널찍하고 쾌적해졌고, 자투리 공간을 잘 활용해 공간 효용성이 높아졌으니까 분명 마음에 들 것이다. 아이를 열두 명쯤 낳아도 충분히 커버할 만한 공간일 것이다.

한옥이라 해서 군이 전통 배치를 따를 이유는 없다는 게 그의 생각이었다. 문화재가 아닌 다음에야, 집은 사람 살기에 가장 쾌적한 상태를 선택하는 것이 맞다.

이완은 한옥에 대한 예찬론자라기보다 비판론자에 가까웠다. 관리하는 데 손이 많이 가고, 에너지 효율이나 편의, 내구성이라는 면에서 썩 좋은 점수를 받을 수 없기 때문이었다. 넓고 여유 있는 공간에 대한 찬사도, 최근 한국처럼 땅값이 비싼 곳에서 결코 장점이 될 수 없다. 더욱이 여자들을 위한 배려는 전무한 구조다.

그럼에도 이 집을 외형이나마 살려서 개축한 것은, 한 가지 이유에서였다. 그 여자가 자란 곳, 여자가 정을 붙이고 있던 곳이니까. 여자에게 생각이 닿자 바로 심장이 들뛰기 시작한다.

"나와 결혼해 주세요."

이완은 눈을 감고 나직하게 중얼거렸다.

"이 집의 안주인이 돼 주세요."

그리고 나와 오래오래 사랑하고, 당신과 나를 닮은 아이를 낳아 주세요. 많이 낳아 주세요. 여자를 닮은 아이들과 여자가 자신을 둘러싸고 있으면 행복해서 미쳐 버릴지도 모르겠다.

하지만 이완도 나름 상식이 있어서 '내 아이를 낳아 줘' 따위의 말은 청혼 멘트로 최악이라는 것 정도는 알고 있다. 사랑합니다. 나와 결혼해 주세요, 이 집의 안주인이 되어 주세요. 그리고 거울을 다시 들여다보며 매무시를 다듬었다. 연습도 끝. 준비도 끝. 벌써 안채를 손 털어 내주어 놓고, 이제 정식 절차만 남겨 놓은 사내는 초조하게 시계를 들여다보았다. 앤드류가 여자를 모시고 올 시간이 다 되어 가고 있었다.

○ ● ○

이사란 게 딱히 복잡할 것이 없는데. 민호는 왜 '그깟 이사'에 사람들이 여러 명 달라붙어야 하는지 잘 이해할 수 없었다. 게다가 박 실장님 말로는, 그 집에 어지간한 것들은 다 있다고 했는데? 옷도 어지간한 건 다 정리해라, 편하게 입을 옷들 몇 종류는 준비해 두겠다고 했고, 심지어 숟가락, 젓가락, 때수건, 손톱깎이까지 완벽 구비라고 했지 않나. 그럼 지갑하고 토마스 폰 에디슨의 물건 몇 가지하고, 속옷과 핸드폰만 챙기면 되는 거지, 대체 뭐가 더 필요하다는 걸까?

애초부터 민호는 이사할 때 짐을 바리바리 싸 들고 다니는 편은 아니었다. 시골집에서 떠날 때도, 서울에서 이사를 다닐 때도 커다란 여행용 가방 하나와 배낭 하나만 들고 훌쩍 갈 때가 많았다. 오히려 남은 물건들을 치우고 정리하고 가는 일이 더 골치 아플 뿐이다.

선정은 민호가 이사를 간다는 말을 듣고 눈이 새빨개지도록 울었다. 물론 민호는 그 집에 공짜로 들어가서 살게 되었다는 말 따위는 절대 하지 않았다. 이완이 그런 말은 하지 말라고 신신당부하기도 했거니와, 그 이야기를 하려면 자신이 박이완 씨의 70년 묵은 열쇠를 찾아 주어서 보너스로 받은 거라는 말을 해야 하는데, 그러면 70년 묵은 열쇠를 어떻게 찾았느냐도 설명을 해야 하고, 그러면 설명이 오살하게 늘어지고 마는 것이다.

선정은 '너 가면 나 외로워서 어떡해'를 되풀이하며 빽빽 울었다. 별로 멀지 않다, 교통편도 나쁘지 않다 줄줄 위로를 읊어도 소용없었다. 이년아, 경훈 씨는 어디다 쌈 싸 먹었냐, 하고 쏘아붙이지도 못하는 게, 최근 선정과 경훈 씨 사이에는 냉기류가 흐르고 있었다.

그동안 오 분 뽀뽀해 놓고 다섯 시간 동안 그 감동의 순간을 무한 해설 재방을 하던 선정이었기에, 민호도 자신의 뽀뽀 이야기를 그렇게 해 줄 참이었다. 나도 뽀뽀했어! 존나 강력 흡착 파워에 존나 롱타임이라고. 우리도 조금만 있으면 뽀뽀 스킬 만렙 찍을겨!

해 줄 말은 많았다. 연애 고수께 묻고 싶은 말도 많았다. 왜 남자는 뽀뽀를 하면서 눈을 뜨고 있지? 왜 뽀뽀를 할 때 그놈의 손은 얌전하게 있지 못하고 애먼 곳을 방랑해? 뽀뽀하면 혹시 충치가 옮길까?

그런데 지금 그 많은 말을 한마디도 못 하고 실의에 빠진 선정 공주를 위로해야 하는 것이다.

"야, 김경훈! 너 아니면 남자가 없니? 나 너보다 잘난 남자 엄청 많이 만나 봤거든? 대리 다니까 세상이 돈짝만 해 보이니? 여자들이 다 들러붙어? 웃기고 있어!"

경훈 씨가 연락부실 상태가 된 지 일주일이 되었다. 물론 프로젝트 마감이 다가와 불나게 바쁘다고는 했다.

하지만 선정의 안테나는 그의 태도가 그 이상의 것을 보여 주고 있다고 분석했다. 자신을 만날 때마다 피곤하고 힘들다, 귀찮다는 내색을 하고, 성의도 없어졌다고 했다. 집에 데려다주는 것도, 한 번은 택시를 태워 보내려고 했고, 택시가 위험하다고 하니 전철이 끊어지지 않았다는 망발까지 했단다.

민호는 그것이 왜 망발인지 전혀 이해하지 못했다. 전철이 끊어지지 않은 건 교통비를 절약하라는 천우신조 아니던가. 하지만 그 말을 입 밖에 내지는 않았다. 다만 선정의 입장에 이입해 아낌없이 분노해 주었다.

"야, 김경훈 그 개쉐리한테 당장 전화해서, 길길이 뛰면서 화내! 야 이 시발라마야, 눈깔이 빠졌니, 왜 멀쩡한 문자를 씹냐! 너 내가 만만해? 당장 전화해! 전화 올 때까지 안 자고 기다릴 거라고 해! 못하겠으면 내가 대신해 줘?"

"……민호야, 그러면 안 돼. 여자가 울고불고 매달리면 일을 다 말아먹는 거야. 지금이 중요해. 첫 번째 반응이."

선정은 화가 나서 숨을 색색 쉬면서도 끝까지 이성을 잃지 않았다. 민호는 뭔가 이해는 되지 않았지만 선정을 반응을 열심히 관찰하기로 했다. 이제는 친구의 행동 하나 말 한 마디가 생생한 '가정교육'이었다.

밤 열한 시가 넘어서야 '경훈강아지'에게 전화가 왔다. 선정은 전화기를 잡고 바들바들 떨면서도 일부러 한참 있다가 전화를 받는다.

"어머, 경훈 씨. 미안, 엄마하고 통화 좀 하느라고, 응, 엄마랑 좀 싸웠지. 어휴, 자꾸 선 보라고, 뭐 이번에 엄마 친구 누구 아들이 사시 합격했다나. 합격생이 얼마나 늘었는데, 전부 판검사 되는 것도 아니고, 요새는 변호사도 고생길이 훤하잖아. 그런데 어른들은 그거 잘 모르더라고. 만나는 사람 있다고 그만하라고 해도, 참."

느른하게 늘어지던 남자의 목소리 톤이 확 바뀌는 것이 느껴진다. 민호는 침을 꼴까닥 삼켰다.

"어머, 그랬어? 원래 연락 잘 안 하는 사람이었구나. 그럼 지금까지 나하고 사귀면서 힘들었겠네."

민호는 식은땀을 흘리며 선정의 배틀을 관전했다. 남자가 무어라고 크게 떠들어 대는데도 선정의 목소리는 차분차분하기 그지없다.

"그런 말 할 거 없어. 경훈 씨가 일산 사는 게 잘못이 아니듯, 내가 사당동에 사는 게 잘못은 아니잖아. 편하고 맞는 사람을 찾지 그랬어. 서로 사랑하고 좋아서 만나는 건데 너 챙겨 달라는 거 심하다, 나도 피곤하다 그런 이야기를 들을 이유는 없잖아."

갑자기 수화기 너머에서 빽 하는 고함이 터졌다. 선정은 손을 파들파들 떨면서도 차분하게 말한다.

"아니 아니, 피곤하다며. 오지 말고 집에 가서 쉬어. 아냐, 기분 나쁘긴! 나도 오늘 직장에서 피곤하기도 하고 좀 일찍 자고 싶거든."

세상에, 그러고는 전화를 끊어 버린다! 민호는 얼이 빠져서 입을 딱 벌리고 선정을 쳐다보았다. 선정은 전화를 끊고 베개를 들어 벽에 후려치며 소리를 지르기 시작했다.

"죽어! 김경훈 이 개자식 죽어! 죽어! 죽어어어!"

베개 속의 깃털이 날릴 지경이 되자 선정은 새빨개진 눈을 하고 시근거렸다.

"민호야, 한 시간쯤 있으면 경훈 씨가 집에 올 거거든? 만약 벨을 누르면, 나 잔다고 해."

"뭐? 안 만나 볼 거야?"

"지금 만나면 안 돼. 그냥, 내가 너하고 재미있게 수다 떨다가, 책 조금 보고 잤다고 해. 늦게 자면 피부에 안 좋다고 열두 시 돼서 바로 잤다고 말해, 꼭! 그리고 자기 전에 엄마하고 통화 한 번 더 했다는 말을 지나가듯이 말해야 해. 꼭! 그거 중요해. 알았어?"

정말로 거짓말처럼 한 시간 후에 김경훈 씨가 집 앞까지 달려왔다. 선정은 이불에 파묻혀 눈이 팅팅 붓도록 짜고 있으면서도 절대 내려가지 않았고, 민호는 선정 대신 내려가 더듬더듬 거짓부렁을 고했다. 야근을 하다가 오기라도 한 건지 그는 정장에 넥타이 차림이었는데, 머리를 쥐어뜯으며 내려올 때까지 기다리겠노라 한다. 그 역시 선정의 예상대로였다.

민호는 진땀을 흘리면서, 자신은 괜히 잘 자는 친구를 깨워서 욕을 먹을 생각이 전혀 없다고, 그러니 차라리 나중에 다시 연락하고 찾아오시는 게 어떻겠느냐, 선정이 시킨 대로 말해 주었다. 말하다 보니 괜히 자신이 악역이 된 기분이었다. 작년 말 그렇게 로맨틱 에로틱한 크리스마스 이벤트를 준비했던 사나이는 얼굴이 시커멓게 된 채 쓸쓸히 차를 돌렸다.

올라오니 선정은 이불에 묻힌 채 훌쩍훌쩍 울고 있었다. 민호는 자신의 신나는 뽀뽀 행각을 자랑할 생각을 포기하기로 했다. 옆에 앉아서 푹, 한숨을 쉬었다.

"야야, 너 그러는 거 보니까 나 연애할 자신이 없어진다."

민호는 핑크빛으로 가득할 것 같던 연애 전선이 사실 무시무시한 지뢰밭이라는 사실을 실감했다. 선정이 팩 쏘아붙였다.

"너, 정신 똑바로 차려야 해. 네가 더 좋아서 들러붙는 티가 나면, 똥값 땡처리 취급받는 거 금방이야! 사실 말이 그렇지, 그 사람에 비해 네가 스펙이나 뭐나, 하여간 많이 달리는 건 사실이잖아!"

"어, 응."

이년이 제 속이 아프니까 사정없이 진실을 말해 주는구나. 진실을 받아들이는 건 언제나 가슴 아픈 일이다. 민호는 조심스럽게 물었다.

"난 그럼 어떡해야 하지? 뽀뽀도 먼저 하자고 하면 안 되나?"

"하지 마! 남자가 애가 닳게 좀 냅둬!"

"어, 그, 그럼 남녀상열지사도."

"먼저 들이대지 마! 네 레벨은 네가 만들란 말이야. 잘 들어, 남자들은, 일단 여자를 몇 번 따먹어서 자기 거라는 생각이 들면, 그때부터 현명해지는 시간이 반드시 찾아온다고. 내가 왜 그랬지? 내가 아까워. 아무리 봐도 내가 밑지는데. 그따위 생각이 들거든. 그걸 원천 차단하려면 손잡고 결혼식장 들어갈 때까지 네가 호락호락하지 않다는 걸 보여 주어야 해!"

"이런 된장. 그게 쉽냐. 너 같은 만렙 고수도 눈이 빨갛게 돼서 짜고 있는 주제에."

"한 번 길 텄다고 함부로 해도 된다고 생각하게 만들면 안 돼. 너 원래 혼전 순결 주의자였는데, 저번에 어쩔 수 없이 당했던 거라고 해! 결혼 전까지 절대 안 된다고 해!"

혼전 뭐시기는 내가 아니고 그 남자 쪽인 거 같던데. 그리고 솔직히 다, 당한 건 아니지.

하지만 민호는 고개를 끄덕이기만 했다. 이해가 잘 되지는 않지만 분명 뼈가 되고 살이 될 가르침이었다. 어차피 연애 만렙의 스킬은 자신이 이해할 수 없는 높은 곳에 존재했다.

그렇게 3일이 지났다. 민호는 선정 공주가 초인적인 인내심으로 연락을 끊어 놓고 참고 있는 것을 보고 그녀를 선덕여왕처럼 존경하기로 마음먹었다. 연애는 정말 아무나 못 하는 거구나. 초장부터 함부로 속을 까고 들이대거나, 내가 동하는 대로 덮치거나 하면, 나중에 저런 피나는 전투를 치러야 하는구나. 등짝으로 따르르 전기가 올라왔다.

"오랜만이네, 경훈 씨. 무슨 일인데? 오늘? 나 오늘 집에 없을 건데? 오늘 같이 사는 친구, 민호 알지? 걔가 이사한다고 해서 도와주려고. 피곤할 테니까 오지 마."

전화를 끊은 선정이 눈을 반짝이며 들이댔다.

"민호야, 내가 이삿짐 같이 날라 줄게. 나도 남양주에 같이 가도 되지?"

"경훈 씨 속 끓이려고 하는 거면 차라리 혼자 극장에 가! 아님 다른 친구랑 놀거나!"

"정말 이삿짐 날라 준다니까? 네가 살 집도 한 번 구경하고 싶고. 너 어렸을 때 살던 시골집 다시 세 들어가는 거라며."

"책 한 권 들면서도 손목 아프다고 할 거잖아! 그리고 나 이삿짐은 가방 두 개하고 토마스 폰 에디슨뿐인데?"

"내가 하나 들어 줄게. 에디슨도 내가 줄 잡아 줄게. 가서 집 구경도 하고, 네 남친한테 제대로 인사도 하고. 응?"

남친, 이라는 말에 훌렁 넘어간 민호는 벌쭉 웃으며 고개를 끄덕였다.

빵빵, 아래층에서 클랙슨이 울렸다. '도착했어요. 문 열어 주세요.^^' 하는 메시지가 전화에 찍힌다. 벌써 두 시인가? 민호는 가방을 두 개 들고, 토마스 폰 에디슨에게도 강아지용 배낭을 지워 주고 그 안에 밥그릇과 개껌과 옷을 넣어 주었다. 쓰레기 정리는 깨끗하게 끝났다. 이삿짐 나르는 것을 도와준다던 선정은 하얀 물방울 원피스를 입고, 7센티쯤 되는 힐을 신은 후 클러치를 손에 들고 현관을 나선다.

아래로 내려가니 큼직한 검은색 밴 한 대와 흰색 승용차 한 대가 나란히 서 있었다. 검은 밴에는 려 갤러리라는 글씨가 박혀 있다. 뒤에 서 있는 흰색 승용차는 경훈 씨 차다. 민호는 어떻게 해야 할지 몰라 짐을 내려놓고 눈을 껌벅거렸지만 선정은 아무렇지도 않게 승용차를 무시하고 앤드류와 눈인사를 한 후, 그가 차 문을 열어 주기를 기다려 안에 앉았다.

앤드류는 짐이 이것 두 개뿐이냐 세 번쯤 물었고, 민호는 뻘쭘한 상태로 고자 양아들과 차에 올랐다. 앤드류가 고개를 갸웃거리며 차를 출발시키자 뒤에 있던 흰 승용차도 꼬리를 물고 따라오기 시작했다.

앤드류는 안락재에 도착하기 전, 휴게소에 차를 세웠다. 고미술품 운송 때마다 호위 차량을 앞뒤로 붙이고 보안에 온갖 신경을 곤두세워야 하던 앤드류로서는 뒤쪽에 똥파리처럼 어른거리는 차를 도무지 너그럽게 봐줄 수 없었다. 명랑 쾌활한 사나이의 입에서 당신 뭐야! 하는 소리가 터지고서야 선정이 치맛자락을 휘날리며 끼어들었다. 그렇게 이름도 알 수 없는 휴게소에서 연인들은 감격의 화해를 했다.

민호는 일련의 사건 진행에 깊이 감동했다. 그녀의 행적은 기름종이에 적어 두고 벽에 붙여 놓아 두고두고 평생의 귀감으로 삼아 마땅했다.

감격한 경훈은 선정을 데리고 얌전히 꺼져 주는 대신, 친구님의 이사까지 돕겠다고 팔을 걷어붙였다. 그 기세가 열렬해 앤드류도 얼결에 고개를 끄덕이고 말았다. 선정도 우리 경훈 씨가 원래 이렇게 마음이 넓어, 민호, 너 저녁 쏴라, 하고 아라리 지라리를 한다. 이 잡것들아, 이삿짐은 가방 두 개가 전부야, 하고 쏘아붙이고 싶은 걸 간신히 참았다.

연애 행각은 죄가 아니다. 다만 민폐일 뿐이다.

○ ● ○

이완은 앤드류와 민호의 뒤에 따라오는 두 떨거지를 보자마자 확 눈썹을 찌푸렸다. 찌푸리려 했다. 하지만 선정이 민호의 오랜 친구이고, '내가 살 방을 보여 주고 싶어서', '이사를 돕기 위해서' 함께 왔다는 민호의 설명을 듣고 성질대로 화를 낼 수가 없었다. 그는 주먹을 지그시 쥐고는 손님들에게 매끄럽게 웃어 보였다.

이삿짐이라는 게 고작 가방 두 개뿐인 것을 보고 이완은 허, 참, 하고 웃고 말았다. 참 바람 같은 여자다. 어디를 떠나서 새로 정착하는 것이 이렇게 간단할 수도 있다는 것을, 저 여자를 보며 항상 실감했다.

이완은 앤드류에게 안채의 식당에 사람 수대로 새로 세팅을 해 두라 부탁했다. 머릿속으로는 욕설로 이루어진 화산이 폭발하는 기분이었지만, 결혼하고 싶은 여자의 친구와 그녀의 남자친구까지 와 있는 판이니 특별하게 신경 써서 대접을 해 주어야 했다.

더욱이 선정은 자신과 민호가 새로운 우주를 만들 기세로 삽질을 하고 있을 때, 둘이 잘 되게 해 주려고 열심히 민호를 닦달한, 나름 은인이었다. 그 정도면 결초보은까지는 아니라도 저녁 턱 정도는 해 주어야 마땅했다.

선정과 경훈은 집에 들어올 때부터 기가 막혀 입을 다물지 못했다. 이런 집도 있나? 민호가 어렸을 때 이런 집에서 살았다고? 분명 '어렸을 때 살던 도깨비 굴 같은 시골집'이라 했다. 그걸 수리해서 박 실장님 창고로 쓰고, 자기는 안에 있는 방을 얻어 살기로 했다는 말을 들었다.

"계집애야, 이게 어떻게 폐가야. 이게 수리한 거니? 완전 새로 지은 거지!"

"그러게. 나도 이게 어떻게 된 건지 모르겠다. 건물들 위치는 대충 맞는 것 같은데. 아이고, 눈깔 빠지겠네."

터만 남기고 없애 버린 행랑채니, 외부 수장고니, 별채니 하는 것들을 모조리 되살려 놓았다. 보안을 위해서 담장을 일반 한옥보다 훨씬 높게 둘렀다고 하는데, 그 때문인지 밖에서는 안이 잘 보이지는 않았다. 예전보다 훨씬 안정감이 있고, 터가 그렇게 넓은데도 꽤 아늑하게 느껴졌다.

대문 안쪽으로 파랗게 깔린 잔디와 석조 장식품들이 늘어섰다. 가장자리로 운치 있는 나무들이 보기 좋게 어우러져 있다. 거의 무너져 가던 작은사랑채까지 말끔하게 살려 놓아서 사랑채만 두 개였다. 행랑채는 손님들 방으로 꾸며 놓아 아담하면서도 정갈하고 화사했다. 예전 비상구로 쓰던 헛간, 수장고에 유물들을 보관하려는 모양인데, 보안 카메라가 줄줄 달린 꼴이 한눈에 보아도 무시무시했다.

널찍한 대청과 방 앞에 놓인 툇마루들이 노랗고 예뻤다. 양쪽 가장자리에 있는 툇마루는 고급스러운 난간까지 붙어 있었다. 이완은 보안상의 문제로 창호지를 쓰지 않고 방탄 처리가 된 반투명 유리와 나무로 문을 달았다고 설명했다.

외관만 한옥이었지 내부는 무슨 회장님 저택이었다. 민호는 대체 무어라고 말해야 할지 알 수 없었다. 어쩐지 고맙다고 말해야 할 것 같은데, 사실 자기가 산 집 자기가 수리하는 거니, 고맙다고 말하기도 애매했다.

이완은 그들을 안채로 안내해 차와 한과를 대접했다. 한국 고미술품 딜러라더니, 차를 대접하는 것도 무척 세련되고 매끄러웠다. 이런 건 보통 나이 먹은 아주머니들이나 할아버지 할머니들이 한복을 입고 해 주는 줄로만 알았는데, 양복을 입고 해 주는 것도 느낌이 무척이나 특별했다. 조막만 한 찻주전자를 한 손으로 잡고 조로로 따라주는 게 아주 그냥 예술이었다. 한 방울 흘리지도 않는 것이, 참말로 원조 깔끔쟁이답다.

무슨 차인지, 언제 딴 건지 차분차분 설명은 해 주는데 귀에 하나도 들어오지 않는다. 그저 심장이 드럼처럼 두둥두둥 소리를 내며 뛰었다. 평생 저 얼굴을 보면서 매번 이렇게 심장이 벌렁거리면 내 명에 못 죽지. 손금이 손등까지 돌아가 있는 무병장수의 아이콘이 그놈의 사랑이 뭔지 요절 걱정까지 하게 되는구나.

이완의 시선은 대부분 민호에게 머물렀고, 민호를 볼 때마다 뺨에 보조개가 쏙쏙 팼다. 민호는 그와 시선이 마주칠 때마다 온몸이 눈사람처럼 홀홀 녹아 버릴 것 같았다.

선정은 두 사람 사이에서 오가는 맹렬한 시선을 보고 폭폭 한숨을 쉬었다. 뭐 딱히 경훈 씨가 못나 보이는 건 아닌데, 대기업에서 벌써 대리를 달고 기업과 사회와 여자친구를 위해 몸 바쳐 일하고 있는 그가 딱히 부족한 것은 아닌데, 속에서 자꾸 애잔한 한숨이 나왔다.

천년의 모태 솔로에, 밤마다 연애 수업을 받고도 도저히 개선의 여지가 보이지 않던 친구가 어쩌다 저런 남자를 물었는지 가히 세계 8대 불가사의였다. 아무래도 저 친구가 혼자 삽질하는 동안, 얼떨결에 밀당이 된 모양이었다.

"손님들께서 오실 줄 알았으면 저녁을 좀 넉넉하게 미리 준비할 것을 그랬습니다. 잠시 앉아서 이야기 나누시면서 기다리세요."

민호는 화해한 연인들 사이에 끼어 있기가 뻘쭘해 부엌으로 조르르 따라갔다. 부엌은 부엌대로 신세계였다. 채광이 잘 되는 입식 주방인데, 거대한 냉장고, 식당을 해도 좋을 만큼 길고 큼직한 싱크대와 아일랜드 식탁, 커피 메이커, 정수기, 토스터, 밥솥 등의 용품들이 빼곡하게 놓여 있었다. 이완의 취향 때문인지 화려하다기보다 세련되고 깔끔했다. 내가 살던 곳이 원래 이런 곳이었구나. 민호는 침을 후르르 흘리며 새시대의 새부엌을 구경했다.

이완이 슈트를 벗고 앞치마를 두르고는 익숙하게 칼질을 하다가 고개를 뒤로 돌리더니 빙긋 웃어 보인다. 우와, 앞치마를 둘러도 그림이 되는구나. 하긴, 저 조물주의 몰빵은 똥장군을 지고 있어도 그림이 될 거야. 민호는 얼굴로 열이 혹혹 쏠리는 것을 느끼며 중얼거렸다.

"뭐 해? 내가 도와줄까?"

"아닙니다. 지금 오븐에 넣기만 하면 됩니다. 예열은 아까부터 해 두었거든요. 등심 스테이크예요. 스테이크 좋아하시죠? 구워지는 동안 그레이비 소스 준비하고 매시트포테이토를 만들면 끝납니다. 후식으로 치즈 케이크도 만들어서 냉장고에 넣어 두었습니다."

"우와, 그런 것도 다 할 줄 아네?"

"대충 어렵지 않은 건요. 민호 씨가 치즈 케이크 좋아하는 거 보고 약식 레시피 알아봤는데 쉽더라고요. 자주 만들어 드릴게요."

세상에 케이크도 만들 줄 아는 사나이라니, 게다가 자주 만들어 준다니, 이런 일등신랑감을 보았나. 설탕으로 만들어진 지렁이 수십 마리가 배꼽 근처에서 꼬물대고 기어 다니는 것 같다. 민호는 그의 곁에 바짝 붙었다.

"내가 뭐 도와줄까? 나 요리 맛있게 잘해. 김치찌개, 된장찌개, 청국장 그런 거."

"예, 민호 씨 요리 잘하는 건 아는데요. 오늘은 제가 할게요. 이건 양식이 니까 아무래도 제가 익숙하고, 오늘은 제가 처음 초대한 거니까요. 민호 씨 이사 들어오는 날이니까 제가 대접해 드리고 싶어서 그래요. 맛은 어떨지 몰라도 정성만큼은 듬뿍 들어갔습니다."

"맛없으면 설탕 좀 넣으면 돼. 천하를 평정하는 맛이 나와."

"아하하, 맙소사. 요리는 조미료가 아니라 정성으로 맛을 내는 거 아닌가 요?"

"아냐, 내가 예전에 수라간에 붙잡혀서 노가다를 한 적이 있었는데, 그때 왕님이 먹는 거 몰래 다 먹어 봤단 말이야. 삼천 궁녀의 정성보다 설탕이 갑이야. 설탕이 다 이겨."

이완은 칼을 쥔 채 뭐가 그리 재미있는지 한참을 웃었다.

"아, 정말, 수라간 스태프의 말이니 당할 수가 없군요. 그래도 민호 씨, 제 정성이 들어간 거니까, 안 달아도 그냥 드시는 겁니다. 원래 연애하는 사람들은 뭘 먹어도 달달해서 괜찮을 거예요."

사분사분하는 말투마저 10년 묵은 석청 같다. 말해 놓고 보니 저도 쑥스 러운지 귓불이 빨개진 것이 보였다. 민호는 선정에게 배운 것을 모조리 까 먹고 이완을 뒤에서 끌어안고 히힛, 웃었다. 아이고 좋다. 너무너무 좋다.

어깨에 뺨을 대고 비비고 있으니, 이완의 몸이 딱딱해졌다.

"민호 씨, 다치니까 손님들하고 식탁에 앉아 계세요. 와인하고 치즈는 식탁에 세팅해 두었고, 샐러드, 에피타이저하고 빵 가져가셔서 식탁에 놓아두시면 돼요. 배 출출하시면 전채 먼저 드시든가요."

이제는 귓불까지만이 아니고 목덜미까지 시뻘겋다. 그는 말을 애써 참다가 결국 툭, 튕기고 말았다.

"저 두 사람은 언제 간대요? 저는 오늘 민호 씨만 오시는 줄 알았습니다."

"어, 이삿짐 정리도 도와준다고 하고, 궁금하다고 해서. 왜?"

"그, 그게 저, 짐 정리도 하셔야 하고, 민호 씨에게 할 말도 있습니다만."

만호는 그의 온몸에서 내뿜는 '쫓아내, 쫓아내, 쫓아내.'라는 오라를 알아차리고 얼른 밖으로 나갔다.

민호가 주방에서 나가자 이완은 후, 한숨을 쉬며 키친 타올로 이마의 땀을 찍어 냈다. 왜 저 여자는 밖에 손님도 있는데 끌어안고 어깨를 비비고 난리인가. 나더러 주방에서 19금 사고를 치라고 불난 데 기름이라도 퍼붓고 싶은 건가. 그러잖아도 그놈의 살랑살랑 낭만적 남녀상열지사라는 말만 들으면 인내심 수위가 달랑달랑 바닥에 달라붙은 기분이란 말이다.

대체 내가 왜 이렇게 아메바 단세포처럼 변해 가고 있을까. 쫓아내, 쫓아내, 얼른 쫓아내, 뱃속에서 자신의 모든 생식세포가 모여 데모를 하고 있는 것 같다. 이완은 고개를 흔들고 다시 칼질을 시작했다.

○ ● ○

"세! 세상에, 민호야, 이게 뭐라니!"

모여 있는 세 사람은 입을 떡 벌렸다. 민호는 정신이 아찔했다.

선정은 이사 들어온 거니 집 구경이나 시켜 달라고 했다. 그러지 뭐. 나
도 오늘 처음이니 구경이나 해 보자. 그 깔끔쟁이는 내가 오기 전에 걸레
질을 백번은 했을 것이니 어느 구석에서 머리카락 뭉치나 빨래가 튀어나와
창피할 일은 없을 것이다.

안채는 기가 막히게 아름답게 지어졌다. 앉아 있는 마루는 예전 대청마
루처럼 앞뒤 벽을 열 수도 있고, 스위치 하나로 벽을 양쪽에서 닫아 실내로
쓸 수도 있다. 조명이며 보안 시스템, 실내 디자인까지 눈이 닿는 곳마다
눈이 핵핵 돌아갈 지경이다. 여기 깔린 노란 나무는 다 원목이겠지. 원목일
거야. 이게 과연 내가 살던 곳에 같은 형태로 지어진 집이 맞나.

뒤뜰에는 널찍한 정원이 있었는데 작은 연못도 있고, 관리가 잘 된 푸른
잔디와 화려한 꽃들이 흐드러졌다. 안채에만 방이 세 개가 있는데, 손님용
별채가 따로 있음에도 침실이 하나 더 있고, 하나는 서재처럼 꾸며져 있었
다.

가장 안쪽에 파묻혀 있다시피 한 조용한 방이 민호가 쓰는 방인 것 같다.
나무로 된 미닫이 방문 앞에 작은 하트 모양의 장식과 윤민호 취침 중이라
는 팻말이 걸려 있었다. 맙소사, 저 인간이 미쳤나 봐. 쪽팔리지도 않나. 남
자가 하트가 뭐야, 하트가! 민호는 얼른 팻말을 뒤로 뒤집었다. 뒤는 윤민호
식사 중이라는 팻말이었다.

하지만 안방 문을 열자마자 세 사람은 말을 잃었다.

살짝 열어 둔 창문을 통해서 맞바람이 들어왔다. 침대를 반쯤 덮고 있는
자주색과 황금색의 찬란한 반투명 베일이 바람결에 살랑살랑 나부꼈다. 손
한 번 대지 않은 커플 잠옷이 침대 한쪽에 각이 잡혀 얌전히 놓여 있고, 침
대건 러그건, 쿠션이건 뭐건 한결같이 대놓고 핑크틱 에로틱 판타스틱 모

드였다. 탁자 위에 있는 와인과 와인글라스, 불타는 빨강 꽃다발도 입이 떡 벌어지는데, 침대 주변을 둘러싼 각종 양초도 식겁한데, 침대 머리맡은 자잘한 꽃들로 아예 푹 파묻혀 있었다. 이건 적당히 당신하고 뭔가를 하고 싶다고 분위기 띄우는 정도가 아니다.

"미, 미쳤나 봐. 어떡해!"

선정이 겁에 질린 목소리로 말했다. 경훈도 입을 벌린 채 더듬었다. 저거, 저렇게 점잖게 생긴 사람이.

"변태 아냐?"

세 사람이 똑같이 생각한 것을 누군가가 입 밖으로 소리 내어 말했다. 그 말이 허공에 울려 퍼지자마자 정말 그 말이 사실로 확정이 되어 버리는 것 같았다. 민호는 얼빠진 얼굴로 안으로 들어갔다. 먼지 하나 없이 깔끔한 방 안에 온갖 꽃 냄새가 가득했다. 이게 뭐야. 이게. 얌전히 놓여 있는 분홍색과 푸른색 잠옷을 보니 온몸의 솜털이 공중부양을 하는 것 같다. 이거, 너무 의도가 빤히 보여. 가슴이 벌떡벌떡하는데 이게 기분이 좋아서 그러는지 겁이 나서 그러는지 알 수도 없다.

덜덜 떨리는 손으로 협탁의 서랍을 열어 보았다. 무슨 영어로 되어 있는 박스가 하나, 둘, 세 개가 보인다. 이게 뭐냐. 손으로 들고 상자 뚜껑을 열어 보았다. 콘돔이 4열 종대로 앞으로나란히를 하고 줄줄 뻗쳐 있다. 얼굴로 화산이 폭발했다.

그래. 아, 그래. 만사 불여튼튼, 나의 로망 남녀상열지사의 안전제일필수품. 내가 다음번에 할 땐 미리 준비하라고 했지. 말 잘 듣는 건 좋은데 이렇게 친구가 와 있는데 덜렁 나올 만한 아이템은 아니구나. 그, 그래도 이제 막, 막 이사 온 순진한 처자의 방에다가 콘돔을 300개씩 박아 놓으면 어떡해. 그리고 이거 어느 천년에 다 써?

"민호야, 대체, 너 방 세 들어 사는 거 맞아?"

"어? 어. 응."

"근데 이게 뭐야. 이게 대체 뭐 하자는 건데? 왜 여자 혼자 쓰는 방에다가 제가 이런 걸 맘대로 놔둬? 아주 대놓고 나 여기서 잘 거다, 여기 내 침실이다, 그런 거 티 내고 있네? 너 아주 호락호락하게 보였나 보다? 이러면 안 되지!"

선정의 얼굴이 허옇게 변했다. 연애 기간과 경력이 그렇게 긴 선정이지만, 그녀에게 확고 불변한 원칙이 하나 있었으니, 자신이 사는 집은 이유 여하를 불문하고 금남구역이라는 것이었다. 아무리 남자가 애가 닳아도 그것 하나는 확실하게 지켰다.

이완의 속에서 이루어졌던 생각을 전혀 짐작할 바가 없던 민호의 귀가 팔랑팔랑거렸다. 그렇지, 자고로 예의 바른 사나이라면, 여자가 쓸 가구에다가 이따위 19금 성인용품을 몇백 개씩 쟁여 두면 안 되지. 하지만 민호는 이걸 화를 내야 할지 말아야 할지 알 수 없었다. 마구 화를 내기도 굉장히 뻘쭘하고 쪽팔린 것이, 나, 나도 뭐 딱히 싫은 건 아니고, 뭐 좀 싫다기보다⋯⋯.

"헉!"

얼쩡대다 민망했던지 경훈이 잠시 옆의 욕실로 자리를 피했다가 숨넘어가는 소리를 냈다. 이번엔 또 무슨 사달이냐. 얼른 따라 들어간 선정과 민호는 거의 비명에 가까운 소리를 내고야 말았다.

욕조 가득 물이 채워져 있다. 자동으로 온도를 맞춰 주는 것인지 김이 모락모락 오르고 있는데, 그 물 위로 장미꽃잎이 하나 가득 떠 있다. 두서너 송이 폼으로 둥둥 떠다니는 것도 아니고, 가득! 가득! 물 위로 둥둥 한가득!

변태다, 변태야, 이건 변태가 분명해. 한껏 기대에 부풀었던 민호의 등으로 식은땀이 쫙 흘러내렸다. 뒤에 서 있던 두 사람의 속에서도 똑같이 변태야, 변태야, 하는 소리 없는 울림이 울려 퍼지고 있었다.

저 양초도 어쩌면 변태 행각에 필요한 소품인지도 몰라, 저 매듭도 변태 소품인지도 몰라, 저 와인도 뭐에 쓰는 소품인지도 몰라! 저 잠옷도 장미꽃도 슬리퍼도 원래 용도가 뭔지도 몰라. 아무도 몰라. 어쩌면 좋아. 선정과 민호의 사이로 맹렬한 텔레파시가 오갔다.

"아니, 다들 대체 어디 가 계신 겁니……."

이완이 앞치마를 벗고 다시 각 잡힌 양복 차림으로 나타났다. 벙, 하고 얼 빠진 얼굴을 하고 있는 세 사람을 보고서야 이완은 황당한 얼굴을 했다. 얼굴 로 열이 쏠리는 건 둘째 치고 기가 막혀서 말이 나오지 않는다는 표정이었다.

"아니, 왜, 왜 당신들이 침실에 와 있습니까? 왜 허락도 없이……."

이완의 상식으로는, 침실이란 주인이 허락하지 않으면 함부로 구경해서 는 안 되는 공간이다. 게다가 이렇게 잔뜩 뭔가를 준비해 둔 상태인데, 왜 허락도 없이! 당신들 이게 무슨 무례한 짓이야. 하지만 선정이나 민호, 그리 고 어느새 딱하다는 눈빛으로 바뀐 경훈의 표정은 그게 아니었다.

"이거 민호가 세 들어 살 곳 아닌가요? 민호 방으로 알고 있었는데요? 박 실장님은 집이 인사동이고 여기가 창고라고……. 그래서 여기로 세 들 어오는 걸로 알고 있었는데요."

순간 이완의 얼굴이 급변했다. 아, 잊고 있었다. 여, 여기는 그러니까, 부 부 침실이 아니고, 내가, 저 여자에게 보너스로 세를 준 거지. 평생 무료임 대지만 하여간 법률적으로 따지자면 그랬었다.

이런 맙소사. 혼자 상상에 취해서 너무 멀리 나갔다. 이완은 머리카락이 올올이 곤두서는 것을 느꼈다.

내가 무슨 짓을 한 거지? 아무리 애인이라도, 새로 이사 들어오는 사람 에게, 새 방의 탁자 서랍에 콘돔을 세 박스나 넣어 두고.

……요, 욕조에 저따위 짓을.

이완의 얼굴이 흙빛이 되는 것을 보며 선정과 경훈은 손을 잡고 얼른 도망쳐 나왔다. 더 이상 두 사람 사이에 개입해서는 안 된다는 판단이었다. 민호는 믿었던 스승이 애인하고 손잡고 도망치는 꼴을 보며 눈앞이 노래졌다. 야, 이 계집애야, 네가 도망가면 나 혼자 이 사태를 어떻게 수습하냐. 이 변태하고 나하고 둘만 남겨 놓고 가면 어떡하냐.

"아, 미, 민호 씨. 미, 미안합니다. 제가, 좀……."

민호의 단순한 뇌의 주름에 과부하가 걸릴 지경이었다. 여기서 뭘 어떻게 해야 이 아라리가 수습이 될까?

"어, 박 실장님. 이완 씨, 그러니까, 내, 내가."

뭐라 하냐 윤민호. 거북아 거북아 꾀를 좀 내어라, 안 그러면 구워서 먹으리. 연애 만렙 여사가 뭐라 했냐, 뭐라 했었더라.

"내가 사실은 원래는 혼전 순결 주의자인데, 이, 이러면 내가 좀."

이 등신 같은 거북아, 그런 씨알도 안 먹힐 핑계 말고 다른 핑계를 대어라. 선착순, 주사위, 다트 씨불이며 들이댄 년이 그런 말을 하면 행여?

말을 들은 이완의 표정이 급변했다. 뭐라 딱히 말할 수 없는 표정이었다. 그는 완전히 구겨진 얼굴로 민호를 내려다보더니 천천히 말했다.

"저……도 그렇습니다. 아니 그랬습니다."

역시나 덤 앤 더머. 지금 오삼 년 전에 거사를 다 치른 연놈들이 콘돔 삼백 개를 쟁여 놓고 욕조에 장미꽃 무더기로 깔아 놓고 둘 다 지랄 똥을 싸신다.

"하, 하여간, 어쨌든 여기는 내가 쓰는 방인데, 이, 이완 씨, 실장님, 마음대로 마, 막 들어오나?"

"……그럴 리가 있습니까. 죄송합니다. 생각이 짧았습니다, 앞으로 허락받고 들어오겠습니다. 서랍에 있는 것들도 다 치워 두겠습니다."

하도 멘탈 붕괴가 와서 이완의 머릿속에 들어 있던 로맨틱 에로틱 판타스틱 프러포즈 생각은 태평양 너머로 날아가 버렸다. 민호가 주춤주춤 눈치를 보는 동안 눈이 동그래진 앤드류가 안채로 들어와 손님 두 분이 급한 일이 있다면서 막 가셨다는 말을 전했다.

이완은 방에서 한참 동안 멍하니 서 있다가 온갖 꽃바구니를 다 버리고 서랍 속의 망측한 것을 치운 후 욕조 청소를 시작했다. 민호는 온통 우거지상으로 얼굴을 구기고 있는 이완 곁에 있을 자신이 없었다. 고개를 외로 틀고 슬금슬금 게걸음을 치다가 사랑채 쪽으로 줄행랑을 쳤다.

"우리 밥이나 먹읍…… 민호 씨?"

청소를 겨우 끝내고 나오니 방에는 아무도 없었다. 이완은 맥 빠진 걸음으로 온 집 안을 찾아 돌아다녔으나, 민호는 집 어디에도 없었다.

여긴 타임 트래킹을 할 만한 것도 없을 텐데?

이완은 관리 초소로 뛰어가 CCTV 화면을 확인했다. 여자가 안채에서 게걸음으로 도망 나오더니 사랑채를 지나 수장고—창고 쪽으로 후닥닥 뛰어간다. 예전에 살던 집이라 어디에 무엇이 있는지 헤매거나 하지는 않는다. 머리에 꽂힌 납작한 핀을 빼서 자물쇠 안에 구겨 넣고 짤그락거리는 꼴이 고스란히 잡혔다.

"민호 씨! 지금 뭐 하는 겁니까!"

화면에 대고 소리쳐야 소용없다. 극도의 쪽팔림을 견디지 못한 민호는 창고 안으로 들어가더니, 종무소식이 되어 버렸다. 서바이벌의 천재 윤민호의 진실은 도망질의 천재였던 것이다. 어떻게 저 열쇠까지 따고 들어갈 생각을 해. 이완은 한숨을 쉬며 수장고로 걸어가 문을 열었다.

유물이 겹으로 쌓여 있는 곳. 들어간 사람은 있지만 안에는 아무도 없었다. 이완은 머리를 헤집으며 한숨을 쉬었다. 이제는 화도 나지 않는다.

그는 중문 앞에서 웃음을 있는 대로 참으며 눈치를 보고 있는 앤드류에게 다가가 맥 빠진 소리를 냈다.

"앤디, 밥이나 먹자."

○ ● ○

사라진 여자는 이틀이 되고 사흘이 지나도록 되돌아오지 않았다. 이완은 스테이크와 샐러드를 홧김에 몰아 먹고 어김없이 급체를 했다. 이완은 민호와 달리 천하무적 철벽 위장이 아닌지라 신경을 긁는 일이 있으면 어김없이 불면에 소화불량이었다. 오늘도 안 오면 내일 유치원 나가는 날인데 어쩌려고. 풀타임도 아니고 파트타임인데 한 군데서 두 번 연속 잘릴 생각인가.

이완은 전철역에서 내려 갤러리로 가는 대신 방향을 옆으로 틀었다. 하도 속이 답답해서 잠시 걷다가 들어갈 생각이었다. 사무실과 창덕궁이 지척이었다. 마침 후원 특별 관람 시간인지 사람들이 웅성웅성 몰려 있었다. 이완은 예약 인원이 차지 않아 남아 있던 표를 끊고 안내하는 사람을 따라 안으로 들어섰다.

안내하는 사람은 나이가 지긋한 여자였는데 말투도 구수하고 목소리도 편안하고 좋았다. 딱히 들을 생각은 없이 사람들을 따라 슬슬 돌다가 점점 느릿하게 뒤처졌다.

젊은 여자 두엇이 고운 깨끼 치마저고리를 입고 따라다닌다. 한복을 입으면 궁궐 관람은 입장료가 무료라 들었는데 그것 때문에 차려입고 온 모양이다. 확실히 한복을 입은 사람이 있으니 보기가 좋았다.

"아니, 저 안에는 또 왜 들어갔을까. 안에는 들어가지 마시라고 말씀 드렸는데."

안내하던 여자가 약간 언짢은 기색으로 투덜거렸다. 이완은 주합루 마루 위에 한복을 입은 여자 한 명이 서 있는 것을 발견했다.

"거기 아가씨, 학생인가? 그 안에 들어가시면 안 돼요! 언제 들어갔어

494

요? 얼른 나오세요."

잘 안 들리는지 서 있는 여자가 약간 어슷하게 방향을 틀어 하늘을 올려 다본다. 새털처럼 가벼운 구름이 파란 하늘에 자유롭게 걸려 있다. 긴 머리를 곱게 땋아 틀어 올린 여자는 소매의 통이 좁고 고름이 짧은 옥색 저고리에 푸른색 치마를 입고 있었다. 약간 투박하고 촌스러워 보였지만 오래된 건물 안에 서 있는 모습에서는 은은한 기품과 자연스러운 아름다움이 느껴졌다.

여자를 보고 있노라니 한복이 조선의 궁과 잘 어울리는 옷이라는 것이 실감이 난다. 건물과 복식의 궁합이라는 것이 있다면 베르사유 궁전과 화려한 드레스만큼이나, 한옥과 한복은 아취가 잘 맞았고, 서로의 아름다움에 시너지 효과를 주었다.

안내하던 사람이 가까이 다가가서 목소리를 높인 후에야, 푸른 한복을 입은 여자가 잰걸음으로 주합루의 계단을 내려왔다. 키가 큰 것치고 한복 입은 맵시가 나쁘지 않았다. 여자는 배시시 웃으며 안내하는 여자에게 죄송합니다, 인사를 하고 일행 속으로 들어왔다. 사람들이 흘끔흘끔 쳐다보아도 여자는 아무렇지도 않은 눈치였다. 이완은 뒷짐을 지고 어슬렁어슬렁 다가갔다.

"새로운 비상구 개척 성공하신 겁니까?"

"어, 다행히 성공했…… 으힉, 어, 어떻게 왔어?"

민호는 화들짝 놀라 소스라쳤다.

"경비가 삼엄하긴 한데, 뭐 나쁘진 않네. 그런데 재수 없게 들통 나서 이틀 동안 노가다에 시달렸거든."

"그 정도면 다행이죠. 엄하게 인정전까지 들어갔다가 역모 시해범으로 몰려 죽거나 왕의 수청을 들고 싶지 않으면 돈화문 바깥쪽을 이용하세요."

"바깥 큰 대문이 돈화문인가? 그러지 뭐. 좀 궁금해서 들어갔던 것뿐이야."

"물론 그러셨겠지요. 하여간, 잘 다녀오셨으니 다행입니다. 돌아오신 걸 환영해요."

이완은 담담하고 태연하게 웃으며 여자에게 손을 내밀었다. 민호는 손을 잡는 대신 어색하게 이완의 팔짱을 끼었다. 이완은 처마에 걸린 새털구름 조각을 보며 헛기침을 했다. 여자가 맑게 웃는 소리가 들렸다.

외전 3.
한여름 낮의 꿈

자각몽이란 고약하면서 재미있는 것이다. 내가 아닌 내가, 의식을 가진 상태로, 내가 하지 않는 행동을 지켜본다는 것. 그것은 일견 재미있고, 한편 두려운 것이기도 하다.

이완은 안락재 작은사랑의 툇마루에 걸터앉았다. 어슷하게 내려오는 따가운 볕이 좋았다. 햇볕을 쬐는 것만으로도 기분이 한결 나아지는 것 같다.

이완은 지난번 프러포즈 대실패 이후로 아직 결혼도 약혼도 하지 않은 처자의 프라이버시를 존중해서, 당분간 얌전히 인사동에 살면서 안락재에 자주 방문하는 노선을 택하게 되었다.

오늘따라 여자가 무언가를 만들어 준다고 잠시 기다리라고 안채로 들어가더니 종무소식이다. 이완은 슈트를 벗고 넥타이까지 풀어 놓은 채 기둥에 기대 눈을 감았다. 서담전을 정기 전시회로 할지 비정기 특별전으로 할지 의견이 분분하다가 간신히 특별전 쪽으로 결론이 나서, 새로 전시회 준비를 시작하느라 바쁘고 피곤했었다.

앉아서 깜박 졸았다고 생각했다. 바람은 시원했고 볕은 따가웠다. 그것을 분명 인식한 상태였지만 한편으로는 몽롱하고 기분이 붕붕 뜬 상태였다.

"아이고, 여기 웬 사람이 와서 잠을 이렇게 자고 있어, 많이 피곤하셨나?"

수더분한 얼굴의 나이가 지긋한 아주머니 한 사람이 대문을 열고 들어와 이완의 얼굴을 빼꼼 들여다본다. 이게 누구지? 관리인은 어디 간 거야? 왜 사람을 함부로 들여? 이완은 어찌어찌 눈을 비비고 일어났는데, 기분이 이상했다. 앉아 있던 건물이 몹시 퇴락하고 지저분하게 느껴졌던 것이다.

꿈이구나.

이완은 이것이 자각몽임을 알았다. 이런 자각몽은 드문데. 하지만 꿈이란 것을 너무 확실하게 알게 되니 오히려 덤덤하고 떨떠름했다. 꿈속에서의 자신이 여자에게 말을 건다.

"아, 너무 피곤해서요. 요새 좀 바빴거든요."

"나이도 젊은 총각이 어째 그런가."

아주머니는 들고 있던 함지박을 내려놓았다. 노란 배춧속을 따로 소금에 절여 놓은 것이 보였다. 옆에 앉는 아주머니는 꽤 마른 편이었는데 앉으니 배가 불룩하게 나왔고, 움직임도 거북살스럽고 힘들어 보였다.

꿈이라서 그런가, 아주머니 성격이 워낙 태평해서 그런가 낯선 사람에게 말을 거는데도 이웃 총각에게 하듯 편안하다. 꿈속에서의 이완 역시 자약하게 말을 건다.

"아주머니 여기 사세요?"

"그렇지, 우리 집이야."

"아하, 그렇군요. 혹시 아주머니 아이들이 있으신가요?"

"아들만 넷이지."

"지금 임신하셨고요?"

"응, 석 달 후면 늦둥이가 생겨."

나이 든 여자는 배춧속을 뒤적여 색이 좋지 않은 것을 버리며 심상하게 말했다. 하지만 얼굴에는 은근하게 웃음기가 있다. 꿈속의 이완은 놀라지도 신기해하지도 않고 덤덤하게 대꾸한다.

"딸 낳고 싶으세요, 아들 낳고 싶으세요?"

"아이고, 딸이지! 딸! 시커면 사내새끼들만 넷 키우고 나니까, 예쁘장하고 나랑 재재재 수다도 떨어 줄 공주님 하나만 생기면 소원이 없겠어!"

"잘됐네요. 아주머니 석 달 후면 딸을 낳으실 거예요."

이완은 자신이 아닌 자신이 여자에게 태연하게 말하고 있는 것을 물끄러미 지켜보았다. 여자의 낯이 활짝 밝아졌다.

"아주 예쁘고, 건강하고, 복도 많고, 사랑스러운 딸이 태어날 거예요. 엄마를 엄청 좋아하고, 엄마한테 아주 사랑받는 딸이요."

"아이고야, 이거 참말로 꿈인갑소. 이렇게 좋을 데가. 근데 이거 도사님이신가."

"뭐…… 그렇다고 해 두죠. 그리고 나중에 어른이 되어서는요, 음, 꽤 멋지고 괜찮은 남자를 만날 겁니다."

"돈도 많은가? 잘생긴 사람인가? 돈도 좋지만 사위 자리가 훤칠하고 좀 멋진 맛도 있어야지. 아무래도 지금 낳으면 개가 시집갈 때까지 살 수 있을지 걱정이라서."

"예, 맞아요. 그런 멋진 남자하고 만날 겁니다."

"하이고, 도사님 고맙습니다."

딸과 똑같이 얼굴을 밝히는 아주머니가 갑자기 존댓말을 쓴다. 꿈속의 박이완이 소리 내어 웃었다.

"아주머니, 부탁이 있는데, 제발 딸 키우시면서요, 여우짓 좀 많이 가르치세요."

"응, 그려요. 나도 그런 딸이 좋아."

"제발 곰처럼 무디거나 볶은 콩처럼 튀어 돌아다니게 하지 마시고, 여우처럼 남자 제대로 홀려 잡게 조기교육 좀 시켜 주세요. 그러기만 하면, 평생 남자한테 사랑을 듬뿍 받으면서 살 거예요."

"아이고, 그러고말고, 그러고말고."

여자의 목소리가 가물가물 멀어졌다. 툭툭, 누군가 어깨를 치는 바람에 이완은 화들짝 놀라 눈을 떴다. 꿈속에서 보았던 여자와 입매가 조금 비슷한 여자가 싱긋 웃고 있다.

"피곤했나 봐, 낮잠 잤어?"

"아, 예……. 꿈을 좀 꾸었네요."

"무슨 꿈인데 그렇게 표정이 좋아?"

"그냥, 좋은 꿈이죠."

이완은 가볍게 웃으며 여자를 끌어당겨 옆에 앉혔다.

이봐요 여우 씨, 당신 꿈을 꿨어요. 어떤 돌팔이 도사 한 명이 자기 발에 족쇄를 채우는 꿈을 꾸고 있었어요. 그 얼빠진 돌팔이 도사는 그래 놓고도 좋다고 정신이 없네요.

이완은 말을 입 밖으로 내는 대신 여자의 뺨에 입술을 댔다. 쪽, 한여름 오후의 햇볕처럼 따끔하고 싱싱한 소리가 났다.

○　●　○

민호가 만든 것은 '초간편스피드 약식'이었다. 찹쌀과 밤을 전기 압력솥에 넣고 밥을 한 후, 다 된 밥에 흑설탕과 간장과 잣과 대추를 무더기로 쏟아 주걱으로 마구 비벼 주고, 식기 전에 참기름을 바른 네모진 반찬 통에 꾹꾹 눌러 담은 것이 윤민호 표 약식이었다. 조금만 식히면 꽤 그럴듯하게 굳어서, 썰어 먹기만 하면 되는 것이었다.

삼천 궁녀의 정성보다 우월한 설탕의 힘이 잘 발휘되어, 약식은 맛있었다. 이완은 안락재의 작은사랑에 앉아 커피와 약식을 먹었다. 민호는 제 몫을 진작 먹어 치우고 이완의 방을 구경했다.

이완의 침대 곁에는 항상 붉은 첼로가 놓여 있다. 2천만 원 좀 넘는 돈으로 샀다는데 라벨이 나오고 제대로 수리되는 바람에 가격이 미친 듯 폭등하게 되었다는 성질 까다로운 스칼렛 여사였다.

하도 맘고생을 시킨 년이라 미워하고 싶기도 했지만, 일단 이완의 손에 들어가면 꽤 멋진 음악을 들려주기 때문에 얌전히 참아 주고 있었다. 약식을 먹다 눈이 마주치자 이완이 빙긋 웃었다.

"맛있네요."

"역시 그렇지? 만드는 거 되게 쉬워. 레시피 알려 줄까?"

"아뇨, 알려 주지 마시고, 민호 씨가 자주 해 주세요."

"왜! 댁도 요리 잘하면서. 앞치마 두른 거 보니까 각이 딱 나오던데. 혹시 군대에서 취사병이었어?"

"……저 미국인이었습니다."

"아, 깜박 잊고 있었다. 뉴요커 박이완. 요리도 잘하는 박이완."

민호의 말에 이완은 어깨를 으쓱했다. 저렇게 조금만 칭찬해 주면 사정 없이 속이 붕붕 떠서 그것도 문제는 문제였다.

"학사하고 석사를 여기서 했잖아요. 그때 돈이 너무 없어서 식당 알바를 했어요."

"엥? 식당 알바? 그 얼굴에?"

"……얼굴로 돈 법니까? 하여간, 다른 동기들은 아르바이트로 차도 굴리고 다니는데, 저는 고등학교를 미국에서 나왔기 때문에 수험생 가르치는 걸 잘할 수 없었어요. 그때는 말도 어눌했고. 돈 없어서 굶은 적도 있었어요. 그래서 고깃집 알바 했었어요."

"거짓말!"

민호는 입을 벙벙 벌리고 일축했다.

이완은 픽 웃으며 자리에서 일어나 옷장 문을 열었다. 서랍 구석을 한참 뒤지더니 낡은 비닐 팩을 하나 꺼냈다. 그 안에는 목이 살짝 늘어난 노란색 티셔츠가 들어 있었다. 등짝에는 믿을 수 없게도 '대장군 왕갈비'라는 상호가 시뻘겋게 박혀 있었다.

세상에 맙소사. 저 귀공자 왕족 같은 얼굴로 대장군 왕갈비 티셔츠를 입고 알바를 했다고? 아무리 걸레를 들어도 그림이 되는 사나이라지만 저따위 옷을 입고 있으면 절대 그림이 되지 않을 것 같다.

"정말 돈 없었어요. 앨버트는 줄리아드 가면 돈 좀 대 준다고 하더니, 고미술품 바닥으로 아예 들어온다니까 아주 안면 몰수했죠. 학비에 생활비에 책값에, 아르바이트를 안 하려야 안 할 수가 없었죠. 고깃집에서 서빙 말고도 재료 다듬거나 밑 손질하는 일을 했었어요. 힘들어 죽겠는데 고기 굽는 냄새가 나면 속이 쓰려서 미칠 지경이었고요."

"……"

"뭐, 하여간 그런 시간도 있었습니다."

"박 실장님도 그런 눈물 젖은 빵의 시간이 있었구나! 너무 잘생겨서 몰랐어!"

"대체 생긴 거하고 눈물 젖은 빵하고 무슨 상관인데요."

이완은 킬킬 웃으며 의자에 길게 기댔다. 민호는 대장군 왕갈비 옷을 들고는 울먹울먹 회한에 찬 표정을 지었다.

"내가 이완 씨만큼은 절대 배곯지 않게 해 줄게. 내가 늘 생각하는 건데, 세상에서 제일 불쌍한 게 밥 못 먹는 사람들이야."

"고맙습니다. 기대할게요."

민호가 빈 접시를 들고 안채로 뛰어들어간다. 그러더니 또 금방 부산스럽게 들어와 책상 위에 약식을 태산만큼 쌓아 놓는다. "이걸 다 어떻게 먹어요!" 타박하니 "시끄러워! 그때 못 먹었던 거 지금이라도 다 먹어!" 하고 되레 큰소리다. 그러더니 컴퓨터에 앉아서 무언가 검색을 하고 뭐 마려운 토마스마냥 끙끙대며 야단이 났다.

이거 입고 있던 때가 몇 살이냐, 몇 학년이냐, 어디 살고 있었냐, 미주알고주알 캐 댄다. 그래 놓고는 이완이 잠시 화장실에 다녀온 사이, 약식을 한 주먹 훔쳐 먹고 어느새 줄행랑을 놓았다.

민호가 다시 방에 돌아온 것은 삼십 분 정도 되었을 때였다. 아무래도 표정이 좀 이상한 것이 무슨 일이 일어난 것 같다. 민호는 이완의 손을 붙잡고 더듬더듬 물었다.

"저기, 박 실장님. 이완 씨, 내가 물어보고 싶은 게 있는데."

"예."

"솔직하게 말해 줘야 해."

"제가 민호 씨한테 뭐 속이는 게 있었습니까? 뭔데요?"

"실장님 혹시, 복권에 당첨된 적 있었어?"

이완은 느긋하게 누워 있던 상태에서 몸을 바로 일으켰다. 허?

"대학교 2학년 때요. 제가 원래 로또 같은 거 사 본 적이 없는데, 그때는 이상한 꿈을 꾼 적이 있어서 한번 사 봤어요."

"무슨 꿈을?"

"그때 알바 끝나고 새벽에 와서 시험공부를 하는데 죽을 만큼 피곤했거든요. 그래서 앉은 채로 그대로 잠이 들었는데요."

"응, 그런데?"

"그런데 뒤에서 소리가 들리는 거예요. 그때 처음 자각몽이란 걸 느꼈는데, 음, 왜 몸은 가위눌린 것처럼 꼼짝 못 하는데 의식은 있고, 현실 같은데 꿈인 그런 거요. 근데 목소리는 희미하게 들리는 거죠. 좀 섬뜩하기도 했는데."

"그런데?"

"로또 번호를 알려 주더라고요. 그런데 꿈에서 그런 번호 알려 주는 건 대박 꿈이라고 얘길 들어서, 꿈에서도 번호를 기억하려고 애를 썼던 것 같습니다. 그런데 마지막 번호를 영 안 알려 주는 거예요. 뭐라 뭐라 욕을 하는 소리가 막 들리더니 한참 만에야 나머지 숫자 하나를 내뱉고는 목소리가 사라졌어요."

"……."

"일어났는데, 몸은 척척 늘어지고 아파 죽겠는데, 일단 번호는 바로 적어 두었어요. 날짜를 보니까 석 달 후인가 그랬습니다. 그래서 그 날짜 되어서, 그 번호로 로또를 샀습니다. 그게 제가 처음이자 마지막으로 샀던 복권일 거예요."

"그래서 어떻게 됐어?"

이완은 머리를 긁으며 눈썹을 찌푸렸다.

"마지막 번호가 하나 틀려서 2등으로 당첨됐어요. 그때 1등 상금이 50억 가까이 걸렸었는데 2등은 3천만 원 남짓 되었었어요. 그래도 그 정도면 대단한 일이었죠."

50억! 입이 벙벙 벌어진 여자는 한참 있다가 아주 풀이 푹 죽은 소리로 물었다.

"그래서, 그다음부터 밥 안 굶었어? 그 돈으로 뭐 했어?"

"뭐 하긴요. 스칼렛 샀죠. 사진 올라온 거 딱 보자마자 한눈에 알아봤어요. 그래서 크리스티로 날아가서 한 번 유찰된 거 바로 질렀죠. 크리스티가

504

수수료가 좀 세서 세금하고 수수료 내니 돈이 동전 하나 안 남고 다 날아가더라고요. 돌아와선 그다음 주부터 다시 고깃집 알바 했고요."

민호는 멍한 얼굴로 옆에 놓인 첼로와 이완의 얼굴을 바라보다가 머리를 쥐어 싸고 형형 울기 시작했다.

"내 발등 내가 찍었네, 내 발등 내가 찍었네, 아이고 시발, 아이고 빌어먹을."

이완은 눈썹을 찌푸리며 머리를 흔들다가 한숨을 쉬었다.

"대체 번호 하나는 왜 엉터리로 알려 준 겁니까?"

"제기랄! 까먹었지! 이동하다 숫자 하나 흘렸지 뭐야! 그 긴 숫자를 내가 무슨 재주로 여섯 개나 외워! 아이고 50억, 아이고! 망할! 손바닥에 써 갈걸, 아이고 젠장."

"민호 씨, 대신 민호 씨가 유산 찾아 줬으니 됐어요. 그게 더 금액이 커요. 훨씬 커요. 민호 씨. 이리 오세요. 아, 정말."

"누가 금액 따진대? 댁이 대학 때 계속 배를 곯았을 거 아냐! 그러니까 그러지!"

"괜찮아. 괜찮다니까요? 민호 씨. 나 좀 봐요."

이완은 속상해서 몸부림치며 쥐어짜는 여자를 안고 등을 토닥여 주었다.

참, 이런 여자를 보고 있으면, 돈에 아등바등 집착하고 신경 쓰는 꼴이 정말 우습게 느껴진다. 이제는 여자가 아무 재산도 없이 바람처럼 깃털처럼 가볍게 나풀대며 날아다니는 모습이 당연해 보인다. 한심하지도 이상하지도 않다.

자신의 연인에게 재산을 쌓는다는 일은, 다른 이들에게처럼 큰 의미가 없는 것이다. 여자에게 필요한 돈이란, 사랑하는 사람에게 밥을 먹이기 위한 가치, 딱 고만큼이었다. 이완은 민호의 등을 부드럽게 쓰다듬으며 달랬다.

"그래도 그때 고마웠어요. 정말 행복했죠. 자, 이제 그만 울고, 우리 약식이나 먹읍시다. 최고로 맛있습니다. 아, 해 보세요."

민호는 훌쩍이면서도 남자가 시키는 대로 얌전히 입을 벌렸다. 달콤한 약식이 동그랗게 말려 입으로 쏙 들어왔다.

자신이 만든 거지만, 이런 말 하기 참 쑥스럽지만, 달달하고 까무잡잡한 것이, 존나, 존나 맛있었다.

박물관 구경을 참 좋아해요. 그곳에 있는 물건들을 멍하니 서서 넋을 잃고 들여다보는 걸 좋아합니다.

흙으로 만든, 바닥이 조금 평평한 낡은 항아리를 보면서, 그걸 들고 있던 여자를 상상합니다. 그리고 그 여자가 이걸 들고 무슨 일을 하고 있었을까를 조금 더 상상해요. 물을 길러 간 여자가 냇가에서 강가에서 예쁜 색이 나는 조그만 돌을 발견하죠. 여자는 그걸 주워서, 가늘고 날카로운 돌조각으로, 오랜 시간을 들여 그 돌에 몰래몰래 구멍을 뚫을지도 몰라요. 줄에 끼워서 목에 걸고 싶어서요. 왜냐고요? 예쁘잖아요!

날카롭게 날이 선 돌도끼를 보면서, 키는 좀 작지만(아마도 많이 작을 테지만) 떡대가 딱 바라진 터프한 사나이를 상상해 보기도 하죠. 제가 그 시대에 태어났으면 멧돼지를 어깨에 짊어지고 들어오는 그 사나이한테 홀랑 반했을지도 모릅니다. 아마 환경이 열악하니 오래 살지는 못했겠죠. 그래도 상사나이와 예쁜 돌 목걸이를 한 여자 사이에선 불꽃 스파크가 튀었을 거고,

징하게 연애를 했을 겁니다. 보지 않아도 알아요. 옛날이나 지금이나 남자 여자는 연애질을 하게 되어 있으니까요. 우리도 연애를 하고, 그들도 연애를 하고, 에브리바디 에브리타임 에헤라디야를 찍지 않습니까?

그리하야, 누구 말마따나 '모든 역사는 현대사'가 되는 겁니다…… 응?(노, 농담입니다.)

……이것이 '개구라판타지시간여행물로맨스'가 나오게 된 경위입니다. 더러운 욕쟁이 여주라니, 끝내 놓고야 드리는 말씀이지만, 제가 무식하여 용감했습니다. 이건 정말 죄송하게 생각하고 있습니다.

박부전은 을사오적의 후손 중 실제로 항일무장군에서 활동을 한 어떤 분을 모티브로 하고 있습니다.

스칼렛이라는 첼로가 실존한다고 믿으셨던 분이 계시다면 죄송합니다. 과르네리만 해도 첼로가 귀한 판인데 델 제수라니. 만약 세상 어딘가에 사람들이 모르는 A급 델 제수 첼로가 숨어 있다면 그녀는 스트라디 아마티 다 집어치우고 전 세계 첼로 중 최고가를 찍을 거라는 데 한 표를 바치겠습니다.

그리고 언어의 문제는, 시작하면서부터 내내 신경이 쓰이긴 했습니다. 80년 전 경성에서 쓰이던 말과 지금의 말은 적잖은 차이가 있을 것인데, 고증에 충실하기 위해 예전의 말을 살려서 써야 하느냐, 접근성을 위해 현대에서 쓰는 말을 그대로 가지고 가야 하느냐, 선택을 해야 했거든요.

다행인지 불행인지 집에…… 일제시대에 초판 발행된 우리말사전(8쇄)이 있긴 있었습니다. 열었다 하면 도깨비가 튀어나올 것 같은 벌건 사전과, 일제시대에 활동한 작가들의 소설책과 참고 서적 나부랭이를 앞에 놓고 조금, 벼, 병아리 눈물만큼 고민을 하긴 했습니다만, 결국 억지로 밀어붙이기보다, 접근성을 선택하기로 했습니다.(제가 머리 아픈 걸 싫어해서 그런 건 절대 아, 아니에…… 절대 맞습니다. 흑흑.)

그리고 외래어 표기에서 외래어표기법과 일반적으로 통용되는 말이 상충했을 경우, 몇몇 낱말은 널리 통용되는 쪽을 선택했습니다.(스칼릿, 과르니에리…… 등이 외래어표기법에 따른 것입니다만 더 널리 사용되는 대로 스칼렛, 과르네리 등을 택하여 쓰게 되었습니다.) 독자분들께 널리 양해를 구합니다.

이 책이 나오기까지 감사드릴 분들이 많습니다.

제일 먼저, 반년이 넘도록 제 스트레스성 식욕(?)과 밤마다 컴퓨터를 켜 놓고 발광하는 것을 참아 주고 열심히 응원을 해 준 가족들, 그 바쁜 와중에 눈알이 빠지게(?) 글을 읽고 소감을 남겨 준 동생님, 참 고맙고 미안하고 애정하는 마음을 전합니다. 원고 넘기고 한턱 거하게 쏘겠으니 제 모든 흑역사를 잊어 주세요. 레드 썬!

연재하던 곳에서 댓글로, 서평으로 열심히 응원해 주신 분들께 감사드립니다. 특히 제가 부탁할 때마다 귀찮다 하지 않으시고 뉴욕에 대한 자세한 정보를 친절하게 제공해 주신 멋진 뉴요커 토토07 님! 정말 감사합니다.

출판사에 거대엿을 투척하고 배 터지게 욕을 먹게 될까 봐 겁을 잔뜩 먹고 있으니 욕 안 먹도록 열심히 기도해 주신다는 천사님들도 많이 계셨습니다. 얼마나 든든하고 힘이 되었는지 모릅니다.

고미술품 딜러들의 비하인드 스토리(?)를 전해 주시고 힘내라며 맛있는 밥까지 사 주신 전창선 님, 이미영 님 뭐라 감사를 드려야 할지 알 수 없습니다.

여러 가지 일로 다망하신데도 정성을 다해 꼼꼼하게 초고를 봐 주신

Hail 님께도 깊이 감사드립니다. 거대 흑역사에서 탈출한 기분이었습니다.

출판사가 가장 용자십니다. 로맨스의 ㄹ자도 모르는 연애고자를 뭘 믿고 계약하셨는지 저는 아직도 궁금합니다. 정시연 팀장님, 강설희 팀장님, 이은정 님 덕분에 엉성한 망상이 멋진 책으로 나오게 되어 그저 감격스러울 뿐입니다. 정필 사장님께도 다시 한번 감사의 마음을 전합니다.

그 외에도 많은 참고도서의 도움을 받았습니다(사실 계약금 받은 것을 모조리 책값으로 날리긴 했습니다. 크흡). 그중에서 특히 도움이 되었던 건 다음과 같습니다.

시공사에서 나온 '경성 리포트'

재팬리서치21에서 나온 '100년 전 일본인의 경성 엿보기'

산처럼에서 출간한 '검은 우산 아래에서—식민지 조선의 목소리 1910—1945'

민음사에서 출간한 '육체의 탄생—몸 그 안에 새겨진 근대의 자국'

돌베개의 '잡지, 시대를 철하다'

솔 출판사에서 나온 한국 미의 재발견 시리즈 중 '목칠공예'

솔 출판사에서 나온 한국 미의 재발견 시리즈 중 '선사 유물과 유적'

대원사의 '전통자수'

주택문화사의 '한옥, 전통에서 현대로—한옥의 구성요소'

돌베개에서 나온 '친일파 99인 1, 2'

국립중앙박물관에서 나온 도록

필로소피 출판사의 'SAS서바이벌 가이드'

정도가 되겠습니다.

서투르고 부족한 글이지만, 재미있게 읽어 주시고, 1934년의 경성 여행에도 즐겁게 풍덩 빠져 주셨던 독자 여러분께 깊은 감사를 드립니다.

—2014 여름.

윤소리 배상

2판 1쇄 찍음 2022년 7월 1일
2판 1쇄 펴냄 2022년 7월 8일

지은이 | 윤소리
펴낸이 | 정 필
펴낸곳 | (주)뿔미디어

출판등록 | 2002년 9월 11일 (제1081-1-132호)
주소 | 경기도 부천시 소향로17, 303(두성프라자)
전화 | (032)651-6513 팩스 | (032)651-6094
E-mail | bbulmedia@hanmail.net
블로그 | http://blog.naver.com/dahyangs
비북스 | http://b-books.co.kr

값 13,000원

ISBN 979-11-315-3454-0 04810
ISBN 979-11-315-3452-6 04810 (SET)